매혹당한 사람들

매혹당한 사람들

The Beguiled

토머스 컬리넌 장편소설

이진 옮김

비채

For Helen

헬렌을 위하여

인물소개

◆

마사 판즈워스

버지니아 주의 '마사 판즈워스 여자 신학교' 교장.
버지니아 주는 남북전쟁 당시 남부 연합에 참가했다.

해리엇 판즈워스

마사의 동생이자 판즈워스 학교의 교사.

마틸다 판즈워스

판즈워스 집안의 흑인 노예. '매티'로 불린다.

에드위나 모로 (17)

판즈워스 학교의 학생.

에밀리 스티븐슨 (16)

판즈워스 학교의 학생.

얼리샤 심스(15)

판즈워스 학교의 학생. '앨리스'로 불린다.

어밀리아 대브니(13)

판즈워스 학교의 학생. 마리와 방을 함께 쓴다.

마리 데브르(10)

판즈워스 학교의 학생. 어밀리아와 방을 함께 쓴다.

존 맥버니

북부 연방군의 포토맥 부대 소속으로 계급은 상병이다.

어밀리아 대브니

숲에서 그를 발견했다. 해리엇 선생님이 인디언이 다니던 길에서 더 멀리 가지만 않으면 버섯을 캐러 가도 좋다고 허락했다. 인디언 길은 호수 쪽으로 경사가 시작되기 직전에 있었다. 땅은 전부 판즈워스가※ 소유였지만 그들은 어떤 용도로도 사용하지 않은 것 같았다. 나로서는 상관없었다. 자연 그대로 보존된 숲과 같은 곳이 남아 있는 게 더 좋았다. 어쨌든 그날 오후, 5월 첫 주의 어느 날, 나는 버섯을 많이 못 캤지만 그를 발견했다.

그는 낙엽에 얼굴을 묻고 엎드려 있었다. 한 팔로, 그게 엄마라도 되는 양, 깊은 바다의 뗏목이라는 양 통나무를 꼭 끌어안고 있었다. 모자는 벗겨졌고, 이마에 난 깊은 상처에는 파리 대여섯 마리가 꼬여들었다. 머리카락은 붉고 주근깨가 있었으며 상처를 제외하고는 피부가 무척 창백했다. 죽은 줄 알았는데, 그가 신음하며 옆으로 조금 몸을 돌렸다. 땅 위의 떡갈나무 잎에는 피가 흥건했고, 바지의 왼쪽이 온통 피로 물들어 있었다.

처음엔 학교로 돌아가 해리엇 선생님이나 마리, 아니면 앨리스를 데리고 올까 생각했지만 이내 생각이 바뀌었다. 보나마나 엄청 호들갑을 떨면서 마사 선생님이 교차로에서 돌아올 때까지 기다리자고 할 것이고, 마사 선생님은 누가 됐건 숲으로 가는 건 너무 위험하다며 아무도 못 가게 할 것이다. 그래서 혼자 그를 데리고 가는 수밖에 없다고 생각했다.

포탄 소리가 더 크게 들렸다. 우리가 있는 곳에서 동쪽으로 조금 떨어진, 호수 건너의 황무지에서 이른 아침부터 쏘아대고 있었다. 이 근방에는 아직 원시림이 많이 남아 있었지만 그쪽에는 덩굴식물이나 딸기나무, 이차림* 말고는 아무것도 없었다. 농경지로도 적합하지 않은 데다 좋은 목재는 이미 오래전에 전부 베어갔다. 그 땅을 놓고 싸운다는 게 나로선 상상하기 어려운 일이었지만 분명 그런 사람들이 있는 것 같았다.

그가 얼굴을 내 쪽으로 돌렸고, 나는 그를 좀 더 자세히 보려고 몸을 숙였다. 그의 상태로 보아 날 해칠 것 같진 않았고, 무기를 숨긴 것 같지도 않았다.

이 사람을 어떻게 해야 하지?

혼자서는 학교까지 끌고 갈 수도 없고, 신고 갈 방법도 없었다.

그때 그가 눈을 떴다. 그리고 그와 거의 동시에 한쪽 눈을 감았다. 이런 상황에서 나에게 윙크한다는 건 상상할 수 없는 일인데, 그는 분명히 윙크를 한 것 같았다.

"두렵니?" 아주 작은 소리로, 그러나 또렷하게 그가 물었다.

"아뇨." 내가 대답했다. 그리고 다시 고쳐 말했다. "네."

"잘됐네. 나도 두렵거든." 그가 한숨을 쉬고 다시 눈을 감았다.

"움직일 수 있겠어요?"

"배를 대고 여기까지 발로 걷고, 무릎으로 기어왔으니, 갈 곳만 있다면 조금 더 갈 수도 있을 것 같아."

"숲 건너편에 판즈워스 학교가 있어요. 마사 판즈워스 여자 신학교예요."

내 말에 그는 잠시 생각에 잠겼다. 그러고는 "남자는 없니?"라고 물었다.

"남자는 없어요. 학생은 저를 포함해서 다섯 명이고…… 마사 판

---

* 여러 가지 파괴 요인에 의해 이차적으로 발달한 삼림.

즈워스 선생님하고 그분의 동생인 해리엇 판즈워스 선생님이 있어요. 환영받을 거라곤 장담 못하지만, 여기보단 훨씬 나을 거예요."

"맞는 말이다. 하지만 네 초대를 받아들여야겠다. 내가 걸을 수 있는지 한번 보자. 날 좀 일으켜주겠니? 너무 어지러워."

나는 그의 곁에서 몸을 숙이고 팔을 당겨보았다. 어림없었다. 바닥에서 사오 센티미터를 들어 올리는 게 다였다. 잠시 후 그가 지쳐서 도로 누워버렸다.

"호수에서 총을 잃어버리지만 않았어도 그걸 붙잡고 일어설 수 있었을 텐데."

"자요." 내가 무릎을 꿇고 앉았다. "오른팔을 저한테 둘러보세요. 그리고 동시에 일어나는 거예요." 이번에는 그가 몸을 떨면서 삼십 센티미터 정도 일어섰다. 하지만 무릎을 굽히는 바람에 몸을 지탱하지 못하고 무너져버렸다.

"잠깐만. 내가 숨을 좀 고를 때까지 버텨줄 수 있겠니?"

"네." 대답은 했지만 자신이 없었다. 사실 몸으로 그를 지탱하는 건 생각보다 힘들지 않았다. 그는 오빠 딕처럼 무겁지 않았다. 아니, 내가 기억하고 있는 지난여름 이전의 딕에 비해 무겁지 않았다. 나는 그에게 오빠 얘기를 했다. 엄마가 숙녀답지 못하다고, 이제 그럴 나이는 지났다고 야단칠 때까지 잔디밭에서 오빠와 몸싸움을 했다는 얘기도 들려줬다.

"지금 딕은 어디 있지?" 여전히 거친 숨을 내쉬며 그가 물었다.

"치커모가에서 전사했어요. 테네시에 있는 도시."

"알아, 하지만 우리가 죽인 건 아니란다. 난 포토맥 부대 소속이거든. 테네시 주엔 간 적이 없어."

"아저씨를 비난하려는 건 아니었어요. 아저씨 잘못이 아니란 것도 알고요."

실은 그 전투에서 오빠 빌리도 전사했지만 그 얘기까지 할 필요는 없을 것 같았다. 빌리는 딕보다 네 살이 많았고, 나는 빌리와 몸싸움을 한 적이 한 번도 없다. 하지만 나는 딕만큼이나 빌리도 무척 좋아했다.

그 순간 나는 양키*를 이렇게 가까이에서 보긴 처음이란 걸 깨달았다. 그는 남부 남자들과 별로 다르지 않았다. 사실 가족을 제외한 다른 사람이 내 몸에 팔을 두른 건 그가 처음이었다.

"이름이 뭐니?"

"어밀리아 대브니."

"난 맥버니…… 존 맥버니 상병."

"만나서 반가워요."

"몇 살이니, 어밀리아?"

"열세 살이에요. 9월이면 열네 살이 돼요."

"키스는 해봤을 나이로구나. 사람을 미워할 수 있을 나이이고."

"아저씨를 어떻게 미워하겠어요. 잘 알지도 못하는데."

내 말에 그가 조금 웃었다. 치아는 희었지만 앞니가 조금 비뚤었다.

"훌륭한 철학이네. 세상 사람들한테 그 철학을 가르쳐주자꾸나. 그럼 이 싸움도 끝나겠지. 자, 그럼 한 번 더 해볼까……."

내가 온 힘을 다해 일어서며 그를 약간 들어 올렸고, 그는 성한 다리에 체중을 실으려 애쓰며 무릎을 굽혔다. 통증 때문인지 그가 숨을 헉 들이켰고 이마에 땀방울이 맺혔지만 결국 우리는 해냈다.

---

* 미국 남북전쟁 당시 남쪽에서 북부 연방군을 낮잡아 부르던 말.

"됐다." 그가 숨을 헐떡이며 말했다. "이제 가보자……. 그런데 어디로 가지?"

"마사 판즈워스 여자 신학교."

"학생이 다섯이랬지? 학교 이름이 출석부보다도 길겠다."

"다른 애들은 집에 갔어요. 마사 선생님은 올초에 학교 문을 닫으려고 했는데 우리 다섯 명이 남겠다고 해서 계속 열어두기로 한 거예요."

"기특하기도 하지. 학구열이 얼마나 대단한 아이들인지 짐작이 간다."

"글쎄요. 그보다는 딱히 갈 곳이 없어서였어요." 나는 계속 말을 걸려고 애썼다. 고통으로부터 그의 주위를 분산시키고 싶었다.

"우리 집은 조지아 주에 있거든요. 그런데 엄마가 당분간은 버지니아 주에 머무는 게 좋겠다고 했어요. 아저씨네 셔면 장군이 애틀랜타에 너무 가까이 와서…… 다른 애들도 나와 처지가 비슷해요. 마리 데브르라는 애는…… 걔가 가장 어려요. 이제 겨우 열 살이거든요. 걔네 집은 루이지애나 주에 있는데, 거긴 지금 양키들로 우글거린대요. 그리고 에밀리 스티븐슨의 가족은 사우스캐롤라이나에 커다란 저택이 있는데 지금은 거기 아무도 없고, 하인들만 있대요. 어머니는 돌아가셨고, 오빠들은 전쟁터에 나갔고……. 그 애 아버지가 군인이거든요. 준장이래요. 어쩌면 지금쯤 저 숲속에 있을지도 몰라요."

"현명한 분이라면 저기 안 계실 거다. 여러 전투를 겪어봤지만 저런 전투는 처음이야. 너무 끔찍해. 한꺼번에 덤불이 불타고 있어……. 저길 봐, 연기 보이지."

우리는 걸음을 멈추어서 뒤를 돌아보았다. 개울 건너편에서 연

13

기가 솟아오르고 있었다. 대포 소리도 여전했고, 어쩌다 바람의 방향이 바뀌면 소총의 소음과 함께 소리 높여 노래를 부르거나 우는 것 같은 소리가 들렸다.

"비명, 저 비명이 들리니? 총에 맞아 죽는 것도 끔찍하지만 불에 타서 죽는 건…… 더구나 한 치 앞이 안 보이고 누가 누군지 분간할 수도 없는 상태에서……."

"도망쳤어요?"

"도망쳤다고 말하긴 좀 그래. 난 뉴욕 66사단 소속이고, 거긴 노련한 병사들이 많이 있단다. 난 다른 병사들과 똑같이 움직였을 뿐이야. 그러니까 행콕의 부대로 옮겨 어젯밤에 강을 건넜어. 오늘 아침에는 위버 장군이 산병선*으로 길을 따라 전진하라고 명령했는데…… 사실 길이라고 말하기도 뭐한 게 숲을 가로지르는 진흙탕이었어. 그러다가 난 총에 맞아 쓰러졌고, 그때부터 모든 게 흐릿해졌어. 나무들과 덤불들, 모든 게 다. 그래서 무작정 기었지. 한 시간 정도? 그러다가 공터가 보였고, 그 뒤로 비탈길 아래 냇물이 보여서…… 물을 마시러 내려갔어."

"냇물에서 나올 때 반대방향으로 나오셨군요……. 간단하네요. 다시 돌아가고 싶으세요? 제가 길을 알려드릴 수 있는데."

"지금은 말고 나중엔…… 가야겠지. 다리의 출혈이 멎으면."

우리는 천천히 나무뿌리와 구덩이 들을 가로질렀고, 맥버니 상병이 쉬어야 할 때마다 멈추곤 했다. 뒤돌아보니 우리 뒤로 핏자국이 보였다.

"집이 뉴욕에 있어요?" 그가 졸지 않도록 내가 물었다.

---

*　넓은 간격에 불규칙하게 배치된 보병의 선으로, 일반적으로 군인들이 넓은 간격을 두고 싸우는 화선(火線)을 말함.

"아니." 그가 고개를 번쩍 들었다. "난 아일랜드 카운티 웩스퍼드 출신이고, 그 사실이 자랑스럽단다. 학교의 다른 학생들 얘기도 해다오. 내가 만나게 될 사람들에 대해 알고 싶어."

앨리스와 에드위나에 대해 뭔가 좋은 얘기를 하고 싶었지만, 무슨 얘기를 해야 할지 알 수 없었다. 솔직히 앨리스는 그다지 거슬리지 않는다. 부러 건드리지 않으면 심술궂지 않은 데다 앨리스의 출신이 꼭 앨리스 잘못은 아니다. 그러나 에드위나는 다르다. 에드위나는 늘 증오심에 불타고 있다.

"둘이 더 있는데, 앨리스 심스하고 에드위나 모로예요. 앨리스는 본래 어디 출신인지 모르겠지만, 근래에는 프레더릭스버그에 살았어요. 여기서 삼십 킬로미터쯤 떨어진 곳인데, 아마 지금 아저씨네 부대가 거길 점령하고 있을 거예요. 거기서 엄청나게 큰 싸움이 벌어진 게 일 년이 조금 더 되었어요."

"알아. 그때만 해도 난 집에 있었는데, 사람들이 얘기해주더라."

"사실 작년 5월, 꼭 이맘때, 아저씨가 나온 바로 저 숲에서 큰 전투가 있었어요. 잭슨 장군은 거기서 전사했고요."

"그 얘기도 들었다. 우리 부대의 병사 중에는 어젯밤에 래피댄 강을 건넌 게 두 번째라는 사람들도 있었어."

그가 모르고 있는 사실이 한 가지 있었다. 스톤월 잭슨 장군이 검은 말을 타고 밤마다 그 숲을 누비고 다닌다는 얘기는 못 들었을 것이다. 매티는 분명히 그를 봤다고 맹세했다. 지난겨울 어느 날 밤, 매티는 마사 선생님과 해리엇 선생님과 함께 그곳에 다녀왔다고 했다. 매티는 해리엇 선생님과 마사 선생님이 왜 거기에 가고 싶어했는지, 거기서 무얼 했는지는 말하지 않았다. 그저 해리엇 선생님과 자기가 무서워서 죽을 뻔했다고만 했다. 하기야 마사 선생님이 두려워하는 건 이 세상에 아무것도 없다.

"어쨌든 에드위나는 열일곱 살이에요. 우리 학교에서 가장 나이가 많아요. 에드위나는 리치먼드 출신인데, 아버지 창고가 거기 있대요. 에드위나 아버지는 정부에 물건을 판대요. 아까 말했던 에밀리는 열여섯 살이고, 앨리스는 열다섯 살이에요. 사람들은 앨리스를 보고 아주 예쁘다고 칭찬해요."

"만약 그 애가 너보다 더 예쁘다면, 정말 대단한 미인이겠구나. 선생님들은 어떠니?"

"마사 선생님은 아주 좋은 분이고, 해리엇 선생님은 진짜 착해요. 마사 선생님이 해리엇 선생님보다 나이가 많지만, 훨씬 많은 건 아니에요. 두 분도 젊었을 땐 예뻤을 것 같은데, 지금은 잘 모르겠어요."

"이제 대충 다 들은 것 같네." 맥버니 상병이 말했다.

우리는 판즈워스의 숲과 옥수수 밭을 구분하는 세다힐 대로에 이르렀다.

"제가 좀 살펴보고 올 테니 여기서 잠시 기다리세요." 그러고는 얼른 덧붙여 말했다. "이 길을 따라가면 도로와 연결이 되고, 반대쪽으로 가면 강이 나와요. 아저씨가 있던 곳이 나온다고요. 오늘 아침까지 여기에는 우리 쪽 병사들이 많이 있었어요. 그래서 우린 밖에 나오면 안 되는 거였고요."

"너희 병사들이 너희를 괴롭힐 리 없잖아."

"저도 잘 모르겠어요. 하지만 마사 선생님이 남자는 절대 믿어선 안 된대요. 군인들은 더더욱."

나는 도로 옆으로 난 배수로를 타고 올라가 도로를 살펴보았다. 북쪽과 동쪽으로는 숲에서 피어오르는 연기 말고는 아무것도 없었다. 남서쪽으로 일 킬로미터 정도 떨어진 곳, 맥퍼슨 집 근처에서 먼지 바람이 일었다. 나는 배수로 건너편 나무에 기대어 있던 맥버니 상병에게 돌아갔다.

"기다리는 게 좋겠어요. 누군가 이쪽으로 오고 있는데, 우린 들판을 가로질러서 사백 미터 정도를 더 가야 하거든요."

"내가 잡히길 원하지 않니, 어밀리아?" 그가 미소 지으며 내게 물었다. 일어서기 위해 그가 할 수 있는 것은 미소를 짓는 것뿐이었다.

"다리에 붕대를 감기 전까지는 원치 않아요."

"분명히 말하는데, 붕대만 감으면 곧장 떠나마. 더는 널 귀찮게 하지 않을게. 자, 배수로에 몸을 숨기는 게 좋겠다. 이렇게 서 있다간 완전히 노출될 거야."

나는 그가 배수로로 내려가는 것을 도왔다. 배수로는 꽤 깊었다. 고개만 숙여도 우리는 도로 아래쪽으로 숨을 수 있었다. 맥버니 상병은 여전히 한 팔을 내게 두르고 있었다. 당장 움직일 게 아니니 꼭 그러고 있을 필요가 없었는데도 나는 아무 말도 하지 않았다. 말발굽 소리가 빠르게 지나갔지만 맥버니 상병은 전혀 동요하지 않았다. 그가 내 귀에 키스하며 나지막이 말했다. 그의 턱수염이 까칠했다.

"도저히 믿을 수가 없구나. 학교에서 네가 가장 예쁜 애가 아니라니."

우리 쪽 병사 여덟에서 아홉 명 정도가 말을 타고 빠르게 지나갔다. 그들은 맥버니 상병만큼 더럽고 그보다 조금 더 남루했다. 마지막으로 지나간 사람은 말을 탄 맨발의 소년이었는데 대포를 끌고 있었다. 포차의 바퀴가 구덩이를 지나며 방향을 트는 바람에 우리가 있는 곳에서 불과 몇 센티미터 간격을 두고 지나갔다. 나는 너무도 두려웠는데, 맥버니 상병은 그냥 웃기만 했다. 그가 두렵다고 했던 건 진심이 아닌 것 같았다. 그는 두려운 게 없는 듯했다. 적어도 그때는 그렇게 생각했다.

얼마 후 말발굽 소리가 잦아들었다. 우리는 비교적 경사가 완만한 곳을 찾아 배수로에서 빠져나와 들판을 가로질러 걷기 시작했다. 학교 뒷문 쪽에 다다랐을 때, 텃밭에서 일하는 매티의 모습이 보였다.

"제가 깜빡한 사람이 한 명 있어요. 우리 매티요. 아마 우리 학교에서 가장 착한 사람일걸요."

마틸다 판즈워스

숲에서 그녀가 그와 함께 오는 것을 보았다. 나는 저녁 식사에 쓸 콩을 따고 있었고, 어쩌다 한 번씩 고개를 들어 연기가 우리 쪽으로 오고 있지는 않은지 확인했다. 그때쯤엔 이미 대포 소리와 총탄이 신경 쓰이지 않았다. 사람은 결국 자신이 처한 상황에 적응하기 마련이다.

그들을 말렸어야 했지만 그러지 않았다. 그 길로 달려나가 '어밀리아 아가씨, 지금 당장 뒤돌아 이자를 발견했던 곳으로 도로 데리고 가세요'라고 말했어야 옳았다.

그때 왜 그러지 않았는지 훗날 생각해보았다. 나중에서야 그의 상처가 깊어서였다는 것을 알게 되었다. 그는 자신보다 한참 나이 어린 소녀에게 몸을 기대고, 한쪽 발로 뛰다시피 하여 이곳에 찾아왔다. 그럼에도 당시에는 그의 상처가 그렇게 심한 줄은 알지 못했다.

처음에는 그가 어밀리아 아가씨를 협박한 거라고 생각했다. 달아나지 못하도록 어밀리아 아가씨를 붙잡고 어디 사는지 대라고, 자기가 이곳 상황을 파악할 수 있도록 자기 옆에 딱 붙어서 걸으라고 한 줄 알았다. 어쩌면 그의 뒤에 다른 사람들이 있을지도 모른다고 생각했다. 건너편 숲의 끝자락에서 학교에 도착한 선발대가 건너와도 좋다고 신호를 보내주기를 기다릴지도 모른다고.

이제야 하는 말이지만 그때 나는 겁에 질려 있었던 것 같다. 그건 사실이다. 그래서 그들을 못 본 척 돌아서서 가버린 것이다. 그러나 그게 다는 아니었다. 하나님의 이름으로 진실을 말하자면, 무서우면서도 한편으로는 조금 기뻤다. 내 마음속에 언젠가는 그들이 올 거라는, 그들이 대포로 이곳을 무너뜨리고 잔해를 다 태워버릴 거라는 희망이 있었기 때문이다. 물론 어린 아가씨들이 다치는 것은 원치 않았다. 다만 이곳에 있는 다른 사람들이 어떻게 되든 상관없을 것 같을 때도 있었다. 그날 오후도 그런 날이었는지 모르겠다.

정말이지, 두 사람이 이 집에 다다르기 전에 그들을 막을 수도 있었다. 이를테면 어밀리아 아가씨에게 '부상이 심해서 숲으로 다시 데려갈 수 없으면 제 오두막으로 데려가세요. 제가 항상 그곳을 깨끗하게 치워두니까요. 학교에서 담요를 가져다주면 되잖아요'라고 말할 수도 있었다. 그리고 마사 아가씨와 해리엇 아가씨도 그건 허락했을 수도 있었다. 애당초 오두막에 그를 눕혔다면, 어떻게든 그가 쓰레기임을 간파하고 그곳에 머물게 했을 수도 있었다. 그를 학교에 들이지 않았다면, 이곳에 있는 누구와도 가까워지지 않았을 수도 있었다.

최근에야 내가 할 수 있었던 일들, 하고자 했던 일에 대해 생각하게 되었다. 또 한편으로는 지금 알고 있었던 것을 그때는 알지 못했노라고, 나 자신에게 자꾸만 일깨운다.

그때만 해도 나는 우리 모두의 마음속에 얼마나 많은 악이 존재하는지 알지 못했다. 우리 안에서 악이 어떻게 쌓여가는지 우리 중 누구도 생각해보지 않았다. 어떻게 작은 사악한 생각이 다른 사악한 생각 위에 쌓이고, 마침내 우리 안에 얼마나 엄청난 양의 악이 쌓여가는지⋯⋯. 그러다가 한순간 뱉은 단 한 마디의 고약한 말이 어떻게 우리 마음속의 방아쇠를 당기는지를.

만약 평화로운 시절이었다면 우리의 화를 돋우지 않을 사소한 것이었을 텐데⋯⋯. 그러고는 절대 하지 않겠다고 하나님께 앞다투어 맹세했던 것들을 앞다투어 저지르기에 이른다.

그렇다, 나는 그들이 오는 것을 똑똑히 보았다. 그러나 나는 그들이 오는 것을 못 본 척했다. 그들이 오는 것을 보고도 아무 조치도 취하지 않았다. 나는 앞치마 한가득 담긴 콩을 바구니에 쏟고 나서 바구니를 들고 부엌으로 들어갔다.

𝒫 마리 데브르

그날 오후 나는 응접실에 있었다. 적어도 우리는 그곳을 그렇게 불렀다. 해리엇 선생님은 그곳을 여전히 '거실'이라고 부른다. 내가 보기엔 선생님의 마음이 선생님과 마사 선생님이 어렸던 시절, 그곳이 거실이었던 시절로 돌아가기 때문인 것 같다. 반면 마사 선생님은 그곳을 '회의실'로 부르거나 때로는 '큰 교실'이라고 부른다. 서재는 '작은 교실'이고, 재봉 수업이 진행되는 해리엇 선생님의 응접실은 '2층 교실'이라고 불렀다.

마사 선생님은 우리에게 집 안에 있으라고 경고하고는 조랑말에 수레를 묶고 식료품을 구하러 교차로로 나갔다. 숲에서 엄청난 불길이 시작되기 전의 일이었다. 이른 아침부터 동쪽에서 요란한 포격이 있었고, 밤새 군부대와 마차 지나가는 소리가 들렸다. 하지만 최근 들어 늘 있었던 일이라 그런지 우리는 그 소리가 더는 두렵지 않았다.

어쨌든 연속되는 포격 따위에 물러설 마사 선생님이 아니었다. 원하는 것의 10분의 1, 혹은 하나도 못 살 경우도 종종 있었지만, 선생님은 매주 그곳에 나갔다. 내 눈에는 선생님이 교차로 나들이를 기다리는 것처럼 보였다. 어쩌면 포터 씨에게서 설탕이나 소금을 조금이라도 더 얻어내기 위해 벌이는 실랑이를 즐기고 있는지도 모른다.

요즘 들어 설탕은 정말 구하기 힘들어졌다. 봉쇄선을 뚫고 다닐 수 있는 사람을 알고 있지 않은 한. 이 년 전 이 학교에 처음 왔을 때 나는 겨우 여덟 살이었고, 설탕 십일 킬로그램이 든 자루와 함께였다. 그래서였을까, 버지니아의 소녀들은 나를 격하게 환영했다. 그때 이미 이 지역에서 설탕은 상당히 귀했고, 설탕 사업을 하는 아버지도 그 사실을 알고 있었다. 아버지는 배턴루지에 있는 집에서 사람들을 시켜 자루에 설탕을 담게 한 다음 겨드랑이에 끼고, 내 가방을 한쪽 어깨에 멘 채 나와 함께 기차를 타고 이 학교에 왔다.

나는 학교에 입학하고 싶지 않았지만 아버지와 어머니가 계속 우겼고, 내 편을 들어줄 루이스는 배턴루지 소총대대에 입대해버린 뒤였다. 아버지는 어려서부터 줄곧 다니던 어설라 성심 수녀원에서 나를, 강제나 다름없이 끌어냈다. 그러고는 곧바로 기차에 올라 멤피스까지 갔고, 거기서 다시 디케이터로 갔다가 다시 리치먼드로 왔다. 아버지는 리치먼드에서 마차를 빌렸고, 우리는 마차를 타고 이 학교에 왔다. 그때는 리 장군과 잭슨 장군이 제1차 머내서스 전투*에서 양키들을 격파한 직후라 버지니아는 교회만큼이나 안전했다. 그러나 뉴올리언스는 그렇지 않았다. 전쟁이 나던 첫해 여름 이후 양키들이 포함을 타고 뉴올리언스와 모빌을 돌아다녔기 때문이다. 그래서 나는 설탕 한 자루와 함께 이 학교로 왔다. 차와 커피와 뉴올리언스에서도 구하기 어려운 후추 씨도 이백 그램이나 가져왔다.

마사 선생님과 해리엇 선생님은 나를 반갑게 맞아주었고, 에드위나 모로를 제외한 다른 여자애들도 대부분 그랬다. 에드위나는 설탕이나 차 따위에 감동하는 애가 아니었다. 그런 물건들은 자기 아버지가 언제고 구할 수 있다며 콧방귀를 뀌었다. 내 생각에 에드위나의 아버지는 밀수꾼이 아니었나 싶다. 에드위나는 첫눈에도 신분이 천한 애 같았다.

설탕 얘기가 나와서 말인데, 바로 그날 오후에 우리는 사탕 얘기를 하고 있었다. 적어도 나머지 학생들은 그 얘기를 하고 있었다. 여기서는 내가 무슨 말만 하면 조용히 하라고 했다. 마치 내가 버르장머리 없는 아이라는 듯이.

앨리스 심스는 딱딱한 사탕을 세상에서 제일 맛있는 음식인 양 갉아먹고 있었다. 에밀리와 에드위나는 그런 앨리스를 빤히 보았

---

* 1861년 7월. 미국 남북전쟁 당시 최초의 격전으로, 같은 장소에서 1862년 8월에도 벌어졌고, 두 차례 모두 남군이 승리하였다.

다. 나는 라틴어 동사를 공부하면서 그들을 외면하고 있었다. 그것은 인간이 상상할 수 있는 가장 더럽고, 오래 묵은 사탕이었다.

"그래서 그게 어디서 난 건데?" 마침내 에밀리가 앨리스에게 물었다. 그건 앨리스가 쭉 기다려온 질문이기도 했다.

"어느 숭배자한테서." 앨리스는 사탕을 입에서 빼더니 마치 귀한 보석이라도 된다는 듯 살펴보았다. 실제로는 더럽고 빨간 사탕일 뿐이었는데. 그런 쓰레기 같은 사탕을 루이스나 내가 들고 있는 걸 어머니가 보았다면 호되게 꾸짖었을 것이다.

"여러 개 있어." 앨리스가 말을 이었다. 앨리스는 재봉시간에 만든, 가장자리가 구겨진 레이스 손수건을 가슴 사이에서 꺼냈다. 앨리스는 가슴 사이에 뭘 집어넣기를 즐겼다. 마치 여기 있는 사람 중에 그런 것에 관심을 가질 사람이 있다는 듯이. 그녀는 손수건을 펼쳤고 그 안에는 사탕이 네 개나 있었다. 제각기 다른 색이었고, 하나같이 다 더러웠다.

"예쁘지 않니? 심지어 맛도 좋아." 우리가 하나만 달라고 차례로 구걸하기를 기대하며 그녀가 말했다.

에드위나와 에밀리가 자신을 낮추면서까지 사탕을 구걸할 것 같진 않았다. 앨리스는 나쁜 애가 아니고, 우리 학교에서 가장 예뻤다. 에드위나 같은 타입을 좋아하지 않는다면 말이다. 앨리스가 자신의 외모에 엄청 신경을 쓰고 공을 들이기 때문에 예쁜 것은 아니다.

해리엇 선생님이 앨리스의 손톱을 다듬어주거나 머리를 빗어주려고 늘 쫓아다녀야 했고, 때로는 나보다 더 많이 신경 써주었다. 앨리스는 에드위나처럼 신경질적이지 않았고, 에밀리처럼 잘난 척하거나 어밀리아처럼 경망스럽지도 않았다. 그래서 그녀가 실망하지 않도록 내가 사탕을 하나 달라고 했다. 그녀는 내게 먼지가 가장 많이 묻은 사탕을 주었다.

"그 유명한 숭배자가 누구신데? 이 근방 사람은 아니겠지?" 에드위나가 물었다.

"길에서 만난, 조지아에서 온 남자애야." 앨리스가 태연하게 말했다.

"그러셔?"

"키스만 해줬어. 한 번인가 두 번. 그랬더니 이걸 선물로 주더라. 열네 살쯤 되어 보이는 깡마른 조지아 남자애였어. 내가 원하기만 하면 전쟁 따위 다 잊고 나하고 계속 맥퍼슨네 헛간 뒤에 있고 싶대. 그런데 상병이라는 사람이 나타나서 우릴 찾아냈고, 그 사람이 앤디의 멱살을 잡아 끌고 갔어. 오늘 아침에 엄청난 군대 행렬이 숲으로 향하더라고. 그 남자애 이름은 앤디 윌킨스야."

"보아하니 태어난 날부터 줄곧 뒷주머니에 사탕을 넣고 다녔나 보네."

"그럴지도 모르지." 앨리스가 사탕을 핥으며 말했다. "어쨌든 오랫동안 갖고 있었나 봐. 예쁜 여자애한테 주려고 아껴두었는데, 내가 바로 그 애가 만난 첫 번째 예쁜 여자애였던 거야. 실은 그 애의 첫키스 상대가 바로 나래."

"맥퍼슨네 헛간 뒤로 가자고 한 건 분명히 너였겠지." 에드위나가 빈정거렸다.

"그럴지도 모르지."

"해리엇 선생님한테 이를까 보다. 마사 선생님이 돌아오면 이르거나." 에드위나가 심술궂게 말했다.

"일러. 난 애국자의 의무라고 생각했다고 말할 테니까. 그리고 실제로도 그렇고. 안 그렇니, 에밀리?"

에밀리는 아버지가 장군이라서 어떤 행동이 애국적인지 아닌지를 판가름해야 하는 상황이 되면 매번 호출되었다.

"앨리스가 과연 애국심을 논할 자격이 있는지 모르겠다." 에드위나가 다시 말했다. "앨리스의 가족 중에는 조국을 위해 봉사하는 사람이 단 한 명도 없다고 알고 있는데. 그리고 보니 친척이나 가족이 아예 없는 것 같던데."

그건 사실이 아니었고, 에드위나도 그 사실을 알고 있었다. 에드위나는 프레더릭스버그에 사는 앨리스의 어머니를 모르는 척하고 있었다. 들리는 말에 따르면 심스 부인은 나의 아버지가 '매춘부'라고 부르는 여자들 중 한 명이었다. 우리 집 거실에서 저녁 식사 후에 친구들과 술을 마실 때면 아버지는 마켓 스트리트의 여자들을 그렇게 부르곤 했다.

심스 부인에 관한 소문들이 사실인지 아닌지는 모른다. 앨리스가 개인적으로 나한테 자기 어머니 얘기를 한 적이 없었고, 내가 아는 거라고는 다른 아이들이 하는 얘기들뿐이었다. 그 문제에 관해서라면 나는 앨리스에 대해서도 아는 게 없다. 앨리스가 무척 가난해서 마사 선생님과 해리엇 선생님이 공짜로 여기 머물게 해주었다는 것 외에는. 어쨌든 그날 나는 에밀리가 무척 안쓰러웠고, 그녀를 안아줄 수도 있을 것 같은 기분이 들었다. 평소의 에밀리는 도저히 참아줄 수 없을 만큼 이기적이었지만 그때만큼은 그녀를 안아줄 수도 있을 것 같았다. 이윽고 에밀리가 나섰다.

"앨리스한테도 프레더릭스버그에 가족이 있어. 어머니는 아주 멋진 분이시고, 아버지는 고위 장교라고 들었어. 최근 채터누가 전투에서 엄청 용감하게 싸우셔서 칭송을 받는다던데."

"그래서 지금은 어디에 있는데?" 미심쩍다는 듯 에드위나가 물었다.

"적군한테 체포됐대. 네 어머니가 최근 편지에서 그렇게 말하지 않았니, 앨리스?"

나는 그제야 에밀리가 얘기를 지어내고 있다는 걸 알았다. 앨리스 심스이야말로 학교에서 유일하게 한 번도 편지를 못 받은 애였기 때문이었다. 에드위나도 그 사실을 알았을 것이다. 그러나 에밀리와 말싸움까지 벌일 생각이 없는 건지 아니면 우리 모두를 포기하는 건지 힘없이 한숨을 푹 쉬고는 성경 역사 공부로 돌아갔다.

그사이 앨리스의 눈이 촉촉해졌다. 그 눈물은 앨리스에게도 감정이라는 게 있다는 것을 보여주었다. 앨리스가 급히 눈물을 훔치고는 에밀리에게 말했다.

"자, 에밀리. 사탕 하나 먹어. 가장 깨끗한 걸로 줄게."

에밀리는 사탕을 고맙게 받아 들고는 머리카락과 보풀을 떼어내기 시작했다. 에밀리는 우리 중 누구보다도 청결에 신경을 썼다. 그런 면에서는 해리엇 선생님과 약간 비슷했다.

"그거 진짜 맛있더라." 어쩐지 내 의견을 말해야 할 것 같아 그냥 생각나는 대로 말했다. "겉 부분을 지나서 속 알맹이에 닿으면."

"너희가 정말 좋아한다면, 좀 더 구하는 것도 그리 어렵진 않을 거야. 다음번에 군대가 지나가는 걸 보면 나한테 알려줘. 내가 쫓아가볼 테니까. 이제 막 집을 떠난 사람들이라면 주머니에 사탕 몇 알 정도는 있을 거야."

"나라면 이제 큰길에 나가지 않겠어. 군인들 돌아다닐 때 우리가 나가는 거 마사 선생님이 안 좋아하셔." 에밀리가 앨리스를 말리듯 말했다.

"그건 적군을 말하는 거겠지."

"어떤 군인이든 마찬가지라고 했어." 에드위나가 구석에서 날카롭게 일갈했다. "마사 선생님이 말씀하신 것처럼 잘 아는 남자든 낯선 남자든, 남자들은 여자들을 해칠 수 있어."

그건 사실이었다. 마사 선생님은 시시때때로 군인들이나 낯선 사람들이 학교 근처에 오게 해선 안 된다고 우리에게 주의를 주었다. 우리를 보호하기 위해서인지, 아니면 그들이 우리의 조그만 웰시 조랑말이나 늙은 소 루신다를 훔쳐갈까 봐 그러는 건지 잘 모르겠다. 어쨌든 작년 이맘때 동쪽 챈슬러즈빌 근처에서 큰 전투가 있었는데, 그때 두 차례나 우리 쪽 군인들이 허락도 없이 학교 안으로 들어와 물을 달라고 했다. 한 번은 싸우러 가는 길이었고, 또 한 번은 후퇴할 때였다. 두 번 다 마사 선생님이 쇠갈퀴를 들고 우물을 지키고 서서 얼른 물을 마시고 나가라고 했다. 우리는 마사 선생님이 매정하다고 생각했지만, 선생님은 그들이 우리를 해칠까 봐 그랬던 거라고 설명했다.

우리 학교가 스폿실베이니아 대로에 있는 게 아니라서 평상시에는 낯선 사람이 학교 근처에 오는 일은 없었다. 마사 선생님이 붙임성이 좋은 사람이 아니라서 이웃들도 학교 근처에 오지 않았다. 맹세하건대 우리도 그녀와 똑같은 평판을 듣고 있을 게 분명하다. 마사 선생님은 우리에게 이웃 사람들과 어울리거나 이야기를 나누지 못하게 했다. 예전에는 마사 선생님이 식료품을 구하러 교차로에 나갈 때 우리 중 한두 명이 같이 나가곤 했지만, 이제는 그것마저도 허락되지 않았다. 최근에 우리가 갈 수 있는 곳이라고는 매주 일요일마다 가는 세인트앤드루스 성공회 교회뿐이다. 나는 가톨릭 신자라 성공회 교회의 미사가 맞지 않았고, 교회에 가는 것도 즐겁지 않았다. 그래도 기분 전환 삼아 일요일마다 교회에 갔다.

가족들이 전해주는 소식이 우리가 듣는 소식의 전부였고, 죄다 전쟁 이야기이다보니 점점 따분해지기 시작했다. 하지만 그마저도 점점 뜸해졌다. 아버지는 전쟁터에 나가 있어 편지를 쓸 겨를이 없었고, 어머니는 뉴올리언스 밖으로 나올 수 없어 편지를 보내기가 힘들어졌다. 지난 한 해 동안 가장 흥미진진한 전쟁은 이곳을 제외한 다른 모든 곳에서 벌어지고 있는 것 같았다. 그러던 어느 날 대포 소리가 다시 들려왔고, 군인들이 샛길을 따라 행군하기 시작했다.

우리는 아침 내내 커튼 뒤에서 그들을 지켜보았다. 세다힐 대로에는 일 년 전보다 더 많은 군인이 집결했다. 다만 지난번에 봤을 때보다 좀 더 지치고, 좀 더 남루해 보였다. 고함이나 노랫소리도 들리지 않았고, 군인들의 행동이 전보다 훨씬 굼떴다. 아마도 그들은 자기들이 어디로 가는지 알고 있고, 굳이 서둘러 갈 필요는 없다는 것도 잘 알고 있는 듯했다.

정오쯤, 그들이 모두 지나간 것 같았다. 군인들 소리가 잦아들자 어밀리아는 해리엇 선생님에게 냇물을 중심으로 이쪽 편에 버섯이 잘 자라는 곳을 알고 있다면서 숲에 다녀오겠다고 말했다. 만약 이번이 지난번과 같다면 하루나 이틀 내로 그들이 다시 돌아오지 않을 거라 안전하다는 말도 덧붙였다. 또 숲의 버섯을 그대로 버리는 건 죄악일 거라면서 곧 내릴 비에 그 버섯이 다 상해서 못쓰게 될 거라고, 대포가 비를 부른다는 건 누구나 다 아는 사실이라고 말했다.

물론 어밀리아는 숲으로 가기 위해서라면 어떤 핑계든 댔을 것이다. 어밀리아는 숲속에서 나무와 바위와 새 따위를 관찰하기를 좋아했다. 어떻게 보면 그녀 자신도 숲에 사는 아이 같았다. 수수한 외모에 햇볕에 그을린 피부를 보고 있자면 다람쥐나 겁에 질린 어린 사슴이 떠올랐다. 내가 어밀리아를 그렇게 생각하는 건 아주 이상한 일이다. 우리 둘이 체격은 비슷하지만 어밀리아가 나보다 세 살이나 더 많기 때문이다.

그날 오후 어밀리아가 돌아오는 걸 처음 본 사람은 앨리스였다.

"세상에, 별일이 다 있네!" 앨리스가 소리쳤다. "너희도 내가 보는 거 보여? 우리 수줍은 꼬마 어밀리아 대브니가 양키를 생포했어!"

얼리샤 심스

내 이름은 '앨리스'가 아니라 '얼리샤'이다. 그럼에도 사람들은 날 앨리스라고 부른다. 해리엇 선생님을 제외한 모두가. 나는 분명 얼리샤라는 이름으로 세례를 받았고, 해리엇 선생님은 그 사실을 증빙할 서류도 갖고 있다. 나는 해리엇 판즈워스 선생님이야말로 이 세상에서 내가 가진 유일한 친구라고 진심으로 믿는다. 해리엇 선생님은 날마다 내가 살았는지 죽었는지 궁금해하는 유일한 사람이다. 이곳에 있는 다른 사람들에겐 그런 걸 기대할 수가 없다.

사람들은 내가 루이지애나 혹은 캐롤라이나의 커다란 농장에서 태어난 게 아니라서 아무것도 모른다고 깔본다. 또 리치먼드나 애틀랜타의 으리으리한 저택에서 온 게 아니라서 날 우습게 여기고,

아무것도 못할 거라 생각한다. 하지만 틀렸다. 나는 다른 애들을 다 합친 것보다 훨씬 더 중요한 사람이다. 나는 누구보다 많은 걸 갖고 있다, 훨씬 더 많은 것을……. 비록 내게 직접 말한 적은 없지만 해리엇 선생님은 그 사실을 알고 있는 것 같다.

나는 전쟁이 나던 해 여름부터 삼 년째 이 학교에 머물고 있다. 그해 봄, 나는 어머니와 함께 워싱턴에 갔다. 그전에는 버지니아주 프레더릭스버그에 살았고, 그전에는 제퍼슨 호텔에서 꽤 오래 살았다. 그곳이 시내에서 가장 후진 호텔은 아니었지만, 그렇다고 가장 좋은 호텔이라고 말하기도 어려웠다.

어머니는 세상에서 가장 예쁘고, 때로는 아주 친절했지만 현명한 여자가 아니었다. 그렇다고 어머니가 무식하다는 건 아니다. 단지 감정적으로 부담을 느끼는 상황에서 올바른 판단을 하지 못한다. 여자에게 그것은 심각한 약점이다. 더욱이 자기 자신과 딸을 부양해야 하는 여자에게는 치명적이었다. 이건 어머니 자신도 선뜻 인정한 부분이다.

어쨌든 1861년 봄까지 어머니와 나는 제퍼슨 호텔에서 살았다. 우리는 호텔의 소유인인 C. J. 무디 씨가 자랑하는, 래퍼해녁강이 내려다보이는 4층의 스위트룸 두 개를 썼다. 링컨이 우리 사업에 관여하지 않았다면, 사우스캐롤라이나의 그 바보들이 자기 대포를 섬터 요새에서 시험해보지 않았다면, 그리고 앨라배마 모빌에 어머니를 만나러 갔던 C. J. 무디 부인이 남편의 안부를 확인하러 서둘러 집으로 돌아오지 않았다면, 나는 아직도 그 호텔에서 살고 있었을 것이다.

무디 부인은 리치먼드와 프레더릭스버그, 포토맥행衍 기차를 타고 고향으로 돌아왔지만 양키 동조자들이 철로를 파괴해놓는 바람에 밤늦게야 도착했다. 그래서 마차를 타고 역에서 호텔로 돌아왔을 때는 이미 자정이 넘었고, C. J. 무디 씨가 우리 어머니의 방에 있는 것을 보고 깜짝 놀랐다. 제퍼슨 호텔의 벽은 별로 두껍지가 않았다(과거에는 두껍지 않았다고 말해야 할지도 모르겠다. 이제 그 호텔은 양키의 대포에 완전히 무너져버렸기 때문이다). 무디 씨가 나의 어머니를 경리로 고용했다고 부인에게 주장하면서 말다툼이 시작된 직후, 나는 잠에서 깼다. 처음엔 그 말이 사실이었을 것이다. 우리 어머니가 경리에 대해 아는 바가 전혀 없었던 것 또한 사실이지만 적어도 처음에는 경리 일을 배울 생각이었을 거다. 무디 씨도 어머니에게 일을 가르쳐줄 생각이었을 것이다. 문제는 어머니에게 남자들이 업무에 집중하지 못하게 만드는 무언가가 있다는 것이다. 특히 무디 부인이 지적한 바와 같이 부인이 어머니 방에 들어왔을 때에 어머니가 경리 일을 하고 있었다는 증거는 그 어디에도 없었다.

다음 날 아침, 어머니와 나는 기차역으로 가서 워싱턴행 기차에 올랐다. 그 기차는 전날 무디 부인이 타고 온 기차였을지도 모른다. 당시 그 기차는 프레더릭스버그에서 장시간 정차한 뒤에 출발했기 때문이다. 그리고 그때만 해도 본격적인 교전이 시작되지 않아 미합중국과 남부 연합 간의 여행이 활발한 편이었다.

우리의 목표는 아버지를 찾는 것이었다. 어머니는 예전에도 심심치 않게 오랫동안 양육을 혼자 부담해왔으니, 이제는 아버지가 도울 차례라고 말했다. 그래서 지난 몇 년 동안 버지니아와 메릴랜드를 중심으로 몇 차례 아버지를 찾아다녔다. 한번은 뉴욕까지 간 적도 있었다. 문제는 매번 C. J. 무디 씨 같은 사람이 끼어들어 아버지를 찾는 일이 금세 시들해졌다는 것이다. 그러나 무디 씨

사건이 있은 뒤로 어머니는 이제 아버지를 찾는 일에만 온 정신을 쏟겠다면서 그길로 미 육군부로 갔다. 그때까지만 해도 어머니와 나는 양키(북군)를 지지해야 할지 반란군(남군)을 지지해야 할지 마음을 정하지 못하고 있었다.

어머니가 아버지에 대해 아는 거라곤 군인이라는 것뿐이었다. 그러니 아버지를 찾기에 육군부는 최적의 장소였다. 이름은 '클린트'이고, 어머니가 알고 지내던 당시에는 갈색 수염의 중령이었으니 지금은 적어도 소위쯤 되었을 거라고 짐작했다. 또 전쟁이 본격적으로 시작되면서 승진했을 수도 있었다. 그래서 우리는 지 스트리트의 여관에 방을 잡고, 그날 오후 육군부로 향했다.

장군 한 명과 중령 두세 명을 포함한 군 장성 몇 명이 우리에게 무척 협조적이었다. 우리 이야기를 주의 깊게 들어주었는데, 우리가 알고 있는 정보가 너무 빈약했던 탓에 큰 도움이 되진 않았다. 그들은 우리가 제시한 조건에 해당되는 사람이 미군 장교의 절반도 넘을 거라고 대답했다. 물론 그들에게 우리가 아버지를 찾고 있다고는 말하지 않았다. 가족의 오랜 친구인데, 성을 잊어버렸다고만 했다. 그리하여 그날의 성과는 공군 대령 한 명에게 어머니가 저녁 초대를 받은 게 전부였고, 나는 혼자서 지 스트리트의 여관으로 돌아가야 했다.

우리는 그해 7월까지 워싱턴에 머물렀다. 매일 수도의 거리를 돌아다니거나 연병장에 가서 훈련을 구경하고, 부대들이 차례로 수도로 들어올 때마다 기차역에서 기다렸다. 내 생각에 아버지가 오하이오 주나 인디애나 주의 민병 연대와 관련이 있을 것 같진 않았다. 다만 어머니는 아버지가 자신이 교제하던 당시에는 군인이었고, 군부대 중 한 곳에서 군인 징집 업무를 맡았을지도 모른다고 얼버무렸다. 그사이 어머니는 수많은 장교들과 친해졌고, 하사관들과도 가까이 지냈다.

7월 중순 무렵, 나는 아버지가 죽었거나 전역했을 거라는 결론에 도달했다. 솔직히 아무래도 상관없었다. 그러던 어느 날, 양키들은 어차피 전쟁이 날 거라면 일단 밀어붙여보기로 결정했고, 그 첫 단계로 버지니아 북부의 반란군을 진압하기로 했다. 그 원정은 어머니와 친분이 있었지만 아주 잘 알지는 못했던 맥다월 장군이 맡게 되었다. 그는 군을 이끌고 포토맥을 지나 머내서스 교차로로 향했다. 7월 21일, 수많은 신사 숙녀─의원들과 상원의원들과 그들의 아내 등등─가 아침 도시락을 싸서 마차를 타고 나왔다. 그들은 전쟁이 이 한 번의 큰 전투로 끝날 거라고 생각했고 지금 보지 않으면 영영 못 볼 거라고 생각했다.

어머니와 나는 아이오와 출신 의원의 마차를 타고 갔다. 물론 소풍 삼아 나간 건 아니었다. 북군 대부분이 전투에 투입된다면 아버지도 거기 있을 확률이 높을 거라고 생각했다.

설령 아버지가 거기 있다고 해도 우리는 그를 찾지 못했을 것이다. 그리고 다른 양키들처럼 아버지가 도망쳤다면 찾지 못한 게 되레 다행이었다. 우리가 소풍 장소로 잡아놓은 산비탈 자리에서 전투는 잘 보이지 않았지만 대포 소리와 머스킷 장총 소리와 고함 소리는 크게 들렸다. 그러다가 양키 군대가 우리가 있는 도로까지 후퇴했고, '우리 병사들'이 그들을 향해 엄청난 총탄을 쏟아부었다. '우리 병사들'이라고 말하는 것은 그때야 비로소 어머니와 내가 어느 편을 들지 확실히 정했기 때문이다.

그러나 의원의 말에게 이 모든 긴장감은 감당하기 힘든 일이었나 보다. 의원은 마차 옆에 서서 말의 머리를 붙잡으려 애썼고, 그 순간 말이 갑자기 들판을 가로지르며 온갖 소음과 연기로부터의 탈출을 감행했다. 어머니와 나를 뒤에 매달고서.

그렇게 우리는 남부로 돌아왔고, 워런턴으로 절반쯤 들어왔을 때에야 말을 진정시킬 수 있었다. 그때 잘생긴 젊은 대위가 이끄는 미시시피 기병 중대가 나타났다. 그는 마차를 말에서 분리했고, 그의 부하 한 명이 다가와 말을 진정시켰다. 대위는 마차에 올라 어머니 옆에 앉으며 인사를 나누었다. 어머니는 우리가 자매이고, 리치먼드에 있는 친척을 만나러 가는 길이라고 말했다.

대위는 우리를 워런턴에 있는 자신의 친척집으로 데려갔고, 우리는 그곳에서 며칠 동안 즐거운 시간을 보냈다. 적어도 어머니와 대위에겐 즐거운 시간이었고, 저녁 식사를 함께했던 사람들에게도 그랬다. 모두가 어머니의 전쟁 얘기—대부분 우리가 우연히 겪은 일들이었다—와 달아나는 양키들 얘기를 재미있게 들었다. 나는 같은 얘기를 몇 번이나 반복해서 듣는 게 따분했다. 얼마 후 대위가 미시시피 병사들을 이끌고 워런턴 밖으로 이동하라는 명령을 받는 바람에 어머니는 다시 아버지를 찾아보기로 했다. 나는 그 말이 무척이나 반가웠다.

그때쯤 어머니는 아버지가 남부 연합군 어딘가에 있을 거라는 결론에 도달해 있었다(처음부터 그렇게 생각했어야 했다). 리 장군을 포함하여 분리 독립 이후 수많은 연합군 장교가 전향했기 때문이었다. 따라서 맥버니 상병이 도착한 날 오후, 에밀리 스티븐슨이 우리 아버지가 적군에게 생포된 남군 고위 장교라고 말했을 때, 그 말이 사실일 가능성은 상당히 높았다. 비록 에밀리가 거짓말로 지어낸 얘기였지만.

나는 에밀리와 다른 아이들의 동정을 원치 않는다. 하지만 해리엇 선생님을 제외하고 에밀리가 이곳에 있는 대다수의 사람들보다 나에게 친절하다는 건 인정한다. 그리고 여기 있는 사람들에 대해 내가 할 수 있는 최선의 말은, 처음 이곳에 왔을 때만큼은 그들을 미워하지 않는다는 것이다. 나는 그들을 거의 완벽하게 무시하는 법을 터득했고, 내가 처음 이 학교에 왔던 1861년 여름보다 학생 수가 줄어든 탓도 있었다.

그때만 해도 학교에는 스무 명에서 스물다섯 명 정도가 있었다. 전에는 그보다 더 많았다고 했다. 사람들이 본격적으로 전쟁을 논의하기 이전에는 북부 출신들도 있었다고 한다.

워런턴에 머물렀을 때, 그 집에 살던 가족들이 어머니에게 이 학교를 소개해주었다. 어머니는 내가 거추장스럽게 따라붙지 않으면 아버지를 더 잘 찾을 수 있을 거라고 판단했다. 내겐 사실대로 말하지 않았지만, 기병 부대의 대위를 리치먼드에서 만나기로 약속한 것 같았다. 어머니는 언제나 바로 내 코앞에서 말 한마디 하지 않은 채 한숨과 미소와 내리깐 눈으로 일을 진행해버리는 능력이 있었다. 나는 어머니에게 많은 걸 배웠다. 어쩌면 이 학교에서 배운 것보다 훨씬 더 많은 것을.

그리하여 우리는 머내서스 전투 이후 며칠이 지난 7월의 어느 날 판즈워스 학교로 왔고, 어머니는 마사 선생님에게 기병대 대위에게 한 것과 똑같은 얘기를 했다. 단 이번에는 자신이 나의 어머니임을 인정했다. 어머니는 마사 선생님에게 우리가 프레더릭스버그 출신이고, 유산을 상속받기 위해 리치먼드에 가는 길이라면서 몇 주 내로 돌아와 수업료와 기숙사 비용을 지불하겠다고 말했다. 어머니는 나에게도 같은 말을 했지만, 유산을 상속받는 건 아니고 리치먼드에서 만나기로 한 신사가 어머니에게 필요한 거금을 빌려주기로 약속했다고 했다. 그러고는 의원의 마차를 타고 떠나 다시는 돌아오지 않았다.

내 생각에 마사 선생님과 해리엇 선생님은 처음부터 어머니의 얘기에 의심을 품었던 것 같다. 마사 선생님은 내가 온 지 얼마 안 되었을 때부터 이곳을 떠나주기를 바랐고, 내가 수업료를 내지 않을 뿐 아니라 학생들에게 바람직하지 않은 영향을 준다고 생각했다. 하지만 도대체 어떻게 바람직하지 않은 영향을 주었다는 걸까? 그때 나는 아이들과 교류가 거의 없었는데 말이다. 그때도 그랬고, 그 이후에도 줄곧 그랬다. 내 외모가 바람직하지 않았다면 또 모를까.

해리엇 선생님은 자기만의 아주 조용한 방식으로 나를 두둔했다. 평상시에 해리엇 선생님이 하는 얘기는 대체로 마사 선생님에게 별 의미가 없어 보였다. 마사 선생님은 언제나 해리엇 선생님이 입을 떼기도 전에 마음을 정한 것처럼 굴었고, 해리엇 선생님이 무슨 말을 하건 그 결심을 바꾸지 않았다. 그러나 내 경우에는 마사 선생님의 뜻대로 되지 않았다. 버지니아 주 지역에서 전쟁이 계속되면서 학생 수는 거듭 감소했고, 수업료를 내건 안 내건 더는 학생을 잃을 수 없었다. 요컨대 학교를 계속 유지하려면 학생이 있어야 했다. 수많은 학생들이 자발적으로 떠난 판국에 어떤 학생이든 강제로 내보내는 것은 옳지 않았다. 그 학생이 하필 나일지라도.

혼자 떠날까도 여러 번 생각해보았다. 마사 선생님과 마찰을 겪을 때면 더더욱 그랬다. 나는 독립적인 아이였고, 사람들은 나를 실제 나이보다 더 많게 보았기 때문에 혼자 앞가림을 해야 한다는 게 두렵지 않았다. 내가 여자들과 잘 어울리지 못하는 건 사실이지만 남자들이라면…… 조만간 나도 어머니처럼 잘할 수 있을 거라 믿는다. 하지만 그런 생각을 하는 밤이면 해리엇 선생님이 내 방으로 와서 날 위로해주고 인내심을 가지라고 했다. 내가 아는지 모르겠지만 선생님에게도 힘든 일이 있다고, 선생님이 나에게 위로가 되는 것처럼 나도 선생님에게 위로가 된다고.

내 방은 3층에 있다. 본래는 창고로 쓰던 방이었고, 내가 이곳에 왔을 땐 학생들이 많아 그곳이 남아 있는 유일한 방이었다. 지금은 다른 층에 빈방이 많이 있다. 그래서 본인이 원하는 경우가 아니고서는 다들 방을 따로 쓸 수 있다. 가장 나이가 어린 마리와 어밀리아는 방을 같이 쓰지만, 에밀리와 에드위나는 각자 방이 있다. 나는 아무래도 상관없다. 설령 그들이 나에게 부탁을 한다고 해도 내가 내려가지 않을 테니까.

내가 이곳에 머무는 이유는 딱 한 가지다. 어머니가 나를 이 학교에 두고 떠났으니 어머니가 나를 찾을 수 있는 곳 또한 이 학교뿐이다. 어쩔 때는 어머니가 돌아왔으면, 내게 편지라도 써주었으면 좋겠다. 또 어쩔 때는 어머니가 돌아오지 말았으면 좋겠다.

그날 오후, 나는 그런 생각을 하면서 앤디 윌킨스가 나에게 준 사탕을 먹고 있었다. 다른 아이들한테는 절대 말하지 않을 생각이지만, 앤디가 조지아에서부터 가져왔던 사탕을 빼앗은 게 후회되었다. 가장 위로가 필요한 순간에 먹으려고 아껴두었을 텐데……. 사탕 대신 얻은 것이 그에게 위로가 되었기를 바랄 뿐이다.

그런 생각을 하며 창밖을 내다보았고, 그때 어밀리아가 맥버니 상병을 데리고 오는 것을 보았다.

에밀리 스티븐슨

어밀리아가 맥버니 상병을 데리고 들어왔을 때 그는 반쯤 죽은 사람 같았다. 그에 대한 첫인상은 그가 왜소한 어밀리아보다 별로 크지 않다는 것이었다. 그러나 그와 친해지고 난 뒤에 살펴보았을 땐 그는 첫인상에 비해 좀 더 커 보였다.

그는 한 발로 뛰면서 다른 발의 발가락 반은 디디고 반은 끌며 걸었다. 어밀리아는 난생처음 옳은 일을 했다는 듯 환하게 웃고 있었다.

"여러분 만나서 반갑습니다."

그가 약간 불쌍해 보이는 미소를 짓고 나서 소파까지 제발로 걸어가 거기에 푹 쓰러졌다.

세상에! 저렇게 나약하고 무기력한 저들을 물리치는 데 왜 그토록 오랜 시간이 걸리는 걸까?

다음번에 아버지에게 편지를 쓸 때 그 얘기를 해야겠다고 생각했다. 물론 아버지가 지금도 힘겹게 싸우고 있다는 것은 잘 알고 있다. 연방군 병사들이 우리 남군 병사들보다 훨씬 잘 먹고, 잘 입기 때문이다. 하지만 우리 병사들은 모두 남부 연합에서 태어난 시민들이다. 외국인과 이민자, 흑인에 출신이 불분명한 사람들이 뒤섞여 있는 연방군과는 차원이 다르다. 연방군에겐 우리 병사들이 지닌 근성과 공동의 목표의식이 없으니 그들은 결국 패전하고 말 것이다. 어밀리아가 데리고 들어온 이 남자도 아일랜드나 그 외의 다른 나라에서 온 이민자인 게 분명하다. 찰스턴에 존경받는 아일랜드 사람들이 없는 건 아니다. 비교적 가난한 편이지만 남부의 아일랜드인들은 적어도 남부에서 태어난 시민들이고, 자기들과 상관없는 전쟁에 동원되거나 징용되지 않았다.

"죽은 건 아니겠지?"

어밀리아가 소리를 지르며 소파로 달려왔다. 어밀리아는 숲에서 주워온 온갖 잡동사니 수집품—돌멩이와 나뭇잎과 나비와 딱정벌레 들—에 이 양키도 포함시키기로 한 모양이다. 어밀리아가 방에 보관하고 있는 그 잡동사니들은 우리 모두의 신경을 긁었다. 특히 해리엇 선생님의 심기를 불편하게 했다. 한번은 해리엇 선생님이 어밀리아가 침대 밑에 넣어둔 피클 병 속의 거대한 거미를 보고 하마터면 기절할 뻔했다. 해리엇 선생님은 가까스로 용기를 끌어모아 어밀리아를 데리고 학교에서 멀찌감치 떨어진 곳에 가서 거미를 놓아주게 했다. 해리엇 선생님조차도 거미를 죽일 생각은 하지 않았다. 그것만 보아도 해리엇 선생님은 마사 선생님보다 훨씬 마음이 여린 사람이다. 마사 선생님이었다면 망설이지 않고 그 자리에서 밟아 죽였을 것이다. 세상에는 별의별 사람들이 다 있다. 이 작은 학교 안은 말할 것도 없다. 어밀리아는 머지않아 사랑스러운 거미를 잊었고, 맥버니 상병이 오던 무렵에는 다른 애완동물 한두 마리를 방에서 키우고 있는 것 같았다.

그는 얼마 못 살 것 같았다. 얼굴빛이 소파 등받이에 씌운 리넨 덮개의 빛깔만큼이나 창백했다. 숨은 쉬고 있었지만 호흡이 얕고 빨랐다. 바로 치료하지 않으면 죽을 게 분명했고, 설령 치료한다고 해도 우리 중 누군가가 할 수 있는 일이 아닌 것 같았다.

"다리에서 피가 흐르고 있어……. 마사 선생님의 페르시아 카펫에!"

언제나 그런 것들을 가장 먼저 포착하고 보고하는 에드위나가 소리쳤다.

"비누하고 물로 빨면 지워져. 하지만 지금 그런 걱정을 할 때가 아니야. 어밀리아, 부엌에 가서 매티를 불러와. 마리는 해리엇 선생님을 모셔오고."

마리와 어밀리아가 내 지시를 따랐지만 내켜서 하는 것 같지는 않았다. 마사 선생님과 해리엇 선생님은 자기들이 없을 때 내가 그들 대신 나서주기를 바랐다. 내가 나서는 걸 싫어하는 아이들이 있다는 것을 잘 알고 있다. 특히 에드위나 모로는 날 눈엣가시로 여겼다. 에드위나는 나보다 한 살이나 많았고, 이 학교에 온 지 가장 오래되었기 때문이다. 그럼에도 나는 선생님의 기대에 부응하려 애썼다.

성격이 비뚤어진 것이 전적으로 그 애 탓이라고 말할 수는 없다. 앨리스 심스처럼 에드위나도 딱히 갈 곳이 없었다. 아버지 말고는 돌봐줄 보호자나 친척이 없었고, 그녀의 아버지는 딸을 걱정하기보다 가난한 정부에 허섭스레기를 파는 데 더 바빴다.

테이블 위에 오래된 〈서던 일러스트레이티드 뉴스〉 한 부가 놓여 있었다. 나는 얼른 신문을 의자 위에 펼치고 그의 다리를 그 위에 올려놓았다.

"해리엇 선생님이 꼭 간직하고 싶어하는 에드거 앨런 포의 시가 그 신문에 실린 걸로 아는데." 에드위나가 말했다.

"선생님은 기꺼이 신문을 버리실 거야, 이 소파 대신. 조용히 좀 하고 내가 이 남자를 일으킬 테니까 둘 중 한 명이 날 좀 도와줘."

그는 의식이 거의 없었지만 분명히 우리가 하는 말을 들었을 것이다. 말없이 도움을 청하는 그의 시선이 앨리스에게서 천천히 에드위나, 그리고 나에게로 움직였다. 그 순간 나는 진심으로 그가 가엾다는 생각이 들었다. 생명이 그에게서 빠져나가고 있었다. 주

근께 너머 검댕으로 뒤덮이지 않은 피부는 잿빛이었고, 입술은 눈 동자만큼이나 파랬다.

앨리스가 물을 한 잔 따라주었지만 그는 물을 마실 만큼 입을 벌릴 수가 없었다. 앨리스가 입안에 물을 넣어주자 그는 한 달 된 아기처럼 흘려버렸다.

"이렇게 해보자." 에드위나가 손수건을 물에 적신 뒤 살짝 짜서 한 방울씩 그의 입술 사이에 넣어주었다.

"그 수건은 깨끗한 거야?"

"중국산 실크야. 아버지가 상하이에서 돌아올 때 가져왔어."

개인적으로 나는 그녀의 아버지가 중국은 고사하고, 소문이 사실이라면, 강을 끼고 돌아다니며 장사를 한 것 말고는 이렇다 할 여행을 다녀왔을 리가 없다고 생각했다. 평소 나는 소문을 퍼뜨리고 다니지 않지만, 올해 학교로 돌아오지 않은 애들 중 한 명이 에드위나 모로의 아버지가 '멤피스 퀸'이라는 살롱에 틀어박혀 몇 달째 카드 게임만 하고 있다고 말했다. 또 그곳에서 사고를 쳤는지 흠씬 두들겨 맞고 미시시피강에 내던져졌다고도 했다(아마도 리어노어 페어차일드나 마사 월리스 중 한 명일 것이다). 그 소문이 사실이든 아니든, 손수건이 정말 고급이었다면 연방군 병사를 위해 물에 적시기 전에 한 번 더 생각해봤을 것이다.

"그런 생각을 하다니 정말 똑똑하다, 에드위나."

나는 기회가 있을 때마다 에드위나를 칭찬하려고 애쓰지만 그럴 기회가 많지 않다는 것을 하나님은 아신다.

"그런데 물을 너무 급하게 주진 마. 그랬다간 출혈로 죽기 전에 기도가 막혀서 죽을 테니까."

그때 어밀리아 대브니가 껍질을 벗긴 콩을 앞치마 한가득 담고 있는 매티를 끌고 들어왔다. 가엾은 매티는 소파에 앉아 있는 남자를 보더니 섬뜩한 비명을 지르며 콩을 사방에 뿌렸다.

"어린 아가씨들이 이 집에 재앙을 끌어들였네! 도로 데리고 나가세요! 저자가 있었던 곳으로 데려다주고 알아서 하라고 하세요. 우리가 신경 쓸 일이 아니잖아요."

"다른 사람은 주위에 없었어. 혼자 있었다고." 어밀리아가 대들며 말했다.

"그래도 데려가세요. 어디로든 데려가시라고요. 이 집에서 멀찌감치 떨어진 곳에서 죽게 내버려두세요. 이 거실에서 더 안으로는 들이지 마세요. 그랬다간 양키들이 들이닥쳐서 문을 두드리고는 우리가 이자를 죽였다고 난리칠 거예요."

"아무도 우릴 비난하지 않을 거야, 매티." 앨리스가 달래는 듯한 목소리로 말했다. "이 사람이 여기 있는 걸 우리 말고는 아무도 몰라. 우리하고 하나님, 어쩌면 이 사람을 돌봐주라고 하나님이 우리한테 보내셨는지도 모르잖아. 우리 모두에게 말이야. 매티, 너도 포함해서."

그 말은 매티를 진정시키기에 충분했다. 매티는 하나님이 당신의 일에 그녀의 도움을 필요로 한다고만 하면 숲에서 끊임없이 우르릉거리는 대포 앞으로라도 나설 사람이었다.

"해리엇 아가씨는 어디 계시죠?" 우리의 포획물을 자세히 들여다보며 매티가 말했다.

"낮잠을 주무시나 봐. 마리가 모시러 갔어."

"뭐든 조치를 취하려면 빨리 해야 할 거 같은데요. 이미 너무 늦었다고 해도 난 놀라지 않겠어요." 매티가 그의 이마를 손으로 짚어보며 말했다.

그 말에 우리 모두 눈물을 글썽였다. 앨리스와 어밀리아와 나, 심지어 에드위나까지 눈물을 흘렸다.

"얘들아, 침착해. 이 사람이 딱하다고 생각하는 건 당연하지만 만약 어밀리아가 발견하지 않았다면 지금보다 상태가 더 나빴을 거야."

"맞아." 어밀리아가 말했다. 그리고 그 순간 그녀에게 새로운 생각이 떠올랐던 모양이다. "어쩌면 그것마저도 하나님의 뜻인지도 몰라. 이 사람을 위해 우리가 할 수 있는 일은 본래 아무것도 없는 건지도 모른다고. 내가 이 사람을 찾아서 여기로 데려오는 게 전부였는지도……."

살았건 죽었건, 어밀리아에게 그는 숲속의 생명체에 지나지 않았고, 혼자 발견한 희귀생물이었다.

"해리엇 아가씨는 뭘 하느라 이렇게 안 오신대요?" 매티가 눈물 바람으로 불퉁하게 말했다.

"지금 오는 중이야." 마리 데브르가 거실로 들어서며 말했다. "단장을 하느라 시간이 좀 걸리나 봐. 볼에 생기를 주려고 연지를 바르는 걸 봤어. 흰머리에 검은색 가루도 바르시던데? 이 집에 남자가 오는 게 흔한 일이 아니라고 생각하시나 봐."

∅ 해리엇 판즈워스

지금 생각해보면 마리 데브르가 전한 소식이 나의 멍한 정신에 스며들기까지 꽤 시간이 걸렸다. 재봉 수업 이후 두통이 심해서 침대에 누워 있었고, 처음에 그 얘기를 들었을 땐 어린아이가 지어낸 황당한 얘기라고 생각했다. 이따금 어린 학생들은 내가 받아 주겠거니 하고 응석을 부리듯 장난을 치곤 했다. 나의 언니 마사라면 단 한순간도 용납하지 않을 법한 짓궂은 장난을 나는 감내한다. 마사는 나의 모호한 태도가 나에 대한 존경심을 잃게 만들었다고 주장한다. 분명 그럴 수도 있겠지만, 때로는 그래서 학생들이 나를 더 좋아하는 것 같다.

"알았어. 내가 내려가서 그 포로를 한번 만나볼게. 하지만 혹시라도 장난치는 거면 저녁 식사는 없을 줄 알아."

나는 옷매무새를 가다듬고 아버지가 멕시코 전쟁에서 돌아올 때 가져온 검은색 레이스 망토를 어깨에 둘렀다. 그러고는 버릇없는 꼬마 아가씨 마리 데브르를 따라 아래층으로 내려갔다.

사실 거실에 방문객이 있을 수도 있다는 기대를 반쯤은 하고 있었다. 학생들의 친척들, 이를테면 전쟁터에 나가다가 들른 오빠라든가 아버지가 와 있을 수도 있었다. 다만 포탄 소리로 보아 전쟁은 우리가 있는 곳에서 일 점 오 킬로미터 이상 떨어진 곳에서 벌어지고 있었다. 부상당한 낙오자가 숲을 헤매고 걸어오기에는 너무 먼 거리였다. 하지만 내 생각이 틀렸다. 실제로 한 명이 그 길을 걸어왔고, 현재 상태로 보아 더는 걸을 수 없을 것 같았다.

"아직 살아 있어요, 선생님." 말을 해야 확실해진다는 듯 앨리스 심스가 말했다. "숨을 쉴 때 제 거울이 뿌옇게 되는 거 보이시죠?"

앨리스는 반쯤 벌리고 있는 남자의 입 앞에 불운한 제 어머니의 유물인 조그만 싸구려 주머니 거울을 대었다가 내가 볼 수 있도록 내밀었다.

"다리의 상처에서 피가 나요. 그건 심장 기능은 정상이라는 얘기인데…… 갈비뼈에 몇 번 손을 대어보았는데 박동이 전혀 느껴지지 않아요." 현실적인 에밀리 스티븐슨이 말했다.

"이건 내 경험 밖의 일이지만, 이분을 위해 우리가 할 수 있는 일을 뭐든 해보자. 마사 선생님이 돌아올 때까지라도."

그를 보는 순간 마사의 반응이 어떨지 짐작이 갔다. 학생들의 안전과 우리의 방어망이 뚫린 것에 그녀가 무슨 말을 할지 알고 있었다. 그러나 마사가 돌아올 때까지는 나에게 책임이 있었고, 나는 내게 주어진 책임에 최선을 다하기로 결심했다.

"누가 내 방에 가서 반짇고리 좀 가져다줘. 매티, 혹시 낡은 헝겊 조각이 있을까?"

"제가 알기로 이 집에 헝겊 조각 같은 건 없어요. 저도 집 안 먼지라도 좀 닦을라치면 옥수수 껍질을 쓰는걸요. 붕대를 구하러 온 여자들한테 마사 아가씨가 이불과 베갯잇을 몽땅 내어준 거 아시잖아요."

"그럼 리넨 장에 있는 다마스크 식탁보를 가져와. 어서, 매티."

"그건 아가씨 할머님께서 타이드워터에 있던 집에서 가져오신 거잖아요! 그 이전에도 이 집에 얼마나 오래 있던 물건인지 하나님만이 아시겠지요. 설마 그 식탁보에 적군의 피를 묻힐 생각은 아니시겠죠, 해리엇 아가씨? 보나마나 마사 아가씨가 좋아하지 않으실 텐데……." 매티가 겁에 질린 목소리로 소리쳤다.

"가져와. 마사가 돌아오면 내가 설명할 테니까." 내가 단호하게 말했다.

긴박한 상황에 처하면 내가 얼마나 권위적으로 행동할 수 있는지 나 자신도 가끔 놀라곤 한다. 물론 마사가 집에 없으면 더 그렇게 된다.

매티는 더 대들지 않고 식탁보를 가져왔고, 뒤이어 어밀리아가 내 반짇고리를 들고 내려왔다. 나는 가위를 꺼내고 심호흡을 한 뒤 그의 바지를 자르기 시작했다.

끔찍한 상처였다. 발목부터 무릎까지 종아리가 뼈를 드러낸 채 길게 찢어졌고, 검은 쇳조각이 여기저기 박혀 있었다.

"마사가 치료해야 할 것 같아. 내가 손을 댈 수 있는 상처가 아니야. 혹시 기절할 것 같거든 다른 데 가서 하렴."

나는 이를 악물고 말한 다음, 식탁보를 길게 잘랐다. 그리고 그의 무릎 위로 식탁보를 두르고 에밀리에게 한쪽 끝을 힘껏 잡아당기게 하여 최대한 단단하게 다리를 조여 묶었다.

"이렇게 하면 출혈이 좀 멎을 거야. 아직 흘릴 피가 남아 있다면……."

나는 와인 캐비닛으로 갔다. 예전에 있던 학생 두어 명이 장난삼아 백포도주를 몰래 홀짝인 뒤로 마사는 평상시에 와인 캐비닛을 잠가두었다. 다행히 나는 캐비닛을 가윗날로 열 줄 알았고, 그보다 더 다행스러운 일은 캐비닛 안 백포도주 병 뒤에서 마리 데브르의 아버지가 이 년 전 크리스마스에 보내준 자두 브랜디 반병을 발견한 것이다. 나는 그 브랜디를 완전히 잊고 있었다.

나는 손이 떨리는 것을 막기 위해 작은 잔에 브랜디를 따라 마시고 나서 소파에 누워 있는 가엾은 남자를 위해 조금 더 따라서 들고 갔다. 내가 그의 입술 사이로 브랜디 한두 방울을 조심스럽게 흘려 넣어주는 것을 아이들이 주의 깊게 지켜보았다.

"목에 걸려서 안 들어갈 거예요. 앨리스가 물을 넣어주려고 했는데 안 들어갔어요." 에드위나가 말했다.

"브랜디는 좀 다를지도 몰라요." 이번에는 마리가 말했다. "억양으로 봐서 아일랜드 사람인 것 같은데, 아일랜드 사람들 대부분은 술을 좋아하잖아요. 양키들이 침략하기 전에 우리 집에 감독관으로 있던 패트릭 말로니 씨는 자기가 고양이처럼 목숨이 아홉 개라면서, 만약 자기가 죽으면 우리 아버지의 토디*를 마시는 순간 다시 살아날 거라고 했어요. 말로니 씨는 그걸 진짜 좋아했거든요, 해리엇 선생님. 제 생각엔 선생님도 그 술을 무척 좋아하실 거 같아요."

"토디는 여자들이 마시는 술이 아니란다." 내가 날카롭게 말했다. 좀 더 훈계할까도 생각했지만 마리가 언제나처럼 천진난만한 표정을 짓고 있어 그쯤에서 덮어두기로 했다. 죽어가는 병사와 그의 끔찍한 상처를 아이들이 모두 가만히 서서 지켜보고 있다는 게 놀라웠다. 내가 어렸을 때는 가시에 찔린 손가락만 보아도 기절했는데, 우리 학생들은 그런 기색이 전혀 없었다. 나는 이 상황이 우리가 미처 계산하지 못한, 이 시대가 낳은 필요악일 거라고 생각했다. 세상이 어린아이들을 강하게 단련시킨 셈이다.

나는 브랜디를 작은 잔에 한 번 더 따랐고, 내가 조금 마시고 나서 나머지를 남자에게 먹였다. 술이 도움이 되었다는 가시적인 징후는 없었지만, 그는 내가 먹여주는 술을 순순히 받아 마셨다.

"너희, 이제 좀 옆으로 비켜주겠니. 이 가엾은 남자가 남아 있는 공기를 마실 수 있도록 말이야. 만약 이대로 죽는 거라면, 최대한 편안하게 눈을 감을 수 있게 해드리자꾸나."

아이들이 내 말을 듣고 조금 물러섰다. 마리는 신경질석으로 키득거렸고, 에밀리는 마리를 꾸짖었다. 어밀리아는 자신의 수집품을 잃을까 봐 슬픔에 잠긴 것 같았고, 앨리스는 불운한 자신의 어

---

* 독한 술에 설탕과 뜨거운 물을 넣고 때로는 향신료를 가미해 만든 술.

머니처럼 남자를 잃는 것이 곧 세상의 쇠락이라고 생각하는 듯했다. 문득 앨리스나 그녀의 어머니가 존 던*의 이야기를 들어본 적이 있는지 궁금해졌다.

그제야 아이들 모두 눈물을 글썽이고 있다는 것을 깨달았다. 심지어 에드위나 모로까지도. 솔직히 에드위나에게 동정심 따위가 있을 거라고는 미처 생각지 못했다. 에드위나는 내가 자신을 바라보고 있음을 알아차린 순간 얼른 눈물을 감추고 미소를 지으며 내게 윙크했다.

에드위나 모로

술 취한 늙은 참견쟁이 같으니라고……. 이 노망난 술주정뱅이!

그녀는 내가 모르는 줄 알지만 틀렸다. 어디 그뿐인가? 해리엇 선생님이 와인 캐비닛에 자주 들락거린다는 것과 예전에 더 많은 와인이 보관되어 있는 창고에 자주 들락거렸다는 건 우리 학교 학생이라면 누구라도 아는 사실이다. 내가 '예전'이라고 말한 것은 해리엇 선생님의 아버지가 오래전에 쌓아두었던 와인이 지금쯤은 바닥난 게 분명하기 때문이다. 그나마 그녀의 언니가 와인 창고에 새 자물쇠를 달고, 해리엇 선생님이 아직 자물쇠를 따는 방법을 몰라서 와인 캐비닛이 유지되고 있는지도 모른다. 하긴 와인이 아직 남아 있건 말건 학생들에겐 아무 상관이 없다. 크리스마스 휴

---

* John Donne. 17세기 영국의 시인이자 성직자. 자신의 시 〈누구를 위해 종을 울리나(For Whom the Bell Tolls)〉에서 '모든 사람은 대륙의 한 조각이니 어떤 사람의 죽음도 나를 감소시킨다'라고 썼다.

가 때 집에 돌아가지 못한 학생들에게 가끔 제공되는 것을 제외하면, 구경조차 못했기 때문이었다.

전쟁이 나던 첫해 크리스마스이브였던가? 해리엇 선생님과 내가 응접실의 불가에 앉아 있었다. 마사 선생님과 매티가 잠자리에 들고 나서 해리엇 선생님과 나는 와인을 꽤 많이 마셨다. 그때 나는 열네 살이었고, 해리엇 선생님은 와인이 들어가면 내 혀가 풀려서 뭔가 털어놓을 거라고 생각했던 모양이다. 그래서 그녀가 알지 못했던, 영원히 알지 못할 나의 사연을 알게 될 거라 기대했나 보다.

그녀는 한참 잘못 생각했다. 그녀가 나에 대해 몰랐던 게 한 가지 있다면, 내가 아주 어린 나이에 와인 마시는 법을 배웠다는 것이다. 내가 여섯 살 때인가 일곱 살 때, 세인트루이스에서 뉴올리언스로 가는 증기선의 클럽과 술집과 살롱에서, 아버지는 날 무릎 위에 앉혀놓고, 마치 젖인 양 와인을 따라주었다. 나를 향한 애정이기도 했고, 나를 잠잠하게 만들어놓고 보다 재미있는 일을 즐기기 위해서이기도 했다.

어쨌든 그해 크리스마스이브에 해리엇 선생님이 고개를 까딱이고, 발음이 불분명해지고, 무릎에 와인을 쏟기 시작할 때에도 나는 여전히 머리가 맑았다. 그녀는 내가 아버지하고 어떻게 살아왔는지, 어머니는 어디에 있는지, 그리고 가족들은 어떻게 되는지 궁금해했다. 그녀와 그녀의 언니가 그전의 심문에서 알아내지 못한 것들이었다. 그날 나는 아무 말도 하지 않았지만 그녀에 대해서는 상당히 많은 것을 알게 되었다. 궁금해하는 사람들에게는 기꺼이 알려줄 수 있는 것들이었다. 더구나 그 정보의 대가로 나는 아무것도 요구하지 않을 생각이다.

판즈워스 자매는 내가 이곳에 처음 도착한 날보다 나에 대해 조금도 더 알아낸 게 없다. 우리 집안의 성姓이 좋은 데다 어떻게 받았는지 알 수는 없지만 나의 추천서(유명한 주지사가 서명하고 현재 데이비스* 내각에서 일한다는 어느 신사에게서 받았다)가 몹시 훌륭했다. 뿐만 아니라 그들이 제시한 학비의 몇 배를 내고 이곳에 들어왔으니, 난 늘 그들의 관심 대상이었다.

나는 수업료를 항상 선불로 냈다. 굳이 말하자면, 이곳에 있는 다른 학생들의 수업료의 몇 배나 되는 고액을 내고 입학했다. 그 이전에도 이후에도 결코 그렇게 지급한 학생은 없을 것이다. 사 년 전, 나는 인디언 구슬이 달린 핸드백에 연방은행의 금화를 가득 채워서 이 학교로 왔다. 처음 이곳에 오면서 합의한 일정보다 훨씬 더 오래 있어도 될 정도의 돈을 가지고 있었다. 그리고 얼마 지나지 않아 마사 판즈워스 선생님이 그 금화를 유독 좋아한다는 것을 알게 되었다.

나의 훌륭한 조건 덕분에 판즈워스 자매는 날 조금 더 예뻐하고, 이 학교에서 나의 의사는 항상 존중된다. 학생들은 전부 다 날 미워하지만, 나는 최고의 예우를 받았다. 마사 선생님과 해리엇 선생님은 저녁 식사 뒤에 매티의 푸딩이 남거나 아침 식사 시간에 베이컨이 남으면(옛날에 그랬다는 얘기다. 이제 우리에겐 남아 있는 베이컨이 없고, 이렇게 된 지도 한참이 되었다) 다른 학생보다 나에게 먼저 권했다.

마사 선생님이 금화 소리를 얼마나 좋아하는지 모른다. 마사 선생님의 눈동자에 생기가 돌 때는 일 년에 두 번, 내가 20달러짜리

* Jefferson Davis. 남북전쟁 당시 남부 연합의 대통령으로 선출된 미시시피 출신의 정치인.

금화 한 자루를 그녀의 책상 위에 올려놓을 때뿐이다. 그것이 그녀의 삶에 유일한 기쁨인 것 같다.

"여기요, 마사 선생님." 가끔 이런 말을 덧붙이기도 한다. "양키의 돈을 받기엔 선생님의 애국심이 너무 강한 게 아닌지 모르겠어요. 만약 그러시다면, 상점이나 은행에 가서 남부 지폐로 바꾸어달라고 부탁해볼게요. 아니면 아버지가 남부의 법정 화폐로 돈을 보낼 수 있을 때까지 기다리셔도 되고요."

그러면 마사 선생님은 항상 이렇게 대답했다.

"아니다, 에드위나. 널 곤경에 처하게 하고 싶진 않아. 이걸로도 얼마든지 요긴하게 쓸 수 있을 거야."

애국심이라는 게 요즘 들어 상당히 애매한 개념이 되었다. 내가 그런 식으로 말할 때마다 그게 조롱하는 건지 아닌지조차 그녀는 알지 못한다. 물론 나는 마사 선생님이 풀밭의 늙은 황소보다도 더 애국심이 없다고 확신한다. 전쟁의 결과가 실제로 그녀에게 아무 영향을 미치지 않는다면 전쟁에서 누가 이기건 그녀는 상관하지 않을 것이다. 그녀가 원하는 것은 어떤 식으로든 상황이 정리되고, 재학생 수가 예년 수준으로 회복되어 판즈워스 학교에 다시 돈이 펑펑 쏟아지는 것뿐이다.

이곳에 있는 다른 학생들을 포함하여 마사 선생님도 내 수중에 돈이 얼마나 남아 있는지 알 수만 있다면 무슨 짓이든 할 사람이다. 한 번인가 두 번, 누군가 내 방을 수색했다. 얼마나 치밀하게 이루어졌는지 두 번 다 모든 것을 제자리로 돌려놓았지만 첫 번째는 탁자 위의 책 위치가 바뀌었고, 두 번째는 내가 문고리와 캐비닛 서랍 사이에 연결해놓은 검은 실이 없어졌다.

그 많던 나의 20달러짜리 금화가 이제 이곳의 일 년치 학비로도 모자랄 정도밖에 남지 않았다. 그래도 상관없다. 이번 학기는 이 늙은 까마귀들과 머물기로 했고, 낙엽이 지기 전에 아버지가 나를 데리러 올 것이다.

그들은 아버지와 나에 대해 아무것도 모르지만, 나는 그들에 대해 엄청나게 많은 것을 알게 되었다. 나는 해리엇 선생님의 술버릇과 마사 선생님의 탐욕과 그들의 현재와 과거의 삶에 관한 많은 것들을 알았다. 한번은 밤중에 말다툼하는 걸 들은 적도 있다. 마사 선생님의 혹독한 책망과 해리엇 선생님이 흐느끼는 소리를 들었다. 그녀는 이 세상의 모든 나약한 사람들이 그렇듯이 잃어버린 시간과 돌이킬 수 없는 지난 시간 때문에 울었다.

그 첫날 오후, 그녀는 부상당한 양키에게서 고개를 돌려 나를 보고는 만족스러운 미소를 지었다. 처음엔 그녀가 무슨 생각을 하고 있는지 알 수 없었지만, 어느 순간 내가 그 군인 때문에 눈물을 흘린다고 오해하고 있음을 깨달았다. 해리엇 선생님은 또 한 명의 상심한 영혼을 발견하고 기뻤던 것이다.

글쎄…… 이번에도 그녀는 틀렸다. 나는 양키를 연민하여 운 게 아니었다. 만약 다쳐서 죽어가는 사람들을 위해 눈물을 흘려야 한다면, 전쟁에 쓰러진 사람을 위해 하루 종일 울어야 할 것이다. 게다가 나는 그 사람을 알지 못했다. 그는 내가 지지하는 쪽의 군복을 입지도 않았고, 그런 꼴을 당해도 싼 사람일 것이다. 그게 내가 기억하는 그날 오후 나의 감정이었다.

그날 나는 그를 위해 울지 않았다. 그럼에도 해리엇 선생님이 그렇게 생각한다면 정원에서 스며들어온 햇살 탓이다. 나의 눈이 약간 촉촉해졌다면 머릿속을 스치는 아버지에 대한 기억 때문이다. 그 양키를 보고 있자니 문득 아버지가 떠올랐다. 아버지는 팔

다리가 길었고, 밤잠을 못 이룬 날이면 몹시 창백했다. 꼭 그 사람처럼. 아버지에게도 한때는 소파에 누워 있던 양키만큼 젊었던 시절이 있었다. 생각해보면 그리 오래된 일도 아니지만.

'차라리 지금 죽는 게 훨씬 나을 텐데. 고통에서 벗어나 저 사람이 편안해질 수 있다면……. 저 사람이 죽었으면 좋겠어.'

이런 생각을 했던 기억이 있다. 그런 서글픈 마음과 햇살이 다시 내 눈가를 촉촉하게 만들었고, 나는 해리엇 선생님에게 더 이상의 기쁨을 주지 않기 위해 자리를 떴다.

나는 앞 베란다에 홀로 앉아 내 삶의 방식을 생각했고, 앞으로 내 삶이 보다 나은 방향으로 달라질 수 있을지 생각했다. 그리고 중국 실크 손수건을 꺼내 이마의 땀을 닦으려다가 수건이 여전히 물에 젖어 있음을 깨달았다. 그 손수건은 아버지의 것이었다. 수많은 그의 여자들 중 한 명에게서 선물로 받은 것이다. 나는 그 쓸모없는 조그만 헝겊 쪼가리를 돌돌 말아 베란다 옆 개나리 덤불에 던져버렸다.

숲에서는 포격이 계속되었고, 그쪽 방향에서 엄청난 연기가 솟아올라 북부와 북동부의 하늘을 완전히 뒤덮었다. 문득 이 세상에서 고통받는 사람이 나 혼자가 아니라는 생각이 들었다. 포탄이 터지고 연기가 피어오를 때마다 그것은 엄청난 고통의 신호로 다가왔다. 고통은 그 쇳덩이가 떨어지는 숲속의 어느 한 지점에서 시작하여 온 마을과 도시와 외딴 집들에까지 파장을 일으키며 물결처럼 번져갈 것이다. 어쩌면 우리 집 안에 있는 저 부상당한 병사의 고통도 여기서 멀리까지 퍼져갈 것이다. 그의 어머니에게, 형제자매에게, 혹은 애인에게도. 문득 그에게 애인이 있을지 궁금했다.

만약 내가 죽는다면 신경 써줄 사람이 있을까? 잘못 날아온 포탄이 학교에 떨어져 내가 죽게 된다면, 아버지가 슬퍼할까? 아니면 아버지에겐 그보다 다급한 문제가 있을까?

그런 생각에 잠긴 채 한 시간쯤 흘려보냈다. 해가 저문 세다힐 대로를 돌아 조랑말과 마차를 몰고 학교 진입로로 들어오는 마사 선생님이 보였다.

'양키의 운명을 결정할 포탄이 오시는군. 그의 목숨은 저 손에 달렸어.'

그 뒤로 벌어진 일들은 나의 생각이 부분적으로만 사실이었음을 증명했다. 그의 목숨은 우리 모두의 손에 달려 있었다. 우리 모두의 목숨이 그의 손에 달려 있었던 것처럼.

마사 판즈워스

숲에 가지 말라고 어밀리아 대브니에게 수백 번 주의를 줬건만!

그래서 나는 내 명령을 어긴 그 아이에게 벌을 줘야겠다는 결론을 내렸다.

"부모님한테 데려가라고 할 건가요?" 에드위나 모로가 물었다. 에드위나는 제멋대로 마차에 올라 내 옆에 앉았다. 솔직히 그 문제를 에드위나와 상의할 생각은 없었다.

"지금 상황에서 그러긴 좀 힘들 것 같구나. 그 아이 집이 전쟁 지역이라……."

"그건 그래요." 에드위나는 대화를 계속 이어갈 작정인 듯 말을 이었다. "그걸 잊고 있었네요. 사실 어밀리아가 가족들한테 소식을 들은 지가 한참 된 것 같더라고요. 제가 아버지한테 소식을 못 듣는 것처럼."

내가 보기에 에드위나의 아버지는 면화와 관계된 불법 행위로 당국에 억류되었을 가능성이 높았다. 몇 주 전 리치먼드 신문에서 그의 이름을 본 적이 있다. 학교에서는 더 이상 신문을 받아보지 않지만, 교차로 상점에 나갔다가 포터 씨가 구독하는 신문을 보았다. 그녀의 아버지는 사기 혐의로 정부기관의 조사를 받는 몇 사람 중 한 명이었다. 그러나 이 아이가 그런 사실을 알 리 없었고, 나도 말할 생각은 없었다.

"더구나 요즘 같은 때에는 말이에요. 식비고 뭐고, 학교에서 지출하는 모든 부대비용이 치솟고 있는데 학비를 낼 만한 학생이라면 잡아둬야죠. 어밀리아 대브니처럼 무책임한 어린애라도 퇴학시키기 힘드실 거예요, 마사 선생님."

"지금은 퇴학 문제를 논의할 때가 아니야. 그리고 만약 퇴학시켜야 할 아이가 있다면, 경제적인 이유로 붙잡진 않아!" 내가 날카롭게 쏘아붙였다.

지난 삼 년간의 경험을 통해 나는 에드위나 모로와 논쟁을 벌이는 건 현명하지 못하다는 것을 깨닫게 되었다. 그 아이는 내가 하는 모든 말을 제멋대로 왜곡하면서 고약한 쾌감을 느꼈다. 해리엇은 단지 외로움의 산물일 뿐이라고, 아직 어려서 제 기분에 따라 심통을 부리는 거라고 말한다. 그러나 나는 에드위나가 악마의 자식이라서 그렇다고 생각하는 편이다.

"양키 군인은 어쩌실 거예요?"

"아무것도 안 할 생각이야. 우리 군인들하고 연락이 닿는 대로 넘겨야지."

"그러려면 시간이 많이 걸릴 텐데요. 지금 상황으로 봐선 우리 쪽이 점령당한 것 같아요."

맞는 말이었다. 우리 쪽으로 다가오는 굉음과 화염으로 보아 당분간은 점령상태가 지속될 것 같았다. 나는 '조만간 전세가 바뀌지 않으면 부상당한 양키 군인 한 명보다 훨씬 더 큰 걱정거리가 생기겠어'라고 생각했다.

마지막 전투 이후 학교 건물까지 불길이 번질지 모른다는 생각이 머릿속을 떠나지 않았다. 그날도 도로로 나간 지 십 분 만에 식료품을 사러 나온 것을 후회했다. 때마침 군대가 동쪽으로 이동하고 있었는데, 그들이 내뿜는 먼지만 보아도 그 수가 어마어마하다는 것을 알 수 있었다. 군인들은 우리 학교 옆 세다힐 대로로 이어지는 곳까지 들어와 있었다. 그 길은 우리 사유지를 가로지르는 길이었는데, 합법적인 일로 그 길을 오가는 사람을 막은 적은 없었다.

참고로 그 길은 아버지가 우리 숲에서 참나무와 향나무를 베어 나르던 벌목도로였다. 좋은 목재는 거의 다 사라졌지만 아직 쓸 만한 나무들이 조금은 남아 있다. 우리 집 동쪽 플랫 호수 맞은편으로 왜소한 소나무와 풍나무, 가시덤불이 남아 있을 터였다. 물론 작년에 챈슬러즈빌 주변에서 일어난 전투와 지난 5월 첫 주부터 시작된 전투에서 타버리지 않았다면 말이다.

어쨌든 내가 유료도로에 진입하기 전, 세다힐 대로에 있을 때 포격이 시작되었다. 나는 무사히 유료도로를 가로질러 플랭크 대로에 다다를 수 있기를 바랐다. 세다힐 대로보다 폭이 좁은 플랭크 대로에는 군인들이 다니지 않을 수도 있었다. 그러나 동쪽 방향에서의 포격이 혼란을 야기하면서 유료도로로 군인들이 모여들고 있었다. 말을 탄 사람 일부는 빠른 속도로 유료도로 중심부로 진입했고, 행군하던 병사 일부는 속도를 내는 대신 늦추고 있었다. 이러다가는 여름 내내 포터 씨의 상점에 나올 수 없을지도 모른다.

나는 마차를 유료도로 측면에 붙여놓고 말을 탄 남자 한 명이 통행방향을 거슬러 내 쪽으로 다가올 때까지 계속 소리를 질렀다. 그는 열일곱 살쯤 되어 보였고, 턱수염이 덥수룩하고, 자기 말만큼이나 갈색인 피부에 앙상하게 말랐다.

"앨라배마 6사단 드퓨 중위입니다. 무엇을 도와드릴까요?" 그가 소리를 질렀다.

"난 이 도로를 건너야 해요. 지금 당장."

"민간인은 오늘 이 도로를 지날 수 없습니다."

"이 도로를 지나려는 게 아니에요. 도로를 가로질러 플랭크 대로로 가려는 거예요."

"거기도 못 갑니다. 여기서 북쪽으로 삼 킬로미터 정도 떨어진 곳에 양키들이 있어요. 강을 건너 리치먼드로 향하고 있습니다."

"그건 내 알 바 아니고, 난 할 일이 있어요. 당신네 병사들을 지휘하는 장군이 누구죠?"

"여러 장군님이 있습니다, 부인. 로드 장군, 배틀 장군, 이월 장군……."

"딕 이월 정도면 되겠네요. 그분한테 마사 판즈워스가 다급한 용무를 볼 수 있도록 허락해달라고 전하세요. 장군님의 어린 사촌이 저희 학교에 머물렀던 적이 있으니, 판즈워스라는 이름을 기억해주시길 간곡히 부탁드린다고."

군부대의 행렬이 잠시 뜸해졌고, 나는 조랑말의 고삐를 당겨 유료도로를 가로질렀다.

"부인…… 돌아오세요, 부인!" 드퓨 중위가 소리쳤다.

"이웰 장군한테 가서 내가 한 말이나 전해요!"

내가 돌아보며 소리쳤다. 그때쯤 나는 유료도로를 가로질러 건너편 세다힐 대로로 접어들고 있었다. 별 탈 없이 플랭크 대로에 다다랐지만 플랭크 대로도 유료도로만큼이나 북적였다. 그곳에는 힐 장군이 이끄는 제3군단 병사들로 붐비고 있었고, 그들은 내게 욕설을 섞어가며 브록 대로 교차로에서 벌어지고 있는 전투에 참전하기 위해 이동 중이라고 했다. 나는 거기까지 갈 생각은 없으니 그들의 대포 뒤에 날 끼워달라고 부탁했다.

두어 시간은 걸린 것 같았다. 플랭크 대로는 폭이 좁은 데다 마차는 한쪽 길로만 다닐 수 있었다. 커다란 마차들이 끊임없이 진흙탕에 빠지고 미끄러져서 말을 탄 사람들은 마차들과 행군하는 병사들 틈으로 움직이느라 애쓰고 있었다. 결국 정오가 지나서야 포터 씨의 상점에 도착했다. 상점 앞뜰로 들어서니 포터 씨가 밖으로 나와 가게 문을 닫고 있었다.

"아직 닫지 마세요." 내가 말하며 조랑말을 그의 상점 입구에 묶었다. "손님 왔으니까!"

"오늘은 실랑이할 시간이 없습니다, 마사 선생님." 포터 씨가 짜증스럽게 말했다.

"그랜트 장군과 그의 포토맥 부대 전체가 지금 저매니아 포드에서 강을 건너고 있어요. 망할 놈의 도이칠란트인 용병들이 약탈하도록 가게 문을 열어둘 수가 없단 말입니다."

"말조심하세요, 포터 씨. 뭐가 그렇게 걱정인지 모르겠군요. 양키들이 왜 당신 물건을 훔치겠어요? 그 사람들은 이 상점 선반에 있는 물건을 다 합친 것보다 많은 물건을 마차에 싣고 다닐 텐데!"

이 동네 사람들은 이런 나의 태도를 두고 애국심이 없고, 연민도 없는 냉혈한이라고 비난했다. 그러나 나는 현실적인 사람일 뿐이다. 내가 보기에는 물자와 돈이 풍족한 양키들이 이 전쟁에서 승리하는 것은 자명한 사실이다. 돈이야말로 막강한 최후의 무기다. 돈만 있으면 무기와 탄약과 소금에 절인 돼지고기와 지금 당장 우리에게 필요한 용기마저 살 수 있다.

나는 이 얘기를 1861년에도 했고, 지금도 주저 없이 한다. 사람들이 왜 이 전쟁의 결과를 예측하지 못하는지 나로서는 이해가 안 간다. 설령 예전에는 예측할 수 없었다고 해도, 이제 누가 이 전쟁에서 승리할지는 질문거리조차 되지 않는다. 단지 우리가 얼마나 오래 피를 흘릴 수 있느냐의 문제일 뿐이다(나중에 우리 집 응접실에서 양키를 보았을 때에도, 나의 자수 소파에 해리엇의 엉성한 지혈대의 결과물이 묻어 있는 것을 보았을 때에도, 나는 같은 생각을 했다).

이성적인 사람은 대개 인기가 없다. 나는 앞으로도 친구보다 미덕을 선택할 것이고, 학교 안에서 고립되어 사는 게 속 편하다. 지금까지도 우리 힘으로 살아왔고, 이웃보다 우리에게 요구하시는 바가 적은 하나님의 가호로 앞으로도 그럴 것이다.

물론 올바른 신념을 갖는 것과 그 신념을 위해 깃발을 드는 것은 전혀 다른 얘기다. 많은 우리 학생들이 전쟁 통에 가까운 친지를 잃었고, 나 또한 남동생을 잃었다. 때로는 죽음에 어떤 목적이 있다는 생각에 서글퍼지기도 한다. 따라서 나는 학생들뿐만 아니라 모래 속에 머리를 감춘 타조처럼 자신이 처한 상황을 외면하려 하는 나의 동생과 전쟁에 관한 어떤 토론도 하지 않으려 한다.

최근 해리엇에게도 말했듯이 지금 우리에게 가장 중요한 과제는 전쟁의 종식에 따른 정신적 부흥기를 도약의 발판으로 삼을 수 있도록 이 학교의 명맥을 유지하는 것이다. 남부에서 여행과 교류가 다시 활발해지면 판즈워스 학교는 문전성시를 이룰 것이다. 건물을 증축해야 할 수도 있고, 교사를 더 채용해야 할 수도 있다. 여러 상황을 감안해볼 때 과부나 아버지를 잃은 어린 여자들은 적은 보수, 어쩌면 숙식을 제공하는 정도의 조건으로도 기꺼이 일할 것이다.

돈…… 아버지가 돈을 조금만 더 모아두었더라면. 어머니가 그 돈을 남동생 로버트에게 허비하지만 않았더라면. 열여덟 살이 된 해리엇이 하워드 윈슬로라는 뉴욕의 신사와 결혼하겠다며 오른 리치먼드 여행길에 자기 몫의 돈을 탕진하지 않았다면(그건 동생의 궁색한 변명일 뿐이다. 실제는 윈슬로가 판즈워스 가문의 돈 1만 8000달러를 들고 종적을 감추었다). 그 모든 일들이 일어나지 않았다면 판즈워스 학교를 운영할 필요도 없었을 것이다. 물론 학교를 운영한 것을 후회한다는 뜻은 아니다. 어떻게 보면 나는 어린 소녀들의 삶을 구축하고 개조하는 일에서 엄청난 만족감을 느끼고 있다.

그래서인지 요즘에는 동생에 대한 원망이 전보다 많이 잦아들었다. 해리엇은 나의 기대에 부응하려고 최선을 다하고 있다. 늘 마음에 꼭 드는 건 아니지만, 그건 심성이 나빠서라기보다 그녀가 나약하기 때문이다. 해리엇은 멍청한 아이가 아니다. 단지 세상의 섭리에 맞게 지혜롭지 않은 것뿐.

하워드 윈슬로와 해리엇의 관계에 대해서는 길게 얘기한 적이 한 번도 없었다. 그 일이 일어났을 때는 너무 화가 났지만, 그 이후로는 개의치 않았다. 그 남자와 정확히 어떻게 헤어졌는지도 모른다. 해리엇이 그에게 돈을 주었는지, 아니면 그자가 해리엇에게서 강제로 돈을 빼앗았는지조차 알지 못한다. 워낙 잘 속는 해리엇의 성격으로 미루어보건대 그는 해리엇에게서 돈을 빼앗을 필요조차 없었을 것이다. 지금도 해리엇은 언젠가 하워드 윈슬로가 백마를 타고 돌아와 자기를 황금빛 로맨스의 땅으로 데려갈 거라고 믿고 있을지도 모른다. 그러한 망상과 때때로 내가 허용해주는 약간의 와인은 해리엇이 이성적으로 행동할 수 있게끔 도와준다. 일요일에 세인트앤드루스 교회에 가는 것을 제외하면 해리엇은 외출을 하지 않는다. 그나마도 이 일대에서 전쟁이 계속되면서부터는 교회 방문도 중단했다. 그 모든 결함에도 해리엇은 나만큼이나 훌륭한 교사다. 우리는 어렸을 때 훌륭한 개인교습을 받았고, 우리의 지식을 전수할 만한 능력을 갖추었다. 우리가 어렸을 때…… 우리에게 돈이 있었을 때 말이다.

"돈! 단단한 돈이야말로 유일한 답이지요."

설탕 일 파운드, 돼지고기 십 파운드, 밀가루 십 파운드, 여러 가지 채소 씨앗과 흰 모슬린의 마지막 한 필을 산 뒤에 내가 한 말이었다. 이제 그런 물건들이 너무 귀하다는 그의 탄식을 외면하면서.

왔던 길을 되돌아 학교로 향했지만 아침보다 더 큰 곤경에 처했고, 시간이 지체되었다. 이번에도 통행방향을 거슬러서 이동했고, 남군 병사들마저도 곧 전쟁을 치러야 하는 상황이라 그런지 말에서 내려 진흙탕으로 여자의 마차가 지나가게 해주기를 꺼렸다.

나는 몇 차례나 욕을 들어야 했고, 그중 두 번은 장교에게 들었다. 한번은 완전히 뒤엉켜 꼼짝도 못하고 있다가 하마터면 마차와 당나귀와 내가 전복될 것 같은 순간도 있었다. 그때 송장처럼 생긴 병사 하나가 밀짚모자를 쓰고 담배를 씹으며 나를 구하러 왔다.

"부인께선 지금 전쟁에 출정하는 노스캐롤라이나 부대를 가로막고 계신 겁니다. 하지만 시간이 지체되는 걸 개의치 않는 사람들도 있지요." 그가 당나귀 고삐를 잡아 나를 마른 땅으로 이끌었다.

"저하고 같이 좀 가주세요. 덜 복잡한 길이 나올 때까지."

"아무렴요. 저도 이 길 말고 다른 길로 가고 싶습니다."

동쪽의 포격이 훨씬 더 거세지고 빨라졌다.

"저건 대부분 대포가 아니에요." 노스캐롤라이나 사람이 내 질문에 답이라도 하듯 말했다. "스프링필드 소총, 엔필드 소총, 22구경 소총을 동시에 쏘는 거지요. 저 악단에 대포가 많이 있을 리 없어요. 다들 하는 얘기가 저 숲이 얼마나 빼곡한지, 고작 죽으러 가는 데도 옆으로 걸어 들어가야 한대요. 그래서 남부 연합군에서 저처럼 비쩍 마른 지원자를 좋아한다지요."

그는 세다힐 교차로까지 같이 와주었고 심지어 행군하는 부대에서 이탈하여 샛길까지 따라왔다. 그가 윙크하고 경례를 한 뒤 돌아설 때 내가 그를 다시 불렀다.

마침 내 꾸러미에는 큰 덩어리에서 떨어진, 소금에 절인 돼지고기 한 덩이가 있었다.

"여기요. 수고하셨어요. 다음번에 전투에 참전하러 이곳에 올 때 미리 알려주시면 제가 특별히 길을 비워드리지요."

"거참 농담도 잘하시네." 그가 미소를 지으며 말했다. "자신이 원하는 걸 정확히 아시는군요. 부대 전체가 홍해처럼 갈라지기를 기대하면서 도로에 진입하실 때부터 내가 알아봤어요. 꼭 그런 분이시죠. 본인이 원하는 걸 정확히 알고, 방법이야 어떤 식이건 다른 사람이야 어떻게 되건…… 개뿔 상관 안 하시죠."

그는 철학적인 표정으로 날것인 돼지고기를 씹으며 다시 행렬로 돌아갔다. 훗날 나는 그가 자신이 원하는 게 무언지 알고 있었는지, 살아남아 그것을 알게 되었는지 궁금해지곤 했다. 그의 동료 군인들 몇 명이 부러운 듯 그를 보다가 내 옆을 지날 때 기대에 찬 표정으로 날 바라보았다. 하지만 나에겐 나누어줄 고기가 없었다. 나에겐 더 좋은 시절이 올 때까지 지키고 유지해야 할 학교가 있었다. 머물 곳을 제공하고, 양육하고, 보호해야 할 어린 소녀들이 있었다. 그 외의 다른 일들은 장군과 정치인 들이 알아서 할 일이었다. 학교야말로 나의 첫 번째이자 유일한 책임이었다.

그런 생각을 하며 학교로 향했고, 별 탈 없이 학교에 도착했다.

마틸다 판즈워스

어떤 행렬에서든 누군가는 앞장을 서고 누군가는 그 뒤를 따라야 하는 법이다. 마사 아가씨가 책임지고 이끄는 사람으로 태어났다면 그건 아가씨 잘못이 아니다. 마사 아가씨는 평생 훌륭한 숙녀로 살았고, 그 점은 인정해야 한다. 그리고 마사 아가씨는 환자가 있을 때, 항상 누구보다 훌륭하게 대처했다.

주인님이 살아 계시던 시절에는 이 집에서 일하던 일꾼들로 숙소가 꽉 찼다. 숙소에 있는 환자들을 보살피던 주인님을 도왔던 사람도 언제나 어린 마사 아가씨였다(일을 할 남자만 있다면 지금도 그래야 하지만). 마사 아가씨는 열 살이 되던 해부터 매일 아침 자기 힘으로는 들 수조차 없는 감홍*과 아편 주전자를 들고, 붕대와 가위를 조그만 앞치마 주머니에 넣고 다녔다. 몸이 아픈 검둥이들

* 염화수은.

에게 약을 주고, 베인 상처나 멍에 붕대를 감아주고, 치료 방법에 관한 온갖 조언을 하는 딸을 보고 주인님은 배꼽을 잡았다. 아가씨의 어머니는 거의 항상 본인이 환자였고, 그녀의 어린 남동생과 여동생은 한심한 짓거리나 하고 돌아다녔지만.

그때 나는 부엌에 있었다. 생각해보면 나는 항상 부엌에 있었고, 그전에는 나의 어머니가 부엌을 지켰다. 들판에 나가 일하던 남편은 내가 뒷문으로 미처 못 본 일들을 밤마다 들려주곤 했다. 간혹 환자들 중에는 마사 아가씨의 치료를 받지 않으려는 사람들도 있었다고 한다. 그러면 주인님이 나의 남편 벤을 데리고 다니면서 아가씨가 약을 먹여줄 때 곁에 서서 그들을 진정시키곤 했다.

이 집은 감독관을 따로 두지 않은 탓에 주인님은 벤을 당신의 오른팔로 여겼다. 감독관을 고용해야 할 정도로 큰 집이었는데도 주인님은 모든 걸 자기가 직접 챙겨야 직성이 풀렸다. 그것이 바로 판즈워스 가문이 쇠퇴한 이유라고 말하는 사람들도 있다.

내 생각에는 사람들이 수군거리는 말이 사실인 게 틀림이 없다. 실제로 지난 백여 년 동안 이 집안 남자들은 별 볼 일이 없었다. 타이드워터에 판즈워스 사람들이 자리를 잡고 살기 시작했을 때부터 가문의 돈과 자산을 늘린 건 늘 판즈워스의 여자들이었다.

제임스강 근처 대저택에 살던 시절에는 아주 돈이 많았던 것 같다. 그러다가 집안 남자 중 한 명이 사고를 치는 바람에 동네에 안 좋은 소문이 났고, 마사 아가씨의 할머니가 이곳으로 이주했다. 새로운 곳에서 새 출발을 하는 편이 낫다고 판단한 것이다. 하지만 그들이 뿌리를 내리기에는 이 땅이 좋지 않았던 모양이다. 아니면 그들의 뿌리가 튼튼하지 않았던지. 그때부터 판즈워스의 돈은 가문의 이름과 함께 서서히 말라갔다.

주인님은 선하고 친절한 분이었다. 하지만 곡식이나 울타리에 관심을 갖기보다는 메추라기나 여우 사냥을 가고, 책을 읽거나 위스키 잔 너머로 해가 지는 것을 바라보기를 더 좋아했다. 그의 아들도 아버지와 똑같았다. 어쩌면 그보다 더 나빴는지도 모르겠다. 로버트 도련님은 돈이 빠져나가는 것을 가만히 앉아서 구경하는 것에 그치지 않았다. 카드와 말과 온갖 스포츠와 자신이 쫓는 화려한 삶에 돈을 물 쓰듯 했다.

물론 그것은 그가 성장한 뒤의 일이다. 어렸을 때에는 침착하고 순종적인 분이었다. 처음에는 어머니에게 순종했고, 어머니가 돌아가신 뒤에는 자신을 감시하는 마사 아가씨에게 순종했다. 어렸을 때 마사 아가씨와 로버트 도련님은 우애가 무척 돈독했다. 함께 말을 타고 숲으로 소풍을 가기도 했고, 체커나 도미노 게임을 하면서 몇 시간씩 베란다에 앉아 있기도 했고, 오후 내내 앉아서 얘기만 하기도 했다.

문제는 로버트 도련님이 성장하면서 눈에 띄게 거칠어졌다는 것이다. 그는 워싱턴에서 뉴올리언스까지 파티와 도박장을 전전하며 시간을 보냈다. 아버지에게 돈을 뜯어내려고 하루나 이틀 밤 묵어갈 때 말고는 거의 집에 오지 않았다. 그렇게 와서는 아침이 되기도 전에 떠나버렸고, 그로부터 반년 혹은 그보다 더 오랫동안 그를 볼 수 없었다.

주인님은 그런 그를 나쁘게 생각하지 않았다. 사내로 태어났으면 누이들하고 좀 떨어져 지내보는 것도 좋다고 말씀하는 것을 들은 적도 있었다. 그래야 남자다워질 거라면서.

마지막으로 로버트 도련님이 집으로 돌아온 것은 주인님이 돌아가신 직후였다. 그때도 집에 오래 머물지 않았다. 집안 얘기는 하고 싶지 않지만, 로버트 도련님과 마사 아가씨는 그날 밤 크게 말다툼을 했다. 마사 아가씨는 집에 있으라고 애원했고, 그는 듣지 않았다. 그날 밤 들은 얘기들을 다 말할 수는 없지만, 그게 가장 중요한 부분이었다. 내가 일부러 엿들으려고 했던 건 아니다. 두 사람이 싸우는 소리가 부엌까지 들리는 바람에 잠에서 깼는데, 어린 해리엇 아가씨가 우는 소리가 들려서 위층으로 올라가보니 해리엇 아가씨가 로버트 도련님의 방문 앞에 주저앉아 있었다. 그날 밤 모두가 울었다. 세 남매가 울었다. 내가 말할 수 있는 건 마사 아가씨가 우는 소리를 들은 게 그날이 처음이었다는 거다. 아마 앞으로도 없을 것이다.

로버트 도련님은 다음 날 아침, 두 자매가 침대에서 일어나기도 전에 떠났다. 집에 있던 현금 전부와 어머니와 자매들의 귀중품까지 죄다 안장 주머니에 우겨넣고서. 내가 알기로 그 뒤로 이 집의 그 누구도 그의 소식을 들은 적이 없다.

마사 아가씨는 그를 찾으려고 무진 애를 썼다. 편지를 쓰고, 사람을 사서 도련님이 갔다고 한 도시들을 샅샅이 뒤졌다. 리치먼드와 찰스턴, 그 외에도 대여섯 군데를 직접 찾아나섰지만 모두 허사였다. 로버트 도련님은 마치 땅이 갈라져 삼켜버리기라도 한 것처럼 감쪽같이 사라졌다.

로버트 도련님과 함께 일 년인가 이 년 전에 이 집에 왔던 도련님의 친구를 쫓아가겠다며 해리엇 아가씨가 집을 나갔을 때, 마사 아가씨가 화를 내지 않았던 것도 바로 그런 이유였을 것이다. 처음에는 마사 아가씨도 해리엇 아가씨가 로버트 도련님을 만나 돈과 귀중품 일부라도 찾을 수 있을 거라고 생각했던 것 같다. 그러나 그런 일은 일어나지 않았고, 마사 아가씨는 해리엇 아가씨가 그나마 갖고 있던 돈마저 그 남자에게 빼앗겼다는 사실을 알게 되었다.

가엾은 우리 해리엇 아가씨에 대해서는 더 말하지 않겠다. 해리엇 아가씨도 이 집에서 자기 몫의 고통을 견디었다. 집으로 돌아오기 전에도 큰 고통을 겪었고, 집으로 돌아온 후에는 더 큰 고통을 겪었다. 마사 아가씨는 해리엇 아가씨가 저지른 단 한 번의 실수를 보듬어주었고, 해리엇 아가씨는 그날 이후 혹독한 실수의 대가를 치러야 했다.

그러다 전쟁이 일어나면서 이런저런 얘기들이 들려오기 시작했다. 머내서스 전투나 라오노크의 장교 파티에서, 혹은 리치먼드의 병원에 누워 있는 로버트 도런님을 보았다는 사람들이 나타났다. 마사 아가씨는 소문이 돌았던 모든 곳을 찾아보았지만 죄다 헛수고였다. 그 소문에 한 가지 진실이 존재한다면, 우리가 새소리를 들을 무렵 새는 이미 날아가버렸다는 것뿐이었다.

그러다가 지난겨울 어느 날, 12월 중순쯤 되었던 것 같다. 마사 아가씨가 포터 씨의 상점에서 만난 어느 군인에게 지난 봄 챈슬러즈빌 근처에서 벌어진 큰 전투에서 로버트 도런님을 보았다는 얘기를 들었다.

"그 모습 그대로던데요. 죽은 것만 빼면."

그 군인이 그렇게 말했단다. 생각해보면 로버트 도런님도 이 동네 사람들 사이에서 인기가 별로 없었다.

전투가 끝난 뒤에 전사한 병사들의 시신을 제대로 매장하지 않는다는 건 누구나 아는 사실이다. 불길이 너무 거세게 번져 장군들은 죽은 병사들은 고사하고 산 병사들을 구해내는 것조차 힘들었다. 불길이 잦아들자 양측 모두 그곳에서 빠져나가기로 결정했다. 그 결과 그 일대에는 매장되지 못한 수많은 가엾은 시신들이 햇볕과 비에 노출된 채 우리 모두에게 다가올 심판의 날을 기다리고 있었다.

그리고 그날, 학생들이 모두 잠자리에 든 뒤에 마사 아가씨는 도련님의 아라비아산 종마를 마차에 묶고, 해리엇 아가씨와 날 뒤에 태우고는 챈슬러즈빌로 향했다. 처음엔 어디로 가는 건지 몰랐다. 단지 겨울밤에 외출하는 게 썩 기분이 좋지는 않았다.

저매니아 포드 대로가 유료도로와 교차하는 지점에 이르렀을 때 나는 우리의 목적지가 어딘지 대충 짐작이 갔다. 그곳은 프레더릭스버그 역마차가 서던 술집 부근이었고, 잭슨 장군의 목숨을 앗아간 장소이자 매장되지 못한 해골들이 덤불에 뒹군다는 곳이었다. 어둡고 너무 멀리 오지만 않았어도 나는 그길로 마차에서 내려 집으로 줄행랑을 쳤을 것이다. 해리엇 아가씨도 나와 같은 심정이었는지 언니에게 마차를 돌려 돌아가자고 애원했다. 하지만 마사 아가씨는 듣는 시늉도 하지 않았다.

마사 아가씨는 낮에 만난 군인의 얘기를 듣고 로버트 도련님을 찾아볼 곳을 생각해두었던 모양인지 포드 대로에서 멈추지 않고 곧장 챈슬러즈빌 방향으로 향했다. 윌더니스 교회와 페어뷰 공동묘지에 다다르자 그녀는 말머리를 도로에서 들판으로 돌렸고, 이윽고 부서진 울타리에 말을 묶었다.

"가자, 해리엇." 마차에서 내려 램프와 삽을 챙기며 그녀가 말했다. "너도, 매티."

"아가씨, 아가씨 말씀을 거역할 생각은 추호도 없지만요, 하나님이 제 손을 잡아끈다고 해도 저 컴컴한 들판으로는 못 나가겠어요. 아무리 제가 용기를 내보려고 해도, 제 발이 말을 듣지 않아요."

마사 아가씨는 내가 얼마나 긴장했는지 깨닫고는 더는 아무 말도 하지 않았다. 가엾은 해리엇 아가씨도 무서워 죽기 일보 직전이었는데 어둠이 아무리 무서워도 자기 언니만큼 무섭지는 않았던 모양이다. 해리엇 아가씨는 말없이 마차에서 내려 마사 아가씨의 뒤를 따라 진흙탕을 걸었다. 두 사람은 그렇게 어둠 속으로 들어갔다. 눅눅한 땅에서 피어오르는 물안개를 헤치며 마차 한 대가 뒤집혀 있고, 부서진 대포가 달을 가리키고 있는 구덩이를 가로질렀다.

내 평생 하나님께 아주 간절히 기도한 날이 있다면, 바로 그날 밤이었다. 그들의 발소리가 어둠 속으로 잦아들고 조그만 램프의 불빛이 사라지자마자 눈을 감고 기도했다. 나는 어둠이 무서웠고, 달빛을 가리고 있던 구름이 물러나면 내가 상상하는 것보다 더 끔찍한 것들을 보게 될까 봐 무서웠다.

그 안개 속에는 섬뜩한 것들이 있었다. 검은 말을 탄 잭슨 장군과 그가 이끄는 병사들, 흐느껴 우는 여자들, 흉측한 새들과 박쥐들과 섬뜩한 짐승들이 있었다. 모두가 조용히 들판을 서성이고 있었고, 들리는 소리라고는 썩은 나무 사이를 스치는 바람과 밤의 한기 속에서 히잉 하며 바닥을 구르는 가엾은 늙은 종마의 울음소리뿐이었다.

그날 밤 하나님이 자비를 베푸시어 내게서 귀신들을 쫓아주었다. 그리고 동이 트기 한 시간쯤 전, 마사 아가씨와 해리엇 아가씨가 안개 속에서 모습을 드러냈고, 우리는 마차에 올라 집으로 향했다. 로버트 도련님을 찾아 매장했는지는 알 수 없다. 묻지 않았고, 그들도 말하지 않았다. 사실 마사 아가씨는 아무 말도 하지 않았고, 해리엇 아가씨는 집으로 돌아가는 길 내내 울었다. 두 사람 모두 내 앞에서는 로버트 도련님의 이름을 들먹이지 않았다.

그다음 날인가, 마사 아가씨가 주인님의 아라비아 종마를 팔았다. 우리에겐 이제 그 말이 쓸모가 없고, 돈이 필요하다고 했다. 내가 보기엔 집 안에 어떤 종류건 수컷을 들이고 싶지 않았던 것 같았다.

전에도 그런 생각을 한 적이 있었다. 주인님이 돌아가시고 로버트 도련님이 달아났을 때였다. 어느 날 마사 아가씨가 리치먼드에서 상인을 데려와 집 안의 모든 세간을 팔았다. 그때 나는 뜰에 서서 사람들이 마차에 물건을 싣는 모습을 지켜보았다.

해리엇 아가씨가 나를 보더니 다가왔다.

"저 사람들이 잘 간수할 거야, 매티. 마사가 좋은 곳에만 팔아 달라고 했어. 마사도 저걸 팔고 싶지 않지만, 여기다 학교를 세우려면 돈이 필요하대."

나는 마사 아가씨한테 내 심정이 어떤지, 아가씨의 아버지와 어머니가 살아 있었다면 뭐라고 할지 소리를 지르고 싶었지만 그러지 않았다. 그때까지는 벤을 팔지 않았고, 내가 입을 다물고 있으면 벤을 팔지 않을지도 모른다고 생각했다.

벤은 맨 마지막에 팔았다. 나와 벤과 상인을 번갈아 보던 마사 아가씨의 눈빛을 나는 지금도 기억한다. '벤을 보낼 거면 저도 보내세요'라고 말하고 싶었지만 그러지 않았다. 그럴 수가 없었다. 나에겐 자존심이 있었고, 그 자존심 때문에 입을 다물었다. 마사 아가씨의 자존심에 맞먹는 자존심이었다.

그날은 벤을 팔지 않았다. 짐을 가득 실은 상인의 마차를 떠나보내고 나서 마사 아가씨는 한마디도 하지 않은 채 집으로 들어갔고, 해리엇 아가씨와 벤과 나는 그 자리에 서 있었다. 그날 마사 아가씨의 심정이 어땠는지는 몰라도 나중에는 후회했던 모양이었다. 일주일 남짓 지나서 로커스트그로브 근처에 있는 농장에 벤을 팔았기 때문이다. 첫날 불렀던 가격보다 낮은 가격이었는데도 말이다. 나중에 해리엇 아가씨에게 듣기로는 벤을 일부러 가까운 집에 팔아서 죽을 때까지 나를 보러 올 수 있도록 배려한 거라고 한다. 그것은 돈과 자존심이 걸린 문제여서 마사 아가씨로서는 최고의 배려였을지도 모른다.

벤은 첫날 자기를 팔지 않은 건 다른 이유가 있을 거라고 말했다. 내가 무서워서 그랬다는 것이다. 나는 그 누구보다도, 심지어 해리엇 아가씨보다도 마사 아가씨를 더 잘 알았다. 로버트 도련님이 달아나기 전날, 마사 아가씨와 침실에서 주고받은 대화 내용도 알고 있었다. 그 대화 내용을 벤에게는 얘기했지만 그 외에는 아무에게도 말하지 않았고, 앞으로도 말하지 않을 것이다.

한때는 나를 두려워했을 수도 있겠지만, 그건 이미 오래전의 일이다. 나이가 들면서 서로에 대한 감정은 변하기 마련이다. 이제는 나도 예전만큼 아가씨를 미워하지 않는다. 나는 아가씨가 하나님이 만드신 모습 그대로일 뿐이라는 것을 알고, 그건 아가씨 자신도 어쩔 수 없고, 바꿀 수도 없다.

양키 군인이 우리 집으로 들어오던 그날 오후, 그 모든 생각들이 밀려들었다. 나는 응접실에서 해리엇 아가씨가 최선을 다해 그를 돌보는 모습을 지켜보면서 생각했다.

'마사 아가씨가 돌아와 이 젊은이를 발견하면 뭐라고 하실까? 로버트 도련님 또래의 잘생긴 젊은 남자를 본다면? 우리한테 내쫓으라고 할까? 큰길로 끌고 가서 거기 두라고, 그래서 우리 군인들이 지나갈 때 데려가게 하라고 할까?'

또 한편으로 이런 생각도 해보았다.

'나중엔 그럴 수도 있겠지만 보자마자 바로 그러진 않겠지. 가장 먼저 할 일은 이 집에 양키를 들였다고 모두를 비난하고, 협박하고, 그다음엔 이 사람을 찬찬히 보면서 우리가 처치를 잘못했다면서 어떻게 해야 하는지 보여줄 거야.'

나는 마사 아가씨가 어렸을 때 숙소에서 아픈 사람들을 돌볼 기회가 생기면 얼마나 좋아했는지 기억하고 있었다. 그리고 자신의 간호 실력을 발휘할 기회를 절대 놓치지 않을 거라고 확신했다.

일이 그렇게 되기를 내가 원했는지는 모르겠다. 그때만 해도 그가 두렵지 않았고, 그저 딱하다는 생각만 들었다. 그러나 지금 생각해보면, 마사 아가씨가 그날 오후 그를 곧바로 우리 군인들에게 넘기겠다고 했어도 나는 반대하지 않았을 것 같다. 그편이 우리에겐 훨씬 나았을 것이다. 심지어 그녀가 아무 조치도 취하지 않고 그를 그대로 내버려두었어도 지금보다는 나았을 것이다. 그대로 내버려두고, 우리를 모두 데리고 나가서 응접실 문을 닫고, 그가 혼자 죽게 내버려두었다면 지금보다 나았을 것이다.

그에게서는 죽음의 향기가 풍겼다. 피와 창백한 몰골과 꼼짝 않고 누워 있는 모습 때문만이 아니었다. 그것은 그가 멀쩡히 길을 걷고 있었다 해도 풍길 것 같은 일종의 징후였다. 그를 처음 보았을 때부터 나는 무슨 짓을 해도 그를 살릴 수 없을 거라고, 애써봐야 허사일 거라고 생각했다.

그때 마사 아가씨가 에드위나 모로 아가씨를 뒤에 달고 현관에서 안으로 들어왔다. 궁금해할 필요는 없었다. 일어날 일은 결국 일어나기 마련이니까.

에밀리 스티븐슨

그날 오후 마사 선생님이 문을 열고 들어서는 순간, 말하기 좋아하는 에드위나 모로가 어밀리아 대브니가 숲에서 군인을 발견해 학교로 데려왔다고 일러바친 것을 알 수 있었다. 그런 고자질을 하다니, 과연 에드위나다웠다. 최대한 많은 아이들이 혼나기를 바라며 닥치는 대로 공격을 하는 것은 전형적인 에드위나의 수법이었다. 그래서 나는 최대한 어밀리아를 두둔하기로 결심하고 마사 선생님이 입을 떼기 전에 먼저 말했다.

"그 양키는 걸을 수도 없었어요, 마사 선생님. 그래서 어밀리아가 도와준 거예요. 어밀리아가 숲에서 그를 발견한 건 사실이지만 숲속 깊은 곳도 아니었고, 제가 알기로는 좋은 의도로 그곳에 갔다고 들었어요."

"어떤 좋은 의도였지, 어밀리아?"

"버섯을 따러 갔대요. 식탁에 올릴 버섯요."

"에밀리, 어밀리아가 직접 대답하게 둬. 식용 버섯을 따러 숲에 갔었니, 어밀리아?"

가엾은 어밀리아는 무서워서 죽기 일보 직전이었다. 어밀리아는 아무 잘못을 저지르지 않았을 때조차 인간의 권위에 대한 극도의 두려움 속에서 살았다. 마사 선생님이 노려보기만 해도 곧바로 기절할 수도 있는 아이였다.

"그게⋯⋯." 그녀가 말을 더듬었다. "에밀리가 말한 대로예요. 저는 이 버섯을 캐고 있었는데⋯⋯."

"식탁에 올릴 거였니, 아니면 수집품이었니?"

"실은 둘 다였던 것 같아요."

"어떤 종류를 가져왔지?"

"그게…… 아마니타 팔로이즈……."

"그 버섯은 보통 '죽음의 컵'이라고 불리지. 다른 종류는?"

"아마니타 무스카리아……."

"그것도 독성이 있는 버섯이고. 먹을 수 있는 건 없었니, 어밀리아?"

"먹을 수 있는 버섯을 가져온 적도 몇 번 있었어, 마사." 해리엇 선생님이 어밀리아를 두둔하며 나섰다.

"견과나 꽃사과, 야생 베리 같은 것들도 가져왔어. 마사도 알고 있잖아."

"요즘처럼 위험한 시기에는 숲에 들어가선 안 된다고 내가 여러 차례 주의를 주었던 걸로 아는데, 해리엇. 이 상황의 책임자가 너와 나라는 거 알고 있어? 이 아이들은 우리한테 맡겨졌어. 아이들의 부모는 도덕적, 물리적 피해로부터 우리가 이 아이들을 보호해주고 보살펴줄 거라고 기대하고 있다고."

"마사, 우리 영지 안이라면 위험할 것 같진 않아."

"위험할 것 같진 않다고? 지금 수천 명의 젊은이들이 저 도로를 지나다니고 있어! 개인의 도덕률 따위는 안중에도 없는 사람들이지. 지도자의 축복을 받으며 제6계명을 어기러 가는 사람들이야. 그런 자들이 제7계명을 어기는 데 일말의 주저라도 할 것 같아?"

"가톨릭 교회에서는 다섯 번째와 여섯 번째 계명이에요." 주제 넘은 꼬마 마리 데브르가 끼어들었다.

"넌 좀 가만히 있어. 너희 가족 중에 전쟁터에 나가 있는 사람들이 있겠지. 하지만 전쟁터에는 그 사람들처럼 좋은 집안에서 자란 젊은이들만 있는 게 아니야. 지금 남부 연합군은 그런 사람들이

주를 이루고 있지도 않아. 요즘엔 리치먼드 거리의 청소부들, 하층민들, 문맹 소작인들, 애틀랜타 교도소에서 가석방된 사람들도 남부의 깃발을 흔들고 있어.”

이제 나도 한마디 해야겠다는 생각이 들었다.

“마사 선생님, 그럼 우리 병사들이 저 소파에 누워 있는 양키보다 용감하지도 않고 남부의 이상에 충성을 바치지 않는다는 뜻인가요?”

“저 사람은 징집병이 아닐 수도 있어요. 자원한 군인일지도 몰라요.” 자신의 보물을 지키기로 작정한 어밀리아가 말했다.

“넌 오늘 이미 충분히 말썽을 피웠으니 더 보태지 않아도 될 것 같구나.” 마사 선생님이 어밀리아에게 쏘아붙이고는 불필요하게 한마디 더 덧붙였다. “너도 좀 조용히 해주면 좋겠다, 에밀리. 지금 난 양키를 두둔하는 게 아니야. 개개인을 놓고 보면, 그들도 우리 병사들만큼이나 형편없으니까. 집단으로 놓고 보면 그들은 우리의 적이라고 말할 수 있겠지.”

우리의 적이라고 말할 수 있다니! 세상에, 그게 대체 무슨 소리인가!

앨리스처럼 쉽게 휘둘리는 아이는 말할 것도 없고, 어밀리아와 마리 같은 어린애들 앞에서 그런 얘기를 하는 선생님이 어디 있단 말인가! 북부의 침략자들이야말로 문명국가의 국민으로서 당연히 맞서 싸워야 할 가장 비겁한 적이다. 그것을 깨닫지 못한다면, 우리가 받은 모든 학교교육과 가정교육은 아무 의미가 없었다.

“이 사람을 어떻게 하면 좋을까, 마사?” 그에게 다가가 찬찬히 살펴보는 마사 선생님에게 해리엇 선생님이 조심스럽게 물었다.

“마음 같아서는 수레에 싣고 대로로 나가서 군인들이 알아서 처리하게 하고 싶어. 이건 그 사람들이 처리할 문제지 우리가 나설 일이 아니야."

매정하게 들렸지만, 나는 마사 선생님의 말에 동의하고 싶었다. 나의 아버지 존 웨이드 스티븐슨 준장이라면 이런 상황에서 뭐라고 조언했을까? 아버지라면 이건 어린 소녀들이 결정할 문제가 아니라 군인들이 해결할 문제라고 말했을 것이다. 나는 평소의 나답게 내 의견을 말했어야 했다. 훗날 일어난 사건들을 겪으면서 나는 해리엇 선생님이 평소답지 않게 나서서 말했던 그때, 나도 나서서 말하지 못한 게 후회스러웠다.

"이건 인류애의 문제야. 이렇게 심하게 다친 사람을 행군하는 군인들의 거친 손길에 맡겨야겠어?" 해리엇 선생님이 말했다.

"어차피 받아주지도 않을 거예요, 마사 선생님. 이렇게 다친 사람을 어디다 쓰겠어요? 이 근방엔 이 사람을 받아줄 수용소도 없어요. 우리에게 돌봐주라고, 적어도 전투가 끝날 때까지만이라도 돌봐주라고 명령할 가능성이 높아요." 이 젊은 남자를 집 안에 두었을 때의 이점을 생각하며 앨리스 심스가 말했다.

이번에는 손님이 몰고 올 긴장이 반가운 어린 마리 데브르도 거들었다.

"만약 우리 병사가 길가에서 이 양키를 발견한다면 어디서 왔는지 궁금해할 거고, 이런 사람이 더 있는지도 궁금해할 거예요. 그렇게 되면 병사들이 떼를 지어 이 근방을 들쑤시고 다니면서 부상당한 양키가 더 있는지 알아보겠죠. 제가 보기엔 그런 상황이야말로 마사 선생님이 가장 피하고 싶은 상황일 것 같은데요."

"해가 질 때까지 기다리면 되잖아요. 그때 큰길로 데리고 나가면 우리 집하고 연관 지어서 생각하지 않을 거예요." 매티가 말했다.

"어떻게 그렇게 냉정할 수 있어, 매티? 이 사람은 매티 같은 사람을 해방시키려고 싸우는 거잖아." 마리가 놀라 물었다.

"전 냉정한 사람 아니에요. 단지 두려울 뿐이지요."

매티는 최근에 허브차 속에서 이상한 징후를 발견했거나 들개가 달을 보고 짖는 소리를 들었을 것이다. 그 두 가지는 분명히 재앙의 징후였다. 나는 매티 같은 늙은 흑인 여자들에게 익숙했고, 끔찍한 일에 대한 그들의 예언이 상당히 자주 들어맞는다는 것을 알았다. 그들은 시련과 함께 사는 것에 익숙한 사람들이었다. 그래서인지 그런 시련에 민감한 특별한 눈과 귀를 갖고 있는 것 같았다.

"숲으로 다시 데리고 가요. 매티가 조금 전에 말한 것처럼요. 그리고 이 사람을 발견했다는 사실 자체를 잊어버리면 되잖아요." 에드위나 모로가 말했다.

"네가 발견한 게 아니잖아! 내가 발견한 거야! 그렇게 하라고 명령하셔도 절대 데려가지 않을 거예요!" 어밀리아가 소리쳤다.

"어밀리아, 넌 오늘 저녁 굶어. 방금 한 그 말과 오늘 오후에 한 행동 때문이야. 이 사람 다리에서 여전히 피가 흐르고 있네. 지혈대가 완전히 잘못됐어."

"제대로 해줘, 마사. 이런 거 잘하잖아."

"다마스크 천을 망쳐도 괜찮다고 판단했나 보네. 가장자리 레이스만 해도 백 년 전에 25달러는 되었을 텐데. 그리고 지금은 그 열 배는 될 거고."

"낡고 오래됐잖아, 마사. 레이스는 찢어졌고……."

"만약 그게 이 천을 버린 핑계라면 양키들 말이 맞는 거네. 남부의 모든 관습은 오래되고 낡았다고 하잖아. 안 그래? 그래서 우리한테 새로운 것을 가르쳐주겠다는 거고."

마사 선생님은 남자의 다리에 감은 붕대를 조심스럽게 풀기 시작했다. 아까처럼 빠른 속도는 아니었지만 상처에서 피가 배어나고 있었다. 그의 몸에 이제는 피가 남아 있지 않을 것 같았다. 마사 선생님은 예의고 뭐고 없이 그의 바지 남은 부분을 찢어내고 다시 붕대를 감기 시작했다. 이번에는 그의 허벅다리 쪽에 붕대를 묶었다.

"다리의 동맥이 무릎 근처에서 갈라지기 때문에 그 위쪽을 묶어야 해. 누가 지휘봉 좀 가져와."

마사 선생님은 음악 수업에 사용하던 지휘봉을 양키의 다리와 붕대 사이에 넣고는 배어나는 피가 한 방울이 될 때까지 지휘봉을 비틀어 돌렸다. 그다음에는 지휘봉을 다른 헝겊조각으로 고정시킨 뒤 몸을 숙여 상처를 살펴보고 군대의 외과의사처럼 노련하게 손으로 상처를 찌르고 쑤셨다. 그녀에 대한 분노에도 그런 그녀의 모습은 존경하지 않을 수 없었다. 양키는 여전히 의식이 없었다.

"말 한 필의 말굽을 만들 수도 있을 만큼 많은 쇠붙이가 박혀 있어. 전부 빼내는 게 가능할지나 모르겠네. 도구가 있다고 해도 말이야. 해봐야 소용이 없을 수도 있고."

우리가 한 것처럼 마사 선생님이 맥을 짚어보았지만 맥박이 잡히지 않았다. 그러자 그의 가슴에 귀를 대고 숨소리를 들었다.

"겨우 숨만 붙어 있어."

"그럼 우리 군에 넘기지 않을 거야?" 해리엇 선생님이 물었다.

"살아 있어야 넘기지. 지금 상태로 봐선 살아날 가능성이 별로 없어. 하지만 기적이 일어나서 그가 오늘 밤을 넘기면 어떻게 할지 아침에 결정해야겠지. 자, 여기 있는 사람들 모두 잘 들어. 각자 방에서 바늘을 가져와, 여러 가지 크기로. 그리고 명주실도. 매티, 최대한 많은 양의 물을 가져와. 얼른 물을 끓이고. 아, 비누와 수건도 필요할 거야. 붕대로 쓸 천도. 복도에 있는 천 꾸러미 속에 흰 모슬린이 있어. 그걸 가위하고 같이 가져와. 올여름에 너희 중 몇 명한테 새 옷을 지어주려 했는데, 양키를 집 안에 들여야 한다니 새 옷 없이도 지낼 수 있겠지? 다리를 찌를 날카로운 도구가 필요해. 부엌에서 뭐든 찾아봐, 매티."

"피클 포크는 어떨까요?" 매티가 물었다.

"그거면 될 것 같아. 일단 해봐야지. 그리고 작은 과도도 하나 필요해. 다들 신속하게 움직여줘. 양키가 오늘 밤을 무사히 넘기기를 바란다면."

매티는 부엌으로 도구를 가지러 갔고, 해리엇 선생님은 어느샌가 반짇고리에서 바늘과 실, 가위를 찾아 들고 왔다. 나는 응접실에서 모슬린을 가져왔다. 마리는 수건과 요즘 우리가 억지로 쓰고 있는, 그나마도 아껴 써야 하는 수지비누를 가지러 갔다. 그러나 마리가 비누를 가져오기도 전에 언제나처럼 예측불가능한 에드위나가 방에서 향기 나는 미용 비누를 가져왔다.

"미용 비누야. 아버지가 파리에서 사오셨어." 그녀가 대뜸 말했다.

"프랑스 비누네." 앨리스가 비누를 살펴보며 말했다. "어머니가 항상 쓰던 거야."

그녀의 어머니가 일을 하려면 그런 비누가 필요할 거라고 생각했지만, 입에 담지는 않았다. 그러나 에드위나는 자신의 자선행위를 고약한 말로 마무리하고 싶은 욕구를 억누르지 못했다.

"마지막으로 네가 어머니를 봤을 때 그랬다는 거겠지."

"좋을 대로 생각해. 굳이 그렇게 정확한 걸 원한다면, 마지막으로 네가 아버지를 만났던 날로부터 몇 달 혹은 몇 년 뒤 어느 날이었을 거야." 앨리스가 쏘아붙였다.

"그만들 해!" 마사 선생님이 두 사람에게 호통쳤다. 그녀는 검사를 끝내고 작업에 착수할 준비를 하고 있었다. "다들 소파 뒤로 가서 빛이 잘 드는 곳으로 소파를 옮겨줘."

우리는 소파를 밀었고, 말없는 손님은 정원 문으로 마지막 햇살이 드는 자리로 옮겨졌다. 적어도 숲에서 피어오른 연기를 뚫고 스며드는 햇살을 최대한 많이 받을 수 있는 자리였다.

매티가 끓는 물 한 동이와 주방 기구들을 들고 왔다. 마사 선생님은 나이프와 포크를 바늘과 실과 함께 양동이에 집어넣었고, 가위를 들고 모슬린과 남아 있는 그녀의 귀한 식탁보를 자르기 시작했다. 그러고는 자른 천 조각을 물속에 한참 담갔다가 가위 끝으로 꺼내 맨손으로 잡고는 천 조각에 수지비누를 묻혀서 양키의 다리를 문지르기 시작했다.

"미용 비누는 아껴두렴, 에드위나. 다음에 꼭 필요할 때가 있을지도 모르니까. 어쨌든 그 비누를 내놓을 생각을 하다니 기특하구나. 얘들아, 지금부터 좀 불쾌한 광경이 펼쳐질 수도 있을 거야. 기절하거나 그 외 한심한 짓을 할 수도 있겠다 싶은 사람들은 그만 나가도 좋아. 너도 포함해서, 해리엇."

무시무시한 경고에도 자리를 뜨는 사람은 없었다. 마사 선생님은 차가운 미소를 지은 뒤 작업에 착수했다. 뜨거운 천에 손을 데었을 텐데도 전혀 내색하지 않았다. 전에도 그런 생각을 한 적이 있지만, 마사 선생님이 만약 남자로 태어났다면 남부의 이상을 실현하는 데 큰 공을 세웠을 것이다.

다리의 진흙과 화약과 마른 피를 깨끗이 닦아내고 나서 마사 선생님이 허리를 폈다.

"불빛이 더 필요해. 램프를 가져와."

불필요하게 불을 켜놓지 못하도록 최근에 부엌으로 가져다놓았던 응접실 램프를 매티가 가지러 갔다. 다른 사람들과 마찬가지로 밤마다 램프를 켤 때 우리도 등유 대신 면화씨 기름을 사용했는데, 최근 들어 그것마저도 구하기 힘들어졌다. 그동안 마사 선생님이 양동이에서 가위 끝으로 피클 포크와 과도를 건져냈다.

칼과 포크를 수건 위에 던진 다음 수건을 마리에게 주며 마사 선생님이 말했다.

"내가 달라고 할 때까지 이걸 들고 있어. 나를 도와줄 두 명이 필요해. 이 신사분의 다리를 들고 움직이지 않게 붙잡고 있어줄 사람하고, 혹여라도 의식을 회복했을 때 다리를 움직이지 못하게 붙잡아줄 사람."

나는 다리를 들고 있겠다고 자청했고, 낯빛이 상당히 창백해진 해리엇 선생님이 그가 갑자기 움직이지 못하게 하겠다고 말했다. 곧이어 매티가 램프를 가지고 돌아와 마사 선생님의 지시대로 램프를 소파를 향해 들었다. 이윽고 마사 선생님이 나이프와 피클 포크로 양키의 다리에서 파편을 뽑아내기 시작했다.

그녀가 말한 것처럼 양키의 다리에는 엄청난 양의 쇳조각이 박혀 있었고, 그걸 다 빼는 데에 시간이 꽤 오래 걸렸다. 그 일을 마치기 전에 마사 선생님의 얼굴도 창백해졌다. 평소 세심하게 고정시켰던 검은 머리카락 몇 올이 이마 위로 흘러내렸고, 땀방울이 뺨으로 떨어졌다. 나는 그녀의 모습에 감탄하면서도 '예쁘진 않아. 하지만 저 단호한 모습이 나름 매력 있어' 하고 생각했다. 그녀는 내가 아는 모든 사람들 중 가장 단호한 사람이었다.

마사 선생님은 자신의 형편없는 수술도구로 빼낼 수 있는 쇳조각을 전부 빼내고 난 뒤, 뜨거운 천을 다리에 대고 부서진 뼈를 최대한 맞추었다. 그러고는 마리에게서 바늘과 검은색 실을 받아 들고 상처를 봉합했다. 그녀가 두 땀을 채 뜨기도 전에 에드위나 모로가 바닥에 털썩 주저앉았다.

"앨리스, 어밀리아, 에드위나를 데리고 나가. 매티, 아이들을 도와 줘. 램프는 해리엇이 들면 돼. 다리를 좀 더 높이 들어, 에밀리. 별로 대단할 것도 없어. 추수감사절 칠면조를 꿰매는 거하고 똑같으니까." 마사 선생님이 고개조차 들지 않고 지시했다.

분명히 그것보다는 복잡한 작업이었다.

마사 선생님의 바느질 솜씨가 썩 훌륭했다고 말할 수는 없지만 그녀가 처한 상황과 다리의 상태를 감안할 때 전 세계 모든 재봉대회의 황금골무상을 휩쓸고도 남았다. 그의 다리는 단순히 찢긴 정도가 아니라 뭉개져 있었고, 마사 선생님이 다리에 박힌 쇳조각을 뽑아내면서 봉합은 훨씬 더 복잡해졌다.

마지막 매듭을 짓기까지 거의 한 시간이 걸렸고, 실패에 실이 한 올도 남지 않았다. 마사 선생님은 마리를 방으로 보내 아주 오래전 그녀가, 혹은 해리엇 선생님이나 다른 누군가가 입었을 법한 낡은 후프스커트*를 가져오라고 했다. 분홍색 장미를 수놓은 라벤더 빛깔 고급 태피터**로 만든 것이었다. 오래되긴 했지만 아주 근사한 스커트였는데 마사 선생님은 망설임 없이 스커트를 찢어 후프를 꺼내더니 양키의 다리 부목으로 사용했다. 그다음에는 새 모

---

* 좋은 철사나 고래뼈로 도련을 펼쳐서 로맨틱한 분위기를 낸 스커트.
** 광택이 있는 빳빳한 견직물.

슬린 붕대와 남아 있는 다마스크 식탁보로 다리 전체를 감았다.

"자…… 이제 다 됐다, 얘들아." 그녀가 한숨을 쉬며 뒤로 물러나 숙녀답지 못한 방식으로 이마에 흐르는 땀을 닦았다.

나이 어린 마리는 마사 선생님에게 압도당한 나머지 박수를 쳤고, 앨리스와 나도 동참했다.

"저 양키는 꼭 살아나야겠어요! 우리가 이렇게 고생했으니까요!" 마리가 소리쳤다.

"아주 훌륭해, 마사. 정말 훌륭해." 해리엇 선생님도 완전히 넋이 나간 표정으로 말했다.

"전혀 훌륭하지 않아." 마사 선생님이 말했다. 하지만 나는 선생님도 우리의 칭찬이 듣기 좋았을 거라고 생각했다. "상태가 여기서 더 나빠질 것도 없다고 판단하지 않았으면 시도조차 안 했을 거야. 출혈은 멈췄지만, 앞으로 몇 시간은 상태를 지켜봐야 해. 강한 생명력을 지닌 사람이라면 하룻밤 푹 쉬고 나서 불씨가 약간 살아날 수도 있겠지. 자, 이제 모두 각자의 임무로 돌아가도록! 수업이 있는 학생은 수업에 참석하고, 다른 사람들은 각자 할 일을 해야지. 에드위나는 회복됐나? 부엌에서 작은 양파를 하나 잘라서 저 아이 코밑에 대어줘. 매티와 해리엇은 얼른 여길 치우고 저녁 식사 준비를 해."

"마사 선생님, 이 양키를 치료해주셔서 감사합니다. 혹시 궁금하실까 봐 말씀드리는데, 이 양키의 이름은 존 맥버니예요." 어밀리아 대브니가 수줍게 말했다.

"궁금하지 않았단다, 어밀리아. 그리고 안타깝게도 이 사람은 여기 오래 머물 것 같진 않아. 죽건 살건 말이야. 그의 이름을 안다고 해서 달라질 건 없어. 자, 어밀리아, 넌 우리와 식사를 하지 않을 테니 방으로 가도 좋아."

마리는 의식을 잃은 채 현관 홀 소파에 누워 있는 에드위나의 코에 대어줄 양파를 가지러 부엌으로 향했다. 에드위나 모로의 얼굴에 양파를 들이대는 것보다 재미있는 일은 없을 테지만, 그런 건 유치한 애들이나 신이 나서 하는 짓이다. 그러나 마리는 그 황금 같은 기회를 잡는 대신 마사 선생님의 심기를 조금 더 불편하게 만들었다.

"마사 선생님, 제 룸메이트 어밀리아 대브니가 숲에 갔던 일을 처벌하시는 건 공평하지 않다고 생각해요. 어밀리아는 학구적인 목적으로 그곳에 갔다고 분명히 설명했어요. 어밀리아의 이상한 취미에 우리가 동참할 순 없어도 그 일로 처벌받아서는 안 된다고 생각해요. 오늘 발각된 게 그녀의 잘못이 아니라면 더더욱 그렇잖아요. 저도 바로 일주일 전에 그 숲에 다녀왔어요. 혼자 있고 싶었던 것 말고는 딱히 다른 이유가 없었는데 말이죠. 더욱이 전 발각되지 않았고, 의심도 받지 않았어요."

"지금 발각됐어." 마사 선생님이 냉정하게 말했다. "너도 어밀리아하고 같이 벌을 받아야겠다."

"하지만 마사 선생님, 제발요…… 제가 자백한 거잖아요!"

"덕분에 네 양심이 편안해졌으니 오히려 감사해야지. 그만 방으로 돌아가. 너희 둘 다. 앨리스, 양파를 가져와서 에드위나를 깨워."

앨리스는 놀라울 정도로 민첩하게 자리를 떴다. 우리의 어린 악동은 혼잣말로 웅얼거리며 우리 모두를 향해 못된 표정을 지어 보이더니 자기 룸메이트를 따라 위층으로 올라갔다. 마리는 정말 이상한 아이다. 내가 보기에는 패피스트*의 교리에는 문제가 좀 있는 것 같다. 마리는 특별한 이유도 없이 툭하면 심통을 부리고 분노를 표출했다. 또 어느 순간 그렇게 하면 자신이 저지른 행동이 다 사라진다는 듯 신이 나서 자기가 한 짓을 자백했는데 마리와 마사 선생님은 이 게임의 오랜 맞수였다. 다행히 마사 선생님은 마리 데브르의 희한한 도덕체계를 주시했고, 혹독하게 그녀를 제압하는 데 일말의 주저도 없었다.

앞서 말했듯이 나는 마사 선생님을 좋아하진 않지만, 그녀의 강한 의지만큼은 존경한다. 우리 병사들 중에 마사 선생님 같은 위대한 군인이 없는 것이 안타까울 따름이다. 그런 그녀의 패기와 냉정함도 그로부터 몇 주간 이어진 시련 속에서 수차례 시험대에 올랐다.

마리 데브르

그가 온 첫날 저녁, 저녁 식사도 하지 못하고 방으로 올라오게 된 건 상관없었다. 이미 여러 번 있었던 일이고, 앞으로도 여러 번 일어날 일이니까. 그 일은 우리 학교에 온 낯선 남자가 일으킬 재앙에 비하면 전혀 심각한 일이 아니었다.

이런 일이 벌어질 때마다 해리엇 선생님은 자기 언니의 분노가 폭발할 위험을 무릅쓰고 밤늦게 내가 먹을 음식을 숄 아래 숨겨서 가져다주었다. 비밀 식사는 매일 밤 아래층 식탁에서 벌어지는 경쟁보다 훨씬 나았다. 정숙한 어린 숙녀들 사이에 엄청난 식사 경쟁이 벌어진다고 하면 마사 선생님과 해리엇 선생님은 기겁하며

---

* 일부 신교도들이 가톨릭 신자를 경멸적으로 일컫는 말.

손사래를 치겠지만, 경쟁은 분명히 존재한다.

보통은 나이 어린 어밀리아와 나를 위한 일종의 배려 같은 게 있을 거라 짐작하겠지만, 판즈워스 학교에 그런 배려 따윈 없다. 최근 우리 학교에서는 학교에 입학할 때 귀하고 구하기 힘든 식료품과 각종 물품들을 누가 가지고 왔건 상관하지 않는다. 무조건 '전리품은 연장자의 몫'이라는 식이다. 물론 실명을 거론할 생각은 없다.

한동안은 이 식사 전쟁에서 이기는 법을 터득했다고 생각했다. 나는 식탁 끝에서 여러 가지 방식으로 작은 소동을 일으켰다. 어밀리아를 발로 차고, 큰 소리로 말하거나 물을 쏟았다. 멀찌감치 있는 물건을 건네달라고 버릇없이 말한 적도 있다. 그런 행동을 포함하여 여러 가지 방식으로 나는 형편없는 식사 예절을 보여주었고, 그럴 때마다 마사 선생님은 나를 의자에서 끌어내 해리엇 선생님 옆자리에 앉혔다.

그런 작전이 통할 때도 있었다. 식탁 끝자리에 앉으면 선생님들이 음식을 받은 직후 다른 학생들보다 먼저 음식을 받았고, 최근 몇 학기 동안 먹은 것보다 훨씬 더 잘 먹을 수 있었다. 그러다가 마사 선생님이 나의 행동이 의도적인 것임을 알아채고 나서는 나를 아예 식탁에서 쫓아냈다.

해리엇 선생님이 식당책임자였다면 이런 문제가 생기지 않았을 것이다. 해리엇 선생님은 어린 학생들에게 제 몫의 식사를 챙겨주는 데 있어서는 언니보다 훨씬 더 공평하다. 그러나 우리 아버지가 말하곤 했던 것처럼 해리엇 선생님은 이 배를 조종하는 사람이 아니다. 그녀는 언제나 몽상에 빠져 있었고, 상황이 어떻게 돌아가는지 제대로 파악하지 못했다. 하지만 누군가 식탁에서 퇴출당했을 때는 얘기가 전혀 다르다. 식탁에서 퇴출당하는 사람은 곧바로 해리엇 선생님의 동정을 끌었고, 최대한의 지원을 받아낼 수 있었다.

나는 이 모든 사실을 해리엇 선생님처럼 자기만의 세계에 빠져 사는 어밀리아 대브니에게 설명했다. 물론 두 사람이 살고 있는 세계가 비슷한 건 아니다. 해리엇 선생님의 마음은 주로 과거에 머물렀다. 예전에 그녀가 참석했던, 혹은 참석했다고 믿고 있는 만찬과 파티를 꿈꾸고 있었다. 그것은 가엾은 선생님이 종종 혼잣말로 중얼거리는 얘기를 듣고 알게 된 사실이다.

반면 어밀리아의 세계에는 인간이 전혀 없다. 그 세계는 통나무 속이나 바위 밑, 나무 구멍 속에 살고 있는 박쥐와 벌레 들과 온갖 꿈틀거리고 기어다니는 생명체로 가득하다. 어밀리아 대브니는 인류가 멸종해도 숲속의 동물들만 다치지 않고 보존된다면 조금도 개의치 않을 것이다. 이제야 고백하건대 나는 가끔 룸메이트가 다른 애였으면 좋겠다는 생각을 한다. 화장대 서랍에서 벌레를 발견하거나 침대 기둥에서 박쥐를 발견하는 게 썩 기분 좋은 일은 아니다.

"저녁 식사 걱정은 하지 마. 조금 있다가 해리엇 선생님이 참마하고 푸른 채소, 운이 좋으면 베이컨 한두 조각을 들고 오실 테니까. 마사 선생님이 오늘 사오신 것 같아." 내가 어밀리아에게 넌지시 말했다.

나는 어떻게든 어밀리아를 위로하려고 했다. 어밀리아는 나처럼 불명예스러운 일을 당하는 데 익숙하지 않았다. 어밀리아가 마사 선생님을 두려워하는 건 사실이지만, 이 집의 그 누구보다도 저녁 식사를 거르는 것을 두려워할 필요가 없었다. 어밀리아는 트렁크 한가득 견과와 허브 뿌리, 각종 베리와 버섯을 잔뜩 갖고 있었다. 그날 오후 그녀가 따온 버섯 중 일부는 독버섯이었지만, 일부는 먹을 수 있는 것이었다. 안전한 버섯임을 알게 된 건 어밀리아가 그날 딴 버섯을 먹고 있었기 때문이다.

어밀리아는 내게도 버섯을 권했지만 나는 정중하게 사양했다. 그녀가 자연의 비밀을 많이 알고 있으니 걱정할 건 없었다. 다만 해리엇 선생님이 식탁에서 우리를 위해 남긴 음식을 챙겨 들고 나타날 텐데, 버섯을 먹는 모험을 하고 싶지는 않았다. 그래도 블랙베리 한 줌과 지난가을에 가져온 호두와 헤이즐넛 몇 알은 받았다.

"네 생각에 양키 사건이 결국 어떻게 끝날 것 같아?" 내가 어밀리아에게 물었다.

"내가 알고 있는 동물과 곤충 왕국의 질서에 따르면, 침입자는 결코 순순히 받아들여지지 않아. 내 트렁크에 있는 영국 자연학자의 책에도 아주 잘 정리되어 있어."

"그런 왕국에서는 침입자에게 어떤 일이 일어나는데?" 나는 마사 선생님에게 들리지 않도록 호두를 화장대 서랍 안에 던져 조용히 껍질을 깨보려 했다.

"글쎄. 때로는 침입자가 이길 때도 있어. 사냥벌이 메뚜기 둥지를 공격해서 침으로 죽이거나 죄다 마비시킨 다음 한 마리씩 천천히 잡아먹는 걸 본 적 있거든." 어밀리아가 침착하게 말했다.

"세상에, 내가 메뚜기가 아니라서 참 다행이다." 마침내 호두가 깨졌다. 화장대 서랍 옆면도 약간 갈라졌는데, 눈에 띌 정도는 아니었다.

"하지만……." 어밀리아가 잠시 뜸을 들이고 말을 이었다. "침입자가 지는 경우도 많아. 한번은 애벌레가 붉은 개미의 보금자리를 공격했는데 애벌레가 개미한테 매혹당한 건지 아니면 잠깐 방심했던 건지, 개미들에게 산산조각나고 말았어. 조그만 개미들이 촉수로 그를 어루만지는 듯했는데 얼마 안 있어 애벌레 꼬리 쪽에서 액체 같은 게 몇 방울 나왔고, 개미들이 그 액체를 아주 맛있게 나누어 먹는 것처럼 보였거든. 그렇게 애벌레 진액을 다 빨아먹고 나서 개미들이 힘을 합쳐 애벌레를 묻어버렸어. 나중에 먹으려고 그러는 것 같았어."

"맙소사, 그럼 그 애벌레는 회복될 수 없는 상처를 입은 거야?"

"나도 잘 모르겠어. 하지만 자연주의자 관점에서 그런 건 별로 중요하지 않아. 애벌레는 봄이 오고 나비가 되면 어차피 죽어. 그리고 겨우내 개미 왕국에 양식을 제공하지."

저 아이는 참으로 이상한 방식으로 자신의 여가를 즐기고 있다. 나는 지금까지 어밀리아처럼 시간을 보내는 사람을 본 적이 없다. 어밀리아는 개미 언덕이나 메뚜기 보금자리 옆에 몇 시간이고 웅크리고 앉아 곤충들의 움직임을 통해 도덕적인 교훈을 얻었다. 어밀리아가 내게 전수하려는 것을 도덕적 교훈이라 부를 수 있다면 말이다.

"너의 맥버니 상병을 마사 선생님이 어떻게 하실 것 같은지 묻는 질문에는 아직 대답 안 했어."

"나도 잘 모르겠어. 나는 그 사람이 빨리 나아서 떠나버렸으면 좋겠어. 아니면 죽거나."

"어밀리아 대브니!" 나는 깜짝 놀라 소리쳤다.

"여기서 푸대접을 받느니 그 편이 나을 것 같아. 만약 그가 여기서 푸대접을 받을 것 같으면 오늘 밤 다시 숲으로 데려갈 거야."

"그 사람이 걸을 수 있을 것 같진 않던데."

"아까처럼 내가 도와주면 돼."

"지금은 의식도 없잖아."

"조만간 의식을 되찾겠지."

"만약 의식을 되찾으면, 그건 마사 선생님이 돌봐주고 다리를 봉합해주었기 때문이야. 그건 절대 푸대접이 아니라고. 설령 악마라고 해도 잘한 건 잘한 거라고. 우리 어머니는 항상 악마일지라도 인정할 건 인정해야 한다고 말씀하셨어."

"지금 좋은 대접을 받았다고 앞으로도 좋은 대접을 받을 거라고 장담할 순 없잖아. 하나만 약속해줘, 마리. 만약 맥버니 상병이 여길 뜨는 게 낫다고 판단하고 내가 그 사람 탈출을 도와야 할 상황이 되면 너도 도와줘."

"그 사람한테 무슨 도움이 필요한데? 적어도 열여덟 살은 된 성인 남자야. 어쩌면 그보다 더 많을 수도 있고. 다리가 나으면 여기서 곧장 나가 북군이건 북극이건 원하는 곳 어디든 갈 수 있어." 나는 진심으로 궁금해서 어밀리아에게 물었다.

"그래도 약속해줘." 어밀리아가 고집을 부렸다.

나는 어밀리아를 진정시키려고 그러겠다고 약속했다. 다섯 명의 소녀와 세 명의 늙은 여자가 맥버니 상병에게 무슨 해를 끼칠 수 있다는 건지 도저히 이해가 되지 않았지만, 불안해하는 그 아이를 위해 그러겠다고 했다. 나보다 세 살이나 위인데도 나는 어밀리아를 '아이'라고 부른다. 내가 어밀리아 대브니보다 훨씬 더 빨리 어른이 될 게 분명하기 때문이다.

잠시 후 어밀리아는 아래층으로 내려가 맥버니 상병의 상태를 살펴보겠다고 했다. 나로서는 해리엇 선생님이 몰래 저녁 식사를 들고 올라올 때까지 어밀리아가 돌아오지 않는 편이 좋았다. 어밀리아 역시 자신의 숲속 진미들을 엄청 많이 먹은 뒤라 평범한 음식 따위를 먹고 싶은 생각이 전혀 없었다.

"딱히 다른 할 일 없으면 내 첼리드라 서펀티나 좀 지켜봐줄래?" 문 앞에 멈추어 서서 그녀가 말했다.

"뭘 지켜봐달라고?"

"내 조그만 악어거북. 침대 밑에 있는 네 오래된 보석함 안에 넣어두었어. 비어 있는 데다 어차피 네가 쓰지도 않는 것 같아서."

"만약 누구든 나한테 보석을 주면 그 상자 안에 넣어둘 생각이었어. 그런 용도로 쓰라고 어머니가 나한테 준 선물이라고! 네 더럽고 늙은 악어거북이 티크로 만든 내 보석함을 점령하고 있다는 걸 알면 어머니가 안 좋아하실 것 같아."

내가 날카롭게 쏘아붙였다. 어밀리아가 나의 모든 소지품을 자신이 수집한 괴물들의 은신처로 사용하는 걸 막으려면 잠시도 한눈을 팔아서는 안 된다. 그리고 나는 그녀의 악어거북에 완전히 신경을 끄기로 했다.

어밀리아가 언제나처럼 조용히 방을 나가 아래층으로 내려갔다. 그 아이는 자신이 원한다면 장소나 상대에 관계없이 무난하게 탈출할 수 있을 것 같았다. 어밀리아는 학교 안을 여름날의 그림자처럼 아무도 눈치채지 못하게 조용히 드나들었다. 만일 판즈워스 학교에서 아무도 모르게 빠져나가기 위해 조언을 구하고 싶다면 어밀리아 대브니를 찾아가야 할 것이다.

✐ 어밀리아 대브니

존 맥버니 상병을 보러 아래층에 내려갔을 때, 아직 저녁 식사가 끝나지 않았다. 그래서 그들의 눈에 뜨이지 않게 응접실로 들어설 수 있었다.

그는 조금 나아 보였다. 여전히 얼굴이 창백했고 꼼짝 않고 누워 있었지만 손이 조금 따듯해졌고, 숨소리도 규칙적으로 조금 더잘 들렸다. 나는 정원 쪽으로 난 문을 조금 열어서 그가 산소를 더많이 마실 수 있게 했다.

이미 하루가 저물었고 전투의 소음도 대부분은 잦아들었지만동쪽 숲은 여전히 불타고 있었다. 저 숲에 사는 새와 동물은 어떻게 되었을까? 하나님이 불길에서 탈출하는 것을 허락하셨을까? 군인들이 떠날 때까지 그들의 굴과 둥지를 하나님이 지켜주실까?

몇 주 전, 바로 그 숲에서 메추라기 둥지를 하나 발견했다. 놀라울 정도로 잘 만들어진 둥지였다. 높은 관목 덤불 위에 자리 잡고있는 데다 야생 포도덩굴로 가려져 있어서 지나가는 매의 눈을 피할 수 있었다. 내가 발견한 그날 오후, 둥지 안에 조그만 알이 열한개 있었는데 오늘이 오기 전에 새끼들이 알을 깨고 나와 둥지를떠났는지 궁금했다. 나는 그 아기 메추라기가 다치는 것을 허락하는 하나님이야말로 가장 잔인한 하나님일 거라고 생각했다. 그리고 그런 하나님과는 결코 화해할 수 없을 것 같았다.

때로는 양쪽 병사보다 이 전쟁으로 고통받는 무고한 동물이 더걱정된다. 적어도 군인들은 자신들의 운명에 어느 정도의 책임이있었다. 그들은 그 자리에 있기 위해 자원했을 것이고, 설령 그렇지 않다고 해도 맥버니 상병처럼 불타는 숲에서 탈출할 수도 있었다.

나의 오빠들이 아직 살아 있다고 해도 내가 이렇게 생각할지는 잘 모르겠다. 딕과 빌리가 곁에 있었다면 둘 다 이런 나의 생각을 비웃었을 것이다. 고향의 들판에서 그들이 메추라기와 꿩 사냥을 할 때마다 내가 우는 걸 비웃었던 것처럼. 오빠들은 내일 당장 무덤에서 살아나온다고 해도, 이전에 참전했을 때 행여 전쟁의 소음과 흥분을 놓칠세라 곧바로 다시 자원할 게 분명했다. 동물이라면 결코 그런 바보짓을 하지 않을 텐데.

동물을 좋아하는지, 아니면 사람을 좋아하는지는 상당 부분 그 사람이 처한 상황에 따라 달라지는 것 같다. 맥버니 상병을 발견하고 그를 이곳으로 데려오기 전 나는 판즈워스에서 그 누구에게도 친밀감을 느껴본 적이 없었다. 어쩌다 한 번씩 마리 데브르에게 느끼는 것 외에는. 그리고 그날 밤, 나는 그가 나와 무척 비슷한 사람이라는 결론을 내렸다. 나는 상당히 고독한 사람이었는데, 맥버니 상병도 그런 사람일 거라는 느낌이 들었다.

전쟁 중이건 아니건 한결같은 밤의 소리들이 들려오기 시작했다. 참나무 숲에서 매미가 울기 시작했다. 잠시 후 메뚜기가 가세하더니 곧이어 냇가의 개구리가 동참했다. 커다란 황소개구리 소리가 들리지 않아서 녀석에게 무슨 일이 생겼나 궁금해하고 있는 찰나, 그가 자기 생각을 말하기 시작했다.

개굴, 개굴, 개굴.

그러자 청개구리가 휘파람소리를 내며 끼어들었고, 나이팅게일이 합세했다. 마지막으로 낮 동안에는 발각될 것이 두려워 조용히 있던 이 집 처마에 사는 늙은 부엉이가 밤이 내렸음을 깨닫고는 합창에 자신의 울음을 보탰다.

자연의 소리는 먼 숲속에서 울려퍼지는 소총의 파열음과 메아리에 간혹 끊기곤 했다. 양측의 보초병들은 여전히 긴장을 풀지 못하고 있다. 무슨 일이든, 심지어 살육조차도. 하루 종일 하던 일을 놓기는 힘들 것이다.

"가엾은 보초병들, 부디 오늘 밤 여기서 무사히 빠져나가기를."

나는 혼잣말처럼 중얼거리고는 마침내 자신의 길을 찾은 맥버니 상병을 생각했다.

평상시처럼 잠을 자는 걸까? 탈진해서 의식을 잃은 걸까?

내가 소파 앞에 무릎을 꿇고 앉아 그의 귀에 입술을 대어볼 때도 그는 기척이 없었다.

"맥버니 상병님." 내가 속삭였다. "제 말이 들리지 않을지도 모르지만, 저는 어떤 식으로든 당신을 도울 거라고 말씀드리고 싶어요. 전 당신의 친구예요, 맥버니 상병님. 만약 여기서 부당한 대우를 받게 되면 제가 당신을 도울 거예요. 당신이 입고 있는 군복 때문에 당신을 싫어할 사람들이 있을지도 모르지만, 전 그렇지 않아요. 당신을 좋아하고 회복되기를 바라요. 그걸 기억하세요, 맥버니 상병님. 제가 당신의 친구라는 걸."

"지금 뭐하는 거야, 이 꼬마 부랑자야." 에드위나 모로가 문간에 서 있었다. 기절했다가 깨어난 게 분명했다.

"맥버니 상병한테 사적인 얘기를 좀 하고 있었어."

"그 사람한테서 떨어져, 이 꼬마 거지야. 그 사람은 네 더러운 손으로 만지작거려도 되는 새나 딱정벌레가 아니라고."

"내 손은 아주 깨끗해, 에드위나. 그리고 난 맥버니 상병을 안 만졌어. 얘기만 했지."

"저런 상태에 있는데 어떻게 얘기를 하니, 이 꼬마 멍청아!"

에드위나는 자신의 기분에 따라 날 별의별 이름으로 다 불렀는데, 앞에 항상 '꼬마'를 붙이곤 했다. 꼬마 어쩌구가 커다란 어쩌구보다 더 나쁜 건지 어떤 건지는 모르겠지만, 에드위나가 말하면 항상 나쁘게 들렸다. 물론 에드위나가 날 뭐라고 부르건 별로 개의치 않았지만. 그런 식으로 말하는 게 에드위나의 성격이란 걸 잘 알고 있다. 또 개인적으로 나를 싫어하는 건 아니라고, 적어도 다른 아이들보다 더 싫어하는 건 아니라고 믿는다.

내가 다른 애들보다 조금 더 당하는 건 사실이지만, 그건 내가 보복을 하지 않아서다. 한번은 에드위나가 앨리스 심스에게 아주 못된 말을 했는데, 앨리스가 방을 가로질러 그녀에게 다가가 따귀를 갈겼다. 또 한번은 에드위나가 한 말에 마리 데브르가 기분이 상했다. 루이지애나 사람들이 대체로 그렇듯이 마리는 개인의 명예에 굉장히 민감했다. 마리는 일주일을 벼르다가 일요일 아침, 교회에 가기 전에 정원을 걷고 있던 에드위나에게 더러운 물 한 동이를 끼얹었다. 마리는 당연히 그 일로 벌을 받았지만, 마리는 벌따위 대수롭지 않게 여겼다. 그 일로 에드위나는 마리와 부딪치는 것을 피하게 되었다. 마리는 이제 겨우 열 살이지만, 만만하게 볼 상대가 아니었다.

에드위나가 등 뒤에 무언가를 뒤에 숨기고 응접실 안으로 들어서면서 말했다.

"미사 선생님 말씀대로 위층으로 올라가서 그만 자."

"자라고는 안 했어. 나와 마리는 저녁 식사가 없으니 위층으로 올라가라고만 했지. 그나저나 등 뒤에 숨긴 게 뭐야, 에드위나?"

"네가 알 바 아니야."

"감자 한 접시하고 리크* 수프 같은데? 지금 카펫에 흘리고 있 잖아."

"그렇게 알고 싶다면 알려주지. 식당에서 애들이 주고받는 얘기 가 한심해서 수프를 가지고 나온 것뿐이야."

"그럼 어서 먹어. 방해 안 할게."

"내가 먹고 싶을 때 먹을 거야."

"얼른 먹지 않으면 수프가 식을 텐데."

"네가 신경 쓸 일이 아니야, 어밀리아. 내가 차가운 수프를 더 좋아할 수도 있는 거잖아?" 그녀가 발끈하며 말했다.

그때 문득 한 가지 생각이 떠올랐다. 만약 수프를 들고 온 사람 이 에드위나가 아닌 다른 사람이었다면, 바로 그렇게 생각했을 것이다. 그래서 나는 머릿속에 떠오른 의혹을 직접 확인해보기로 했다.

"그럼 난 이만 위층으로 올라갈게. 네가 여기서 맥버니 상병을 지켜볼 거라면."

"처음으로 똑똑한 말을 하는구나. 맞아, 이분은 쉬어야 해. 어린 꼬마가 귀찮게 해선 안 돼."

내가 그저 어린 꼬마로 발전했다. 더욱이 에드위나의 입에서 '어린 꼬마'라는 말이 나오다니, 이건 사실상 칭찬이나 다름없다.

"그럼 잘 자, 에드위나." 내가 에드위나에게 인사하고 천천히 응 접실을 나섰다.

"이제야 속이 시원하네." 날 지켜보며 그녀가 말했다.

나는 계단을 조금 올라가다가 멈추어 서서 잠시 기다렸다. 그리

---

* 부추처럼 생긴 채소.

고 최대한 조용히 내려와 다시 응접실 문 앞에 섰다. 염탐하는 것을 즐기진 않지만 맥버니 상병이 연루된 일이라 상황 파악을 해야 했다.

그럼 그렇지.

에드위나는 그에게 수프를 먹이려 하고 있었다. 대부분 턱으로 흘러내렸고, 에드위나는 그때마다 침착하게 스푼을 빼고 손수건으로 그의 턱을 세심하게 닦아주었다. 오후에 중국 실크라고 했던 것과 다른 손수건이었다. 어찌 됐든 에드위나는 맥버니 상병을 위해 자신의 손수건을 아낌없이 내놓았다. 그리고 지금은 감자와 리크 수프까지 넘기고 있었다.

'참 나, 그게 정말 네가 원하는 일이라면, 날 무슨 이름으로 불러도 상관하지 않을게. 그리고 비밀도 지켜줄게. 그러길 원한다면. 지금 중요한 건 맥버니 상병이 회복되는 것뿐이니까.

나는 에드위나의 모습을 보면서 속으로 생각했다. 한편으로는 나의 양키 군인이 적어도 당분간은 누군가의 훌륭한 보살핌을 받으리라는 사실에 만족했다. 나는 문에서 물러나 마리 데브르와 함께 쓰는 방으로 올라갔다.

해리엇 판즈워스

나는 저녁 식사 설거지를 마치는 대로 야단을 맞고 방으로 올라간 어밀리아 대브니와 마리 데브르에게 음식을 가져다줘야겠다고 생각했다. 물론 마사는 이런 나를 못마땅해할 것이다. 아이들이 무례한 행동을 할 때 훈계하는 것이 그녀의 역할 중 하나라는 것은 나도 알고 있다. 하지만 한창 성장할 나이의 아이들이 제대로 먹지도 못하고 보내야 하는 밤은 너무도 길 터였다. 안 그래도 모든 게 부족한 시대라 아이들이 양껏 못 먹고 있다는 건 하나님도 아신다.

착한 매티의 도움으로 나는 빵 한 조각과 콩과 샐러드 채소를 얻었다. 그것들을 내 몫에서 아껴둔 베이컨과 함께 가져다주면 어린 두 죄수들은 아침까지 버틸 수 있을 것이다. 내 마음과 달리 아이들은 나의 선물을 무심하게 받았다. 도움이 필요한 사람들에게 주는 선물이라기보다는 왕실에 바치는 조공 같았다.

"어서 먹어, 얘들아. 그리고 마사 선생님이 둘러보기 전에 불 끄고 잠자리에 들어야지."

"우리가 다 알아서 해요, 해리엇 선생님." 음식을 먹으며 마리가 아무렇지도 않게 말했다. "우리 방엔 나름대로 체계가 있거든요. 마사 선생님이 계단을 올라와서 이 복도를 걸어오시면 곧바로 촛불을 끄고 침대에 누워요. 그리고 마사 선생님이 우리 방문 앞에 설 때쯤엔 이미 몇 시간째 자고 있는 척할 수 있어요. 물론 이 작전에서 우리의 가장 중요한 무기는 어밀리아가 귀가 무척 밝아서 집 안의 모든 움직임을 알아차린다는 거고요."

"그다지 정직한 방식은 아닌 것 같구나. 지금 초를 낭비하면 정말 필요할 때 후회할 수도 있어."

"여분이 있어요." 한마디도 지지 않는 마리가 대답했다. "어밀리아가 숲에서 가져온 밀랍으로 직접 만들었거든요."

"빵 좀 남겨줘, 마리." 채소를 먹으며 어밀리아가 말했다.

"너희 둘이 먹을 양은 충분히 있어. 둘이 똑같이 나누어 먹어."

"자기가 먹으려고 그러는 게 아니에요. 거북에게 주려고 그러는 거예요. 아프대요, 오늘 맥버니 상병을 데려오느라고 날벌레 잡아 다 주는 것도 잊었고요."

"그렇구나." 한번 들여다볼까 싶었지만 영 내키지 않았다. "하 나님은 우리 모두를 만드셨지. 너와 나, 그리고 맥버니 씨…… 그 리고 어밀리아의 거북까지."

"동물도 죽으면 천국에 가나요?" 어밀리아가 요정 같은 조그만 얼굴로 날 보며 물었다.

"그렇진 않을 것 같아. 동물에게 하나님은 이번 생에서 행복을 찾게 하실 것 같아."

"오늘 밤 숲에서 죽어가는 동물들은요?"

"글쎄…… 동물들이 정말 죽어가는지 우린 알 수가 없어. 안 그 래? 다들 불길을 피하겠지. 설령 불길에 갇혔다고 해도 죽을 때가 된 늙은 짐승뿐일 거야. 하나님은 그들이 고통 없이 떠날 수 있게 도와주실 거고."

"우리는요?" 마리가 물었다. "우리는 이번 생에서 행복을 누릴 수 없어요?"

"행복을 누리는 사람은 그다지 많지 않아."

"전 행복을 누리고 싶어요. 천국이 규율과 규칙이 엄청나게 많 은 곳이라면, 천국에 가고 싶지 않아요. 차라리 지상에서 행복을 누려볼래요."

"그럴 수 있다면 넌 아주 운이 좋은 거야, 마리. 넌 적어도 어밀 리아보다 훨씬 더 운이 좋아. 어밀리아는 두 오빠를 잃는 커다란 불행을 겪었으니까."

"하지만 제 아버지와 오빠 루이스도 입대했어요. 두 사람 다 이 미 죽었을지도 몰라요. 우편물이 안 오는 걸 보면요. 선생님은 아주 행복했던 적이 있나요?"

"있었지, 아주 오래전에……. 하지만 그리 오래 지속되지는 않았단다."

"무엇 때문에 끝났어요?" 어밀리아가 궁금해했다.

"이성과 상식 때문에."

이 아이들에게 어디까지 얘기해야 할지 늘 가늠하기 어려웠다. 그들에게 잘해주고 싶고, 또 그래야 하지만 그 아이들은 내게 묻는 것보다 훨씬 더 많이 알고 있을지도 모른다는 의심이 들었다. 때로는 이미 대답을 알고 있는데도 그저 나의 반응을 보고 싶은 것뿐이라는 생각이 들 때도 있었다.

"맥버니 상병은 행복할까요?" 어밀리아가 물었다.

"만약 행복하지 않다면 여기 머무는 동안 우리가 최대한 행복하게 해주자꾸나. 하지만 전쟁터에서 잠시 벗어날 수 있다는 사실만으로도 행복할 것 같아."

"네, 정말 그래요." 어밀리아가 진지한 표정으로 말했다. "오늘 그런 말을 했거든요."

"오래전에 행복을 경험했을 때, 어떤 느낌이었어요, 해리엇 선생님?" 수석 심문관 마리가 물었다.

"아주 좋았지."

"그런 행복이 다시 올 거라고 생각하세요?"

"이제 그런 생각은 안 해."

"다시 행복이 오면 기쁠까요?"

"음…… 그럴 것 같아. 하지만 똑같진 않겠지. 불행을 알게 된 순간 순수한 기쁨을 느끼는 게 불가능해지거든. 그건 오직 순수한 상태에서만 가능한 일이니까."

순수? 그렇다, 그들은 순수해 보였다. 조용히 나를 바라보는 그들의 눈은 참으로 순수해 보였다. 어밀리아는 서글픈 갈색 눈으로, 마리는 정직한 파란 눈으로.

　"세수하고 이 닦고 머리를 빗어, 너희 둘 다. 각자 백 번씩 힘차게. 그래야 아름다운 숙녀가 되어 파티에서 춤출 때, 머리카락이 찰랑거리고 반짝일 테니까."

　"처음 파티에 참석했을 때 선생님 머리카락은 반짝였나요?" 마리가 물었다.

　"그랬지. 칠흑처럼 검고 반짝거렸어. 에드위나 모로의 머리카락처럼. 머리를 땋아서 틀어 올렸지. 금핀을 꽂았던 기억이 나."

　"첫 번째 파티에 누가 에스코트했어요?" 어밀리아가 물었다.

　"오빠가."

　"오빠도 돌아가셨죠?" 마리가 꼬집어 말했다.

　"마사는 그렇게 생각하고 있어."

　"하지만 선생님은 그렇게 생각 안 하세요?" 어밀리아가 물었다.

　"그래, 난 그렇게 생각 안 해."

　"선생님, 지금은 흰머리가 있네요. 슬픔 때문인가요, 실망 때문인가요?" 어밀리아가 말했다.

　"나이가 들어서 그런 거겠지."

　"그런데 왜 선생님만 흰머리가 있어요? 마사 선생님은 선생님보다 나이가 더 많은데도 흰머리가 없잖아요." 이번에는 마리가 물었다.

　"그건 마사 선생님한테 물어보렴. 자, 이제 그만 내가 시킨 일들 하고, 기도하고, 잠자리에 들어."

　"전 파티 따위엔 별로 관심 없어요." 마리가 선언했다. "내가 핑장한 미인이 되지 못하리란 건 잘 알아요. 그러니 파티는 엄청난 시간 낭비일 것 같아요."

"저도 파티엔 관심 없어요. 혹시 이다음에 맥버니 상병과 함께 간다면 모르겠지만요. 맥버니 상병이 절 파티에 데려가줄까요, 해리엇 선생님? 물론 전쟁이 끝난 뒤에요."

"기꺼이 그래줄 것 같아. 하지만 지금은 그분한테 그런 얘기를 하지 않는 게 좋겠다."

그 말과 함께 나는 방문을 닫고 나와 응접실로 내려갔다. 소파 옆 테이블 위에는 여전히 램프가 밝혀져 있었고, 우리의 환자는 의식이 없었다. 그의 곁에 의자를 끌어다놓고 앉아 있는 사람은 다름 아닌 에드위나 모로였다. 도도한 얼굴에 내 젊은 시절의 머리카락만큼 새까만 머리카락을 지닌 에드위나. 내가 다가가자 에드위나는 방어적으로 고개를 들었지만 아무 말도 하지 않았다. 맥버니 상병은 어밀리아와 파티에 참석하기엔 아직 갈 길이 멀어 보였다.

"의식이 돌아왔니?" 내가 에드위나에게 속삭였다.

"눈을 한 번 떴어요. 말을 하려는 것처럼 입술을 몇 번인가 움직였고요."

"그랬구나. 아침엔 훨씬 더 좋아질 수도 있어. 이제 그만 방으로 돌아가렴. 내가 있을 테니."

"전 더 있어도 괜찮은데요." 에드위나가 퉁명스럽게 말하고는 내가 반박하기를 기다렸다.

"물론 더 있어도 괜찮겠지. 하지만 너도 좀 쉬어야지. 이분을 이렇게 돌보아주다니 정말 사려 깊구나. 의식이 회복되면 무척 고마워할 거야."

"의식이 회복될까요, 선생님?"

"상태가 좋아지는 것 같아. 계속 좋아지라고 기도하는 수밖에."

"저는 기도를 안 믿어요. 기도로 원하는 걸 얻어본 적이 없거든요."

"기도해본 적은 있니?"

"아주 오래전에 한 번요. 선생님도 무언가를 위해 기도를 한 적이 있나요?"

"있고말고."

"그 기도의 응답을 들으셨어요?"

사실을 말해야 할까? 나는 내 기도의 응답을 듣지 못했다. 그보다도 나는 오랫동안 기도를 하지 않았다. 단지 나의 언니를 기쁘게 하고, 신실한 신학교 교사로서의 이미지를 유지하기 위해 할일을 했을 뿐이다. 나는 하나님이 두렵지만 하나님께 기도하진 않는다. 내가 무엇을 위해 기도할지 알고 있고, 그 기도를 해도 이루어지지 않으리란 걸 알기 때문이다. 내가 하나님이라고 해도 내기도는 들어주지 않을 것이다.

"헛된 기도는 없다고들 하잖아." 내가 조심스럽게 말했다. "기도를 통해 원하는 걸 항상 얻지는 못하겠지만 때론 그보다 더 좋은 걸 얻게 되니까……."

"그럼 만약에 우리가 저 양키가 살게 해달라고 기도했는데 양키가 죽으면 그게 더 좋은 일인가요?"

에드위나를 다시 보았던 건 섣부른 판단이었다. 에드위나는 늘 그랬듯 고약하게 굴고 있었다.

"그게 어떻게…… 그런 건 나한테 묻지 마……. 하지만 그럴 수도 있을 것 같아."

"아, 알 것 같아요." 나의 짜증에 그녀가 미소를 지었다.

"만약 살아 있을 때 일어난 일들이 너무 끔찍하다면…… 차라리 죽는 게 나을 수도 있을 테니까요. 선생님도 동의하시죠? 어느쪽이든 이 양키를 위해 기도할 생각은 없어요. 자연의 순리를 따르는 걸로 만족해요. 어차피 그렇게 될 테니까요."

"좋을 대로 생각하렴."

"저 사람, 꼭 우리 아버지 같아요." 에드위나가 불쑥 말했다. "우리 아버지를 본 적이 있으세요, 해리엇 선생님? 정말 미남이에요."

"안타깝게도 그런 영광은 누리지 못했구나."

나는 모로 씨가 학교를 찾아온 적이 한 번도 없다는 것을 알고 있고, 그 사실을 그녀도 알고 있다. 그러나 아버지가 때때로 학교를 찾아왔고, 안타깝게도 내가 그 기회를 놓쳤다고 생각하기를 원한다면…… 그게 그녀의 서글픈 변덕이라면 얼마든지 감내할 수 있었다.

"그럼 넌 네 엄마를 닮았나 보구나. 모로 씨는 얼굴이 흰 것 같던데." 좋은 뜻으로 한 말이었고, 어떤 뜻도 담겨 있지 않았다. 논쟁을 일으키지 않을 화제로 전환하려 했을 뿐이다.

"아뇨, 그렇지 않아요. 아버지는 얼굴색이 어두워요. 심지어 저보다도 더." 그러고 나서 에드위나가 얼른 덧붙여 말했다. "이 사람과 이목구비가 닮았다는 뜻이었어요."

"그렇다면 네 어머니는 굉장히 매력적인 분이시겠네. 넌 분명히 어머니의 이목구비를 닮았을 거야. 넌 이 젊은 남자와 하나도 닮지 않았거든."

"꼭 그런 식으로 말씀하셔야겠어요? 왜 그런 하찮은 문제에 집착하시는 거죠?"

"미안하다, 아가. 내가 깜빡했네. 난…… 어머니가 아직 살아 계시니?"

"물론 살아 계시죠!"

"제발…… 널 화나게 할 생각은 없었단다, 아가."

"난 당신 아기가 아니에요! 제발 한심한 짓 좀 그만하세요!"

"하지만 네가 먼저……." 나는 당황한 나머지 어떻게든 상황을 설명해보려고 했지만 막상 할 말이 떠오르지 않았다. 오히려 에드위나 모로에게 잘해주려 애쓰는 것이 얼마나 부질없는지 다시 한번 깨달을 뿐이었다.

"당장 네 방으로 돌아가, 지금 당장, 에드위나."

"네, 선생님." 그녀가 조롱하듯 고개를 까딱했다.

"얘야, 제발……." 그건 내가 가장 자주 쓰는 말이다. 아무래도 나는 그 누구에게도 오랫동안 매정할 수가 없는 사람인 것 같다. 심지어 에드위나에게도. 돌아서는 그 아이의 모습이 너무도 작고 외로워 보였다.

"잠깐만, 에드위나."

"네, 선생님?"

"네가 지금 몇 살이지?"

"마사 선생님의 학생부에 적혀 있는데요."

"지금 여기 학생부가 없잖아."

"열여섯 살이에요."

"거의 열일곱?"

"열일곱은 아직 아니고요."

"나이라는 게 얼마나 고무줄 같은지, 참 이상해. 마리한테 나이를 물어보면, 자기가 올해 태어난 지 열한 번째 해라는 의미로 '열한 살'이라고 대답하지만, 실은 한 살을 늘인 거잖아. 그런데 넌 열여섯에 머물고 싶니, 에드위나?"

"전 아무래도 상관없어요."

"우리 학생 중에 가장 나이가 많은 것 같구나."

"아마도요. 하지만 에밀리보다 겨우 몇 달 빠른 것뿐이에요. 이것 역시 아주 하찮은 주제네요, 해리엇 선생님."

"알아. 하지만 난…… 널 그렇게 갑자기 보내고 싶지 않았어."

"사과는 받아들이죠."

"사과하는 게 아니잖아!" 나는 다시 화가 나버렸고, 급기야 소리를 지르고 말았다.

"알겠어요, 선생님. 그럼 선생님께서 시키신 대로 이만 가도 될까요?" 나는 그 아이가 교묘하게 미끼를 던진 거라고 맹세할 수 있었다.

"어떻게 하고 싶니, 에드위나? 네가 좋을 대로 해. 여기 좀 더 있고 싶다면 그렇게 하렴."

"혼자요?"

"맥버니 상병과 함께! 나는 램프 불빛 아래서 바느질이나 할까 생각했어."

"생각해보니 그만 가는 게 좋을 것 같아요, 해리엇 선생님."

"좋아." 내가 최대한 다정하게 말했다. "한 가지만 더. 이건 절대 하찮은 얘기가 아니란다. 적어도 나한텐 하찮지 않아. 오늘 밤에 문득 네 머리카락이 네 나이였을 때의 내 머리카락 빛깔과 결이 똑같다는 생각이 들더구나. 모르긴 해도 내가 보기엔 그래."

에드위나는 잠자코 그 자리에 서서 나의 칭찬에 덫이 있는 건 아닌지 생각했다. 그러다가 설령 덫이 있다고 해도 위험할 게 없다는 판단을 내린 모양이다.

"고맙습니다, 해리엇 선생님." 그녀가 사뭇 감사하는 목소리로 말했다.

"넌 정말 매혹적인 숙녀란다, 에드위나. 그동안 이 학교에 왔던 학생들 중에 가장 매력적인 아가씨야."

"다시 한 번 감사드려요." 전혀 악의 없는 말투로 그녀가 대답했다. "그렇다고 해도 어차피 저에겐 달라질 게 하나도 없지만요. 그런 말씀을 해주시다니 정말 친절하시네요." 그녀가 엷은 미소를 지었다. 에드위나가 미소 짓는 모습을 보는 건 아주 드문 일이다. 방으로 들어가려던 에드위나가 다시 멈춰 서서 나를 돌아보았다.

"혹시 양키를 돌보는 일에 제 도움이 필요하시다면 알려주세요. 기꺼이 도울게요. 오늘 오후 제가 약간 창백해진 것을 보셨겠지만, 그건 하루 종일 두통이 심해서였어요."

"그럴 거라고 생각했다, 에드위나. 도움이 필요하면 바로 널 부를게."

에드위나가 다시 미소를 짓고는 문간에 서 있던 매티를 무시하며 지나쳤다. 매티는 에드위나가 계단을 올라가는 것을 어두운 표정으로 바라보다가 내 쪽으로 다가왔다.

"조금 전에 내가 한 일이 무척 뿌듯해. 칭찬으로 분노를 물리쳤거든. 에드위나한테 그 아이가 얼마나 예쁜지 말해주었어."

"예쁘고말고요." 매티도 맞장구를 쳤다. 착한 매티의 따스한 마음씨를 보여주는 말이었다. 매티야말로 이 학교에 있는 그 누구보다도 에드위나와 껄끄러운 관계인데 말이다.

"때로는 성질이 아주 고약한 아가씨이지만. 친절을 베풀면 언젠간 그 아이의 마음을 얻을 수 있을 거라고 생각해."

"친절로 고통을 씻어낼 수는 없어요, 아가씨."

"집안 상황 때문에 우울한 거야. 에드위나와 앨리스 심스는 그 점에서 좀 비슷해. 앨리스는 아버지를 찾고 있고, 에드위나는 어머니를 찾고 있으니까."

"에드위나 아가씨가 자기 어머니를 찾고 있는 것 같진 않아요."

"상징적으로 표현한 거야. 어떤 상황인지 정확히는 몰라도 지금 저 아이의 부모는 함께 살고 있지 않아. 아버지도 자주 못 만나고. 아버지는 한 번도 그 아일 찾아오지 않았고, 학교에 들어온 이후 에드위나는 한 번도 집에 가지 않았어. 아버지가 돈은 넉넉하게 주는 것 같은데, 그것도 좀 이상해. 편지도 안 오잖아."

"돈은 본인이 직접 가져왔지요. 그 돈을 자기 방과 이 집 안 곳곳에 숨겨두었고요. 적어도 얼마 전까진 그랬어요. 아마 별로 안 남았을걸요."

"그것도 걱정이 될 수도 있겠지. 만약 돈이 떨어져간다면."

"그럴 수도 있겠지만, 그게 큰 부분은 아니에요."

"좋아, 그럼." 매티의 비위를 맞추며 내가 말했다. "해결책을 알려줘, 매티. 에드위나가 불행한 가장 큰 이유가 뭐지?"

"자기가 누군지 모르기 때문이지요. 에드위나 아가씨는 자기가 어떤 사람인지 몰라요."

"그게 무슨 소리야, 매티?"

"몸속에 검은 피가 흐르고 있어요."

"매…… 매티." 내가 소스라치게 놀라며 속삭였다. "그런 말 하면 못써."

"사실이 아니었다면 말하지 않았을 거예요."

"하지만, 매티, 그 아인 피부가 마리 데브르보다 검지 않아. 그리

108

고 이목구비는 나만큼이나 또렷하고…….”

“자세히 한번 보세요, 아가씨. 눈을 잘 보시라고요. 그게 집으로 데려가지 않고 이곳에 그 아이를 두는 이유예요.”

“매티!” 나는 최대한 단호하게 말했다. “난 매티가 개인적으로 어떤 생각을 갖고 있건 상관하지 않아. 하지만 누구한테도 이 사실을 말해선 안 돼.”

“절대 말하지 않아요.”

“마사한테도.”

“아무한테도 말하지 않아요. 아가씨가 그 얘기를 꺼내지 않았으면 말하지 않았을 거예요.”

“그게 사실이라고 해도……. 물론 난 아직 그 사실을 받아들일 준비가 되어 있지 않지만, 어쨌든 그게 사실이라고 해도 달라질 건 없어. 그 아이는 알지도 못할 거야.”

“알고 있어요.”

“그렇다고 해도 다시는 그 얘기를 꺼내선 안 돼. 그 아이한테건 누구한테건. 이 집의 누구도, 우리 두 사람 중 누구에게서도 그 얘길 들어선 안 돼.”

“한 사람은 이미 들은 것 같네요.”

“누구?”

“저기 저 양키요. 방금 눈을 떴으니 아마 귀도 뚫렸을 거예요.”

나는 바로 돌아보았지만 그는 아까와 똑같은 모습이었다. 창백한 얼굴로 꼼짝 않고 누워 있었다. 규칙적이지만 거의 들릴락 말락 한 소리로 숨을 쉬고 있었다.

“네가 잘못 봤어, 매티.” 한참 뒤 내가 말했다. “아직 의식이 없잖아. 불빛이 얼굴에 스쳐서 네가 잘못 본 거야.”

"네, 아가씨…… 좋을 대로 생각하세요."

그때 앨리스 심스가 머뭇거리며 들어왔다. 나는 그 아이를 볼 때마다 드레스덴 도자기 인형 같다는 생각을 한다. 그녀가 얼마나 천한 집안 출신인지는 몰라도 인종적인 배경만큼은 의심의 여지가 없었다. 파란 눈동자와 황금빛 머리카락, 양치기 지팡이를 하나 쥐여주고 초록빛 언덕만 뒤로 펼쳐지면……. 그녀는 영락없이 사랑스런 양치기 소녀다.

"오늘 저녁 기도를 빠뜨렸구나, 앨리스. 그러니까 우리 모두가 빠뜨렸어. 기도는 방에서 하렴. 환자를 위해서 최대한 조용히 하자꾸나."

"네, 선생님." 양치기 소녀가 응접실로 들어서며 말했다.

나는 이미 오래전에 이 아이를 크게 키워보기로 결심했다. 앨리스 같은 아이는 자신의 출신을 뛰어넘어 우뚝 설 수 있다는 게 나의 지론이다. 마사가 이 아이의 몸가짐이나 학습능력 혹은 학구열에 실망하고 한 번인가 두 번 학교에서 쫓아내려 했을 때에도 나는 이 아이의 편을 들어주었다. 앨리스가 다루기 힘든 학생은 아니었지만 재정적인 문제가 있었고, 그래서 더 마사의 눈 밖에 났다. 그러나 앨리스의 문제 중 한 가지는 오히려 축복이 되었다. 요즘 같은 때 아무리 냉정한 마사라도 갈 곳 없는 아이를 내쫓을 수는 없었다.

"전보다 더 잘생겨 보여요." 오갈 데 없는 아이가 말했다.

"아마 전보다 더 깨끗해져서 그럴 거야. 저녁 식사를 하러 가기 전에 얼굴을 닦아주고, 머리를 빗겨주었거든."

"면도도 해야겠어요. 턱수염이 너무 어린애 같아서 품위가 없어요. 듬성듬성 자랐어요."

"아버지나 오빠가 쓰던 낡은 면도칼을 사용하면 되겠지만, 지금 상태에서는 안 하는 게 좋을 것 같아. 누구한테 잘 보이려는 게 아니잖아. 건강을 회복하도록 도울 뿐이지."

"구석구석 씻겨야 하지 않을까요, 해리엇 선생님?"

"구석구석 씻긴다는 게 무슨 뜻이지?"

"그러니까…… 목욕 말이에요."

"건강을 회복하고 나면 본인이 스스로 하겠지."

"네, 선생님." 금발 소녀가 뻔뻔하게 말했다.

때마침 에밀리 스티븐슨, 우리 부사관 후보생이 들어왔다.

"해리엇 선생님, 마사 선생님이 부엌에서 좀 보자고 하세요. 지금 당장요."

"알았어. 오늘 밤엔 저녁 기도를 안 할 거야, 에밀리. 언제든 네가 들어가고 싶을 때 방으로 돌아가."

"선생님, 마사 선생님이 허락하신 일인가요? 마사 선생님이 평상시처럼 여기서 기도한다고, 다른 애들한테 십 분 내로 모이라고 하시던데요."

"그랬구나." 내가 조금 짜증을 내며 말했다. "이미 방으로 올려보낸 학생들이 있다는 걸 마사 선생님이 잊은 모양이네."

"아뇨, 기억하고 계시던데요. 벌받는 아이들도 응접실로 모여서 용서를 구하는 기도를 하자고 하셨어요."

"그건 너무 불공평해요. 저녁 식사 없이 잠자리에 들라고 하셨으면 다시 공개적으로 회개하라고 해선 안 되잖아요."

"미안하지만 네 생각이 역사의 흐름을 바꾸진 않아." 에밀리가 단호하게 말했다. "솔직히 문제의 학생들이 정말 저녁 식사를 하지 않았는지도 의문이야. 마사 선생님이 음식이 사라진 걸 발견하셨는데 마리와 어밀리아가 훔쳐갔을 거라고 생각하셔."

"이런! 내가 마사 선생님하고 얘기를 좀 해야겠다."

"네, 선생님. 안 그래도 마사 선생님도 그러고 싶어하세요." 에밀리가 냉정하게 말했다.

마사는 판즈워스 학교를 에밀리 스티븐슨에게 넘겨도 되겠다고 말하곤 했다. 에밀리가 자기만큼이나, 어쩌면 자신보다도 훨씬 더 효율적으로 학교를 운영할 거라면서. 그것은 에밀리의 능력에 대한 적절한 평가일 것이다. 불행히도 에밀리 역시 그러한 자신의 지도력을 알고 있고, 그것이 때로는 우리의 관계를 불편하게 했다. 그러나 지금은 그런 걱정을 할 때가 아니다. 나는 부엌의 음식이 사라진 것을 마리와 어밀리아에 연결시키지 않고 해명할 방법을 찾느라 정신이 없었다.

"같이 가줘. 네가 필요해." 내가 매티에게 말했다. "에밀리, 다른 학생들한테 지시사항을 전달해. 앨리스는 저 청년을 잘 지켜봐. 만지진 말고."

"만지지 말라고요?" 앨리스가 눈이 휘둥그레져서 재차 물었다. "제가 왜 그런 짓을 하겠어요?"

얼리샤 심스

내가 그를 만졌던가? 아, 만졌다, 단둘이 있을 때, 몸을 숙이고 손가락 끝으로 살짝 그의 코끝을 만졌다. 그다음엔 그의 이마를 만졌고, 그다음엔 그의 뺨을 만졌다. 그러면서 정말 면도를 해야겠다고 생각했다. 면도를 하고 나면 얼마나 더 미남이 될까?

그때 나는 맥버니 상병에게 키스하고 싶다는 약간 황당한 생각을 했다. 부드럽게 키스해야지. 깨어날 정도는 아니고 누군가 키스하고 있다는 것만 알도록. 그래서 그 사람 꿈을 꿀 수 있도록. 깨어났을 때 키스한 사람을 기억하고 그 사람을 찾아서 '얼리샤, 꿈에서 널 봤어. 널 만나러 왔어, 얼리샤. 여기서 널 데리고 영원히 떠날 거야'라고 말할 수 있도록.

그러고 나서 그가 내게 청혼하면 나는 그 청혼을 받아들이고, 바로 이 응접실에서 결혼식을 올릴 것이다. 어머니와 모든 학생들과 그들의 부모님과 제복을 입은 그들의 형제들이 결혼식에 참석하겠지.

다양한 계급의 우리 군인도 참석할 것이다. 장군들과 중위들과 대위들, 잘생긴 일반 병사들도 있을 것이다. 여자들은 레이스와 금으로 장식한 벨벳과 실크와 브로케이드 드레스를 입고 반지와 목걸이를 하고 머리에 보석핀을 꽂고 파리에서 공수해온 아름나운 모자를 쓰고 있을 것이다.

나의 아버지도 올 것이다. 어머니가 아버지를 데리고 올 것이다. 어머니는 나의 결혼식 직전에 아버지를 다시 만나 그날 오후 판즈워스 학교로 올 것이다. 노란 수선화와 라일락이 활짝 핀 늦봄의 어느 날, 열린 문틈으로 꽃향기가 스머들고 들판의 벌 소리와 숲속 메추라기 소리가 울려퍼진다. 그 순간 아버지가 이곳에 서서 나를 바라보고, 처음 만난 딸의 모습에 감격하여 말을 잇지 못할 것이다.

'이토록 아름다운 꼬마 아가씨가 나의 딸이라니 믿을 수가 없어.' 그가 나의 어머니를 돌아보며 이렇게 말한다. '당신보다 훨씬 더 아름다워, 세라.' 그리고 내 손을 잡고, 나를 끌어안아 내가 아직도 꼬마 아가씨라는 듯 바닥에서 번쩍 들어 올릴 것이다.

'자, 그럼 이제 당신은 정원 창가에서 기다리세요. 아버지가 내 손을 잡고 당신에게로 안내할 거예요, 맥버니 상병님.'

그러다가 나는 머릿속으로 상상한 것을 입 밖으로 내뱉고 말았다. "사랑해요, 사랑해요, 맥버니 상병님." 나는 몸을 숙여 그에게 키스했다. 처음엔 빠르게, 그다음엔 천천히.

두 번째 키스할 때에는 그도 나에게 키스했다고 맹세할 수 있다. 내가 깜짝 놀랐다는 걸 인정한다. 잠깐 뒤로 물러나 그를 보았지만, 그는 똑같은 모습이었다. 여전히 창백한 얼굴로 눈은 감고 있었으며 숨을 편안히 쉬고 있었다. 아니, 정말 편안히 숨을 쉬고 있었을까? 때마침 다른 아이들이 저녁 기도를 하러 들어왔고, 세 번째로 맥버니 상병의 반응을 확인할 기회를 놓쳤다.

"어서, 어서." 마사 선생님이 성경책으로 학생들을 응접실로 몰아넣으며 말했다. "밤새 램프를 켜둘 순 없어."

해리엇 선생님과 매티가 앞장섰는데 두 사람 다 눈이 충혈되었다. 보나마나 조금 전에 울었을 것이다. 매티는 여전히 코를 훌쩍이고 있었다. 마사 선생님이 부엌에서 사라진 음식 문제로 두 사람을 야단친 모양이다. 2층의 벌받는 아이들에게 가져다줄 음식을 내어달라고 해리엇 선생님이 낡은 수법으로 매티를 졸랐을 테고, 마사 선생님이 덜미를 잡은 게 분명하다. 만약 그런 일이라면 해리엇 선생님을 마냥 나쁘게만 생각할 수는 없다. 가엾은 해리엇 선생님은 내가 벌을 받을 때에도 몇 번인가 몰래 음식을 내어준 적이 있었다. 심지어 규율을 어기지 않았을 때에도 내가 충분히 먹지 못한 걸 알아채고 따로 챙겨준 적이 있었다. 혹시 궁금한 사람들이 있을지 몰라 밝혀두는 건데, 최근에도 해리엇 선생님은 날 위해 음식을 따로 남겨두었다.

"거기서 뭘 하는 거니, 앨리스?" 마사 선생님이 물었다.

"앨리스는 환자를 돌보고 있었어." 해리엇 선생님이 약간 떨리는 목소리로 말했다. "내가 환자를 지켜봐달라고, 여기 있어달라고 했어. 내가 또 잘못했어, 마사? 이것도 직권남용이야?"

"해리엇, 제발 진정 좀 해." 마사 선생님이 그녀를 나무랐다. "우리와 함께 조용히 기도할 수 없는 감정 상태라면 그만 나가주는 게 좋겠다. 매티도 마찬가지고."

그들은 나가지 않았다. 감히 그럴 수가 없었다. 마사 선생님은 저녁 기도를 몹시 중요하게 생각했다. 만약 해리엇 선생님과 매티가 마사 선생님의 말을 곧이곧대로 듣고 응접실에서 나갔다가는 다음 날 더 많이 울게 될 터였다.

"자, 그럼. 모두 자리를 잡고 앉아. 어밀리아와 마리는 오늘 밤 기도 시간에 서 있도록 해."

우리는 의자를 가져와 앉았고, 두 명의 죄수와 매티가 우리 뒤에 섰다. 물론 마리는 전혀 개의치 않았다. 마리는 가톨릭 신자라 우리의 기도에 적극적으로 참여하지 않았다. 가끔 기분이 좋으면 "아멘"이라고 중얼거렸지만 자주 있는 일은 아니었다. 대체로 저녁 기도 무렵 마리는 어떤 일로든 마사 선생님과 갈등을 빚었고, 최대한 조용히 역겹게 굴었다.

"부산 좀 떨지 마라, 마리." 마사 선생님이 마리를 야단쳤다. "고개를 숙이고 다른 아이들처럼 손을 모아. 교황님도 분명히 이해하실 테니까. 어밀리아, 넌 지금 뭘 먹고 있지?"

언제나처럼 겁에 질린 어밀리아가 입안에 있던 것을 허겁지겁 삼키다가 목에 걸리는 바람에 사레가 들렸다. 옆에 있던 마리가 등을 두드려주면서 "헤이즐넛요"라고 대신 대답했다.

"이젠 됐어요, 선생님."

"하나님 아버지." 마사 선생님이 한숨을 쉬었고, 그 한숨이 욕으로 느껴질 정도로 오래 뜸을 들였다.

"하나님 아버지, 오늘 이 학교에 특별한 축복을 내려주실 것을 간구하옵니다. 환란의 시기가 계속되고, 시련 또한 늘어가고 있으나 하나님께서 이겨내신다면 저희 또한 이겨낼 수 있을 것이옵니다. 저희에게 힘을 주소서. 오늘 저희가 드리는 기도는 이 학교와 이곳에 있는 사람들이 앞으로 다가올 시간에 하나님의 큰 노여움을 사지 않도록 하기 위함입니다. 주님의 관심을 받을 자격이 없음을 알고 있으나 겸손한 마음으로 간청드리옵니다. 우리 중에는 나약한 자들이, 지극히 나약한 자들이 있습니다. 강인해야 하고, 우리의 보호하에 있는 아이들에게 모범을 보여야 하는 사람이 하나님의 지혜를 깨닫지 못하여 훌륭한 훈육이야말로 우리가 학생들에게 베풀 수 있는 가장 큰 친절임을 깨닫지 못하고 있사옵니다."

마사 선생님이 숨을 고르는 동안 해리엇 선생님이 다시 흐느껴 울기 시작했고, 에밀리는 "아멘" 하고 끼어들었다. 엄격한 규율에 관해서라면 에밀리는 언제나 마사 선생님에게 맞장구칠 준비가 되어 있었다. 마사 선생님이 기도를 이어갔다.

"매를 아끼면 아이를 망친다는 것은 만고불변의 진리입니다. 저는 저녁 식사 없이 잠자리에 들라는 명령을 받고도 이를 어긴 두 소녀에게 더 벌을 주지는 않겠사옵니다. 그것은 그들의 잘못이 아니기 때문입니다. 부디 잘못을 저지른 사람을 용서하시고 그가 자기만의 방식으로 스스로 잘못을 헤아려볼 수 있도록 도와주시옵소서."

그때 해리엇 선생님이 일어서서 소리쳤다.

"하나님이 분노하신 게 아니야. 설령 하나님이 분노하셨다고 해도 하나님은 결코 불평하시지 않아. 지금 이 자리에서 화가 난 사람은 마사뿐인 것 같아."

그 말에 우리는 거의 바닥에 쓰러질 뻔했다. 판즈워스의 학생들이 기억하기로 해리엇 선생님이 자기 언니에게 대드는 대범함을 보여준 건 그날이 처음이었다.

"환란의 시기와 역경에 대해 얘기하는 것도 좋지만……." 해리엇 선생님이 떨리는 목소리로 말했다. "불필요한 역경이라는 것도 있어. 그리고 관용의 미덕이라는 것도 있고. 어린 학생들을 위해 학교에 꼭 필요한 덕목이지."

그러고는 다시 울음을 터뜨렸고, 그 울음이 그녀의 공연을 망쳐버렸다. 마사 선생님은 그녀의 행동이 수치스럽다면서 제발 앉아서 진정하고 기도를 방해하지 말라고 냉정하게 말했다. 해리엇 선생님은 자리에 앉았지만 조금 더 흐느껴 울었다.

"저는 이러한 이례적인 감정의 분출에 대해 아량을 베풀 의향이 있사옵니다." 모두가 다시 주의를 집중하자 마사 선생님이 다시 기도를 올렸다. "오늘은 부상을 입은 손님이 찾아오는 바람에 우리 모두 흥분한 상태입니다. 그러나 그 방문객으로 인해 우리가 흥분해서는 안 됩니다. 만일 그가 회복된다면, 이 학교의 안전을 수호하기 위한 확고한 의지로 목석의식을 발휘해야 할 때가 올지도 모르겠습니다. 물론 그가 우리에게 해를 끼칠 정도로 이곳에 오래 머물 거라고 생각하진 않지만, 요즘 같은 시기에는 어떤 상황에든 대처할 수 있도록 준비해야 할 것입니다. 그리고 그 준비의 가장 중요한 부분이 바로 자기수양입니다."

"아멘." 에밀리가 다시 한 번 말했다.

나는 너무도 한심한 소리라서 아무 말도 하지 않았다. 맥버니 상병처럼 선량해 보이는 사람이 우리에게 어떤 해를 끼칠 수 있다는 걸까? 너무도 황당한 얘기였다. 그러나 이제 와 생각해보면 마사 선생님은 비단 물리적인 해만 말한 게 아니었다.

마사 선생님은 성서를 뒤적이더니 자신이 한 말에 적합한 구절을 찾아 우리에게 읽어주었다. 정확히 기억나진 않지만 죄를 범한 사람들과 예루살렘의 파멸과 밤에 경계를 늦추지 않는 것의 중요성에 관한 내용이었다. 그리고 언제나처럼 마사 선생님은 학생 중에 혹은 '교사들 중에' 자신의 잘못을 고백하고 하나님께 용서를 구하고 싶은 사람이 있는지 물으면서 해리엇 선생님을 쏘아보았다. 아무도 그녀의 초대에 응하지 않았다. 내가 판즈워스 학교에 머무는 동안 그런 사람은 극히 드물었다.

마사 선생님이 잠시 기다린 뒤에 입을 열었다. "여러분 모두 오늘 아무 잘못도 저지르지 않았다면 하나님께서 깨닫게 해주시길 바랄 뿐입니다. 이제 간청기도로 넘어가겠습니다. 특별한 축복을 간청하고 싶은 사람 있나요?"

에드위나가 손을 들었다. "하나님이 부상당한 양키에게 건강을 되찾아주실 것을 기도드립니다." 그러고는 마치 논란을 예상한다는 듯 우리를 획 둘러보았다.

"아주 적절한 기도입니다. 그가 건강을 회복하고 빨리 이곳을 떠날 수 있기를 기도합시다."

모두가 고개를 숙였다. 이번에는 마리도 함께했다. 판즈워스 학교에 있는 모두가 맥버니 상병을 위해 기도했다. 나는 그의 회복을 위해 어느 때보다 열심히 기도했지만, 그가 떠날 수 있도록 기도하진 않았다. 그보다 맥버니 상병이 회복되어 우리와 함께 머무는 것을 내 평생 그 무엇보다도 간절히 원했다. 어머니가 돌아와 판즈워스 학교에서 떠나는 것보다, 아버지를 찾는 것보다 더 간절히 원했다.

"다른 간청기도는 없나요?" 맥버니 상병이 하나님의 관심을 충분히 받았다고 판단한 마사 선생님이 말했다.

"우리 병사들을 축복해주시길 기도드리옵니다." 에밀리가 손을 들고 말했다. "리 장군의 군대가 숲속의 전투에서 승리할 수 있게 도와주시옵소서. 이 폭격이 적군에 대한 최후의 폭격이 되고, 우리 병사들이 가족의 품으로 돌아가고, 우리의 남부 연합이 영원히 번창하게 해주소서."

에밀리가 기도를 멈추고 잠시 머뭇거리더니 다시 말을 이었다. "그리고 이미 죽은 자들이 마지막으로 죽은 자들이길 바라옵니다."

"양쪽 모두를 위해." 해리엇 선생님이 눈물을 닦으며 말했다. "전쟁터에 나가 있는 우리의 모든 친지와 친구의 안전을 위해 기도드리옵니다. 특히 에밀리의 아버지와 마리의 아버지처럼 큰 책임을 맡고 있는 사람들을 지켜주소서. 이미 세상을 떠난 사람들을 위해서도 기도합니다. 어밀리아의 두 형제…… 에밀리의 형제…… 마사와 저의…… 실종된 형제도……."

"해리엇, 로버트는 이미 죽었다는 걸 우린 확실히 알고 있어." 마사 선생님은 기도하는 중에도 실수를 바로잡기를 주저하지 않았다.

"그들이 어딘가에서 행복하게…… 우릴 기다리고 있기를……."

그 뒤로도 해리엇 선생님이 뭔가 더 간청하는 기도를 했지만 그 목소리가 너무도 가냘파서 알아들을 수가 없었다. 그녀의 기도는 곧 침묵으로 잦아들었다.

"우리가 일상 속에서 바르게 처신하여⋯⋯." 마사 선생님이 기도를 마무리할 생각으로 입을 열었다. "부디 천국에서 우리의 가족들을 만날 수 있게 해주시옵소서. 다른 기도 주제를 갖고 있는 사람?"

어밀리아가 수줍게 손을 들었다.

"제 악어거북이 아파요."

"뭐가 아프다고?"

"저의 조그만 악어거북요. 등껍질에서 통 나오질 않아요."

"유감이지만 그건 적절한 기도 주제가 아닌 것 같군요." 마사 선생님이 차갑게 말했다. "세상을 떠난 친지들을 위해 기도해야지요. 아픈 파충류를 위해서가 아니라. 다른 간청이 없으면 하나님께 지속적인 도움과 내일의 축복을 간구하는 것으로 기도를 마치겠습니다. 오늘 밤도 저희를 무사히 지켜주시옵소서."

"아멘!"

매티가 큰 소리로 말했다. 언제나 마지막 아멘은 매티에게 허용되었다. 그것은 지난 몇 년 동안 우리 학교의 규칙으로 자리 잡았다. 하지만 마사 선생님은 자기가 마칠 준비를 하기도 전에 매티가 아멘을 외친다면서 그 규칙을 없애버려야겠다고 협박하곤 했다.

"아멘. 맥버니 상병님도 오늘 밤을 무사히 넘기시기를."

그날 밤 그렇게 기도했던 것을 나는 또렷이 기억한다. 도대체 무엇이 그를 해칠 거라고 생각했는지 모르겠지만, 그렇게 기도했다. 그러나 그날 이후 또다시 그런 기도를 했는지는 기억이 나지 않는다.

마사 선생님과 해리엇 선생님이 방으로 돌아가기 전에 한 번 더 그를 살펴보았다.

"정말 한결 나아 보이네." 해리엇 선생님이 한층 진정된 상태로 말했다.

"내가 보기엔 전혀 나아 보이지 않아."

"조용히 자고 있잖아."

"기운이 없는 거야."

"혈색이 훨씬 좋아졌는데?"

"그건 열이 나는 거고."

"피가 멎었어."

"하지만 다리는 붓기 시작했어. 보여? 여기하고 여기……."

"붕대를 너무 꽉 조여서 그런 건 아닐까? 호흡은 전보다 훨씬 더 규칙적이잖아."

"어쩌면." 마사 선생님이 마지못해 동의했다. "이 시점에선 우리가 할 수 있는 일이 없어. 매티, 오늘 밤은 여기서 자도 좋아. 담요를 가져와서 저 소파에 잠자리를 만들어. 만약 한밤중에 그가 깨어나거든 바로 날 부르고."

"그리고 나도." 해리엇 선생님이 끼어들었다. "나한테도 꼭 알려줘. 이 사람을 걱정해주다니 정말 친절하네, 마사."

"이 남자만 걱정하는 게 아니야." 마사 선생님이 덤덤하게 말했다. "난 이 집 전체를 걱정해. 그의 회복을 위해 오늘 내가 최선을 다한 건 사실이지만, 오늘 밤엔 아버지의 권총을 머리맡에 두고 잘 생각이야."

맥버니 상병에게 들으라고 한 말이었는지는 잘 모르겠다. 설령 들었다고 해도 그는 내색하지 않았다. 만약 마사 선생님이 그 낡은 부싯돌 권총을 쏠 수만 있다면 분명 우리 중 누구보다도 잘 쏠 것이다. 그 권총은 탄약과 함께 서재의 상자에 보관되어 있었고, 마리는 마사 선생님이 없을 때 자기 아버지가 배이턴루지 결투에서 이기던 모습을 재연하려고 그 총을 꺼낸 적이 있다. 그러나 마리는 총을 쏠 수 없었고 우리 중 누구도 쏠 수 없었다. 군사 전문가 에밀리까지도. 그날 이후 마사 선생님은 총을 자기 방에 가져다놓았다.

"어서, 얘들아, 어서들 올라가."

마사 선생님이 명령했다. 그녀는 램프를 들고 문간에서 우리가 전부 나올 때까지 기다렸다가 언제나처럼 우리를 데리고 계단을 올라갔다. 해리엇 선생님이 촛불을 들고 남는 사람이 없도록 뒤에서 비추었다. 그렇게 맥버니 상병이 이곳에서 머문 첫날이 저물었다.

어밀리아 대브니

다음 날 아침 일찍 눈을 떴다. 나는 언제나 이 학교 학생 중 가장 먼저 일어난다. 해리엇 선생님은 8시 전에 일어나면 주름이 생겨 피부에 좋지 않다고 걱정했다. 마사 선생님은 학생들의 피부 걱정은 하지 않았지만, 8시 전에 일어나지 말라고 했다. 그러나 동이 트기 시작하면 나는 잠을 길게 자지 못했다. 특히나 그날 아침, 그러니까 맥버니 상병이 온 다음 날 아침에는 유난히 더 일찍 일어나 옷을 입었다.

마리를 깨우지 않으려고 까치발로 걸어 방을 나선 다음 계단을 내려갔다. 어제 일은 꿈이고, 맥버니 상병은 없다는 것을 발견하게 되거나 우리를 두려워한 그가 밤사이에 달아났을지도 모른다고 생각하면서.

그러나 그는 달아나지 않았다.

"안녕!" 파란 눈을 뜨고 오직 나만을 위해 한쪽 눈으로 윙크하며 말했다. "아침인가 보네."

"네, 아마 6시쯤 되었을 거예요."

"뒤쪽에서 들리는 종달새 울음소리를 듣고 그럴 거라고 생각했어."

"새 좋아하세요?" 나는 처음부터 그가 새를 좋아하리라는 걸 알았다.

"사랑하지. 야생의 모든 것을 사랑해. 야생인 것과 자유로운 것."

"저건 종달새가 아닌 것 같아요. 울새이거나 어쩌면 개똥지빠귀일 수도 있어요."

"아일랜드에 있는 것과 다른 종류의 종달새가 있나 보다. 밖에서 높게 지저귀는 새소리가 아일랜드 종달새하고 상당히 비슷해."

"그럴 수도 있어요. 아마 여기에 없는 다양한 종들이 있겠죠. 실례가 안 된다면 아일랜드 종달새에 대해 설명해줄 수 있어요? 색깔이라든가, 둥지라든가. 그런 걸 잘 아신다면요. 알이 어떻게 생겼는지도."

"설명해줄게, 얼마든지. 다만 내가 기운을 차릴 때까지 기다려줄래? 기력만 있으면 새늘에 관한 대화를 나누는 것보다 더 즐거운 건 없으니까."

"저 기억하시죠? 그렇죠?" 내가 조금 걱정스럽게 물었다.

"내가 널 어떻게 잊겠니? 내 생명을 구해준 천사인데."

"글쎄요, 제가 그렇게 대단한 일을 한 것 같지는 않아요. 전 그저 아저씨를 데려온 것뿐이고, 마사 선생님이 아저씨 다리를 치료해주셨거든요. 만약 누군가 아저씨의 생명을 구했다면 아마 마사 선생님일 거예요."

"그 나이가 좀 있으신 권위적인 분?"

"네. 기억나세요?"

"어렴풋이. 다른 사람들도 어렴풋이 기억이 나. 아주 매력적인 아가씨들이던데."

"이 학교 사람들이 전부 응접실에 왔었어요. 다들 무척 걱정했어요."

"세상에, 이렇게 고마울 데가." 그가 한숨을 쉬었다. "그렇게 매혹적인 사람들이 나처럼 보잘것없는 놈한테 관심을 가져주다니……."

"맥버니 상병님……."

"자니라고 불러."

"자니, 어젯밤 저녁 식사 때에 제가 여기에 와서 말을 걸었던 거, 기억나세요?"

"누군가 말을 걸었던 것 같긴 해."

"제가 무슨 말을 했냐면요, 만약 자니가 곤경이나 위험에 처해 여기서 벗어나야 하는 상황이 되면 저한테 오시라고 했어요. 제가 도와드리겠다고."

"내가 여기서 어떤 곤경에 처한다는 거니? 난 평화주의자란다, 우리 사랑스런……."

"어밀리아예요."

"분명히 말하는데, 어밀리아. 아니, 우리 사랑스런 어밀리아, 나는 조용하고 신사적으로 행동할 거고, 아무 문제도 없을 거야. 그리고 위험이라니, 매혹적이고 교육을 잘 받은 젊은 아가씨들이 있는 집에 도대체 어떤 위험이 있다는 거니? 여기에 남자가 없다고 했지? 그렇다면 이곳에서 난 엄마 품에 있는 것만큼 안전하게 지낼 수 있을 거야. 누가 밖으로 나가서 남부 연합군이나 아니면 그보다 더 끔찍한 양키들한테 내 소재를 알리지만 않는다면."

"양키들한테도 여기 있다는 걸 알리고 싶지 않으세요?"

"그런 뉴욕 건달이나 네덜란드 농사꾼한테 왜 이런 곳이 있다고 알려주겠니? 그들이 여기에 오면 너희를 괴롭히고, 짜증나게 하고, 어쩌면 더 끔찍한 약탈을 저지를지도 모르는데 말이야. 다리가 나으면 다시 돌아가야 하겠지만, 그날이 되기 전에 혹시 누가 찾아와도 날 모른다고 해다오."

"아저씨가 그런 생각을 갖고 계시다는 걸 알면 마사 선생님도 좋아하실 거예요. 훨씬 더 친절하게 대해주실 거고요. 그 상처가 나으려면 시간이 좀 걸리지 않을까요?"

"널 보고 있으면 그 시간이 몇 년이면 좋겠다, 어밀리아." 그가 다시 윙크했고 그 순간 그가 내게 장난을 치고 있다는 걸 알았다.

"다리는 어떠세요? 많이 아프세요?"

"견딜 만해."

"통증을 가라앉힐 수 있는 약이 있으면 좋겠는데……."

"친절하기도 하지. 난 술 한 방울만 마셔도 도움이 될 것 같아."

"가만, 해리엇 선생님이 어제 자니한테 브랜디를 조금 드렸는데…… 병을 캐비닛에 두셨던 것 같아요."

"지금은 거기 없어. 조금 전에 흑인 여자한테 물어봤는데 없어졌다고 하더라."

"마사 선생님이 가져가셨나 봐요."

"내가 기억하기로는 술을 마실 분 같진 않던데."

"본인이 마시려고 가져간 게 아니라…… 마사 선생님이 캐비닛에서 브랜디를 가져가셨다면 해리엇 선생님이 가져가는 걸 막기 위해서일 거예요."

"아하!"

"죄송해요. 이런 험담을 해서는 안 되는데."

"친구끼리 주고받는 정보는 험담이 아니란다. 내가 여기서 함께 시간을 보내게 될 사람들에 대해 전부 알고 싶어. 최대한 조용히 방해되지 않게 지낼 수 있도록. 내 말 알겠니? 행여라도 실수하지 않도록 말이야."

"그건 맞아요. 궁금한 게 있으면 언제든 절 부르세요, 자니. 하지만 나보다 그런 것들을 더 잘 아는 학생들이 있어요. 예를 들면, 제 룸메이트 마리는 이 집에서 일어나는 일을 죄다 꿰고 있어요."

"그럼 마리하고도 가까이 지내야겠네?"

"그건 어렵지 않을 거예요. 오늘 아침에 아저씨를 보러 올 테니까요. 하지만 제가 한 가지 경고할게요. 마리가 착하긴 하지만 아주 약삭빠른 아이예요. 어리지만 여기서 가장 영악할걸요. 그 아이를 속인다는 건 거의 불가능해요."

"아, 난 여기 있는 그 누구도 속이지 않을 거야. 그럴 생각은 추호도 없어."

"저도 알아요. 하지만 일단 말씀드리는 게 나을 것 같아서요. 그리고 마사 선생님이 아래층에 내려오시면, 제가 브랜디를 주십사 부탁해볼게요."

"너무 애쓰지 마. 없어도 견딜 수 있어."

"다른 건 편안하세요? 매티가 밤중에 잘 돌봐주던가요?"

"그 늙은 검둥이 말이니? 세상에서 가장 다정한 가정부라고 말할 순 없겠지만 필요한 것들을 그런대로 잘 챙겨주더구나. 오늘 아침엔 수프도 한 그릇도 가져다주던데. 어젯밤에도 누군가 수프를 가져다주었어."

"에드위나 모로였어요."

"검은 머리카락에 아주 예쁜 아가씨?"

"네."

내가 에드위나를 질투하는 게 아니라 단지 그의 안전을 진심으로 걱정하는 거라는 결론에 도달할 때까지 대답을 망설였다.

"에드위나도 무척 조심하셔야 해요. 다른 아이들보다 훨씬 더요. 악랄하게 굴 때가 있거든요. 특히 자기가 좋아하지 않는 사람한테는."

"날 싫어할 이유를 만들면 안 되겠구나. 그렇지? 사실 난 이 집의 그 누구도 날 싫어하지 않았으면 좋겠다, 어밀리아. 알고 보면 난 그렇게 나쁜 놈이 아니거든."

그의 목소리가 점점 더 가냘파졌다. 다시 잠들기 직전인 것 같았다.

"저도 좋은 분일 거라고 생각해요, 자니. 이 집에 있는 모두가 저와 같은 생각일 거고요."

"그랬으면 좋겠다……. 건강을 회복하려면…… 그게 가장 필요해. 친구들의 믿음…… 친구들이 내 곁에 있어줄 거라는……. 기쁠 때나 슬플 때나…… 날씨가 좋을 때가 궂을 때나…… 화창할 때나 폭풍이 몰아칠 때나……."

그가 잠든 것 같아 까치발로 나가려는데, 다시 나를 불러세웠다.

"잠깐만, 우리 귀여운 꼬마 어밀리아, 내가 이상한 새 이야기를 해줄게. 너의 짧은 인생에서…… 한 번도 보지 못했던 그런 새……."

"어떤 새인데요?"

"아주 작은 새야. 아주 여리고…… 하지만 투지가 아주 강한…… 그 새를 가까이서 볼 기회만 있다면…… 얼마나 좋을까? 우리가 겉만 보고 짐작하는 것보다 훨씬 더 강한 힘을 지닌…… 아주 희귀하고, 수줍은 새야. 세상의 가장 외진 곳, 사람이 갈 수 없는 곳에서만 살고 있어. 아주 높은 산에서는 가끔 그 새를 보기도 해. 아니면 어두운 숲속에서나…… 아니면 가장 외딴 바다 위 바람 속에서……."

"서식지가 어디인데요?"

"지구 전체일 것 같아……. 그 새들에겐 딱히 보금자리가 없거든. 아무도 그 새가 어디서 오는지 몰라. 항상 날고 있으니까. 동이 틀 때부터 해질 무렵까지 날고 있어. 엄청난 속도로 날아다니고, 종종 태양을 따라 온 세상을 돌아다니지. 둥지를 틀거나 새끼를 키울 정도로 한 곳에 오래 머물지 않아. 그래서 점점 멸종되어가는 거겠지만. 어쩌면 조만간 한 마리도 남지 않을 수도……."

"세상에, 정말 이상한 새네요. 그 새는 무얼 찾고 있는 걸까요?"

"그거야말로 엄청난 미스터리지."

"새 이름이 뭔데요?"

"정확한 이름은 나도 몰라……. 하지만 난 '외로운 새'라고 부른단다……."

나는 잠시 기다렸지만 그는 아무 말도 하지 않았다. 이번에는 분명히 잠이 들었다.

"그 가엾은 남자를 좀 내버려두시지 않고요! 그 사람을 괴롭히려고 해가 뜨기도 전에 일어나신 거예요?" 매티가 문가에 서서 말했다.

"정말 재미있는 이야기를 했어, 매티. 가장 놀라운 새 이야기를 들었어."

"저 사람이야말로 가장 놀라운 새지요. 저 사람이 말하는 새는 신경 쓰지 마세요."

"저 사람은 어떤 새인 것 같아, 매티?" 매티는 흑인이 됐건 백인이 됐건 사람에 대한 판단력이 뛰어난 편이다. 때로는 첫 인상이 그 사람의 배경에 따라 조금 흔들릴 때도 있지만 말이다. 그래서 그녀가 맥버니 상병에게 호감을 느낄 거라고 기대할 수는 없었다.

"제가 보기엔 까마귀 같네요. 늙고 수다스러운 까마귀. 하루 종일 떠들고 싶고, 활개를 치고 돌아다니면서 환하고 반짝거리는 것들을 주워 모으지요."

"그건 나쁜 게 아니야. 여기 있는 사람 중에도 얘기하기 좋아하는 사람들이 많잖아. 맥버니 상병도 매티처럼 겉모습 때문에 잘못 판단되는 거 같아. 그리고 활개를 치고 다닌다니, 소파에 누워 있는 사람이 어떻게 그럴 수 있는지 모르겠네."

"털끝 하나 움직이지 않고도 활개를 치고 다닐 수 있지요. 저 남자가 무슨 생각으로 누워 있는지는 잘 알겠어요. 자기가 닭장 안의 유일한 수탉이라고 생각하고 있는 거예요. 통통한 암탉들이 우글거리는 닭장에서요."

"그런 생각을 하는 게 잘못이야? 생물학적 관점에서 보면 자연스러운 거야."

"제가 하나님을 걸고 맹세하는데요, 만약 지금 하신 말씀을 마사 아가씨께서 들으셨다면 앞으로 일주일 동안 저녁은 없을 거예요. 아가씨 어머니가 그런 말을 들으셨다면 뺨을 갈겼을 거고요."

"하지만 그게 틀린 말이야?"

"틀린 말은 아니겠지요. 그저 생각에 머문다면요. 그리고 말이 많다는 얘기가 나와서 하는 말인데, 제가 보기엔 아가씨가 이 집에 와서 지금껏 했던 말을 다 합친 것보다 이 양키가 오고 나서 한 말이 더 많은 것 같네요. 예전에는 누가 뭘 묻기 전에는 입도 뻥긋하지 않았잖아요. 그런데 지금은 아무 때고 생물학에 관한 견해를 내놓으시네요. 아가씨, 이제 그만 나와서 괭이질이나 좀 도와주세요."

"정말 좋은 분이셔, 매티." 그녀를 따라 부엌으로 들어서며 내가 말했다. "모두가 자길 좋아해주길 바란다잖아."

"아, 그건 알아요. 그렇게 만들려고 최선을 다할 거예요. 아가씨가 오기 전에는 뭐라고 했는지 아세요? 양키가 전쟁에서 승리하면, 자기가 링컨 대통령한테 얘기해서 절 이 학교 교장으로 만들어주겠대요."

그 말에 우리 둘 다 깔깔 웃었다. 매티는 좋은 사람이고 아주 똑똑한 데다 다른 사람들처럼 농담을 즐길 줄도 알았다.

"자기가 그 말을 하면서 윙크를 했다는 데에 내 아침 식사를 걸겠어."

"물론 윙크도 했지요." 그녀가 맞장구를 쳤다. "하지만 윙크하기 전에 내가 그 말을 어떻게 받아들일지 살피던데요."

"어쨌든 매티." 나는 우리가 늘 부엌 못에 걸어두는 챙 모자를 꺼냈다. "만약 이 전쟁에서 양키가 이기면 매티도 학교를 열어. 내가 그 학교에 등록할게. 하지만 그 전에 내 수업은 전부 자연을 공부하는 시간으로 만들어주겠다고 약속해야 해."

"저기 저 콩밭에서 자연에 대한 공부를 마음껏 하시면 되겠네요. 지금 당장 나가 덩굴에서 나오는 벌레들을 죄다 공부하세요."

밖으로 나가기 전에 매티가 도토리 커피를 한 잔 내주었다. 나는 진짜 커피보다 이 커피를 더 좋아하지만 다른 사람들은 아무도 그렇게 생각하지 않았다. 전날 밤, 매티가 날 위해 남겨둔 비스킷도 한 조각 먹었다. 판즈워스 학교 학생들은 아침을 먹기 전에 일정량의 밭일을 해야 한다. 하지만 언제나 내가 텃밭 일을 가장 먼저 시작하는 학생이라 매티는 날 위해 특별히 간식을 준비해주곤 했다.

숲에서 오는 길에 맥버니 상병에게 말했던 것처럼 나는 가끔 매티가 우리 학교에서 가장 좋은 사람이라는 생각이 든다. 매티가 우리 학교에서 가장 정직하고, 가장 헌신적인 사람이라고 해도 과언이 아니다. 그제야 나는 맥버니 상병에게 매티는 믿어도 된다고 말해줄걸 그랬다는 생각이 들었고, 다음엔 꼭 말해주어야겠다고 생각했다.

우리는 텃밭으로 나갔다. 원래도 이른 아침 텃밭에서 일하는 걸 좋아했지만, 그날 아침은 유난히 더 행복했던 걸로 기억한다.

마사 판즈워스

둘째 날, 우리의 손님은 상태가 훨씬 호전된 것 같았다. 8시가 조금 넘어서 그를 보러 갔더니 언제 깼는지 넉살좋게 웃고 있었다.

학생들 몇 명이 문간에 모여 서서 재잘거리고 키득거리며 그를 보고 있었다. 그가 답례로 손을 흔들거나 그들을 가리키는 몸짓을 한 모양이다. 그러나 내가 응접실로 들어서는 순간 움직임을 멈추

131

었다. 아이들은 내게 길을 터주더니 멀찌감치 떨어져 내 뒤를 따라왔다.

"너희는 이만 돌아가. 가서 각자 할 일을 해야지. 텃밭에서 할 일들이 있으니…… 어서 가서 시작해." 내가 차갑게 쏘아붙였다.

"제발요, 마사 선생님. 오늘 아침에는 여기서 수업하면 안 돼요?" 앨리스 심스가 말했다.

"아니, 여기서는 수업 안 해. 평소 여기서 하던 수업들…… 그러니까 프랑스어와 영국사 수업은 여기 말고 서재에서 할 거야."

"음악은요, 마사 선생님? 하프시코드*를 서재로 옮기실 건가요?" 마리가 물었다.

"오늘 오후 해리엇 선생님의 무용 수업은요? 서재에는 춤을 출 만한 공간이 없는데요." 이번에는 에드위나 모로가 물었다.

"그건 그때 봐서 결정할 거야. 필요하다면 음악 수업은 연기할 수 있어. 해리엇 선생님의 무용 수업도 당분간 쉬어야 될 것 같구나. 자, 이제 다들 텃밭으로 가."

아이들이 마지못해 응접실에서 나갔다. 재잘거리고, 수군거리고, 어깨 너머로 흘금거리면서. 이 남자가 이곳에 있는 동안 문제가 생길 것이 너무도 자명했다.

"제가 분란을 일으키고 있군요……. 분란을 일으키는 게 너무나 분명하네요. 그렇죠, 선생님?" 내가 돌아서려는 순간, 문제의 남자가 말했다.

"그렇습니다." 내가 그에게 단호하게 말했다.

"말을 가리지 않으시는군요. 있는 그대로 말씀하시네요. 마음에

---

* 겉모습이 그랜드 피아노를 작게 만든 것처럼 생긴 쳄발로.

듭니다."

"그러신가요? 당신 마음에 들건 말건, 그게 나한테 중요할 거라고 생각하시나요?"

"물론 선생님께 제 생각이 중요하지 않다는 건 알고 있습니다. 동의를 얻으려고 한 말이 아니었어요."

"아니라고요? 그럼 무얼 얻으려고 한 말인가요?"

"저에게 주실 수 있는 것이면 무엇이든지요. 이미 많은 도움을 주셨고, 진심으로 감사드립니다. 이 은혜를 어떻게 갚아야 할지 모르겠어요. 제가 할 일은 최대한 빨리 건강을 회복해서 이곳을 떠나는 것뿐인 것 같습니다. 지금 선생님의 머릿속에 떠오른 대답은 그것이겠지요. 안 그렇습니까?"

솔직히 말해서 그랬다. 이 남자는 사람의 마음을 읽는 데 뛰어난 능력을 지녔다.

"내가 당신을 우리 쪽 병사에게 넘길까 봐 두렵진 않은가요?"

"아뇨, 그렇지 않습니다. 아, 그럴 수 없으실 거란 얘긴 아니고요, 그보다 더 나쁜 일들도 일어날 수 있었으니까요. 물론 리베이 수용소나 앤더슨빌 같은 곳에서 몇 달을 보내게 된다고 생각하면 기분이 썩 좋진 않지만, 그래도 죽는 것보단 낫지요. 선생님의 도움이 없었다면 전 벌써 죽었을 거예요."

"그야 모르는 일이지요. 그 아이가 당신을 이곳으로 데려오지 않았더라도 당신네 병사들이 당신을 찾았을 수도 있어요. 설령 수용소에 갔다고 하더라도, 우리 군의관들이 당신을 돌봐주었을 수도 있고요."

"제가 듣기로는 이쪽 군의관들은 이미 감당할 수 없는 수준의 업무량으로 혹사당하고 있다던데요. 물론 저희 쪽 군의관들 상황이 훨씬 나은 건 아니지만요. 어쨌든 선생님의 치료는 제가 군의관에게 받을 수 있는 치료보다 훨씬 훌륭했습니다. 군의관은 제 다리를 잘라버리고 끝냈을 거예요."

"그걸 원치 않으시는군요."

"선생님이라면 원하시겠습니까? 반쪽짜리 인간으로 남은 생을 살아야 하잖아요. 지팡이를 짚고 절뚝거리면서…… 돈도 제대로 못 벌고, 구호금이나 자선에 의존하면서 살아야겠지요. 야전병원에서 무슨 일이 일어나고 있는지 저는 두 눈으로 똑똑히 보았어요. 그래서 제가 이곳에 있는 게 정말 기쁘다는 걸 말씀드리고 싶습니다. 하지만 이것만은 이해해주세요, 선생님. 전 제 또래 다른 남자들에 비해 다리를 많이 썼습니다. 전 누구보다 높이 뛰고, 멀리 뛰었어요. 하루 종일 춤을 출 수도 있고요. 좀 전에 무용 수업에 대해 말씀하시던데, 학생들에게 무슨 춤이든 가르칠 수 있습니다. 아일랜드 춤, 영국 춤, 미국 춤, 릴*, 왈츠, 폴카…… 뭐든지요. 선생님, 전 제 다리로 세상의 모든 바이올린 연주자의 팔을 녹초로 만들 수 있어요!"

그는 다정하고 솔직했다. 미워할 수가 없었다. 그 순수함 이면에 교활함이 있다는 것을 알면서도 그 교활함이 소년의 장난기 이상으로 느껴지지 않았다.

그렇다. 그는 분명 교활했다. 그것만큼은 분명했다. 존 맥버니 상병이 무슨 말을 하건, 나는 속으로 그를 의심할 수밖에 없었다.

맥버니 상병이 정말 그렇게 생각하고 있을까? 아니면 그렇게 생각한다고 우리가 믿어주기를 원하는 걸까? 그도 아니면 우리가

---

* 스코틀랜드나 아일랜드, 미국에서 보통 두 명이나 네 명이 추는 빠른 춤. 또는 그 춤곡.

생각하는 것보다 훨씬 더 교활한 사람이라 자신의 속임수 가장자리까지 보여주면서 우리가 그것을 간파하고, 우리가 한 수 위라고 생각하며 우월감을 느끼길 원하는 걸까?

생각해보면 우리가 우월하지 않았을 수도 있다. 적어도 그는 우리가 우월하다고 생각하지 않았을 수도 있다. 그가 정말 원하는 것은 우리가 자신을 잘못 판단하는 것일 테니까.

어느 날 문득 나는 그의 속임수가 얼마나 여러 겹인지 궁금해졌다. 그러나 그 둘째 날은 아니었다. 그날 아침에 나는, 적어도 그 순간에는 젊은 맥버니 상병이 우리 집에 머무는 것을 즐겼다. 물론, 그가 움직일 수 있게 되면 우리 집에 머무는 걸 허락하지 않을 생각이었다. 마찬가지로 그가 우리 학생들과 교류하는 것도 허락할 생각이 없었다.

"극단적인 수술이 최선의 의학적 조치가 아니라고 단정할 수 없습니다." 내가 그에게 말하면서 다리를 들추어보고 붕대 윗부분을 조심스럽게 찔러보았다. "이런 문제에 관해서라면 당신네 군의관들이 나보다 훨씬 더 잘 알 거예요. 하지만 다리의 상태가 악화된 것 같진 않네요. 감각은 있나요?"

"충분히요."

"다리 통증이 지속되게 해달라고 기도하세요. 감각이 무뎌지는 건 썩기 시작했다는 증거이니까요. 내가 알기로는 그렇습니다."

"그런 일은 없을 겁니다. 지금 느낌으로 봐서는 선생님이 제 다리로 저녁 식사를 준비하신 것 같거든요."

"양키는 안 먹어요. 치료를 할 뿐이죠. 그 과정에서 그들을 개화하고, 제 갈 길로 보냅니다. 통증은 시간이 지나면 잦아들 거예요. 중요한 건 봉합이 버텨줄지와 상처에 감염을 막을 수 있는지의 여부예요. 그러니까 내 말은 걸으려고 애쓰지 말란 뜻입니다. 내가 옆에 있거나 매티의 도움을 받을 수 있을 때 말고는 절대 움직여선 안 돼요."

"잘 알겠습니다."

"통증이 너무 심하다면 와인을 한 잔 가져다드리지요. 어제 브랜디를 좀 드신 걸로 압니다. 아니, 꽤 많이 드셨다지요."

"솔직히 말씀드리자면, 어제 일은 거의 기억이 나지 않습니다."

"그 말은 믿어드리지요. 제 동생이 주장하는 것처럼 브랜디를 많이 드셨다면 아무것도 기억할 수 없을 테니까요. 어쨌든 그 브랜디는 이제 없지만 창고에 아버지의 와인이 남아 있어요. 조만간 매티를 보내겠습니다."

"굳이 애쓰실 필요 없습니다, 선생님."

"알겠습니다. 정 그러시다면."

나는 돌아서며 혼자 웃었다. 자신의 기회를 놓쳐버리기 전에 그가 마음을 바꾸리란 걸 알고 있었다. 그러나 내가 한두 발짝을 내딛고 나서 돌아보니, 그 어린 악마가 눈을 감고는 졸음이 오는 척 연기하고 있었다.

"술을 안 좋아하실 줄은 몰랐네요."

"네?"

"아일랜드 사람들은 무슨 술이든 다 잘 마신다고 들었거든요."

"그렇습니다. 거의 모든 술을 다 잘 마시지요. 적절한 상황이라면요."

나는 속으로 '이보게, 젊은이, 내 와인을 원하면 달라고 해' 하고 생각했다.

"생각해보니 지금이야말로 적절한 상황인 것 같네요. 와인 한 모금만 마실 수 있다면 정말 좋겠습니다. 포도를 별로 좋아하진 않습니다만……. 실은 곡물로 만든 술이 제 입에는 더 맞습니다. 하지만 창고에 있다는 와인 맛은 기가 막힐 것 같군요."

그가 한쪽 눈을 뜨고 미소 지으며 나의 작은 승리를 인정했다.

"즐기라고 드리는 게 아닙니다. 안정을 위해 드리는 거예요." 내가 차갑게 말했다.

"물론입니다. 때로는 그 둘이 함께 가지요."

"한 가지 일깨워드리지요, 맥버니 상병. 당신은 이 집의 손님이 아니라 불청객이에요. 우린 당신을 즐겁게 해드릴 생각이 추호도 없습니다."

"요즘 같은 시기에 그런 기대는 하지 않습니다, 선생님. 하지만 제가 워낙 쉽게 즐거워지는 사람이라서요."

그가 다시 싱긋 웃더니 내 뒤쪽을 보았다. 에드위나 모로가 문간에서 있었다.

"텃밭에 나간 걸로 아는데."

"네, 선생님. 제 몫의 호미질을 이미 마쳤어요."

"놀라운 속도로 해치웠구나. 여긴 어쩐 일이지?"

"특별한 건 아니고요. 혹시 도울 일이 있을까 해서요."

소파에 있던 남자가 낮게 웃는 소리가 들려왔다. 나는 속으로 '한마디라도 더 했다간 정오가 되기도 전에 거리로 쫓아낼 줄 알아'라고 결심했다. 내 마음을 읽었는지 그는 더 이상 아무 말도 하지 않았다. 그는 여전히 미소를 머금고 눈을 감은 채 소파에 누워 있었다.

"네가 할 일은 없단다. 에드위나, 너희 모두 당분간은 응접실에 들어올 수 없을 거야. 이 환자의 일에 참견하지 않아도 학교 숙제

와 다른 할 일들이 얼마든지 있으니까."

"참견하러 온 게 아니에요. 도와드리고 싶었을 뿐이에요."

"그럴 필요 없어. 이 학교 어른들만으로도 충분히 할 수 있는 일이니까."

"하지만 제 나이쯤 되면 어른으로 대하잖아요. 적어도 해리엇 선생님은 늘 그렇게 말씀하셨어요." 에드위나가 돌아서려다 다시 멈추었다. "정말 그저 돕고 싶었던 것뿐이에요."

"네가 언제부터 그렇게 날 돕고 싶어했지?"

내가 혼잣말을 했다. 그리고 양심의 가책을 느꼈다. 저 아이가 태어나서 처음으로 남을 위해 무언가를 하고 싶었다면, 그 기회를 막는 게 옳지 않은 일 같았다. 설령 그것이 에드위나의 진심이라고 해도, 그 아이의 호의를 허락할지 말지보다 더 큰 걱정거리들이 있다는 것은 그리 오래 생각하지 않아도 알 수 있었다. 그리고 다시 한 번 생각해보니 그게 진심일 리 없다는 생각이 들었다.

에드위나가 채 사라지기도 전에 맥버니 상병을 돕고 싶다는 또 한 명의 학생이 등장했다. 앨리스 심스였다. 누가 그 어머니의 그 딸이 아니랄까 봐서.

"제발요, 마사 선생님." 이 학교에서 가장 순수하지 않은 아이가 순수함을 가장한 말투로 말했다. "아침 식사를 식당 말고 여기서 하면 안 될까요? 해리엇 선생님이 궁금해하세요."

"왜 아침 식사를 여기서 한다는 거지?"

"맥버니 상병이 일어날 수 없잖아요. 그래서 해리엇 선생님이 여기서 다 같이 아침 식사를 하면 좋겠다고 하셨어요."

소파에서 다시 한 번 웃음소리가 들렸다.

"방금 뭐라고 하셨지요?" 내가 재빨리 돌아서며 물었다.

"아뇨, 선생님." 이번에는 그가 입가에서 미소를 거두고 대답했다. 그는 내 인내심의 한계를 알고 있었다.

"아무 말씀도 안 하셨다니 다행이군요. 앨리스, 해리엇 선생님한테 가서 아침 식사는 평상시처럼 식당에서 한다고 전해. 따로 지시가 있을 때까지 여긴 학생 출입금지야. 알겠지?"

"네, 선생님. 아주 잘 알겠어요." 무례해 보일 정도로 동작이 작은 고개인사를 하며 앨리스가 말했다. 그러더니 내 뒤쪽 맥버니 상병을 향해 공모의 미소를 지어 보이고는 내가 그녀의 무례함을 야단치기 전에 돌아서서 나가버렸다. 나는 다시 그에게로 돌아서서 잠시 그를 응시했다. 그는 무표정했다. 눈을 감고 있었지만 그가 잠들지 않았음을 알 수 있었다. 잠시 후 그가 한숨을 쉬었다.

"수용소에서처럼 시한을 정하실 건가요? 문간에 적어두시죠, 왜. 아예 지키고 서 계세요."

"내 앞에서 건방 떨지 말아요. 불미스러운 일이 생길 수도 있으니까."

"운에 맡겨볼까 합니다. 제가 보기에 당신은 분노나 사사로운 감정 따위에 휘둘려 행동하는 사람은 아닌 것 같거든요." 그가 다시 말을 멈추었다. "내가 당신과 다른 성性으로 태어난 게 내 잘못은 아니잖아요. 안 그래요?"

"남자에 대해 나쁜 감정을 갖고 있는 건 아닙니다. 그런 인상을 주었다면 미안하군요. 당신에 대한 반감도 없어요. 이 집에 당신과 나, 둘뿐이라면 당신 마음대로 돌아다녀도 좋아요. 당신이 아무것도 훔치지 않을 거라는 확신만 있다면 말입니다."

"지금은 그런 확신이 없으신가요?"

"어떻게 그럴 수 있지요? 난 당신을 몰라요."

"제 평생 아무것도 훔치지 않았다고 맹세해도 소용없을까요?"

"난 당신을 몰라요."

"'당신과 나, 둘뿐이라면'이라고 말씀하셨는데, 그 말은 내가 당신의 학생들을 공격할 거란 뜻인가요?"

"아뇨. 그럴 거라고 생각하지 않아요. 그럴 기회는 없을 겁니다."

그가 반쯤 몸을 일으켜 "내가 그런 류의 인간이라면, 기회를 만들 수도 있겠죠!" 하고 소리쳤다.

"당장 도로 눕고 조용히 하세요. 이 집에서 소리를 지르는 것은 용납되지 않습니다. 그렇게 흥분하면 상처가 벌어지잖아요!"

"절 그런 놈으로 보십니까?"

"아직 당신이 어떤 사람인지 판단을 못 내렸어요. 내가 그런 사람으로 판단하면, 당신은 우리와 오래 있지 못해요."

"당신의 학생들을 해칠 생각은 꿈에도 없다고 맹세해도 소용없을까요?"

"다시 한 번 말씀드리지만, 난 당신을 몰라요."

"절 아시려면 얼마나 오래 걸릴까요?"

"당신은 여기 그 정도로 오래 머물지 않을 겁니다."

"그렇군요." 그가 도로 눕더니 피로한 듯 거친 숨을 쉬었다.

"완전히 낯선 이방인이 되지 않기 위해 몇 가지 사실을 알려드리지요. 오늘 아침에 절 내쫓을 수도 있으니까요. 이름은 존 맥버니. 나이는 스물. 대영제국의 시민권이 없는 식민지 시민. 웩스퍼드 카운티에서 패트릭 맥버니와 메리 맥버니의 아들로 출생. 패트릭 맥버니는 사망. 현재 아일랜드에서 사는 것을 생존이라고 부를 수 있다면 메리 맥버니는 생존…… . 돈도 없고, 미래도 없고, 걱정도 없음. 전염병 없음. 최근 부상을 제외하면 신체적 결함 없음. 치아, 머리카락, 손가락, 발가락 모두. 건전한 정신과 훌륭한 기억력을 가졌다는 평을 들음. 출신 국가를 감안할 때 다소 놀라울 수도 있겠지만, 고민 없고, 슬픔 없고, 증오도 없음. 온 세상에 대한 호기심을 제외하면 호기심 없음. 나 자신의 주인이 되는 것 말고는 소망 없음. 1863년 12월 23일 뉴욕 입성, 1864년 1월 4일 연방군에 징집, 상병으로 진급. 1864년 5월 15일, 남부 여자들의 포로가 됨. 아직도 절 모른다고 하시겠습니까?"

"당신이 말해준 것들은 알죠."

"내가 거짓말을 할 수도 있다는 건가요?"

"맞아요, 그럴 수도 있지요. 설령 당신이 진실을 말했다고 해도 당신이 내게 알려준 것들은 생물학적 통계에 불과해요. 성직자에서부터 범죄자에 이르기까지 모든 사람들에게 해당되는 생물학적 통계. 실제로 당신이 어떤 사람인지는 여전히 모르는 거죠."

"내가 여기서 평생을 머문다고 해도 그건 모르실 것 같네요. 그리고 그 기간 동안 나 역시 당신이 어떤 사람인지 알 수 없겠죠. 당신이 어떤 사람인지 아주 조금은 알게 되었지만 말입니다."

"그러시군요." 그의 뻔뻔함은 제쳐두고라도 그의 진지함에 매혹되었다는 건 인정할 수밖에 없었다. "자기 자신의 주인이 되는 것 말고는 아무것도 원치 않는다고 하셨는데, 자유롭고 매인 데가 없는 삶을 두고 하는 말이겠지요. 그게 당신이 원하는 전부인가요?"

"내 삶을 내 뜻대로 살고 싶어요. 누구에게도 신세지고 싶지 않고, 누구의 명령도 받고 싶지 않습니다. 그래서 이 나라에 왔어요. 나의 조국이 어떤 상황인지 아신다면 절 이해할 겁니다. 어쩌면 저는 평범한 것들을 원하는 것 같습니다. 아내와 걸음마 배우는 아기와 내 모자를 걸어놓을 수 있는 보금자리⋯⋯. 그런 것들요. 그리고 지금은 친구 한 명을 갖고 싶어요."

"단 한 명의 친구?"

"낯선 땅에서 친구를 사귀기란 결코 쉽지 않지요."

"연방군에 넉 달이나 있었다면서요. 전우들은 어쩌고요?"

"이곳 출신들은 절 놀렸어요. 제 사투리, 그리고 제 조국의 방식들을요. 저는 그들과 싸우거나 피해야 했습니다. 하지만 피하려고 해도 부대 안에는 숨을 곳이 거의 없었어요. 둘 중 어느 쪽이건 친구를 사귀기는 쉽지 않죠. 오랫동안 군생활을 함께한 사람들에겐 그것 말고도 많은 문제들이 있으니까요. 고참들은 보상금을 받고 들어온 사람들을 못마땅해했어요."

"보상금?"

"입대보상금으로 200달러를 받았어요."

"엄청난 돈이네요."

"남부 연합 군인들은 하나님과 조국을 위해서 입대한다죠. 비열한 양키들은 돈에 자신을 팔아넘깁니다."

"남부인들 중에 그렇게 말하는 사람이 있긴 합니다. 하지만 그게 그렇게 못마땅한 당신이 진급까지 했다는 게 이해가 안 가네요."

"제 말을 정확히 이해 못하셨나 본데, 모든 사람들이 절 미워했다는 게 아닙니다. 모두 친절하진 않았단 거죠. 제 계급장에 대해 한 말씀 드리자면, 전 정당한 결투로 이 계급장을 땄어요. 제 일 년치 급여와 상병 계급장을 놓고 상병을 쓰러뜨리겠다고 했지요. 제가 두들겨 맞는 걸 보고 싶었던 악랄한 대위가 그 결투를 승인했어요. 그리고 제가 그 결투에서 이겼을 때, 대위는 정당한 대우를 해주었습니다. 그렇게 될 거라고 기대하진 않았겠지만. 어쨌든 대위는 상병이 회복되어서 재대결을 할 수 있을 때까지는 계급장을 꿰매어 달고 있으라고 했어요. 내가 그 계급을 받을 자격이 있다는 걸 겸허히 받아들인 거죠. 그리고 보상금은…… 보상금은 어머니에게 보내드렸어요."

정말 그랬을까? 나는 진심으로 궁금했다.

"제 말을 믿으세요?"

"불신하지 않느냐고요?

"그건 다른 거잖아요. 이제 그만 가보세요. 잠 좀 자게."

그는 소파 등받이 쪽으로 고개를 돌렸다. 그 순간 그의 눈에 눈물이 고인 것 같았다. 문득 그곳에 누워 있는 그가 세상을 떠난 나의 남동생과 무척 비슷해 보였다. 사실 외모상으로는 전혀 닮은 점이 없었고, 맥버니 상병이 로버트보다 훨씬 가냘팠다. 하지만 소파 위에 누운 그의 뒤통수와 움츠린 어깨가 내가 마지막으로 보았던 로버트의 모습을 떠올리게 했다.

로버트는 자기 방에서 내게 등을 돌린 채 누워 있었고, 내가 기억하기로 맥버니 상병과 거의 똑같은 말을 했다.

'더 얘기하고 싶지 않아. 나가, 잠 좀 자게.'

당시 나는 그의 어리석음을 자주 꾸짖었고, 그러면 그는 내게 등을 돌리며 누웠다.

로버트의 머리카락도 이 남자와 상당히 비슷했다. 이 남자처럼 곱슬한 갈색 머리카락을 옷깃에 닿을 정도로 길렀다. 해리엇도 그 사실을 알아차렸는지 궁금했다. 지금 나는 그게 무척 궁금하다. 그때 내가 그 사실을 알아차리지 못했다면 어떻게 되었을지……. 지금에 와 생각해보면 그것이 내가 그다음에 뱉은 말의 이유였다.

"생각이 바뀌었어요. 오늘 아침 식사는 여기서 하겠습니다."

그를 향한 연민으로 인해 그와의 교류로 생길 위험을 감지하지 못했던 것은 아니다. 그때도 나는 잠재적 악을 인식하고 있었다. 그 점에 관해서라면 로버트도 악을 지니고 있었고, 로버트가 어린 여자들로 가득찬 이 집을 마음대로 드나들게 허락하기 전에 분명히 망설였을 것이다. 단지 그 순간에는 우리의 손님이 당분간 돌아다닐 수 없을 것 같았다. 그래서 나는 '이런 식으로 그를 시험해 볼 수는 있겠지. 그가 아이들과 함께 있을 때 어떻게 행동하는지 볼 수 있을 테니까. 행여라도 이상한 낌새가 보이면 바로 내쫓을 거야'라고 생각했다.

"어떠세요? 저희와 함께 아침 식사를 하시겠어요?"

그가 반색하며 나를 돌아보았다.

"비누가 필요합니다. 빗도요. 아, 여기 면도칼이 있을까요?"

"아버지의 면도칼이 있는지 찾아보겠습니다. 빗은 쉽게 찾을 수 있을 거예요. 어젯밤에 보니 에드위나 모로가 작은 비누를 갖고 있던데 당신에게 내어줄 겁니다. 전부 챙겨서 매티 편에 보낼 테니 십오 분 뒤에 만날 준비를 하세요."

"네, 선생님." 맥버니 상병이 행복한 미소를 지으며 말했다. 그의 표정에서 교활함이라고는 찾아볼 수 없었다. 오직 소년의 기쁨만이 남아 있었다.

태양이 높이 떴고, 숲속에서 간헐적으로 대포가 우르릉거리기 시작했다. 다시 전투가 시작된 모양이다. 나는 일정이 변경되었음을 알리기 위해 응접실에서 나왔다.

𝒮 에드위나 모로

둘째 날, 마사 선생님이 응접실에서 나와 맥버니 상병이 자기 마음을 완전히 돌려놓아서 그에게 이 집을 개방할 생각이라고 말했다. 정확히 그렇게 말한 건 아니었지만 듣다 보니 그게 선생님의 속마음인 것 같았다. 실제로는, 다시 한 번 생각해보니 우리가 그와 함께 식사를 하는 것이 곧 기독교적 자선이라는 결론을 내렸다고 말했다. 그 말을 하면서 선생님이 얼굴을 붉혔다고 나는 맹세할 수 있다.

우리 모두 식탁에 둘러앉았고, 매티는 부엌 문간에 서 있었다. 매티는 마사 선생님이 당시 그것도 사람이 먹는 음식이라고 내놓던 음식을 차리라는 명령을 기다리고 있었다.

맥버니 상병과 함께 식사를 한다는 소식이 전해졌을 때, 마치 식탁에 양키 폭탄이 떨어지기라도 한 것처럼 정숙한 숙녀들이 벌떡 일어나 사방으로 뛰어다녔다. 숙녀들은 서로 마주 보며 키득거리고, 머리에 핀을 꽂았다 뺐다가 하면서 '내 상아 머리핀 어디 갔지?' '우리 엄마 진주 목걸이 누가 가져갔어?' 따위의 말을 주고받았다. 내가 기억하기로 앨리스 심스는 옷을 갈아입는다고 위층으로 뛰어 올라가며 소리를 질렀다.

애국자인 에밀리는 적군의 병사 때문에 늘 입던 검은 모슬린 드레스를 다른 옷으로 갈아입을 수 없다고 선언했다. 에밀리는 그녀의 오빠가 전사하고 나서 가족들이 보내준 그 드레스를 줄곧 입고 있었다. 하지만 여름이 지나면서 그 드레스에서 퀴퀴한 냄새가 나기 시작했다. 굳이 냄새의 진실을 밝히자면 그 애한테는 드레스에 뿌릴 향수가 없었고, 설령 있다고 해도 자존심을 굽히고 향수를 뿌릴 애가 아니었다. 애도의 복장을 고수하겠다고 했으면서도 에밀리는 식당 거울 앞에 서서 혈색이 돌도록 자기 볼을 꼬집었다.

해리엇 선생님도 흥분에 휩싸여서 앨리스, 마리, 어밀리아를 따라 서둘러 계단을 올라갔다. 어밀리아는 무슨 치장을 하겠다는 건지 알 수가 없었다. 그녀 역시 집에서 보내온 상복이 있었지만, 그 옷을 입은 첫날 울타리에서 떨어지면서 수선할 수 없는 상태가 되었다. 그 후로 어밀리아는 항상 나무를 타다 온 것 같은 옷차림을 하고 있었다. 마사 선생님과 해리엇 선생님도 로버트 씨를 기리기 위해 거의 항상 검은색 옷을 입고 있었다. 로버트라는 분을 폄하하는 건 아니지만 나는 그 옷이 두 사람 모두에게 큰 의미가 없다고 생각했다. 하긴 옷의 색이 무슨 의미가 있겠는가?

"어디 가는 거야?" 마사 선생님이 소리쳤다.

"옷매무새를 단정하게 하려고." 해리엇 선생님이 벌겋게 달아오른 얼굴로 대답했다.

"지금도 충분히 단정해. 제발, 해리엇, 나잇값 좀 해."

그러나 해리엇 선생님은 아랑곳 않고 계단을 뛰어 올라갔다. 마사 선생님도 뒤따라 올라가면서 자기는 한심하게 치장 따위를 하러 가는 게 아니라 맥버니 상병이 부탁한 면도칼을 찾으러 가는 거라고 온 세상에 선포했다. 마사 선생님은 그에게 그것 말고도 다른 물건들이 필요하다고 말했다. 그리고 그 필요하다는 물건들이 하필 내 스커트 주머니 속에 있었다. 미용 비누와 거북 등껍질 빗이었다. 나는 그날 아침 그에게 그것을 줄 생각이었지만 그와 단둘이 은밀한 대화를 나누고 싶었던 마사 선생님이 내가 응접실에 들어가는 것을 막았다.

나는 다른 아이들처럼 맥버니 상병에게 잘 보이기 위해 치장을 하거나 옷매무새를 고칠 생각은 없었다. 만약 내가 그의 마음에 들지 않는다면 그는 아버지가 늘 말씀하셨던 것처럼 더 나은 사냥감을 찾은 것이다. 나는 잠깐 짬을 내어 맥버니 상병을 만나 그에게 미용도구들을 전해주기로 했다. 그래서 그것들을 전해줄 생각으로 문 앞에 서서 잠깐 머리만 매만지고 있는데 마리 데브르가 한 손에는 성경책인지 기도책인지를 들고, 다른 한 손에는 보석 장신구를 들고 계단을 내려왔다.

"잠깐 실례 좀 할게, 에드위나." 나와 부딪칠 뻔한 마리가 말했다. "개인적인 볼일이 좀 있어서." 그러더니 응접실로 달려 들어가 소파의 맥버니 상병에게 다가갔다.

내가 다른 사람들의 대화를 엿듣는 사람은 아니지만, 열 살인가 열한 살 밖에 안 된 어린애가 낯선 적군 병사와 무슨 용무가 있다는 건지 이해할 수가 없었다. 정당한 용무가 있었던 나는 문 앞에 서서 그 버르장머리 없는 꼬마가 얘기를 끝낼 때까지 기나리기로 했다. 다시 말하지만 엿들으려고 한 건 아니었다. 뿐만 아니라 마리 데브르의 말은 굳이 들으려고 애쓸 필요가 없다. 마리는 고함치는 것보다 작게 말할 줄 몰랐으니까.

마리는 무턱대고 맥버니 상병의 무릎 위에 책을 던져놓고는 선언했다.

"드릴 게 있어요. 아침이 되기 전에 아저씨가 죽을까 봐 겁이 나서 어젯밤에 드리려고 했는데 의식이 없으셔서 못 읽으실 것 같았어요."

"아주 합리적인 생각이구나."

"아저씨, 가톨릭 신자죠. 듣기로는 아일랜드 사람들은 거의 대부분이 가톨릭 신자라던데."

"꼭 그런 건 아니란다. 하지만 네가 제대로 봤어. 어렸을 때 세례를 받았거든."

"그렇다면 다른 할 일이 없을 때 훑어볼 만한 가톨릭 기도서가 있어요. 우리 어머니가 주신 거고, 프랑스어로 쓰여 있지만 아마 '우리 아버지'와 '성모 마리아' 정도는 찾아낼 수 있을 거예요. 고해성사를 하고 싶은 건 아니죠?"

"너한테?"

"그럴 리가요. 큰길로 나가면 우리 부대에서 신부님을 찾을 수 있을 거고, 그분이라면 아저씨를 도울 수 있을 거예요. 죽음의 문턱에 이르렀다는 생각이 들고 더 버틸 수 없을 것 같다면요."

"아직 몇 시간은 더 버틸 수 있을 것 같아."

"아저씨, 끔찍한 짓을 많이 저지르셨죠? 제가 보기에는 지금까지 살면서 무지하게 끔찍한 짓을 많이 저지르셨을 것 같은데, 무슨 일이 일어나기 전에 영혼을 정화시켜야죠."

"그건 관점에 따라 다를 것 같아."

"그럼 거기 누워 계시는 동안 아저씨의 양심을 잘 점검해보세요. 나중에 신부님을 만나고 싶으시면 제게 알려주시고요. 그건 그렇고, 전 마리 데브르예요."

"난 존 패트릭 맥버니야."

"만나서 반가웠어요." 그녀가 서둘러 응접실을 나섰고, 그때 다른 손에 들고 있던 게 무언지 보였다. 한 쌍의 귀고리였다. 마리는 밖으로 나가면서 귀에 귀고리를 걸어보려 애쓰고 있었다.

"잠깐만." 마리를 막아서며 내가 말했다. "내 비취 귀고리로 뭐 하는 거야?"

"아, 에드위나." 마리가 스스로 잘못했다고 생각할 때마다 짓는 제딴엔 가장 매혹적인 미소를 지어 보였다.

"화내지 마, 에드위나. 아침 식사를 위해 다들 치장하잖아."

"내 보석으로 치장하진 않아." 내가 손을 뻗었지만 마리가 뒤로 물러섰다.

"그거 어디서 났어? 이 꼬마 도둑 같으니라고."

"네 방바닥에 떨어져 있는 걸 봤어."

"방문은 닫혀 있었어."

"바람에 열렸겠지. 어쨌든 바닥에 한 개가 떨어져 있길래 누가 밟아서 깨뜨릴까 봐 주워놓았는데, 또 다른 한 개가 스탠드 옆에 있더라고. 그래서 돌려주려고 했는데, 맥버니 상병과의 아침 식사 시간에 쓸 장신구가 없어서 네가 이해할 거라고 생각하고……."

"이 꼬마 악마 같으니라고!"

마리가 날 피해 의자 뒤로 돌아가 의자를 내 앞으로 쓰러뜨렸다. 나는 하마터면 의자에 걸려서 넘어질 뻔했다.

"잡아라, 잡아……. 잘한다." 양키가 의자 등받이 위로 몸을 일으키고 신이 나서 소리를 질렀다.

"신사 숙녀 여러분, 여러분은 누구를 택하시겠습니까? 작은 갈색 다람쥐냐, 커다란 검은 고양이냐! 베팅이 끝나기 전에 선택하시기 바랍니다, 여러분! 큰 놈은 힘이 있고 작은 놈은 경험이 있죠. 날렵하게 몸을 비틀어 빠져나가는 모습을 보셨습니까! 까만 아가씨! 잡아요, 잡아!"

"제발, 에드위나! 넌 예쁜 보석이 엄청나게 많잖아. 이런 것 따위 필요 없잖아. 그래봐야 기운만 빠질걸, 에드위나. 난 이거 하루 종일 갖고 있을 수 있거든." 여우 같은 계집애가 소리쳤다.

"그 말이 맞아요, 까만 아가씨. 벌판에서라면 이길 수 있을지 몰라도 이렇게 닫힌 공간에서는 그 아일 이길 수 없어요. 그냥 갖게 내버려둬요. 초록색은 까만 머리카락에 안 어울리니까. 루비가 훨씬 더 잘 어울릴걸요."

그 순간 나는 내 모습이 얼마나 꼴사납게 보일지 깨달았다. 그래서 그 악랄한 계집애를 잡기 직전에 보내주었다.

"에드위나, 오늘 아침에 무지하게 예쁘네. 한껏 멋을 냈어, 그렇지?" 문 앞에서 마리가 소리쳤다.

"멋 내지 않았어!"

"지금은 약간 흐트러졌지만 말이야. 내 기억이 정확하다면, 지난 크리스마스 이후 그 근사한 실크 브로케이드 드레스는 한 번도 안 입었지, 아마?"

"당장 꺼져!"

마리가 바보 천치같이 웃더니 괴성을 지르며 달아났다. 나는 숙녀답지 못한 행동이 너무 부끄러워서 응접실에서 나가려고 돌아섰다.

"잠깐만요, 까만 아가씨. 이제 막 왔는데 달아나지 마요. 혹시 나한테 볼일 있었어요?"

나는 고개를 끄덕이고는 매티가 그의 옆으로 끌어다놓은 조그만 탁자로 다가가 미용 비누와 거북 등껍질 빗을 물 주전자 옆에 꺼내놓고 물러섰다. 갑자기 창피하다는 생각이 들었고, 무슨 말을 해야 할지 알 수 없었다.

"고마워요, 까만 아가씨."

그는 다시 몸을 뒤로 기대고 10센트짜리 북부 동전으로 손톱을 청소했다. 그의 손톱은 분명 청소가 필요해 보였다. 그래서 내가 "손으로 구덩이를 파셨나 봐요" 하고 말했다. 그게 맥버니 상병에게 내가 처음 건넨 말이었다.

"그랬어요. 어제 전투에서요. 머리 위로 포탄이 날아다닐 때, 가장 처음 떠오른 생각이 날 파묻자는 거였거든요, 까만 아가씨."

"아무래도 깊이 묻지 못할 것 같아서 달아나셨군요."

"그랬어요. 꼭 그랬어요, 까만 아가씨."

날 조롱하려고 그 말을 되풀이하는 걸까?

그의 눈은 웃고 있었고 목소리는 다정했다.

"에드위나 모로예요."

"아, 그렇군요. 만나서 반가워요."

"달아나는 건 용감한 행동이 아니에요."

"용감하진 않죠. 하지만 똑똑한 행동이었다고 생각해요."

"아직 살아 있으니까?"

"살아 있는 것 말고도 특별한 보상이 있잖아요. 당신을 만난 것."

"날 알지도 못하잖아요."

"이름은 알아요. 에드위나 모로."

"제 얘기를 들으셨어요?"

"이름 말고는 못 들었어요. 예쁜 이름이네요. 만약 내가 에드거 앨런 포라면 '에드위나 모로 양'이라는 제목으로 시를 썼을 거예요."

"정말 다른 얘긴 못 들었어요?"

"글쎄요." 다시 손톱 청소에 집중하며 그가 말했다. "내가 남의 험담이나 듣고 있을 상태는 아니었거든요. 뭐가 그렇게 두려워요?"

"아무것도 두렵지 않아요."

"그럼 남들이 뭐라고 하건 왜 신경을 써요?"

"신경 안 써요."

"그래야죠."

그가 하는 말들을 다른 사람이 했다면 조롱당하는 것처럼 들렸을 것이다. 그렇다고 그에게 조롱당하는 게 아니라고 확신할 수도 없어 다시 멈칫했다. 그가 고개를 들고 미소 지었다. 너무도 따스하고 다정한 미소였고 그 순간 나는 그가 낯선 사람이고 더구나 미국인도 아니라는 생각을 했다. 그가 사용하는 단어나 표현들이 다정하다고 말할 수는 없지만, 그렇다고 그가 일부러 퉁명스럽게 구는 거라고 말할 수도 없다.

마침내 내가 입을 뗐다.

"당신이 처음부터 나에 대해 잘못된 인상을 갖는 걸 원치 않을 뿐이에요. 직접 얘기할 기회를 갖기도 전에."

"내가 어떻게 생각하는지 신경을 쓴다는 거네요."

"전혀요! 당신은 여기서 낯선 사람이잖아요, 그것뿐이에요. 절 잘못 생각하는 걸 원치 않고요. 그것 말고는 당신이 어떻게 생각하건 전혀 관심 없어요."

솔직히 나는 그가 날 어떻게 생각할지 무척이나 신경 쓰고 있었다. 그럼에도 그렇다고 말할 수가 없었다. 그때는 그랬다.

"그럼 당신을 잘못 알지 않도록 조심해야겠군요, 에드위나 모로 양. 내가 처음부터 제대로 알 수 있도록 당신에 대해 완벽하고 정확하게 설명해주시겠어요? 예를 들면 고향은 어디고, 여기에는 얼마나 있었나요?"

"사 년 있었어요. 아버지의 집은 리치먼드에 있고요."

"어머니 고향은요?"

"조지아 주 사바나. 부모님은 같이 살지 않아요."

"아, 안됐군요. 마지막으로 어머니를 본 게 언제죠?"

"꼭 알고 싶으시다면 말씀드리죠. 전 한 번도 어머니를 본 적이 없어요. 적어도 제가 기억하는 한은."

평소의 나라면 그 질문에 무척 짜증을 냈겠지만, 그에게는 어린 아이 같은 솔직함이 있었다. 그는 다른 사람의 비밀을 폭로하려고 한다기보다 자신이 들어선 낯선 세상에 대한 이해의 폭을 넓히려고 애쓰는 것처럼 보였다.

"제가 아주 어렸을 때, 아버지가 절 데리고 사바나를 떠났어요. 그 뒤로는 여기저기서 살았고요. 아버지가 여러 가지 사업을 하셨는데, 대부분 아주 성공적이었어요."

"물론 그러셨겠지요. 성공하기 좋은 나라니까요. 이곳 공기에서 그런 냄새가 나요. 제 경우만 해도 그래요. 여기 온 지 이제 여섯 달도 안 되었는데, 얼마나 성공했는지 한번 보세요. 이 나라 곳곳을 둘러보았고, 군에서 진급도 했고, 세상에서 가장 친절한 숙녀분들의 관심 속에서 최고의 휴일을 보내고 있잖아요. 이만하면 가난한 아일랜드 촌놈이 성공한 거 아닌가요? 당신 얘기를 좀 더 해줘요, 에드위나 모로."

"지금은 그럴 때가 아니에요. 곧 다른 사람들이 내려올 거예요."

"그럼 나중에 다시 와서 나하고 얘기해요. 당신에 대해 좀 더 알고 싶어요."

"왜 그렇게 저한테 관심이 많으시죠?"

"왜냐하면요, 에드위나. 내가 보기에 우린 무척 닮았으니까요. 우리 둘 다 이곳에 어울리지 않는 사람이라고, 무언가가 내게 말하고 있어요. 나로 말하자면, 그렇게 느낄 만한 이유가 분명하죠. 하지만 당신은…… 겉으로 보아서는 잘 식별이 안 되는 이유들이에요. 그중 한두 가지 정도는 짐작이 가지만."

"그게 뭔데요?"

"가장 큰 이유는 당신의 외모예요. 그 조그만 프랑스 출신 꼬마가 당신이 예쁘다고 했는데, 거짓말이 아니었네요."

"그런 건 아무래도 상관없어요."

"여기 있는 다른 학생들에겐 상관이 있을걸요. 당신을 질투하는 학생들도 있을 거예요."

"설령 그렇다고 해도 달라질 게 없어요."

"제가 그 프랑스 꼬마의 의견에 동의하는 건 상관이 있나요?"

잠시 그의 말을 곰곰이 생각해보았다.

"네, 동의해주셔서 기뻐요."

"제가 한 가지 말씀드리죠, 에드위나 모로 양. 당신은 여기 있는 모든 여자들 틈에서 텅 빈 바다 위에 솟아 있는 별처럼 빛나요. 이곳에 있는 여자 몇 명만 빛을 잃게 만드는 게 아니에요. 난 전 세계의 여러 대도시를 다녀보았고 그래서 진심으로 말할 수 있는데, 당신은 도시에서 아름답기로 소문난 여자들보다 훨씬 더 아름다워요."

"절 조롱하지 마세요."

"조롱한다고요? 세상에 맙소사, 당신을 조롱할 생각은 꿈에도 없어요. 당신의 가장 큰 문제가 뭔지 알아요, 에드위나? 찬사를 충분히 듣지 못했다는 거예요. 당신은 자신의 가치를 알지 못해요. 아무도 당신에게 말해주지 않았으니까. 안 그런가요?"

"그런 것 같아요."

"자신을 과소평가하지 말아요, 에드위나 모로 양. 다른 사람들과 다른 걸 감사하세요. 때때로 외로워질 수는 있겠지만요. 그게 바로 당신이 여기에 어울리지 않는 두 번째 이유예요, 에드위나.

당신은 생각하는 것을 그대로 말하는 독립적인 사람이고, 당신의 생각에 동의하지 않는 사람들을 전혀 상관하지 않아요. 결국은 그게 최선의 삶의 방식이죠. 이 세상 무엇보다도 간절하게 원하는 게 한 가지 있다면, 그게 뭐죠, 에드위나?"

"뭘 원하느냐고요?"

"그래요. 나의 고국에 신비한 힘을 지닌 요정들이 있다는 얘기, 들어봤어요? 내가 그런 요정이라고 생각해봐요. 그래서 당신이 원하는 건 뭐든지 이루어줄 수 있다고 생각해봐요. 소원이 뭐죠?"

"아무것도요. 아무것도 원하지 않아요."

"그러지 말고요. 작은 거라도 원하는 걸 말해봐요. 전쟁이 빨리 끝나서 안전하게 애인이 돌아와주길 바라지 않나요?"

"나한텐 그런 사람이 없어요. 군인 중엔 아는 사람이 없어요."

"운이 좋군요. 그럼 그것 말고 다른 건 무얼 원하죠? 어머니를 만나는 것?"

"아뇨."

"그럼 뭐가 있을까요? 머릿속에 가장 먼저 떠오르는 걸 말해봐요. 어서요."

나는 고개를 끄덕였다.

"생각이 났어요? 그럼 뭔지 말해봐요."

내가 그에게 귓속말로 말했다.

"그게 세상에서 가장 원하는 거라고요?"

"네."

"좋아요, 그럼. 그걸 얻을 수 있게 도와줄게요."

이윽고 다른 아이들이 식사를 하기 위해 응접실로 들어왔고, 맥버니 상병과의 첫 대화는 그렇게 끝이 났다.

에밀리 스티븐슨

학교에서 열린 맥버니 상병과의 첫 아침 식사는 꽤나 시끌벅적했다. 그가 들고 있는 깃발을 감안할 때, 솔직히 처음엔 썩 내키지 않았다. 그러나 그는 부상을 당했고, 우리가 승리했을 때 얼마나 너그럽고 친절할 수 있는지 마사 선생님이 보여주고 싶어한다면 그것까지 반대할 수는 없다고 생각했다.

매티가 응접실 한쪽에 우리를 위한 식탁을 준비했고, 맥버니 상병은 맞은편 소파에 우리와 조금 거리를 두고 앉았다. 그는 쿠션들을 등 뒤에 받치고 앉아 있었다. 소파를 돌려놓았는데, 마리의 표현을 빌리자면 남부와 북부가 가로막히지 않은 상태로 마주 보고 앉아 있었다. 대화가 금지되지는 않았다. 사실 어느 시점부터는 마사 선생님이 대화를 부추기는 것 같았지만. 처음에는 중요한 얘기가 거의 오가지 않았다. 날씨라든가, 정원이라든가, 마사 선생님과 해리엇 선생님의 어린 시절 이야기만 오갔다.

그것은 물론 모든 식사 시간의 단골 주제였다. 과거의 모습과 현재의 모습. 내가 보기에 가엾은 두 사람이 그런 식으로 자기들을 위로하는 한편, 가문의 영광스러운 과거를 읊어댐으로써 그들보다 가난한 학생들에게 깊은 인상을 심어주어야 한다고 생각하는 것 같았다. 나는 그런 얘기를 대놓고 싫어하진 않았지만 별다른 감흥도 없었다. 다른 학생들, 이를테면 어밀리아나 마리 같은 애들도 나와 마찬가지인 것 같았다.

마리의 아버지는 루이지애나에 저택을 두 채인가 세 채 가지고 있다. 어밀리아네는 조지아 북부에서 가장 큰 농장으로 손꼽히는 농장의 소유주이고, 애틀랜타에도 커다란 저택이 있었다. 안타깝게도 지금은 양키에게 점령되었지만. 우리 집으로 말할 것 같으면 판즈워스 저택과 영지를 다 합친들 사우스캐롤라이나에 있는 우리 집 한 귀퉁이에 지나지 않을 터였다. 이 학교는 우연히 사냥을 가는 길에 지나간다면 모를까, 평소에는 보이지도 않을 정도다.

이 집에서 수없이 열렸던 파티와 접견회와 온갖 사교 모임과 제임스인가 어딘가에 있었다던 판즈워스의 옛 저택에 관한 얘기들이 우리 손님의 관심을 끌었는지도 모르겠다. 그렇다고 큰 관심을 보인 건 아니었다. 그는 분명 예의바른 사람이었고, 누구와든 눈이 마주치면 고개를 끄덕이며 미소를 지어주었다. 그러나 그 대화에 끼어들려는 시도는 하지 않았다. 그는 자기 몫으로 할당된 엄청난 양의 음식에 마지막으로 추가된 음식만 먹고 있었다.

그가 무안할까 봐 모두 전쟁에 관한 언급은 회피하고 있었지만 애당초 그건 말이 안 되는 일이었다. 동쪽에서 어제보다 더 가까이 다가온 것 같은 맹렬한 전투의 소음이 또다시 들려오면서 모두 그 사실을 인정하게 되었다. 정원 창문을 덜컹거리고 커피잔을 받침 위에서 불안정하게 흔드는 그것을 얘기하지 않기란 힘든 법이었다.

"세상에." 마침내 내가 말했다. "아침에 전쟁을 하려면 좀 조용히 할 것이지."

"저도 동감입니다." 맥버니 상병이 유쾌하게 받아쳤다. "창과 칼을 들고 싸우던 옛날로 돌아가면 좋겠어요. 그렇게 되면 아일랜드 사람이 세상을 지배할 테니까."

"정말 그렇게 생각하세요, 맥버니 씨?" 해리엇 선생님이 놀라 물었다.

"그럼요. 의심의 여지가 없습니다. 아일랜드 사람보다 맨 주먹

각개전투에 강한 민족은 없으니까요. 영국인들을 동굴이나 나무 꼭대기에 숨게 만들었던 로마 군대를 우리가 꼼짝 못하게 만들지 않았습니까? 우린 앵글족과 색슨족과 주트족, 픽트족과 갈리아인과 고대 스칸디나비아인을 물리쳤고, 노르만족에게도 꺾이지 않았어요. 암요, 그렇고말고요, 선생님. 화약만 아니었다면 영국제도의 지도는 지금과는 달랐을 겁니다. 화약이 우리를 파멸시켰어요."

그의 말에 내가 한마디 거들었다.

"재미있는 이론이네요. 그 이론에서 조금 더 나아가보면, 다른 재미있는 결과들도 점처볼 수 있지 않을까요. 당신네 연방군 군대는 지금 버지니아까지 오지도 못했을 거예요. 이 전쟁에서 그리스인과 로마인 들이 사용했던 무기만 사용해야 했다면 말이에요."

"정말 그래요. 바로 어제, 그토록 압도적으로 우세한 적군에 대항하여 싸우는 용맹스러운 여러분의 군대를 바라보면서 저도 같은 생각을 했습니다. 길이 하나 있었는데, 우린 그 길을 건너라는 명령을 받았어요. 우리 부대 전체가 그 길을 건너야 했는데, 남군 병사 몇 명이 그 길을 방어하고 있었지요. 제가 보기에는 조지아 주 사람들인 것 같던데……."

"저도 조지아 주 출신이에요. 조지아 연대에는 이제 더 이상 친척들이 없지만요." 어밀리아가 그에게 말했다.

"조지아 의용군 71연대였었나요? 아니면 74연대였나요? 그 연대는 우리 아버지의 여단에 속해 있어요. 아직 서부에서 롱스트릿 장군과 싸우고 있을 수도 있지만요." 내가 물어보자 마리도 질세라 한마디 덧붙였다.

"만약 조지아 제23연대라면…… 아저씨가 우리 필립 삼촌을 쏘았을 수도 있겠네요. 우리 삼촌은 메이컨에 사는데 전사하지 않았다면 분명히 그 연대에 있을 거예요."

"솔직히 말하자면, 어느 부대인지는 나도 잘 몰라요. 말하지 않았어요. 어쨌든 조지아 사람들은 양키가 그 길을 지나가는 것을 결코 용납하지 않겠다고 작정했더군요. 하나님께 맹세코, 아니, 조지아 사람에게 맹세코, 용납하지 않았어요. 바위나 쓰러진 나무 뒤에 숨어 있다가 우리 쪽 정예부대원 열두 명을 막아냈어요. 우리 뒤로 바로 포병부대가 따라왔고, 우리는 전선의 다른 구역에 지원 병력으로 투입되어서 조지아 의용군들이 아직도 버티고 있는지 알 수 없었어요. 지금은 차라리 그랬으면 좋겠다는 생각도 들고요."

"충성스러운 북군 병사가 그런 생각을 하시다니요." 자기가 나서야 할 것 같은 생각이 들었는지 마사 선생님이 말했다.

"세상에, 마사 선생님." 앨리스가 호들갑을 떨며 말했다. "이분은 우리 병사들에게 경의를 표하는 거잖아요. 맥버니 상병은 부대를 지휘하는 위치에 있던 게 아니라서 우리 병사들이 버텼건 못 버텼건 이분과는 상관없는 일일 것 같아요. 안 그런가요?"

"그렇게 볼 수도 있죠." 그가 앨리스를 향해 눈꺼풀을 파르르 움직이며 말했다. 나는 그가 벌써 앨리스를 눈여겨보고 따로 분류했다고 생각했다. 대부분의 어린 소녀들은 맥버니 상병 같은 남자에게 윙크를 받으면 모욕적이라고 생각하겠지만, 앨리스 심스는 그런 일이 일어나기를 기대하는 애다.

"정말 그렇습니다, 여러분. 연합군을 폄하할 생각은 전혀 없습니다. 그들 중에도 훌륭하고 용맹스러운 군인들이 많으니까요. 다만 장비가 투입되면서 전쟁의 재미가 사라졌다는 얘길 하는 겁니다. 천 년 전이나 그 이전만큼 전쟁이 재밌지 않아요. 정말이지, 예전엔 기분이 아주 달랐을 거예요. 말을 타고 전쟁터로 달려나가서 면갑과 갑옷 뒤에 몸을 숨기고, 손가락 몇 개나 한쪽 귀, 파인 헬멧, 일주일 혹은 이 주 동안 욱신거리는 머리보다 더 끔찍한 부상을 당하지 않기 위해 오직 팔의 힘과 눈의 날렵함에 의존해서 싸우죠. 만일 그런 일을 당하더라도 나보다 더 센 사람에게 당했다는 위로 는 얻을 수 있었을 거예요. 삼 킬로미터 혹은 그보다 더 멀리 떨어 진 곳에서 꿈지럭거리며 대포 밧줄을 묶고 있는, 비쩍 마르고 신경 질적인 포목점 판매원한테 당한 게 아니란 거죠. 아, 여러분, 저는 어제 진흙탕이 된 길을 지키는 남부의 병사들을 보면서 그것이야 말로 과거 영웅들로부터 전해 내려온 가장 숭고한 전통임을 깨달 았습니다. 밖에 있던 병사들이 박격포 한두 문, 혹은 삼 인치 대포 한 문만 가지고 있었다 해도 트로이 목마 뒤에 숨어 있던 병사들 은 하룻저녁을 못 버텼겠지요. 아마 인류의 역사와 문학은 완전히 달랐을 겁니다. 그 그리스 친구가 쓴 그 책이 뭐였지요?"

"호메로스의 《일리아드》예요." 에드위나 모로가 대답했다. 그를 바라보는 그녀의 눈이 반짝였다.

"맞아요. 첫날부터 도시가 무너져 내렸다면 그런 줄거리는 나올 수 없었겠지요. 요즘에는 작가들이 전쟁에 관한 시를 쓰지 않아요. 놀라운 일도 아니죠. 기계에 파괴당하는 것은 전혀 시적이지 않으 니까요……."

자신이 경솔하게 대화에 끼어들었다는 듯 그가 잠시 말을 멈추 고 시선을 내리깔더니 다시 음식을 먹기 시작했다.

"재미있군요. 아주 재미있어요." 마사 선생님이 말했다.

"정말 재미있네요. 아주 철학적인 관점이네요, 맥버니 씨." 해리 엇 선생님도 한마디 거들었다.

"감사합니다, 선생님." 그가 겸손하게 말했다. "일상의 경험 속에서 유용한 교훈을 얻으려 노력하고 있습니다." 그리고 그 악마 같은 인간이 커피잔을 들며 나에게 윙크했다.

건달 같으니라고, 이 뻔뻔한 붉은 머리 건달.

그는 보리죽 세 그릇, 옥수수빵 네 덩이와 당밀, 고기 기름을 곁들인 비튼 비스킷* 열두 개, 도토리 커피 예닐곱 잔으로 이루어진 식사를 하면서 나를 포함하여 그곳에 있던 모든 사람들을 매혹시키는 데 성공했다. 그때 고민해볼 시간을 갖지 않고 바로 표결을 진행했다면, 맥버니 상병은 우리 학교에 영원히 머무는 것으로 판결이 났을 것이다.

물론 첫 번째 아침 식사 이전에 이미 그렇게 투표했을 학생들도 있었다. 덜 떨어진 아이들 몇 명은 맥버니 상병에게 지나친 환상을 품고, 예쁘게 보이려고 치장을 했다.

에드위나도 그중 한 명이었다. 그런 하찮은 일에 동참할 애가 아니라고 생각했는데, 아침 식사에 가장 좋은 브로케이드 드레스를 입고 나타났다. 앨리스는 말할 것도 없다. 고가의 드레스는커녕 옷도 몇 벌 없는 주제에 싸구려 보석들로 이뤄진 반지와 팔찌로 치장하고 나타났다. 아마도 제 엄마가 쓰던 물건들이겠지.

이런 신나는 일에 결코 빠질 리 없는 꼬마 마리는 비취 귀고리를 하고 길거리의 난쟁이 여자처럼 으스대며 들어섰다. 마사 선생님이 볼썽사납다며 귀고리를 빼든지 당장 나가라고 호령하지 않았다면, 그 꼴로 식탁에 앉아 있었을 것이다. 마리는 불손한 태도를 보이며 귀고리를 뺐고, 식사를 하는 내내, 그리고 식사가 끝난

---

* 1800년대 미국 남부에서 만들어 먹던 비스킷으로, 보통 비스킷에 비해 딱딱하고 바삭거린다.

뒤에도 퉁명스럽고 예의 없는 태도로 앉아 있었다.

"우리 모두 오늘 아침에 큰 교훈을 얻은 것 같구나. 사람을 너무 쉽게 판단해선 안 된다는 교훈 말이야." 해리엇 선생님이 말했다. 그러자 맥버니 상병이 침착하게 말했다.

"어떤 인간이건 그가 입고 있는 군복 빛깔 이상의 무언가를 가지고 있죠. 그렇게 생각하면 피부색도 마찬가지입니다."

그 말을 하면서 그는 우리를 차례로 보았다. 아마도 우리의 반응을 살피려는 것 같았다. 양키들은 남부 사람들이 오직 그 생각만 하는 줄 아는가 보다. 도토리 커피를 들고 매티가 들어서는 순간, 그가 자신의 탐색을 멈추었다.

"당신은 이 상황에 대해 그렇게 생각하시나요?" 그가 매티에게 물었다. 나는 그가 '매티 양'이라고 덧붙이려다가 자기가 있는 곳이 어디인지를 깨닫고 생각을 고쳤다고 맹세할 수 있다.

"난 그런 것들은 생각하지 않아요." 매티가 자기 기준에 못 미친다고 생각하는 백인들을 대할 때 쓰는 말투로 바로 대답했다. "오직 하나님만이 우릴 아시지요. 오직 하나님만이 우리를 제대로 평가하시고요. 다정한 얼굴 속에도 엄청난 증오가 있고, 결코 웃지 않는 얼굴 속에 넘치는 사랑이 있다는 걸 하나님은 아시니까요."

"아멘."

놀랍게도 에드위나였다. 식사 시간 혹은 기회가 주어질 때마다 우리에게 무상으로 제공되는 매티의 조언에 에드위나가 호응하는 것을 여지껏 한 번도 본 적이 없었다. 그러고 보면 에드위나가 매티에게 호의적인 말을 한 기억 자체가 없었다. 하긴 에드위나가 그 누구에게도 호의적인 말을 한 적이 없다는 사실을 생각해보면 그리 놀랄 일도 아니었다.

아침 식사 파티는 그 직후에 끝났다. 마사 선생님은 축복을 기원했고, 우리의 손님은 그녀의 지시대로 우리와 함께 고개를 숙이고 묵상했다. 그의 묵상이 종교적인 내용인지 혹은 다른 주제인지는 알 수 없었다.

"북부 막사에서는 기도를 열심히 하나요, 맥버니 씨?" 해리엇 선생님이 일어서며 물었다.

"거의 안 합니다, 선생님. 전투 전날 저녁에는 카드놀이와 욕설과 잡담뿐이지요. 독실한 기독교 신자의 발에 걸리지 않고는 담요에서 일 센티미터도 벗어날 수 없는데도 말입니다."

"남부도 같은 상황일 거라고 생각하세요?" 에드위나가 그에게 물었다.

"그런 것 같습니다." 진지한 눈빛으로 그녀를 바라보며 그가 말했다. "한 가지 다른 점이 있다면, 남부의 병사들은 자기들이 무얼위해서 싸우는지 알고 있기 때문에 양키들보다 자신들의 사명에대해 더 많이 생각하겠지요."

"맥버니 상병은 무엇을 위해 싸우는지 알고 있었나요?" 내가 물었다.

"이렇게 말씀드리지요. 알고 있다고 생각했는데, 차를 타고 메릴랜드로 출발하던 그날 이후 의심이 생기기 시작했다고."

"왜 생각이 바뀌었나요?" 마리가 궁금해했다.

"우리가 침입자라는 사실 때문이죠." 그가 즉각 대답했다. "양키들이 내세우는 명분의 장점이 뭐건 간에 우리가 침략자라는 사실을 부정할 순 없어요. 수세기 동안 침략자들 발아래 짓밟혔던나라에서 태어난 사람으로서 저는 이 원정에 대한 열정을 잃기 시작했어요. 그게 하나님의 진실입니다, 여러분. 진지하게 말씀드리는 거예요."

그는 모든 질문에 완벽한 대답을 갖고 있는 것 같았다. 그가 실제로 자신이 하는 말을 믿고 있는지, 아니면 우리와 기분 좋게 지내기 위해 사탕발림을 하는 건지 알 수 없었다. 그래서 나는 다른 아이들이 일어설 때 조금 뒤로 처지면서 그를 자세히 관찰해보기로 했다. 꼬마 마리도 뒤에 남아 잠시 기다렸다.

"제가 충고 하나 할게요. 여기서 하는 기독교식 기도에 너무 얽매이지 마세요." 마리가 최대한 낮은 목소리로 그에게 말했다.

"그걸 피하는 가장 좋은 방법이 뭘까?" 그가 그녀의 어깨 너머로 나를 향해 엷은 미소를 지으며 물었다.

"완전히 피할 수는 없어요. 어느 정도는 따라줘야 해요. 마사 선생님이 좋아하는 길고 따분한 기도가 시작되면, 양을 세거나 성모송 같은 걸 외워보세요. 대놓고 무시하면 안 돼요. 그래도 너무 몰두하진 마세요. 그러다가 신앙을 잃을 수도 있으니까요."

"정말 고맙다. 신경 써줘서 고마워." 그가 침착하게 말했다.

"고마워하실 필요 없어요. 이교도와 맞서 싸우려면 우리가 힘을 합쳐야 하니까요." 그 말을 하고 메리는 나를 외면한 채 가버렸다.

"아! 보아하니 다음 차례이신 것 같은데, 나한테 해줄 충고가 또 있나요? 혹시 방금 꼬마 아가씨가 말한 그 이교도라면 너무 가까이 오진 마세요." 그가 유쾌하게 내게 말했다.

"저 아이의 충고를 지침으로 삼을 생각이라면, 해가 지기도 전에 엄청난 곤욕을 치를 가능성이 높아요. 마리는 다른 사람들에게 처신하는 법을 가르치려 하지만, 정작 본인은 늘 말썽을 일으키거든요."

"그저 늘 접하는 참견꾼 병사려니 생각하려고요. 처음 본 순간

간파했어요." 그가 웃으며 말했다.

"여기서 당신의 종교를 문제 삼을 사람은 아무도 없어요."

"알아요. 솔직히 전 어떤 종교에 대해서도 그리 확고한 생각을 갖고 있진 않아요."

"무엇에든 확고한 생각을 갖고 있는 게 있나요?"

"무슨 뜻이죠?"

"마음을 다해 믿는 신념이나 사명이 있나요? 기꺼이 죽을 수도 있는 그런 게 있나요?"

"솔직히 말하면……. 그런 건 없는 것 같습니다. 사람을 제외하면요. 나의 어머니라든가, 나와 가깝게 지냈던 여자라든가. 그들을 지키기 위해서라면 기꺼이 나 자신을 희생할 수 있어요. 군복을 입었다고 해서 누구나 그 군복에 자기 피를 흘릴 수 있는 게 아니라는 건 아시잖아요. 솔직히 이 전쟁에 참전하는 사람들 중에서 죽을 작정으로 진격하는 사람은 없을걸요. 그게 북군이긴 남군이건 상관없이 말입니다."

"맞는 말씀 같아요. 저희 아버지도 피할 수만 있다면 목숨을 버리고 싶지 않을 거예요. 그렇다고 필요에 의해 기꺼이 죽을 수 있다는 걸 부정하는 건 아니지만요. 우리 남부 병사들의 용맹함에 대해 말씀하시는 걸 보니, 편을 잘못 선택하신 것 같네요."

"그 생각은 나도 여러 번 했어요." 맥버니 상병이 흔들림 없는 눈빛으로 말했다.

"이 전쟁의 내막을 알게 되고 이 모든 일을 북부 연방군이 시작했다는 사실을 깨닫기 시작하면서 그런 생각이 들더군요. 배에서 내릴 때만 해도 아무것도 몰랐어요. 싸움이 붙었다는 얘기는 들었지만, 어떤 싸움이었는지 몰랐던 거죠. 내가 보기엔 이 편이나 저

편이나 다를 게 없어 보였어요. 뉴욕 브로드웨이에 남군 징병 사무소는 없었고요."

"그럼 아무 생각 없이 재미 삼아 북부 연방군에 가담했다는 뜻인가요?"

"그렇다고 봐야죠." 그가 침착하게 말했다. "물론 징집관들한테 좋은 말을 듣긴 했어요. 남부 사람들이 흑인들을 고문하고 학대한다는 말이었죠."

"그건 악랄한 거짓말이에요!" 내가 화를 내며 소리쳤다.

"난 그게 사실인 줄 알았어요. 내 눈으로 직접 보지 못했으니까요. 그런데 이 집에 있는 매티라는 여자는 좋은 대우를 받고 있는 것 같네요."

"그렇고말고요. 다른 사람들도 마찬가지예요. 사우스캐롤라이나의 우리 집에 있는 흑인들은 가족이나 다름없어요."

"실제로 피가 섞였다는 뜻인가요?"

"아뇨, 물론 그런 건 아니에요. 다만 우리와 똑같은 대우를 받는다는 거죠."

"하지만 그 사람들하고 결혼을 하진 않잖아요."

"당연히 안 하죠."

"하지만 내가 듣기로는 남부 사람들 중엔…… 검은 피가 흐르는 혼혈이 있다고 하던데요."

"하층민들 중엔 그런 사람들이 있을 거예요. 하지만 우리 남부 사람들 대부분은 피부색이 어떻건, 다른 어느 곳의 사람들과 마찬가지로 훌륭한 사람들이에요."

"아, 그건 알고 있습니다. 그 점에 대해서는 날 설득하려고 애쓸 필요 없어요. 내 말은 내가 전쟁이 일어난 내막을 잘 알지 못했다

166

는 거예요. 그걸 알았다면 난 뉴욕이 아닌 찰스턴행 배를 탔을 거고요."

"그럴 순 없었을 거예요. 찰스턴은 지금 봉쇄되어서 항구로 배가 들어가기 무척 힘들거든요. 하지만 정말 우리 편으로 전향할 생각이 있으시다면, 방편을 마련해줄 수 있어요. 제가 아버지한테 편지만 쓰면 곧바로 해결해주실 거예요."

"친절하시군요." 그는 진심으로 감사하는 것처럼 보였다. "그 제안을 정말 받아들여야 할지도 모르겠습니다……. 일단 다리가 회복되고 나면요."

"제가 바로 아버지한테 편지를 쓰고, 답장을 기다리는 동안 회복하면 될 거예요."

"그렇겠네요. 하지만 찬찬히 생각해볼 시간을 주세요. 변절자가 되는 건 유쾌한 일이 아니니까요. 물론 사람이 평생 한 번은 정직한 실수를 저지를 수 있다고들 하지만요. 어쨌든 그 제안은 신중하게 검토해보고 싶어요. 이해하시죠?"

"네, 이해하고말고요. 그게 현명하다고 생각해요. 마침 '변절자'라는 말을 직접 언급해주시니 다행이네요. 저도 변절자라는 말은 좋아하지 않지만, 말씀하신 것처럼 정직한 실수는 만회할 수 있을 거예요."

"좋아요, 그럼. 우리가 합의에 도달한 셈이네요. 제가 충분히 생각해보고, 그러니까 다리의 통증이 멎어서 제 머릿속이 선명해지는 대로요. 미천하나마 당신의 아버지에게 봉사할 수 있게 해주십사 부탁드리겠습니다. 그럼 당신이 펜을 들고 근사한 편지 한 줄을 써주세요. 그래도 괜찮으시겠습니까?"

"좋아요."

"좋습니다. 이제 아까 하던 얘기로 돌아가서 혼혈들은 어떤가요? 그 사람들이 백인들 세계에 받아들여지고 있나요?"

"아뇨!"

"절대 안 되나요? 검은 피가 아주 조금 섞인 경우에요. 말하자면 4분의 1이라든가 아니면 8분의 1, 그보다 더 적은 경우라도."

"그래도 흑인으로 여겨요."

"하지만 그들을 함부로 대하진 않는다면서요."

"절대 그러지 않아요. 노예 중에서 혼혈들은 아주 높이 쳐주니까요. 식모라든가 집사 같은 일을 맡기죠."

"그렇군요. 알겠습니다."

"정작 학대하는 사람은 양키들이에요. 물론 그 사람들은 절대 그렇지 않다고 하겠지만요. 바로 이곳 버지니아의 웨스트모어랜드 카운티를 비롯한 여러 곳에서 기병대가 습격해서 집을 불태우고, 흑인과 가축 들을 훔쳐가고, 여자와 아이 들을 학대했어요."

"그런 짓을 하는 놈들은 교수형에 처해도 모자랍니다."

"그렇게 생각하신다니 마사 선생님과 해리엇 선생님이 기뻐하시겠네요."

"당신은 날 어떻게 생각하는데요?"

"이전보다는 좋게 생각하게 됐어요."

"실은 어제 이 집에 왔을 때, 혼잣말을 했어요. 저 장밋빛 뺨의 아가씨가 이 학교의 리더라고. 그 아가씨한테 날 팔아야겠다고."

"뭘 판다고요?"

"나 자신을요."

"왜 당신을 나한테 팔아야 한다고 생각했죠?"

"맥버니란 사람을 통째로 판다는 게 아니라 내가 당신을 해칠 생각이 없다는 사실을 판다는 거죠."

"어제 당신은 그런 식으로 우릴 평가할 만큼 정신이 또렷하지 않았어요."

"그럴 정신이 없었죠. 그건 아주 순간적인 생각이었어요. 이런, 또 내 말을 의심하고 있군요."

"제 이름은 에밀리 스티븐슨이에요."

"스티븐슨…… 아일랜드 이름인가요?"

"영국요."

"아, 하지만 몇 세대를 거슬러 올라가면……."

"우리 가족은 사우스캐롤라이나에서 아주 오래 살았어요. 제 증조할아버지는 워싱턴 장군 휘하에서 싸우셨고요."

"영국에 맞서 싸웠다고요? 이제 보니 우린 공통점이 있군요. 안 그래요?"

"영국과 싸우는 전쟁에 나간 적은 없잖아요."

"없지만 그러고 싶어요. 제가 참전하고 싶은 전쟁은 바로 그런 전쟁이에요. 만약 그런 전쟁이 벌어지고 있다면요."

"영국은 지금 거의 우리의 동지나 마찬가지예요. 밀항선을 통해 영국에서 많은 물건들이 들어오고 있어요."

"물론 그들 중에도 괜찮은 사람들은 있어요. 내가 보기에 평범한 시민들은 어디서나 똑같아요. 왕과 여왕, 고고한 백작이나 영주들이 끊임없이 문제를 일으키는 거죠. 그들은 한번 움켜잡은 영지를 한 조각도 내놓으려 하지 않아요. 이 땅을 잃어서 가슴이 미어졌겠죠. 그런데 지금은 아일랜드를 잃을까 봐 두려워하고 있어요."

"그러니까 그게 바로 당신이 온 마음을 바치는 대상이군요. 당신의 조국."

"어쩌면요. 그렇게 말할 수도 있겠네요."

"다행이네요. 저는 인간은 누구나 무언가에 헌신해야 한다고 생각해요. 그러지 않으면 인간으로서 가치가 없다고 생각해요."

"당신에게 헌신하는 사람은 아주 운이 좋은 남자겠네요."

"고맙습니다."

"진심입니다. 당신은 고상하고 정직하게 말하는 반듯한 아가씨예요. 세상의 수많은 여자들은 천성적으로 사람을 기만해요. 자기들도 어쩔 수가 없는 거죠. 그들은 말과 생각이 다르고 남자들을 잘못된 길로 인도하면서 그런 행동을 아무렇지도 않게 생각해요. 하지만 당신은 그런 여자가 아니라는 느낌이 들어요. 당신은 아주 정직한 여자인 것 같아요."

"그랬으면 좋겠어요. 그동안 정직하지 못할 이유가 없었어요."

"이유가 있건 없건 당신은 마찬가지일 거예요. 당신을 보면 누가 떠오르는지 알아요, 에밀리? 내 고향의 소녀들이 떠올라요. 당신의 눈빛은 너무도 확고하고 차분해요. 당신은 단정하고 정결하고 건강해 보여요."

"그 형용사들을 칭찬으로 받아들일게요."

"칭찬으로 한 말이에요, 에밀리. 제가 한 가지 말씀드리죠. 당신이 날 믿는지 안 믿는지 모르지만요, 에밀리. 만약 이 집에서 제가 단 한 사람을 믿어야 한다면, 그 사람은 바로 당신일 거예요."

"다시 한 번 감사드려요. 하지만 아직 이 집 사람들을 다 못 만났잖아요, 안 그래요?"

"거의 다 만났어요. 그리고 살펴보았죠. 다 좋은 사람들이지만, 그 사람들 중 누구도 당신처럼 솔직한 사람은 없는 것 같아요. 만

약 당신이 어떤 남자에게 그의 곁을 지키겠노라고 말한다면, 그
남자는 그 말을 믿어도 될 거예요."

"진심이 아닌 말은 하지 않으니까요."

"내 말이 그 말이에요. 하지만 아직 물건을 살 준비는 안 된 거
예요, 그렇죠?"

"거의 준비가 된 것 같아요."

"좀 더 생각해봐요, 에밀리. 내가 장담하는데 나쁜 거래는 아닐
거예요. 당신은 좋은 친구를 사는 거예요. 만약 그게 조금이라도
가치가 있는 거라면요. 당신은 그 문제를 생각해보세요, 에밀리.
그동안 나는 당신 아버지에게 편지를 쓰는 문제에 대해 생각해볼
게요."

매티가 접시를 치우러 응접실로 들어섰다.

"해리엇 아가씨가 프랑스어 수업을 받으러 서재로 오라시네요.
그리고 마사 아가씨가 오늘은 아무도 이 양키를 귀찮게 하지 말라
고 하셨어요."

"미안. 내가 수업을 빠지고 있는 줄도 몰랐네. 제가 귀찮게 해드
렸다면, 그것도 미안해요."

"당신은 결코 날 귀찮게 할 수 없어요, 에밀리."

그가 마치 우리 남부의 병사처럼 씩씩하게 말하고는 미소를 지
었다. 그러나 이번에는 윙크를 하지 않았다.

이제 와서 고백하건대, 응접실을 나서면서 나는 평소에는 천하
다고 생각했을 감정을 느꼈다. 그것은 정확히 그 감정이었다. 물
론 당시에는 그런 감정을 느낄 만한 이유가 충분하다고 생각했지
만 말이다. 나는 맥버니 상병을 받아들여도 될지 확신이 없었다.
그래서 응접실 문 옆에서 그가 매티에게 내 얘기를 하는지 기다려

보았다.

"아주 훌륭한 아가씨네요."

"저런!" 매티가 말했다.

"아주 훌륭한 아내가 될 거예요. 이 학교에 있는 모든 아가씨들 중 가장 훌륭한 아내가 될 거예요."

"에밀리 아가씨는 양키랑 결혼할 생각이 없을 텐데요."

"그런 뜻이 아닙니다. 내가 감히 넘볼 여자가 아니에요. 그건 분명해요. 내가 명석한 두뇌와 잘난 외모를 지녔다지만, 그런 경쟁에 뛰어들 만한 재력이 없어요. 내가 말하고 싶은 건, 만약 어떤 남자가 여자를 고르러 이곳에 온다면 에밀리 양을 가장 먼저 선택할 거란 뜻이에요."

"그건 별로 옳은 일 같지가 않네요. 에밀리 아가씨와 이곳에 있는 다른 아가씨들을 그런 식으로 얘기하는 것 말이에요."

물론 옳은 일은 아니었지만 정말 우스웠다. 맥버니 상병은 그다지 세련되지 못한 방법으로 내게 할 수 있는 모든 칭찬을 했다. 단한 가지, 예쁘다는 말만 빼고. 하지만 그가 그 말을 했다면 나는 그가 정직하지 않다고 생각했을 것이다.

나는 더 기다리지 않고 서둘러 서재로 갔다. 삼 년 동안 내가 수업에 늦은 건 그날이 처음이었는데, 이상하게도 수업 걱정이 되지 않았다.

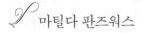 마틸다 판즈워스

그는 전날 밤에 죽을 고비를 넘긴 남자치고는 상당히 쾌활해 보

였다. 에밀리 아가씨가 막 나간 뒤였고, 나는 그릇을 치우려고 응접실에 갔다. 그는 에밀리 아가씨가 밖에서 듣고 있는지 어떤지 몹시 궁금해하는 것 같았다. 그녀가 복도에 서 있는지 보려고 소파 가장자리로 몸을 숙였다.

그는 에밀리 아가씨에 대해 좋은 말을 하더니 그다음엔 별로 좋게 들리지 않는 질문을 했다. 다른 사람이 그런 질문을 했다면 그러려니 했을 거다. 하지만 이 집에 온 지 하루도 채 안 된 손님이 한 질문이라 영 마음에 걸렸다.

"여기 있는 처녀들 중 누가 가장 돈이 많아요?" 그는 분명 그렇게 말했다. '숙녀' 혹은 '아가씨'라고 부르지 않고 유색인종들이나 쓰는 말을 썼다.

"여기 있는 숙녀분들은 돈을 갖고 있지 않아요. 가족들이 학비로 보내주는 돈 외에는요. 어린 숙녀들은 돈을 갖고 있지 않으니까요."

"그럼 누구네 집이 가장 부자인가요?"

"몰라요."

"스티븐슨?"

"어쩌면요. 난 몰라요."

"날 여기로 데려온 어밀리아인가 하는 애 말이에요, 걔네 집도 돈이 좀 있는 것 같던데……."

나는 너무도 화가 나서 목소리를 키워야 했다.

"돈이 없는 집 같으면 이런 학교에 못 오겠지요! 여긴 훌륭한 학교니까요!"

"하지만 여기 있는 여자애들이 다 훌륭한 건 아니잖아요, 안 그래요?"

"이런 일에 허비할 시간 없어요. 난 할 일이 많아요."

"미안해요, 매티. 다른 뜻이 있는 건 아니에요. 내가 워낙 호기심이 많은 데다 한꺼번에 젊은 처녀들을 여럿 만나다 보니…… 더욱이 달리 생각할 게 없다 보니 문득 궁금해지더라고요. 우리끼리하는 얘긴데, 내가 몇 가지 추측을 할 테니 맞는지 말해줘요. 굉장히 예쁜 금발 여자애 있잖아요, 이름은 앨리스고요. 그 아가씬 좋은 집안 출신이 아니죠?"

"난 몰라요. 마사 아가씨가 아량을 베풀어서 이곳에 있는 거니까요. 마사 아가씨가 괜찮다면 저도 괜찮아요."

"그럴 거라 생각했어요. 그리고 에드위나 모로도 좋은 집안 출신이 아니죠? 어서 말해줘요, 어서."

"돈은 에드위나 아가씨의 아버지가 가장 많을걸요."

"그걸 물어본 게 아니에요. 에드위나의 집안이 좋은지 아닌지 그걸 말해달라고요."

"더는 한마디도 하지 않겠어요. 알고 싶은 게 있으면 마사 아가씨나 해리엇 아가씨한테 물어보세요."

"그 사람들은 집안이 훌륭하죠."

"훌륭하다마다요! 이 집안이 훌륭하지 않다는 말은 입 밖에도 내지 마세요."

"그런 말은 절대 안 해요, 매티. 부탁인데, 부상당한 사람을 때리진 마요. 그냥 장난을 좀 친 것뿐이에요, 우리 사랑스러운 매티. 집안이 좋건 말건, 돈이 있건 없건, 난 상관하지 않아요. 오늘 여기 있는 것, 폭풍을 피해 안전하게 있는 것에 감사할 뿐이죠. 나도 좋은 집안 출신은 아니에요, 매티. 만약 출신으로 사람을 판단할 거라면 말이에요. 나는 땜장이나 집시처럼 보잘것없는 사람들의 후

손이에요. 땅도 없고, 재산도 없고, 불가에서 가장 멀리 앉아야 해서 커다란 글씨로 쓰인 성경책조차 읽을 수 없어요. 차가운 밤에 등이 따뜻했던 적도 없어요."

"말씀 한번 재밌게 하시네."

"난 아주 재미있는 사람이에요, 매티. 하지만 해를 끼칠 생각은 전혀 없답니다. 난 떠돌이 방랑자이고, 황당한 꿈을 꾸는 몽상가이고…… 엄청난 거짓말쟁이이기도 해요. 나는 눈에 뜨이지 않게 돌아다니죠. 지금 당장 사라진들 아무도 찾지 않아요. 하지만 내 말 믿어요, 매티. 악의는 조금도 없다고요. 혹시 담배 있어요, 매티?"

"뒷마당에 한 뙈기 정도 자라고 있을 거예요."

"담배 수확은 안 하나요? 널어서 말려놓은 거 없어요?"

"파이프는 있으시고?"

"어디선가 잃어버렸어요. 당신 걸 쓸게요, 매티."

"확실히 좋은 집안 출신은 아니시네."

그 대목에서 그가 자지러지게 웃었다. 참 이상한 사람이다.

"만약 예수 그리스도가 이리로 걸어 들어와서 담배를 한 대 달라고 하면 매티는 뭐라고 할 거예요? 이렇게 말하겠죠? '어이, 예수님, 좋은 집안 출신은 아니시네!'"

그가 다시 웃기 시작했다. 얼마나 미친듯이 웃는지 나도 따라 웃을 수밖에 없었다.

"조금 있다가 해리엇 아가씨한테 낡은 파이프가 있는지 물어보세요." 내가 숨을 고르고 나서 그에게 말했다. "아가씨 아버지나 로버트 도련님이 사용했던 낡은 파이프가 있을 지도 몰라요."

"고마워요, 매티. 로버트가 누구죠?"

"마사 선생님과 해리엇 선생님의 남자 형제예요."

"죽었나요?"

"그게…… 마사 아가씨는 도련님이 돌아가셨다고 생각하세요. 작년에 저 숲에서 벌어진 전투에서 전사했다고요."

"챈슬러즈빌"

"양키들이 뭐라고 부르는지는 몰라요. 우린 숲속의 전투라고 불러요. 요즘엔 첫 번째 숲속 전투라고들 부르는지도 모르겠네요."

"왜 마사 선생님만 그가 죽었다고 생각하죠? 그가 속한 부대에서는 그의 생사를 알고 있을 텐데."

"그 사람들이 아는지 모르는지 모르겠어요."

"처음에 실종된 걸로 보고되었다고 해도 벌써 일 년이나 지났잖아요. 당신네 육군부에서 어떤 식으로든 기록을 갖고 있을 텐데요. 전사했다거나 아니면 포로가 되었다거나."

"그게 어떻게 된 거냐 하면, 로버트 도련님은 자기 이름으로 입대하지 않았을 수도 있거든요."

"왜 그런 짓을 하죠?"

"마사 아가씨가 자기 행방을 아는 걸 원치 않았으니까요."

"만약 그랬다면 아직 죽지 않았을 수도 있겠네요. 아무도 찾지 못하는 곳으로 달아난 것일 수도 있어요."

"당신처럼요?"

"그게 무슨 뜻이에요, 매티?"

"당신도 달아났잖아요, 안 그래요? 우리 말고는 당신이 여기 있다는 걸 아무도 몰라요. 앞으로도 영원히 모를 수 있어요."

"그렇겠네요. 멋지지 않아요? 매혹적인 어린 처녀들에게 둘러싸여 남은 삶을 보내면 되겠네요. 나의 모든 욕구가 충족되고, 모든 소망이 이루어지고……. 일종의 맞교환이 되는 셈이네요. 로버트 대신 제가 왔다 치면 되잖아요. 안 그래요? 마사 선생님한테 말해야겠어요."

"그 얘기는 입도 뻥긋 안 하시는 게 좋겠네요."

"그 사람들 사이에 무슨 문제가 있었던 거죠, 매티?"

"나도 몰라요."

"나한테 말하고 싶지 않은 거겠죠."

"마음대로 생각하세요."

"그럼 이것만 말해줘요. 왜 저런 미인들이 결혼을 안 했죠?"

"참 나, 질문이 엄청나게 많으시네."

"이러면서 시간 때우는 거죠."

"그렇게 캐묻기 좋아하는 사람인 거 아시면 마사 아가씨가 당장 내쫓을걸요."

"말해줘요, 매티."

"마사 아가씨는 결혼을 원치 않았어요. 해리엇 아가씨는 결혼을 원했던 적이 한 번 있었는데, 마음을 바꾸신 것 같아요."

"왜요?"

"그걸 내가 어떻게 알아요. 직접 물어보세요. 내가 그러라고 했다는 말은 마시고. 그나저나 세 살짜리 어린애보다 캐묻기를 더 좋아하시네. 난 이런 잡담이나 하고 있을 시간이 없어요. 벌써 아침나절 반이 지나갔고, 난 할 일이 무척 많다고요."

"양키가 이곳을 점령하면 이런 일은 할 필요가 없어요, 매티."

"난 그런 날을 볼 정도로 오래 못 살아요. 아무도 그만큼 오래 살지 못할걸요."

"곧 와요, 매티. 그건 당신이 태어난 것만큼이나 분명한 사실이죠. 사람들은 그날을 위대한 환희의 날이라고 부르죠. 당신은 링컨이 당신들을 위해 이곳에 놓아준 기차를 타고 북쪽으로 갈 거예요. 실크 드레스에 다이아몬드 반지를 끼고, 황금 잔에 샴페인을 마실 거예요. 링컨 대통령이 워싱턴 기차역에서 당신과 다른 흑인들을 맞이하러 나와 백악관White House까지 긴 행렬을 이끌 거예요. 아, 그때쯤이면 이름도 블랙 하우스Black House로 바뀌려나. 여하튼 당신들은 그곳에 들어가 원하는 만큼 오래 머물 거예요. 각자 커다란 침대와 실크 이불이 있는 멋진 침실을 갖게 될 거고, 백인 하녀와 집사들이 당신을 보살펴줄 거예요. 원하면 하루 종일 침대에서 뒹굴거리며 은쟁반에 담긴 식사를 가져오게 할 수도 있어요. 먹고 싶은 건 뭐든 주문할 수 있고요. 메뉴에 나와 있지 않은 것들도 주문하면 요리사가 특별히 만들어줘요. 원하면 식사 때마다 햄과 소스와 아이스크림과 닭고기를 먹을 수 있어요. 매일 저녁 당신을 위해 창밖 잔디에서 연주회가 열리고, 당신은 그저 창문 밖에다 듣고 싶은 곡을 청하기만 하면 되죠. 지그*건 찬송가건 행진곡이건 주문만 하면 뭐든 연주해주요. 그리고 잠자리에 들기 전에, 누군가 방문을 공손하게 두드릴 거예요. 방문을 열면 문 앞에 링컨 씨가 있고 이렇게 말하겠지요. '매티, 모든 게 만족스러웠나요? 혹시 진행과정에 불만이 있으신지요? 딕시에서 아주 힘든 시간을 보냈다고 들었습니다. 이제 그 시간을 보상해드리고 싶어요. 그러니 잘 생각해보시고 당신의 마음이 간절히 열망하는 게 있다면 책상 위에 있는 황금 펜으로 종이에 적기만 하세요. 거기엔 '당신의 에이브가 경의를 표하며'라고 적혀 있을 거예요. 제가 특별히 주문 제작한 펜이랍니다. 당신이 원하는 게 뭐든 종이에 적어

---

* 바로크 시대에 유행한 8분의 3박자 또는 8분의 6박자로 이루어진 빠른 서양 춤곡.

보세요. 혹시 글씨를 쓸 줄 모르거든 대문자 'X'를 쓰세요. 그 글자를 해독할 수 있는, 마음을 읽는 기계가 있거든요. 그다음엔 종이를 문 밑에 밀어놓으세요. 아침이 밝는 대로 처리하겠습니다. 그럼 이만 잘 자요, 사랑하는 매티. 푹 자고 벌레에 물리지 마세요. 내일은 오늘보다 더 멋진 하루가 될 거라고 약속해요.' 그리고 다음 날은 더 멋진 하루가 될 거예요. 이런 환희의 날, 어때요, 매티?

"완전히 돌았네."

"그런 날이 오면 나도 유색인종이라고 말할 거예요. 그래야 당신하고 축하할 수 있을 테니까. 그때 가서 딴소리하기 없기예요."

"알았어요. 이제 그만 누워서 쉬는 게 좋겠어요. 다시 열이 나는 것 같아요."

"매티, 거의 결혼할 뻔했던 해리엇의 남자친구 이름이 뭐죠?"

"하워드 윈슬로."

나는 그 말을 하고 정확히 오 분 뒤에 바로 후회했다. 그러나 그때는 그 말을 했다고 말썽이 날 것 같지 않았다. 실제로 그 일 때문에 말썽이 일어났는지는 지금도 모르겠다. 어쨌든 나는 그때 그 양키 남자에게서 아무 문제도 발견하지 못했다. 그를 두고 할 수 있는 가장 끔찍한 말이라고 해봐야 낡은 카펫을 망가뜨리는 미친 강아지 같다는 것 정도였다.

그는 꼭 그렇게 보였다. 그는 잠시도 쉬지 않고 속이고, 놀리고, 성가시게 굴었다. 때로는 어떤 문제도 진지하게 생각해본 적이 없는 사람 같았다. 그러다가 그의 모든 장난 이면에 아주 깊은 생각이 있는 것 같기도 했다. 나는 서둘러 아침 식사 그릇들을 치우기 시작했고, 때마침 해리엇 아가씨가 들어왔다.

해리엇 판즈워스

그가 우리와 함께한 첫날 아침 10시가 되어서야 나는 우리 집에 온 손님과 개인적으로 대화를 나눌 수 있었다. 마사는 아침 첫 수업으로 프랑스어와 그 나라의 문학을 가르친다. 몽테뉴의 수필이라든가, 라신의 희곡, 그리고 볼테르와 루소의 비교적 덜 무신론적인 글들이었다. 그 시간에 나는 마리 데브르에게 다른 과목을 개인지도한다. 마리는 파리 사람처럼 프랑스어를 읽고 말할 줄 알았고, 우리가 가지고 있는 프랑스어 교재를 전부 읽어치웠지만 철학에 대한 이해는 거의 없었다. 나는 마리에게 문법책 몇 페이지를 다시 읽어보게 했고, 마리가 공부하는 동안 응접실에 가서 맥버니 상병이 어떤지 살펴보기로 했다. 그의 안부에 대한 우리의 관심을 확인시켜주고, 개인적으로는 그가 건강을 완전히 회복할 때까지 여기에 머물러도 좋다고 말해줄 생각이었다. 그날 만남을 포함하여 맥버니 상병과의 만남들을 나는 최대한 정확하게 묘사하고자 한다. 내가 했던 말과 그가 했던 말을 기술할 때, 그 후에 일어난 일들이 나의 기억에 영향을 미치지 않도록 노력할 것이다. 나는 그가 말하는 방식에 대해 각별히 주의를 기울일 생각이다. 머지않아 그가 실제로 했던 말보다 그 말을 하는 방식이 더 중요하다는 것을 깨달았기 때문이었다. 매티는 우리 중 누구보다 먼저 그 사실을 간파했을 수도 있다.

"좀 어때?" 아침 식사 그릇들을 들고 나오는 매티에게 물었다.

"열이 있어요. 그보다 그자가 무슨 말을 하든 신경 안 쓰시는 게 좋을 거예요. 아예 얘기를 안 하시면 더 좋고요."

"그건 내가 판단할게, 매티." 약간 짜증을 내며 내가 말했다. 앞서도 말했듯이 매티는 우리 집 보물 같은 존재지만, 가끔은 나한테 명령하기를 좋아한다. 나이도 많고, 이 집안의 자식들보다 이 집에 더 오래 산 사람으로 떨쳐버리기 힘든 습관일 것이다. 다만 마사와의 관계에서는 결코 자신의 신분을 망각하는 법이 없었다. 내가 응접실에 들어서자 그는 눈을 감고 등을 기대어 앉아 있었는데, 입가에 머금은 미소로 보아 잠든 척하는 것 같았다. 나는 그에게 다가가 손으로 이마를 짚어보았다. 미열이 있긴 했지만 그 이상은 아니었다.

"다시 해주세요, 선생님. 느낌이 참 좋아요."

나는 그가 시키는 대로 했다.

"집에서 아팠을 때 생각이 나요. 겨울에 기관지염에 걸려 침대에 누워 있었는데……."

"어머니가 돌봐주셨나요?"

"아뇨. 낮엔 돌봐주지 않았어요. 그럴 수가 없었죠. 우리는 대저택의 한 귀퉁이에 세들어 살았는데, 아버지가 돌아가시고 난 뒤 어머니가 저택의 하녀로 들어가셨거든요. 저택의 아가씨 중 한 명이 내가 아프다는 걸 알고 날 보러왔어요. 내게 미음을 먹여주고, 따듯한 말을 해주고, 서늘한 손으로 내 이마를 짚어주었어요. 영국 여자였는데 아주 착했어요."

"물론 착했을 거예요. 그 여자도 자식이 있었겠지요."

"아뇨, 그러기엔 너무 어렸어요. 그 집의 딸이었어요. 난 여덟 살인가 아홉 살인가 그랬고, 그 여자는 나보다 다섯 살인가 여섯 살 위였어요. 가냘픈 몸에 사랑스러운 짙은 머리카락에 희고 상냥한 얼굴이었어요. 나 같은 놈한테 어울리는 여자가 아니었어요."

"나이가 너무 많았잖아요."

"그렇게 생각하세요? 나이 몇 살이 무슨 큰 의미가 있나요? 난 그런 생각을 해본 적이 없어요."

"그건 생각하기 나름이죠. 하지만 여덟 살인가 아홉 살 소년이 그런 생각을 했다는 게 놀랍네요."

"우리가 이쪽 남자들보다 조숙한 거겠죠. 어쩌면 당시에는 그런 생각을 하지 않았는지도 몰라요. 그녀의 친절이 고맙다는 생각뿐이었겠지요. 로맨틱한 감정은 나중에야 생겨났을 거예요." 그가 미소를 지었다.

"그게 더 이치에 맞네요."

"어쨌든 그 아가씨의 손이 꼭 지금 당신의 손 같았어요."

그의 말을 듣다가 내가 한참동안 그의 머리에 손을 올려놓고 있다는 것을 알아챘다. 나는 당황하여 황급히 손을 거두었다. 그가 웃었다. 다정했고 정말 재미있어하는 것 같았다. 하지만 지금은 그 웃음이 조롱의 웃음이었는지 알 수가 없다.

"열이 갑자기 올라서 손을 데었나 봐요."

"아뇨, 아니에요. 그런 게 아니었어요."

"그럼 뭐죠? 제가 당황하게 했나요? 그랬다면 정말 유감입니다. 제가 그 얘기를 하지 않았다면 제 이마를 조금 더 오래 짚어주셨을 테니까요. 그 영국 아가씨를 떠올리게 한 손의 느낌이 무척 좋았어요. 그 아가씨와 닮기도 했고요."

"내 나이 여자한테 칭찬해야 하는 부담을 느낄 필요는 없어요."

"그런 부담은 전혀 없습니다. 뭐 그리 대단한 칭찬도 아닌데요. 마음만 먹으면 훨씬 더 큰 칭찬도 할 수 있어요. 그리고 난 당신이 나이가 많다고 생각하지 않아요."

"제발요, 맥버니 상병……."

"우리 엄마뻘은 아니잖아요? 혹시 그 말을 하려던 참이었나요?"

"아뇨, 그런게 아니었어요. 생각해보면 내 나이가 그렇게 많지 않을 수도 있어요. 적어도 문명사회에서는."

"바로 그게 문제잖아요, 문명사회. 그게 바로 우리를 묶어두고 가두고 질식하게 만들죠. 당신의 내면에 문명에 길들여지지 않은 작은 영혼이 심장 벽을 두드리면서 조그만 목소리로 울부짖고 있진 않나요? '날 꺼내줘요, 해리엇 판즈워스…… 날 꺼내줘요, 내가 숨 쉬게 해줘요!'"

"맞아요, 그런 기분을 느낀 적 있어요."

"하지만 그 영혼을 결코 꺼내주지 않았죠."

"아뇨, 한 번은 그렇게 했어요."

"잘하셨어요! 그 얘기를 전부 들려주세요."

"당신한테 그 얘길 하고 싶진 않아요."

"양손을 꽉 움켜쥐고 있군요. 손을 풀었다간 다시 델지도 모른다는 듯이."

"그런 인상을 줄 생각은 아니었어요."

"물론 아니었겠죠. 농담으로 한 얘기예요. 하지만 언젠가는 당신의 영혼을 풀어주었던 때의 얘기를 해주시겠지요. 언젠가 당신이 날 더 잘 알게 되면."

"그렇게 사적인 얘기를 왜 당신한테 해야 하는지 모르겠군요."

"그런 식으로 생각하지 마세요. 난 당신의 비밀에 전혀 관심이 없어요. 그게 언제, 어떤 상황에서였든 상관없어요. 원한다면 이름과 날짜 따위를 빼버려도 좋아요. 난 그저 당신이 조심성 따위 바람에 날려버리고, 세상의 모든 신들과 폭풍우와 분노에 맞서면서

'난 해리엇 판즈워스야. 난 무슨 일이 있어도 이 일을 하고 말 거야!'라고 외쳤던 때의 이야기를 듣고 싶은 것뿐이에요. 나도 그 비슷한 얘기를 했잖아요. 안 그래요?"

"당신이 그런 얘기를 한 기억은 없는데요. 착하고 어린 아가씨가 당신을 돌봐주러 왔단 얘기만 했죠."

"아, 내가 그 얘기를 끝까지 안 했군요. 그 여자가 떠날 때, 내가 키스를 했어요."

"키스했다고요?"

"네. 너무 고마웠고, 그래서 이렇게 앉아서 그녀를 가까이 끌어당겨서…… 키스했어요."

그가 시범을 보였다. 나는 얼굴이 달아올라 뒤로 물러섰지만 솔직히 아주 빨리 물러서지는 못했다. 그건 나도 인정한다.

"어쩔 수 없었어요. 하지만 사과하지 않을 거예요. 처음에 그렇게 키스했을 때, 그러니까 그 어린 아가씨와 키스했을 때 난 후회하지 않았어요. 지금도 후회하지 않지만, 거기 서 있는 당신은 별의별 생각을 다 하겠죠. 내가 신사답지 못하고, 천박하고, 그 외에도 관습에 얽매인 말들을 하겠죠. 하지만 한 가지만 말하죠, 해리엇 판즈워스. 난 당신을 모욕할 생각이 없어요. 이 상황이 처음 그 당시, 그러니까 내가 어린아이였을 때와 똑같고, 난 처음과 똑같이 행동해야 한다고 생각했어요. 만약 내가 그래도 되냐고 물었더라면 당신은 안 된다고 했겠죠. 그래서 당신에게 묻지 않았어요. 이제 원하는 대로 하세요. 언니에게 말해도 좋아요. 당신이 원한다면 반란군을 불러 모아도 좋고요."

"그것보다 더 나쁜 일을 할 수도 있을 것 같네요."

"그게 뭐죠?"

"무시하는 거요. 아무 일도 일어나지 않은 척 무시하는 거."

"아뿔싸!" 그가 기뻐하며 말했다. 그가 꼭 그렇게 말했다고 나는 지금도 확신한다. 그때만큼은 가식이 아니었고, 내가 한 말을 진심으로 재미있어했다.

"정곡을 찌르셨군요. 내 약점을 찾아냈어요, 정말 그래요. 그러면 정말 날 납작하게 만들 수 있겠군요. 날 깔아뭉개고 꼼짝 못하게 만들 수 있겠어요. 당신이 여기서 나가버리고, 날 완전히 무시한다면 말이죠. 근데 그럴 수 있겠어요?"

"아뇨, 그럴 수는 없을 것 같아요."

"아, 그것 참 안됐군요. 하지만 나한텐 다행이죠. 한 번 더 시도해볼 수 있을 테니까요. 내일 이 시간에, 다시 한 번 해봐야겠어요."

"그럴 기회는 없을걸요."

"당신의 언니를 통해 날 막을 생각인가요? 아니면 당신의 의지로 나와 떨어져 있겠단 건가요?"

"당신은 우리 집에 온 손님이고 환자예요. 만약 내가 당신이라면, 당신의 운명이 내 언니의 손에 달려 있다고 확신하진 않겠어요."

"화가 났군요."

"당신은 천박해요…… 정말 천박해요."

"맞아요, 저는 천한 집안 출신입니다. 그건 비밀이 아니에요. 그러니 그만 돌아서서 가세요. 날 무시하세요. 다시는 이런 일 없을 겁니다, 제 말 믿으세요. 오늘 여기 온 적도 없는 척하세요. 그 어린 영국여자도 그랬어요. 엷은 미소를 띠고 스푼과 그릇을 들고 나갔고, 그 뒤로는 두 번 다시 보지 못했어요. 말을 타고 들판을 가로지를 때 멀리서 한 번인가 두 번 본 게 다예요. 그러다가 어느 날 마차를 타고 나가는 모습을 봤어요. 제복을 입은 젊고 잘생긴 남자와 함께."

"미안해요."

"아, 그럴 필요 없어요. 난 아무것도 잃은 게 없어요. 약간의 자존심만 빼고는. 수치심은 엄청난 무기예요. 전쟁이 인간의 몸에 입히는 상처보다 수치심이 인간의 영혼에 더 큰 해를 입힐 수 있으니까요."

"알아요…… 나도 알아요."

"문득 당신도 같은 기분일지도 모른다는 생각이 들었어요. 그만 가세요. 우리 둘 다 이 일을 잊는 거예요. 하지만 당분간 거울은 보지 마세요. 당신도 열이 오른 것처럼 보이니까."

"당신은 정말…… 천박하군요."

"그렇다고 했잖아요, 안 그래요? 하지만 당신이 날 친구로 삼아준다면, 저의 다듬어지지 않은 부분이 다듬어질 수도 있겠죠. 그거 아세요? 난 우리가 아주 닮았다고 생각해요. 신분은 다르지만, 우리에겐 공통점이 있어요. 자존심이 그중 하나고, 우리 둘 다 이곳에 있는 다른 사람들과 다르다는 사실이 나머지 하나예요."

"나한테 그런 게 느껴지나요?" 내가 약간 놀라며 물었다.

"느껴져요. 당신은 고급스러운 것들에 심취하는 사람인 것 같아요. 우리가 일상에서 부딪치게 되는 평범한 것들보다 평범한 사람들에게는 쓸모없거나 하찮은, 어떻게 보면 과시적일 수 있는 것들이 더 소중하죠. 내가 보기에 당신은 투박한 세상의 손길에 쉽게 깨지는 여리고 섬세한 것들을 사랑해요. 고급 도자기라든가 오래된 레이스라든가…… 얇은 크리스털 유리잔이라든가 광을 낸 상아라든가……."

"정말 그런 것들을 갖고 있어요! 중국에서 건너온 조그만 불상도 있어요. 오랜 세월동안 우리 집안에 전해 내려오던 물건이죠. 원한다면 보여줄 수도 있어요."

"그렇게 해주신다면 대단히 감사한 일이죠."

"족자에 그려진 동양화도 한 점 있어요. 수백 년쯤 된 물건인데, 어머니가 갖고 계셨던 거예요. 필리페 2세의 궁전에서 나온 것으로 추정되는 에스파냐 레이스도 있고요. 당신이 그런 물건에 관심이 있다니, 정말 기뻐요."

"정확히 말씀드리죠. 전 그런 물건에 관심이 있다고는 말하지 않았어요. 당신이 그런 걸 좋아할 것 같다고 했을 뿐이죠. 전 초가지붕 아래에서 태어났어요. 일생의 대부분을 그 집에서 살았고요. 따라서 그런 훌륭한 물건들에 대해서는 아는 게 거의 없지만, 알고 싶다는 것만큼은 인정합니다."

"그렇다면 내가 가르쳐주어야겠군요."

내가 그에게 선포했다. 지금도 난 이해할 수가 없다. 어떻게 그토록 어렵지 않게 나의 성향을 간파하고 그토록 간단하게 나의 열정을 자극할 수 있었는지. 물론 그는 자신의 수준을 끌어올리기를 열망하는 사람처럼 보였고, 그런 열정은 나의 관심을 끌기에 충분했다. 그는 실제로 자신의 역량을 향상시키고 싶었을 것이다. 그리고 그 마음만은 가식이 아니었을 것이다.

"저 테이블 위에 있는 게 시집인가요?"

존 키이츠의 시선집이었고, 표지에 큼직한 글씨로 제목이 적혀 있었다.

"시를 좋아하세요?" 그에게 시집을 가져다주며 물었다.

"아는 게 거의 없어요. 하지만 좋아하는 시는 있어요."
"당신이 알고 있는 시를 읊어볼 수 있어요?"
"셰익스피어 시를 한 편 알아요. 어디 보자…… 어떻게 되더라?"

진정한 두 마음의 결혼에 내가 절대
장애물을 인정하진 않도록 해주게.
사랑이 변화를 찾았을 때 변하거나
떠나는 사람 따라 떠나면 사랑이 아니네.
오, 아니네, 그것은 태풍을 보고도 언제나
절대 아니 흔들리는 붙박이 표식이고,
떠도는 배 모두에게 높이는 헤아려도
가치는 알 수 없는 바로 그 별이라네.
장밋빛 입술과 뺨 시간의 굽은 낫 안으로
든다 해도 사랑은 그의 놀림감이 아니네.
사랑은 짧은 몇 시간과 몇 주에 변치 않고
최후 심판 끝까지도 견디어 나가니까
이것은 우류이고 나에 맞서 입증되면
난 쓰지 않았고 인간은 사랑을 안 했다네.

"정말 멋지네요! 정말…… 정말 멋져요, 맥버니 씨."
"존이라고 불러요."
"완벽한 암송이었어요, 존."
"집에 셰익스피어의 오래된 책이 있었거든요. 사실 성경 말고는
그 책이 유일했어요. 아마 천 번은 읽었을 거예요."
"그러셨어요? 그럼 조금 더 암송해줘요, 희곡의 일부라든가."

"그럴게요. 내일이나 모레쯤이면 좀 더 잘할 수 있을 거예요. 칭찬해주셔서 감사합니다, 선생님. 선생님이라고 부르자니 정말 나이 든 사람처럼 느껴지네요. 다른 학생들처럼 저도 해리엇 선생님이라고 부르겠습니다. 해리엇 선생님, 키이츠의 시집 한 구절을 읽어주실 수 있으신지요?"

그가 다시 몸을 뒤로 젖히고 눈을 감았다. 나는 책장을 넘기다가 '그리스의 항아리에게 부치는 노래'를 골랐다. 키이츠의 작품 중 내가 가장 좋아하는 작품이다. 나는 조용하면서도 큰 목소리로 읽고는 잠시 기다렸다. 긴 침묵이 흘렀고, 이번에는 그가 진짜 잠들었을지도 모른다고 생각했다. 그때였다.

"'아름다움이 진리이며, 진리가 아름다움이니, 그것이 전부라네.' 그건 사실이에요. 정말 그래요. 물론 어떤 사람들은 그 사실을 부정하겠지만요. 대부분의 사람들은 저 밖 숲속에서 들려오는 소리라고 생각하겠지요. 그들에게 진리란 천둥이고, 불이고, 죽음일 뿐이죠. 진리가 아름다움이라고 생각하는 사람이 있다면 미친 사람일 거예요. 하지만 전 그 시인과 같은 생각입니다. 진리야말로 평화로운 방이고, 친절한 여인이라고……. 그리고 저 창밖 정원 햇살 속의 나비라고."

"선한 영혼을 가지셨군요, 존 맥버니. 비록 당신이 말한 것처럼, 다듬어지지 않은 면이 있다 해도, 당신의 영혼은 아주 아름다울 거예요." 내가 충동적으로 말했다.

나는 분명 그렇게 말했다. 만약 우리가 달력에서 하루나 이틀을 지울 수 있고, 한두 가지 사건을 지워 그 흔적을 없애버릴 수만 있다면, 나는 맥버니 상병에게 또다시 그런 말을 했을 것이다.

"아름다운 생각을 하기는 쉬워요. 나에겐 그런 생각들이 쉽게 떠오르죠. 훌륭한 시와 와인…… 그런 것들을 불러일으켜요. 당신이 정말 좋아할 것 같은 게 하나 더 있어요. 아주 귀한 와인 한 잔."

"실은 때때로 조금씩 즐기는 편이에요." 내가 시인했다.

"당신의 언니가 나에게 통증을 가라앉힐 수 있도록 와인을 한두 잔 가져다주겠다고 했는데, 아무래도 잊으신 것 같네요. 혹시 만나게 되면 얘기해주세요."

"마사가 그러겠다고 했나요?"

"네, 그랬어요. 직접 물어보세요."

"그럴 필요 없어요. 당신 말이라면 기꺼이 믿을 수 있어요. 하지만 지금 당장 와인을 가져오는 건 쉽지 않을 수도 있어요. 이 집을 여학교로 개조한 뒤로 와인 창고는 잠가두는 게 낫겠다고 판단했거든요. 창고를 잠근 뒤로는 마사가 열쇠를 갖고 있고요."

"그리고 그 열쇠를 늘 들고 다니는군요. 그렇죠?"

"항상요. 다른 열쇠들하고 같이 열쇠꾸러미에 있어요."

"그런 식으로 가르침을 주는 거군요. 질서가 깨어지는 것을 좋아하지 않겠네요."

"그럴 거예요. 안타까운 일이에요. 지하실에 아주 훌륭한 마데이라 와인*이 있거든요. 무척 마음에 드실 거예요."

"마음에 들건 안 들건 상관없어요. 다리의 통증을 완화시킬 수만 있다면……."

"분명히 통증을 완화시켜줄 거예요. 몇 년 전에 손목을 접질린 적이 있어요. 무슨 게임을 하다가 그랬던 것 같은데, 아직도 가끔

---

* 마데이라섬에서 생산되는 백포도주.

손목이 시큰거려요. 특히 밤이나 습한 날에는요. 그럴 때 와인을 한 잔 마시면 언제나 통증이 가라앉았어요."

"뼈의 통증을 가라앉히는 데 와인보다 좋은 건 없다고, 어머니가 말씀하셨죠. 어머니에게 신의 축복이 있기를! 여별의 창고 열쇠가 없다니 아쉽네요."

"전쟁이 끝나면 열쇠를 하나 더 만들 수도 있겠죠. 마사한테 말해봐야겠어요."

"지금 당장 만들어드릴 수도 있어요. 끌하고 조그만 쇳조각만 있으면요. 제가 그런 건 꽤 잘 만들어요. 길이만 충분하다면 축사 못으로도 만들 수 있어요. 열쇠가 어떻게 생겼죠?"

"그냥 평범한 열쇠예요. 다른 열쇠들하고 비슷해요."

"자물쇠만 볼 수 있으면 열쇠 없이도 열 수 있을지 몰라요. 칼끝으로도 열 수 있거든요. 우리 중대에 감방 간수였던 사람이 있었는데, 그 사람이 죄수들한테 배웠다는 기술을 한두 가지 보여준 적이 있어요."

"세상에, 저도 한번 보고 싶네요."

"그렇다면……."

"움직이면 안 돼요, 절대로! 그랬다간 봉합이 벌어질 거예요."

"언젠가는 움직여야죠, 해리엇 선생님. 이 다리가 나으려면 한 달은 걸릴 거고, 그렇게 오랫동안 누워서만 지낼 순 없어요. 목발이나 지팡이 같은 거라도 있으면……."

"다친 다리를 움직여도 괜찮아지면 지탱할 수 있는 걸 찾아볼게요. 그 전에 제가 한 가지 고백할게요. 와인 창고 자물쇠는 열쇠 없이도 열 수 있어요. 한 번인가 두 번, 제가 직접 해봤거든요, 가윗날로요……. 손목이 너무 아픈데 마사가 집에 없었어요."

"그럴 줄 알았어요. 하지만 지금은 집에 계시잖아요. 하지만 다른 일로 바쁘시죠."

"맞아요. 언니의 수업을 방해하고 싶지 않아요. 게다가 마사는 연이어 다른 수업도 해야 해요. 영국사요. 수업이 끝날 때까지 기다릴 수 있겠어요? 다리가 많이 아픈가요, 존?"

"악마가 뾰족한 바늘로 찌르는 것 같아요. 손목은 어떠세요?"

"간간이 욱신거려요. 안 되겠어요, 당신을 위해 마데이라를 가져올게요. 하지만 한 가지 말해둘 게 있어요. 마사는 내가 와인을 진정제로 쓰는 걸 반대해요. 통증은 다 저의 상상이라고 생각하죠. 그러니 전 당신과 함께 와인을 마시지 않을 거예요. 당신이 권하지만 않는다면……."

"하지만 전 권하고 싶어요. 훌륭한 마데이라 와인을 나 혼자 마실 수는 없잖아요."

"좋아요, 그럼. 작은 잔으로 한 잔만 마실게요. 한 가지 더 말씀드리죠. 만약 마사한테 이 일을 알리고 싶으면 그렇게 하세요."

"그럴 이유가 없을 것 같은데요."

"좋을 대로 하세요. 하지만 마사가 묻거든 진실을 말해요, 존."

"난 항상 진실하려고 노력하는 사람입니다, 해리엇 선생님."

"그럴 거라고 생각해요."

나는 위층에 가서 가위를 찾아 들고 와인 창고로 내려갔다. 그러고는 서슴없이 마데이라 한 병을 꺼냈고, 와인병과 유리잔 두 개를 들고 응접실로 돌아와 맥버니 상병이 지켜보는 가운데 잔에 적당히 채웠다.

우리는 건배를 하고 와인을 홀짝거렸다. 그는 시를 더 듣고 싶다고 했고, 나는 키이츠 시선 집에서 몇 편을 더 읽어주었다. 와인이 그의 다리 통증을 가라앉혀준 게 분명했다.

그가 두 번째 잔을 비울 무렵, 나는 여전히 시를 읽고 있었고 그는 잠이 들었다. 나는 일어나 그의 이마를 짚어보고 열이 없음을 확인했다. 요즘같이 궁핍한 때에 그의 잔에 남은 와인을 마셨다는 게 부끄러운 일은 아닐 터였다. 남은 와인을 비우고 나서 나는 와인병과 유리잔을 챙겨 위층 내 방으로 갔다.

그날은 맥버니 상병과 더 대화를 나누지 않았다. 두통이 살짝 도졌고, 매티에게 문학과 문법 수업을 취소해달라고 말했다. 그리고 저녁까지 내 방에 머물렀다.

얼리샤 심스

"어디 갔었어요?"

그가 물었다. 나는 더 일찍 그를 만나러 올 기회가 없었다고 설명했다. 마사 선생님이 하루 종일 매처럼 감시하면서 아침부터 오후까지 내내 바쁘게 만들었다고.

설상가상으로 해리엇 선생님이 오전부터 몸이 아프다고 수업을 취소한 바람에 마사 선생님이 그녀의 수업을 전부 떠맡았다. 해리엇 선생님의 감시를 피하는 건 어렵지 않았지만, 마사 선생님의 감시를 피하기란 쉬운 일이 아니다. 어밀리아 대브니를 제외한 그 누구라도.

"핑계, 또 핑계로군요. 이리 와요. 이 대범한 아가씨. 내 시간 그만 낭비하고."

그가 옆으로 비켜 앉으며 자리를 내주었고, 나는 그와 소파에 나란히 앉았다. 그다지 큰 소파가 아니라서 공간이 넉넉하지 않았다. 나는 그의 다친 다리를 건드리지 않으려고 조심했지만, 정작 그는 별로 개의치 않는 것 같았다.

"우리 이것들 좀 치우고 편하게 앉죠." 그가 소파에 있던 책들을 바닥에 던지며 말했다. 그중에는 그의 베개 밑에 있던 두툼한 셰익스피어도 있었다.

"그 책으로 뭐하고 있었어요?"

"거친 가장자리를 다듬는 중이었어요. 교양을 좀 쌓으려고."

"설마 그걸 읽고 있었던 건 아니죠?"

"한두 편 읽었어요. 그렇게 놀란 표정 짓지 말아요. 나쁠 것 없잖아요."

그가 내 손을 잡더니 키스했다. 그런 일이 벌어질 줄은 정말 꿈에도 몰랐다. 그만큼 갑작스러웠다.

"몸은 좀 어떠세요?" 잠시 후 내가 물었다.

"아주 좋아요. 당신이 여기 있으니까요. 그 늙은 여자의 눈을 어떻게 피했어요? 감시가 철저하다면서요?"

"수업이 끝났으니까요. 저녁 시간이 거의 다 되었어요. 다른 아이들이 위층에 있는 동안만 여기에 있을 수 있어요."

"벌써 시간이 그렇게 됐어요? 내가 하루 종일 잔 거예요?"

"그런 것 같아요. 점심시간에 당신이 잠들었다고 매티가 마사 선생님한테 말했고, 마사 선생님이 깨우지 말라고 했다던데요."

"늙은 여자가 친절도 하네. 하지만 덕분에 지금 끔찍하게 굶주렸어요."

"무엇에 굶주렸는데요?"

"온갖 사랑스러운 것들에요."

그 뒤로 한동안 우리는 별로 많은 얘기를 나누지 않았다. 그다음으로 말을 한 사람은 나였던 것 같다. 아마도 "세상에, 숨 좀 돌리게 해주면 안 돼요?" 따위의 시시한 말이었을 것이다. 그러고는 내가 덧붙였다.

"우린 정식으로 인사도 안 했어요. 내 이름은 얼리샤 심스예요."

"난 이미 오랫동안 당신을 알았어요. 어렸을 때, 당신 꿈을 꾸곤 했거든요."

"정말요?"

"매일 밤에요. 때로는 당신을 일찍 보려고 일찍 잠자리에 들기도 했어요."

"이런 사기꾼."

"사실이에요. 침대에 오래 머물기 위해 일찍 잠자리에 들었다가 늦게 일어났어요. 어머니가 그런 몽상이 내 성장을 더디게 한다고 빗자루로 날 때릴 때까지."

"성장이 더뎠던 것 같진 않은데요. 잘 자란 것 같아요."

"고마워요. 당신도 마찬가지예요."

"아, 그건 다르죠. 난 당신의 어깨와 팔을 말하는 거예요. 전부 뼈와 근육인 것 같아요. 연약한 부분이 하나도 없어요."

"그 칭찬은 당신한테 해줄 수가 없네요."

"그만! 꼬집고 찌르는 거 그만해요! 누가 보기라도 하면 어쩌려고 그래요."

"당신이 나한테 해부학을 가르쳐주는 중이라고 말할래요."

"당신한테 가르쳐줄 수 있는 사람은 없을 것 같아요, 맥버니 씨. 특히 어린 숙녀들이라면."

"당신은 숙녀인가요, 앨리스?"

"얼리샤예요. 물론 전 숙녀예요. 적어도 난 숙녀이길 바라요. 아니, 무슨 질문이 그래요?"

"농담이에요. 난 당신을 놀리는 중이에요."

"별로 재미있는 농담 같진 않네요. 언젠가 어머니가, 만약 나더러 숙녀가 아니라고 하거나 다른 사람보다 못하다고 말하면 주저하지 말고 있는 힘을 다해 뺨을 갈겨주라고 했거든요. 그게 누구든. 그래도 그 사람이 계속 나를 모욕하면 할퀴거나 발로 차거나 무슨 짓을 해서라도 입을 다물게 하라고 했어요."

"세상에, 당신 어머니 같은 사람하고 링에서 끝까지 힘을 겨루어보라고 하면 죽을 맛이겠어요."

"어머니는 나쁜 분이 아니에요. 대체로 친절하고 다정했어요. 단지 여자들은 자기 자신을 지키는 법을 배워야 한다고 생각하셨죠."

"곤경에 처했던 적이 있으셨나 보네요. 어쨌든 아주 미인인 딸을 낳으셨잖아요. 그것만 해도 대단한 일이죠."

"고마워요."

"그런 말 말아요. 만약 누구든 당신이 숙녀가 아니라고 말하는 사람이 있다면 내가 발로 차줄 테니까. 물론 다리가 다 나으면요. 금발은 누구한테서 물려받았어요, 어머니? 아니면 아버지?"

"아버지 쪽인 것 같아요. 어머니는 머리색이 붉거든요."

"왜 '아버지 쪽인 것 같다'라고 말하죠? 아버지 머리색이 어떤지는 몰라요?"

"아, 물론 아버지도 금발이에요. 오랫동안 떨어져 지냈거든요. 아버지가 군인이에요. 오랫동안 떨어져 지내면 어떻게 생겼는지 잊어버리기 마련이죠."

"그건 정말 그래요. 아주 오랫동안 떨어져 있을 필요도 없어요. 실제로 뉴욕을 떠날 때 브로드웨이에서 가장 예쁜 여자 중 한 명과 사귀었거든요. 그런데 당신과 잠깐 시간을 보내다 보니 다시 뉴욕으로 돌아가 길거리에서 우연히 마주쳐도 기억하지 못할 것 같아요."

"듣기 좋은 말을 잘하시네요, 자니."

"그런 비난을 받았던 적은 한 번도 없어요. 지금까지 나 스스로 자부심을 느꼈던 게 한 가지 있다면 나의 혀를 잘 간수해왔다는 거죠. 말보단 행동이라는 옛말을 신봉하는 사람이었는데…… 그런데……."

그 말과 함께 그가 한 행동이 나를 정말 화나게 했다.

"그만해요, 말했잖아요! 사람들이 언제 내려올지 모른다고!"

"사람들한테 들키지만 않으면 상관없잖아요, 앨리스, 아니, 얼리샤. 그럼 사람들이 잠들었을 때 다시 내려와요."

"내려오지 않을 거예요."

"방이 어디예요? 내가 당신 방으로 갈게요."

"안 돼요! 내가 여기서 쫓겨나길 바라요?"

"그것은 내가 가장 원치 않는 일이에요, 달링. 당신이 없으면 판즈워스에서의 내 삶이 어떻게 되겠어요?"

"농담도 잘하시네요. 그런 다리로 어떻게 이층에 올라오겠다는 건지……. 당신이 우리 학교에 대해, 그리고 나에 내해 그런 감정을 갖고 있다면 그건 당연히 기쁜 일이에요. 우린 당신이 이곳에 머무는 동안 최대한 편안하도록 애쓸 거예요. 친절하고…… 다정하게 대할 거예요. 건강을 회복하고…… 살이 오르도록……. 당신은 너무 창백하고…… 앙상하고…… 가냘픈 남자라서……."

"그만해요, 대범한 아가씨! 그렇게 내 갈비뼈를 만지는 당신을 보면 마사 선생님이 뭐라고 하겠어요?"

"당신이 얼마나 앙상한지 확인하려는 것뿐이에요."

"의사면허 없이 그러면 안 돼요. 마사 선생님과 해리엇 선생님만 면허 없이 날 진찰할 수 있어요……. 대낮에는요. 물론 해가 지고 나면 우리 예쁜 아가씨만 내 갈비뼈를 볼 권한이 있어요. 그것도 미리 예약을 해야 하지만."

"이미 해가 졌어요."

"아, 그렇군요. 그럼 내가 예약장부를 한번 볼게요. 요즘 개인비서가 없어서 여간 불편한 게 아니에요. 우리 아름다운 새의 방은 어디죠? 다리가 다 나으면 밤중에 산책을 하다가 개인방문을 하고 싶거든요."

"꼭대기 층 다락방요."

"꼭대기 층이라고요? 당신 혼자 쓰고 있나요?"

"네, 나 혼자예요. 학생들이 더 많을 땐 꼭대기 층 침실을 쓰는 학생들이 더 있었어요."

"검은 머리 아가씨는요? 그 아가씨도 방을 혼자 쓰나요?"

"그게 왜 궁금하죠?"

"그냥 궁금해요. 집이 얼마나 큰지, 침실이 얼마나 많은지 알고 싶어요."

"이 집은 상당히 커요, 침실이 여섯 개고, 응접실이 딸린 침실도 있어요. 2층에요. 침실마다 침대 여러 개를 놓을 정도의 공간이 있어요. 한때는 이 학교 학생이 스무 명에 달한 적도 있었어요.

"세상에, 더 일찍 왔어야 하는데!"

"물론 그중에는 매력적이지 않은 학생들도 있었어요."

"그들 중 누구도 당신을 이길 순 없어요. 그 검은 머리 아가씨
도."

"왜 계속 그 애 얘길 하죠?"

"그 아가씨가 예쁜 건 인정해야죠."

"난 걔가 예쁘다고 생각 안 해요. 인디언이나 멕시칸, 아니면 다
른 종족처럼 생겼잖아요."

"어떤 다른 종족요?"

"됐어요. 걔가 나보다 예쁘다고 생각해요?"

"두 사람은 비교하기가 어려워요. 서로 너무 다른 타입이라."

"그랬으면 좋겠어요."

"그 아가씨도 혼자 자나요?"

"네. 이제 만족해요? 전엔 에밀리와 같은 방을 썼는데, 이 집에
있는 누구와도 잘 지낼 수가 없어서 마사 선생님한테 독방을 요청
했어요. 에드위나는 다른 사람이 자기를 염탐하고, 자기가 갖고 있
는 귀중품을 훔쳐보고, 돈이 얼마나 있는지 알아낼까 봐 두려워해
요."

"그 아가씬 돈을 갖고 있나요?"

"그럴걸요. 아무도 돈을 보내준 적이 없는데 제때 학비를 내니
까요. 마사 선생님은 항상 그 점을 강조해요. 이제 걔 얘기 좀 그만
할래요? 아니, 내가 그만하게 해주겠어요!"

나는 내 입술로 그의 입을 막았다. 아주 오랫동안 그가 말을 할
수 없도록.

"제발, 달링…… 난 환자예요."

"그렇게 심각한 환자는 아니에요."

"좋아요, 그럼. 하지만 이러다가 내가 죽기라도 하면 양심의 가

책을 느낄 거예요."

그렇게 말하면서 그는 웃었다. 그리고 우리 둘 다 아무 말도 하지 않았다. 아니, 말을 할 필요가 없었다. 꽤 한참동안. 문득 내가 고개를 들어 문간에 서서 우리를 지켜보고 있던 마리 데브르를 보지 못했다면 우리가 얼마나 더 오랫동안 그러고 있었을지, 그 뒤에 무슨 일이 일어났을지 알 수 없었다.

"전달할 사항이 있어요. 두 사람이 내 얘길 들을 시간이 있는지 모르겠지만. 앨리스, 식당에 저녁 식사가 준비되어 있어. 물론 네가 우리와 함께 식사할 생각이라면 말이야. 맥버니 상병의 식사는 곧 이곳으로 가져올 거예요. 너무 아파서 식사를 못하는 상황이 아니라면요. 난 두 사람에게 이 메시지를 전달하라는 지시를 받았어요. 나한테 지시한 사람은 두 사람이 함께 있을 거라고는 꿈에도 몰랐겠죠. 하지만 뭐, 세라비!* 하던 일 계속하시죠. 그게 뭐였건 간에."

마리가 불쾌한 미소를 짓더니 노래를 흥얼거리면서 밖으로 나갔다. 나는 대충 옷매무새를 가다듬고 마리의 뒤를 따라갈 수밖에 없었다.

✑ 마리 데브르

응접실에서 앨리스를 보았을 때, 별로 놀라지 않았다. 그녀가 계단을 내려가는 것을 보았기 때문이었다. 맥버니 상병과 그렇게 빨

---

* C'est la vie! 프랑스어로. '이것이 인생이다'라는 뜻.

리 애정행각을 벌인 것에는 조금 놀랐지만, 일찌감치 교육을 받은 결과라고 생각한다. 내가 응접실에 들어섰을 때, 맥버니 상병은 그녀의 옷을 벗기고 있었고 앨리스는 그를 돕는 것처럼 보였다.

여러분도 짐작하다시피 나의 출현에 두 사람 다 당황했다. 맥버니 상병은 나에게 살짝 윙크를 했지만 마음이 담겨 있진 않았다. 그의 뺨에 혈색이 돌았는데, 앨리스의 얼굴에 나타난 엷은 홍조보다 훨씬 더 붉었다. 그는 아직 이곳이 낯설겠지만, 앨리스는 내가 느닷없이 나타나는 것에 익숙하다.

또 혹시 궁금해할까 봐 하는 얘긴데, 이런 일로 인해 맥버니 상병에 대한 나의 호감이 떨어진 것은 아니다. 솔직히 처음 봤을 때부터 그는 머리가 꽉 찬 사람 같진 않았다. 무엇보다 정신이 제대로 박힌 사람이라면 앨리스 심스처럼 재미없는 애의 옷을 벗기진 않을 것이다.

도대체 그 애에게 무엇을 기대하는 걸까? 엄청난 보물이라도 숨겨져 있길 바라는 걸까? 그러나 선택은 스스로 하는 것이다. 남자들은 하나같이 이상한 동물들인 것 같고, 맥버니 상병이 다른 남자들보다 더 나쁠 것도 없다.

나는 식당으로 돌아갔고, 잠시 후 앨리스가 식탁에 앉았다. 마사 선생님과 해리엇 선생님은 그녀의 지각에 대해 아무 말도 하지 않았다. 안타깝게도 나는 그 얘기를 꺼낼 구실이 없어서 조용히 식탁에 앉았다.

때로는 일이 돌아가는 방식이 참 재미있다. 어쩔 땐 식사에 1분만 늦어도 식사하는 내내 시간 엄수의 중요성에 대한 마사 선생님의 설교를 들어야 한다. 또 어쩔 땐 마사 선생님이 전혀 개의치 않는 것 같다. 이런 상황은 그녀가 돈 문제라든가 지붕의 구멍이라든가 그 외 다른 문제에 신경을 쓰고 있을 때 종종 발생한다. 오늘 저녁에는 다른 문제들을 고민한다고 보기엔 너무도 상냥한 미소를 머금고 있어서 맥버니 상병의 존재가 그녀의 마음을 따뜻하게 만들었다는 결론을 내릴 수밖에 없었다.

마사 선생님이 온화해졌다는 또 하나의 징조는 오늘 저녁 해리엇 선생님의 상태에 관심이 없었다는 거다. 그녀는 해리엇 선생님이 얼마나 우울하고 시무룩한지, 마지못해 수프를 떠먹고 있는지 하는 걸 전혀 알아차리지 못했다. 이러한 상태는 해리엇 선생님이 와인을 마셨다는 증거인데, 마사 선생님은 전혀 모르는 눈치였다.

"내가 생각해봤는데 맥버니 상병이 이 집에 머무는 시간을 우리 모두 무언가를 얻는 시간으로 만들어보면 어떨까? 물론 그의 다리가 회복될 때까지겠지만, 다들 어떻게 생각하지?"

그 질문을 하면서 그녀가 앨리스를 보았다. 그 불운한 아이는 미처 옷매무새를 고치지 못해 벌어진 앞가슴까지 벌겋게 달아올랐다.

"앨리스?"

"네, 선생님…… 그럴 수 있을 것 같아요."

"그가 이 집에 있는 동안 우리가 무엇을 얻을 수 있을까, 앨리스?"

"글쎄요." 그 질문이 덫이 아니기를 바라며, 앨리스가 절망적인 심정으로 대답했다.

"맥버니 상병이 이곳에 있는 것을 보면서, 세상에는 수업만 있는 게 아니라는 사실을 기억할 수 있을 것 같아요."

"네 또래의 어린 숙녀에게는 수업이 전부여야 할 것 같은데. 어렸을 때 제대로 교육을 받으면 훗날 우리가 혼란에 빠질 상황에

직면하더라도 평화롭게 대처하고 행복한 삶을 살 수 있으니까. 그렇지 않니, 해리엇?"

"그 질문엔 대답을 못하겠네." 해리엇 선생님이 퉁명스럽게 말했다. "그 정도로 날 혼란에 빠지게 하는 것들은 거의 만난 적이 없어서 말이야."

"바로 오늘 만난 것 같던데." 처음으로 자신의 동생을 똑바로 보며 마사 선생님이 말했다. 마사 선생님은 동생이 어떻게 문이 잠긴 와인 창고에 들어갔는지 알 수 없었다. 그녀는 해리엇 선생님이 재봉 가위로 자물쇠를 연다는 걸 알지 못했다. 지금 그 이야기를 꺼내봐야 득 될 게 없어서 나는 잠자코 있기로 했다. 물론 해리엇 선생님이 최근에는 와인 창고에 자주 내려가지 않는 탓도 있었다. 무엇보다 그 사실을 마사 선생님이 아는 순간, 대대적인 조사가 이루어질 게 분명했다. 해리엇 선생님은 병을 하나 빼낼 때마다 남아 있는 병들을 재배열하고, 위쪽 선반에 있는 와인병을 아마도 물을 채운 병으로 비꾸어놓고, 그것도 모자라 혹시라도 먼지 속에 발자국을 남겼다면 발자국까지 지웠다.

마사 선생님은 해리엇 선생님이 자신이 모르는 어딘가에 술을 숨겨놓은 게 아닌가 의심하곤 했는데, 그게 바로 해리엇 선생님이 의도하는 바였다. 몇 번인가 마사 선생님이 불시에 술에 취해 있는 해리엇 선생님의 방을 비롯하여 이곳저곳 수색했지만, 술은 발견되지 않았다. 해리엇 선생님이 창고에서 술을 꺼내올 때면 오늘처럼 한 병을 흔적도 없이 비워버렸기 때문이다. 가끔 나는 해리엇 선생님이 술을 즐기는 건지, 자기 언니를 당황하게 만드는 걸 즐기는 건지 궁금했다.

마사 선생님은 더는 그 일을 문제 삼지 않았다. 우리 앞에서 해리엇 선생님을 추궁하지 않다니, 꽤나 드문 일이었다. 그러고는 에밀리에게 집 안에 머무는 적군 병사에게 이득을 취하는 것을 어떻게 생각하는지를 물었다.

"그는 전쟁이 아직 끝나지 않았다는 사실을 끊임없이 일깨워줄 거예요. 물론 개인적으로 그를 적으로 생각하고 있지 않지만요. 그는 북부 연방군이 내세우는 명분에 그다지 동의하는 것 같지 않았어요. 그래도 북부 연방군의 군복을 입고 있고, 그 군복을 볼 때마다 우리가 치러야 하는 희생을 생각하게 될 거고, 우리에게 영광스러운 승리를 안겨달라고 하나님께 기도해야 한다는 생각을 하게 될 거예요."

그게 그녀가 한 말의 전부는 아니었지만 지금 내가 기억하는 것은 그게 전부다. 가끔 나는 에밀리가 이 학교에 있는 게 시간낭비라는 생각이 들었다. 에밀리는 지금 당장 짐을 꾸려 리치먼드로 가서 정부를 위해 일해야 한다. 에밀리는 훌륭한 정치인이 될 것이다. 어떤 주제에도 곧바로 연설을 할 수 있고, 원하는 만큼 긴 연설을 할 수 없을 땐 얼마든지 다른 사람의 말을 인용할 수도 있을 테니까. 때때로 그녀가 입을 다물지 않으면 내가 미쳐버릴 것 같다는 생각이 들었다.

최근 들어 이 학교의 모든 게 짜증 나기 시작했다. 그래서 수사학 시간에 혼자 묵주기도를 읊조리곤 했다. 얼마 전에는 에밀리가 헨리 클레이라는 사람이 했다는 워싱턴 연설을 인용하는 바람에 묵주기도를 다섯 단 반이나 외웠다.

마사 선생님은 우리 모두에게 차례로 맥버니가 이 집에 있는 이점을 물었다. 어밀리아는 맥버니 상병이 자기처럼 자연의 탐구자임을 알게 되었다면서 유럽의 자연에 관해 많은 것을 배울 수 있을 것 같다고 했다. 에드위나는 앨리스의 말에 동의한다면서 그를 통해 바깥세상을 느껴볼 수 있는 기회라면 무조건 환영한다고 말했다(세상에, 에드위나가 누군가의 발언에 동의하다니 놀랄 일이다). 또 맥버니 상병이 상당히 예민한 사람이라 지난 오 년 동안 알고 지냈던 우리보다 그가 자신을 더 잘 아는 것 같다고 말했다. 에드위나의 발언에 해리엇 선생님이 조금 기운을 회복한 것 같았다.

"더 잘 안다니, 그게 무슨 뜻이지?" 해리엇 선생님이 물었다.

"그는 제가 여기서 아무 가치 없는 사람으로 여겨진다는 걸 알고 있었어요."

"그 사람은 너의 가치를 알고 있고?" 에드위나의 대답에 해리엇 선생님이 나지막이 되물었다.

"네, 그런 것 같아요."

에드위나가 남들이 자기를 어떻게 생각하는지 신경 쓰고 있다고 겉으로 드러낸 건 그때가 처음이었다. 그녀의 성격상 그것은 분명히 충격적인 일이었고, 실제로 눈물 한 방울이 그녀의 뺨을 타고 흘러내려 순무 수프 그릇에 뚝 떨어졌다. 그녀는 자신의 나약함이 수치스러웠는지 양해를 구하지도 않고 식탁에서 일어났다.

놀랍게도 마사 선생님은 그 일을 문제 삼지 않았다. 대신 그 문제 전체를 무시하는 쪽을 선택했다. 선생님은 이 사안이 누군가에게는 불편할 수도 있는 문제라서 토론은 여기서 끝낸다고 말했다. 그러고는 나에게 의견을 말할 기회조차 주지 않고 고개를 숙여 바로 식사 마침 기도를 시작했다. 나는 가톨릭 신자를 늘리기 위해 하느님이 맥버니 상병을 우리 학교에 보내주었을 가능성에 대해 말할 준비가 되어 있었다. 물론 맥버니 상병은 가톨릭 신자도 기독교 신자도 아니지만, 나는 그를 누구보다 독실한 가톨릭 신자로 만들 수 있다고 말할 준비가 되어 있었다. 하지만 내가 채 두 마디도 떼기 전에 모두 식당을 나섰다. 식탁에서 맨 마지막으로 말하는 사람이 되는 것이 때로는 모욕적인 일이 된다. 반대로 수업시간에는 나이가 어리다는 이유로 가장 먼저 암송을 해야 한다. 앞으로 내가 어떤 학교든 다시 들어가게 된다면, 정당한 기회를 얻기 위해서라도 나이를 속일 생각이다.

우리가 식당을 나설 때 매티가 맥버니 상병도 식사를 끝냈다고 전했다. 마사 선생님은 해리엇 선생님의 제안에 따라 평소처럼 저녁 기도를 응접실에서 하고, 우리의 손님과 간단한 대화의 시간을 갖기로 했다. 그날 해리엇 선생님의 상태를 감안하면 마사 선생님은 이상하리만치 다정했다.

우리가 응접실로 들어서서 소파를 빙 둘러섰을 때 그는 대화를 할 상태가 아니었다. 사실 그는 우리 때문에 낮잠을 방해받았고, 곧바로 다시 잠들고 싶은 척하는 듯 보였다.

"푹 쉬셨나 봐요, 맥버니 상병님." 대화가 진행될 수 있도록 내가 먼저 말했다. "푹 쉬어서 한결 활기 있어 보이지 않아, 앨리스? 소파에서 하루 종일 혼자 편히 쉰 덕분에?"

앨리스는 아무 대답도 하지 않고 도전적으로 나를 째려보았다. 반면 맥버니 상병은 모든 걸 포기하고 패배를 인정하는 듯한 표정을 지었다. 자신의 처분을 마사 선생님에게 맡길지 내게 맡길지 재빨리 가늠해보는 것 같았다. 불행히도 마사 선생님은 이런 사적인 문제를 인식하지 못하고 훼방을 놓았다.

"그런 말도 안 되는 소리로 네가 하루 종일 괴롭히지 않았다면 맥버니 상병은 훨씬 편히 쉴 수 있었을 거야."

이것은 너무도 부당한 발언이었다. 그러자 그가 마사 선생님의 발언에 반박하듯 말했다.

"그렇지 않아요. 우리 어린 아가씨는 저한테 아주 친절했어요. 오늘만 해도 여러 가지 친절을 베풀어주었지요. 저 어린 마음속에 친절이 가득 담겨 있는 게 분명해요. 언젠가는 그녀의 친절과 배려에 보답할 수 있기를 바랄 뿐입니다."

"쟤가 좀 성가실 때가 있어요." 에밀리도 한마디 거들었다. "아직 어려서…… 어쩔 수 없는 일이죠."

"글쎄요. 전 여기 있는 다른 학생들에 비해 어리다고 생각하지 않아요. 저는 마리가 굉장히 합리적이고 진지한 정신의 소유자라고 생각합니다."

"정말 그렇게 생각하세요?"

앨리스가 너무도 분명하게, 진심으로 놀란 표정으로 그에게 물었다. 그래도 완전히 바보는 아닌 앨리스가 그의 칭찬에 의심을 품자 나조차도 그게 그의 진심은 아닐지도 모른다는 생각이 늘었다.

"정말 그렇게 생각합니다." 나는 그를 유심히 살펴보았다. 이번에도 그는 내게 윙크하지 않았다.

"동감이에요." 해리엇 선생님이 말했다. "마리에겐 훌륭한 자질이 많고, 이제 우리도 그걸 인정해줄 때가 되었어요."

그녀에게 그 훌륭한 자질들을 열거해보라고 해도 나쁘지 않겠다 싶었다. 나는 사람들 앞에서 나를 인정해준 그녀가 고마웠다. 물론 마사 선생님이 하는 말에 뭐든 딴죽을 걸고 싶어 그랬을 수도 있었지만. 어쨌든 그날 이후 나는 꽤 오랫동안 해리엇 선생님과 맥버니 상병에게 전보다 더 좋은 감정을 품게 되었다. 그는 내가 처음에 생각했던 것처럼 무지한 사람이 아닌 것 같았다.

"내가 제안 하나 할게." 해리엇 선생님이 나섰다. "맥버니 상병이 휴식을 취하도록 음악 수업을 보류했으니, 지금 음악을 즐겨보는 게 어떨까? 아, 맥버니 상병이 너무 불편하지만 않다면."

"전혀요. 좋은 생각입니다. 전 음악을 정말 좋아해요."

해리엇 선생님이 곧바로 하프시코드로 향했다. 루이지애나에 있는 우리 집에서는 백 년이 넘도록 피아노를 연주해왔는데, 이곳 버지니아의 훌륭한 가문에서는 음이 안 맞는 하프시코드를 쓰는 것 같다. 그들의 조상들이 식민지로 가져온 낡아빠진 하프시코드인 것 같은데 내가 보기엔 그냥 두고 오는 게 나았을 뻔했다.

우리는 언제든 부를 수 있는 '로레나Lorena'를 불렀다. 양키들이 모닥불을 피울 때면 그 노래를 불러서 맥버니 상병도 이미 알고 있었다. 맥버니 상병은 그 노래가 북부 사람이 쓴 노래인줄 알았다고 했지만, 에밀리는 그럴 리가 없다고 했다. 에밀리는 '보니 블루 플랙The Bonnie Blue Flag*'으로 시작하고 싶어했지만, 맥버니 상병이 불편할 수도 있다며 마사 선생님이 묵살하는 바람에 화가 나 있었다. 솔직히 맥버니 상병은 어느 쪽이든 별로 개의치 않았을 것 같다. '로레나'를 마치고 '보니 블루 플랙'과 '플로 젠틀리 애프턴Flow Gently Sweet Afton'과 '드링크 투미 온리 위드 사인 아이스Drink to Me Only with Thine Eyes'를 부를 때, 맥버니 상병이 우리만큼이나 큰 목소리로 아니, 우리보다 훨씬 더 정확한 음정으로 '우리는 형제'라는 대목을 따라 불렀기 때문이다.

두 번째 합창 부분을 막 끝냈을 때 누군가 앞문을 두드리는 소리가 들렸고, 우리는 노래를 멈추었다.

"양키들이야." 에밀리가 전투태세를 갖추며 말했다.

---

* 남북전쟁 당시 남부 연합군을 상징하는 비공식 깃발.

"아마 아닐 거야. 우리 쪽 병사일 수도 있어." 그렇게 말하는 해리엇 선생님의 목소리가 심하게 떨렸다. 손은 여전히 건반 위에 놓고, 연주는 멈춘 상태였다.

"누군지 알아볼 방법은 한 가지뿐이야." 마사 선생님이 말했다. "매티……."

우리와 함께 노래를 부르고 있던 매티는 눈알이 튀어나올 것처럼 두려움에 떨고 있었다. 어떤 때든 이곳에 누군가 찾아온다는 것 자체가 드문 일이었고, 더구나 밤에는 있을 수 없는 일이었다.

"저 혼자 나가라고요?" 가엾은 매티가 물었다.

"그래. 하지만 내가 뒤에 서 있을 거야. 안주인한테 알리는 동안 현관에서 기다리라고 해. 예의 없는 행동이긴 하지만 이 시간에 문을 두드리는 것도 예의 없긴 마찬가지니까. 해리엇, 넌 아이들하고 여기 있어. 만약 양키거나 무례한 우리 병사 같으면 응접실 문을 세 번 두드릴 거야. 그럼 네가 아이들을 데리고 정원을 지나 숲으로 들어가서 내가 갈 때까지 기다려. 다들 내 말 알겠지?"

"그럼 맥버니 상병은요?" 어밀리아가 물었다.

맥버니 상병은 소파에서 몸을 일으켜 앉아 있었고, 매티를 포함한 우리 모두와 마찬가지로 겁에 질린 표정이었다. 그는 전보다 훨씬 창백해 보였고 심지어 전날보다 더 창백해 보였다.

"맥버니 상병은 여기 그대로 있어도 돼. 다른 사람의 도움 없이는 어디든 갈 수 있는 상태가 아니니까. 위층에 가서 아버지 권총을 가져와야겠다. 매티, 문이 잘 안 열리는 척하면서 시간을 끌어. 내가 돌아올 시간을 벌어줘. 모두 조용히 있어. 매티, 어서 가자."

마사 선생님이 마지못해 뒤따라 나서는 매티와 함께 응접실에서 나갔다. 문을 두드리는 소리는 계속 이어졌다. 예닐곱 명이 주

먹으로 문을 치는 소리가 분명했다.

"여기 남아 있어야 한다면⋯⋯. 이렇게 눈에 띌 필요는 없잖아요. 우리가 카펫으로 덮어줄까요, 해리엇 선생님?" 어밀리아가 낮은 소리로 말했다.

"그래, 그러자." 해리엇 선생님은 할 일이 생긴 것에 반색하며 말했다. "너희 모두 좀 도와줘."

우리는 페르시아 카펫을 들어서 소파와 맥버니 상병을 덮은 다음 숨을 쉴 수 있도록 한쪽 끝을 조금 벌려두었다.

"소리를 내면 안 돼요, 자니." 앨리스가 그에게 말했다.

"굳이 그런 얘기를 할 필요는 없을 것 같은데. 일부러 소리를 내지는 않을 테니까. 하지만 저 딱딱 부딪치는 이는 어떻게 좀 해야 할 것 같아." 내가 따끔하게 한마디 했다.

우리는 마사 선생님이 응접실로 돌아올 때까지 조용히 기다렸다. 이윽고 마사 선생님이 돌아왔다. 마사 선생님은 얼굴이 창백했지만 어쩐지 의기양양한 모습이었고, 손에는 침대 머리맡에 두었던 낡은 멕시칸 권총이 들려 있었다.

"별일 아니야. 둘뿐이더라고. 대위 한 명과 상병 한 명. 우리 쪽 기병대래. 매티가 부엌에서 먹을 걸 주고 있어."

"무슨 일로 왔대?" 해리엇 선생님이 물었다.

"부대가 이 구역을 떠나기 전에 도움을 주고 싶대. 그랜트 장군이 내일 이 지역에서 전투를 끝내고 다시 남쪽으로 이동할 거라고. 스폿실베이니아 코트 하우스에 양키들보다 먼저 도착해서 리치먼드로 가는 길을 사수해야 한대. 그래서 내일이면 우리 학교가 양키 전선 뒤에 남겨질지도 모른다고."

"그 사람들이 우리가 여기 있는 걸 어떻게 알았대요?" 어밀리아가가 궁금해했다.

"포터 씨의 상점에서 누군가가 이 학교에 대해 알려주었대. 오늘 밤에 그들 부대가 대로 주변에서 정찰 중인데, 도움이 필요한지 물어보려고 왔대."

마사 선생님은 소파를 덮고 있는 카펫을 보고 우리가 무슨 짓을 했는지 알아차렸다. 그녀는 잠시 말을 멈추고 생각에 잠겼고, 그동안 우리는 그녀를 지켜보았다. 마침내 그녀가 입을 뗐다.

"맥버니 상병에 대해 아직은 아무 말도 안 했어. 그럴까 하다가 아무래도 모두와 먼저 의논해야 할 것 같아서. 그런데 여기 와보니 내가 어떻게 하길 바라는지 결정한 것 같네."

"그렇게 해줄 거지?" 해리엇 선생님이 다정하게 말했다.

"꼭 그렇다고 말할 순 없어. 일단 우리가 할 수 있는 일들에 대해 말해줄게. 첫째, 그 사람들한테 맥버니 상병을 데려가라고 말할 수 있어."

"하지만 그랬다간 말을 타느라 다리에 무리가 갈 텐데요. 설령 남는 말이 있다고 해도요. 그럴 것 같지도 않지만." 어밀리아가 말했다.

"두 사람 중 한 명 뒤에 탈 수도 있겠지. 그러면 상처가 벌어질 거고. 그렇다면 두 번째 가능성을 검토해야 해. 맥버니 상병이 여기 있다고 말하고, 지금 부상을 당했으니 나중에 데리러 오라고 하는 거야."

"우리 군인들이 후퇴할 거라고 하셨잖아요." 이번에는 앨리스가 나섰다.

"그렇다고 했지만, 대위 말로는 조만간 이곳으로 다시 돌아올 거랬어."

"그야 바람일 뿐이지. 몇 주 혹은 몇 달이 걸릴 수도 있어. 그나마 돌아올 수 있다면 다행이고." 해리엇 선생님이 말했다.

"해리엇 선생님, 설마 진심은 아닐 거라 믿어요." 에밀리가 말했다. "하지만 저도 반격이 재개될 때까지 시간이 걸릴 거고, 그들이 다시 이곳으로 돌아오기까지 몇 주가 걸릴 수도 있을 거란 말에는 동의해요."

"그러니까 그 사람들한테 말씀하시면, 자니를 지금 당장 데려가겠다고 할 확률이 높아요. 자니는 그 사람들이 병원에 데려가기도 전에 죽을 거예요. 그 사람들은 환자를 돌볼 시간이 없고, 어떻게 되든 상관하지 않을 테니까요." 앨리스가 울먹이며 말했다.

그때까지 나는 토론에 참여하지 않았는데, 이젠 무슨 말이든 해야겠다는 생각이 들었다.

"만약 자기들한테 거추장스럽다 싶으면, 그냥 총으로 쏘고 길에 버리고 갈 거예요."

내가 얼마나 또박또박 말했는지, 카펫의 선명한 떨림을 감지할 수 있었다.

"세 번째 가능성은 건강을 회복할 때까지 맥버니 상병이 여기에 있다가 나중에 혼자 떠나는 거야." 마사 선생님이 잠시 말을 멈추고 우리의 표정을 살폈다. "아무래도 이 문제는 상의할 필요조차 없을 것 같구나. 학교의 교장으로서, 모두의 안전을 책임지고 있는 사람으로서 내가 결정을 내리고 실행에 옮겨야겠어."

"그럼 그렇게 해. 결정을 내려. 어떤 결정이든 따를 테니까."

"물론 나라고 항상 옳을 수 없다는 것도 잘 알아." 마치 해리엇 선생님의 말을 듣지 못한 것처럼 마사 선생님이 말을 이었다. "그리고 기독교적 자선의 문제도 생각해봐야 해. 그것과 이 일의 위험성을 따져봐야겠지."

"맥버니 상병이 무슨 짐작인 것처럼 말씀하시네요." 어밀리아가 금방이라도 울음을 터뜨릴 것 같은 목소리로 말했다.

"바로 이 방 안에 있는 선하고 친절한 사람이 아니라는 듯이요. 어쨌든 고려해야 할 게 한 가지 더 있어요. 그 사람은 여러분의 포로가 아니고, 여러분에겐 군인들한테 넘겨줄지 고려해볼 권리도 없어요. 여러분 중 누구도 그를 생포하지 않았고, 자발적인 의사로 그 사람이 여기에 온 것도 아니에요. 제가 그 사람을 발견하고, 그 사람에게 묻지도 않고 이곳으로 데리고 왔어요."

"그리고……." 앨리스가 이어서 말했다. "그 사람을 과연 우리의 적으로 볼 수 있는지에 대해 에밀리가 얘기했는데……."

"맞아." 약간 의심이 깃든 목소리로 에밀리가 맞장구를 쳤다. "그 사람은 여러 모로 우리 편을 지지하는 것 같아."

"시간이 많지 않아." 마사 선생님이 학생들의 말을 끊었다. "남은 음식을 다 먹기까지 오래 걸리지 않을 거야. 다리가 나을 때까지 맥버니 상병이 이곳에 머무는 것을 허락해야 한다고 생각한다면, 모두의 뜻대로 할게. 혹시 다른 생각을 갖고 있는 사람은 손을 들어봐. 그가 이곳에 머무는 것에 반대하는 사람이 있다면, 내가 저 사람들한테 말해서 지금 데려갈지 나중에 데려갈지 결정하게 할 테니까."

아무도 손을 들지 않았다. 마사 선생님이 내 의견을 중요하게 생각할지 궁금해서 손을 들어볼까도 생각했지만 그러지 않기로 했다. 그때만 해도 나는 맥버니 상병이 이곳에 머무는 것에 반대하지 않았다. 조금 전에는 나의 선함에 보답하겠다고도 말했다.

마사 선생님은 조금 더 기다렸고, 무척 안도했다는 듯한 미소를 지으며 밖으로 나갔다. 그녀는 자신이 낡은 권총을 들고 서 있다는 것을 그제야 깨달았다.

"내가 이걸 들고 있는 모습을 보더니 나와 매티보다 그 사람들이 더 겁을 먹더라고. 그들 중 한 명이 이렇게 말했어. '양키라면 수천 명을 보았지만, 그 사람들을 다 합쳐도 공이치기를 젖힌 총을 두 손으로 잡고 있는 여자만큼 위험하진 않을 겁니다.' 그래서 내가 이렇게 말했지. '나하고 합법적인 용무가 있는 것으로 확인되면 이 기계의 공이치기를 푸는 것을 허락해드리지요. 어렵사리 공이치기를 젖혔으니, 방아쇠를 당기지 않고서는 제가 직접 풀긴 힘들 것 같거든요.'"

마사 선생님을 비롯해 우리 모두 웃으며 소리를 질렀다. 마사 선생님이 그렇게 신이 난 모습을 전에는 한 번도 본 적이 없었다.

"그래서 공이치기를 대신 풀어주던가요, 마사 선생님?" 앨리스가 물었다.

"보시다시피. 안 그랬다면 부상당한 군인이 한 명 더 생겼겠지. 아니면 복도 천장에 구멍이 하나 뚫렸든가."

우리는 다시 웃음을 터뜨렸다. 만약 카펫 속에서 맥버니 상병이 기침을 하고 목이 메어 켁켁거리지 않았다면 계속 웃었을 것이다. 우리는 얼른 카펫을 벗기고 그의 등을 두드려주었다. 그는 숨을 몰아쉬면서 안도했다. 어쩌면 그는 우리의 동정심을 자극하기 위해 숨이 막힌 척 연기했는지도 모른다. 당시 그는 우리의 동정을 받고 있었지만, 그 동정이 얼마나 오래갈지는 알 수 없는 상황이었다.

앨리스가 마사 선생님을 따라 복도로 나가서 우리의 용감한 군인들에게 격려의 말을 하겠다고 나서자 에밀리도 그런 일이라면 기꺼이 동참하겠다고 했다. 그 말에 나도 기병 둘을 직접 보고 싶다고 했지만, 우리 세 사람의 의견은 마사 선생님에게 즉각적이고도 단호하게 묵살됐다. 마사 선생님은 대위와 상병이 선한 청년들이고, 미시시피의 훌륭한 집안의 자제들이지만—그녀는 그 짧은 시간에 그 많은 것을 알아냈다—그들에게 굳이 유혹과 갈망을 느끼게 할 필요는 없다고 말했다.

마사 선생님의 말은 아주 현명했다. 그녀의 말에 앨리스는 자신이 유혹할 수 있는 여자라는 생각에 우쭐해했고, 에밀리는 태어나서 가장 큰 칭찬을 들었기 때문이었다. 에밀리가 엄청 못생긴 건 아니었지만, 우리 아버지가 '시집 못 간 이모'가 될 팔자라고 묘사했던 수수한 여자인 것만은 분명했다. 그러나 에밀리는 남자들을 예쁘지 않은 외모로 미치게 만들지는 못할망정 자신의 혀로 미치게 만들 수는 있었다. 제정신이 박힌 남자라면 에밀리 스티븐슨한테 끊임없이 지적받으며 남은 삶을 허비하고 싶지는 않을 것이다.

마사 선생님은 나까지 유혹하는 여자의 범주에 넣을 생각은 없었을 것이다. 그들을 유혹하기에는 너무 어리거나 작다고 생각했을 것이다. 그렇다고 해서 내가 그런 문제에 관심이 있다는 뜻은 아니다, 절대로.

사실 나는 아무래도 상관없었다. 마사 선생님이 다시 밖으로 나갔고, 나머지는 다시 한 번 맥버니 상병에게 집중했다. 맥버니 상병은 기침을 하며 목이 메는 연기를 재개했다. 아마도 우리의 관심이 떠나자 질투심이 발동한 것 같았다. 나는 군인들을 훔쳐보기 위해 마사 선생님을 따라가보기로 했다. 나는 미시시피에 친척들이 많았고, 둘 중 한 사람이 빌록시 출신의 나의 사촌 지오프리나 에드먼드일지도 모른다고 생각했다.

그런데 아니었다. 그저 지친 표정의 시골 소년 둘이 비스킷과 차가운 순무를 씹으며 그들을 배웅하는 매티를 뒤에 달고 부엌에서 나왔다. 너무도 남루하고 더러워서 자기 집 문 앞에 서 있어도 그들의 고귀한 가족들은 그들을 알아보지 못할 것 같았다. 게다가 얼마나 앙상한지, 군복과 셔츠를 벗기면 매티가 내어준 순무와 비스킷 하나하나를 그들 몸속에서 헤아릴 수도 있을 것 같았다.

나는 계단 아래쪽 꺾이는 부분에서 난간 너머로 그들을 보았고, 그들은 문간에 서 있는 마사 선생님에게 작별인사를 했다. 뒤쪽에서 소리가 나서 돌아보니 에드위나 모로가 서 있었다. 어수선한 상황에서 우리는 그녀를 완전히 잊고 있었다.

"저 사람들이 맥버니 상병을 데려가는 거야?" 그녀가 속삭였다.

"아니. 우리가 데리고 있기로 했어." 내가 나지막이 말했다.

"'우리'라니? 나한텐 아무도 안 물어봤는데."

"그건 네 잘못이지. 네가 무례하게 식탁에서 일어나서 가버렸잖아."

마사 선생님이 우리 중 한 명의 목소리를 들었다. 어쩌면 내 목소리였을 수도 있었다. 마사 선생님이 돌아서서 군인 중 한 명의 어깨 너머로 우리를 쏘아보았다.

"정말 아무 일도 없으신 거죠, 선생님? 우리가 도울 일은 없는 거죠?" 대위가 재차 물었다. 나는 군복에 단추가 다른 한 명보다 많고, 팔꿈치가 덜 닳았다는 이유로 그가 대위라고 짐작했다.

"양키들 때문에 곤경에 처할까 봐 두려우시다면 하루나 이틀 정도 우리 병사들이 헛간에 묵을 수도 있어요. 말씀만 하세요. 지금 당장 한두 명 보내드리겠습니다."

"숙녀분들과 함께 이곳에 머무는 거라면 저도 얼마든지 할 수 있습니다. 모두 먼저 이동하시면 며칠 내로, 이곳이 안전하다고 판단되는 즉시 뒤따라갈게요. 전 여기서 제 담요를 깔고 자도 됩니다." 상병이 흥분하여 자청했다.

"친절하시군요. 하지만 그럴 수 없습니다. 전장에서의 임무가 있으실 텐데, 여러분을 빼올 순 없어요."

"아, 하지만 그게 저희한테 득이 될 수도 있는걸요. 누군가 후방에 남아 그랜트 장군의 동태를 파악하면서 그의 의중을 읽을 수 있다면 말입니다. 이봐, 아무래도 내가 여기 머물러야 할 것 같아. 말을 타고 대로로 돌아가서 중령한테 전해주게."

"아뇨, 아닙니다." 마사 선생님이 대위의 제안을 단호하게 거절했다. "그건 용납할 수 없어요. 한두 명 남는다고 양키 부대 전체를 막을 순 없으니까요. 더구나 두 분이 이곳에 계시면 오히려 주의를 집중시켜서 포격을 유도할 수도 있어요. 걱정해주셔서 감사합니다. 안녕히 가세요."

"학생들에게 칭찬의 말을 전하고 싶군요." 대위가 아쉬워하며 말했다.

"고맙습니다. 제가 전하겠습니다."

"아까 노래 소리가 들리던데요. 제가 노래를 참 좋아하거든요." 상병도 애석하다는 듯 말했다.

"그러시군요. 어쩐지 그런 것 같았습니다. 이제 그만 가주시죠, 여러분. 하나님이 함께하시기를. 안녕히 가세요." 마사 선생님이 두 사람을 밖으로 밀어내고 문을 닫았다.

"왜 그러셨어요?" 매티가 그녀에게 물었다. "양키를 숨기고 싶으신 건 알겠는데, 헛간에 한두 명 재운다고 잘못될 건 없잖아요."

"양키는 완전히 무기력한 상태고, 저들은 그렇지 않다는 걸 잊고 있잖아. 처음부터 저 사람들한테 처음부터 양키 얘기를 하지 않았는데, 이제 와서 하는 건 현명하지 않아. 우린 지금 워싱턴에서 아주 멀리 떨어져 있어. 이 지역에는 폐지론자들과 양키 동조자들이 있어서 그랜트 장군뿐 아니라 리 장군도 집을 불태우고 약탈을 저지를 수 있고."

"저는 아가씨가 폐지론자가 아니라고 그 사람들 앞에서 맹세할 수도 있겠네요."

"버르장머리 없이!"

"큰 실수를 하셨다는 걸 나중에 깨닫게 될지도 몰라요."

"만약 그렇게 된다면 대가를 치러야겠지. 그리고 내가 꼭 한 번, 아주 큰 실수를 한 게 있다면 몇 년 전에 1달러라도 받을 수 있을 때 자넬 팔지 않은 거야!"

그러더니 마사 선생님은 현관문을 열고 군인들을 쫓아가서 그들이 조랑말이나 소 따위를 훔치지 않고 영지 밖으로 나가는지 지켜보겠노라고 소리쳤다. 매티는 마사 선생님의 말에 동요하지 않았다. 늘 듣는 말이기 때문이다.

"가엾은 우리 아가씨, 아무도 믿지를 못하시니, 원."

"예외는 있잖아. 맥버니 상병은 믿기로 하신 것 같던데?" 에드위나가 말했다.

"네가 우리와 함께 있었다면, 넌 그 사람이 여기 있는 걸 찬성했을까?" 내가 물었다.

"잘 모르겠어." 그녀가 생각에 잠겼다가 다시 말했다. "그 사람이 좋지만…… 여기 머무는 게 그 사람과 우리한테 좋은 일인지는 잘 모르겠어."

학교의 모두가 찬성하는 일이었으니 에드위나는 분명 반대했을 것이다. 그러나 그녀가 무언가를 혹은 누군가를 좋아한다고 말한 다는 건 너무도 이례적인 일이었다. 나는 에드위나가 그런 말을 하는 것을 들어본 적이 없었고, 맥버니 상병에게도 그날 이후로는 다시 말하지 않았다.

우리는 다시 응접실에 모였다. 나는 지시를 따르지 않은 것에 대해 처음엔 해리엇 선생님에게, 그다음엔 마사 선생님에게 야단을 맞았다. 독립심을 지닌 사람이라면 어쩔 수 없이 치러야 할 대가였고, 나는 그것을 견디는 법을 터득했다. 아버지의 말마따나 나는 칼이 떨어지는 순간에도 사형집행인과 논쟁을 벌인 집안에서 나고 자랐고, 어떤 상황에서든 스스로 결정하는 데 익숙하다. 솔직히 나는 어머니와 이 문제로 종종 부딪쳤는데 그것이 내가 이 외딴 기독교 학교에 오게 된 가장 큰 이유이다. 이제는 이런 방식이 너무 굳어져서 나도 바꿀 수가 없다.

마사 선생님이 강의를 끝내고 해리엇 선생님이 하프시코드로 돌아간 뒤에 나는 맥버니 상병에게 다가가 슬쩍 말을 걸었다. 그에게 나의 친절에 어떻게 보답할 생각인지도 물었다.

"그게 무슨 소리지, 우리 꼬마 아가씨?"

"아까 언젠가 저의 친절에 보답하고 싶다고 했잖아요."

"아, 그랬지." 그가 웅얼거렸다. "생일이 언제지?"

"7월 18일."

"나하고 같은 달이네. 난 7월 3일인데. 좋아. 나한테 친절을 베풀어준 대가로 멋진 선물을 받게 될 거야."

"어떤 선물인데요?"

"그건 말할 수 없어. 깜짝 선물이거든."

리치먼드까지 나가지 않는 한 이 근방에 괜찮은 가게는 없다.

나는 그가 어디서 멋진 선물을 구한다는 건지 짐작이 가지 않았다. 그러나 더 캐묻는 것은 예의가 아닌 것 같았고, 다시 노래가 시작될 참이어서 그럴 기회도 없었다.

휴식 이후 첫 번째 곡으로 독창을 자청한 에밀리 스티븐슨의 '섬보디스 달링somebody's darling'을 들었다. 익숙하지 않은 사람들을 위해 설명하자면 비교적 최근에 나온 노래고, 병원에서 죽어가는 파란 눈동자의 곱슬머리 군인에 관한 슬픈 노래였다. 에밀리는 어떤 노래든 열정적으로 불렀는데 노래가 얼마나 서글픈지 까마귀 떼가 불렀다고 해도 눈물이 날 것 같았다.

에밀리의 노래에서 헤어나오기도 전에 맥버니 상병이 연방군 사이에서 인기가 있다는 노래를 불러보겠다고 했다. '저스트 비포 더 배틀, 마더Just Before The Battle, Mother'라는 곡이었는데 전투에 나갈 준비를 하는 젊은 군인의 이야기였다. 자신이 살아남지 못하리라는 것을 알고 있고, 지금 있는 곳이 아닌 고향집에서 어머니와 함께 있고 싶다고 외쳤다. 생각해보면 지금 북군이 처한 상황에서 너무도 당연한 소망인 것 같았다.

맥버니 상병은 놀라울 정도로 멋진 테너 음색을 지니고 있었고, 슬픈 노래를 극적으로 표현할 줄 알았다. 그가 세 번째 후렴구에 이르렀을 때, 마사 선생님과 에드위나 모로를 포함한 모두가 눈물을 보이고 말았다. 그리고 그날 저녁에 내가 가장 큰 소리로 흐느꼈던 것만은 인정한다. 내가 전에도 저녁 시간에 노래를 부르다가 흐느꼈던 적이 있는지 기억이 나진 않지만.

맥버니 상병은 노래를 잠시 멈추고 자신이 일으킨 참상을 획 훑어보고 나서 이번에는 아주 경쾌하고 신나는 곡을 반주도 없이 불렀다. 건반을 보기에 해리엇 선생님의 눈이 너무 젖어 있었다. 놀랍게도 첫 번째 곡은 너무 재미있었고, 그 노래를 부르는 맥버니 상병이 너무 우스웠다. 그는 온갖 과장된 표정을 지어 보였고, 한 번은 술에 취한 아일랜드 남자처럼 소파 뒤쪽에 불안정하게 기대어 불렀다. 지금 생각하면 그 노래는 그다지 현명한 선곡이 아니었던 것 같다. 나중에 해리엇 선생님도 그 노래가 조금 천박했다고 말했다. 그러나 그날 저녁에는 어머니에 관한 곡을 듣고 흘렸던 눈물을 찍어내면서 해리엇 선생님도 다른 사람들처럼 큰 소리로 웃었다. 맥버니 상병은 마치 연주회장의 베테랑 음악가처럼 노래를 불렀다. 기억을 되짚어보면 이런 곡이었다. 물론 그는 아일랜드 사투리로 불렀다.

오! 그대 기숙학교 소녀들이여,
그대들 중 누구도 나에겐
사랑스럽고 수줍은 연인이 아니라네.
큐피드와 환희에 대해 재잘거려도
그게 무엇인지는 알지도 못하지.
나는 감상적인 남자가 아냐.
로맨스 따윈 필요 없어.
통통하고 활달하고 다정한 여인
상복을 입고 모자를 쓴 젊은 과부를 원해.

소녀 시절의 떨림이 끝나고
사랑의 꽃은 열매로 무르익고,
그녀의 첫사랑이 영원히 잠들면
바로 그 자리에 나의 열정이 뿌리내리지.

떠난 자는 마지막까지 사랑받아 좋고

나 역시 그처럼 일찍 떠난다 해도

그녀는 상심해서 죽지 않을 테니 좋고.

이것보다 훨씬 더 길었지만 지금 내가 기억할 수 있는 것은 이정도이다. 그다음에는 게이트 근처에서 하도 서성거려서 행진곡들을 전부 외고 있는 앨리스가 '텍사스의 황색 장미Yellow rose of Texas'와 '구버 피스Goober peas'를 불렀다. 우리는 따라 부를 수 있는 대목을 따라 불렀다. 앨리스에 이어 에드위나도 한 곡 불렀는데 에드위나는 우리에게 한 번도 들려준 적 없는 맑고 깨끗한 목소리로 노래했다. 그녀가 '버지니아, 버지니아, 더 랜드 오브 더 프리Virginia, Virginia, The Land of the Free'를 혼자 부르고 나서 얼마나 얼굴을 붉혔는지 내가 다 무안할 정도였다.

에드위나의 노래가 끝나자 맥버니 상병이 자기가 아는 가장 훌륭한 전쟁 노래는 '딕시Dixie'라면서 우리를 열렬한 코러스로 이끌었다. 우리의 목소리는 오렌지 파이크 대로에 다다랐을 가엾은 기병대 상병의 귓가에까지 울려 퍼졌을 것이다. 그러나 기병대의 병사들에게 더 각별하게 들렸을 노래는 우리가 그다음으로 부른 '존 브라운스 보디John Brown's Body'였을 것이다. 에밀리는 좋은 뜻으로 그 노래를 제안했고, 다른 노래들과 마찬가지로 우리는 기꺼이 그 노래를 불렀다.

그러다가 우리의 손님이 인심 좋게도 '보니 블루 플랙'을 다시 제안했고, 우리는 지붕을 뒤흔들 정도로 힘차게 불러젖혔다. 우리의 마지막 곡은 '즐거운 나의 집Home Sweet Home'이었다. 그 노래를 부를 때 모두 눈물을 글썽였지만, 이번에는 미소를 머금은 눈물이었다. 내 말이 무슨 말인지 설명하지 않아도 알 거라고 믿는다.

그날 이전 혹은 이후의 그 어느 날 밤에도 우리가 그토록 노래를 잘 불렀던 적도, 그렇게 많이 울었던 적도, 그렇게 행복했던 적도 없었던 것 같다. 워낙에 이 학교 사람들이 개별적으로나 단체로나 노래를 썩 잘 부르는 편이 아니었는데 그날 밤 우리는 뉴올리언스 오페라극장 관객들의 갈채를 받을 정도였다.

무엇보다 그날처럼 우리가 서로에게 따스하고, 친절하고, 다정했던 적은 없었다는 것을 이곳에 있는 모두가 증언할 수 있을 것이다. 우리는 서로 키스하고 끌어안으며 노래 실력을 칭찬했고, 서로의 외모에서 특별히 예쁜 부분을 칭찬했다. 마치 그 사실을 처음으로 발견한 것처럼 말이다. 평상시 같았으면 역겹게 느껴졌겠지만 그날은 나도 그 한복판에서 상대가 누구건, 그 사람에게 다정하고 싶은 열망에 사로잡혀 펄쩍펄쩍 뛰었다.

이 모든 아름다운 동료애의 중심에는 맥비니 상병이 있었다. 그 자리에 있던 사람들 모두 그가 얼마나 놀라운 가수이자 훌륭한 기독교인인지 또 얼마나 용감한 청년인지 말해주려고 기다리고 있는 것 같았다. 그날 밤 우리는 맥버니 상병에게 흠을 찾을 수 없었다. 꼭 그렇게 말하지는 않았지만 모두 그런 감정을 느꼈을 거라 생각한다. 그렇다. 우리는 그의 결함을 찾을 수 없었다. 우리는 돈과 정조와—가지고 있는 사람에 한해서—목숨까지 그에게 바칠 준비가 되어 있었다.

그는 그러한 사실을 즐겼다. 이 학교에서 하루하고 반나절 만에 누렸던 엄청난 관심을 평생 받아본 적이 없었을 것이다. 그 자리에 있던 사람 중 그가 회복된다고 해도 그를 우리 군에 넘기거나 그의 군에 넘길 생각을 한 사람은 없었다. 그 몇 시간 동안 맥버니 상병은 우리의 작은 악단에서 너무도 환영받는 일원이 되었다. 만약 그가 자신의 패를 신중하게 사용하여 우리 모두 그날 밤의 기분을 유지할 수 있었더라면, 맥버니 상병은 영원토록 우리와 함께 머물 수 있었을 것이다.

하지만 그건 다른 얘기로 넘어가는 것이다. 이 얘기의 끝은 우리의 기도였다. 분위기를 전환할 겸 자연스럽게 기도가 시작되었고, 맥버니 상병은 마치 기독교인으로 나고 자란 사람처럼 편안하게 기도에 동참했다. 마사 선생님이 그에게 축복기도를 요청하자 그는 곧바로 자신에게 친절을 베푼 이 학교의 모든 사람들을 지켜달라고 빌었다. 뿐만 아니라 양측의 모든 죄인들을 용서해달라고, 우리 편보다 그의 편에 더 많을 것으로 예상되는 죄인들을 너그럽게 용서해달라고 기도했다. 아버지가 늘 말씀하신 것처럼, 역시 죄인 눈에는 죄인밖에 안 보이나 보다.

마사 선생님은 그 기도에 너그럽게 응답했다. 그러고는 하나님께 모든 병사들을 굽어살피시고 집에서 멀리 떠나온 우리의 손님을 특별히 안전하게 보호해달라고 빌었다. 마사 선생님의 기도에 우리 모두—지금 생각해보면 정말 이상하게 느껴진다—아주 우렁찬 '아멘'으로 응답했다.

마사 선생님과 매티가 맥버니 상병의 다리를 살펴보고 그의 잠자리를 준비해야 한다며 우리를 해산시켰다. 우리 중 누구도 그 행복한 모임을 끝내려 하지 않았다. 그러나 공개적으로는 권위에 복종하는 영리한 맥버니 상병이 무척 피곤하다고 말하는 바람에 우리는 기꺼이 자리를 떴다.

"너의 소중한 숲속 표본생물이 여기 있는 사람들의 마음을 모두 얻어낸 것 같네." 위층으로 올라가면서 나의 룸메이트 어밀리아 대브니에게 말했다. "어밀리아, 이제 그 사람 걱정은 안 해도 될 것 같아. 친구가 부족할 일은 없을 테니까."

"정말 그런 것 같아, 그치? 하지만 딱히 싫어할 이유가 없을 때는 친구가 되기 쉬워. 정작 맥버니 상병이 필요로 할 때, 도움을 줄 수 있도록 그 마음을 간직하기 위해 노력해야 해."

"맥버니 상병은 자기 앞가림을 충분히 할 수 있어. 자기 일만 신경 쓰고, 개인적으로 그를 싫어할 만한 이유를 만들지 않으면."

그 말을 하고 나서 나는 잠자리에 들었다. 그날 잠자리에 들면서 응접실을 떠날 때, 마사 선생님이 아버지의 낡은 권총을 챙겼을지 생각했다. 내가 기억하기로 마사 선생님은 노래가 시작되자마자 권총을 응접실 탁자 위에 올려놓았다. 마사 선생님이 잘 잊어버리는 사람은 아니었지만, 혹시 총을 그곳에 놓아둔 것을 잊지 않았는지 궁금했다. 어쩌면 마사 선생님은 맥버니 상병에 대한 신뢰의 증거로 일부러 총을 그곳에 놓아두었을 수도 있나. 아니, 그보다 맥버니 상병을 시험해보려고, 장전하지 않은 상태로 총을 그곳에 놓아두었을 가능성이 더 컸다. 몰래 탄약을 빼고 조금 열린 문틈으로 그가 총을 챙기려 하는지 지켜볼 수도 있었다. 하지만 맥버니 상병도 마사 선생님만큼이나 영리한 사람이라 총이 그 자리에 놓여 있다면 그럴 만한 이유가 있을 거라고 생각하고 건드리지 않을 거라는 생각이 들었다.

나는 그런 생각을 하면서 잠이 들었고, 다음 날 아침에는 총을 완전히 잊었다.

어밀리아 대브니

맥버니 상병은 심각한 부상과 출혈에서 빠르게 회복되는 것 같았다. 그는 매일 조금씩 기력을 회복했고, 한 주가 끝나기도 전에 걸어보겠다고 했다.

마사 선생님은 부러진 뼈가 다시 붙고 상처가 아물 시간이 충분치 않았다며 반대했다. 그러나 엿새쯤 되던 날, 마사 선생님이 허락을 하건 안 하건 그는 일어나 걸어보기로 마음을 먹은 듯했다. 결국 해리엇 선생님이 헛간에서 낡은 지팡이를 하나 찾아왔고, 우리는 소파 주위에 모여 그녀와 매티가 그를 일으키는 것을 숨죽이고 지켜보았다.

"지팡이와 성한 다리에 몸을 의지해보세요. 아픈 다리에 체중을 싣지 말고요." 마사 선생님이 말했다.

"그 다리는 아예 움직이지 말아야 하는데……. 살짝만 움직여도 무리가 갈 텐데……. 저러다가 뭐에 부딪치기라도 하면…… 봉합한 자리가 벌어질 거예요." 매티가 혼잣말처럼 중얼거렸다.

마사 선생님은 매티 말이 다 옳지만 다수의 의견이 그녀의 생각과 반대인 것 같다고 했다. 그러면서 자신의 동생을 포함한 모두가 자연의 섭리를 거스르지 않고 때를 기다리는 미덕을 배우지 못한 것 같다고 지적했다. 또 맥버니 상병이 다시 다리를 다치는 위험을 감수해야 할 거라고, 그로 인해 일어나는 일에 대한 책임이 자기에겐 없다는 사실을 명심하기를 바란다고 말했다.

이런 대화가 오가는 동안 세 사람은 천천히 응접실을 가로질러 정원 쪽으로 향했다. 맥버니 상병이 가운데 서서 지팡이에 몸을 의지한 채 절뚝거렸고, 마사 선생님과 매티가 그의 양쪽에 바짝 붙어서 조바심을 냈다. 그러다가 맥버니 상병이 발을 헛디뎌 미끄러졌는데 두 사람이 제때 붙잡지 않았다면 그대로 넘어졌을 거다.

"일부러 그런 거야." 나의 룸메이트 마리 데브르가 내 귀에 대고 속삭였다. "엄청나게 힘든 일인 것처럼 보이게 하려고 일부러 미끄러진 거라고."

"그럴 리 없어. 마사 선생님과 매티가 붙잡지 않았더라면 심하게 다쳤을 수도 있잖아." 내가 마리에게 속삭였다.

"하지만 두 사람이 옆에 있었고 그도 그걸 알고 있었어." 어떤 다른 장점이 있는지 모르겠지만, 내 또래 중 가장 냉소적인 마리가 다시 말했다.

"곡예사들이나 공중제비를 넘는 사람들도 아래 그물이 있는 걸 알고 있으면서 항상 그런 짓을 하잖아. 뉴올리언스 오페라 하우스의 크리스마스 공연에서도 관객들의 동정을 얻으려고 줄이나 공중그네에서 일부러 떨어지는 걸 여러 번 봤어. 설마 한 번 더 하려는 건 아니겠지?"

마리 말마따나 그게 정말 속임수였는지는 몰라도 그가 다시 넘어지는 일은 없었다. 나는 지금도 그게 속임수였다고 생각하지는 않는다. 그는 다시 중심을 잡고 정원 문 쪽으로 가서 정원을 바라보며 호흡을 가다듬었다.

"장미 가지를 쳐주어야겠어요. 그리고 저쪽 생울타리는 모양이 아주 엉망이네요. 정원을 다듬어야겠어요. 내일이나 모레쯤 제가 손을 볼게요."

"말씀은 감사합니다만, 이 정원은 돌보지 않은 지가 꽤 됐고, 좀 더 그렇게 두어도 돼요. 엄두도 내지 마세요." 마사 선생님이 그에게 엄포했다. 그러자 해리엇 선생님이 빙그레 웃으며 말했다.

"그런 말씀을 해주시다니 정말 친절하시네요. 맥버니 씨, 정원일을 해보신 적이 있나요?"

"아, 그럼요. 고향에서 아주 큰 저택의 정원사 일을 했습니다. 절그 집의 수석 정원사로 임명하겠다고 했어요. 하지만 전 더 큰일을 하고 싶었어요. 말하자면, 남북전쟁에서 포탄을 맞는다든가."

"정원 일에 흥미가 있으시다면 완전히 회복된 뒤에 하는 게 좋겠습니다. 저 영국 회양목은 삼 년이 넘도록 제대로 손질을 못했어요. 그 일을 할 사람이 없었거든요."

"장미 정자를 수리하려고 수십 번 시도했는데, 손가락만 다치고 결국 아무것도 못했어요." 해리엇 선생님이 마사 선생님 말에 덧붙였다. 그러자 매티도 한마디 거들었다.

"저도 어떻게 해볼 수가 없더라고요. 집안일만 배우면서 자랐거든요. 하긴 저런 정원을 가꾸려면 남자가 있어야 해요."

"매티가 텃밭을 잘 가꾸고 있다고 생각했는데, 꽃들이 다른 사람들을 모두 좌절시킨 것처럼 매티마저 좌절시키더군요."

마사 선생님이 한숨을 쉬며 대답했다.

그 순간 나는 다시 한 번 맥버니 상병의 긍정적인 영향력을 확인할 수 있었다. 마사 선생님이 텃밭 일에 대한 매티의 노고를 칭찬하거나 매티가 아닌 다른 누군가를 칭찬하는 일은 지극히 드물었기 때문이었다. 가엾은 매티는 그동안 이건 자기가 할 일이 아니라고 투덜대면서도 콩과 완두콩과 다른 채소 들을 키워내려고 무척 애쓰고 있었다.

마리는 매티가 내심 바깥일을 즐기고 있다면서 만약 그 일을 포기해야 하는 상황이 되면 무척 상심할 거라고 했다. 마리가 보기에 텃밭 일은 매티에게 주어진 특별임무고, 매일 학생들과 함께 호미질을 하는 마사 선생님에게 호령할 수 있는 유일한 기회라고 주장했다. 마리의 이론에 따르면, 매티가 밭일이나 들일이 자기한테 맞지 않는다고 불평하는 건 매티가 그 일을 좋아하는 것을 마사 선생님이 알면 못마땅해할 것이기 때문이란다. 그러나 나는 나의 룸메이트처럼 사람들 행동 이면에 숨겨진 이유를 궁금해한 적이 거의 없다.

"이제 꽃들 걱정은 이제 그만하셔도 될 것 같네요. 전문가가 왔으니까요."

머지않아 그의 말은 사실로 판명되었다. 바로 다음 날, 그는 자신이 해야 할 일이 뭔지 알아보러 정원에 나가겠다고 고집을 부렸다. 나는 성한 다리와 지팡이에 의지해 절뚝거리는 그를 쫓아가면서 장미 정자와 그 정자를 둘러싸고 있는 울타리를 살펴보았다. 마사 선생님이 영국 회양목이라고 부르던 것은 영국 회양목이 아니었다. 허클베리 회양목, '게이루사시아 브라키에라'라고 불리는 일종의 상록관목인데, 앨라배마 주나 캐롤라이나 주 북쪽에서는 잘 자라지 않았다.

그리고 우리는 안쪽의 개나리 생울타리를 살펴보았다. '개나리 forsythia'라는 이름은 유명한 식물학자 윌리엄 포시스William Forsyth의 이름을 따서 지은 것이다. 이번엔 장미 정자를 살펴보았다. 맥버니 상병은 정자를 둘러보고 나서 에로스 사원으로 이어진 오솔길 양쪽으로 자란 라벤더와 라일락과 동백나무를 살펴보았다. 해리엇 선생님은 그곳을 '에로스 사원'이라고 불렀지만 지금은 재스민과 머틀Myrtle과 인동덩굴과 키 큰 잡초들이 엉망으로 뒤엉켜 있었다. 개중에는 나도 이름을 모르는 식물들도 있었다.

맥버니 상병은 잔디까지 찬찬히 살펴보면서 나에게 화단에 들어가 풀잎을 뜯어오라고 했다. 그러고는 전문가들이 하는 방식인지, 풀잎을 들고 유심히 살펴보거나 손가락 사이에서 굴려보았다. 한 번인가 두 번은 맛을 보면 무엇이 필요한 상태인지 알 수 있다는 듯 곰곰이 생각하는 표정으로 풀잎을 씹어보기도 했다.

"약간 이상한 맛이 나네."

"루신다와 돌리가 여기에 왔었나 봐요."

"누구?"

"우리 소하고 웰시 조랑말요. 마사 선생님이 여기서 풀을 뜯기거든요."

"젠장, 얘야. 왜 미리 말하지 않았니?" 그가 풀을 뱉었다.

"안 물어보셨잖아요. 우린 잔디를 그런 식으로 다듬어요. 물론 루신다와 돌리가 관목이나 꽃을 먹지 않도록 누군가 나와서 지켜보고요."

"이렇게 훌륭한 잔디를 목초로 쓰다니!"

"저도 동감이에요. 잔디를 다듬는 게 무슨 의미가 있는지 모르겠어요. 동물이나 새의 은신처를 전부 없애버리는 거잖아요. 게다가 클로버와 민들레를 뽑아버리면 야생벌들이 꽃가루를 얻을 곳이 없어져요. 그런 생각 해보셨어요?"

"세상에, 안 해봤다. 하지만 오늘이 가기 전에 잘 생각해보마. 저 자그마한 축사 주변만 보아도 일주일치 작업량은 되겠어. 꽃이 아니라 잡초를 재배하는 것 같아."

"해리엇 선생님이 몇 번인가 잡초를 베어내려 했어요. 하지만 그쪽 정원은 마사 선생님 영역이나 마찬가지라서 해리엇 선생님은 잡초를 그대로 두는 쪽으로 결정해요."

"저 작은 집은 뭐지?"

"에로스 사원이에요. 그리스 사랑의 신."

"놀랍구나. 그럼 이 사람들이 예전엔 이교도였다는 거니?"

"아뇨, 아니에요. 아주 오래전 여름에 마사 선생님과 선생님의 남동생 로버트가 지은 집이래요. 두 분이 벽돌로 기둥을 만들고, 판자로 지붕을 올리고, 사원 전체를 흰색으로 칠했대요. 아테네에 있는 아크로폴리스처럼 만들 생각이었겠지만 비슷하진 않아요. 그러다가 둘 중 한 사람이, 누군진 모르겠지만요, 리치먼드 상점에서 에로스 대리석상을 사와서는 한복판에 세우고 그 주위에 덩굴을 심었대요."

"그럼 저 작은 나체상이 에로스니?"

"네, 로마 사람들은 큐피드라고 불러요."

"놀랍구나. 마사 선생님 취향치고는 좀 이상한 물건이네. 저런 걸 좋아할 사람처럼 보이진 않던데. 외람되지만 그 남동생이라는 사람도 이상한 사람인 게 분명해."

"전 만난 적이 없어요. 그리고 제가 아저씨라면 마사 선생님한테 이 사원 얘기는 하지 않겠어요. 여길 별로 안 좋아하거든요."

"나하고는 기꺼이 얘기할걸. 사람들이 나한테는 자기들의 사생활을 기꺼이 털어놓더라고. 나에겐 사람들을 무장해제하게 만드는 능력이 있거든." 맥버니 상병이 자신만만하게 말했다.

"자니는 왜 다른 사람의 사생활이 궁금한데요?"

"부분적으로는 호기심 때문이고, 부분적으로는 지켜주고 싶어서란다, 어밀리아. 우리는 잔혹한 세상에 살고 있고, 남자는 항상 조심해야 해."

"찰스 다윈 선생님의 책을 읽어본 적 있어요? 다윈 선생님은 자연이 잔혹하다고 했어요."

"여긴 문명인들만 살고 있으니 참 다행이지."

정원을 대충 파악하고 나서 그는 담배 말리는 헛간에서 작업에 필요한 연장을 가져오라고 했다. 그는 다양한 종류의 가래와 가위와 삽을 요구했다. 내가 찾아온 연장들은 녹이 많이 슬어 있었다. 그래서 보수작업 첫날 아침은 내가 헛간에서 찾은 조그만 화강암 석판에 연장들을 갈며 보냈다.

"아주 쓸 만한 돌이구나."

화강암에 침을 뱉고 전지가위를 갈면서 맥버니 상병이 말했다. 우리는 정자 안 벤치에 앉아 있었는데 나는 집을 바라보면서 다른 아이들이 늦잠을 자서 아침 시간을 조금 더 자니와 함께할 수 있으면 좋겠다고 생각했다. 물론 마사 선생님은 언제나처럼 8시 15분 전에 나올 것이고, 해리엇 선생님이 곧바로 아이들을 데리고 나오겠지만.

그럼에도 오늘 아침만은 다른 날과 다르기를 간절히 바랐다.

매티는 텃밭에서 고구마 주위에 생긴 바구미를 없애고 있었다. 맥버니 상병이 자기 텃밭을 침해할까 봐 경계하는 매티는 우리를 귀찮게 하지 않을 터였다. 나는 매티에게 맥버니 상병이 텃밭 일을 도울 테지만 다른 사람들처럼 그녀의 지시를 따를 거라며 안심시켰다.

"그 돌은 뉴잉글랜드 화강암이에요. 이 근방에서는 구할 수 없는 돌인데, 아마도 마사 선생님과 해리엇 선생님의 아버지가 북부에서 한 수레 싣고 오셨을 거예요."

"어디다 쓰려고?"

"주로 집 앞 길을 닦는 데 썼겠죠. 나머지는 숲속 묘지의 묘비로 쓰였을 거고요. 이제 남은 거라곤 이것뿐이에요."

"판즈워스 가족이 숲속에 묻혀 있다고?"

"이 집 가족 말고요. 이 집 사람들은 세인트앤드루스 교회 묘지에 묻혀요. 숲속 묘지는 검둥이 묘지예요. 판즈워스 씨가 화강암을 가져오기 전에는 무덤에 목판으로 표시하거나 아무 표시도 하지 않았대요. 지금은 무덤마다 판즈워스 씨가 기억하고 있던 이름과 날짜를 적어놓은 비석이 있어요."

"죽은 뒤에도 영지 밖에 묻히는구나. 그렇다면 비석이 하나가 더 필요할 텐데? 늙은 매티를 위해서?"

"그러게요. 매티도 저처럼 숲을 좋아하거든요, 적어도 낮 시간에는요. 매티의 남편도 저기 묻혔는데, 매티도 분명 저기 묻히고 싶을 거예요. 아, 매티의 남편은 이 근처 어느 농장 소유였는데 농장 주인이 시체를 매티한테 보냈대요. 매티 말에 따르면, 마사 선생님이 그 사람한테 고맙다고 10달러나 지불했대요."

"나는 어디에든 딱히 묻히고 싶진 않아. 하지만 굳이 선택해야 한다면, 교회 묘지보단 숲이 나올 것 같아. 숲은 외롭지 않을 것 같거든."

"천국을 믿으세요, 자니?"

"솔직히 말하면, 별로 깊이 생각해보진 않았어. 있을 수도 있고 없을 수도 있겠지만 어떤 방식일지는 모르지. 그걸 알아야 할 필요도, 욕망도 느낀 적이 없거든. 아직은 내가 죽을 거라는 확신이 든 적이 없어서겠지. 네겐 이상하게 들리겠지만, 난 그런 사람이란다. 죽음에 대해서도 별로 생각해본 적이 없어. 최악의 전투를 치를 때조차 그랬어. 이유는 모르겠지만, 죽음에 대해 걱정하지 않았지. 죽을 일을 수도 없이 겪으면서도 말이야. 그보다는 심하게 다치거나 불구가 되는 걸 걱정했어. 전투 중에 내가 가장 두려워했던 건 눈이 머는 거였어. 그다음엔 팔이나 다리 하나를 잃는 것. 내가 비밀을 하나 말해줄게, 어밀리아. 이곳에서 보낸 첫날밤에 나는 쉰 번쯤 깼을 거야. 사람들이 생각했던 것처럼 의식이 없는 게 아니었어. 말을 할 수는 없어도 흐릿하게 보고 들을 수는 있는, 마치 안개에 갇힌 듯한 상태였어. 때때로 두려움에 휩싸여 감각이 돌아왔는데 숲에서의 일들이 떠올랐고, 그 포격과 연기와 비명이 되살아나서…… 그리고 혼잣말을 했어. '내 다리가 날아갔나? 내가 다시 걸을 수 있을까? 내가 다시 달리고, 점프하고, 춤을 출 수 있을까?' 그러다가 어느 순간 통증이 밀려들면 난 감사했어. 그 통증이 고마웠고, 얼마 후 다시 안개 속으로 빠져들었지."

"이젠 괜찮아요, 자니? 지금은 다리 걱정을 안 하죠?"

"전혀! 지금은 아무 걱정도 안 해. 다리도 잘 붙어 있고, 나도 괜찮아. 다시 온전한, 살아 있는 인간이 되는 중이니까. 머지않아 나한테 덤비는 사람하고 몸싸움을 하거나 아니면, 여자와 침대에서 뒹굴 수도 있을 거야. 어린 아가씨 앞에서 이렇게 말하는 게 실례인 줄 알지만, 그게 나의 천국이란다. 어밀리아, 내게 필요한 건 그것뿐이야. 넌 천국을 믿니?"

"글쎄요. 물론 오빠들을 다시 만날 수 있다고 생각하면 위안이 되지만, 그렇지 않을 것 같다는 생각이 들 때도 있어요. 천국이 있다 해도 거기에 가고 싶지 않다는 생각을 할 때도 있고요. 제 룸메이트인 마리 데브르는 기독교 신학에 따르면 동물은 영혼이 없어서 천국에 갈 수 없다고 했어요."

"나라면 그런 얘기에 신경 쓰지 않겠다."

"마리는 어린데도 아주 똑똑해요. 가끔은 자기가 똑똑한 걸 일부러 선생님들에게 숨기는 것 같아요. 마사 선생님과 해리엇 선생님한테도 동물들이 천국에 갈 수 있느냐고 물어봤는데, 두 분 다 못 갈 것 같다고 했어요. 해리엇 선생님은 천국에는 영원히 사는 동물들로 붐비고 있어서 평범한 지상의 동물들이 들어갈 곳이 없을 것 같다고 했어요."

"마사 선생님과 해리엇 선생님라고 전부 다 아는 건 아니라고 말해주고 싶구나. 그 사람들이 넓은 세상을 얼마나 많이 다녀봤다고 동물신학전문가를 자처하지? 만약 사람이 문까지 말을 타고 가서 자기 말을 밖에 묶어두어야 한다면, 그곳이 과연 천국일까? 성경에 나오는 당나귀는 어쩌고? 내가 배운 내용을 떠올려보면, 예수님이 갈릴리에서 당나귀를 타고 다니지 않았니? 크리스마스 밤에 베들레헴 마구간에 있었던 염소와 소 들은? 말이 나온 김에 노아의 방주에서 사십 일 밤과 낮을 함께했던 새와 동물을 생각해봐. 성서에 나오는 모든 유명한 동물이 천국의 보상을 받을 수 없다고 하다니, 동물들의 힘을 너무 얕잡아보는 거 아닐까?"

"정말 그렇네요. 그런 식으로는 생각해본 적이 없어요."

"지금부터는 그런 식으로 생각해보렴. 만약 이 세상 저편에 다른 세상이 있다면, 시간이 시작된 이래 지상에 존재했던 모든 동물이 들어갈 수 있을 정도로 클 거야. 착한 동물과 나쁜 동물이 있을 거야. 공룡도 있고, 유니콘도 있고, 용도 있고……. 그래, 요나를 잡아먹은 고래랑 다니엘을 잡아먹을 기회를 놓친 사자도 있을 거야. 심지어 네로 시대에 기독교인들을 잡아먹은 사자들도 있을걸. 성인을 잡아먹은 사자는 성인의 자질을 갖게 되지 않을까? 넌 어떻게 생각하니, 어밀리아?"

"그럴 거 같아요." 내가 키득거리며 말했다. "이 문제를 왜 걱정했는지 말해줄게요, 자니. 실은 제가 아주 많이 아픈 악어거북 한 마리를 키우고 있거든요."

"걱정 마. 거북들은 아주 오래 사니까."

"알아요. 어떤 종류는 아주 오래 살죠. 하지만 악어거북은 잘 모르겠어요. 어쨌든 애완동물들하고 가깝게 지내다 보면 걔들이 죽어 어떻게 될지 무척 궁금해요."

"너의 거북은 천국에 가려면 아직 멀었을걸. 그 녀석을 자세히 보진 않았지만, 그 정도는 말할 수 있어. 보나마나 우리 둘보다, 적어도 나보다는 그 악어거북이 더 오래 살 거야. 그리고 내가 말했다시피 난 과연 언젠가는 나도 죽게될지 잘 모르겠어."

맥버니 상병과 들판에 나간 첫날, 우리의 대화는 그렇게 끝났다. 마사 선생님이 다른 아이들을 데리고 텃밭 일을 하러 나왔기 때문이다. 나는 맥버니 상병과 나누었던 모든 대화 중에서 그날이 가장 즐겁고 의미 있었다고 생각한다. 물론 다른 날이 나빴다는 건 아니다. 그날의 대화가 가장 좋았다는 거다. 그리고 그가 이곳에 머무는 동안 나누었던 가장 긴 대화였다. 그가 기운을 회복하고 일을 더 많이 하게 되면서부터 얘기할 기회가 줄어들었다. 맥버니 상병은 그로부터 하루인가 이틀이 지나고부터 다른 사람에게 의지하지 않고도 혼자 걸을 수 있게 되었고, 며칠이 지난 뒤에는 오전 내내 정원에서 일할 수 있게 되었다.

그는 장미나무 가지를 치거나 집 뒤쪽의 죽은 덩굴을 쳐내는 것 같은 서서 하는 일을 먼저 시작했다. 그러다가 화단과 관목을 손질하고, 생울타리를 다듬어 모양을 내는 것처럼 허리를 굽히거나 구부정하게 서서 하는 일들을 시작했다. 여전히 다친 다리를 조심했지만 날마다 조금씩 신경을 덜 쓰게 되었다. 그의 다리는 정원만큼이나 빠른 속도로 회복되었고, 해리엇 선생님은 자신이 어렸을 때처럼 정원이 아름다워졌다고 말했다.

마사 선생님은 맥버니 상병이 하는 일에 대해 동생만큼 기뻐하진 않았지만, 속으로는 기뻐했을지도 모른다. 마사 선생님은 애당초 에로스 사원 근처의 잡초를 뽑는 것을 허락하지 않았다. 맥버니 상병이 정원 손질을 한 지 셋째 날인가 넷째 날이 된 아침, 마사 선생님이 우리가 일하는 것을 살펴보려고 텃밭에 나왔을 때 그가 무심코 그 얘기를 꺼냈다.

"하루 이틀 뒤에는 오솔길 끝에 도달할 거 같아요. 어느 날 우연히 호메로스가 들러도 손색이 없을 정도로 저 그리스 사원을 보수하겠습니다."

"그럴 필요는 없을 것 같네요. 조만간 부숴버릴 계획이었어요. 그때까진 잡초가 자라도록 내버려두세요."

"왜 그래야 하죠? 정원에 정자가 있으면 한결 보기 좋잖아요. 잡초를 뽑고, 덩굴을 손질하고, 전체적으로 흰 페인트만 칠해주면 될 텐데요."

"그럴 필요 없다고 했잖아요." 마사 선생님이 날카롭게 쏘아붙였다.

"네, 선생님." 현명한 맥버니 상병은 입을 다물었고, 더는 우기지 않았다. 그저 엷은 미소를 머금을 뿐이었다. 그는 늘 그런 미소를 지으며 상대의 주장에 굴복했다. 훗날 사람들은 그게 조롱의 미소였다고 주장했지만, 나는 그가 우리를 조롱했다고는 생각하지 않는다. 그보다는 항상 우리에게 공손하려고 노력했다.

"그 건물을 부수는 대신 동상만 없애버리고, 새나 다람쥐나 토끼 같은 동물들이 먹고 쉬는 장소로 만들면 어떨까요? 한번 생각해주세요, 마사 선생님."

두 사람의 대치 상황을 보다 못한 내가 새로운 대안을 제안했다. 그러나 마사 선생님은 차가운 목소리로 "어밀리아" 하고 내 이름을 불렀다.

"맥버니 상병이 네게 시킬 일이 없는 것 같은데, 이제 그만 텃밭의 네 고랑으로 돌아가겠니? 아니면 집에 들어가서 배운 걸 복습하든지." 그녀가 내 제안을 냉정하게 거절했다.

"자니는 저한테 시킬 일이 많아요, 마사 선생님. 자니, 제가 해야할 일들을 선생님께 전부 말씀드리세요."

"이 아가씨가 절 위해 해주어야 할 가장 중요한 일은 제 서툰 발이 새 둥지를 피하도록 안내해주고, 저의 호미가 다정한 벌레들을 베지 않게 하는 일입니다. 제 벗도 되어주고, 저에게 친절을 베풀어주지요." 맥버니 상병이 미소를 지으며 말했다.

"우리 모두가 친절하지 않던가요, 맥버니 씨?"

"네, 선생님. 물론 그렇습니다. 이보다 더 훌륭하고 따뜻한 대접은 받을 수 없을 겁니다. 저희 쪽 진영에서 보살핌을 받았더라도 이보다 더 좋은 대접을 받을 수는 없었을 거예요."

그의 대답이 마음에 들었는지 마사 선생님은 부엌 텃밭으로 돌아갔다. 그녀가 우리 목소리를 듣지 못하는 거리에 있을 때, 맥버니 상병이 말했다.

"선생님에겐 말하지 않았지만, 네가 날 도와줘야 하는 가장 큰이유는 네가 나의 가장 좋은 친구라서야."

나는 그 말에 큰 감동을 받아서 한동안 아무 말도 하지 못했다.

"진심이세요?"

"진심이고말고. 내가 언제 마음에 없는 소리를 하든? 물론 그런적이 아예 없다고 할 순 없지만. 수백 가지 마음에 없는 소리를 하지. 그게 내가 타고난 본성이야. 하지만 너한텐 그러지 않아, 어밀리아. 너한텐 오직 진심만을 말할 거야. 넌 내 생명을 구해주었어. 그러니까 내가 너한테 해줄 수 있는 일은 네게 정직해지는 거야. 자, 이제 칭찬은 이쯤 해두고, 울타리 일을 시작하자."

맥버니 상병이 웃으며 정원 일을 재개했다. 이쯤에서 마사 선생님이 당분간은 내가 텃밭 일 대신 맥버니 상병이 하는 일을 도와도 좋다고 허락해주었다는 점을 밝혀야겠다. 그 사실을 안 다른 학생들이 나처럼 맥버니 상병의 일을 돕겠다고 나섰지만 그 누구도 허락되지 않았다. 그 일로 인해 학생들 사이에서 나에 대한 반감이 생긴 것 같다. 심지어 마사 선생님이 돈을 준다고 해도 맥버니 상병과는 일하지 않겠다고 선언한 나의 룸메이트까지도. 꽃밭으로 이전을 허락받은 바로 다음 날, 가장 먼저 우리 팀에 합류하려 한 사람은 마리였다. 그게 그리 놀라운 일은 아니었지만. 마사 선생님이 그녀에게 호미를 들고 고랑으로 돌아가라고 호통치자 마리는 고약하게 심통을 부리면서 호미를 세게 휘둘렀고, 그 바람에 옥수수 두 대가 부러졌다. 그 모습에 해리엇 선생님이 마리를 꾸짖자 이번에는 호미를 휙 던지고 옥수수와 콩과 고구마덩굴을 닥치는 대로 걷어차고 때리며 텃밭을 돌아다녔다. 결국 매티가 그녀의 귀를 잡고 집 안으로 끌고 들어갔고, 마사 선생님이 뒤따라 들어갔다. 결국 그날 오전 내내 마리는 방에서 근신했고, 사흘 저녁을 더 굶어야 했는데 마리 데브르에게는 새로울 것도 없는 일이었다.

마리만 나의 새로운 임무를 질투하는 건 아니었다. 다른 학생들이 마리만큼 격하게, 혹은 공개적으로 항의하지 않았을 뿐이다. 앨리스와 에밀리는 복도나 계단에서 나를 볼 때마다 꼬집거나 머리를 잡아당겼다. 에드위나는 나와 단둘이 있을 때마다 자니에게 자기 험담을 하려고 그날 내가 일찍 일어난 거라고, 내가 타고난 고자질쟁이라고 윽박질렀다. 솔직히 나는 그런 짓을 한 적이 없었다. 그가 묻지 않는 한 에드위나 얘기를 한 적이 전혀 없었고, 그가 물을 때에도 최대한 간결하게 대답하려고 애썼다.

사실 그는 처음부터 에드위나에게 관심이 많아서 꽤 자주 그녀에 관해 물었다. 그녀에 대해 묻지 않을 때에도 텃밭에서 일하고 있는 에드위나를 지켜보았다. 에드위나는 모르는 척했지만 실제로는 그렇지 않았다. 그가 자신을 보고 있다는 것을 누구보다 잘 알고 있었다. 그녀 또한 이따금 곁눈질로 맥버니 상병을 흘금거렸다. 그녀는 앨리스 심스처럼 항상 그를 향해 미소를 짓거나 손을 흔들지는 않았지만. 그러나 그녀에 대한 맥버니 상병의 관심이 커질수록 대놓고 그를 무시했다. 그가 우리와 머물기 시작한 뒤로 며칠간은 그녀도 다른 애들처럼 하루에 대여섯 번 응접실에 내려왔다. 다만 그가 그녀에게 호감을 느끼고 있다는 것을 감지한 이후로는 적어도 사람들 앞에서는 그가 존재하지도 않는다는 듯이 행동했다. 그것은 동물 세계에선 찾아볼 수 없는, 인간만의 아주 특이한 반응이었다.

나도 맥버니 상병과 개인적으로 만날 시간이 충분하지는 않았다. 텃밭 일을 마치고 나면 곧바로 수업이 시작되었고, 그날 수업을 위해 책을 펼치면서 일분일초가 꽉 짜여 있었다. 수업 시간에 잠깐 짬이 나더라도 매번 모두 똑같이 시간이 났고, 그럴 때면 모두 똑같이 맥버니 상병이 무얼 하고 있는지 가봐야겠다는 생각을 했다.

지팡이를 짚고 돌아다닐 수 있게 된 맥버니 상병에게는 아무 제

약이 없었다. 마사 선생님은 그가 믿을 만한 사람이라는 결론을
내렸고, 집 안 곳곳을 마음대로 돌아다니게 했다. 적어도 아래층에
서는.

그 무렵 전투는 우리 동네에서 멀어져 스폿실베이니아와 그 너
머로 옮겨갔다. 설령 북군이 이 지역에 머물고 있었더라도 인근
도로에는 내려오지 않은 게 분명했다. 학교 주변에서 그 어떤 병
사도 다시 볼 수가 없었다. 이 상황을 놓고 고심하던 에밀리 스티
븐슨은 앞으로 병사가 찾아올 일은 없을 것 같다고 했다. 이 근방
에 군사적으로 중요한 거점이 없어졌기 때문이다.

우리는 그 사실을 기꺼이 받아들였다. 전쟁이 우리에게서 멀어
지고 다시 돌아오지 않는 상황이 되자 맥버니 상병을 전쟁과 연관
지을 이유도 차츰 줄어들었다. 그가 적군이었다는 사실도 점점 잊
혔다. 처음에 악의적인 감정을 느꼈을 사람들을 두고 하는 말이다.
앞서 말했듯이 나는 처음부터 그를 친구로 여겼다. 뿐만 아니라
에드위나 모로를 향한 그의 관심을 알면서도 그가 나를 가장 친한
친구라고 선언했을 때, 나는 그를 진심으로 믿었다. 에드위나를 향
한 감정은 나에 대한 감정과 전혀 다르다는 것을 알았다.

나는 남자들이 나이가 차면 여자들에게 동물들의 짝짓기 본능
과 비슷한 생물학적 관심을 갖게 된다는 것을 알고 있었다. 만약
맥버니 상병이 에드위나 모로에게 그런 생물학적인 감정을 느낀
거라면 그로서도 어쩔 수 없는 일이었다. 과학적인 관점에서 보면
그것은 자연스러운 일일 뿐 아니라 적절한 것일 수도 있었다. 그
러니 내가 에드위나를 질투할 이유가 없었다. 나는 그에게 그런
감정을 불러일으킬 만큼 나이가 차지도 않았고, 예쁘지도 않았다.
대신 나는 그의 우정과 신뢰를 얻었다. 나에게 그것은 평범한 짝

짓기 본능보다 훨씬 더 소중한 것이었다.

그의 생물학적 욕구보다 나를 더 힘들게 하는 것은 그의 다리가 완전히 나아서 그가 떠나야 하는 시간이 다가오는 거였다. 내가 보기에는 맥버니 상병도 나와 같은 고민을 하는 것 같았다. 그는 다리 상태가 한결 나아졌는데도 여전히 1층 응접실에 머물렀다. 위층에 거처를 따로 마련할 수도 있었지만 그는 굳이 다른 제안을 하지 않았다. 오히려 마사 선생님이 그가 1층에 머물기를 원한다는 것을 알았고, 본래의 거처에 머물러야 우리의 환자로 간주될 수 있다고 생각한 것 같았다. 위층이나 다른 곳으로 가면 완치된 것으로 여겨질 테고, 그렇게 되면 학교에 남을 이유가 사라질 테니까.

얼마 전에 마사 선생님은 맥버니 상병과 내가 나눈 짧은 대화의 내용을 상기시켜주었다. 그가 이곳에 온 지 삼 주 반쯤 되었을 때 나눈 대화였던 것 같다.

마지막 수업을 끝낸 늦은 오후였는데 기적처럼 그와 둘만의 시간을 갖게 되었다. 다음 날 정원에서 할 일들에 대한 이야기를 했는데, 당시 할 일은 그리 많지 않았다. 우리는 그동안 매일 아침 열심히 일했고, 내가 수업에 들어간 사이 맥버니 상병 혼자서도 계속 일을 했다. 나는 그가 하루나 이틀 전부터 오후 시간에는 늦장을 부리는 것을 알고 있었다. 다리가 불편해서 그런 것일 수도 있지만 실은 시간을 끌고 싶었던 것 같았다. 마사 선생님도 그 사실을 눈치챘고 어느 날 오후, 응접실로 들어와 우리 둘이 앉아 있는 소파로 다가오더니 특유의 직설화법으로 그에게 물었다.

"궁금해서 그러는데, 오늘 오후 정자의 벤치에서 책을 읽고 있더군요." 나름 상냥한 말투로 그녀가 물었다.

"셰익스피어였습니다. 괜찮죠?" 맥버니 상병이 그 책을 들어 보이며 말했다.

"괜찮고말고요. 책을 좋아하신다니 무척 기뻐요. 원하시면 언제든 서재에서 책을 가져가도 좋습니다. 제가 걱정하는 건 다리예요. 오늘 오후에 다리가 아파서 벤치에서 쉬고 있었던 건 아닌지요."

"가끔 좀 욱신거리긴 합니다."

"그러는 게 당연하지요. 빨리 걸으면 안 된다고 말했던 걸 기억하시지요." 마사 선생님이 웅크리고 앉아 다리의 붕대를 풀면서 말했다. "움직이고 싶은 건 이해합니다. 당신 나이에 침대에 묶여 있다면 나라도 그랬을 거예요. 붕대가 아주 더러워졌는데도 크게 잘못된 건 없어 보이네요. 새로 상처가 나지는 않았어요. 봉합도 잘됐고, 상처도 잘 아물고 있어요. 하루나 이틀 내로 실을 뽑아야겠어요."

"언제쯤 완전히 회복될까요?"

"그건 보기에 따라 다르겠지요. 출혈이 심해서 허약한 상태지만 이 정도면 회복된 걸로 볼 수도 있겠어요. 그 다리로 한 시간 이상 걸을 수 있으니까요."

"아, 무척 조심하면서 다니는 거예요. 이 다리에는 체중을 싣지 않아요. 당분간 행군은 못할 것 같습니다. 백 야드(약 0.1킬로미터)쯤 천천히 걸을 수 있을지도 모르지만 이 다리로 일 마일(1.6킬로미터)은 못 걸어요."

"그건 그렇지만, 반약 당신네 군의관의 치료를 받았다면 지금쯤 복귀 명령을 받았겠지요. 물론 봉합한 상태로 걷게 하진 않겠지만. 일어서고 걸을 수 있게 되면 병원에 그리 오래 머물 수 없었을 거예요."

"그래서 제가 떠나길 원하시나요?"

"그렇게 말하진 않았어요."

"물론 그렇게 말씀하진 않았지요. 점잖은 숙녀이시니, 그렇게 노골적으로 말하진 않으시겠지요."

"난 꼭 필요할 때는 얼마든지 노골적으로 말할 수 있습니다, 맥버니 씨. 이젠 아실 때도 되었을 텐데요. 마침 얘기가 나왔으니 말인데, 이번 주말까지는 다리가 다 나을 것 같습니다. 그러니까 토요일까지는요."

"나흘 뒤네요."

"네, 맞습니다."

"이제 전 어디로 가야 하죠?"

"당신이 어디로 가야 할지는 전적으로 당신이 알아서 할 문제인 것 같습니다, 맥버니 씨. 제 의견으로는 브록 대로에서 당신네 부대 병사들을 찾아보는 게 좋을 것 같네요. 그 길이 리치먼드로 가는 길과 연결되거든요."

"브록 대로까지 걸어서 갈 수 있을지 모르겠어요."

"거기까지 조랑말 수레로 태워드리지요."

"너무 수고스러우실 텐데요, 마사 선생님. 일주일만 더 기다려주시면 불필요해질 일이기도 하고요. 기력만 회복하면 얼마든지 걸어갈 수 있습니다. 정원 일도 아직 끝내지 못했어요."

"그 정도면 충분합니다. 남은 일은 우리가 할 수 있어요."

"정원은 지속적인 관리가 필요합니다. 상시 일하는 정원사가 필요해요."

"필요한 건 사실이겠지만 이런 상황에서는 없이도 지낼 수 있어요."

"일주일만 더 머물면 안 될까요, 마사 선생님." 맥버니 상병이 애원하듯이 물었다. 그는 너무도 외로워 보이는 표정으로 입술까지 떨고 있었다. 금방이라도 눈물을 터뜨릴 것만 같았고 나도 같이 울 것 같았다.

"미안합니다." 마사 선생님이 냉정하게 말했다. "아무리 생각해도 그럴 이유가 없어요. 조금 매정하게 보일 수는 있겠지만, 더는 저희가 해드릴 일이 없어요."

"어쩌면 있을 수도 있겠지만, 자선이나 혹은 간호의 범주 안에 들어가지 않는다는 거겠지요. 제 얘기가 배은망덕하게 들릴지도 모르겠군요. 더 있겠다고 애원할 게 아니라 지금까지 머물게 해주신 것을 감사해야 하는데 말입니다."

"감사할 필요는 없어요. 꼭 당신이 아니더라도 가엾은 이방인에게 이 정도는 베풀었을 테니까요."

"결국 그게 문제였군요. 그렇죠? 제가 계속 가엾은 상태로 남아 있을 수 없다는 게 유감이네요."

그 말에 마사 선생님은 대답하지 않았지만 그를 조금 더 바라보다가 스커트 자락을 들고 돌아섰다. 맥버니 상병이 마지막에 한 말은 대체 무슨 뜻이었을까? 마사 선생님도 그날의 대화를 나만큼 똑똑히 기억하고 있었지만 선생님은 그날 맥버니 상병의 마지막 말을 자신이 여전히 무기력한 상태가 아니라 유감이라는 뜻으로 해석했다. 그러나 나는 이 집의 그 누구보다도 맥버니 상병을 잘 알았다고 생각한다. 그날 오후 나는 그와 소파에 나란히 앉아 있었고, 그 말을 하던 그의 쓸쓸한 말투를 기억한다. 그것은 사람들이 '아, 차라리 죽었으면 좋겠다!'라고 말할 때나 '차라리 태어나지 말걸!' 같은 말을 할 때의 말투였다. 진심으로 하는 말은 아니고, 맥버니 상병도 진심으로 한 말은 아니었을 거라고 생각한다.

나는 마음대로 걷고, 달리고, 움직이는 것이 맥버니 상병의 삶에서 가장 중요한 일이라는 것을 너무도 분명히 알고 있었다.

마사 선생님이 자리를 뜨고 난 뒤 나는 그의 기운을 북돋워줄 말을 생각하며 잠시 그의 곁에 앉아 있었다. 그러나 나 역시 그가 떠나야만 한다는 사실에 기분이 언짢아서 큰 위로를 주지는 못했던 것 같다.

"주말쯤에는 마사 선생님이 마음을 바꿀 수도 있어요."

"내가 보기엔 안 그럴 것 같은데. 생각해보면 그 말이 옳아. 여긴 내가 있을 곳이 아니야. 난 이 학교 사람도 아니고, 내가 여기 있으면 문제가 생길 수도 있어."

"무슨 문제요?"

"나 같은 남자를 예쁜 여자들 틈에 풀어놓았을 때 생길 수 있는 문제."

"우리가 다 예쁜 건 아니에요."

"아니, 다 예뻐." 그러고는 갑자기 소리 내어 웃었다. "너희 한 명, 한 명이 전부 다. 그리고 그중에 네가 가장 예뻐, 어밀리아, 달링."

아무리 맥버니 상병이라도 그 말은 지나친 과장이다. 듣기에는 좋았지만, 나는 그 말을 곧이곧대로 믿을 만큼 순진하진 않았다. 그리고 그가 나한테 원하는 것이 아무것도 없어서—물론 나의 우정만은 예외였다. 그것은 그가 굳이 살 필요가 없는 공짜 선물이었다—그 말이야말로 가장 친절하고 너그러운 말이었다. 그런데 정작 그 순간에는 그런 것들을 이해하지 못했다.

"정말 여기서 문제를 일으킬 거라고 생각하신다면요, 자니. 며칠 내로 여길 떠나는 게 좋을 것 같아요." 그것이 진심은 아니었는데, 나는 그렇게 말해버렸다. 그러나 마치 내 말을 못 들었다는 듯 그가 말을 이었다.

"내 마음에 안 드는 대목은…… 떠나달라는 요구를 받았다는 거야. 난 어디에서건 내가 원하는 때에 내가 원하는 방식으로 떠나는 걸 좋아하거든."

"그렇다면 이번 주가 끝나기 전에 떠나시면 되겠네요."

그 말 역시 진심은 아니었지만, 나는 심술이 나는 것을 막을 수가 없었다. 그러자 내 말을 진지하게 받아들이면서 맥버니 상병이 대답했다.

"네 말이 맞는 것 같다, 어밀리아. 아마 내일이나 모레, 마사 선생님의 퇴거명령이 떨어지기 전에 떠나야 할 것 같아. 난 내 모자를 쓰고 떠날 거야. 저 문을 나서서 큰길로 나가는 거지. 너희의 호의를 배신하는 인상을 주고 싶진 않지만 결국 그게 최선일지도 모르겠다."

비록 그 결정이 그에게 강요된 것이라고 해도 그 갑작스러운 결정에 화가 났던 것은 부정할 수 없다. 당시 그는 우리를 떠날 마음이 전혀 없었지만 자신이 처한 상황에 대한 분노를 상당히 빨리 극복한 것처럼 보였다. 그날 오후, 그와 그 문제를 의논할 기회가 더는 없었다. 때마침 에드위나 모로가 들어왔고, 맥버니 상병이 나와 대화를 지속할 생각이 없어 보였기 때문이다.

"아, 여기 계신 줄 몰랐어요."

에드위나가 응접실에 아무도 없을 거라고 기대했다는 듯이 말했다. 내가 보기에는 놀란 척 연기를 하는 것 같았다. 그러고는 평소에 들어볼 수 없던 수줍은 말투로 말했다.

"셰익스피어 책을 찾고 있었어요. 서재의 책장에 없던데 혹시 여기 있나 해서요."

"여기 있어요." 엄청난 열의를 담아 맥버니 상병이 말했다.

"읽고 계셨군요. 그럼 다 읽으실 때까지 기다릴게요."

"아니에요. 가져가세요. 공부에 필요하신가 본데."

"하루나 이틀 정도는 기다릴 수 있어요."

"헛소리." 내가 화를 내며 말했다. "단 일 분도 못 기다리면서. 자니하고 나란히 앉아서 그 한심한 책이나 실컷 읽어!"

나는 그 말을 내뱉고 나서 응접실을 나와 계단을 뛰어 올라갔다. 내 평생 그날처럼 화가 난 적은 없었다. 나는 에드위나와 자니와 온 세상에 화가 났고, 그렇게 화가 난 나 자신이 혐오스러웠다. 나는 내 방에 이르러서야 맥버니 상병이 나를 붙잡지 않았음을 깨달았고, 그 사실에 더 화가 났다.

나는 침대에 누워 한참을 울었다. 그동안 무슨 일 때문인지 벌을 받고 있던 나의 룸메이트가 자기 침대에 앉아 조용히 나를 보며 풋사과를 먹었다. 사과를 다 먹고 나서 창밖으로 씨를 던졌다. 증거를 없애기 위해 그 애가 늘 하는 일이었다.

"울 정도로 중요한 일은 거의 없어." 마침내 그녀가 입을 뗐다. "울어서 얻는 게 있다면 모를까. 난 울어서 얻는 게 없을 땐 절대 안 울어."

"슬퍼서 우는 게 아니야, 화가 나서 우는 거지."

"어느 쪽이든 시간낭비야." 마리가 침대 위에 놓인 사과 더미에서 사과를 하나 더 고르며 말했다. 이번에는 장기간의 벌을 준비하고 있는 게 분명했다.

나는 마리에게 맥버니 상병이 떠나야 한다는 것과 그가 그 사실을 순순히 받아들인다는 것, 그리고 에드위나와 그 외 내가 생각하고 있던 모든 것을 쏟아냈다. 마리는 내가 얘기를 끝낼 때까지 아무 말도 하지 않았고, 두 번째 사과도 다 먹었다.

"그 사람을 여기 남게 할 방법을 찾아보면 되잖아. 그게 네가 원하는 거라면. 솔직히 나하고는 별로 상관없는 일이야. 최근 방에 갇혀 지내느라 자니를 거의 못 봤거든. 내 생각엔 탄원서 같은 걸 만들어서 모두 서명하면 될 것 같아. 그게 마사 선생님한테 통할지는 모르겠지만. 만일 마사 선생님이 그가 떠날 때가 되었다고 판단한 게 그의 다리의 상태 때문이라면 우리가 자니를 설득해서 상태를 다시 악화시키면 되잖아."

"자니가 그렇게는 안 할걸. 그렇게 교활한 사람이 아니야."

"아니라고? 넌 네가 생각하는 것처럼 그 사람을 잘 알지 못하는 게 확실해. 어쨌든 진짜 악화시키거나 아니면 아예 하지 않거나 둘 중 하나야. 마사 선생님이 철저히 살펴볼 테니까. 봉합이 몇 개 벌어지거나 감염이 되면 돼. 아니면 좀 더 확실하게 약간의 혈액 감염 같은 건 일으키거나."

"그건 내가 동의할 수 없어. 어떤 식으로든 자니가 다시 다리를 다치는 건 원하지 않아!"

그때 에밀리 스티븐슨이 저녁 식사를 하러 가다가 문이 열린 우리 방을 지나쳤고, 우리가 하는 얘기를 듣고는 다시 돌아왔다. 마리와 나만큼이나 에밀리도 관심이 있는 것 같아서 우리는 에밀리에게 상황을 설명했다. 그런데 얘기를 마치자마자 앨리스 심스가 들어왔고, 우리는 그 얘기를 한 번 더 반복했다.

"우리가 해결할 수 없는 문제는 아니야. 자니한테 여길 떠나면 안 된다는 사실을 설득하기만 하면 돼." 앨리스가 말했다.

"결국 마사 선생님이 최후통첩을 할걸." 에밀리가 확신하듯 말했다.

"그러라지. 하고 싶은 대로 하시라고 해. 하지만 막상 자니가 떠나기를 거부한다면, 마사 선생님이 할 수 있는 일은 별로 없어. 우리 모두가 자니 편이라면 더더욱. 어쨌든 자니는 남자잖아. 적어도 난 그렇게 알고 있는데." 앨리스가 어쩔 수 없다는 듯이 말했다.

"맥버니 상병한테 마사 선생님이 직접 내린 명령을 어기라고 부추기는 건 옳지 않아. 내가 보기에 그건 명예롭지 않은 행동이야."

"도대체 왜? 마사 선생님이 지휘관도 아니잖아. 안 그래? 학생들이 선생님의 지시를 따르지 않는다면 그건 옳지 않은 일이겠지만, 자니가 엄밀히 말하면 적에 해당되는 사람의 명령을 따라야할 의무가 있다는 게 이해가 안 가. 만약 너희가 꼰대처럼 명예니어쩌니 하는 개념을 끌어들이고 싶다면 몰라도. 그리고 자니가 그런 구닥다리 관습에 흔들리는 사람이라면 잘 설명해주면 되잖아. 소수보다는 다수 숙녀들의 의견을 따르는 게 더 명예로운 일이라고. 물론 자니가 농장주 집안 출신의 신사가 아니라 그럴 것 같지도 않지만." 앨리스가 따지듯이 말했다.

"농장주 집안 출신의 신사 얘기는 취소해주면 고맙겠어. 넌 그런 신사를 만나본 적도 없을 테니까." 에밀리가 오만하게 앨리스의 의견을 지적했다. "그럼 이제 맥버니 상병이 명령을 어겼을 때마사 선생님이 펄펄 뛰면서 외부에 사람을 보내 도움을 요청하는걸 어떻게 막을 수 있을지 얘기해볼래?"

"에밀리, 나와 우리 어머니는 남부 전역에서 최고의 농장을 소유한 신사들과 아주 가깝게 지냈다는 걸 알아주었으면 좋겠어. 그리고 바보천치가 아니고서야, 마사 선생님도 자니의 뜻을 굽히려고 도움을 청할 곳이 없다는 걸 아실걸. 이 근처에는 우리 쪽 병사들이 없는 데다 북군한테 도움을 청하는 건 영 내키지 않을 거야. 그랬다간 한 명이 아니라 백 명의 양키 손님을 맞이하게 될 테니까!"

"그렇게 되면 네가 아주 신이 나겠네." 에밀리가 쏘아붙였다. "아무래도 난 이 모든 상황이 일종의 반란처럼 느껴져. 그 반란에 가담해야 할지 어쩔지 난 잘 모르겠어."

"자니와 마사 선생님 사이에 공개적으로 전쟁을 일으킬 필요는 없어." 사과를 먹으며 반은 재미있어하고 반은 짜증스러워하며 이야기를 듣고 있던 마리가 말했다. 마리는 자신이 구상하지 않은 작전에 동참하는 것을 꺼렸다. 그러나 이번 경우에는 더 좋은 안을 생각해낼 수 없어 작전을 수정하는 걸로 만족할 생각인 듯했다.

"공개적으로 마사 선생님의 명령을 거부하는 대신 자니가 할 수 있는 일은 떠나는 걸 늦추기 위한 적당한 핑계를 대는 거야. 예를 들면 그의 부대가 한 달 뒤에나 이곳을 지나간다는 소식을 들었으니 그때 합류하는 편이 좋겠다고 한다든가."

"지금은 여행하기 적절한 시기가 아니라고 말할 수도 있겠지. 악몽을 꾸었다거나 아니면 어딘가에서 불길한 징조를 보았다고 하는 거야. 숲에서 올빼미나 두꺼비 같은 걸 보았다고." 앨리스가 마리에 이어 말했다.

"올빼미나 두꺼비는 불길하지 않아. 그건 미신을 믿는 사람들이나 하는 얘기야." 내가 앨리스의 말에 반박했다.

"아일랜드 사람이 얼마나 미신을 떠받드는데! 우리 어머니도 일부는 아일랜드 사람인데, 항상 찻잎에서 섬뜩한 징조 같은 걸 읽어냈어." 앨리스가 짜증난다는 듯이 말했다.

"우리한텐 찻잎이 없잖아. 하지만 불길한 징조에 대해선 우리보다 매티가 더 많이 알고 있을 거야. 맥버니 상병이 어떤 징조를 보았다고 하면 좋을지 제안해줄 수 있을 거야." 에밀리도 거들었다.

"하지만 우린 근원적인 문제를 해결하지 못했어. 너희 모두 자니가 떠나기로 결심했다는 사실을 잊고 있잖아." 내가 이 상황의 문제점을 상기시켜 주었다.

"그렇다면 그의 마음을 돌리면 돼. 여기 머무는 시간을 아주 행복하게 만들어서 우릴 떠나는 건 엄두도 못 내게 하는 거야. 그가 떠날 때가 되었다고 우리가 결정할 때까지." 앨리스가 자신만만하게 말했다.

"앨리스, 그렇게 만들 수 있는 구체적인 방법이라도 있는 거야?"

앨리스는 잠시 마리를 보고 마리가 자신을 놀리려고 한 말이 아니라는 걸 알아채고 나서 한마디 덧붙였다.

"지금 당장 구체적인 방법은 모르겠어. 시간을 갖고 생각해봐야겠지."

"지금 당장 할 수 있는 일이 있어. 마사 선생님과 해리엇 선생님한테 맥버니 상병이 저녁 식사 시간에 우리와 함께하면 좋겠다고 제안하는 거야. 응접실에서 혼자 식사하는 건 무척 외로울 테니까." 에밀리가 말했다.

"그거 정말 좋은 생각이다." 에밀리와의 언쟁을 잊고 앨리스가 찬성했다.

"훌륭한 출발이야."

나도 동의했고, 마리는 자신이 그런 생각을 해내지 못해서 조금 내키지 않아했지만 곧 동의했다.

바로 그때 에드위나 모로가 방문 앞에 나타나 마사 선생님과 해리엇 선생님이 식당에서 우릴 기다린다고 통보했다. 물론 우리는, 적어도 나는 맥버니 상병을 위한 작전을 짜는 데 가장 큰 관심을 보일 사람을 빼놓은 걸 깨달았다. 불과 조금 전까지만 해도 나는 그녀에게 화가 나 있었지만 이 일이 다른 사람들에게 중요한 만큼 그녀에게도 중요한 일이라는 생각이 들었다. 에밀리와 앨리스는 서둘러 아래층으로 내려갔고, 마리는 다시 방에 갇혔지만, 나는 잠시 복도에 서서 에드위나에게 우리 작전을 설명해주었다.

"맥버니 상병이 여기 영원히 머물길 원해?"

"응, 그러길 원해. 넌 안 그래?"

그러나 그녀의 대답은 나를 궁지에 빠뜨렸다.

"어떻게 생각하면 그래주길 정말 원해. 여기 있는 그 누구보다도…… 하지만 또 어떻게 생각하면 그 사람이 처음부터 여기 오지 않았더라면 더 좋았을 것 같기도 해."

"왜?"

"왜냐하면 난……."

"그 사람에게 무슨 일이 일어날까 봐?"

"꼭 그 사람에게라기보다 어쩌면 나한테, 혹은 다른 사람한테…… 아니, 됐다. 너희는 남의 일에 참견 좀 하지 마!"

에드위나 모로는 단연코 내가 아는 가장 이상한 애였다. 나는 우리가 하려는 일을 알면 그녀가 기뻐할 거라고 생각했지만 대신 언제나처럼 냉소적이고 심술궂었다. 그렇다고 그녀와 말다툼을 하고 싶지는 않았다. 나는 맥버니 상병의 행복이 우리 모두의 관심사이니만큼 그녀도 이해해주기를 바란다고만 말했다.

"그의 행복? 물론 좋지. 하지만 정말 그게 너의 가장 큰 관심사야? 아니면 네가 즐겁게 지내고 싶어서 그가 여기 있길 원하는 거야? 너는 그 사람이 정원에서 매일 아침 매혹적인 자연에 관한 이야기를 들려주면 좋겠지. 틈틈이 이 집에 있는 사람들 흉을 보면서!"

"그건 사실이 아니야, 에드위나. 난 누구도 흉보지 않았어." 이번에는 냉정을 유지하기로 마음 먹고 최대한 침착하게 항의했다.

"마사 선생님한테 자니가 우리와 같이 저녁 식사를 할 수 있게 해달라고 부탁할 거라면 이미 늦었어."

"마사 선생님이 오늘 밤에 자니를 쫓아낼 거래?"

"바보천치 같으니라고."

"정말 그랬어?"

"그 사람은 이미 식당에 와 있어. 행여 그 사람 기분을 상하게 했을까 봐 걱정이 되었는지 마사 선생님이 직접 초대했어."

에드위나는 그 말을 내뱉고는 돌아서서 자기 방으로 향했다. 특별한 행사를 위해 조금 더 치장을 하려는 것 같았다. 에드위나는 항상 이 집의 그 누구보다도 외모에 신경을 썼다. 냉정하게 평가하자면, 에밀리가 가장 잘 씻는 학생이기는 해도 옷을 깔끔하고 단정하게 입는 것으로는 에드위나가 단연 최고다. 이곳 사람들이 생각하는 것과는 달리, 나는 다른 사람들의 단정함과 깔끔함을 존중한다. 가끔 나 자신은 그런 것들을 잊어버리지만.

하지만 그때 나는 그런 것들을 생각하지 않았고 오직 맥버니 상병이 우리와 함께 식사한다는 것만 생각했다. 계단을 반쯤 내려가고 있는데 나의 룸메이트가 헐떡거리며 나를 쫓아왔다.

"에드위나가 한 얘기를 들었어. 나도 한번 같이 내려가볼까 봐. 다들 너무 흥분해서 내가 온 걸 알아차리지 못할 수도 있잖아."그녀가 숨을 헐떡이며 속삭였다.

그녀가 온 것을 알아차린 사람이 있었다고 해도 아무도 반대하지 않았을 것이다. 그날 저녁에는 모두 즐겁고 유쾌하게 시간을 보냈다. 만약 마리가 내려오지 않았다면 마사 선생님이 벌을 면해 주고 내려오라고 했을 것이다. 그만큼 그날 저녁 식사는 즐거운 파티였다. 학생들과 교사들 모두 맥버니 상병이 우리와 함께 있다는 사실에 흐뭇해했고, 우리는 자연스럽게 마음이 너그러워졌다. 그런 마음을 갖기 위해 특별한 노력을 기울일 필요조차 없을 정도로 학교 전체가 유쾌한 분위기에 휩싸였다. 평상시 우리의 저녁 식사가 어떤 분위기에서 이루어졌는지를 아는 사람들이라면 깜짝 놀랐을 것이다. 마사 선생님이 제안하거나 학생들이 일부러 그런 분위기를 만들기 위해 노력하지 않았는데도 말이다.

매티는 우리의 갑작스러운 통보에도 특별한 식사를 준비하는 수고를 마다하지 않았다. 식탁에는 맥버니 상병이 좋아할 만한 음식이 잔뜩 차려져 있었다. 내가 기억하기로는 고구마 파이, 검은 점이 있는 흰 콩, 비튼 비스킷, 그리고 우리가 텃밭에서 한 번도 제대로 키운 적이 없는 아일랜드 감자가 나왔다. 마사 선생님이 포트 씨의 상점에서 구해온 게 분명하다.

맥버니 상병은 무척 만족스러워하면서 자신이 미국으로 건너와서 받은 최고의 식사라고 단언했다. 그는 "음식도 그렇고, 함께한 사람들도 그렇고"라고 덧붙였고, 그 말에 모두 기뻐했다.

내 생각에 그 후로 우리 학교에서 그에게 그보다 더 좋은 식사가 제공된 적은 없었다. 적어도 그날보다 좋았던 식사 시간은 없었다. 그러나 지금은 그 얘기를 하지 않겠다. 맥버니 상병이 처음으로 우리와 함께했던 식사의 그 화기애애한 분위기 속에서 그가 우리를 떠나고 싶어한다든가, 혹은 떠나달라는 요구를 받았다고는 아무도 상상할 수 없었다. 실제로 첫 번째 저녁 식사를 하고 나서 한참 뒤에야 나는 그런 생각을 하게 되었다. 만약 그날 밤 누군가 일어나서 이렇게 말했다면 어땠을까?

'마사 선생님, 오늘 저녁 우리는 정말 좋은 시간을 보내고 있는 것 같아요. 음식도 훌륭하고, 맥버니 상병이 멋지고, 재미있는 여행담과 경험담을 들려주었어요. 오늘 저녁에는 그 어떤 말다툼이나 의견충돌도 없었어요. 단 한 번도 마리 데브르를 혼내지 않았어요. 그게 지극히 드문 일이라는 건 선생님도 잘 아시겠지요. 맥버니 상병이 함께함으로서 우리가 이렇게 즐거운 시간을 가질 수 있었는데…… 맥버니 상병이 결코 우릴 떠나선 안 돼요. 적어도 아주 오랫동안은 떠나선 안 된다고 결정해주세요. 그래서 앞으로도 이런 저녁 식사를 계속할 수 있도록 보장해주실 것을 제안합니다. 이 제안에 찬성하는 사람은 자리에서 일어서는 것으로 의견을 표시해주십시오.'

내가 혹은 다른 누군가가 그렇게 말했다면, 식탁에 둘러앉아 있던 사람들 모두가 일어났을 것이다. 해리엇 선생님은 확실히 일어섰을 거고 어쩌면 마사 선생님까지도. 마사 선생님이 즉각적으로 동의하지는 않았을지 몰라도 우리의 태도에 감명을 받아서 한동안은 맥버니가 떠나는 문제를 거론하지 않았을 수도 있다. 당시 이곳에 있는 사람들 모두가 맥버니 상병이 이곳에 머물기를 바란다는 것을 알았더라면 상황이 달라질 수도 있었다. 만약 모두가 만장일치로 그가 좀 더 오래 머물기를 원한 사실을 알았더라면, 그는 분명히 다르게 행동했을 것이다. 또 한 가지 중요한 사실이 있다면, 내가 묘사한 것처럼 만장일치로 우정의 제스처를 보여주었다면, 이곳에 있는 몇 사람이 맥버니 상병에 대한 호감을 은밀하게 표현해야 한다는 생각을 하지도 않았을 것이다.

이제 와서 이런 얘기를 해봐야 아무 소용도 없다. 그날 저녁 식사 때 나는 맥버니 상병을 위해 나서서 말하지 않았다. 사실 그 당시에는 그런 생각을 하지도 못했고, 다른 사람들도 마찬가지였을 것이다. 사람들은 끔찍한 일을 당해봐야 자신들이 할 수 있었던 일들을 떠올리는 것 같다. 그날은 그저 식사를 마치고 응접실로 가 노래를 몇 곡 부르고, 기도를 하고, 모두 잠자리에 들었다. 분명 다른 일들이 일어났지만 나는 그 자리에 없었다. 그날 밤 맥버니 상병 이야기의 주인공은 앨리스 심스와 에드위나 모로였다.

 에드위나 모로

그가 나에게 끌리고 있다는 것을 느낄 수 있었다. 어떤 끌림인지 상세히 묘사해보라고 하면 이렇다 할 대답을 할 수 없을 것 같다. 지금은 그가 나를 좋아했는지조차 확신할 수 없고, 그가 날 좋아하지 않았다는 확신이 들 때도 있다. 때로는 사람들이 자기가 좋아하지 않는 것들, 이를테면 천장에 붙은 거미라든가 뺨에 난 사마귀 같은 것에도 끌릴 수 있으니까. 다른 사람 눈에는 별거 아닌 작은 일들이 쌓이면서 그가 나에게 관심이 있다는 것을 알게 되었다. 텃밭 혹은 다른 곳에서 그가 날 보는 눈빛, 기도시간에 나와 가까이 있으려는 것, 그에게 기꺼이 정보를 제공해줄 이 학교의 사람들에게 나에 관한 모든 것을 알아내려고 애쓰는 것. 나는 이 학교 사람들 모두 맥버니 상병에게 동조했다고 장담할 수 있다.

그 사실에 내가 우쭐했다는 걸 부인할 수는 없다. 나 역시 그에게 끌렸다는 사실도 부정할 수 없다. 그렇다, 나는 그를 무척 좋아했다. 그게 바로 내가 그와 거리를 두려 했던 이유이기도 했다. 지극히 예외적인 경우를 제외하면, 나는 내가 잘 아는 사람과 오랫동안 좋은 관계를 유지하지 못했다. 사람들은 순식간에 나의 결함을 찾아냈고, 나 역시 그들의 결함을 찾아냈다. 그래서 요즘에는 나에 대한 환상을 일체 심어주지 않음으로써 나에게 환멸을 느끼기를 기대한다.

그럼에도 처음 맥버니 상병과 대면했을 때 나는 즐거웠고, 좋은 인상을 주고 싶었다. 그와 긴 대화를 나눈 뒤에는 내가 좋은 인상을 주었다고 생각했다. 그러다가 차츰 의심이 들기 시작했다. 이런 의심이 드는 것은 나에게 아주 일상적이라는 점을 밝혀둔다.

처음에는 이곳에 있는 그 누구도 이해할 수 없는 고뇌에 찬 나를 그가 이해해줬다고 생각했다. 내가 결코 함께 지내기 쉬운 사람은 아니었지만 맥버니 상병이라면—비록 그가 내가 까탈을 부리는 이유를 다 알지는 못하더라도—애정으로 나를 변화시킬 수 있을 거라는 희망을 품었다. 골칫거리가 아닌, 있는 그대로의 나를 받아들여줄지도 모른다고 생각했다. 실제로 그랬을 수도 있었다. 그의 애정이 날 변화시킬 수도 있었다.

그가 이곳에 온 지 하루 이틀 정도 되었을 때부터 그가 나에게 보낸 것이 과연 '이해'였는지 의문이 들기 시작했다. 바보처럼 울컥했던 순간, 나는 그에 대한 나의 감정을 다른 아이들에게 말해버렸다. 그때부터 그들 중 한 명이—예상하건대 에밀리나 앨리스—그에게 그 일을 왜곡된 버전, 혹은 그보다 더 끔찍한 버전으로 옮겼을까 봐 두려웠다. 맥버니 상병과 나의 동료들이 한심한 오해나 하는 나를 한바탕 비웃었을까 봐 무서웠다. 나는 서서히 그의 태도가 '이해'가 아니라는 생각이 들기 시작했다. 그는 그것을 '간파'했을 확률이 더 높았다. 너무도 우정을 갈구한 나머지 가장 은밀한 질문에 기꺼이 대답하고, 자신에 대한 가장 경솔하고 노골적인 말들을 덥석 믿어버리고, 그 모든 말을 칭찬으로 받아들이는 얄팍하고 자존감 없는 아이를 그가 간파한 것이었다.

그래서 그를 피해 다녔다. 영원히 그와 거리를 둘 작정은 아니었다. 다만 내가 그를 필요로 하는 것보다 훨씬 더 나를 필요로 하는 것 같은 그에게 나 자신을 내던질 수는 없었다. 이 집의 모두가 그에게 아양을 떨었지만, 나는 그의 관심을 받기 위해 줄을 서지 않겠다고 마음먹었다.

그러나 그를 외면할수록 나에 대한 그의 관심은 더욱 커지는 것 같았다. 첫 대면 이후 그와 긴 대화를 나누어본 적이 없는데도 수시로 나를 바라보고, 기회가 있을 때마다 내게 접근해오는 것을 알 수 있었다. 그럴 때면 그를 막거나 퉁명스럽게 대하지 않았다. 적어도 일부러 그러진 않았다. 그렇다고 그를 격려하지도 않았다. 그가 내게 말을 걸면 짧지만 공손하게 대답했고, 그가 바라볼 때면 미소를 지었다. 그때만 해도 그를 믿게 되는 게 두려워 그와의 거리를 유지했다.

그러다가 그가 우리와 처음 저녁 식사를 하게 된 날 오후, 서재에서 수업시간에 배운 내용을 복습하다가 셰익스피어 전집 중 한 권이 늘 있던 자리에 꽂혀 있지 않은 것을 발견했다. 수업시간에 셰익스피어를 배운 건 아니지만, 당시 나는 셰익스피어의 희곡에 심취하여 틈이 날 때면 그 책들을 훑어보곤 했다.

나는 한참 전에, 정확히 말하면 맥버니 상병이 도착했던 바로 그날, 응접실에 그 책을 두고 온 걸 생각해냈다. 해리엇 선생님 외에는 아무도 그 작가에게 관심이 없어 아직 그 자리에 있을 거라고 생각했다. 나는 복도를 가로질러 응접실로 갔고, 문손잡이에 손을 올려놓고 나서야 안에 누가 있는지를 떠올렸다. 그는 대자연의 아이 어밀리아 대브니와 소파에 나란히 앉아 심오한 대화를 나누고 있었다.

내가 응접실에 온 용건을 말했음에도 어밀리아는 내가 맥버니 상병을 만나려고 일부러 책 핑계를 대는 거라고 단정지었다. 어쩌면 약간은 그랬을 수도 있다. 잠잘 때나 깨어 있을 때, 그는 항상 내 마음속에 있었다. 내 마음속 일부는, 어쩌면 아주 큰 일부는, 그의 곁에 있고 싶었는지도 모른다.

그리고 곧 마음이 원하는 것을 얻었다. 어밀리아가 눈물을 머금고 씩씩거리며 밖으로 나가버린 후 나는 잠시 동안 그와 꽤 가까이 앉아 있었다. 그는 내 손에 책을 건네주었다. 우리는 한참 아무 말도 하지 않고 서로를 바라보았다. 얼마 안 있어 우리는 책을 떨어뜨렸고, 그가 내게 키스했다. 아주 부드럽게.

"보고 싶었어요."

"그랬어요? 정직하게 말해줘요. 정말 보고 싶었어요?"

"내 명예를 걸고. 내 목숨을 걸고."

"나도 당신이 보고 싶었어요, 자기. 무척 보고 싶었어요."

그가 다시 부드럽게 키스했다. 이번엔 조금 더 길게 입을 맞추었다. 그렇게 우리는 한동안 아무 말 없이 소파에 앉아 있었다.

"이제 곧 떠나야 해요." 그가 침묵을 깨고 한 말이었다. "마음을 정했어요. 이곳 어르신께서 내가 건강을 회복해서 여행을 떠날 수 있는 상태가 되었다고 하셨는데, 옳은 말씀이에요. 당신 곁을 떠나고 싶지 않고, 내가 고집을 부리면 날 쫓아낼 것 같진 않지만 환영받지 못하는 곳에 머물기엔 내 자존심이 허락하지 않네요."

"당신이 떠나는 걸 원치 않아요, 자니. 하지만 당신을 탓할 순 없어요. 나도 당신을 따라갈래요."

"어디로요? 날 따라 부대로 갈 순 없잖아요. 당신이 따라와준다면, 난 포토맥 부대에 있는 모든 남자들의 선망의 대상이 되겠지요. 난 당신을 종군민간인*으로 만들 순 없어요. 그 사람들을 그렇게 부르잖아요. 그건 내가 막을 수 없을 거예요."

"전에도 사람들은 나한테 나쁜 이름을 갖다붙였어요. 나한테 어떤 이름을 붙이건 난 상관하지 않아요. 당신만 날 좋게 생각해준다면."

"난 언제나 당신을 좋게 생각할 거예요, 에드위나 모로. 죽는 날까지 내 머릿속 맨 꼭대기에는 당신 생각으로 가득할 거예요. 하지만 다른 사람들이 당신을 나쁘게 생각하는 건 싫어요. 그랜트 장군의 부대 전체와 맞서 싸울 수는 없을 테니까요."

"없고말고요." 그의 말에 내가 미소를 지었다. "당신한테 그런 걸 요구하지 않을 거예요. 내 경험에 의하면, 그건 깨진 주전자에 물을 주워 담는 것과 같아요. 여기 있는 사람들 모두 내 험담을 하지만, 그들과 맞서는 것으로는 막을 수가 없었어요. 더 좋은 방법이 있었을지도 모르겠지만요. 그런데 왜 꼭 부대로 돌아가야 하죠? 나른 곳으로 달아나면 안 돼요?"

"날 탈영병으로 만들고 싶은가요?"

"이미 탈영병이 되었을지도 모르잖아요. 군부대에서 포로들의

---

* 군부대를 따라다니는 군인 가족들 혹은 군인들을 상대로 장사하는 사람들을 일컫는 말로, 군인들에게 성적인 서비스를 제공하는 여자들도 포함된다.

명단을 교환하지 않나요? 그러니까 당신네 부대 사람들은 지금쯤 당신이 전사했거나 포로가 되지 않았다는 걸 알았을 거예요."

"명단이 나오긴 아직 이를걸요. 단순한 행방불명으로 처리되겠죠. 고매하신 로버트 판즈워스 씨처럼요. 저 숲에서 벌어진 첫 번째 전투 이후 아무도 소식을 못 들었다면서요. 두 번의 전투로 숲 전체가 불타버렸으니 신원을 확인할 수 없는 시체 수천 구가 널려 있겠죠."

"그럼 영원히 실종된 상태로 남으면 되잖아요. 발각되지 않으면 돼요. 당신이 원하는 곳, 어디든 갈 수 있어요. 꼭 부대로 돌아갈 필요는 없어요."

"당신 말을 듣고 보니 돌아가지 않아도 될 것 같군요."

"그런 생각을 안 해봤다고는 말하지 말아요, 자니. 그런 생각을 하는 건 절대 수치스러운 일이 아니니까요. 에밀리 스티븐슨 얘기로는 당신이 전향할 생각이 있다던데요."

"그런 말을 했던 것 같군요. 그저 듣기 좋으라고 한 말이에요."

"나한텐 절대 그러지 말아요, 자니. 언제나 모든 것에 대해…… 특히 나에 대해서는 당신의 생각을 있는 그대로 말해줘요."

"내가 당신을 어떻게 생각하는지 알잖아요."

"말해봐요."

"당신을 사랑해요."

"제발요, 자니……. 원한다면 그 말을 취소해도 좋아요. 못 들은 척할게요. 제발요, 자니, 진심이 아닌 말은 하지 마요."

"진심이에요, 사랑스러운 아가씨. 맹세할 수 있어요. 당신한텐 절대 거짓말 안 할게요, 에드위나. 당신과 처음 얘기를 나누던 그 날부터 당신에 대한 내 감정이 무언지 정확히 알았지만 당신이 돌아서서 다시는 내 곁에 오지 않을까 봐 두려웠어요. 이제야 말하는 이유는 내가 곧 이곳을 떠나야 하고, 앞으로 말할 기회가 없을지도 모르기 때문이에요. 당신한테 내가 부족한 사람이라는 거 알아요, 에드위나."

"천만에, 아니에요. 그게 얼마나 말도 안 되는 얘긴지 당신은 몰라요."

"내가 겸손한 게 아니에요. 그래요, 나는 나 자신이 세상의 여느 남자들보다 훌륭하다고 생각해요. 만약 당신이 집안의 인맥이라든가 명예, 과거의 업적 같은 것을 따지는 사람이라면 실망할 거예요. 우리 조상은 지난 백여 년 동안 왕실하고는 거리가 먼 사람들이었거든요. 어쩌면 교수대나 구덩이에서 생을 마감한 노상강도나 도둑도 몇 명 있을지 몰라요. 하지만 수천 년을 거슬러 올라가면 왕이나 귀족이 몇 명 있겠지요. 물론 세상 사람들이 다 알다시피 아일랜드의 모든 국민들은 왕의 후손이지만요."

"농담하지 마요, 자니. 당신이야말로 정말 과거 따위에 개의치 않나요?"

"개의치 않고말고요. 나의 사랑스러운 에드위나. 솔직히 말하죠. 난 당신을 떠나고 싶지도 않고, 북군 부대로 돌아가고 싶지도 않아요. 전쟁이라면 진절머리가 나요. 내가 일으킨 싸움도 아니고, 더는 싸우고 싶지 않아요. 이런 내 모습이 실망스러운가요, 에드위나?"

"당신의 진실함이 오히려 더 좋게 보여요. 당신이 전쟁으로 돌아가는 건 나도 싫어요. 이 모든 게 다 미친 짓이고, 누가 이기든 난 상관없어요. 만약 당신한테 무슨 일이 일어나기라도 한다면 난 죽어버릴 거예요. 원한다면 그 말을 한 번 더 해도 돼요, 자니."

"사랑해요, 에드위나."

"나도 사랑해요, 자니. 난 당신에게 절대 거짓말하지 않을 거예요. 아직은 내 모든 걸 전부 털어놓을 수 없지만, 어떤 질문에든 대답할게요. 지난번에는 나의 과거를 말하기가 꺼려졌는데, 이젠 당신이 묻는다면 대답할 수 있을 것 같아요. 혹시 나한테 묻고 싶은 게 있나요, 자니?"

"아뇨. 과거에는 관심 없다고 했잖아요. 난 오직 미래에만 관심이 있어요…… 우리의 미래."

"좋아요, 자니. 그렇다면 당신은 부대로 돌아가선 안 돼요. 내가 용납하지 않겠어요. 당신 자신을 위한 것도 아니잖아요. 명분을 위해서라면 당신은 이미 할 만큼 했어요. 이제 당신이 할 일은 리치먼드로 가는 거예요. 아버지에게 당신을 소개하는 편지를 쓸게요. 아버지가 당신을 다른 나라로 보내줄 거예요. 영국이든 아일랜드든, 당신이 원하는 곳 어디로든."

"그럼 당신은요?"

"나중에 따라갈게요. 당신이 그때도 그걸 원한다면."

"물론 난 그걸 원해요. 하지만 내가 리치먼드까지 어떻게 가죠? 군복을 입고 혼자서?"

"군복을 입을 필요는 없어요. 마사 선생님이 자기 남동생 옷을 내어줄 거예요."

마사 선생님은 그가 도착한 날로부터 며칠 뒤 로버트의 낡은 수트를 그에게 내어주었다.

"리치먼드로 가는 데 드는 비용은요?"

"그것도 내가 마련해볼게요…… 어떻게든."

"당신의 아버지가 내가 바다를 건널 수 있게 해준다는 건가요?

어떻게 그럴 수 있죠? 밀수업을 하시나요?"

"네……. 미안하지만 그래요."

"미안해할 이유는 없어요. 그것도 훌륭한 일이니까요. 필요하지만 정당한 방식으로는 구할 수 없는 물건들을 나라에 공급하는 거잖아요."

"엄청난 돈을 벌고…… 해외에 비축하고요?"

"그래도 그건 정직한 도둑질이고, 더 큰 권력을 쥐고 있는 거예요. 하지만 왜 당신 아버지가 날 기꺼이 도와줄 거라고 생각하죠? 날 알지도 못하는데."

"아버지가 날 아니까요. 언젠가 내가 당신을 따라 바다를 건너갈 수도 있으니 관심을 갖겠죠."

"아버지가 당신을 떠나보내고 싶어하시나요?"

"아마 그럴걸요."

"그렇다면 당신 아버지는 여간 어리석은 게 아니시군요. 외람된 말씀이지만."

"괜찮아요. 아버지는 당신보다 날 훨씬 더 잘 아는 분이에요."

"그럴 리가 없어요. 당신을 이 세상의 그 무엇보다도 소중히 여기지 않는다면."

"고마워요, 자니. 그 말만으로도 너무 고마워요. 당신이 앞으로 내게 좋은 말을 다시는 해주지 않는다고 해도 당신을 원망하지 않을게요."

"당신 삶의 남은 시간 동안 밤이고 낮이고 수없이 좋은 얘기들을 할 거예요. 내 말이 너무나 지겨워서 당신이 화를 내고 차라리 욕을 해달라고 빌 때까지."

"자니…… 그럼, 당신은…… 당신은 나와 결혼할 생각인가요?"

"당연하죠. 나는 훌륭한 기독교인으로 자랐어요. 내가 설마 당신과 동거하려고 프러포즈할 거 같아요?"

"안아주세요, 자니." 뻔뻔하게도 내가 먼저 그를 원했다.

"한 가지 생각해볼 게 있어요." 그러고는 그가 다시 말했다. "내가 조국으로 돌아가고 싶은지 잘 모르겠어요. 아니, 전혀 새로운 곳으로 가고 싶어요. 남자가 자기 힘으로 안락한 가정을 꾸릴 희망이라도 있는 곳으로. 서부로 가볼까 해요. 서쪽으로 흐르는 강 너머에는 뭐가 있는지 보고 싶어요. 거기에는 주인 없는 나무들이 널려 있다면서요. 나하고 같이 서부를 볼 의향이 있나요, 에드위나?"

"당신이 날 원한다면 당신이 가는 곳 어디든 갈게요. 자유지역으로 가고 싶다면, 아버지가 그곳으로 보내줄 수도 있을 거예요."

"찬찬히 생각해볼게요. 섣부른 결정은 하진 않을 거예요. 당신한테 가장 좋은 일이 뭔지 고민해볼게요. 그게 가장 중요하니까요."

"우리 둘을 위해 가장 좋은 일이 무엇인지 고민해야죠."

"좋아요. 당신 뜻대로 할게요."

내 기억으로 그날 오후 우리의 대화는 그렇게 끝이 났다. 그 뒤로 한동안은 거의 대화가 없었지만, 곧바로 헤어지지는 않았다. 십 분 혹은 십오 분쯤 뒤에 매티가 들어와 "맥버니 상병님, 오늘 저녁, 숙녀분들과의 저녁 식사에 초대되셨습니다"라고 알렸다. 매티는 마사 선생님의 결정에 동의하는 것처럼 보이지 않았다.

매티는 판즈워스 학교 사람들이 맥버니 상병과 불필요한 교류를 하는 것에 호의적이지 않았다. 만약 그녀가 이 학교의 책임자였다면 맥버니 상병의 요양은 무척 짧았을 것이고, 응접실 문은 단단히 잠겨 모든 방문객을 차단했을 것이다.

그리고 그녀가 책임자였다면 나에게도 그와 비슷한 방침이 적용되었을 것이다. 나는 다른 사람들과 떨어져서 식사를 하고 수업을 받았을 확률이 높았다. 다른 사람들이 모두 그런 것처럼 매티도 나를 좋아하지 않았다. 매티가 나를 좋아하지 않는 건 다른 사람들과 전혀 다른 이유였지만.

　그녀는 서둘러 응접실을 나갔고, 나는 그 짧은 사생활 침해만으로도 곧 심술이 났다. 그게 원래 나의 모습이라고 말할 사람도 있을 것이다. 또한 습관적으로 나의 미래에 정말 좋은 일이 일어날지 의심이 들었다.

　"당신이 했던 말들을 전부 취소해도 좋아요. 한 번 더 기회를 줄게요."

　"아무것도 취소하고 싶지 않아요, 나의 사랑스러운 아가씨. 내가 한 말은 전부 다 진심이에요. 목숨을 걸 수도 있어요. 설마 날 못 믿는 건가요, 에드위나?"

　"믿어요. 당신을 믿어요. 믿는다는 건 당신이 아주 특별하다는 의미이고요. 난 아주 오랫동안 그 누구도 믿지 않았거든요."

　"날 믿는다면서 왜 그렇게 얼굴을 찌푸리고 있죠? 그 아름다운 얼굴을 왜 꽉 다문 입술과 찌푸린 이마와 가늘게 뜬 눈으로 망가뜨리죠? 내가 당신에 대한 나쁜 마음을 숨겨놓은 건 아닌지 살펴보려고 내 마음속 어둠을 구석구석 훑는 것 같잖아요."

　"그런 마음이 없다는 거 알아요, 자니. 지금 당신이 나에 대해 느끼는 감정은 문제가 안 돼요. 당신이 나중에…… 나에 대해 더 잘 알게 되었을 때 느낄 수 있는 감정이 문제죠."

　"난 당신을 충분히 알고, 당신에 대한 나의 감정은 절대 변하지 않아요."

"당신이 나의 모든 걸 아는 건 아니에요……."

"세상에, 더 알게 뭐가 있어요? 성격이 까칠하다는 건 알고 있어요. 그건 나 역시 그래요. 말을 모질게 한다는 것도 알지요. 나역시 그러니까요. 아마 함께한 첫 주가 끝나기도 전에 서로를 죽일 수도 있겠죠. 자, 이제 성자 같은 사랑은 사라졌어요. 당신에 대해 알아야 할 모든 것과 내가 알고 싶은 모든 것을 내가 알고 있으니까."

"당신이 확신한다면서요, 자니." 내가 속삭였다.

"절대적으로 확신해요, 나의 아름다운 에드위나."

만약 시간을 순간으로 쪼갤 수 있다면, 그 순간이야말로 내 삶에서 가장 행복한 순간이 아니었을까? 긴 시간은 아니었지만, 그 순간이 지속되는 동안 나는 무척 행복했다.

나의 불행이 대체로 나 자신의 탓이라는 것은 잘 안다. 나는 항상 내 주위의 모든 사람을 의심했고, 때로는 별것 아닌 일에도 쉽게 기분이 상했다. 그러나 그날 오후 응접실을 나서면서 나는 태도를 바꾸기로 결심했다. 보잘것없던 나의 운명이 내가 늘 바라왔던 그것으로 바뀌었다. 나를 괴롭혀왔던 두려움이 사라져버렸고, 다시는 그 두려움에 빠지지 않을 거라고 확신했다.

나는 내 주위 사람들에게 친절하려고 노력할 생각이었다. 거절당하더라도 나는 그런 대접을 받아 마땅했고, 상관하지 않을 생각이었다. 그때는 내게 자니 맥버니가 있고, 이제 그 무엇도 나를 불행하게 만들 수 없다고 생각했다.

나의 결심은 계단을 반쯤 올라갈 때까지 지속되었다. 때마침 계단을 내려오던 앨리스와 에밀리를 만났고, 두 사람은 단 몇 마디 말로 나를 본래의 상태로 되돌려놓았다.

"좋은 소식이 있어, 에드위나!" 에밀리가 소리쳤다. "우린 맥버니 상병이 우리에 대해 더 잘 알 때가 되었다고 판단했어."

"그리고 그에 대해 더 잘 알게 되겠지." 앨리스도 지나가며 소리쳤다.

"그게 무슨 뜻이야? 너희, 지금 뭘 하려는 거야?" 내가 그들 뒤로 소리쳤다.

그들은 내 말에 대답하지 않고 곧바로 식당으로 들어갔다. 나는 계단을 올라갔고, 맨 꼭대기 층에서 어밀리아를 만났다. 그새 화가 풀렸는지 아주 환한 표정으로 맥버니 상병을 우리 곁에 머물게 할 작전을 짰다고 알려주었다. 모두가 친절하게 대해주고 관심을 듬뿍 주어 마사 선생님이 뭐라고 하건, 그는 결코 우리 곁을 떠날 수 없을 거라고.

나는 말도 안 되는 얘기라고 생각했다. 만약 마사 선생님이 맥버니 상병을 쫓아내기로 마음 먹었다면, 그 멍청한 애들의 계략 따위에 넘어갈 리 없었다. 마사 선생님은 그와 우리를 아주 끔찍하게 만들 수 있었고, 해가 지기도 전에 그를 거리로 내쫓을 수도 있었다. 이기적으로 생각하자면 나는 이곳에 있는 다른 아이들과 맥버니 상병을 나눠 갖느니 차라리 그 편이 낫다고도 생각했다.

물론 지금의 나는 그날 오후의 상황을 얘기하는 것이다. 그날 이후 상황은 급격히 바뀌었고, 맥버니 상병은 이곳의 그 누구도 자신이 준비되기 전에 떠나라고 말하거나 내쫓을 수 없다고 엄포했다. 그게 사실인지 아닌지에 대해서는 논란의 여지가 있지만.

나는 어밀리아에게 이곳에 있는 멍청한 것들이 자기 일이나 신경 쓰는 편이 서로에게 이로울 것이라고 일갈했다. 그러고는 저녁 식사를 위해 단장하려고 방으로 들어왔다. 화장대에 앉아 응접실에서 일어난 일과 내게 맥버니 상병이 했던 말들을 떠올리자 두려움과 심술이 순식간에 사라졌다. 식당으로 돌아갈 무렵에는 기분이 날아갈 것 같았고, 식탁에 앉은 뒤 채 십 분이 지나기도 전에 유쾌하게 웃고 수다스러워져서 몇 사람이 그런 나를 놀라워할 정도였다.

"이렇게 활기찬 모습은 처음 보는 것 같구나, 에드위나." 마사 선생님이 말했다.

"나도 처음 보는 것 같아. 그런 모습이 정말 어울린다, 안 그런가요, 맥버니 상병?" 해리엇 선생님도 거들었다.

"어울리고말고요. 검은색 벨벳 드레스와 핀으로 올린 머리, 발그레하게 물든 흰 뺨이 꼭 에스파냐 왕가의 여인 같군요."

"맞아요, 에드위나는 캐스틸리언* 같아요, 안 그래요?"

내가 에밀리를 보았다. 그러다가 그저 대화를 이끌어가려고 한 말이라는 결론을 내렸다. 그러나 앨리스는 대화의 전개가 마음에 들지 않았는지 유럽 왕실에는 악명 높은 여자들이 많다는 얘기를 꺼냈다. 앨리스가 그 말을 내뱉는 순간, 악명 높은 여자들 얘기가 본인에게 결코 득이 되지 않는다는 걸 알아챘다. 앨리스는 피부색이 어두운 여자들이 수지 촛불 아래서 항상 더 예뻐 보인다며 화제를 전환했다. 그러면서 우리 중에는 어깨선이 아름다운 여자가 있는데 만약 학교에서도 어깨를 드러내는 드레스가 허용된다면, 나라에서 모든 학생들에게 드레스를 제공하여 불이익을 당하는 학생이 없도록 해야 한다고 말했다.

너무도 서글픈 주장이라 화가 나기보다는 앨리스가 안쓰러웠

* 에스파냐 중부의 옛 왕국 카스티야 출신 사람들을 일컫는 말.

다. 나는 그녀가 맥버니 상병의 관심을 얻고 싶어 얼마나 안달하는지 알지 못했다. 나는 앨리스가 말하는 중에도 식탁 맞은편에서 내게 윙크하는 그를 보며 그녀에게 승산이 없음을 확신했다. 그리고 안타까운 마음에 나는 앨리스를 비롯하여 드레스가 필요한 사람 누구에게라도 내 드레스를 기꺼이 빌려주겠다고 말했다.

"나도 저녁 식사 때 한번 빌려 입을까 봐."

마리의 말에 식탁에서 키득거리는 웃음소리가 들렸지만 정작 본인은 알아차리지 못했다. 그러자 에밀리가 비아냥거렸다.

"스커트 자락이 발에 걸리지 않으려면 죽마가 필요하겠다. 옷을 상체에 고정하려면 엄청난 양의 풀도 필요할 거고."

"나도 인정해. 에드위나가 나보다 키가 크고 성숙하다는 거. 하지만 다른 이유로 에드위나의 드레스를 입지 못하는 사람도 있잖아. 그런 드레스에 몸을 구겨넣기 위해 아주 고통스럽게 몸을 조여야 하는 사람 한 명이 떠오르지만, 이름은 말하지 않겠어. 다만 그 사람의 이름 첫 자가 'A'와 'S'라고만 말할게." 마리가 짜증을 내며 반박했다.

"애들아, 애들아."

앨리스가 대답을 하기도 전에 마사 선생님이 스푼으로 유리잔을 두드렸다.

"이런 대화는 어린 숙녀들에게 적절치 않은 것 같구나. 주제의 적절성 여부에 대해 한마디 덧붙이자면, 개인적으로 나는 에드위나의 복장이 학교에서 입기에는 적합하지 않다고 생각한단다. 하지만 모두 에드위나가 다양한 드레스가 유행하는 곳에서 왔다는 걸 알고 있어. 또 판즈워스로 올 때 예전부터 입던 드레스를 여러 벌 가져왔고 오늘뿐 아니라 저녁 식사 때 여러 번 드레스를 입었다는 것도 알고 있어. 따라서 그 문제에 대해서는 더 거론하지 않겠다만, 다시 얘기가 나오지 않도록 어깨에 숄을 두르는 건 어떻겠니, 에드위나? 한번 생각해보는 것도 좋겠구나."

나는 그녀가 시키는 대로 했다. 얼굴이 벌겋게 달아올랐지만 칭찬을 받은 거라 생각하며 마음을 다스렸다. 맥버니 상병도 나에게 미소를 지으며 윙크를 했고, 나는 판즈워스의 촌스러운 방식을 걱정할 날도 얼마 안 남았다고 생각했다.

판즈워스에서 내가 입는 옷들은 리치먼드에서 이름난 신사들과 식사하는 자리에 입고 나갔던 것들이다. 리치먼드에는 어린 여자 아이가 그런 자리에 나가는 것을 탐탁지 않게 생각하는 사람들도 있었지만, 아버지의 생각은 달랐다. 그래서 나는 어렸을 때부터 항상 그런 자리에 참석했다. 아버지는 내가 어린 시절을 누리는 걸 허락해주지 않았다. 개중에는 너무 일찍부터 어른 취급을 한다고 수군거리는 사람들도 있었지만, 아버지는 개의치 않았다. 그러나 맥버니 상병이 학교에 온 뒤로 나는 아버지가 내게 어떤 드레스를 입히고 어떤 사람들을 만나게 했건 나를 어린애 취급했다는 사실을 깨달았다. 뿐만 아니라 그 아이가 작고, 말귀도 못 알아듣고, 무관심한 장난감이 아니란 걸 깨닫는 순간, 아버지는 나를 이 학교로 보냈다.

그것이 전적으로 아버지의 잘못은 아니었다. 나는 노예를 제외한 여자들과 함께 살아본 적이 없었고, 아버지는 자신의 유일한 판단 근거인 나의 신체변화로 때가 되었다고 확신했다. 그리고 그때부터 어른 취급하지는 않으면서도 나의 여성성을 한껏 부각시켰다. 그러고 보면 나는 아주 어린 나이에 여자가 되었는데, 맥버니 상병이 오기 전까지 그게 늘 불만이었다.

그러나 그날 밤 나는 그런 것들을 생각하지 않았다. 그에게 나쁜 인상을 주지 않도록 입단속하자는 생각뿐이었다. 내가 어른들의 지적을 받아들일 줄 알고, 숙녀로 대접받을 자격이 있다는 것을 그에게 증명해야 했다. 그래서 이런 꾸중 정도는 양호한 것이고, 마사 선생님은 학생들의 옷차림에 대한 자신의 견해를 말할 자격이 있다고 생각했다. 그러다가 만약 내가 그녀의 위치에 있었더라도 나 역시 같은 말을 했을 거라는 결론에 이르렀다.

이러한 나의 자제력은 내가 한바탕 난리를 칠 거라고 생각했던 다른 학생들을 놀라게 했다. 다른 때라면 분명히 그랬을 것이다. 그들은 슬금슬금 내 눈치를 보았고, 나는 내 접시에 시선을 고정한 채 아무 말도 하지 않았다. 그러한 나의 인내심은 평소 말수가 적은 어밀리아 대브니의 발언으로 보상받았다.

"이런 논쟁은 불필요해. 에드위나 모로가 무슨 옷을 입건 우리 학교에서 가장 예쁘니까. 가끔은 싫을 때도 있지만, 그것만은 인정해, 에드위나."

어밀리아의 말에 나는 몹시 부끄러웠지만, 한편으로는 몹시 흐뭇해서 "고마워" 하고 대답했다. 그러자 마사 선생님이 약삭빠르게 덧붙였다.

"설령 우리가 그 사실에 동의할 수 없다고 해도, 에드위나와 다른 한두 명이 아주 치열한 경합을 벌이리라는 건 인정하지 않을 수 없구나. 외적인 아름다움이 반드시 마음이나 영혼의 완벽함을 뜻하진 않지만 말이야. 다만 내가 주저 없이 말할 수 있는 건 에드위나가 우리 학교에서 가장 똑똑한 학생일 수도 있다는 거야. 조금만 더 성실히 노력한다면."

"고맙습니다, 마사 선생님. 선생님의 충고를 따르도록 노력해볼게요."

나는 얼굴이 다시 붉어졌다. 마사 선생님의 칭찬은 그 누구의 칭찬보다도 내게 의미가 있었다.

"세상에, 우리와 함께 식탁에 앉아 있는 사람이 정말 에드위나 모로가 맞아? 아니면 가짜인가?" 마리가 놀라 말했다.

"에드위나는 지금 본래의 모습을 보여주고 있는 것 같아. 이런 모습을 그동안 숨겨두었다니, 안타까운 일이지. 앞으로는 좀 더 자주 볼 수 있겠지. 그러고 보니 마리 데브르야말로 가짜인 것 같네. 진짜 마리 데브르는 방에서 벌을 받고 있어야 하니까." 마사 선생님이 마리를 바라보며 일갈했다.

그 말에 식탁 분위기가 다시 떠들썩해졌다. 미모의 경쟁자라는 말에 마음이 누그러든 앨리스를 포함한 모두가 한바탕 웃었고, 그 웃음소리는 마사 선생님이 다시 한 번 유리잔을 두드렸을 때에야 멈추었다.

"당신이 우리에게 활력소가 되고 있는 게 분명하군요, 맥버니 씨. 심지어 대화에 직접 동참하지 않을 때에도요. 이렇게 즐거운 저녁 식사는 참 오랜만이에요. 이제 모두 좀 진지해져볼까. 맥버니 씨가 오늘 오후 셰익스피어를 읽고 있었거든. 맥버니 씨, 셰익스피어는 재미있었나요? 맥버니 씨에게 인상적인 부분을 들려달라고 청해볼까?"

"네, 선생님. 셰익스피어…… 무척 재미있었어요."

그가 더듬거렸다. 그가 열정적으로 토론하고 싶은 주제가 아닌 게 분명했다.

"맥버니 상병은 셰익스피어의 희곡에 조예가 깊으시대." 해리 엇 선생님이 끼어들었다.

"우릴 위해 암송해주실 수 있겠네요." 에밀리가 물었다.

"아주 많아요. 좋아하는 걸 하나만 고르긴 힘들죠. 오늘은 그 희곡을 읽었는데…… 어떤 남자에 관한…… 그 친구 이름이 뭐였더라…… 내 이름하고 첫 자가 같았던 것 같은데……."

"존 왕?" 해리엇 선생님이 되물었다.

"아뇨, 성이 같았어요. 맥 뭐라고 했는데……."

"〈맥베스〉!" 모두 함께 외쳤다.

"맞아요. 그걸 다시 읽었어요. 여러분은 백 번도 넘게 읽으셨겠지만."

"난 한 번도 안 읽었는데…… 제가 읽기엔 시가 너무 많아요." 마리가 대답했다.

"난 한 번도 끝까지 읽은 적이 없어요. 그 낡은 책은 활자가 너무 작아요." 앨리스도 덧붙였다.

"나도 한 번도 안 읽었어요. 내용을 얘기해줄래요, 자니?" 어밀리아가 그를 보며 부탁했다.

"좋은 생각이구나. 그 희곡 내용을 잘 아는 사람들도 당신의 해석을 들으면 도움이 될 거예요." 마사 선생님이 맥버드 상병을 보며 말했다.

"그럴 수도 있겠지요."

그러고는 맥버니 상병이 그 내용을 설명했다. 그리고 지금부터는 나도 그가 말한 그대로 전하려고 노력해보겠다.

"어쩌면 제가 남자라서 그 희곡을 여러분과 조금 다르게 해석할 수도 있을 것 같습니다. 우선, 맥베스라는 친구가 있죠. 그는 늙은 스코틀랜드 왕의 군대에 소속되어 있는 전도유망한 군인입니다. 제 기억으로 그의 계급이 언급되지 않았지만, 처음엔 장교쯤 되지 않았을까요. 아니면 소령? 높아도 중령일 거예요. 그런데 어느 날, 황야에서 그에게 아주 이상한 일이 일어납니다. 왕의 군대가 침략자와 반역자를 소탕하러 나섰는데, 아, 제가 사용하는 단어를 양해해주십시오. 왕은 다루기 힘든 귀족들을 규합하기 위해 소수의 척후병들과 함께 맥베스를 보냅니다. 맥베스와 그의 동료 뱅코는 황야를 정찰하다가 아주 이상한 일을 겪지요. 성질 사나운 노파 셋이 냄새가 고약한 수프를 끓이면서 높고 갈라지는 목소리로 노래를 불렀거든요. 스코틀랜드 군인들은 노파들이 평범한 인간과는 거리가 멀다는 사실을 대번에 알아차립니다.

'이보게, 맥베스, 안 그래도 우리가 여기서 기다리고 있었지.'

그중 한 명이 말합니다.

'무슨 일이신지요? 난 당신들을 모릅니다만.'

그랬더니 또 다른 사람이 말합니다.

'무슨 일이냐 하면, 우리가 자네한테 경배를 드리고 싶었거든. 머지않아 자네가 스코틀랜드의 왕이 된다는 소식을 알려주면 좋을 것 같기도 하고.'

'당신들 미쳤군요.'

'우리가 미쳤다고? 우리가 미치지 않았다는 증거를 보여주지. 앞으로 한 시간 내로 자넨 왕좌에 한발 더 다가갈 거고, 날이 저물기 전에 또 한발 다가가게 될 거야. 늙은 왕이 전투에서 자네의 공을 높이 사서 진급시킬 테니까.'

'물론 제가 공을 세운 건 인정합니다만, 당신이 말하는 늙은 왕은 아직 건강하거든요.'

맥베스가 이렇게 말했습니다. 맥베스는 그다지 겸손한 친구가 아니었어요. 그랬더니 노파들이 '그렇다면 솥을 한번 들여다보시게, 맥베스, 솥 안에 들어 있는 걸 부정할 순 없을 테니까' 하고 말했어요.

그는 더럽고 낡은 솥을 들여다보았지만 박쥐와 개구리와 그 밖에 마녀들이 끼니로 먹는 희한한 음식 말고는 아무것도 보이지 않았어요. 그래요, 이 세 명의 노파는 바로 마녀였어요. 그들은 마치 자기들의 정체를 밝히려는 듯이 괴성을 지르며 빗자루를 타고 인사도 없이 날아가버렸어요.

잠시 후 맥베스와 그의 친구는 자신들이 본 것을 믿을 수가 없었어요. 그 모든 것이 햇빛이 일으킨 착각이거나 전날 마신 술 때문이라고 여겼지요. 그러나 막사로 돌아오자마자 늙은 왕은 맥베스의 용맹함을 치하하며 그를 귀족으로 진급시켰고, 채 한 시간도 못 되어 귀족이 된 것으로는 충분치 않다며 맥베스를 백작보다 더 높은 영주로 만들었습니다.

맥베스는 집으로 돌아가 어리석게도 자기 아내에게 이 모든 얘기를 털어놓습니다. 제가 보기에 이 친구는 자기가 받은 포상에 만족하고 거기서 끝내려고 한 것 같아요. 하지만 그의 아내가 그의 말을 들으려 하지 않았어요. 그의 아내는 성질이 아주 더러운 여자였는데, 심장이 있어야 할 자리에 얼음 한 조각을 지닌 데다 참나무 목판을 쪼개고도 남을 혀를 가졌지요.

'여기까지 왔는데, 왜 끝장을 보지 않는 거죠? 늙은 왕은 오늘 밤 우리의 손님이에요. 날카로운 칼과 흔들림 없는 손만 있으면 내일 아침에 당신은 왕좌를 차지할 수 있을 거예요.'

아내의 말에 맥베스가 놀라 말합니다.

'맙소사, 난 그럴 수 없어요.'

'왜 못해요? 당신도 분명히 생각해봤잖아요.'

물론 아내의 말은 사실입니다. 하지만 누구나 때로는 맥베스 부인 같은 사람이 곁에 없으면 결코 실행에 옮길 수 없는 그런 끔찍한 상상을 하잖아요. 그렇게 그의 아내는 맥베스에게 늙은 왕을 죽이고 왕좌를 차지하라고 부추깁니다. 그건 아주 끔찍한 범죄였고, 결국 맥베스는 죗값을 치르게 되죠. 사람이 한번 나쁜 길로 들어서면 종종 그렇듯이, 죄는 또 다른 죄를 부르는 법. 늙은 왕의 몸이 싸늘하게 식기도 전에 맥베스와 그의 아내는 자기들이 얻은 것을 지키기 위해 오랜 친구 뱅코를 비롯한 몇 사람을 더 죽여야 한다는 사실을 깨닫게 됩니다.

맥베스는 그 노파들을 다시 만나 위로를 받을 수 있을까 싶어서 황야로 나갑니다. 마녀들이 그에게 이 땅의 왕좌를 약속했으니 이제 자신이 얼마나 오래 왕좌를 지킬 수 있을지 궁금했던 거예요. 마녀들은 '숲의 나무들이 도시로 다가올 때까지'라고 대답합니다. 맥베스는 어떻게 그런 일이 일어난다는 건지 이해가 되지 않았고 마음도 편하지는 않았지요. 더욱이 그의 아내가 자기 손에 늙은 왕의 피가 남아 있다면서 스코틀랜드에 있는 어떤 비누로도 그 피를 지울 수 없다고 말한 것은 그의 불안을 가중시켰습니다. 실제로 아내의 손에 피가 묻어 있었다는 건지 아니면 아내가 미쳐버린 건지, 솔직히 저도 잘 모르겠어요. 어느 쪽이건 제 어머니가 늘 하시던 말씀이 다시 한 번 증명되었어요. 어머니는 '사람이 아무리 빨리 달아나도 자신의 과거로부터 달아날 수 없다. 과거는 그림자와도 같은 것'이라고 말씀하셨거든요. 어둠이 내리면 그림자는 사라진다고 말하는 사람도 있겠지만, 제 어머니는 그때가 바로 악마들이 움직이는 시간이라면서 그림자가 제 주인을 따라잡을 거라고 했어요. '착하게 산다면 아무것도 두려울 게 없단다, 자니. 하지만 악하게 산다면 조심해야 해. 네가 저지른 온갖 나쁜 행동들이 네 그림자의 주름 속에 죽 늘어서 있다가 어느 날 밤 악마가 네 침대로 다가와 그걸로 네게 올가미를 씌울 거야'라고요.

그런데 맥베스와 그의 아내에게도 꼭 그런 일이 일어났습니다. 그들이 저지른 사악한 행동들이 결국 그들의 발목을 잡았으니까요. 맥베스 부인은 완전히 미쳐서 발작하다가 죽었고, 그녀의 남편도 곧 그 뒤를 따랐지요. 실제로 숲이 그의 성으로 다가왔고, 나무마다 적군이 숨어 있어서 가엾은 맥베스를 덮치고 그의 목을 베었습니다. 이게 끝이에요."

"이 작품에 도덕적인 교훈이 있다고 생각하시나요, 맥버니 씨?" 해리엇 선생님이 물었다.

"물론입니다." 맥버니 상병이 미소 지으며 대답했다.

"바로 여자를 조심하란 겁니다. 특히 나약한 남자들은 더더욱 그래야 해요. 맥베스는 자신의 명을 다할 수도 있었겠지요. 그랬다면 대단한 성취나 행운은 없었을지언정 엄청난 죄를 저지르지도 않았겠지요. 머리가 허옇게 셀 때까지 살면서 양심의 가책을 느낄 만한 일이라고는 일요일 예배를 한두 번 빠졌다거나 일요일 밤에 맥주를 많이 마시고는 시끄러운 아내의 아구창을 갈긴 것 정도였을 테니까요. 그렇게 쉴 새 없이 잔소리하는 여자들이 맞아도 싸다는 건 하나님도 아실 거고요. 여러분의 양해를 구하고 감히 말씀드리자면, 맥베스가 그렇게 된 건 그의 아내와 세 마녀 때문입니다."

"맥베스의 아내가 그런 짓을 한 동기가 무엇인지는 알겠지만 마녀들은 무얼 얻으려고 그랬는지 모르겠어요. 왜 맥베스한테 그런 짓을 했을까요?" 마리가 맥버니 상병을 보며 물었다.

"마녀들은 아무 이유 없이 나쁜 짓을 하지. 그저 재미를 위해서 그랬을 거야."

"어쩌면 그렇게 끔찍한 결과를 초래할 줄은 몰랐을 수도 있어요. 맥베스가 왕이 되리란 건 알았지만 어떻게 왕이 될지는 몰랐을 수도 있잖아요?" 어밀리아가 반박했다.

"하지만 그의 행로에 유혹의 덫을 놓았어. 그건 아주 잘못된 일이야." 해리엇 선생님이 말했다.

"맥베스가 어차피 왕이 될 운명이었다면, 그 사실을 미리 알았건 몰랐건 별로 다르지 않았을 것 같아요." 앨리스도 덧붙였다.

"그의 처신이 달라졌을 수는 있잖아. 맥베스가 덩컨 왕이 자연사할 때까지 기다렸다면 굳이 애쓰지 않아도 사람들이 그를 왕으로 뽑아주었을지도 몰라. 어쨌든 맥베스는 인기 있는 군 지도자였으니까." 마리가 자신의 의견을 말했다.

"자기 앞날을 아는 건 절대 좋지 않아요." 도토리 커피를 들고 들어서며 매티가 말했다. "그래서 하나님이 그걸 우리한테 감추시는 거예요. 남아 있는 삶에 무슨 일이 일어날지 미리 안다면, 침대에서 나오기도 겁날 테니까요."

"맞는 말이야, 매티. 난 절대 미래를 알고 싶지 않아. 앞날을 미리 알 수 있다면 정말 끔찍할 거야. 우리가 상상하는 것보다 더 좋을 순 없다는 걸 안다면 말이야." 내가 매티의 말에 동의했다.

"'내일, 또 내일, 또 내일……' 그 구절 기억하세요, 맥버니 씨? 삶이란 한낱 걸어 다니는 그림자라는…… 삶은 헛된 시간들의 스치는 기록일 뿐이죠." 해리엇 선생님이 말했다.

"네 경험을 얘기하는 거니, 해리엇? 교훈을 얻고 배울 수 있다면 단 하루도 헛되지 않아. 지혜로운 맥버니 상병이 희곡을 통해 느낀 것처럼 우리에게 일어나는 대부분의 끔찍한 일들은 우리가 스스로 한 행동의 결과야."

"하지만 실수로 끔찍한 일이 일어날 수도 있잖아요, 안 그런가요, 마사 선생님? 때로는 다른 사람을 해칠 의도가 전혀 없었던 사람들도 벌을 받잖아요." 마리가 순진하게 물었다. 그러자 마사 선생님이 덤덤하게 말했다.

"그런 사람들의 경우는 평균의 법칙으로 설명할 수 있을 것 같구나. 부당하게 벌을 받았다는 생각이 드는 사람들은 과거에 저질렀지만 발각되지 않은 잘못을 돌이켜보는 것으로 자신을 위로할 수 있겠지."

"아니면 미래의 잘못이라도?" 맥버니 상병이 장난스럽게 말했다. "물론 사형을 당하는 경우는 예외이겠지만요."

그의 유쾌한 발언으로 그날 저녁 식사는 끝났다. 우리는 노래를 부르고 저녁 기도를 하기 위해 응접실로 나갔다. 그 무렵 응접실에서 기도를 하는 건 관례가 되어버린 듯했다.

그때 내 마음의 상태를 돌이켜보면, 식사 시간 전만큼 다시 행복해졌다. 모두가 응접실로 향할 때 맥버니 상병이 내 손을 잡고 뒤쪽으로 끌었다. 식탁을 치우기 시작한 매티 말고는 아무도 알아차리지 못했다. 매티는 얼굴을 찌푸렸지만, 아무 말도 하지 않았다. 나는 지금도 매티가 날 싫어했던 건지, 맥버니 상병이 싫었던 건지, 그것도 아니면 우리 둘이 같이 있는 게 싫었던 건지는 잘 모르겠다. 아마도 그 세 가지가 모두 조금씩 해당되었던 것 같지만.

하지만 나는 매티의 생각 따위 안중에도 없었다. 맥버니 상병의 사랑만 확인할 수 있다면 다른 사람들이 어떻게 생각하건 아무래도 상관없었다. 나는 조금도 불안하지 않았다. 맥버니 상병이 응접실 한쪽 끝으로 앨리스를 데리고 가서 사적인 대화를 할 때에도 미소를 머금고 해리엇 선생님과 이야기를 나누었다. 만약 이전의 나를 모르던 사람이 보았다면, 내가 몹시 관대한 사람이라고 생각했을 것이다. 나는 맥버니 상병이 원하는 사람과 얘기를 나눌 때 내 허락을 받을 이유는 없다는 생각이 들었다. 또 그런 일에 조금이라도 질투심을 느끼는 것은 수치스러운 일이라고 생각했다.

그러면서도 질투심에 조금 내색은 했던 모양이다. 노래가 시작되자 맥버니 상병이 내 곁으로 오더니 나를 안심시키려는 듯 내 팔을 꽉 잡았다. 내 기억으로는 응접실을 가로지를 때 여전히 지팡이를 사용하고 있었지만 보통 때보다 덜 절뚝거렸다. 나는 마사 선생님에게 보라고 일부러 그러는 건 아닌지 궁금했다. 그때도, 그리고 그 후에도 나는 그의 으스대는 걸음걸이와 그가 내게 했던 행동들이 마사 선생님에게 의존하고 있지 않음을 보여주기 위한 거라고 생각했다. 그러나 그가 내 가까이에 있을 때는 얼마나 해쓱하고 피곤해 보이던지. 그날 저녁, 응접실이 추웠는데도 그의 입술에는 다리의 통증으로 인해 땀방울이 맺혀 있었다.

우리는 '보니 블루 플랙'을 포함하여 늘 부르던 노래 몇 곡을 불렀다. 그리고 맥버니 상병이 벽난로의 온기와 어머니를 그리워하는 가엾은 이민자 소년에 관한 아일랜드 민요를 불렀다. 이어서 해리엇 선생님이 하프시코드로 신나는 춤곡을 연주했는데, 갑자기 맥버니 상병이 내 손을 잡고 응접실을 누비며 춤을 추기 시작했다.

"다리 조심하세요." 내가 걱정이 되어 그에게 말했다.

"걱정 마요, 에드위나. 뻣뻣한 다리에는 춤이 특효약이고, 당신은 최고의 파트너이니까요." 그가 웃으며 대답했다.

"그걸 어떻게 알아요? 여기 있는 다른 애들하고는 춤을 춰보지도 않았으면서."

"춰볼 필요가 없어요. 누구도 당신만큼 우아하고 가볍게 움직일 순 없을 테니까요."

맥버니 상병에게 또 칭찬을 들었다. 다른 사람들이 들을 수 있도록 큰 소리로 말한 것은 아니었다. 그러나 마사 선생님을 포함한 모든 사람이 우리를 지켜보고 있었다. 마사 선생님은 딱히 화가 난 것처럼 보이진 않았지만 맥버니 상병에게 상처가 벌어질지 모른다고 경고했다. 나는 당장이라도 그를 멈춰 세워야 한다는 걸 알았지만, 그러지 않았다. 나는 그와 춤추는 것이 무척 즐거웠다. 다른 아이들이 날 시샘하리란 걸 알았지만, 그것마저 신경이 쓰이지 않았다.

"비밀 하나 말해줄게요." 조금 숨이 가쁜 상태로 내가 맥버니 상병에게 말했다. "전 남자와 춤을 춰본 적이 한 번도 없어요. 아버지를 빼고. 사실 무용 수업 시간 외에는 별로 춰본 적이 없는데, 그나마 당신이 회복되는 동안 무용 수업이 전부 취소되었죠."

"그럼 빨리 다시 시작해야겠네요." 자신감 넘치는 나의 파트너가 말했다. "내가 아는 걸 전부 가르쳐줄게요."

나보다 더 숨을 가쁘게 쉬면서도 그는 여전히 미소를 머금고 있었다. 그의 얼굴이 점점 더 창백해져서 나는 통증이 심하리란 것을 짐작할 수 있었다.

"곧 우릴 떠날 거라면서 어떻게 가르쳐준단 거죠?" 속도를 늦추려 애쓰며 내가 물었다.

"아, 그렇군요. 깜빡했네요. 당신이 반드시 배워야 할 아주 중요한 과목이 있어요. 내가 당신을 얼마나 사랑하는지 가르쳐주고 싶어요. 날 잊지 않도록."

맥버니 상병은 꼭 그렇게 말했고, 나는 그 말을 똑똑히 기억하고 있다. 그 말은 그가 나에게 했던 거의 마지막으로 좋은 말이었다. 지쳐가는 그의 모습을 보면서 해리엇 선생님이 왈츠를 연주했다. 그는 폴카만큼 왈츠도 잘 추었다. 분위기가 한창 무르익을 즈음 그가 내게 귓속말을 했다.

"나도 비밀 하나 말해줄게요. 전에 누구와도 왈츠를 춰본 적이 없어요. 고향의 어느 대저택 창문으로 몇 번 훔쳐본 게 다예요. 물론 실크 코트에 빨간 제복을 입은 그 누구보다 내가 춤을 더 잘 추리란 걸 처음부터 알고 있었죠. 지그와 릴 같은 춤이라면 파티에서 춰봤지만, 당신처럼 어리고 아름다운 아가씨를 품에 안고 광을 낸 바닥에서 왈츠를 추는 건 이번이 처음이에요."

우리는 다른 사람들과 조금 떨어져 응접실의 가장자리 쪽으로 움직였지만 어느 틈엔가 앨리스와 에밀리스가 나와 춤을 추기 시작했고, 어밀리아와 마리도 어정쩡하게 나왔다. 그들 중 한 명이—아마도 앨리스가—우리 사이에 끼어들 거란 예감이 들어 나는 되도록 맥버니 상병을 그들에게서 멀리 떼어놓으려고 애썼다. 그때쯤 그는 나에게 완전히 몸을 맡긴 상태였다. 그는 겉옷 뒷면이 땀으로 흠뻑 젖을 만큼 성한 다리로 뛰다시피 움직이면서도 여전히 미소를 머금고 있었다.

"이제 그만 추는 게 좋겠어요." 내가 말했다.

"아직은 안 돼요, 아직은." 그가 고집을 부렸다.

"다른 아이들도 당신과 춤을 추고 싶어하는 것 같아요. 이를테면 앨리스 심스라든가."

"나도 눈치는 챘어요. 당신은 내가 신사적으로 행동해야 한다고 생각해요?"

"그건 당신이 결정할 문제죠. 제가 상관할 일은 아니에요."

"아, 상관해야 할 일이 맞아요. 당신을 책임지겠다고 약속했으니까요. 그건 합의한 거예요. 맞죠?"

"당신이 원한다면요, 자니."

"원하다마다요. 이게 바로 제가 원하는 삶이에요. 지금 난 춤추는 것 말고는 아무것도 원하지 않아요⋯⋯. 이 집의 그 누구보다도⋯⋯ 아니, 이 세상의 그 누구보다도 당신과 춤추고 싶어요⋯⋯. 내 삶을 이렇게 춤추면서⋯⋯ 당신과 사랑을 나누면서⋯⋯ 보내고 싶어요." 그는 너무 숨이 차서 말하는 것조차 힘들어 보였다.

"말조심하는 게 좋을 거예요, 맥버니 상병님. 당신이 말한 걸 지키게 만들지도 모르니까."

그가 미소 짓고 내게 윙크한 뒤 다시 한 번 내 팔을 꽉 움켜쥐었다. 그는 너무 지쳐서 거의 내게 거의 기대어 움직이고 있었다. 때마침 내가 예상했던 대로 앨리스와 에밀리가 우리 쪽으로 다가왔다.

"파트너 좀 빌려도 될까?" 앨리스가 다정하게 물었다.

"좋아. 네가 부축할 수만 있다면."

마사 선생님이 그의 상태를 간파하고 음악을 멈추었다. 나는 그를 의자 쪽으로 부축했고, 그는 아픈 다리를 앞으로 뻗으며 의자에 털썩 주저앉았다. 통증으로 쓰러지기 직전인데도 여전히 미소를 머금고 있었다. 소파에 앉아 있는 그는 자신이 이룬 업적을 뿌듯해하는 소년 같았다. 달리기나 던지기 게임에서 친구들을 모두 이긴 소년.

"그럴 줄 알았어요." 그가 흐뭇해하며 말했다. "내 몸이 새것처럼 멀쩡해질 줄 알았어요."

마사 선생님이 다가와 그의 다리를 살펴보려 했지만 그가 손을 내저었다.

"괜찮아요. 선생님의 치료 덕분에 회복되는 중입니다. 조금 욱신거리고 뻣뻣하지만 아침에는 다 나을 겁니다. 그때 떠날 생각이에요. 그동안 친절을 베풀어주셔서 감사했어요. 아침에 다리의 실을 뽑아주시면 곧바로 떠나겠습니다."

"심경의 변화가 있었군요. 그렇죠? 좀 더 쉬고 싶어하는 줄 알았는데요."

"쉬어야 한다면 길가에서 쉬어야죠. 그리고 춤출 수 있으니 걸을 수도 있겠죠. 안 그런가요, 선생님?"

"듣고 보니 그렇네요. 하지만 춤은 오 분 이상 추지 못했고, 걷는 것도 그 이상은 못하실 것 같습니다만."

"더 머물라는 뜻인가요, 선생님?"

"원하는 대로 하라는 뜻입니다." 마사 선생님이 화를 내며 말하고는 응접실 한 구석으로 가서 기도를 시작했다.

여러분도 짐작하겠지만, 응접실의 분위기는 곧바로 침울해졌다. 마사 선생님은 화가 났고, 해리엇 선생님과 학생들은 마치 자신들의 유일한 친구에게 작별인사를 한 것 같은 표정이었다. 자신의 결정을 발표한 맥버니 상병도 즐거워 보이진 않았다. 그가 곧 떠난다는 소식을 듣고도 화가 나지 않은 사람은 내가 유일했던 것 같다. 물론 매티를 제외하고. 매티도 그 소식이 싫지만은 않은 눈치였다.

나는 일종의 안도감을 느꼈다. 나중에는 그 감정이 어떻게 보였는지 몰라도, 당시에는 그랬다. 정상적인 사람이라면 마음이 끌린 상대와 헤어지고 싶지 않을 것이다. 나는 분명 맥버니 상병에게 깊고도 강한 끌림을 느꼈다. 다만 그가 언젠가는 날 떠나야 한다는 걸 알고 있었기에 그가 떠나도 괜찮았다. 맥버니 상병이 이곳을 떠나 자신의 삶을 되찾는 것이 우리 둘 다에게 좋을 것 같았다. 만약 그때 내가 생각했던 것처럼 그가 진심으로 나에게 끌렸다면, 시간을 허비할 이유가 없었다. 그가 이곳을 빨리 떠날수록 우리가 함께하는 삶도 빨리 시작할 수 있을 테니까.

저녁 기도는 평상시보다 빨리 끝났고 학생들 몇 명이 의례적으로 하던 간청기도도 없었다. 마사 선생님은 하나님께 우리 학교와 우리 병사들 중 용감한 자들을 지켜달라고 기도했고, 갑자기 생각났다는 듯 남과 북의 모든 여행자들을 굽어살펴주신다면 학생들과 판즈워스 교사들에게 큰 힘이 될 거라고 말했다.

이에 용기를 얻은 해리엇 선생님도 단 몇 주 동안 우리 곁에 머물렀을 뿐이었는데도 우리와 친구가 된 맥버니 상병을 축복해달라고 기도했다. 그가 길고도 보람 있는 삶을 영위할 수 있도록 그가 하는 일이 다 잘 풀리도록 이끌어달라고 기도했다. 마지막으로 우리가 결코 그를 잊지 않을 것이며 그 역시 결코 우리를 잊지 않게 해달라고도 빌었다.

그 기도는 마사 선생님과 맥버니 상병을 포함한 우리 모두 눈물을 글썽이게 만들었다. 마사 선생님도 맥버니 상병의 행복을 빌었고, 그가 우리 모두에게 큰 도움을 주었으며 이곳에 머물렀던 일에 대해 그 어떤 부담도 느끼지 않기를 바란다고 했다. 그리고 마지막으로 이렇게 기도했다.

"맥버니 상병이 함께한 시간은 우리에게 아주 중요한 가르침을 주었습니다. 비록 적군일지라도, 인간은 결코 사악하지 않다는 사실입니다."

그 기도 역시 나는 또렷하게 기억하고 있었다. 마사 선생님은 분명 그렇게 말했고, 우리는 의례적인 묵상을 했다.

그렇게 저녁 기도가 끝났다. 잠시 후 우리는 잠자리에 들기 위해 각자의 방으로 올라갔다.

나는 다른 아이들처럼 맥버니 상병 곁에서 서성거리지 않고 매티에게 촛불을 받아 곧장 방으로 올라갔다. 아침 일찍 일어나 아래층으로 내려와 그가 학교를 떠나기 전에 은밀한 시간을 가질 생각이었다. 상대가 누가 됐건, 아이들 중 누구도 동이 트기 전에 일어나 작별인사를 할 수 있을 것 같지 않았다. 물론 어밀리아는 제외하고.

그날 밤 맥버니 상병은 나에게 미소를 지으며 한 번 더 팔을 꽉 쥐었고, 내 귓가에 "나의 하나뿐인 사랑" "나의 하나뿐인 애인" 같은 말을 속삭였다. 그는 응접실 문까지 나를 따라왔고 그 말과 몸짓이 너무도 신속히 이루어져서 다른 아이들 눈에는 띄지 않았다. 나는 그에게 아침에 다시 오겠다고 말했다. 그러자 그는 가장 사랑스럽고 흐뭇하고 겸손한 미소를 지었고, 나는 곧 내 방으로 향했다. 방으로 들어온 나는 사랑으로 충만했다. 그에게 감사했으며 세상 그 누구보다 행복했다.

내 방은 건물 안쪽, 다락방으로 이어진 계단 가까이에 있었다. 전에는 에밀리 스티븐슨과 한 방을 썼지만 잘 지내지 못했다. 에밀리도 날 떼어버리고 싶은 기색이었는데, 빈방이 남아돌 무렵 내가 마사 선생님에게 독방을 배정해달라고 요구했다.

그날 밤 내 머릿속은 에밀리와 이 집의 다른 아이들에 대한 좋은 생각들로 가득 차 있었다. 평소 나는 청결에 대한 강박이 있었는데, 그날만큼은 청결관념이 없는 다른 아이들이 얼굴과 손만 닦고 잠자리에 드는 것을 이해할 수 있었다. 물론 나는 찬물로 목욕을 하고 나서야 침대에 누웠지만. 예전에 리치먼드에서 살 때는 하루에도 예닐곱 번씩 씻었는데, 아버지는 그러다가 살갗이 다 떨어져나가겠다고 말한 적도 있었다.

실제로 그런 일이 일어나진 않았지만 나는 지금까지 누구보다도, 적어도 외적으로는 깨끗하게 살았다고 자부해왔다. 말이 나왔으니 말인데, 그의 깔끔함도 내가 그에게 끌린 가장 큰 이유 중 하나였다. 어밀리아가 숲속에서 흙투성이가 된 그를 끌고 들어왔을 때를 제외하면, 수염이 텁수룩하거나 머리가 흐트러진 모습을 본 적이 없었다. 옷차림으로 말하자면, 마사 선생님이 내어준 아버지와 남동생이 입던 옷을 최대한 깨끗하게 입었다. 또 움직일 수 있게 되고 나서는 하루에 한 번 세탁실에서 자신의 양말과 셔츠와 속옷을 빨고 있는 모습을 볼 수 있었다. 우리를 위해 하는 것처럼 매티가 기꺼이 그 수고를 대신해줄 수 있었을 텐데. 하지만 나도 매티에게 개인적인 빨랫감을 맡긴 적이 없었고, 맥버니 상병 역시 나와 같은 기분이었을 거라고 생각했다. 물론 그의 단정한 외모는 그 특별한 밤 이전의 그에게 해당되는 것임을 밝혀둔다.

나는 목욕을 하고 나서 이를 닦고, 머리를 빗고, 아버지에게 작별선물로 받은 파리지앵 레이스* 잠옷을 입었다. 아버지가 그것을 어떻게 구했느냐고 묻는다면 대답할 수 없지만, 아버지가 특별히 나를 위해 산 물건이 아닌 것은 분명하다. 그 가치를 알지 못하는 사람에게 주었던 선물이었을 수도 있고, 어느 날 아버지의 방에

---

* 18세기 파리에서 유행했던 보빈을 이용하여 뜨는 섬세한 레이스.

뒹굴던 물건이었을 수도 있다. 솔직히 나는 그걸 갖고 싶지 않았다. 나는 나에게 고통을 줄 물건이 필요했던 걸까? 왜 그걸 판즈워스에 가져왔는지 모르겠다. 그 잠옷은 그날 밤 이전에는 한 번도 입어본 적이 없고, 그날 밤 이후에도 입지 않았다.

그날 왜 그 옷을 입었을까? 왜 평소처럼 쉰 번이 아닌 이백 번이나 빗질을 했을까? 그렇다고 머리색이 옅어진 건 아니지만, 눈부시게 윤기가 흘렀다. 왜 아버지가 준 프랑스 향수를 몸 구석구석에 문질렀을까? 왜 내 방문을 살짝 열어놓았을까?

나는 내심 그가 올지도 모른다고 생각했다. 그런 욕망을 갖는 것이 아주 잘못된 일이라는 걸 알고 있다. 다만 그게 나의 솔직한 감정이었으니 사과하지 않겠다. 어쨌든 그에게 오라고 하지 않았는데도 나는 온 마음을 다해 그가 오기를 바라고 있었다.

나는 잠들지 않았다. 침대에 앉아 스탠드에 촛불을 밝혔다. 무릎 위에 윌리엄 블레이크의 시집을 펼쳐놓고, 집 안 전체가 잠자리에 드는 소리에 귀를 기울였다. 에밀리는 피부에 좋다고 알려진 대로 창가에서 심호흡을 하고 있었고, 어밀리아와 마리는 키득거리며 수군거렸다. 해리엇 선생님은 하소연을 하고, 마사 선생님은 야단을 치고 있었다. 그리고 밖에서 들려오는 소리도 있었다. 담배 말리는 헛간에서 우는 부엉이 소리, 집 뒤쪽 월계수 나무 속에서 우는 나이팅게일 소리, 생울타리 덤불 속에서 나는 메뚜기 소리와 숲속에서 들려오는 개구리 소리, 처마 밑을 살짝 스치는 바람과 내 위쪽 지붕 가장자리를 스치는 참나무 소리…… 그리고 또다시 집 안의 소리들이 들렸다. 응접실 시계가 똑딱거리는 소리와 해리엇 선생님이 흐느끼는 소리, 침대가 삐거덕거리는 소리와 창문 흔들리는 소리 그리고 맥버니 상병이 오는 소리.

그는 양말을 신고 있었지만 나는 층계 밑에서부터 올라오는 그의 소리를 들을 수 있었다. 계단에는 헐거운 부분이 있었고, 그가 그것을 밟아 자신의 존재를 확인시켜주었다. 나는 잠시 겁에 질린 채로 몸을 떨면서 그가 오기를 기다렸다. 심장이 뛰는 소리가 들릴까 봐 두려웠다. 내가 속으로 백 이상을 세고 난 뒤에야 그가 다시 움직였고, 이번에는 좀 더 느리고도 안정적으로 계단을 올라와 복도를 가로질러 내 방으로 다가왔다.

나는 침대에 누운 채 눈을 감고 숨을 죽이면서 떨지 않으려고 입술을 깨물었다. 귀를 기울이지도 않았다. 그가 내게 오고 있다는 것을 분명히 알았고, 머지않아 이불을 들추고는 내 쪽으로 몸을 숙이고 키스하면서 전에 말했던 것처럼 '내 사랑 에드위나……'라고 말할 테니까.

그런데 그러지 않았다. 그의 숨소리를 들었다고 확신했는데 내 머리로 피가 몰리는 소리였나 보다. 눈을 띠보니 그가 없었다.

방에 들어왔다가 두려워서 다시 나간 걸까? 문간에서 안을 들여다보고 내가 잠들었다고 생각하고 다시 아래층으로 내려간 걸까? 아니면 복도의 어둠 속에서 기다리는 걸까? 내가 불러주기를?

"자니……."

내가 아주 작게 속삭이다가 멈추었다. 대답이 없었다. 나는 숨을 죽이고 다시 귀를 기울였다. 복도에는 누구의 기척도 없었다. 나는 그가 복도에 없다고, 적어도 내 방문 근처에는 없다고 확신했다.

그러나 잠시 후 또 다른 소리가 들렸다. 다락방으로 올라가는 계단이 삐걱거리는 소리였다. 그는 내려가는 게 아니라 올라가고 있었다. 위층에는 낡은 가구들과 우리가 집에서 가져온 트렁크와 보관 중인 짐과…… 그리고 앨리스 심스의 침실이 있었다.

나는 촛불을 끄고 이불을 머리까지 뒤집어썼다. 아무 소리도 듣지 않고, 머릿속을 완전히 비우고 잠들려고 애썼지만 그럴 수가 없었다. 얼마나 오랫동안 애썼는지 모르겠지만 나는 잠을 잘 수가 없었다. 어떤 핑계를 댔는지 몰라도—아마도 그에게 무언가를 보여주거나 작별인사를 하기 위해—앨리스가 그를 불렀을 거라고 되뇌기 시작했다. 앨리스에게 별다른 용무가 없다는 걸 알게 되면 곧장 다시 내려올 거라고. 어쩌면 앨리스가 먼저 복도에 서 있는 맥버니 상병을 보았을지도 모른다. 3층에서 내려오다가 내 방문 앞에 서 있는 그를 보고 협박해서 데려갔을지도 모를 일이다. 아마도 손가락으로 그를 조용히 부르면서, 순순히 따라오지 않으면 소리를 질러 마사 선생님을 깨우겠다고 했을지도.

아래층에서 올라온 사람이 애당초 맥버니 상병이 아니었을지도 모른다. 얼마든지 다른 사람일 수도 있고, 어쩌면 앨리스였을지도 모른다. 그래서 우리 중 누구도 깨우지 않고, 내 방을 지나 자기 방으로 돌아가던 길이었는지도 모른다. 하지만 앨리스는 모두가 잠자리에 든 뒤에 아래층에서 무얼 하고 있었던 걸까? 그 대답은 어렵지 않게 떠올랐다. 보나마나 맥버니 상병을 귀찮게 하고 있었을 테지. 마사 선생님이 알고 있을까? 마사 선생님이 그런 짓을 용인했을 리 없었다. 그러나 마사 선생님이라고 모든 것을 알 수는 없다. 앨리스라면 식당이나 서재에서 모두 위층으로 올라가기를 기다렸다가 응접실로 숨어들어 맥버니 상병과 사적인 대화를 나누었을 수도 있었다. 만약 상황이 그렇게 된 거라면, 앨리스는 맥버니 상병과 단둘이 그리 오래 있지 못한 셈이다.

하지만 앨리스가 올라가는 소리는 조금 전에 들었던 것 같은데? 에밀리와 앨리스 혹은 어밀리아와 앨리스가 복도에 서서 잘

자라는 인사를 주고받았던 것 같은데?

기억하려 애써보았지만 기억이 나지 않았다. 앨리스가 잠자리에 드는 척한 거라면 다른 사람들이 방에 들어가고 난 뒤에 다시 빠져나오지 못할 이유도 없었다.

그렇게 된 게 틀림없었다. 나 자신의 자학적인 성향만 아니라면, 달리 생각할 이유가 없었다. 어쨌든 모두가 잠자리에 들고 난 뒤에 앨리스가 다시 위층으로 올라갔건 혹은 아래층으로 내려갔건 앨리스는 지금 위층에 혼자 있을 거다. 아마 그럴 것이다. 나는 다른 가능성은 생각하지 않기로 마음을 다잡았다.

다시 침대에서 일어나 앉아서 달빛에 윌리엄 블레이크를 읽어보려 애썼지만 부질없는 짓이었다. 달이 곧 구름에 가렸고, 나는 시에 집중할 수 없었다. 나는 이 학교뿐 아니라 내가 불행했던 모든 곳에서 멀리 떨어진 어딘가로 떠나 맥버니 상병과 다시 만나게 된다면 얼마나 좋을지 상상해보았다. 나는 맥버니 상병과 내가 남편과 아내의 모습으로 어딘가에 있을 예쁜 집에 사는 모습을 그려보려 애썼다. 뉴욕이나 필라델피아 같은 곳 아니면 신분이나 출신보다는 인품이나 능력을 더 중요하게 여기는 북부의 어딘가에 정착할 것이다. 당시 나는 갈수록 남부가 싫어졌고, 가끔 양키들이 점령하면 좋겠다는 생각마저 들었다. 그들의 군홧발에 완전히 짓밟혀서 우리의 흔적이, 우리 어머니와 자식들의 흔적이 완전히 지워졌으면 좋겠다. 나는 리치먼드가 싫었고, 사바나가 싫었고, 이 학교가 싫었고, 그 나머지도 다 싫었다. 지금도 싫지만, 그날 밤은 더 싫었다. 그때 나는 보다 나은 미래에 대한 기대를 품고 있었고, 나의 증오심을 숨길 이유가 없었다. 맥버니 상병을 제외한 온 세상에 진절머리가 났다. 나는 그를 사랑했고, 그도 그 사실을 알고 있었다. 그날 오후 나는 그에게 진심을 담아 고백했지만, 이제는 나 혼자 그를 사랑했다는 것을 알고 말았다.

그를 사랑했기에 나는 그를 믿어야 했다. 그런 감정을 느끼면서 학교에 남는 것은 말이 안 된다고 생각했다. 이곳에 남아서 아침에 그가 떠나자마자 후회하느니 맥버니 상병과 함께 떠나는 편이 나을 것 같았다. 아래층에서 나는 그가 판즈워스를 떠나는 게 좋을 거라고 확신했지만, 다시 생각해보니 우리 둘 다 떠나는 게 최선이었다. 리치먼드까지만 가서 아버지를 만나 결혼 계획을 알릴 생각이었다. 아버지는 무척 기뻐하면서 영국이든 캘리포니아든 우리가 원하는 곳 어디로든 떠날 수 있는 방편을 마련해줄 터였다. 그림에 빠져 있던 조각이 제자리를 찾으려는 순간, 그러니까 맥버니 상병에게 완전히 나를 던지기로 작정한 순간에서야 모든 게 분명해졌다.

그리 어려운 일은 아닐 거라고 생각했다. 필요한 물건만 챙겨서 자그마한 가방 하나에 싸고, 나머지는 다른 아이들에게 남겨줄 생각이었다. 앨리스에게도 옷을 몇 벌 내어줄 것이다.

오늘 저녁 온갖 찬사를 들었던 검은 벨벳 드레스를 앨리스에게 줘야지. 원한다면 빨간 실크 브로케이드 드레스도 줄 거야. 애프터눈 드레스*는 전부 에밀리에게 줘야겠다. 그 애한테 더 잘 어울릴 테니까. 향수와 비누와 실크 손수건들은 마리와 어밀리아에게 주고, 마사 선생님과 해리엇 선생님에게는 그들이 쓸 만한 숄과 스카프 들을 주면 될 것 같았다. 물론 마사 선생님과 해리엇 선생님은 원하는 게 무엇이든 다 가져갈 수 있었다. 그러나 기분이 상하

* 격식을 갖출 필요가 없는 자리에서 오후에 입는 드레스.

지 않도록 예의를 갖추어 조심스럽게 제안할 생각이다.

금화는 이미 다 써버렸지만, 리치먼드와 프레더릭스버그행 기차 삯으로 충분한 양키 은화와 지폐 열 장이 남아 있었다. 문제는 우리와 프레더릭스버그 사이에 있는 양키 부대였다. 마지막으로 들은 소식에 의하면 그들은 스폿실베이니아 코트 하우스에서 남동쪽으로 향하고 있었고, 지금쯤 노스애너강 근처 어딘가에 주둔해 있을 것이었다. 양키들이 철로를 폭파하지 않았다면 리치먼드까지 이어진 프레더릭스버그 대로를 점령하고 있을 게 분명하다. 그러나 우리가 있는 곳에서 남서쪽으로 십오 킬로미터쯤 떨어진 고돈스빌에는 버지니아 센트럴 열차가 정차한다. 내 기억으로 버지니아 센트럴 열차는 동쪽 하노버 정션에 정차했다가 남쪽으로 방향을 틀어 리치먼드로 향한다. 양키들이 아직 하노버 정션에 도착하지 않아서 철도가 여전히 운행되고 있을 확률이 높았다.

계획은 간단했다. 아침이 되면 맥버니 상병은 로버트 판즈워스의 낡은 양복을 입고, 나는 갈색 여행용 드레스에 파란 모자를 쓰고 고돈스빌로 걸어가서 리치먼드행 센트럴 열차를 탈 것이다. 두 사람 기차 삯으로 양키 달러 15달러 정도면 충분할지 마사 선생님은 알고 있을 것이다. 만약 충분하지 않다면 필요한 돈을 빌려줄지도 모른다. 내가 가진 물건들을 어밀리아와 에밀리와 마리에게 다 준다면, 그들 중 한 명이 내게 돈을 줄 것이다. 비록 저마다 결함이 있긴 해도 그들 모두 부유한 집안 출신이고, 관대한 아이들이다. 그때는 그렇게 생각했다.

따라서 내가 할 일은 오직 한 가지, 맥버니 상병에게 그 사실을 알리는 것뿐이었다. 어려운 일이라는 생각은 조금도 들지 않았다. 맥버니 상병은 나에 대한 애정을 확인해주었고, 그 나머지는 내가 설득할 수 있었다. 우리가 함께 떠나는 게 둘 다에게 좋은 일이라는 것을 맥버니 상병도 이해할 것이다. 서로에 대한 우리의 감정을 제쳐두고라도 나는 이 학교를 떠나고 싶었다. 그도 이성과 함께 여행한다면 병사들에게 들키지 않을 확률이 더 높았다.

그런 생각들이 머리에 가득 차 있는 상태로 나는 일어나서 파리지앵 잠옷 위에 파란 실크 가운을 걸치고 문으로 다가갔다. 그 순간 위층 방, 그러니까 앨리스의 방에서 어떤 소리가 들렸다. 지금 생각해보면 그 소리는 꽤 한참 동안 나고 있었지만 내가 일부러 그 소리에 마음을 닫았던 것 같다. 사람이 움직이는 소리와 가구가 덜컹거리는 소리가 들렸고, 복도로 나오니 사람의 목소리가―앨리스가 키득거리는 소리가 분명했다―들리긴 했지만, 여전히 한 사람의 목소리였다. 나는 앨리스 방문 앞에 서서 귀를 기울였다. 그러나 그녀의 웃음소리에 다른 사람의 목소리가 가세하지는 않았다.

혼자 웃고 있는 걸까? 책을 읽으면서 웃고 있는 걸까? 그럴 리가 없는데…….

앨리스는 활자를 좋아하지 않았다. 아니면 혼자 무슨 장난이라도 치고 있는 걸까? 나는 애써 마음을 다잡고 상황을 직면했다. 누군가 다른 사람이, 어쩌면 어밀리아나 마리가 함께 있는 건지도 모른다. 물론 앨리스와 마리는 사이가 좋은 편이 아니었지만, 마리는 한밤중에 학교 안을 돌아다니는 습관이 있었다. 특히 방에서 나오지 말라는 명령을 받은 때에는 더더욱. 나는 그날 마리가 벌을 받고 있다는 걸 떠올렸다. 비록 나중에 맥버니 상병과의 저녁 식사로 가석방되었지만, 아직도 벌을 받은 것에 대한 반항심이 남아 있을 테고, 한밤중에 집 안을 돌아다니는 것으로 권위에 반항하는 것이다. 만약 앨리스가 누군가와 함께 있다면, 나는 마리일 거라고 확신했다. 그러나 계단을 오르는 동안 앨리스가 다시 웃었는데, 문득 그녀가 날 비웃고 있는 게 아닌가 하는 생각이 들었다.

결국 저 위에 맥버니 상병이 있는 걸까? 오늘 오후 내가 했던 온갖 한심한 얘기들을 앨리스에게 옮기고 있는 걸까? 그리고 앨리스는 그에게 학교에서 떠도는 내 소문들을 폭로하고, 내 말투를 똑같이 흉내내면서, 놀리고 조롱하고 있는 걸까?

앨리스가 얽혀 있는 한 무슨 일이든 일어날 수 있다는 것을 알고 있었다. 그래도 나는 설령 맥버니 상병이 그 방에 있다고 해도 내가 아무 의심 없이 납득할 수 있는 사정이 있을 거라는 쪽에 내 인생을 걸었다. 그가 저 위에 있다고 해도, 그는 결코 앨리스와 내 얘기를 하지는 않을 거라고 나 자신에게 말했다. 그럴 사람이 아니라는 걸 안다고. 내가 사람 보는 눈이 썩 좋은 편은 아니었지만 그 정도는 안다고. 맥버니 상병이 아닌 그 누구라도 갖은 교태와 아양을 떠는 말과 시선들, 추켜올린 눈썹, 돌아서는 뒷모습, 미소 뒤에 감춘 경멸을 지켜보며 살아야 했던 여자를 어떻게 속일 수 있단 말인가?

마음을 가라앉히기 위해서라도 응접실로 내려가기 전에 앨리스의 방에 가서 잠깐 엿듣는 편이 나을 것 같았다. 그가 그 방에 있건 없건, 알아야 할 것 같았다. 그가 앨리스의 방에 없다면, 곧장 응접실로 내려가 내일의 계획을 알려줄 것이다. 만약 그가 그 안에 있다고 해도 불쾌해하지 않을 생각이다. 앨리스와 그가 사적인 용무가 있음을 받아들이고 방으로 돌아와 기다렸다가 아침이 되면 그에게 함께 떠나겠다고 말할 것이다.

그런 생각을 하면서 위층으로 올라갔다. 반쯤 올라갔을 때, 나는 더는 소리 죽여 걷지 않기로 했다. 그렇게 하는 것이 교활하고 정직하지 못한 행동 같았다. 안에서 그의 목소리가 들려오면 노크를 하고 '방해해서 미안해요, 자니. 할 얘기가 있어서요. 내려가는 길에 내 방에 좀 들러줄래요?'라고 하거나 '앨리스가 괜찮다고 하면 잠깐 복도로 나와줄래요? 할 얘기가 있거든요'라고 말할 생각이었다.

방문 밑으로 불빛이 새어나왔지만 안에서 얘기하는 소리는 들리지 않았다. 역시 앨리스는 혼자 있었던 모양이다. 잠꼬대를 하며 웃었나 보다. 아니면 울었거나. 그 두 가지는 거의 비슷했다. 비록 에밀리가 나에게 말해주었을 때는 부정했지만, 나도 자다가 한두 번 운 적이 있었다. 해리엇 선생님도 밤중에 자주 우는데, 앨리스라고 해서 다른 사람들처럼 악몽을 꾸지 말란 법은 없었다. 나도 3층에서 혼자 자야 했다면 촛불을 끄기가 꺼려졌을 것이다.

그런 설명에 만족하며 돌아서서 아래층으로 내려가려 했지만 나의 행동이 굼떴다. 앨리스가 다시 웃었고, 곧이어 맥버니 상병이 웃었다. 그리고 그가…… 너무도 선명하게…… 말했다.

"사랑해요."

나는 방문을 벌컥 열었다. 앨리스의 침대에 그와 앨리스가 함께 있었다. 나는 소리를 질렀다. 아니, 비명을 질렀다. 큰 소리로 무언가를 외쳤다. 그러자 그가 벌떡 일어나 의자에 걸쳐놓은 바지를 집어 들었다. 마치 잘못된 게 하나도 없고, 자기가 다 설명할 수 있다는 듯이……. 그 모습에 나는 뒷걸음질했다.

"에드위나."

그가 날 불렀지만, 나는 그를 밀쳤다. 그의 얼굴을 때렸고, 그를…… 밀쳤다. 그리고 그가…… 뒤로 넘어갔다. 계단 아래로…….

에밀리 스티븐슨

여러분이 짐작하다시피 그날 밤, 에드위나 모로가 비명을 지르고 고함을 질러―그녀가 상당히 끔찍한 언어를 사용했음을 밝혀둔다. 에드위나는 그런 욕설을 대체 어디서 배웠는지 모르겠다―온 집 안을 발칵 뒤집고 나서 학교 안의 모두가 경악을 금치 못했다. 조숙한―굳이 말하자면, 상당히 비뚤어진 방식으로 조숙한 편이지만―마리 데브르는 에드위나가 그날 사용했던 욕설이 뉴올리언스 뱃사공과 노예상인, 그리고 그런 부류의 하층민들이 쓰는 표현이라고 했다. 우리는 그 충격적인 만행을 저지르고도 에드위나 모로가 이 학교에서 건방을 떨거나 리치먼드의 숙녀 행세를 한다면 그건 정말 황당한 일이라는 결론을 내렸다.

맥버니는 계단에 머리를 부딪쳤는지 의식이 없었고, 그의 상처가 다시 벌어져 바닥에 피가 흥건했다. 처음에는 그가 죽었다고 생각했다. 곧이어 매티가 부엌에서 램프를 가지고 왔다. 그를 살펴본 마사 선생님이 심장은 아직 뛰고 있지만 출혈을 막지 않으면 오래 버티지 못할 거라고 말했다.

마사 선생님의 호통에 에드위나가 비명을 멈추었다. 에드위나는 한동안 계단 아래 펼쳐진 광경을 무표정하게 바라보며 그 자리에 서 있었다. 내 기억에 그때까지 앨리스는 방에서 나오지 않았다. 문가에서 밖을 내다보고 다시 들어간 것일 수도 있다. 에드위나의 분노에 찬 폭언 말고는 상황을 파악할 단서가 하나도 없었다. 마사 선생님이 그녀에게 설명을 요구했지만 에드위나는 대답을 거부했다.

"이제 만족해? 아직도 이자가 선한 청년이라고 생각하니?" 마사 선생님이 엉뚱한 방향으로 분노를 표출했다.

"이 사람이 뭘 잘못했는지 난 모르겠어." 해리엇 선생님이 겁에 질려 대답했다.

"여기 있는 걸 보고도 그런 말을 해?"

"이 사람이 바닥에 누워 있는 건 보여. 하지만 잘못을 저질렀다는 증거는 안 보여. 마사, 이 사람한테 죄를 묻기도 전에 출혈로 죽게 만들 생각이야?"

"비켜 서." 마사 선생님이 그제야 날카롭게 쏘아붙였다. "얼빠진 표정으로 서 있지 말고. 해리엇, 아니 누구든, 가서 붕대로 쓸 만한 걸 가져와. 뭐라도!"

에드위나가 마지못해 스커트 자락을 들고 천천히 내려와 "잠깐만요" 하고 말했다.

그녀는 우리 앞에 서서 가운을 벗고, 내가 본 것 중 가장 노출이 심한 잠옷을 드러냈다. 레이스와 얇은 실로 짠 잠옷이었다. 마리는 그것을 유리창으로 써도 되겠다고 했다. 그러나 당시에는 그 잠옷을 찬찬히 살펴볼 겨를이 없었다. 에드위나가 곧 어깨끈을 내리고 잠옷을 벗었다. 알몸이 된 에드위나는 자신의 잠옷을 들어 갈기갈기 찢더니 마사 선생님에게 내밀며 말했다.

"여기요. 이걸 쓰세요."

"몸을 가려, 에드위나. 복도가 썰렁하니까."

마사 선생님은 그 이상 말을 하지도, 눈길을 주지도 않고 맥버니 상병의 다리를 에드위나의 잠옷으로 감기 시작했다.

에드위나가 고맙다는 말을 기대했는지 어쨌는지는 모르겠다. 만일 그랬다면 실망했을지도 모른다. 그녀는 다시 가운을 입고 세심하게 가운 주름을 매만지더니 우리 중 누구에게도 말을 걸지 않고 방으로 들어가 문을 닫았다.

매티가 물 한 대야를 들고 와 맥버니의 뒷통수에 난 혹을 닦았고, 해리엇 선생님이 정신이 들게 하려고 각성제를 가지고 왔다. 그러나 그는 완전히 의식을 잃었고, 지옥의 사자가 은나팔을 분다고 해도 그를 깨어나게 할 수 없을 것 같았다. 나중에 돌이켜 생각해보니 맥버니 상병이 수치스러운 설명을 피하기 위해 연기를 하고 있었을 가능성도 배제할 수 없었다. 그게 사실이라면, 그는 내가 생각한 것보다 훨씬 더 훌륭한 배우임에 틀림없다. 마사 선생님이 지혈대를 댈 때에도 통증을 느끼는 내색을 전혀 하지 않았기 때문이다.

"좀 살살 하시면 안 될까요, 마사 선생님?" 어밀리아가 초조해하며 물었다.

"이게 효과가 있으려면 최대한 서둘러야 해." 마사 선생님은 어밀리아를 야단칠 겨를도 없어 보였다.

"너의 전리품은 지금 아무것도 못 느껴." 내가 어밀리아에게 말했다. "하지만 본인이 저지른 짓이 있으니 한두 번은 아파도 될 것 같은데. 안 그런가요, 마사 선생님?"

마사 선생님은 대답하지 않았지만 내 말에 전적으로 동의한다는 것을 알 수 있었다. 그녀의 손길이 처음 맥버니 상병의 다리를 치료할 때보다 훨씬 거칠었기 때문이다. 그녀의 일처리가 꼼꼼한 건 익히 알고 있었지만, 설령 의식이 없는 상태라고 해도 내 다리를 그런 식으로 치료받고 싶지는 않았다. 마사 선생님은 지혈작업을 마치고 맥버니 상병의 바지를 찢어냈다.

"맥버니 씨가 벌써 바지를 두 벌이나 버렸네요. 처음엔 자기 바지를, 그다음에는 마사 선생님이 내어준 바지를." 마리가 빈정거렸다.

"나중에 수선할 수 있을 거야."

"그럴 필요는 없을 것 같아, 해리엇. 너의 맥버니 씨는 앞으로 다리가 두 짝인 바지가 필요하지 않을 수도 있으니까." 마사 선생님이 냉정하게 말했다. 사실 그의 상태로 보아서는 그마저도 좋게 표현한 것이다. 그의 다리는 상처가 벌어진 걸로 모자라 금이 갔던 뼈가 으스러져서 무릎 밑으로 구부러져 있었다.

"여기서 할 수 있는 일이 더는 없어. 아래층으로 옮겨야겠어."

"여기 있는 방을 하나 내어주면 안 될까? 에드위나 방 건너편 방이 비어 있잖아." 해리엇 선생님이 제안했다. 그러자 마사 선생님이 해리엇 선생님을 꾸짖듯이 말했다.

"오늘 같은 사고가 또 일어나길 바라는 거야?"

"세상에, 처지가 딱하게 됐잖아. 마사!" 해리엇 선생님이 소리를 질렀다.

"지금은 그렇지. 하지만 아직 죽지 않았어. 게다가 아래층으로 옮길 이유가 또 있어. 저 다리를 치료하려면 이 사람을 식탁 위에 올려놓아야 할 수도 있어. 너희 모두의 도움이 필요해. 그의 팔을 잡아, 해리엇. 에밀리는 다른 팔을 잡고, 매티는 성한 다리를 잡아. 난 다친 다리를 잡을게. 어밀리아와 마리는 어깨 뒤쪽으로 가."

마사 선생님이 지시했다.

우리는 가까스로 그를 바닥에서 들어 올린 다음 힘겹게 복도를 지나 계단으로 향했다. 잠옷을 밟아 넘어질 위험이 있었기 때문에 뒤로 걷는 아이들이 가장 힘들었다. 그때 앨리스 심스가 수줍은 듯 방에서 나와 3층 난간 앞에 섰다.

"제가 도울 일이 있을까요?"

마사 선생님과 나머지 아이들은 그녀를 무시했다. 무거운 짐을 드느라 숨이 턱까지 차서 대답하고 싶어도 할 수가 없었다. 우리의 무시를 동의로 이해한 앨리스가 계단을 내려와 우리를 쫓아왔다.

"제가 당한 일 때문에 너무 놀라고 무서워서…… 방에서 나올 수가 없었어요."

"그래?" 마사 선생님이 숨을 헐떡이며 말했다.

"네. 자고 있었는데, 그가 들어왔어요."

"정말 그랬니?"

"그럼요. 그렇게 느닷없이 들이닥치다니, 진짜 섬뜩했어요. 그 사람을 본 순간 무서워서 죽는 줄 알았는데 갑자기 에드위나가 들어오더니 그와 싸우기 시작했어요. 그리고 에드위나가 그를 계단 아래로 밀었어요." 앨리스가 눈이 휘둥그레져서 말했다.

"그래, 스스로 뛰어내린 것 같진 않더구나."

"도대체 자니가 네 방에는 무슨 일로 간 거야, 앨리스?" 마리가 물었다.

"그걸 내가 어떻게 알아?" 순진한 아이가 대답했다.

"어쩌면 너한테 말했을 것 같기도 해서. 내 생각에는 그가 네 방으로 들어가서 너한테 그렇게 겁을 준 것과 에드위나가 위층으로 올라가 널 위해 그 사람을 떼어놓은 것 사이에 뭔가 빠진 것 같거든." 마리가 따지듯이 물었다.

"다들 조용해 해. 지금 하고 있는 일에 집중해!" 마사 선생님이 엄하게 꾸짖었다.

마침내 우리의 소중한 짐을 들고 1층으로 내려가는 계단 앞에 이르렀고, 그곳에 짐을 내려놓고 잠시 휴식을 취했다.

"저 계단을 내려갈 수 있을지 모르겠어, 마사." 해리엇 선생님이 초조해하며 말했다.

"힘들 거야. 하지만 절대 떨어뜨려선 안 돼. 여기서 한 번 더 떨어졌다간 네 친구가 버티지 못할 것 같거든."

"꼭 들고 가야 할 필요는 없잖아요? 밧줄 같은 걸로 묶어서 아래층으로 내려보내면 안 될까요?" 내가 제안했다.

"에밀리 생각도 나쁘지 않은 것 같아요 이 사람을 줄로 묶어서 천천히 등부터 바닥에 내려놓는 거예요. 조심한다면 다치지 않고 내릴 수 있을 거예요." 마리가 내 의견에 동조했다.

"밧줄을 어디서 구하지?" 해리엇 선생님이 나를 보며 물었다.

"헛간에 오래된 밧줄이 있지 않을까요? 오래된 마구도 많아요. 어쩌면 마구를 쓰는 게 더 나을지도 모르겠네요." 매티가 한마디 보탰다.

"빨리 가져와. 더 지체하다간 가져온들 쓸 일도 없을 테니까." 마사 선생님이 매티에게 명령했다.

"설령 죽는다고 해도 일단은 아래층으로 옮겨야 하잖아요." 앨리스가 말했다. 그사이 매티는 맨발로 최대한 속도를 내어 밖으로 나갔다.

"죽지 않을 거야! 에드위나하고 같이 그 사람 주변에서 알짱거리면서 괴롭히고, 하나님만 아는 이상한 짓을 하라고 부추긴 주제에 감히 그런 말을 하다니!" 어밀리아가 소리쳤다.

"정확한 지적이야." 그녀의 룸메이트 마리도 소리쳤다. "항상 말썽은 앨리스와 에드위나가 일으키는데 엉뚱한 사람이 그 대가를 치러. 앨리스와 에드위나는 저녁 식사 없이 한 달 동안 방에 갇혀야 해!"

"모두 조용히 해! 벌은 내가 정해. 분명히 말하는데, 맥버니 씨가 어떻게 되건, 오늘 밤 같은 일은 앞으로 다시 없을 거야. 이 사건의 진실은 최대한 빠른 시간 내에 밝혀질 거고." 마사 선생님이 살기등등한 목소리로 말했다.

"아무 일도 없었어요. 하나님께 맹세하는데, 정말 별일 없었어요, 마사 선생님. 아주 나쁜 일은 없었다고요. 아까 말씀드린 것처럼 그가 제 방으로 왔는데 곧이어 에드위나가 쳐들어와서 계단으로 밀어버린 거예요." 앨리스가 홀쩍이며 말했다.

"맥버니 버전을 들어보는 것도 재미있겠네요. 물론 그가 죽으면 앨리스와 에드위나의 말을 믿는 수밖에 없겠지만. 안 그래요?" 내가 앨리스와 에드위나 방을 번갈아 보며 말했다.

"하지만 난 그가 죽는 걸 원치 않아. 마사 선생님, 얘들한테 제가 자니가 죽는 걸 원하는 것처럼 말하지 못하게 해주세요!" 앨리스가 눈물을 글썽이며 말했다.

"조용히 해…… 모두 조용히! 아니면 다들 방으로 돌아가. 아주 난장판이로구나!"

그러나 그곳의 흐느낌은 잦아들지 않았다. 나와 마사 선생님과 마리—아마도—를 제외하고 그곳에 있는 모두가 울었다. 그 울음은 오열에 가까웠고, 맥버니 상병은 백짓장처럼 창백한 얼굴로 넝마처럼 축 늘어진 채 꼼짝 않고 있었다. 다시 생각해보니 그가 연기를 했던 건 아닌 것 같다. 제 아무리 대단한 사기꾼이라고 해도 의식이 없는 게 아니고서야 그런 소란 속에서 그렇게 조용히 누워 있을 수는 없었을 테니까.

잠시 후 매티가 마차에 쓰는 마구들을 한 아름 들고 돌아왔고, 우리는 가장 긴 밧줄을 맥버니 상병의 팔과 허리에 감았다. 마리가 램프를 들고 짐을 내릴 방향을 안내했다. 어밀리아는 그의 다리를 꽉 잡고 있었다. 나머지 사람들은 위에서 줄을 잡고 맥버니 상병을 천천히 아래로 내리다가 등이 먼저 바닥에 닿도록 조심스럽게 내려놓았다.

"고맙구나, 에밀리." 숨을 고르고 나서 마사 선생님이 다시 말했다. "아주 기발한 생각이었어."

"논리학적으로 아주 단순한 문제였어요. 훌륭한 병참장교라면 누구라도 같은 대답을 내놓았을 거예요."

우리는 여전히 마구에 묶여 있는 맥버니 상병을 응접실로 끌어 소파 위에 눕혔다.

"다시 예전의 자리로 돌아갔네요, 자니. 오늘 밤 여기 얌전히 있었으면 이런 고생은 안 했을 텐데." 마리가 말했다.

매티는 다시 그의 머리에 찬물을 뿌려주었고, 해리엇 선생님은 그의 코밑에 각성제를 대어주었다. 두 사람의 처치 덕분인지, 아니면 내려올 때 몸이 흔들려서인지 그가 눈을 번쩍 뜨더니 당혹스러운 표정으로 우리를 올려다보았다. 자기가 있는 곳이 어딘지 완전히 잊은 것 같았다. 그러다가 정신을 차리고는 엷은 미소를 지었다.

"안녕들 하세요." 그가 말했다. 그러나 우리 중 웃고 있는 사람이 아무도 없다는 것을 깨달았는지 그의 표정도 이내 생기를 잃었다. 그는 몸을 일으키려 애썼지만 그럴 수가 없었다.

"가만히 계세요." 그의 다리를 살피며 마사 선생님이 말했다.

"다쳤던 다리가 도로 부러졌나요?" 그가 불안한 듯 물었다.

"네, 그랬어요, 자니. 하지만 걱정 마세요. 마사 선생님이 다시 고쳐주실 거예요." 어밀리아가 그를 안심시키며 말했다.

"물론 그러시겠지. 다리를 고치는 일이라면 마사 선생님보다 더 훌륭한 사람은 없을 테니까." 그가 눈을 감고 한동안 잠자코 있다가 다시 말했다. "오늘 밤 소란을 피워서 죄송합니다. 더는 소란을 피우지 않겠습니다. 흙이 묻지 않도록 붕대를 감아주시면 아침에 바로 떠나겠습니다."

"다리가 부러졌어요. 이번엔 아주 심하게." 마사 선생님이 그의 상태를 알려주었다. "그리고 난 이 다리를 맞출 능력이 없어요."

"전처럼 힘껏 잡아당겨서 붕대만 감아주세요. 괜찮을 겁니다. 전보다 더 나빠진 것 같은 기분은 들지 않아요." 그가 팔꿈치로 소파를 밀며 몸을 일으키고는 상태가 얼마나 끔찍한지 살펴보았다.

"나중엔 많이 불편할 거예요. 맥버니 씨. 아직은 쇼크 상태예요. 하지만 걱정 마세요. 우리가 최선을 다할 테니까." 해리엇 선생님이 부연설명을 했다.

"대체 어떻게 최선을 다한다는 거지, 해리엇? 이 상처를 치료하기 위해 내가 할 수 있는 일은 하나도 없어. 난 외과의사가 아니야. 외과의사라고 해도 지금으로선 할 수 있는 일이 있을지도 모르겠고. 물론 이 일을 할 수 있는 사람을 불러올 순 있겠지. 네가 정 원한다면. 아침에 내가 브룩 교차로로 나가서 북군 장교한테 의사를 한 명 보내달라고 부탁해볼 수는 있어."

"양키는 더 불러들이고 싶지 않다며……."

"그래, 불러들이고 싶지 않아. 하지만 지금은 불가피하다는 생각이 들어. 애당초 그가 처음 이곳에 오던 날, 우리 군부대에 알렸어야 했어. 그에게나 우리에게나 그 편이 나았어."

"하지만 맥버니 상병이 여기 있고 싶어했잖아요. 자책하지 마세요, 마사 선생님." 내가 마사 선생님을 위로했다.

"의사를 불러올 필요는 없어요. 수레에 실어서 큰길로 데리고 나가면, 그쪽 사람들이 알아서 돌봐줄 테죠." 매티가 마사 선생님을 거들었다.

"좋아. 해리엇이 동의하면 그렇게 처리해. 어느 쪽이건 해리엇이 원하는 대로 해."

"왜 나한테 물어? 왜 나한테 다 떠넘기려고 해?" 해리엇 선생님이 양손을 비비며 말했다.

그가 다시 한 번 자신의 다리를 보았다. 그 다리는 비틀리고 상처가 벌어져 있었다.

"군의관이 이 다리를 보면 어떻게 할 것 같아요?" 그가 작은 목소리로 물었다.

"절단하겠죠." 마사 선생님이 덤덤하게 말했다.

"제 생각도 그렇습니다. 그 사람들은 시간을 끌지 않을 거예요. 여러분처럼 인내심이 없거든요." 그가 다시 소파에 등을 대고 누워 눈을 감았다.

"여러분만 괜찮으시다면, 아무에게도 알리지 말아주세요. 한쪽 다리로 살고 싶진 않습니다. 제 춤이 망가지잖아요."

"탈영죄도 부과될 확률이 높아요." 내가 그에게 말했다.

"그럴지도 모르죠. 그렇게 될 확률이 아주 높아요."

그러나 그런 것은 그가 걱정할 일 축에도 안 드는 것 같았다. 곧 그의 목소리가 잦아들더니 다시 의식을 잃은 것처럼 보였다. 마사 선생님이 그를 잠시 보고 나서 담요를 덮어주었다.

"좋아. 이제 다들 그만 방으로 돌아가."

"다시 봉합조차 안 하겠다는 거야?" 해리엇 선생님이 물었다.

"뼈를 맞추지 못하면 그 위의 살을 꿰맬 수가 없어."

"조금 반듯하게 펼 수는 있지 않을까? 지난번처럼 부목이라도 대봐. 아주 단단하게 묶던데. 내가 자세히 봤어."

"그럼 이번엔 네가 한번 해보지그래? 불가능한 일이라고 몇 번을 말해! 하지만 정 하고 싶다면 해봐. 내가 허락할 테니!" 마사 선생님이 화를 내며 말했다.

"제가 해볼게요." 해리엇 선생님이 망설이고 있는데 어밀리아가 나섰다.

"네가 할 수 있는 일이 아니야. 당장 네 방으로 돌아가."

"맥버니 상병은 괜찮을 거야." 마치 자기 자신을 안심시키듯 해리엇 선생님이 어밀리아에게 말했다. "출혈이 멈췄으니까 아주 위험한 상태는 아니야. 내일 아침에 날이 환해지면, 그때 다시 다리를 살펴볼 거야. 그럴 거지?"

"그래. 아마 보게 되겠지. 자, 얘들아……." 마사 선생님이 애매하게 말했다.

그녀가 응접실 문 옆에 서서 우리가 그녀 앞을 지나 계단으로 올라갈 때까지 램프를 들고 기다려주었다. 어밀리아가 맨 마지막이었다. 어밀리아는 담요로 맥버니 상병의 발을 덮어주고, 마사 선생님을 반항적인 눈빛으로 쏘아보고는 우리를 따라왔다. 마사 선생님은 그녀를 적당히 무시했다. 귀엽고 사랑스러운 아이였던 어밀리아는 서서히 이 집의 골칫거리가 되어가고 있었다. 그녀가 고집불통이 되어 가는 것은 방을 같이 쓰는 아이의 영향이 큰 것 같다. 어밀리아 같은 아이를 한 부대 데려와도 마리 데브르는 그들을 전부 망가뜨릴 수 있을 것이다.

나는 침대로 돌아갔지만 한바탕 소동을 치르고 난 뒤라 잠이 오지 않았다. 더구나 집 안은 여전히 시끄러웠다. 귀가 먹은 사람이라도 윙윙거리는 소리와 웅성거리는 소리로 날밤을 샜을 것이다.

바로 맞은편 방의 어밀리아와 마리는 마사 선생님이 당장 입을 다물지 않으면 가만두지 않겠다고 꾸짖을 때까지 까마귀마냥 떠들어댔다. 마사 선생님이 선택한 단어는 나보다 조금 더 정숙했겠지만, 적어도 그녀가 전달하고자 하는 메시지는 그랬다. 마사 선생님 덕분에 마리와 어밀리아는 잠잠해졌지만, 이번에는 문을 닫고 흐느끼는 에드위나의 울음소리가 우리의 수면을 방해했다. 그녀는 내내 울고 있었는데 그제야 소리가 들린 것일 수도 있었다.

마지막으로 해리엇 선생님이 아래층으로 내려가는 소리가 들렸다. 해리엇 선생님의 발소리는 작지만 빠르고 예민한 소리라 알아차리기 쉬웠다. 그와 거의 동시에 동생의 뒤를 밟는 마사 선생님의 단호한 발소리가 들렸지만 그때쯤 나는 너무도 피곤해서 앞으로 어떤 소동이 벌어질지 생각해볼 겨를이 없었다. 이것이 그날밤 내가 기억하는 마지막 소동이었다. 그러나 얼마나 늦은 시간이건 상관없이 집 안에서 벌어지는 모든 일을 궁금해하는 어린애들도 있었다.

"해리엇 선생님이 와인을 가지러 창고에 갔어." 마리가 내 방문을 열며 말했다. "그런데 마사 선생님이 그 뒤를 쫓아갔어."

"그걸 어떻게 알아?" 내가 잠결에 물었다.

"짐작한 거야. 마사 선생님한테 맥버니 상병이 깨어나면 주려고 했다고 말했을 거야. 실은 자기가 마실 거면서."

"그만 가서 자……. 너 때문에 나도 못 자잖아."

"마사 선생님이 양키 부대에 자니가 여기 있다고 알릴 것 같아?"

"그건 모르겠어……. 마리, 그만 가서 자."

"난 그러지 않을 거라고 거의 확신해. 마사 선생님은 탈영병을 숨겨주었다고 우릴 다 쏘아 죽일까 봐 두려울 거야." 꼬마 방문객은 내 말에 아랑곳하지 않고 이렇게 말했다.

"제발…… 제발 가서 자라니까!"

"정말 흥미진진하지 않아? 에밀리, 앞으로 어떻게 될 것 같아?"

"이렇게!" 내가 신발 한 짝을 그녀를 향해 던졌다. 신발이 벽에 맞고 바닥에 떨어졌다.

"에밀리, 포병은 절대 못 되겠다!" 마리가 깔깔거리면서 사라졌다.

나는 당장에라도 쫓아가서 귀싸대기를 갈길까 싶었지만, 잠이 들어버렸고, 아침까지 쭉 잤다. 그날 밤 집 안에 또 다른 소동이 있었다고 해도 나는 듣지 못했을 거다.

다음 날 우리는 응접실 출입이 금지되었다. 별도의 지시가 있을 때까지 다급한 용무가 있는 사람만 들어갈 수 있었다. 마사 선생님은 자신의 허락 없이는 그곳에 들어갈 수 없다고 엄포를 놓았다.

그 발표는 아침 식사 시간에 이루어졌고, 나는 좋은 방침이라고 생각했다. 어밀리아와 마리는 격하게 반감을 표출했다. 어밀리아는 사랑하는 맥버니 상병의 인품에 결함이 있다는 것 자체를 인정하려 들지 않았다. 마리는 명분이 무엇이건 간에 자신의 움직임이 제한되는 것에 불평했다. 응접실에 들어갈 생각이 없었으면서도 출입이 금지되었다는 말에 하루 종일 응접실 앞을 알짱거리는 아이였다.

하룻밤 사이에 마사 선생님은 맥버니의 다리 상처를 치료하기로 마음을 바꾼 모양이다. 마사 선생님은 식탁에서 일어나자마자 학생들을 서재로 보내 자습을 시켰다. 그러고는 해리엇 선생님의 반짇고리와 부목으로 사용할 나무토막, 해리엇 선생님의 침대에서 뜯어낸 것으로 보이는 시트를 들고 응접실로 들어갔다.

"마사 선생님이 와인을 한 병 더 가져왔어." 마리가 서재 문 앞에 서서 중계했다. "자니 아니면 해리엇 선생님 둘 중 한 명이 어젯밤 해리엇 선생님이 가져간 와인을 전부 마셔버렸나 봐."

"자니가 나한테 화가 났는지 궁금해." 앨리스가 말했다.

"자니가 왜 화를 내?" 마리가 침착한 표정으로 물었다. "오히려 그 반대여야 할 것 같은데? 그가 제멋대로 네 방에 들어가서 널 제압하고 함부로 대했다면서?"

"난 그런 단어를 사용한 적 없어." 앨리스가 우리 모두를 둘러보며 말했다.

"그럼 지금 정확한 단어로 말해봐, 앨리스. 실제로 얼마나 끔찍한 일이 일어났는지 말해보라고. 아마 십 분 혹은 십오 분 정도 아주 끔찍한 시간을 보냈을 텐데 말야. 아니면 그보다 더 길었니? 도움을 청하려고 비명을 질렀어? 아니면 너무 겁에 질려서 입도 떼지 못했니? 거칠게 다루어졌다는 증거로 우리에게 보여줄 상처나 멍이 있어?"

"내가 거칠게 다루어졌다고 말하진 않았어. 난 겁에 질렸다고만 말했어." 앨리스가 신경질적으로 대답했다.

"왜 겁에 질렸는데?" 이번에는 어밀리아가 물었다. "얼마 전에 네가 자니한테 네 방으로 오라고 했다는 얘기를 분명히 들었어."

"자니가 그렇게 말했어? 딱히 다른 할 일이 없다면 내 방으로 올라와도 좋다고 말했던 건 기억이 나. 뒤에서 그런 얘기를 하는 걸 보니 그가 신사는 아닌 것 같다."

"뒤에서 널 험담한 게 아니었어. 단지 내가 질문을 하고 그가 대답을 한 것뿐이지. 그에게 네 방에 지도가 있다고 했고, 여기서 떠날 때 가져가도 좋다고 했다며. 그가 한 얘긴 그것뿐이었어." 어밀리아가 화를 내며 말했다.

"조금 전 아침 식사 전에 마사 선생님이 똑같은 질문을 자네한테 했어. 우연히 응접실 문 앞에 서 있다가 들었지. 자네는 마사 선생님한테도 똑같은 대답을 했어. 그랬더니 마사 선생님이 굉장히 무거운 지도라 혼자 들고 내려올 수가 없었던 모양이라고 했어. 오늘 내로 그 지도를 한번 봐야겠다고." 마리가 어밀리아에 이어 앨리스에게 말했다.

"그 지도가 어디 있는지만 알면 얼마든지 보여줄게. 나도 일주일 내내 그 지도를 찾았는데 결국 못 찾았거든. 이 근방 지리가 나와 있는 아주 좋은 지도거든. 이곳으로 오는 여행길에 미시시피 부대의 어느 대위가 우리 어머니에게 준 건데, 도대체 그 지도를 어쨌는지 모르겠어."

"좀 더 열심히 찾아봐야 할 것 같은데? 이 집에 그 지도가 실제로 존재했다는 사실을 안 믿는 사람이 있는 거 같거든." 마리가 앨리스에게 대들었다.

"너희, 말싸움 그만하고 문법 공부나 해." 내가 그들에게 명령했다. 아직도 방에 틀어박혀 있는 에드위나를 제외하면 내가 이 학교에서 가장 나이가 많았고, 마사 선생님과 해리엇 선생님이 없을 때면 내가 아이들의 책임자가 되어야 했다. 항상 기분이 울적하고 자기 일에만 몰두해 있는 에드위나는 리더십에 필요한 자질을 갖추지 못했다. 그럼에도 내게 책임이 주어지는 게 에드위나 입장에선 달가울 리 없다는 데에 내년에 수확하는 면화 전체를 걸 수도 있었다.

점심 시간이 가까워지자 해리엇 선생님이 서재로 들어왔다. 초췌해 보였고 전보다 더 우울해 보였다. 그러나 마사 선생님이 맥버니 상병의 뼈를 맞추었고, 이제 다시 봉합하는 중이라고 말하는 목소리는 사뭇 밝았다. 아직은 낙관할 상황은 아니라고 했지만 빠르게 회복될 것 같다고도 했다. 우리의 방문객이 다시 두 다리로 설 수 있게 된다면 우리는 전혀 딴 사람을 보게 될 거라고도 했다.

"그 사고가 그에게 교훈을 준 모양이야. 앞으로는 훨씬 더 믿음직한 청년이 되지 않을까 싶어."

"그 사람이 하는 말이 진실일 수도 있어요, 해리엇 선생님. 제 방에 지도를 가지러 온 것일 수도 있어요. 원하는 게 무언지만 미리 말했어도……." 앨리스가 대답했다.

"응접실 소파에 있던 두 사람을 내가 봤던 거 기억해, 앨리스? 자니는 그때도 지도를 찾고 있었겠지? 네가 몸속에 지도를 숨겨두었다고 생각했나 보지?"

"얘들아, 제발……." 살의를 머금은 표정의 앨리스와 마리 사이에 끼어들며 해리엇 선생님이 말했다.

"지금 말다툼이나 하고 있을 때가 아니야. 마사 선생님은 오늘 너희가 수업에 참석할 거라고 생각하고 계셔. 내가 너희는 근면한 학생들이고, 이 학교에는 정숙하고 학구적인 학생들만 있다고 했거든."

"선생님이 아무리 그렇게 말씀하셔도 마사 선생님은 안 믿으실 것 같은데요?" 마리가 비아냥거렸다.

"해리엇 선생님, 지금 자니가 아파하나요?" 어밀리아가 물었다.

"전보다 더 아파하는 것 같진 않아. 와인을 좀 주었더니 통증이 가라앉았어."

"우리가 갈 수 없는 상황이라고 전해주실래요? 제가 자니를 안 만나려 한다고 생각하는 건 싫거든요." 어밀리아가 고집을 부렸다.

"그래, 그렇게 전할게. 아마 하루나 이틀 정도면 지시가 바뀔 거야. 마사 선생님이 맥버니 상병을 포함한 우리 모두가, 선생님이 기대하는 것만큼 정숙하다고 판단하시면." 해리엇 선생님이 약속했다.

"그건 절대 불가능해요." 마리가 말했다.

"그럼에도 우리는 완벽을 추구하지." 우리의 교감 선생님은 마리의 독설에도 상냥하게 응해줬다. 만일 마사 선생님이었다면 메리는 저녁을 못 먹는 것은 물론이고 일주일 동안 방에 갇혔겠지만. 해리엇 선생님은 종종 이 집에서 무슨 일이 벌어지고 있는지 모르는 사람처럼 행동했다.

해리엇 선생님은 응접실로 돌아가 마사 선생님을 도와야 한다면서 누군가 에드위나에게 식사를 가져다주면 좋겠다고 말했다. 난 내가 하겠다고 나섰다. 놀랍게도 다른 아이들도 모두 나섰다.

"에드위나가 생각보다 인기가 많구나." 엷은 미소를 머금고 해리엇 선생님이 말했다.

"인기 때문이 아니에요, 호기심 때문이지. 저만 그걸 인정하는 거고요." 마리가 나서 말했다.

나는 딱히 호기심이 생겨서 자청한 게 아니었다. 물론 전날 밤 사건에 대해 에드위나가 무슨 말을 할지 궁금하긴 했지만, 한편으론 안됐다는 생각도 들었다. 나는 늘 에드위나가 딱하다고 생각했고, 그 사실을 누구에게도 숨길 생각이 없었다.

나의 속내를 알아차린 건지, 아니면 나를 가장 믿을 수 있는 아이라고 판단한 건지 해리엇 선생님은 나를 착한 사마리아인으로 선정하고 나서 응접실로 돌아갔고, 나는 서재의 아이들을 잠시 앨리스에게 맡기고 부엌으로 가서 식사 쟁반을 준비했다. 내 생각에 앨리스가 다른 애들보다 똑똑한 건 아니었지만 연장자가 어밀리아와 마리를 감시하는 임무를 맡는 게 옳은 것 같았다.

"에밀리…… 오, 에밀리!" 우리 학교 문제아가 내 뒤에 대고 소리쳤다. "앨리스가 에밀리한테 경례하는 걸 잊어버렸어!"

나는 당연히 그 말을 무시하고 부엌으로 향했다. 냄비에 보리죽이 남아 있기에 그릇에 담았다. 그러나 다시 데우지는 않았다. 죽을 데우려면 불을 다시 지펴야 하는데, 양키들이 아직 이 지역에 주둔하고 있어서 우리는 요리할 때도 불을 아꼈다. 우리의 존재를 숨기려는 것보다 낮 시간에 불필요한 연기를 일으켜 우리의 존재를 떠벌리고 싶지 않아서였다.

나는 죽과 남은 옥수수빵, 역시 차갑게 식었지만 기운을 북돋워주는 도토리 커피 한 잔을 들고 에드위나의 방으로 갔다. 내가 에드위나 모로를 위해 준비한 식사는 리치먼드의 엑스체인지 호텔이나 오리엔탈 살롱의 식사처럼 식욕을 돋운다고는 말할 수 없겠지만, 영양가 있는 훌륭한 음식이었다. 에드위나가 룸메이트였을 때에는 서로 잘 지내지 못했다. 에드위나는 항상 내가 자기 사생활을 캐내려 한다고 비난했다. 내가 자기를 염탐하고 물건들을 뒤진다고도 했다. 물론 처음에는 조금 꼬치꼬치 캐물었던 게 사실이지만, 그건 단지 우리의 공통점을 찾아보려고 했던 것뿐이다. 주로 좋아하는 것 혹은 싫어하는 것 따위였고, 그런 것들을 중심으로 일시적으로나마 우정을 쌓을 수 있을 거라 생각했다. 그러나 시간 낭비였다. 설령 에드위나가 자신의 모든 것을 털어놓았다고 해도 그것은 결코 우정을 위한 게 아니었을 것이다. 물론 그러지도 않았지만.

노크를 하고 나서 대답을 들을 거라 기대하지 않았고, 실제로도 대답은 없었다. 그러나 나는 그녀에게 아침 식사를 가져다주라는 명령을 받은 터라 식사를 원하는지 묻지 않고 그냥 들어갔다. 나는 에드위나의 허락 없이 방문을 열고 들어가는 것도 내가 받은 명령에 포함된 것으로 간주했다. 마사 선생님은 방문을 잠그는 것을 절대 용인하지 않았을 뿐더러 우리에겐 열쇠가 없었는데, 응급 상황을 대비하기 위해서인 것 같았다.

에드위나는 여전히 파란색 실크 가운을 입고 숲과 정원 일부가 보이는 창가에 앉아 있었다. 무릎 위에 책을 펼쳐놓고 있었지만 읽는 것 같지는 않았다. 그녀는 아무것도 하지 않고 주위에서 일어나는 일을 의식하지 못하는 가수면 상태로 그곳에 앉아 있는 것 같았다.

"아침 가져왔어. 본부에서 제공하는 서비스야."

에드위나가 눈꺼풀조차 움직이지 않아서 내가 말을 걸었다.

"해리엇 선생님이 그러는데, 맥버니 상병의 다리는 괜찮을 거래. 영구적으로 손상이 된 것 같진 않아."

대답은 없었지만 내 말에 동요한 듯 호흡이 빨라졌다. 나는 그 여세를 몰아 이야기를 밀어붙였다.

"다들 어젯밤에 일어난 일을 불운한 사고로 여기고, 최대한 빨리 잊으려고 애쓰는 분위기야."

"누가 그렇게 생각하는데?" 에드위나가 나를 돌아보지도 않고 낮은 목소리로 물었다.

"해리엇 선생님, 그리고 맥버니 자신도. 아직은 그 사고를 누구 탓이라고도 말하지 않았어. 내 생각에는 맥버니를 고의로 다치게 할 정도로 그 사람한테 관심이 있는 사람이 없었던 것 같아. 어젯밤에 네가 화가 나서 내뱉은 말을 듣고 너와 맥버니 사이에 언쟁이 있었을 거란 짐작은 하지만."

"내가 밀었어. 내가 그를 계단으로 밀었어." 여전히 낮은 목소리로 그녀가 말했다.

"왜?"

"미워서."

"그 사람이 북군 제복을 입어서? 아니면 앨리스 방에 올라가 있어서? 앨리스는 그가 자기 지도를 빌리러 왔다고 하던데…… 아무래도 좀 미심쩍은 부분이 있지만 말이야. 앨리스는 지금 맥버니 걱정을 별로 안 하는 것 같아."

"언제 떠날 거래?"

"떠날 수 있게 되면 바로 떠나겠지."

"그 사람을 다시 보고 싶지 않아."

"굳이 볼 필요는 없을 거야. 그는 응접실에 갇혀 있고, 우리는 못 들어가니까."

나는 쟁반을 그녀 가까이에 놓았다. 에드위나가 다시 흐느껴 울었고, 무릎에 있던 책이 바닥으로 떨어졌다. 뺨에 눈물이 흘러내렸지만 눈물을 멈추려고도, 닦으려고도 하지 않았다. 그렇게 대놓고 드러내는 나약함은 항상 나를 짜증나게 했다. 나는 그녀로부터 돌아서서 깨끗한 손수건을 찾으려고 서랍장 쪽으로 갔다.

분명히 말하는데 그때 나는 오직 손수건을 찾겠다는 생각뿐이었다. 사생활을 캘 생각은 조금도 없었고, 내가 원하는 물건을 찾기에 적절한 장소인 것으로 추측되었던 서랍을 열었을 때에도 아무런 호기심이 일지 않았다고 장담할 수 있다.

손수건은 내가 연 서랍에 들어 있었다. 형형색색의 손수건이었고, 이곳 학생들이 갖고 있는 손수건을 다 합친 것보다도 많이 있었다. 손수건 위에는 상아 손잡이가 달린 조그만 거울이 있었고, 그 옆으로 손바닥만 한 크기의 구부러지고 휘어진 양철 사진틀이 있었다.

프릴이 달린 여름 드레스를 입고 양산을 들고 서 있는, 어리고 피부색이 밝은 편인 흑인 여자의 사진이었다. 양산과 드레스 모두 주인이 특별히 빌려줬거나 사진관에서 빌려 입은 것 같았다. 사진틀에 새겨진 상표로 보아 사바나에 위치한 사진관 같았다. 여자는 적어도 반은 혼혈이었고, 놀라울 정도로 예뻤다. 에드위나가 어렸을 때 애착을 느꼈던 유모나 하녀라고 넘겨짚었다. 하지만 에드위나가 누군가에게 애착을 느꼈다는 건 상상하기 힘들었다. 나는 사진에서 거울로 관심을 돌렸다. 손잡이와 프레임에 큐피드와 장미꽃 봉오리가 새겨진, 지나치게 감상적인 디자인의 거울이었다. 바로 그때 불미스러운 사건이 일어났다.

나는 거울을 집어 든 것도 아니었고, 사진을 집은 것도 아니었다. 내가 그녀의 어떤 보물을 발견했는지 알아차리지 못하도록 그저 서랍 속을 들여다보고 있었다. 어쨌든 손수건을 하나 들고 몸을 돌린 순간 그녀가 두려움에 휩싸인 얼굴로 날 보았다.

"네 귀금속은 안전해. 하나도 안 건드렸어."

"너 설마……."

"하나도 안 건드렸다니까. 네 물건엔 눈곱만치도 관심없어!" 내가 화를 내며 말했다.

"미안해, 에밀리. 그런 뜻이 아니었어."

"당연히 미안하겠지! 네 태도, 정말 못 봐주겠다. 이제 그만 눈물 닦고 정신 차려. 지금 네 몰골, 진짜 끔찍해!"

손수건을 건네면서 그녀의 눈물이 말랐음을 알아차렸다. 탐욕은 때로 보다 중요한 감정들을 제치고 우위에 선다. 나는 몹시 화가 났지만, 에드위나의 벌어진 가운을 제대로 입혀주었다. 전날 밤자리를 떴을 때와 똑같은 차림인 것으로 보아 잠자리에 들지 않은 게 분명했다. 그녀를 잠 못 이루게 했던 슬픔에 나의 분노가 사그라들었다.

"네가 오늘 저녁 시간까지 쉰다고 해도 마사 선생님과 해리엇 선생님은 이해하실 거야. 맥버니 일도 있고, 오늘은 수업이 없을 것 같아."

나는 그녀를 도우려는 마음에 바닥에 떨어진 책을 주워 들었다. 《윌리엄 블레이크 시선집》이었는데, 짧지만 격한 감정을 그린 시가 펼쳐져 있었다.

"결코 사랑을 말하려 들지 마라, 사랑은 결코 말할 수 없는 것…… 보드라운 바람이 그렇게 움직이네……. 조용히, 눈에 뜨이지 않게." 내가 소리 내어 읽었다.

"제발, 에밀리…… 그만!" 나의 전 룸메이트가 손마디를 깨물며 말했다.

"나는 사랑을 말했네, 나는 사랑을 말했네, 마음을 다해 말했네. 떨리고, 추웠으며, 끔찍한 두려움을 느꼈네. 아, 그러나 그녀는 떠났네. 이거 진짜 한심하다. 안 그래?"

"맞아, 에밀리. 에밀리……."

"응. 왜? 말해봐."

"넌 나를 좋아하니, 에밀리?"

"지금은 별로야. 하지만 내가 씩씩한 사람을 좋아한다고는 말할 수 있을 거 같아. 그러니까 내 말 명심하고, 그에 맞게 행동해주길 바라. 이제 그만 정신 차리고 어른스럽게 행동하라고."

"알았어, 에밀리."

"좋아, 그럼. 이제 아침을 먹고, 한심한 짓거리는 하지 마."

"알았어, 에밀리." 그녀가 순순히 스푼을 들고 보리죽을 떠먹었다.

내가 뭔가 이루었다는 생각에 뿌듯해하며 에드위나의 방을 나서 아래층으로 내려갔다. 속으로 '하여간 여자들이란!' 하고 생각했던 기억이 난다. '고작 맥버니 같은 시시껄렁한 뜨내기 때문에 자제력을 잃고 품위 없게 행동하다니' 하고 짜증도 냈다.

그때 나는 그를 양키와 분리해 생각하고 있었다. 맥버니 상병 같은 사람이 우리 적군이라는 사실이 우리의 전쟁을 덜 숭고하게 만드는 것 같았고, 양키는 도저히 우리의 적수가 될 수 없다고 생각했다. 그리고 혐오스럽게도 내가 나 스스로를 여성에서 서서히 배제하기 시작했다.

서재로 돌아가니 수업 시간이 아닌데도 열정적인 토론이 벌어지고 있었다. 붙어서 감시하지 않으면 오 분을 얌전히 못 있는 애들이었다.

"세상에, 이번엔 또 무슨 일이야?" 내가 그들에게 물었다.

"가엾은 자니의 다리 문제야. 물론 그 주제에 전혀 관심이 없겠지만." 앨리스가 건방지게 말했다.

"지금은 그것보다 훨씬 더 중요한 일이 많으니까. 그보다 해리엇 선생님이 맥버니의 다리가 나아지고 있다고 했던 것 같은데."

"해리엇 선생님이 잘못 생각한 거야. 늘 그렇듯이." 언제나처럼 불신 가득한 표정을 지으며 마리가 말했다. "조금 전에 마사 선생님이 자니에 관한 공식적이고 정확한 소식을 전달했어. 에밀리, 아쉽게도 그 소식을 전하기 전에 네가 어디 있는지는 묻지 않으시더라."

"넌 오늘이 지나기 전에 나한테 귀싸대기를 맞을 줄 알아." 내가 마리에게 쏘아붙였다. "둘 중 한 명만 마사 선생님이 무슨 말을 했는지 말해줄래? 아니면 공부나 하든지. 어느 쪽이든 나는 털끝만치도 상관없으니까."

물론 조금은 상관이 있었다. 이 집 안에서 일어나는 일이라면 나 역시 다른 사람들만큼 관심이 있었다. 그러나 그것이 내가 나의 권력 안에서 그들에게 가할 수 있는 가장 가혹한 벌이었다. 예상대로 내 작전은 통했다.

"너무 끔찍해." 어밀리아가 말했다. 그제야 나는 어밀리아가 흥분한 다른 아이들과 달리 울고 있음을 알아차렸다. 하기야 어느 정도 예상한 일이긴 했다. 그 즈음 이 집에서는 항상 한 명이 울고 있었기 때문이다.

"뭐가 끔찍한데, 어밀리아?"

"자니의 다리……." 자연의 소녀가 울먹이며 말했다. "마사 선생님이 자니의 다리를 자를 거래!"

마사 판즈워스

두 번째 책임은 우리 학생 중 한 명에게 있다손 치더라도 그에게 죄가 있다는 것은 이미 알고 있었다. 그날 밤 3층에서 무슨 일이 있었건, 그가 어떤 도발을 했건, 그가 무슨 꿍꿍이였는지 알고 있었다. 동생만 아니었으면 나의 호의를 배신한 그를 브록 대로로 끌고 나가 버리고 왔을 것이다. 하지만 그랬다가는 맥버니 상병의 검은 속내를 몰랐을 어린 학생들이 분개할 것 같았다.

그의 죄가 확실함에도 나는 그를 최대한 편안하게 해줘야 했다. 나는 신속하게 지혈을 했고, 그를 다시 아래층으로 데리고 갔다. 다음 날 아침에는 이 집 사람들 모두의 성화로 맥버니 상병이 자신의 만행으로 입은 상처를 치료하려 무진 애를 썼다.

"이 다리를 예전처럼 쓸 수 있으려면 마술사가 필요해." 그의 다리를 두 번째 봉합하며 내가 말했다.

"당신이야말로 마법의 지팡이를 휘두르는 분이시죠." 나의 환자가 쾌활하게 말했다. "부정할 생각일랑 마세요. 여기 있는 사람들 중 누구도 당신 말을 안 믿을 테니까요."

"전처럼 깔끔하게 잘된 것 같아." 해리엇이 용기를 내어 말했다. 해리엇은 불과 몇 분 전만 해도 정신을 잃고 쓰러질 것 같은 표정을 짓고 있었다. 나는 그 애를 서재로 보내 학생들이나 살펴보라고 지시했다. 그러나 해리엇은 복도에서 최대한 시간을 끌다 온 것 같았다. 내가 거의 봉합을 끝냈을 즈음 응접실로 돌아왔기 때문이었다.

"전처럼 깔끔해 보일진 몰라도 전처럼 건강해 보이지 않아. 종아리가 부어올랐고 핏기가 없어."

"세상에, 종아리calf*가 핏기가 없으면 어미 소는 어떤 상태일지 궁금하네요." 맥버니 상병이 신이 난 듯 소리쳤다. "송아지거 종아리건 될 대로 되라고 하세요. 죄송합니다, 여러분. 하지만 제 다리는 차가운 물수건과 백합처럼 흰 마사 판즈워스 선생님의 손에 닿으면, 이곳에 처음 왔던 그날처럼 멀쩡해질 거예요. 그게 바로 저

---

* 종아리를 뜻하는 'calf'에는 '송아지'의 의미도 있다.

의 생각이고, 교황님과 링컨 대통령, 빅토리아 여왕도 제 생각을 바꿀 순 없습니다!"

"다리에 전혀 감각이 없어."

"그게 무슨 얼토당토않은 말씀이십니까! 다리야말로 제 몸에서 가장 예민하다는 걸 알려드리지요. 나쁜 사람들을 만나면 피부가 붉어지기까지 하는걸요. 오랜 세월 이 다리를 측정기 삼아 바른길만 걸어왔습니다."

"통증을 느끼는 게 분명해. 와인하고 허세 때문에 바늘이 닿을 때마다 움찔하지 않는 것뿐이야." 해리엇이 주장했다.

실제로 와인에 진통효과가 있었는지는 몰라도 그에게 어떻게 되든 상관없는 척할 용기를 준 것만은 확실했다. 해리엇이 그의 입에 엄청난 양을 쏟아부은 덕분에 와인은 그의 혀까지 풀어놓았다. 그는 쉴 새 없이 상스러운 말을 내뱉었고, 욕설이나 천박한 말을 늘어놓을 때마다 나와 내 동생을 향한 조롱 섞인 사과의 말도 잊지 않았다. 그가 한 말들은 대체로 이런 식이었다.

"이런 젠장! 아, 죄송합니다, 여러분. 따스한 봄날 아침, 아름다운 남부 아가씨 둘이 제 다리를 가지고 노는 것보다 더 기분 좋은 일은 없지요. 해리엇 선생님도 동참하시죠, 왜. 한두 번 쓰다듬어주세요. 부끄러워하지 마시고. 언니가 얼마나 열심히 일하는지 못 보셨어요? 당신의 언니는 아마 전에도 남자의 다리를 한두 번 무릎 위에 올려놓아봤을 것 같던데요. 척 보면 알아요. 내 고향으로 내 다리를 보내주오! 아름다운 두 명의 금발 아가씨, 그 다리를 광 내고, 꼬집고, 앙큼하게 주무르네. 아, 그러고 보니 세 가지 조건을 갖춘 금발 아가씨들이군요. 집안 좋고, 품행 좋고, 젖가슴 좋은 아가씨들. 술집이나 시골 여자의 젖가슴과는 차원이 다른, 제대로 된 최고급 젖가슴이겠지요. 만질 수 있으면 어디 한번 만져봐라 하는 식의 상류층 젖가슴. 작지만 호락호락하지 않은, 실제로 사용하기보다는 관상용인, 정숙하고 고결하고 숙녀답고 도도하고 아름다운……."

"똑바로 서 있든지, 아니면 나가." 내가 해리엇에게 말했다.

"나가세요, 해리엇 선생님. 수술실에서 입기엔 드레스가 너무 깊이 파였네요."

"이 사람 말을 무시해, 해리엇. 내 말 듣고 있어?"

"무시하고 있어." 그러나 해리엇은 잘 익은 사과처럼 얼굴이 붉게 물들었고, 심지어 엷은 미소까지 띠고 있었다. 그 모습이 그를 더욱 부추겼다.

"질투하지 마세요, 마사 선생님. 마지막 말은 두 사람 모두에게 해당되는 말이었으니까."

"한마디만 더 하면 입에 차가운 수건을 물릴 줄 알아요. 내 말 알아들어요?"

"아, 네, 선생님. 기분 상했다면 죄송해요. 저처럼 미천한 시골 촌뜨기가 감히 당신들 같은 사랑스러운 숙녀분들의 기분을 상하게 해선 안 되겠죠. 키가 크고, 우아하고, 꼿꼿하고, 완벽하고, 도무지 미소 짓는 법이 없고, 절대 큰소리로 웃지 않고, 대체로 친절하지만 때로는 잔인하고. 항상 꿈만 꾸고 결코 저지르지 않는……."

"그만!"

"알겠습니다, 선생님. 몸을 조금만 숙여주시면, 제가 입술을 살짝 깨물어드리지요."

나는 도저히 참을 수가 없어서 차가운 수건을 그의 얼굴에 내던졌다. 그는 수건 밑에서 키득거리면서도 수건을 치울 생각은 하지 않았다.

"우리 둘 중에 누가 꿈만 꾸면서 저지르지 않는다는 건지 궁금하네. 그 꿈이 무엇이었는지도." 내 동생이 조용히 말했다.

"그 대답은 못 들을 거야. 이런 천박한 헛소리는 더 용납 못해." 나는 실을 매듭지은 다음 끝을 자르고 일어서서 내가 한 작업을 살펴보았다.

"붕대를 감을까요?" 가까이에서 기다리고 있던 매티가 말했다.

"하고 싶으면 그렇게 해. 솔직히 난 어떻게 하든 별반 다를 게 없을 것 같아."

"그게 무슨 뜻이야?" 해리엇이 물었다.

"듣기 좋은 말이건 잔인한 말이건, 결국 진실을 말할 순간은 오기 마련이야. 이 남자 다리는 점점 흉측해지고 있어. 잘라내야 해."

그 순간 수건 밑의 키득거림이 멈출 거라고 생각했다 하지만 그는 내 말이 재미있어 죽겠다는 듯이 더 크게 웃었다. 되레 해리엇이 더 놀라 되물었다.

"설마 진심은 아니겠지!"

"진심이 아니라고?"

"아직 회복될 시간이 충분하지 않았잖아."

"회복되지 않을 거야. 무얼 해도 소용없다는 걸 알고 있었어. 널 만족시키려고 해본 것뿐이야."

"오늘 아침 내내 그렇게 애를 써놓고 결국 양키 군의관한테 넘기겠단 거야? 교차로로 데리고 가거나 양키를 이리 불러올 생각이냐고!"

수건 밑이 잠잠해졌다. 맥버니 상병은 내가 앞으로 저지를 일보다 교차로에서 자기 편 군인들에게 발각되는 것을 더 두려워했다.

"둘 다 아니야. 이런 사태가 올 줄 알고 어젯밤에 잠도 안 자고 생각해봤는데, 군인들을 부르는 건 신중한 선택이 아니야. 더구나 맥버니 씨 본인도 자기네 군의관한테 가고 싶지 않다고 했고. 모든 가능성을 배제한다면, 우리가 직접 다리를 자르는 수밖에 없어."

그 말에 우리 손님의 입에서 커다란 웃음소리가 터져나왔다. 그는 물수건을 옆으로 던지고는 크게 웃어젖혔다.

"어서 하세요, 마사 선생님. 잘라버려요. 제가 허락해드리죠!"

"좋아요." 내가 조용히 말했다. "그럼 훨씬 쉽죠. 안 그래도 물어볼 참이었는데."

"기꺼이 허락해드리겠습니다. 해리엇 선생님이 절 위로하기 위해 제 손을 잡고 있는 동안, 확실하게 톱으로 잘라버리세요."

"준비하는 데 시간이 좀 걸립니다. 당장은 시작할 수가 없어요. 하지만 오늘 오후에는 끝내야 할 것 같습니다. 램프 불빛 아래서 하긴 좀 꺼림칙하네요."

"지금 농담인 줄 알고 있어, 마사."

"그래?"

"자길 겁주려고 그러는 줄 알아."

"내가 왜 그런 짓을 하겠어?"

"절 벌하려고요." 맥버니가 싱긋 웃었다. "그래도 싸다는 걸 하나님도 아실 겁니다. 제가 두 분을 모욕했고, 두 분의 호의를 무시했으니까요. 하지만 곧 보상해드리겠습니다. 약속할게요. 절 돌봐주신 보답으로 떠나기 전에 두 분을 꼭 안아드리고, 키스해드리죠. 반드시 그렇게 하겠습니다. 술기운이 가시는 대로요. 그래야 술 냄새 밴 입김에 두 분이 불쾌하지 않을 테니까요……."

여전히 키득거리면서 그가 등을 기대고 눈을 감았다.

"많이 취했어, 마사."

"취하는 게 당연하지. 저 상태로 말을 할 수 있다는 게 놀라워. 두 사람을 취하게 하고도 남을 양을 주었잖아."

"지금 자기가 무슨 말을 하는지도 모르고 떠들고 있잖아! 지금 언니가 자기와 게임을 한다고 생각하는 거야. 알고 있잖아, 마사. 제대로 이해하고 한 말이라고 해도 그 사람의 허락을 받아들여선 안 돼. 술 취한 사람의 판단에 의존할 순 없잖아!"

"그 사람 판단에 의존하는 게 아니야, 내 판단에 의존하는 거지. 그리고 제정신이라면…… 아마 못하게 하겠지. 하지만 이 상황에 대한 나의 판단이 그의 판단보다 더 믿을 만한 거라고 생각해. 극단적인 선택이지만 그의 목숨을 구하기 위해서는 어쩔 수 없어."

"이건 이 사람 목숨이야, 마사."

"이 사람만의 목숨이 아니야. 우리 모두가 서로에 대한 책임이 있어. 우리 모두 그의 가족이고…… 하나님의 가족이야."

맥버니 상병은 잠이 들었는지 그 마지막 말을 들었다는 징후가 보이지 않았다. 그는 여전히 입을 조금 벌린 채 엷은 미소를 짓고 있었다. 내가 이마에 손을 대었을 때에는 미동조차 없었다.

"열이 있는 것으로 보아 의심의 여지가 없네요." 매티가 헝겊으로 문제의 다리를 묶으며 말했다. 마음 같아서는 에드위나 모로가 기증한 헝겊의 마지막 조각을 아껴두었다가 나중에 쓰면 좋을 것 같았지만, 내 생각을 입 밖으로 내지는 않았다.

"맞아요, 아가씨. 몸 어딘가가 잘못 되어서 열이 나는 거예요."

"다리가 감염되었다는 나의 판단에 자네도 동의하는 건가?"

"제 의견을 물으시는 건가요? 제가 보기에 이자의 다리는 전보다 나빠진 게 분명해요. 말씀하신 대로 검게 변했고, 부어올랐어요. 어쩌면 다리 쪽으로 혈액이 공급되지 않는 걸지도 모르지요. 지혈 붕대를 너무 단단히 묶었기 때문일 수도 있고요."

"지금 부목을 빼면 안 될까? 이 지경이 되기 전에 좀 헐겁게 해주었어야 했는지도 몰라." 해리엇이 조심스레 말했다.

"그날 밤 출혈로 죽는 걸 막으려면 하지의 정맥을 조일 수밖에 없었어." 내가 날카롭게 쏘아붙였다. "이런 일에 대해 네가 나보다 더 많이 안다고 생각한다면 지금부터 네가 맡아서 해보지그래? 나도 좀 쉬게."

해리엇은 대답하지 않고 특유의 바보 같은 엷은 미소를 지으며 눈을 내리깔았다. 나는 매티 쪽을 보았지만 매티도 어깨를 으쓱할 뿐 아무 말도 하지 않았다. 나는 약간 짜증을 내면서 가위를 들고 부목을 고정한 헝겊을 잘라 그들을 만족시켰다. 다리가 움찔했고, 맥버니 상병이 얼굴을 찌푸리며 약간 신음했다. 다행히 봉합한 부분이 벌어져 다시 출혈이 시작되진 않았다.

"뭔가 느끼는 게 분명해." 고집이 센 해리엇이 말했다.

"다리에서 경련이 일어나기 시작한 걸 수도 있어. 괴저가 시작되었다고 해도 해당 부위의 감각이 완전히 사라지는 건 아니니까. 그래서 말인데, 네가 좋아할 만한 임무를 하나 부여해야겠어. 지하실로 내려가서 와인을 한 병 가져와. 아니, 두 병. 앞으로 몇 시간 동안 계속 줘야 할 수도 있어. 이 작업을 시작하기 전에 완전히 술에 취해 있어야 해."

"기다렸다가 그 사람 온전한 정신일 때 의논해보지 않고?" 해리엇이 고집을 부렸다.

"그런다고 달라질 게 없잖아." 내가 엄청난 인내심을 발휘하며 말했다. "이 사람이 뭐라고 하건, 우리에겐 시간이 많지 않아."

"이 사람이 그 정도로 심각한 게 확실한 거지요, 마사 아가씨?"

"확실해."

나는 확신했다. 그리고 학생들에게 나의 결정을 알리기 위해 응접실을 가로질렀다. 그들에게 충분히 생각할 시간을 주고, 익숙해지게 하자는 의도였다. 아이들은 맥버니 상병에게 강한 애착을 느끼고 있었다. 나는 아이들에게 맥버니 상병의 목숨을 구하려면 그런 조치가 반드시 필요하고, 그가 어느 쪽 부대 병원으로 호송되었더라도 이미 한참 전에 그렇게 되었을 거라고 최대한 간략하게 말해주었다.

"그건 그 사람들이 자니를 놓고 고민할 시간이 없어서 그런 거잖아요." 어밀리아가 약간 건방진 태도로 말했다.

"우린 이 사람을 놓고 엄청난 고민을 했어. 그리고 분명히 말하는데, 만약 그게 최선이라면 더한 것도 할 수 있어."

"누구를 위해 최선이란 거죠, 마사 선생님?" 마리가 물었다.

"맥버니 씨에게 최선이고, 우리에게 최선이야. 우리가 직접 할 거고, 어떤 군의관 못지않게 해낼 거야."

나는 위층으로 올라가 앞으로 몇 시간 뒤에도 지금처럼 확신을 갖게 해달라고 기도했다. 나의 손이 안정적이고 흔들리지 않게 해달라고 기도했고, 내가 옳은 일을 했다는 것에 결코 의심을 품지 않게 해달라고 빌었다.

나는 창가에 놓인 의자에 앉아 정원을 내려다보았다. 그는 정원일에 남다른 재능이 있었다. 그것만큼은 확실했다. 그는 어린 시절 나와 내 남동생이 지은 정자를 깨끗하고 아름다운 원래의 모습으로 되돌려놓았다. 조그만 사원 건물 주위의 덤불을 베어내고, 건물의 외벽도 흰색으로 한 겹 덧칠했다. 이제 보니 작은 모조품 사원을 세운 정원 끝자락의 아담하고 둥근 공터도 깨끗하게 손질해놓았다. 분명 손대지 말라고 경고했건만! 맥버니 상병은 전날 그 일을 전부 해치웠던 모양이다. 그날 아침에 온갖 수선을 떠느라 텃밭 일을 건너뛰는 바람에 달라진 정원을 그제야 확인했다.

그가 회복되면 그 얘기를 해야겠다고 생각했다. 그를 보내기 전에 그 작은 건물을 부수는 일을 맡기는 게 좋을 것 같았다. 오랫동안 생각했던 일이고, 그 일을 맥버니 상병에게 맡기면 훌륭한 교훈이 될 것이다. 그러다가 문득 내가 계획하고 있는 일을 떠올렸다. 그가 다시 그런 고된 일을 하려면 아주 오랜 시간이 흐른 뒤일 거라는 생각이 들었다.

사실 아무래도 상관없었다. 그 작은 사원은 나중에 부수어도 되었다. 다른 사람이 부수어도 상관없었다. 아니면 멋지게 복원된 상태 그대로 두어도 좋을 것이다. 계획대로 풀리지 않는 우리 인생을 기념하는 의미로.

나는 오늘 오후 우리가 치를 일이 성공적일 것이라고 확신했다. 맥버니 상병은 빠르게 회복할 것이고, 이곳을 떠날 것이고, 정원이 그랬던 것처럼 학교도 질서를 회복할 것이다. 맥버니 상병은 자신이 원하는 곳 어디든 갈 수 있을 것이다. 리치먼드나 찰스턴, 아니면 그가 원하는 곳 어디로든 갈 수 있게 내가 기차 삯을 내주어야 할 수도 있었다. 다시 북부로 돌아갈 생각은 없는 게 분명했다. 더구나 군복무를 하는 것이 불가능해지면 군 당국에서도 그에게 관심이 없을 확률이 높았다. 그런 관점에서 본다면 우리가 그에게 호의를 베푸는 것일 수도 있었다. 그도 알게 될 것이다. 이 일이 끝나고 나면 바로 알게 될 것이다. 어쩔 수 없는 일이었다는 것을 깨닫고, 그 상황에 적응하고, 주어진 상황을 최대한 활용할 것이다. 우리 모두가 그래야 하는 것처럼.

그의 목숨을 구하기 위해 반드시 필요한 일을 했다는 걸 그도 알게 될 것이다. 그의 활동을 제한하기 위해 일부러 그를 불구로 만든 게 아니라 그를 도우려 애쓰는 것이다. 그는 영리한 사람이다. 이곳에 있는 누구에게도 이것이 결코 즐거운 일이 아니었다는 것을 그는 알 것이다. 그 일의 물리적인 절차를 진행하는 것은 물론이고, 그로 인한 책임까지 떠맡는 부담을 감수해야 하는 나에게는 더더욱.

나는 한 시간 정도 눈을 붙였다가 매티가 민트차를 가지고 들어왔을 때 눈을 떴다. 민트는 이 집에서 유일하게 부족하지 않은 재료였다. 우리 집 꼬마 어밀리아 대브니는 숲에 가도 좋다는 허락이 떨어질 때마다 민트 잎과 온갖 허브를 잔뜩 가지고 온다. 대부분 먹을 수 없는 풀이지만.

"학생들이 점심 식사를 마쳤어요. 해리엇 아가씨는 양키가 완전히 취했다고 말씀하셨고요. 이제 저희가 무얼 하면 될까요?"

"몇 가지 있어. 내가 시키는 일 전부 다 지체 없이, 그리고 신중하게 해. 먼저 주방에 있는 날카로운 칼들을 모두 모아. 어떤 걸 쓸지 모르니까 일단 전부 찾아서 칼끝을 날카롭게 갈고, 끓는 물에 삶아."

나는 남동생과 아버지의 물건들을 보관하는 커다란 서랍장으로 다가갔다. 그리고 서랍에서 상아 손잡이에 셰필드 강철로 만들어진 면도칼 두 개를 꺼냈다. 오래전 아버지가 영국에서 가져온 물건이다.

"이건 깨끗할 거야. 그래도 나머지와 함께 끓는 물에 삶아. 훈제실에 있는 커다란 고기 칼도 가져와서 최대한 깨끗하게 닦아. 식당 카펫을 걷어내고 식탁도 깨끗하게 닦아."

"그 좋은 원목을 망가뜨리시게요?"

"어쩔 수 없잖아. 그게 지금 우리가 갖고 있는 유일한 큰 테이블이니까. 지금 문질러서 닦지 않아도 일을 치르고 나면 어차피 솔로 닦아야 해. 나중에 다시 광을 내면 되겠지. 하지만 지금은 그런 얘기를 할 시간이 없어. 좋은 헝겊을 최대한 많이 가져와. 침대시트, 식탁보, 남는 베갯잇."

"전쟁이 나던 그해부터 여분의 베갯잇은 없었어요. 마사 아가씨와 해리엇 아가씨, 두 분 다 시트가 없잖아요. 이 집을 샅샅이 뒤져도 시트는 네댓 장밖에 안 나와요."

"그럼 그걸 가져와. 필요한 만큼 쓰게. 베갯잇도 다 가져와. 아이들은 기꺼이 내놓을 거야. 그리고 아이들에게 에드위나가 모범을 보인 것처럼 안 입는 옷가지들을 내놓을 수 있는지 물어봐. 기왕이면 리넨이 좋겠지. 천을 충분히 준비해서 필요할 때 잘라 쓸 수 있으면 좋겠어. 그리고 자네가 원하는 학생에게 도움을 청해. 내가 자네한테 시켰다고 말하고."

"그나마 도움이 될 만한 사람은 어밀리아 아가씨밖에 없는데, 누군가를 돕기엔 상심이 너무 크네요. 에밀리 아가씨는 너무 거만하고, 마리 아가씨는 너무 못됐고, 앨리스 아가씨는 거울 앞에 서서 가슴이 얼마나 커졌는지만 보고 있고요. 그리고 지금 방에 틀어박혀 있는 아가씨는…… 그 아가씨에 대해서는 무슨 말을 해야 할지 모르겠네요. 그 아가씨 자신을 포함해서 뭐 한 가지라도 좋은 점이 있어야 말이지요."

"에드위나가 다루기 힘든 아이란 건 나도 인정해. 이 학교에 적응할 기미가 전혀 안 보여. 맥버니 상병 일을 처리하고 나면 그 아이 아버지한테 편지를 써서 여기서 데려가라고 할까 봐."

"제 한 달치 끼니를 걸고 장담하는데요, 에드위나 아가씨의 아버지는 답장 안 할 거예요. 마사 아가씨만큼 그 아가씨 아버지도 원하지 않을걸요."

"어차피 여길 떠나야 할지도 몰라. 아버지가 원하건, 원하지 않건 집으로 돌려보내야 할지도."

"어째 돈이 다 떨어진 것 같던가요?"

"그만 좀 해!"

"더 일찍 안 보내신 게 이상해서 그래요."

"그 아일 위해 내가 뭔가 할 일이 있을 거라고 생각했어. 어떻게 보면 그 아인 나한테 하나의 도전이었지. 지금까지 그 어떤 학생도 실패했다고 인정한 적이 없지만, 그 아이가 나의 첫 번째 실패가 아닐까 싶어. 그리고 어쩌면…… 말이 나왔으니 얘긴데, 한꺼번에 두 번의 실패를 인정해야 할지도 몰라. 올여름이 가기 전에 에드위나에 이어 앨리스도 내보내야 할 것 같거든. 어느 쪽이 이기건 그때까진 전쟁이 끝나야 하는데 말이야. 그래야 이 학교도 더 훌륭한 학생들로 가득 찰 텐데."

"그 두 분이 참 딱하네요. 하지만 그렇게 타고난 아이들이라 어쩔 수가 없는 거예요. 앨리스 아가씨는 어머니 때문에 그렇게 된 거고요. 에드위나 아가씨도 마찬가지지요."

"나도 그 둘이 딱하지만, 연민으로 학교를 운영할 순 없어. 하긴, 연민뿐만 아니라 그 어떤 사적인 감정으로도 운영해선 안 돼. 맥버니 상병의 다리를 절단하기로 한 나의 결정에 그 어떤 감정이 섞여서는 안 되는 것처럼."

"정말 절대 그런 게 아니라고 확신하세요?"

나는 지금 매티가 한 말을 그대로 옮기고 있다. 이 일에 불순한 동기가 없었느냐는 비난을 받게 되거나 내가 불필요한 수술을 감행하는 게 아니냐는 지적을 받는다면, 나는 자신 있게 말할 수 있다. 나, 마사 판즈워스는 결코 그 문제에 대해 완벽하게 공개적으로 토론하였고, 자유롭게 의견을 주고받았다. 뿐만 아니라 그 어떤 사실도 숨기려 한 바가 없다. 지금 나는 그 어떤 죄책감이 없고, 그때도 없었다. 다만 외부인의 문제로 하루 종일 묶여 있는 바람에 학생들에게 불이익을 준 건 마음에 걸렸다.

그리고 노예의 질문에 대한 마사 판즈워스의 대답은 이랬다.

"주제넘고 돼먹지 못한 것 같으니라고. 갈수록 성가시게 구는구나. 가끔은 내가 널 데리고 있어서 신의 노여움을 산 게 아닌가 싶은 생각마저 들어!"

"전 그저 질문을 했을 뿐인데요." 매티가 뻔뻔하게도 말대꾸를 했다.

"아주 부적절한 질문이었고, 대답할 가치도 없는 질문이지만 다른 사람들이 있는 자리에서 들먹이지 않도록 대답해두지. 나의 결정은 객관적이야. 내가 양키의 다리를 자르는 것은 그게 유일하게 합당한 일이라는 결론을 내렸기 때문이야. 두려움, 분노, 연민, 혹은 그 어떤 감정의 영향도 받지 않은 결정이라고."

"그 사람한테 합당한 일이란 말씀이신가요?"

"그래! 그 사람한테!" 나는 신경질적으로 소리를 질렀다.

"그렇게 화내실 것까진 없잖아요. 정말 확신하시는지 알고 싶었던 것뿐이라고요. 식기 전에 차 드세요. 순무 수프하고 채소하고 베이컨도 좀 드려요?"

매티가 멋쩍은 듯 들고 온 차를 내밀었다.

"아니, 아무것도 필요 없어."

"일을 시작하기 전에 뭘 좀 드셔야죠. 강하고, 안정적이고, 절대로 어지러우면 안 되잖아요. 그다지 유쾌한 일도 아닌데……. 오늘 아침 해리엇 아가씨도 하마터면 쓰러질 뻔했는데, 수술 중간에 아가씨가 쓰러지면 안 되잖아요. 내려오시면 바로 수프를 대령할게요. 그거 다 드실 때까지 제가 옆에서 떡하니 지키고 서 있을 거예요."

매티는 그렇게 말하고 방에서 나갔다. 매티는 이번에도 노골적인 반항과 오만함으로부터 설득력 있고 애정 어린 배려로 넘어가는 재주를 선보였다. 그녀를 잘 모르는 사람이라면 아마 그렇게 생각했을 것이다. 그러나 나는 매티를 너무도 잘 알고, 그러한 급격한 태도 변화에 현혹되지 않는다. 매티의 문제는 어제 오늘의 일이 아니고, 더는 전쟁 이전의 방식으로 그 문제를 해결할 수 없음을 깨닫자 나의 분노도 가라앉았다. 사겠다고 나서는 사람이 없으면 골칫거리들을 팔아치울 수가 없었다. 그저 그들을 견뎌야 했고, 성경에 나오는 맷돌*처럼, 시절이 좋아질 때까지—반드시 좋아질 것이다. 왜냐하면 더 나빠질 순 없기 때문이다—목에 걸고 있어야 했다.

이런 생각을 하면서 민트차를 마시고 낡았지만 깨끗한 체크무늬 면 드레스를 입었다. 머리는 핀으로 단단히 고정하여 시야를 가리지 않도록 한 다음, 비누와 솔로 손과 팔을 닦았다. 내가 할 수 있는 일을 다 했다. 나는 나의 수술실 준비가 잘되고 있는지 살펴

---

* 누가복음 17장 2절을 인용한 말. '이 보잘것없는 사람들 가운데 누구 하나라도 죄짓게 하는 사람은 그 목에 연자 맷돌을 달고 바다에 던져져 죽는 편이 오히려 나을 것이다.'

보러 아래층으로 내려갔다.

내려가보니 식당은 임시 병원으로서의 구색을 갖추고 있었다. 매티와 아이들이 카펫과 의자를 치웠고, 내가 사랑했던 월넛 식탁은 에밀리가 수지비누와 김이 나는 더운 물로 닦고 있었다. 앨리스와 마리는 내가 요구한 헝겊을 찾으러 집 안을 돌아다니고 있었고, 나는 식탁 옆의 간이테이블 위에 쌓여가는 헝겊을 확인했다. 과도한 열의 속에서 일꾼 중 한 명이 집 안에 있는 모든 의약품을 끌어모으기로 결정했고, 덕분에 유리병과 단지 들이 또 다른 테이블 위에 진열되어 있었다. 소화제나 류머티즘 연고나 동생의 두통약은 필요할 것 같지 않았지만, 그들의 열의에 찬물을 끼얹고 싶지 않아서 조용히 웃었다.

매티는 내가 시킨 대로 부엌에서 절단 도구들을 끓이고 문질러 닦았다. 나는 다시 마음이 온화해졌고, 모든 게 순조롭게 진행되고 있어 흐뭇했다. 그래서 조금 전까지 나의 직이었던 사람이 조용히 떠서 내민 순무 수프를 받아 들고 몇 스푼 떠먹으려고 의자에 앉았다.

"해리엇은 어디 있지?" 내가 매티에게 물었다.

"저쪽에서 양키를 살펴보고 계세요. 일이 시작되면 해리엇 아가씨는 별반 도움이 되지 않을 것 같네요."

"큰 도움이 될 거라고 기대도 안 해." 내가 침착하게 말했다. "꼬마 어밀리아는 어디 있지?"

"어디론가 뛰쳐나가던데요. 어밀리아 아가씨도 지금 하시려는 일에 찬성하지 않아요."

"그거 안됐군." 내가 '아가씨도' 라는 말을 무시하고 대답했다. "어밀리아를 포함한 모든 사람들의 주장을 수용할 미국 민주주의가 실현되지 않아 유감이야. 어밀리아도 마리 데브르처럼 고집이 세질까 봐 걱정이고. 마리하고 너무 가까이 지내서 그런 게 분명해. 아무래도 그 둘은 방을 따로 쓰게 하는 게 나을 것 같아."

"마음이 여리다고 벌을 주는 건 옳지 않다고 생각해요."

"자네가 알아야 할 게 세 가지가 있네, 매티." 내가 다시 짜증을 내며 말했다. "첫째, 난 그 아이를 벌주려는 게 아니야. 둘째, 여린 마음이 항상 미덕이 되진 않아. 때로는 어리석은 것일 수도 있지. 셋째, 자네의 충고가 필요하면 내가 따로 알려주겠네."

"차가워지기 전에 수프 마저 드세요." 그녀가 전혀 동요하지 않고 말했다.

더는 수프 맛을 음미할 수가 없어서 얼른 마셔버렸다. 그러고는 나의 환자를 보러 응접실로 갔다. 매티가 말한 대로 그는 의식이 없었다. 동생이 그의 곁에 앉아 와인 한 잔을 마시고 있었다.

"이게 마지막 남은 와인이야. 다 마셔버리는 게 나을 것 같아서……."

"그 병에 마지막 남은 와인이란 얘기야? 그렇다면 만약 그가 중간에 깨어나면 새 병을 하나 따야 한다는 뜻이네."

"새로 준비해놓는 게 좋을지도 몰라. 만약을 대비해서 새로 한 병을 따놓을까?"

해리엇도 나에겐 눈엣가시였다. 전쟁 중이건 아니건, 해리엇에 관해서는 내가 할 수 있는 일이 아무것도 없었다.

"코르크 마개는 언제든 딸 수 있어. 그리고 마데이라는 공기에 노출되면 상해."

"그건 그래." 해리엇이 한숨을 쉬며 말했다. "마리 아버지가 보내준 자두 브랜디가 안 남았다니, 정말 아쉽지 않아? 마취에는 와인보다 브랜디가 더 나을 텐데."

"맞아, 그랬겠지. 브랜디가 더 없는 게 아쉽고, 브랜디가 있을 때 아껴두지 않은 것도 아쉽네."

동생은 아무런 대꾸 없이 다시 한 번 한숨을 내쉬었다. 한숨이 아니라 트림이었는지도 모르겠다. 나는 굳이 그 둘을 구분하지 않았고 문 쪽으로 가서 매티와 응접실 맞은편에 있던 아이들을 불렀다.

"맥버니 상병을 식당으로 옮길 거야. 모두들 도와줘야겠다."

"이번에도 어젯밤에 내렸던 방법으로 들어 올릴 건가요?" 에밀리가 물었다.

"그 방법은 안 될 것 같구나. 되도록 그를 깨우고 싶지 않아. 더구나 소파보다 훨씬 높은 식탁으로 그를 들어 올려야 하는 것도 문제고."

"들것 같은 걸 만들면 어떨까? 침대보를 접어서 그걸 빗자루에 꿰매는 거야. 덩굴 막대가 더 나을 수도 있겠다. 어차피 우리가 그…… 작업을…… 끝낸 뒤에도 그를 옮기려면 그 비슷한 게 필요할 것 같아." 해리엇이 제안했다.

"정말 좋은 생각이네. 네 머리도 제대로만 쓰면 아직은 생산적일 수 있다는 걸 증명했어. 덩굴 막대가 나을 것 같아. 더 튼튼할 테니까. 에밀리, 헛간에 가서 튼튼한 걸로 두 개를 골라오렴. 앨리스, 식당 수납장에서 식탁보 두 장을 꺼내고, 마리, 내 방에 가서 반짇고리를 가져다다오."

"아니, 내 반짇고리를 가져와. 내가 할게, 마사. 내가 생각한 거니까."

"좋아." 나는 아무 반감 없이 동의했다. "너도 뭔가 도움이 되는 게 좋겠지. 하지만 서둘러. 이 작업에 오후의 환한 햇살을 최대한 쓰고 싶으니까. 그동안 우리는 다른 일들을 준비해야 해. 매티와 학생들은 부엌과 식당에서 각자 맡은 일을 해주고, 난 서재에서 의학서적을 찾아볼게. 들것을 만들면 날 불러, 해리엇."

해리엇은 비교적 빨리 나를 데리러 왔다. 시트를 막대에 꿰매는 데 십오 분도 채 걸리지 않았다. 긴박한 상황이었는데도 바느질이 깔끔하고 튼튼했다. 나는 동생의 솜씨를 칭찬했고, 동생은 여전히 입술을 깨물면서도 애써 미소를 지었다.

"맥버니 상병이 다시 떨어져서 더 크게 다치지 않도록 튼튼하게 꿰매고 싶었어. 다른 부분도 용도에 맞게 된 것 같아? 시트 가장자리에는 공간을 충분히 남겨두었어. 네 사람이 막대를 잡을 수 있도록."

"아주 좋아, 해리엇. 네 바느질 솜씨는 아주 훌륭해. 그건 누구도 부정하지 못할 거야. 이제 모두 맥버니 씨를 운반하는 걸 도와줘야겠다. 지금부터 해리엇에겐 도와달라고 하지 않을 생각이야. 네가 비위가 약하다는 걸 알고 있고, 이 일에서 빠지는 게 좋을 것 같거든. 기절을 하거나 그 외의 다른 소동을 일으키면서까지 도울 필요는 없어. 그러니까 지금 네가 빠진다고 해도 난 원망 안 해. 내가 작업하는 동안 네 방에서 일이 잘되게 해달라고 기도해줘."

"하지만 어떻게 그렇게……. 아무래도 여기 있는 편이 나을 것 같아. 방금 말한 것처럼 물리적으로는 별 도움이 안 되겠지만 문제를 일으키지 않겠다고 약속할게. 이 일이 반드시 필요한 일이고…… 또 반드시 오늘 해야 할 일이라면……. 여기서 마사를…… 우리 아이들하고 혼자 남겨두지 않는 게…… 내가 할 일인 것 같아."

"멋져요, 해리엇 선생님. 할 수 있을 거예요. 그게 바로 용감한 우리 병사들이 전쟁터에 나가기 전에 자신에게 하는 말이죠. 내키지 않아도, 일단 나아가서 부딪쳐보는 거예요. 그게 이길 수 있는 유일한 길이니까요." 에밀리가 말했다.

"다 헛소리야. 그 사람들이 앞으로 나아가는 건 뒤에서 장군들이 줄지어 서서 언제든 칼과 총검으로 등을 찌를 준비를 하고 있기 때문이야." 마리가 냉소적인 말투로 말했다.

"마사 선생님, 이런 반역적인 발언을 용납하실 건가요?" 에밀리가 소리쳤다.

"지금부터는 그 어떤 주제에 관한 발언도 용납하지 않을 거야. 우리에겐 할 일이 있어. 자, 해리엇, 에밀리와 내가 그의 어깨를 들것에 올려놓는 동안 너와 매티가 양쪽 끝을 잡고 있어. 그다음 내가 그의 발을 들것에 올려놓는 동안 에밀리는 해리엇 쪽으로 가서 잡아주고. 마지막으로 내가 매티하고 같이 발 쪽을 잡을 거야. 다들 이해하겠어?"

"이해했는데요. 제가 할 일은 없을까요?" 앨리스가 물었다.

"넌 옆에서 걸으면서 너무 많이 흔들리지 않도록 맥버니 씨를 잡고 있어."

"그럼 저는요? 저만 완전히 따돌리실 건가요?" 마리가 심통을 내며 물었다.

"넌 반대편에서 걸으면서 떨어지지 않는지 살펴봐. 이 해부학 책하고 해리엇의 반짇고리도 들고 있고. 다들 준비됐지?"

"이 사람을 위해 이 일을 하는 거야. 이 사람한테 이게 최선이라는 걸 알아. 곁에서 지켜보지 않으면 앞으론 절대 잠을 못 잘 것 같아……. 만약 무슨 일이라도 생기면……." 해리엇이 중얼거렸다.

"자, 에밀리. 같이 들어보자."

그렇게 우리는 그를 들었다. 내가 생각했던 것보다 훨씬 더 신속하고 정확하게 그를 들것에 올려놓았다. 모든 동작이 효율적으로 진행되어서 맥버니 상병은 눈 하나 깜짝하지 않았고, 여전히 입을 벌린 채로 코를 골았다.

우리는 그를 운반했다. 마치 달걀 상자를 운반하듯 조심하면서 응접실을 가로질러 식당으로 가서는 다 같이 힘을 합쳐 그를 식탁 위에 올렸다. 심지어 위로 밀어 올릴 때에는 어린 마리가 들것 아래로 들어가 힘을 보탰다. 우리는 우리의 환자를 티 한 점 없이 문질러 닦은 식탁 위에 올려놓은 다음 들것을 밑으로 뺐다.

"이제 됐구나. 포장된 소포가 안전하게 배달되었어. 모두들 잘했다."

"혹시 그를 깨워야 하는 것은 아닐까?" 해리엇이 나지막이 물었다.

"깨운다고? 이 사람 재우느라고 와인을 세 병이나 썼어!"

"알아. 하지만 혹시 물어봐야 하는 건 아닌가 싶은 생각이 들어서……. 그러니까…… 이 수술을 원하는지만 물어보면 되잖아. 와인은 더 있으니까…… 다시 재울 수 있어."

"해리엇, 지금 우리가 하려는 일이 최선이라고 너도 방금 말했잖아. 난 이게 최선이라는 걸 알아. 매티와 학생들도 알고. 이 사람 다리 상태를 보면 이 사람보다 우리가 더 잘 판단할 수 있다고. 그런데 그를 깨워서 다시 한 번 허락을 구하는 게 무슨 소용이 있지? 그는 이미 허락했어. 물론 그땐 약간 취해 있었다는 것도 알아. 하지만 지금 이 사람을 깨운들 뭐가 달라지지? 허락을 하건 안 하건 이 사람은 그때보다 더 술에 취해 있을 거야. 나는 이대로 밀어붙여야 한다고 생각해. 이런 상황에서 뭐가 옳고, 적절하고, 정당한지 끊임없이 설득해야 한다는 게 점점 피곤해지네. 나도 가끔은 이런 책임을 떠맡아야 하는 게 부담스러워. 누구든 내 부담을 떠맡을 사람이 있다면 기꺼이 넘겨주고 싶어. 어때, 해리엇, 지금이라도 이 사람을 깨워서 고통에 시달리게 할까?" 내가 분노를 억누르며 말했다.

"아니…… 아니야."

"어쩌면 내가 너무 서두른 건지 모르겠다. 너한테 결정을 맡겨야 할까 봐. 어때, 해리엇? 다리를 잘라내야 할까? 아니면 감염으로 죽게 내버려두어야 할까?"

"제발, 마사!"

"대답해, 해리엇!"

나는 해리엇의 대답을 기다렸다. 해리엇은 입을 벌렸지만 아무 말도 하지 않았다. 나는 팔짱을 끼고 다른 아이들과 함께 침착하게 그녀를 지켜보았다. 그리고 한참 뒤에 그녀가 입을 뗐다.

"옳다고 생각하는 일을 해, 마사. 나도 그 책임을 나누겠지만 전부 나한테 떠넘기진 마."

"그럼 진행할까?"

"그래, 젠장, 어서 하라고! 원하면 다리를 둘 다 잘라버려! 그래야 직성이 풀릴 것 같으면!" 해리엇이 소리를 질렀다.

"해리엇, 넌 지금 정상이 아니야." 내가 나지막이 말했다.

"난 안 취했어! 그 말을 하고 싶은 거라면." 그녀가 도전적으로 나를 보았다.

"네가 어떤 상태건, 여기엔 학생들이 있어. 이제 그만 나가달라고 부탁할 수밖에 없겠다."

"그렇다면 난 거부하겠다고 말할 수밖에 없겠네! 이 일에 대한 책임을 나도 떠안았으니까. 나도 여기에 남아서 지켜볼래. 다른 건 못하더라도. 놀라게 하지 않을게, 마사. 분란을 일으키지도 않을 거야. 화나게 하거나 손을 떨리게 하거나…… 그러지 않을게. 그래서 절반의 죄책감이 내 몫이 된다고 해도……."

그녀의 얼굴은 잿빛이 되어 금방이라도 무너질 것 같았다. 아이들은 눈이 휘둥그레져서 우리의 말다툼을 즐기고 있었다. 나는 더 이상 이 문제를 그녀와 의논하지 않는 편이 낫다는 결론을 내렸다. 나와 해리엇의 불화는 잠시 제쳐두고 한시라도 빨리 끝내버리는 것이 합리적이라고 생각했다.

"원한다면. 마리, 나가도 좋아."

"왜요? 앨리스나 에밀리처럼 저도 분명히 도움이 될 수 있어요!" 어린 꼬마가 소리쳤다.

"앨리스와 에밀리는 너보다 나이가 많아. 돕겠다는 마음은 기특하지만, 여긴 네가 할 수 있는 일이 없어."

"가서 어밀리아를 찾아보렴." 해리엇이 보이는 것과는 달리 침착한 목소리로 말했다. "네 룸메이트를 찾아서 위로해줘. 그게 지금 네가 할 수 일이고, 네가 그래주면 마사 선생님과 난 무척 기쁠 거야."

마리의 라틴계 성향은 쉽게 누그러드는 편이 아니었지만 내 명령에 복종했다. 다만 식당을 나서면서 문을 세게 닫았고, 그러는 바람에 집 안의 모든 유리창이 흔들렸다. 나는 마리도 나중에 해결해야 하는 일들의 목록에 추가해두었다.

일단은 분노에 찬 그 아이의 행동에 대해 일절 언급하지 않았다. 대신 식탁 끝에 서서 계단을 올라가는 그녀의 발소리가 멈출 때까지 기다렸다. 그러고는 이렇게 말했다.

"여러분, 모든 올바른 일들이 응당 그래야 하듯이, 이 일도 기도로 시작하겠습니다. 고개를 숙이고 하나님께 우리의 노력을 축복해주시고 성공하게 해주십사 고개 숙여 기도드립시다. 맥버니 씨가 건강과 활기를 되찾게 해주소서. 마지막으로 맥버니 씨에게 이해의 축복을 주시고, 처음에는 과도한 역경처럼 보일 일이 반드시 필요한 일이었다는 것을 깨닫게 해주소서. 그가 이 역경을 이겨낼 때까지, 이것이 자신을 위해 하나님께서 마련한 계획의 일부임을 기꺼이 받아들이게 해주소서."

기도를 마치고 잠시 묵상한 뒤 내가 말했다.

"좋아. 이제 시작하자. 부엌에서 칼들을 가져와 매티, 그리고 그걸 내 손이 닿는 거리에 놓아줘. 에밀리, 이 천을 자르고, 지혈이 필요한 상황에 대비하여 내 옆에 있어. 앨리스, 해리엇 선생님의 반짇고리에서 가위를 꺼내."

"내가 할 일이 있을까?" 마지막으로 언급되었던 사람이 한결 온순해진 목소리로 물었다.

"없어."

"시키는 일은 뭐든 할게."

나는 고개를 돌려 잠깐 해리엇을 살펴보았다. 계속 자리를 지킬 거라면, 뭐든 할 일을 주는 편이 나았다.

"좋아, 그럼. 넌 이걸 읽어줘. 이 책을 들고 내가 표시해둔 부분을 펼쳐. 표시한 페이지들을 얼른 훑어봐. 때가 되면 내가 밑줄 그은 부분들을 읽어달라고 할게."

실용과학 교재로 쓰려고 몇 년 전 리치먼드에서 산 《그레이스 아나토미》라는 책이었다. 정규 커리큘럼에 그 과목을 개설하지 못하여 그동안 거의 쓸모가 없었다. 남자의 몸에 관한 은밀한 지식을 습득하고 싶어하는 아이들이 이따금 조마조마해하며 몇 페이지를 뒤적인 것 외에는.

나는 가위를 들고 맥버니의 바지 오른쪽 다리 부분을 무릎 위에서 잘라냈다. 나의 남동생이 입었던 양복바지였다. 붕대를 감을 때처럼 걷을 수도 있었지만 그랬다가는 바지가 흘러내려서 작업에 방해가 될 수도 있었다. 어쨌건 맥버니 상병은 그 바지 다리가 필요하지 않을 것이다.

'너무 창백해 보이네. 로버트와 무척 닮았어.'

나는 누워 있는 그를 보며 생각했다. 그가 로버트와 닮았다는 생각은 전에도 한 적이 있다. 맥버니 상병이 우리 집에 온 지 이틀째 되던 날이었다. 그런 생각이 그에 대한 연민을 불러일으켰고, 내가 공들여 맨 붕대를 잘라내기 전에 잠시 머뭇거리게 만들었다.

다리가 모습을 드러냈다. 다리를 쓰지 않고 누워만 있었기 때문에 아침에 봉합한 그대로였다. 마지막으로 보았을 때보다 붓기는 가라앉았지만 여전히 변색된 상태였다.

"조금 좋아진 것 같지 않아요?" 매티가 말했다.

"아니, 그렇지 않아. 전처럼 끔찍해. 우리가 안에 부러진 뼈는 감안하지 않고 표면만 보고 있다는 걸 기억해야지. 자, 이제 마지막 경고를 하지. 여기 있는 사람 중에 이 광경을 볼 자신이 없는 사람은 지금 나가도록 해. 앨리스? 에밀리?"

이번에는 내 동생 쪽은 보지 않았다. 앨리스와 에밀리도 자리를 뜰 생각이 없어 보였다.

"좋아, 그럼."

나는 매티가 도구들을 진열해놓은 테이블로 다가가 도구들을 찬찬히 살펴보다가 아버지의 상아 손잡이 면도칼을 집어 들었다. 나는 면도칼을 펼치고 엄지로 날카로운 날을 만져보았다. 아버지가 그렇게 하는 것을 이전에 여러 번 보았다.

"자, 그럼…… 무릎 위를 자를 건지 아래를 자를 건지…… 그게 문제야."

"무릎 아래 상태가 어떤지 몰라도 무릎 뼈 위쪽은 아무 이상이 없어. 내가 보기엔 분명히 그래." 해리엇이 담담하게 말했다.

"이번에도 너는 겉만 보고 있어. 피부 속 감염이 어디까지 진행됐는지는 알 도리가 없네."

"그럼 허리까지 잘라버려. 그럼 되겠네."

"해리엇, 그런 태도는 용납할 수 없어." 내가 날카롭게 쏘아붙였다.

그녀도 잠시 나를 쏘아보았다. 우리의 관계를 모르는 이방인이 보더라도 증오로밖에 해석할 수 없는 그런 표정으로. 그러다가 그녀가 시선을 내리깔았다.

"미안해. 사과할게. 앞으론 한마디도 안 할게."

"좋아. 해리엇 말대로 무릎 위를 절단하는 것을 정당화할 감염의 증거는 충분치 않다는 점은 동의하고 싶어. 상처는 무릎에서 칠 점 오 센티미터 정도 아래에 있고, 변색은 무릎 앞뒤로 오 센티미터 정도 떨어진 곳에서 일어나고 있어. 해리엇, 책에 다리 하부의 골격에 대해 뭐라고 나와 있지?"

해리엇이 책을 들여다보았다.

"종아리의 뼈는 경골과 비골로 이루어져 있다. 경골은 다리 안쪽에 위치한 뼈로, 대퇴골을 제외하면 인체 골격에서 가장 긴 뼈이다. 비골은 경골의 측면에 있으며 위와 아래로 연결되어 있다."

"경골이 안쪽에 있고, 비골이 바깥쪽에 있다는 거지? 그 둘은 연골 같은 걸로 분리되어 있고. 그림 있어?"

해리엇은 그림을 하나 찾아주었고, 나는 얼른 그림을 보면서 맥버니의 다리와 비교하며 잘라야 하는 뼈의 위치를 확인했다.

"남자는 경골의 방향이 수직이고 반대편의 뼈와 평행이지만, 여성은 더 비스듬한 대퇴골을 보완하기 위해 약간 비스듬하고, 아래쪽 측면 방향을 향하고 있다." 해리엇이 이어서 읽었다.

"신기하다!" 앨리스가 놀라며 말했다.

"대퇴골은 넙다리뼈를 말하는 거야." 에밀리가 말했다.

"그런 건 하나도 중요하지 않아. 뼈의 완만한 각도 따윈 아무 의미도 없어. 근육에 대한 글을 읽어봐. 얼마나 많은 근육을 잘라내야 하지?"

"주요 근육으로는 비복근과 가자미근이 있는데 그 둘이 합쳐져서 발뒤꿈치 힘줄로 이어지는 것 같아. 그리고 종아리 앞쪽에는 전경골근과 장지굴근이 있고, 종아리 측면에는 장비골근과 단비골근이 있고, 무릎 뒤쪽으로는 대퇴이두근이 있는데 그림을 보면 위쪽의 보다 큰 근육들하고 연결되어 있는 것 같아."

"내가 알고 싶은 게 바로 그거야. 그림을 보여줘. 근육들의 정확한 위치를 아는 게 왜 중요한지 이제 다들 알겠지? 아무래도 처음에 표시한 위치보다 조금 아래를 잘라야 할 것 같아. 다리 윗부분 근육을 건드려서 무릎이 경직되면 안 되니까."

"어차피 무릎에 아무것도 안 달려 있을 텐데, 그런다고 뭐가 달라지죠?" 앨리스가 물었다.

"군진외과에 대해 잘 모르는구나. 필요하면 의족을 만들 수도 있는데, 무릎을 움직일 수 있으면 한결 쉽겠지." 에밀리가 말했다.

"조용해 해, 얘들아. 해리엇, 동맥과 정맥은?"

"종아리 뒤쪽의 주 동맥은 슬와동맥인 것 같아. 그게 대퇴동맥하고 이어져. 대퇴동맥은 몸체 어딘가에서 다시 이어지고."

"그 부분은 관심 없고."

"슬와동맥이 갈라지는데, 무릎 바로 아래에서 전경골동맥과 후경골동맥으로 갈라져."

"얼마나 아래?"

"그건 안 나와 있어. 하지만 그림으로 보면 그렇게 멀지는 않은 것 같아."

"그것보단 정확하게 말해줘야지. 그림을 보여줘. 슬와동맥이 갈라지는 지점 아래가 아니라 위를 자르는 게 나을 것 같아. 그렇게 되면 우리가 씨름해야 할 동맥들의 양도 줄어들 테니까."

"정맥에 관해서도 듣고 싶어? 다리의 정맥은 두 세트로 나뉘는데, 하나는 표재정맥이고 하나는 심부정맥이야. 그리고 하위동맥들도 있는데, 슬와동맥에서 갈라져나온 것들로 장딴지동맥, 상근육동맥, 피부동맥, 내측상슬동맥, 외측상슬동맥……."

"그만해. 머리가 지끈거려."

"어디를 자르건 엄청난 혈관들과 씨름해야 될 거야. 나에게 조언을 구한다면, 다리 위쪽에 지혈대를 다시 묶고 책 따윈 잊어버리라고 말할래. 동맥은 그때그때 실 같은 걸로 묶으면 돼."

"안 그래도 그렇게 하려고 생각했어. 조언은 고마워." 나는 에밀리에게 천 한 조각을 받아서 그의 무릎 위에 최대한 팽팽하게 묶었다.

"그 책은 아주 큰 도움이 되었어. 덕분에 앞으로 벌어질 상황을 예측할 수 있었으니까. 우리가 앞으로 해야 할 일이 아주 복잡한 일이라는 것도 알게 됐어." 내가 바쁘게 손을 움직이면서 덧붙였다.

"'우리'라는 말은 그만했으면 좋겠어. 내가 부분적으로 책임을 지겠다고는 했지만 이 일을 집도하는 사람은 언니니까."

"원한다면. 지금부턴 '나'라고 말할게. 난 준비됐어. 다들 준비됐나?"

"우린 십오 분 전부터 준비가 되었는데요." 매티가 말했다.

"넌 조용히 해!" 내가 소리를 지르다시피 했다.

"네. 한참을 서 있다 보니 발이 얼얼해서 그래요."

"네 등을 발보다 더 얼얼하게 만들어주지. 내가 장담하겠어."

"제발, 마사, 어서 시작해. 할 거면 어서 해치워." 해리엇이 신경질적으로 재촉했다.

"좋아." 나는 그의 다리에 검지를 대고 위치를 잡은 다음 면도칼을 대었다. 그러고는 그가 의식이 없는지 확인하기 위해 고개를 들었다. 그러나 그것은 실수였다. 그는 의식이 없었지만 그 찰나의 시선으로 그때까지 유지하고 있던 나의 냉철함에 금이 갔다. 갑자기 맥버니 상병이 내가 해결해야 할 문제가 아닌, 나에게 어떤 감정을 느끼게 하는 한 인간으로 느껴졌다. 좋아하지 않았고 때로는 싫어했지만, 나는 그를 마주할 때마다 설명할 수 없는 감정이 복받쳤고 개인적인 관심도 많아졌다. 나는 한 인간으로서 그를 무시할 수가 없었다. 그가 누군가와 닮았다는 사실을 떠올린 그때는 더더욱 그랬다.

"매티, 시트를 덮어줘."

"춥지 않을 텐데요."

"시키는 대로 해. 무릎까지 덮어. 얼굴도 덮어. 하지만 공기가 통할 수 있게 머리 쪽은 조금 젖혀줘."

"언니한테도 여린 부분이 있네." 매티가 그의 얼굴 위에 시트를 덮고 있는데 해리엇이 빈정거렸다.

"그 사실을 부정한 적 없어. 나약함에 굴복하는 쾌락을 스스로 거부한 것뿐이지. 그리고 시트를 덮은 건 날 위해서가 아니야. 주의가 분산되는 걸 막기 위해서야."

그 말을 끝으로 나는 맥버니의 다리를 자르기 시작했다. 그 삼십여 분을 자세히 묘사하진 않겠다. 그게 내 인생에서 가장 끔찍한 시간이었다는 것 외에는. 그날 이후에도 이 집에서는 불행하고 불미스러운 일들이 일어났다. 그 시간이 맥버니의 다리를 자르던 삼십여 분보다 더 끔찍했다고 생각하는 사람도 있겠지만, 나에겐 그 삼십여 분이 가장 고통스러웠다.

그러나 다 지나고 났으니 하는 얘기다. 나는 지금도 그 시간을 기억하고 끊임없이 그날의 꿈을 생생하게 꾸지만, 당시에는 상황의 긴박함과 육체적 피로로 일을 끝내는 것 말고는 다른 생각을 할 겨를이 없었다. 그가 잠에서 깨어나 비명을 지르기 시작했을 때에도 나는 내가 하는 일에만 주의를 집중했다. 심지어 그 순간 내가 무슨 생각을 했는지도 또렷하게 기억한다. 나는 '매티가 붙잡고 있으면 돼……. 완전 엉망진창이군……. 지혈대가 단단히 묶였나……. 매티가 좋은 톱을 찾지 못한 게 아쉽네……' 따위를 생각했다.

앨리스가 바닥에 주저앉더니 그 상태로 있었다. 에밀리는 다급하게 식당에서 나가더니 다시 돌아오지 않았다. 매티는 그날도 자신의 본분을 다했다. 위급한 상황에서 늘 그랬던 것처럼. 나의 동생은 그 시련이 끝날 때까지 놀라울 정도로 냉정을 유지했다. 맥버니가 깨어났을 때에도 와인병의 코르크를 따고, 그의 머리를 뒤로 젖힌 다음 그를 달래며 와인 반병을 그에게 들이부었다.

다행히도 그는 오래 깨어 있지 않았다. 와인과 쇼크와 출혈로 다시 의식을 잃었고, 해리엇은 와인병을 들고 자기 입에도 와인을 쏟아부었다. 나중에는 나에게도 권했다. 나는 고개를 들며 끄덕였고, 해리엇이 내 입에 와인병을 대어주었을 때 길게 한 모금을 들이켰다. 해리엇은 매티에게도 와인병을 건넸고, 매티가 병을 비웠다.

일이 진행되는 도중에 매티가 부엌으로 가더니 정원에서 쓰는 바구니를 하나 들고 왔다. 매티는 바구니를 들고 서 있다가 칼이 테이블에 닿는 순간 맥버니 상병 신체의 일부를 받아 바구니에 넣은 다음 조심스럽게, 그리고 깔끔하게 천으로 덮었다. 두 가지 상황과 무관한 생각들이 내 머리를 스쳤다. 하나는 '월넛 테이블이 긁혔군' 하는 거였고, 하나는 '양말을 벗길걸 그랬나'였다.

나의 작업은 깔끔했다. 외과의사가 와서 보았어도 내가 깔끔하게 처리했다는 것에 동의했을 것이다. 나는 그의 중요한 혈관들을 해리엇의 명주실로 묶었고, 잘린 부분의 피부를 넉넉히 남겨두었다. 그다음에는 피부로 뼈를 덮고 북 가죽처럼 팽팽하게 당겨가며 꿰맸다.

"자, 됐어." 내가 물러서며 말했다.

"그래, 됐어." 해리엇이 동의했다.

"이걸 어떻게 할까요?" 매티가 물었다.

"어디에든 묻어. 삽으로 깊숙이 땅을 파. 하지만 그보다 먼저 앨리스를 살펴봐줘."

"이제 이 사람을 어쩔 거야?" 해리엇이 물었다.

"소파로 데려가야지. 내가 숨을 좀 돌리고 나서."

"내 말은, 나중에 말이야. 만약 그가 살아난다면……."

"살아날 거야."

"듣기로는 군대에서도 이런 수술을 받고 살아날 경우는 드물다 던데."

"전엔 그런 말 안 했잖아."

"알고 있는 줄 알았지."

"아무래도 상관없어. 살아날 거야. 난 알아. 살아나면 여기에 머물러도 돼. 그가 원한다면, 원하는 만큼 여기에 머물러도 돼."

내가 왜 그런 말을 했는지는 모르겠지만, 그때 나는 그렇게 말했다. 순간의 긴장으로 반쯤 정신이 나가 아무 말이나 했던 것 같다. 지금 생각해보면 그때 일종의 환희를 느끼고 있었다. 그렇다, 나는 승리감을 맛보았다. 엄청난 시련을 딛고 일구어낸 위대한 승리. 지금은 그 삼십여 분이 내 인생에서 가장 끔찍한 시간이었다고 말하지만, 당시에는 그렇지 않았다. 만일 그때 누군가 내게 물었다면, 내 생애 최고의 순간이었다고 말했을지도 모른다.

"자, 그럼 다시 소파로 옮겨야지. 천천히…… 들어서……. 밑에 들것을 넣어. 해리엇과 매티가 앞을 들어. 내가 뒤를 들 테니."

"혼자 들기엔 너무 무거울 텐데요." 매티가 말했다.

"말도 안 되는 소리! 필요하다면 이 두 배도 들 수 있어." 내가 밖으로 나가며 말했다.

응접실에 가보니 심통이 난 마리 데브르가 계단 끝에 앉아 있었다. 해리엇이 마리를 부르자 자리에서 벌떡 일어나 내 쪽으로 와서 막대 한쪽을 잡았다. 우리는 응접실로 들어가 맥버니 상병을 다시 그의 소파에 눕혔다.

𝒮 마리 데브르

마사 선생님이 맥버니 상병의 다리를 자르던 날 오후, 얼마나 나를 푸대접했는지 기억하는지 모르겠다. 내가 무슨 나병환자나 천연두환자라도 된다는 듯 쫓아냈다. 나는 그들의 수술을 방해할 생각이 전혀 없고, 집도하는 사람의 주의를 분산시킬 의도가 전혀 없다고 말할 기회조차 주지 않았다. 일곱 살 때, 노련한 결투사였던 삼촌 조지스가 이른 아침 잔디밭에 나갔다가 불운한 실수로 가슴에 총알이 박히는 사고가 났다. 그리고 나는 닥터 보나드가 총알을 꺼내는 것을 오후 내내 지켜보았는데 마사 선생님은 내가 그 얘기를 할 기회조차 주지 않았다. 솔직히 말하자면, 나는 커튼 뒤에 숨어 있었지만 닥터 보나드는 내가 거기 있는 것을 알고 있었다. 수술 중에 그는 하던 일을 멈추고 맑은 공기를 쐬며 브랜디를 한 모금 마시려고 창가로 다가왔다가 내 쪽으로 몸을 돌려 윙크를 했다. 다시 현재로 돌아와서 나는 맥버니 상병의 수술을 지켜볼 수 있는 나이이고, 그 정도의 분별이 있다. 그런데도 왜 다리 자르는 것을 못 보게 하는 건지 의문이다.

맥버니 상병의 다리는 이제 과거가 되었고, 그 일에 대해 앙심을 품지는 않았다. 그날 이후에도 나는 천 가지가 넘는 치욕을 겪었지만, 그런 일들과 함께 사는 법을 터득했다. 그리고 내가 원하는 게 무언지를 결정하고, 그것을 얻기 위해 필요한 타협하는 법도 알았다. 그날 내가 원한 것은 맥버니 상병의 다리를 자르는 과정을 보는 것이었고, 결국 나는 보았다. 처음엔 열쇠구멍으로 보았고 나중에는 소리를 내지 않은 채 문을 열고 보았다.

자랑할 생각은 아니지만 학생들 중 처음부터 끝까지 지켜본 사람은 내가 유일했다. 에밀리 스티븐슨은 구역질을 하며 뛰쳐나갔고, 앨리스 심스는 거대한 앞가슴을 부풀리며 심호흡을 하더니 역시 그대로 기절해버렸다. 에드위나 모로와 어밀리아 대브니는 아예 그 자리에 없었다.

그를 응접실로 데려갈 때에도 내가 도왔다는 점을 밝히고 싶다. 수술 중에는 마사 선생님이 내 도움을 필요로 하지 않았다. 하지만 지성과 미모의 상징인 두 학생이 완전히 재앙이었던 것으로 판명되자 해리엇 선생님은 이곳에서 가장 믿음직한 시종에게 도움을 청했다.

그를 내려놓고 나서 마사 선생님이 너무도 의사 같은 동작으로 그의 맥박을 짚어보고, 그의 가슴에 머리를 대고 심장소리를 들었다. 나중에 나의 룸메이트에게도 말했지만, 나는 이 수술이 지나치게 인기를 끌어서 앞으로 사람들의 다리를 정기적으로 잘라낼지도 모른다고 생각했다.

"어쩌면 우린 가구 밑에 다리를 넣고 자야 할지도 몰라. 아침에 일어나서 마사 선생님의 새로운 취미에 우리의 다리가 희생되었다는 걸 발견하게 될지도 모를 일이니까."

나중에 농담 삼아 어밀리아에게 말했다. 물론 어밀리아는 그 농담을 재미있어하지 않았다. 어밀리아는 맥버니 상병의 수술이 아주 특별하고 예외적인 일이기를 바랐고, 그 뒤로도 한동안 몹시 괴로워했다.

마사 선생님도 마찬가지였다. 식당에 들어설 때까지 자신의 감정을 일체 드러내지 않았지만 맥버니 상병을 침대에 눕히고 난 뒤에는 신경이 날카로워졌다. 사납게 고함을 지르고 악을 쓰면서 우릴 쫓아내려고도 했다. 해리엇 선생님이 아무 생각 없이 맥버니 상병이 로버트처럼 보이지 않는다고 말한 것이 마사 선생님의 신경을 건드린 것 같았다. 해리엇 선생님은 맥버니 상병이 죽은 로버트와 닮아서 너무 놀라웠는데, 이제 보니 그 닮은 모습이 사라진 것 같다고 말했다.

"내가 다리를 잘라낸 게 그의 외모를 바꾸기 위해서였다는 거야?" 마사 선생님이 거의 괴성을 지르며 말했다.

"아니, 아니야……. 물론 그런 뜻이 아니야." 마사 선생님을 진정시키려고 애쓰며 해리엇 선생님이 말했다.

"다리 얘기를 한 게 아니었어. 얼굴이 달라 보인단 거지. 전보다 훨씬 더 해쓱하고 나이 들어 보여. 쇼크로 인한 자연스러운 반응이겠지만."

"그래, 근데 너도 똑같은 반응을 보이고 있는 것 같아. 너도 오늘 아침보다 몇 년은 더 늙어 보여."

"그럴 것 같아. 기분도 그렇고."

"그럼 나는 어떤데? 이처럼 고된 노동을 하고도 난 하나도 달라지지 않았나 보네. 이 일이 나한테 그저 평범한 하루의 일과일 것 같아? 아니면 네가 보기에 내가 그 일을 즐긴 것 같니?"

"즐겼던 건 아니지만 마사, 하지만 어쩌면 다른 무언가는……. 만족감이랄까?"

"그래, 난 만족해." 마사 선생님이 소리쳤다. "나도 인정해. 한 인간의 생명을 구하기 위해 최선을 다한 것에 만족한다고! 그게 잘못이니?"

"전혀, 이런 성취로 자부심을 느낄 수 있는 언니가 부러워. 그런 마음의 평화가 부럽다고."

"그래? 하지만 내가 일말의 가책을 느껴야 네가 조금이라도 더 행복하지 않겠니?"

"이런 한심한 얘긴 그만하자, 마사. 우리가 어떤 기분이건 달라질 건 없잖아. 이제 다 끝났고, 언니가 후회하건 만족하건 아무것도 달라지지 않아. 언니의 가책이 이 사람 다리를 되돌려주진 않는다고. 언니가 쫓아낸 로버트가 돌아오지 않는 것처럼!"

그 말에 어떤 의미가 있는지는 몰라도 마사 선생님에게 무척 민감한 말인 것만은 분명했다. 왜냐하면 그 순간 마사 선생님이 해리엇 선생님에게—그녀가 먼저 졸도하지 않는다면—곧바로 달려들 기세였기 때문이다. 마사 선생님은 갑자기 몸을 돌리더니 손끝에 힘을 주고 양손을 쳐들어 해리엇 선생님의 눈을 할퀴거나 머리카락을 잡아당길 기세로 달려들었다. 해리엇 선생님은 자신을 방어할 겨를도 없이, 마치 아주 오랫동안 기다려왔던 일이 마침내 터졌다는 듯 침착하게 서서 언니를 기다렸다. 어쩌면 반기고 있었을지도 모른다. 훗날 그날을 돌이켜보았을 때 그녀의 태도에 대한 나의 느낌은 그랬다.

그때 매티가 서둘러 들어와 마사 선생님의 허리를 꽉 끌어안았다. 마사 선생님은 매티의 손아귀에서 벗어나려 몸부림을 쳤다. 그러고는 삼십여 초 동안 마사 선생님이 멍하니 있었고, 그녀의 얼굴이 불처럼 벌건 빛깔에서 창백한 맥버니 상병의 얼굴처럼, 혹은 그보다 더 창백하게 변했다. 마사 선생님은 한숨을 쉬더니 매티의 품에서 축 늘어졌다. 매티는 선생님을 조심스럽게 바닥에 눕히고 단추를 풀어 속옷을 느슨하게 했다.

"해리엇 아가씨, 여기 물 좀 뿌려주세요. 마리 아가씨는 부엌에서 큼직한 양파를 하나 가져오시고요." 매티가 우리에게 지시했다.

나는 이 모든 일들이 너무도 흥미진진해서 현장을 떠나고 싶지 않았다. 나는 매티가 우리의 교장선생님에게 물을 뿌려 깨우는 것을 보려고 잠시 그 자리에 서서 기다렸다. 그러나 물로는 소용이 없었는지 계속 양파를 가져오라고 소리쳤다. 나는 응접실을 나와서 복도에 잠시 서서 해리엇 선생님이 매티에게 상황을 설명해주는지 기다렸다. 그런데 그날 해리엇 선생님의 태도가 정말 흥미로웠다. 나는 그녀가 그렇게 자신감을 갖고 말하는 모습을 그날 이후 본 적이 없었다. 이 집에 있는 그 누구도 그녀의 그런 모습을 본 적이 없었을 거라고 생각한다.

"너무하셨어요, 해리엇 아가씨. 아가씨가 그런 말씀을 하시다니, 부끄러운 줄 아세요." 매티의 목소리가 들렸다.

"알아." 해리엇 선생님은 전혀 부끄러워하는 목소리가 아니었다. "하지만 꼭 해야 할 말을 한 거야. 마사도 세상을 제멋대로 주무를 수 없다는 걸 알아야 해. 하긴 그럼 뭐해, 이젠 다 끝났는데. 마사는 이 사람한테 최악의 만행을 저질렀어. 하지만 이 사람은 로버트처럼 조종할 수 없을걸. 마사는 신이 아니야, 마사도 이젠 그 사실을 알아야 해."

"아가씨도 신이 아니잖아요."

"난 신이 되고 싶지 않아. 난 그를 바꾸고 싶지 않아. 난 그에게 아무것도 원하지 않아. 단지 그가 행복하길 원해."

"둘 중 누구를 두고 말씀하시는 건가요?"

"둘 다."

참 이상한 조합이었다. 로버트 판즈워스는 죽어서 이미 땅에 묻혔다. 적어도 학생들은 그렇게 알고 있었다. 안타깝게도 나는 그들의 대화를 더 들을 수 없었다. 매티가 문 옆에 서 있는 나더러 빨리 가서 양파를 가져오지 않으면 두들겨 패겠다고 윽박질렀기 때문이었다. 나는 매티한테 그런 말을 듣는 것이 조금도 언짢지 않았다. 매티는 우리 집에서 일하는 검둥이들과 다르지 않았다. 그들은 인간이 상상할 수 있는 가장 끔찍한 벌을 주겠다고 으름장을 놓으면서도 실제로 그럴 생각은 눈곱만치도 없다. 내가 보기엔 가엾은 검둥이들이 세상에 대한 그들의 불만을 표출하는 유일한 방법인 것 같았다. 어쨌든 일곱 살이나 여덟 살 혹은 그보다 더 어렸을 때도 나는 그런 협박이 하나도 무섭지 않았다. 다만 매티에게는 약간의 쾌감을 주기 위해 비위를 맞춰주는 편이다.

나는 눈을 커다랗게 뜨고, 손을 입에 갖다대고는 미친 듯이 몸을 떨면서 최대한 빨리 부엌을 향해 달려갔다. '네, 매티! 지금 당장 할게요, 매티! 제발 화내지 마요, 매티!' 따위의 말들을 내뱉는 것도 잊지 않았다. 겁에 질린 어린아이인 척하는 나의 연기는 날로 향상되었다. 하루 빨리 집으로 돌아가서 우리 집 벳시와 클레오와 다른 노예들에게도 해보고 싶었다. 어머니한테도 보여주고 싶었지만, 그러려면 내 연기가 수준급이 되어야 한다. 우리 어머니로 말할 것 같으면 세상에서 가장 속이기 힘든 사람이다. 아버지는 매번 그 사실을 깨닫고 무척 슬퍼했다.

그날 내가 서둘러 부엌으로 달려간 데에는 다른 이유도 있었다. 앨리스가 아직 혼수상태에서 깨어나지 않았을지도 모른다는 생각이 들었고, 마사 선생님한테 양파를 가져가기 전에 앨리스에게 대어줘야겠다는 생각이 들어서였다. 맥버니를 소파로 데리고 가기 전, 매티가 앨리스를 살펴보기로 했는데 선생님들이 쓰러지는 상황이라 학생들을 걱정할 겨를이 없었던 모양이다. 그래서 나는 금발의 요부가 여전히 식당 바닥에 널브러져 있을 거라는 기대에 잔뜩 부풀어 있었다.

불행히도 나의 기대는 수포로 돌아갔다. 식당에 들어가보니 앨리스가 보이지 않았다. 부엌에도 없는 것을 보니 아마도 누구의 도움도 없이 혼자 정신을 차린 것 같았다. 그러다 저장실에서 양파를 꺼내고 나서 텃밭을 잠깐 둘러보려고 뒷문을 열어보았다. 앨리스가 동료 탈영병 에밀리 스티븐슨과 나란히 정자의 벤치에 앉아 있었다. 기왕 여기까지 온 김에 그들이 어떤지 알아봐야 할 것 같은 기분이 들었다.

"속이 좀 가라앉았으면 이젠 들어와도 돼." 내가 그들에게 다가가며 소리쳤다. "수술은 다 끝났어. 식당은 아직 정돈이 안 됐지만. 혹시 그런 것들 때문에 못 들어오는 거라면……."

그런 상황인 게 분명했다. 두 사람은 창백했고 허수아비처럼 뻣뻣하게 앉아 있었다. 그들은 자신들의 입에서 말이나 숨결이 새어나는 순간, 악몽 같았던 시간을 현실로 받아들여야 한다는 사실을 거부하는 듯했다. 나는 그들의 기운을 북돋워주려고 한마디 덧붙였다.

"매티가 곧 저녁 식사 준비를 할 거야. 식당을 치우고 나면……."

"꺼져, 이 꼬마 괴물아." 앨리스가 이를 악물고 소리쳤다.

"안 그래도 갈 거야. 방금 기절한 마사 선생님을 깨우러 가는 길이었거든. 하지만 앨리스 너보단 훨씬 우아하게 기절하시더라."

"그럼 어서 가. 우리 건드리지 말고." 에밀리가 경고했다.

"그런데, 에밀리. 난 앨리스가 불안해하리란 건 예측하고 있었어. 앨리스는 섬세한 감수성을 지녔으니까. 하지만 너처럼 군대에 관한 엄청난 지식과 경험을 가진 사람이 그런 하찮은 일로 무너질 줄은 정말 몰랐어." 내가 에밀리를 위로하듯이 말했다.

"수술 때문에 쓰러진 아니야. 식당 공기가 너무 탁한 데다 아침부터 두통이 심했어." 에밀리가 변명하듯 대답했다.

"물론 그랬겠지."

"자니는 어때?" 앨리스가 머뭇거리며 물었다.

"예상대로 괜찮아. 아직 자고 있어."

"자니한테 너무 끔찍한 일이야." 앨리스가 말했다.

"아까는 그런 말 안 하더니……."

"그땐 잘 몰랐거든."

"익숙하지 않은 사람들에게는 당연히 힘든 일이지. 하지만 맥버니 상병처럼 군생활을 오래 한 사람이라면 받아들일 수 있을 거야. 정말 딱한 건 이걸로 군인으로서 그의 경력이 끝날 거란 사실이야. 그 가엾은 남자는 몇 주째 날 쫓아다니면서 우리 아버지 부대에 들어갈 수 있도록 편지를 써달라고 졸랐거든."

"그 생각에 집중하다 보면 실망을 이겨낼 거야." 내가 에밀리를 보며 말했다. 그러자 앨리스가 "지금부터는 그 사람한테 더 잘해줘야 할 것 같아" 하고 대답했다.

"내가 보기에 넌 이미 그런 생각을 하고 있었던 것 같은데. 유감스럽게도 네가 그 사람한테 잘해주는 게 누군가 그를 계단 아래로 밀치는 사고를 초래한다면, 다시 한 번 생각해보는 게 좋을 것 같아. 자니를 위해서라도." 내가 앨리스를 바라보며 말했다.

"꼭 로맨틱한 친절을 의미하는 건 아니야." 앨리스는 그렇게 말했지만 그 가능성을 완전히 배제한다고도 말하지 않았다. "내가 하고 싶은 말은 우리가 좀 더 따뜻하고 사려 깊게 대해주어야 한다는 뜻이야. 그 사람이 여기서 환영받는다는 걸 보여주기 위해 엄청난 노력을 해야 한다고."

"무슨 말인지 알 것 같아, 앨리스." 에밀리가 거들었다. "이제 우리가 할 일은 그와 최대한 많은 시간을 보내면서 이 고통으로부터 그의 주의를 분산시키는 거야. 책도 읽어주고, 우리 집과 가족 이야기를 들려주고, 전쟁이 어떻게 돌아가고 있는지 이런저런 편안한 이야기를 주고받는 거야. 그런 식으로 그의 인품도 향상시킬 수 있을 거야."

"그러다 보면 자니의 인품이 엄청나게 훌륭해져서 우리한테 자기 다리를 잘라주어서 정말 고맙다고 말하겠지."

"못돼 처먹은 계집애 같으니라고, 제발 좀 꺼져줄래!" 에밀리가 소리쳤다.

물론 나는 그런 말에 눈곱만치도 신경을 쓰지 않았지만, 해리엇 선생님이 응접실 문을 열고 잔디밭으로 나오는 것이 보였다. 그러자 응접실 바닥에 널브러져 있는 가엾은 마사 선생님과 양파 생각이 번뜩 떠올랐고, 최대한 빨리 집 쪽으로 뛰어갔다.

"오래 걸려서 죄송해요." 해리엇 선생님에게 양파를 내밀며 내가 말했다. "앨리스와 에밀리한테 도울 일이 없는지 물어봐야 할 것 같았어요. 그 둘은 상태가 영 좋지 않아요. 마사 선생님은 회복이 되셨나 보네요."

"마사 선생님은 정신을 차리고 방으로 갔어." 해리엇 선생님이 조금 짜증을 내며 말했다. "난 정말이지, 너한테 도움을 청할 일이 없었으면 좋겠다. 그리고 네가 해줄 일이 한 가지 더 있는데, 이번엔 좀 빨리 해주었으면 좋겠어. 아까도 내가 부탁했는데, 어밀리아를 찾아봤니?"

"어밀리아를 찾아볼 시간은 없었어요. 하지만 과거의 경험에 비추어볼 때 지금 어디에 있는지 알 것 같아요. 숲속 은신처에 있을 거예요. 상황이 자기 뜻대로 안 풀릴 때면 거기에 혼자 있는 걸 좋아하거든요."

"그럼 어서 가서 어밀리아를 데려와. 숲에 혼자 있다니, 마음이 안 놓여. 더구나 이제 곧 어두워질 텐데⋯⋯. 어밀리아가 맥버니 상병을 위해 할 수 있는 일이 있을지도 몰라."

"무슨 일이에요?"

"어밀리아가 그를 진정시킬 수 있지 않을까 싶어. 그가 눈을 뜨고는 물을 달라는 것 비슷한 말을 했어. 내가 물을 가져다주었더니 겁에 질린 표정으로 날 보고는⋯⋯ 외면하더라. 내가 물러났더니 다시 잠이 들었는데⋯⋯ 계속 웅얼거려."

나는 해리엇 선생님의 신임을 얻게 되어 은근히 기분이 좋았다. "걱정 마세요. 선생님을 두려워할 이유는 없어요. 제정신이 아니거나 마사 선생님으로 착각했을 거예요."

"어밀리아는 그에게 헌신적이었고, 그도 그 사실을 알고 있어. 어밀리아가 곁에 있으면 좋을 것 같아. 만약 다시 물을 달라고 하면 그땐 어밀리아가 주었으면 좋겠어."

그래서 나는 숲으로 향했다. 숲으로 가는 동안 어밀리아가 다시는 학교로 돌아가지 않겠다고 해도 비난하지 않을 생각이었다. 맥버니 상병에게 일어난 일은 우리 모두에게 힘든 일이었지만, 그를 발견해서 이곳으로 데려온 그 가엾은 아이에겐 더욱더 힘든 일이었다.

잔디를 가로지르는 동안 나는 이 집 안에서 그 수술을 보지 못한 사람이 한 명 더 있음을 깨달았다. 에드위나 모로였다. 에드위나는 하루 종일 방에 틀어박혀 있었고, 오늘 무슨 일이 벌어졌는지 모르고 있을 가능성이 높았다.

에드위나를 생각하면서 그녀의 방을 올려다보았는데 때마침 그녀가 창가에 서서 나를 보고 있었다. 정원에 나와 있는 내내 날 보고 있었을지도 모른다고 생각하니 섬뜩했다. 그곳에 서서 날 차갑게 내려다보고 어떤 음흉한 생각을 했을지 알 게 뭔가.

나는 그녀에게 이 집에서 일어난 최신 사건들을 전해줘야겠다는 생각이 들었다. 소리를 질러서 해리엇 선생님과 마사 선생님이 내 목을 조르게 할 수는 없어서 몸짓으로 표현하려 애썼다. 에드위나가 맥버니를 의미하는 것임을 알아차릴 거라는 가정하에 응접실 쪽을 가리킨 다음 내 다리를 가리키고, 마지막으로 손가락으로 자르는 시늉을 했다. 공연의 절정을 표현하기 위해 나는 끔찍한 고통의 표정을 지었고, 합장한 손 위에 한쪽 뺨을 대었다. 그러나 에드위나는 전혀 동요하지 않았다. 이해했지만 내색하지 않은 건지도 모른다.

그녀가 내 뒤로 시선을 돌렸고, 그녀의 시선을 따라가보니 맥버니 상병의 다리가 들어 있는 바구니를 들고 밖으로 나오는 매티가 보였다. 바구니는 깨끗한 리넨 냅킨으로 덮여 있었는데 매티는 경건하고도 느린 동작으로 바구니를 들고 삽과 다른 도구들이 보관되어 있는 헛간으로 향했다. 벤치에 앉아 있던 에밀리와 앨리스도 매티에게 시선을 고정하고 있었다.

나는 흠칫 놀라며 매장의식을 치르는 것을 지켜보려면 빨리 숲으로 가서 어밀리아를 데리고 와야겠다고 생각했다. 그래서 최대한 속력을 내어 잔디를 가로지르고, 옥수수 밭을 가로질러 벌목도로와 깊은 도랑을 지나 숲으로 들어갔다. 수풀이 빽빽하고 바닥이 고르지 못해서 달리는 속도가 더뎌졌다.

몇 주 전의 전투로 일어난 불길은 이제 잦아들었지만, 바람이

불어올 때면 동쪽의 불타버린 폐허에서 고약한 냄새가 풍겼다. 그러나 나를 괴롭히는 것은 지나간 전투의 악취보다는 숲의 천연 장애물들이었다. 덩굴식물과 길을 가로막는 뒤틀린 뿌리, 벌 떼와 6월의 파리와 여러 가지 곤충들, 호수의 지류를 건너려면 어쩔 수 없이 지나가야 하는 미끄러운 통나무, 그리고 모든 숲이 그렇듯이 보이는 위험 외에도 보이지 않는 위험이 내 걸음을 방해했다. 뱀과 근처 나뭇가지에 매달려 있을지 모르는 거미, 언제 나무 뒤에서 갑자기 튀어나올지 모르는 늑대와 야생고양이, 걸음을 한 번 잘못 내딛는 순간, 기포 하나 남기지 않고 영원히 빨려 들어가는—유사층일 수도 있는—나뭇잎으로 뒤덮인 늪지들. 그날의 여정에서 나의 마음을 지배했던 것은 바로 그런 끔찍한 생각들이었다.

그러나 나는 길을 정확히 알고 있었고 가장 빠른 길도 알고 있었다. 학생들 중에 최근까지 어밀리아의 은신처에 방문이 허락된 사람은 나밖에 없었다. 어밀리아를 잘 아는 사람들은 자신의 비밀 장소를 공유할 정도로 그녀의 신뢰를 받는 것이 얼마나 큰 영광인지 알 것이다. 어밀리아의 은신처는 참나무들이 빙 둘러선 조그만 공터에 자리 잡고 있었는데 전보다 참나무들은 점점 더 가까이 밀착되었고, 나무 몸통은 덤불과 뒤엉킨 덩굴들로 뒤덮여 있었다. 그 안으로 들어가는 길은 꼭 하나뿐이었다. 덤불 속에 아주 낮고 좁은 굴이 하나 있었고, 그 굴을 지나려면 손과 무릎을 땅에 대고 기어야 했다. 얼굴과 팔과 다리가 긁히고, 가시덤불에 옷이 찢긴 상태로 굴의 끝에 다다르면 높다란 벽이 둘러진 아주 작은 공간이 펼쳐진다. 바닥엔 이끼 카펫이 깔려 있고, 천장은 조그만 파란 하늘이 한가운데에 드러난 밝은 초록색이다. 정오를 제외하면 서늘하고 그늘진 방이지만, 등을 대고 누워 벽에서 버스럭거리는 벌레

소리를 들으며 열린 하늘에 떠다니는 구름을 볼 수도 있는 근사한 장소다.

내가 굴에서 빠져나왔을 때 어밀리아는 꼭 그렇게 하고 있었다. 어밀리아는 내 생각대로 바닥에 누워 있었고, 곁에는 당시 그녀가 항상 데리고 다니던, 냄새나고 병든 악어거북이 있었다.

"과연 내가 이렇게까지 해야 하는 일인지 잘 모르겠다." 어밀리아의 머리에 붙은 나뭇잎과 가지들을 떼어내며 말했다. "근데 넌 하나도 안 다치고 스르륵 굴을 잘도 빠져나오더라."

"네가 들어오면서 식물들을 다 흩뜨려놓았어." 어밀리아가 하늘을 바라보며 나지막이 말했다. "그게 바로 네 문제야. 식물들과 싸우려 들면 안 돼. 조심스럽게 식물들이 가고 싶은 쪽으로 밀어내면서 들어와야지, 동물들처럼. 그래서 동물들은 긁히지 않는 거야. 여기서 움직일 때도 조심해줘."

"네 애완동물은 좀 어때?" 실제로 관심이 있어서라기보다 점수를 따려고 건넨 말이었다.

"한결 나아. 오늘은 한결 좋아졌어."

"자니는 상태가 별로 좋지 않아."

"그 이름을 가진 사람 얘기는 하고 싶지 않아." 그녀가 여전히 나를 바라보지 않고 말했다. "난 그런 사람 몰라."

"네가 찾았잖아."

"아니, 내가 찾지 않았어. 난 그런 사람을 만난 적이 없어."

어밀리아가 그런 식으로 나올 땐 내버려두어야 한다. 그녀는 자신을 괴롭히는 모든 것들을 완전히 차단해버리곤 했다. 강철 송곳을 든 하나님이라 해도 다시 그녀 앞에 진실을 들이밀 수 없었다.

"그렇다면 좋을 대로 해. 하지만 네가 그 사람을 알건 모르건,

여기 계속 있다간 아주 특별한 매장의식을 놓치게 될 거야. 조금 있다가 자니의 다리를 묻을 거거든."

그런 식으로 그녀의 관심을 끌 수 있을 거라고 생각했는데, 효과가 없는 것 같았다. 나는 그녀의 관심을 끌 만한 일이 있는지 절박한 심정으로 찾아보았다. 이미 날이 저물고 있었고, 이러다가는 나마저 매장의식을 놓칠지 모르는 심각한 위기에 처했기 때문이다. 한편으로는 해리엇 선생님에게 돌아가 나의 실패를 안정하고 싶지 않았다. 한번 일을 시작했으니 끝을 보고 싶었다. 딱히 서둘러 끝내지 않는 경우도 있었지만.

"네가 자니 맥버니 상병을 모른다고 해도 지금 처음 만나면 재미있을지도 몰라. 그가 깨어나면 내가 기꺼이 널 소개해줄게."

"그 사람을 알고 싶지 않아."

"진짜 재미있는 사람이야. 같이 있으면 분명히 재미있을걸. 곧 저녁 식사도 시작될 거야."

"여기도 먹을 건 얼마든지 있어. 견과류하고 베리류하고 포도가 있어."

"요즘 같은 때에 버섯을 잘못 먹으면 그걸로 어밀리아 대브니의 인생은 끝이야."

"그것도 나쁘지 않아. 하지만 그런 일은 일어나지 않을 거야. 버섯을 구별하는 건 아주 쉬우니까."

"그럼 언제쯤 판즈워스 학교로 돌아올 것 같아?"

"어쩌면 다시는…… 다시는 돌아가지 않을지도 몰라."

"그럼 그 사람들도 모르니? 마사 선생님과 해리엇 선생님과 다른 아이들도?"

"안 그래도 어쩌면 그 사람들도 모른다는 생각이 들던 참이야."

"하지만 난 알잖아. 그렇지? 제발 그렇다고 말해줘!"

"응, 넌 항상 알 것 같아, 마리."

나는 한동안 아무 말도 하지 않았다. 솔직히 어밀리아의 따뜻한 말에 무슨 말을 해야 할지 알 수 없었다. 더구나 내가 소리를 질렀는데도.

마침내 내가 그녀에게 말했다.

"나도 항상 너를 알 거야, 어밀리아. 내가 보기엔 네가 우리 학교에서 가장 착한 애인 것 같아. 물론 가장 이상한 애이기도 하지만. 이 은신처에 머물고 싶은 만큼 있어. 난 돌아가서 해리엇 선생님한테 네가 우리하고 저녁을 먹지 않을 거라고, 어쩌면 다시는 학교로 돌아오지 않을지도 모른다고 말할게. 만약 맥버니 상병이 널 찾더라도 그렇게 전하라고 할게."

"날 찾았대?"

"해리엇 선생님이 널 찾았다고 말씀하셨던 것 같아. 넌 그 사람을 몰라도, 그 사람은 널 아는 게 분명하거든. 그래서 해리엇 선생님이 널 데려오라고 날 보낸 거야. 자니 맥버니가 무척 상심했고, 두려워하고 있고, 그 사람을 도울 수 있는 사람이 너라고 생각하는 것 같아."

"넌 나한테 거짓말 안 하지, 마리?"

"중요한 문제일 땐 안 해."

그녀가 일어나더니 거북이 들어 있는 내 보석함을 닫았다.

"스커트 자락을 들고 내 뒤에 바짝 붙어서 따라와. 그러면 긁히지 않을 테니까."

정말 긁히지 않았다. 나는 어밀리아를 따라 나뭇가지와 가시덤불 하나 스치지 않고 굴을 통과하여 햇살 속으로 나올 수 있었다.

저 애는 숲에 사는 모든 것들과 특별한 관계를 맺고 있는 것 같다. 평범한 사람들은 문명세계에서 벗어날 때마다 물리고, 찔리고, 찢기고, 멍이 들겠지만 어밀리아는 다르다. 가시들은 그 애를 긁지 않고, 벌레들은 그 애를 물지 않는다. 아마 앉은 자리에서 옻나무 파이 한 접시를 먹어치워도 혓바늘 하나 돋지 않을 것이다.

"아무래도 넌 마녀가 인간의 형상으로 변신시켜놓은 숲속 짐승이 틀림없어." 오래전 이곳을 떠돌던 인디언들이 항상 사용했다는 길을 어밀리아의 보폭에 맞춰 걸으며 내가 말했다. "어느 날 아침 일어났더니 커다란 도마뱀이나 커다란 두꺼비가 내 맞은편 침대에 앉아 있을 것 같아. 넌 구슬 같은 눈에 눈물을 글썽이면서 슬픈 표정으로 나에게 이렇게 말하겠지. '이제 영원히 안녕, 마리. 그동안 너한테 못되게 굴어서 미안해.' 그러고 나서 너의 몸이 허락하는 대로 펄쩍 뛰거나 종종걸음을 쳐서 창문 밖으로 멀리 달아날거야."

"내가 너한테 못되게 굴었어?" 마법에 걸렸다는 말은 부정하지 않고 그녀가 내게 물었다. 만약 그렇게 된다면 어밀리아는 무척 좋아할 것이다. 인간만 아니면 뭐가 되더라도 어밀리아와 잘 어울렸다.

"사실 넌 못되게 굴지 않았어. 생각해보니 네가 가장 덜 못된 사람인 것 같다."

내가 진심을 담은 그 말을 건넬 무렵 우리는 숲을 빠져나왔다. 그리고 들판을 가로질러 정원에 들어서자 사람들이 밖에 나와 있었다. 나는 속으로 매장의식의 일부라도 남아 있기를 빌었다.

다행히 매장의식은 시작도 하지 않았다. 매장의식이 대단한 볼거리는 아니었다. 매티가 정자 밑에 조그만 구덩이를 파놓고는 바구니를 들고 그 옆에 서 있었다. 앨리스와 에밀리는 침통한 표정으로 양손을 앞으로 모으고 고개를 숙인 채 서 있었다. 어밀리아는 거북 상자를 가슴에 꼭 끌어안고 곧장 응접실로 들어갔고, 나는 사람들이 있는 정자 쪽으로 향했다.

"하나님." 매티가 기도를 시작했다. "이 다리와 함께 가엾은 남자의 모든 시름을 함께 묻게 해주소서. 이런 일을 겪지 않았다면 그가 겪었을 앞날의 모든 고통과 불행과 슬픔도 함께 묻게 해주소서. 그에게 남아 있는 한쪽 다리로 길고 행복한 삶을 살게 하소서. 심판의 날, 그를 천국으로 데려가실 때 그의 오른쪽 다리를 기억하시어 그에게 다시 붙여주시고 완전하고 아름다운 본래의 모습으로 영원의 날들을 살게 하소서. 그가 저희와 함께 머무는 시간 동안 저희가 그에게 선하고 친절하게 하시고, 그에겐 당연히 불만이 있을지니 불평하고 투덜대더라도 저희가 너그러이 받아주게 하소서. 그의 건강을 되돌려주시고 곧 다시 길을 떠날 수 있게 하소서. 그리고 저희 모두를…… 저희 대다수를…… 친구로 기억하게 하소서. 이 모든 것을 주님의 영광과…… 우리의 구원을 위해…… 기도드리나이다."

"아멘."

우리 모두가 말했다.

매티는 냅킨을 덮은 바구니를 구덩이 속에 내려놓고 그 위에 흙을 한 줌 뿌렸다. 우리는 각자 흙을 한 줌씩 들고 매티를 따라했다.

"이제 모두 손을 씻고 저녁 식사 준비를 하세요. 이제 끝났어요. 아가씨들은 이제 할 일이 없어요." 매티가 삽을 들고 구덩이를 메우면서 말했다.

"무덤에 꽃을 꽂아야겠어. 장미가 좋을 것 같아. 아니면 히야신

스나." 앨리스가 말했다. 그러자 에밀리가 "접시꽃이나 아이리스가 더 남자다운 꽃이야. 정자의 다른 꽃들과 대조될 것 같아"라고 반박했다.

"자니에 대한 친절 캠페인을 시작할 거라면, 꽃은 그가 선택하게 하는 게 좋을 것 같아. 이건 그의 다리니까."

내 말에 다른 아이들이 고개를 끄덕였다. 동의의 표현인지, 아니면 내 말을 들었다는 의미인지 확실히 알 수 없었다. 우리는 그렇게 정자를 떠나 부엌문을 통해 집으로 들어왔다.

𝒮 어밀리아 대브니

맥버니 상병의 다리를 절단하던 날, 나는 숲으로 갔다. 4시 혹은 4시가 조금 지나서 마리 데브르가 찾아와 자니에게 내가 필요하다는 얘기를 할 때까지 한참을 그곳에 있었다. 그리고 어떻게든 그를 도우려고 집으로 돌아왔다.

처음에는 그를 보는 것이 두려웠다. 그가 겪은 일로 딴 사람이 되어 있을 것 같았고, 정말로 내가 그를 몰라볼 것 같았다. 하루 종일 내가 되뇌던 것처럼 말이다. 그러다가 결국 나의 소심함을 책망하며 그를 보았고, 그 순간 그가 하나도 달라지지 않았음을 깨달았다. 물론 그의 몸에서 가장 많이 달라진 하체 부분은 담요로 덮여 있었지만, 그의 얼굴은 똑같았다. 약간 수척하긴 해도 처음 이곳에 왔을 때보다 창백하진 않았다.

해리엇 선생님도 그의 곁에서 잠들어 있었다. 그녀는 그의 가까이에 의자를 놓고 앉아서 한 손에 반쯤 채워진 와인잔을 들고 있었다. 악몽을 꾸는 듯 몸을 떨고 움찔거리느라 와인을 드레스에 흘렸다. 내가 조심스럽게 잔을 받아 간이테이블 위 와인병 옆에 놓았다. 나는 소파 옆으로 의자를 하나 더 끌고 와서 앉은 다음, 맥버니 상병이 깨어나 내가 어떻게 도우면 좋을지 말해주기를 기다렸다.

그때 나는 그의 부탁이라면 뭐든 들어줬을 것이다. 그만큼 마음이 좋지 않았다. 내가 그를 학교로 데리고 왔고, 이곳은 안전하고 행복할 거라고 말했는데 그에게 이런 끔찍한 일이 일어나고 말았다. 꼭 그렇게 했어야만 했는지 모르겠지만 적어도 그렇게 순식간에 해치울 필요는 없었을 거라고 생각했다. 반드시 필요한 일이었다고 해도 나는 전부 다 내 책임인 것 같았다. 내가 그를 숲속에 내버려두었다면, 그의 동료들이 그를 찾아서 우리보다 훨씬 더 잘 치료해줄 수도 있었을 것이다. 내가 낙엽 위에 쓰러져 있던 그를 내버려두었다면, 상처 입은 짐승들이 종종 그러는 것처럼 저절로 나았을 수도 있고, 짐승들이 종종 그러는 것처럼 아주 조용히, 아무 고통 없이 죽었을지도 모른다.

그때 나는 깊은 고통의 바닥을 쳤다고 생각했다. 오빠들이 치커모가 전투에서 전사했다는 소식을 들었을 때보다 더 끔찍한 기분이 들었다. 그렇다고 내가 딕이나 빌리보다 맥버니 상병을 더 좋아했던 것은 아니다. 어떻게 보면 그런 것 같기도 하지만. 내가 말하고 싶은 건 죽음을 생각할 때보다 고통을 생각할 때 더 괴롭다는 것이다. 죽음은 자연의 생물학적 현상이지만 자연의 세계에는 고통을 요구하는 법칙은 없다. 종교에서는 그런 법칙이 있을 수도 있겠지만—나의 룸메이트가 내게 설명하려 애썼던 것처럼—자연의 세계에는 절대 그런 법칙이 없다.

물론 딕과 빌리의 죽음에 고통이 수반됐는지는 알 수 없지만, 맥버니 상병의 고통은 너무도 또렷하게 볼 수 있었다. 그것은 부정할 수 없는 고통이었다. 나는 숲속에 머무는 동안 오직 나 자신을 위로하고 있었다. 결코 그의 고통을 가라앉혀주지 않았다.

그런 생각을 하고 있는데 그가 눈을 뜨고 중얼거렸다.

"엄마……."

"뭐라고요, 자니?" 내가 그에게 다가가 되물었다.

"엄마…… 엄마는 어디 있어?"

"어밀리아예요. 지금은 어밀리아밖에 없어요. 해리엇 선생님하고요."

"어밀리아?"

"네……. 당신의 친구."

"다리가 아파, 어밀리아."

"미안해요, 자니." 달리 어떻게 말해야 할시 알 수 없었다. 잠시 후 그가 다시 눈을 뜨고 물을 달라고 했다. 나는 물을 한 잔 따라 그의 입술에 대어주었고, 그는 목구멍으로 물을 조금 넘겼다. 그러고는 나를 바라보았다.

"그들이 내 다리를 잘라냈니, 어밀리아?" 그가 또렷하게 물었다.

순간 거짓말을 할까도 생각했지만, 일시적인 위안에 불과할 거라는 생각이 들었다.

"네, 잘랐어요." 나는 그 말을 더 좋게 할 방법이 없는 것 같아 굳이 애쓰지 않았다.

"가만두지 않겠어. 절대 가만두지 않겠어." 그가 또렷하게 말했다. 그의 입술이 떨렸고, 눈에는 눈물이 차올랐다.

"내가 우리 동네에서 달리기가 가장 빨랐는데……. 가장 높이 뛰었는데…….”

“지금도 그런 것들을 할 수 있어요, 자니. 나무로 다리를 만들어
드릴게요. 조금만 연습하면 예전처럼 달리고 뛸 수 있을 거예요.”

위로하려고 한 말이라 장담할 순 없었지만, 전혀 불가능한 일은
아니라는 생각이 들었다. 그에게 멋진 의족을 만들어주고 싶었다.
비록 속도를 내지는 못하더라도 이곳을 마음대로 돌아다닐 수 있
게끔 해주고 싶었다.

그것은 내가 몰두할 수 있는 일이자 그에게도 꼭 필요한 일이었
다. 그래서 나는 그에게 만들어줄 의족에 대해 얘기했다.

“나무를 직접 골라도 돼요. 좋은 통나무가 어디 있는지 알아요.
참나무와 삼나무와 너도밤나무…… 대포로 쓰러진 나무 중에서
찾아보면 돼요. 작업하기에는 소나무가 가장 좋겠지만 튼튼한 나
무를 원한다면 버지니아 소나무보다는 좀 더 단단한 걸 골라야 해
요. 제 생각에는 호두나무가 적당한 것 같아요. 호두나무가 쓰러져
있는 곳도 알고 있어요. 하지만 오래 쓰려면 히코리나무가 최고일
거예요. 톱질이 좀 힘들겠지만, 천천히 만들면 되고 한번 만들어
놓으면 영원히 쓸 수 있는 다리를 갖게 되는 거예요. 내일부터 바
로 시작할게요, 자니. 이 근방에 단단한 히코리나무가 어디 있는지
알아볼게요. 필요하다면 그 나무를 구하러 래피댄강까지 가볼 거
예요. 대포에 쓰러진 나무가 없다면 직접 도끼와 톱을 들고 가서
나무를 베어올게요. 어떻게 생각해요, 자니?”

“좋아. 네가 원한다면 뭐든…….” 그가 속삭였다.

“다 괜찮을 거예요, 자니. 그걸 믿어야 해요.”

“널 믿어, 어밀리아. 넌 믿을 수 있어…….”

“그렇다니 기뻐요…… 앞으로도 계속 믿어주면 좋겠어요. 통증

이 나아지면, 앞으로 이 집의 누구도 당신에게 고통을 주지 못하게 할게요. 다시는 그런 일이 일어나지 않도록…… 여차하면, 당신을 데리고 여기서 나갈 거예요. 내 말 듣고 있어요, 자니?"

"그래, 듣고 있어. 어밀리아, 다리가 너무 아파. 정말 내 다리가 없는 거 맞니?"

"네, 맞아요."

"한번 봐줄래, 어밀리아? 어쩌면 그 사람들이 장난을 치는 걸 수도 있잖아."

그래서 나는 심호흡을 한 뒤 담요를 들추어보았다. 장난을 친 건 분명히 아니었다.

"정말 없어요, 자니. 그러니까 조만간 아픔이 멈추고 다시는 아프지 않을 거예요."

"가만두지 않겠어. 하나님께 맹세코, 가만두지 않겠어." 그가 다시 중얼거렸다.

"그렇게 말하지 말아요, 자니. 그런 말은 좋지 않아요. 그리고 누굴 가만 안 둔다는 거죠? 마사 선생님을 포함한 모두가 옳은 일이라고 믿고 한 일이에요. 지금은 좀 상황이 나빠 보이지만 적어도 더 나쁜 일이 일어날 수 없다는 건 알잖아요. 그 사람들은 이제 당신에게 함부로 하지 못해요. 여기 있는 모든 사람들이 어떻게든 보상해주려고 노력할 거예요. 당신은 이곳의 왕이 될 거예요. 모든 관심을 한 몸에 받게 될 거고, 다리 따위는 금방 잊게 될 거예요."

그때 나는 들고 있던 상자를 열어서 안에 든 것을 보여주었다.

"이 조그만 악어거북이 보이나요, 자니? 이 거북은 몇 주 전부터 무척 아프고 축 늘어져 있었어요. 살건 죽건 상관하지 않는 것처럼 보였어요. 하지만 보세요. 완전히 회복했잖아요. 앞으로 불의의 사고를 당하지 않는 한 백 살까지 살걸요. 어떻게 해서 이 거북이 나은 줄 알아요, 자니?"

"뭔데?"

"사랑요. 사랑과 따듯한 보살핌. 그리고 이제 자니도 그걸 받게 될 거예요. 제게만 받는 게 아니에요. 다른 모든 사람들한테 받게 될 거라는데 내 마지막 남은 달러를 걸겠어요."

"그 사람들한테 아무것도 받고 싶지 않아. 그 사람들은 내게 가장 끔찍한 짓을 저질렀지만…… 나는 아직 끔찍한 짓을 저지르지 않았어."

나는 그의 얘기가 점점 듣기 거북했다. 그러나 맥버니 상병은 그 말을 내뱉음으로써 위안을 얻는 것 같았고, 나는 그가 어떤 식으로든 위로받을 자격이 있다고 생각했다. 복수에 대한 집착마저 없으면 그대로 죽어버릴지도 모른다는 생각도 들었다.

"자니." 화제를 바꾸어볼 생각으로 내가 말을 꺼냈다.

"아까 숲에서 내가 무얼 봤는지 알아요? 여기 온 다음 날 아침 나한테 들려준 새 이야기 기억나요? 항상 날아다니고 보금자리가 없다는 그 새? 오늘 바로 그 새를 보았어요. 아주 작았고, 밝은 빛깔을 지녔어요. 벌새 같았는데 벌새와 똑같진 않았어요. 부리가 길지 않았고 벌새처럼 날개를 퍼덕이지도 않았어요. 아주 우아하게, 마치 갈매기나 다른 바닷새처럼 힘을 안 들이고 날았어요. 그 새가 몇 번이나 저에게 내려왔다가 다시 날아올랐다가 다시 돌아왔어요. 마치 제게 할 얘기가 있는 것처럼. 무슨 얘기를 하려는 건지 알 수가 없었는데 어느 순간 떠올랐어요. 그 새는 제게 이렇게 말하고 있었어요. '어밀리아, 날 봐. 내가 얼마나 빨리 어둠에서 햇빛 속으로 날아오르는지. 너도 그렇게 해보지 않겠니, 어밀리아? 너의 고민이 무언지 몰라도 나의 시름보다 크지 않을걸. 나는 지상에 마지막 남은 종족이고, 어쩌면 나의 종족을 함께 이어갈 짝을 만날 수 없을지도 몰라. 하지만 난 걱정하지 않아. 여름이 왔고, 태양은 빛나고 있어. 난 이제 날아다닐 넓은 하늘이 있다는 생각만 할 거야. 너도 그렇게 생각해보지 않겠니, 어밀리아? 우울한 생각 따위는 떨쳐버리고 나와 함께 빛나는 하늘로 날아오르지그래?' 그러더니 작은 새가 자니가 말했던 그 엄청난 속도로 날아올랐어요. 태양을 향해서 곧장. 나는 아주 오랫동안 그 새를 바라보았어요. 그 새가 햇빛 속의 작은 점이 될 때까지요. 난 눈을 가리고 그 새와 함께 나의 모든 걱정을 털어버리고 환한 햇빛 속으로 날아오르는 상상을 했어요. 정말 그런 기분이었어요, 자니. 그러니까 한번 해보세요. 모든 고민을 떨쳐버리고 햇빛 속으로 날아오르는 거예요. 마사 선생님과 다른 사람들을 전부 잊고 앞으로 다가올 좋은 날들에만 집중하는 거예요. 모든 고통과 두려움, 걱정과 슬픔을 걷어내요. 앞으로 펼쳐질 날들이 얼마나 멋질지 생각해봐요. 다시는 전쟁터로 돌아가지 않아도 되잖아요. 병사들이 자니를 발견한들 다시 돌아가라고 하진 않을 거예요. 명예로운 제대와 그에 상당하는 훈장을 줄지도 모르죠. 자니가 견디어낸 아픔을 기억하는 의미로……. 딕과 빌리가 전사했을 때 브랙 장군이 우리 어머니에게 보낸 것처럼 말이에요. 난 그런 것들을 대단하게 생각하진 않지만, 우리 어머니가 그랬던 것처럼 자니 어머니도 좋아하실 거예요. 만약 훈장을 집으로 보내드린다면요."

그는 다시 눈을 감았고, "가만두지 않겠어…… 가만두지 않겠어" 하며 여전히 작은 소리로 중얼거렸다.

"좋아요, 자니. 가만두지 말고 그런 사람들이 존재했다는 것 자체를 잊어버려요."

나는 자니가 정원 쪽으로 열린 커튼 사이로 산들거리며 불어오는 오후의 바람을 느낄 수 있게 의자를 조금 뒤로 밀었다. 내 의자는 응접실 그늘진 자리에 있었고, 등받이가 높은 데다 소파를 등지고 있었다. 그래서 응접실로 들어오는 사람들이 미처 나를 보지 못했을 거라고 생각한다. 나는 그들을 엿보거나 그들이 하는 말을 엿들을 생각이 추호도 없었다. 그러나 한편으로는 내가 거기 있다고 떠벌리고 싶지 않았다. 사람들이 맥버니 상병과 날 떼어놓는 것을 원치 않았고, 다른 아이들과 하는 한심한 대화에 휘말리고 싶지 않았다. 맥버니 상병의 상태에 관한 얘기를 하고 싶지도 않았고, 마리가 들려준 것 외에는 수술 얘기도 듣고 싶지 않았다. 나는 사람들이 곤히 잠든 맥버니 상병을 깨우지 않기를 바랄 뿐 그들의 얘기에는 전혀 관심이 없었다. 아니, 아주 조금 관심이 있었다고 해야 할까.

그는 잠시 후 깨어났지만 첫 번째 방문객 때문에 깬 것은 아니었다. 응접실로 처음 들어온 사람은 마사 선생님이었다. 그녀는 발소리도 죽인 채 아주 조용히 들어섰다. 마사 선생님은 발끝으로 응접실을 가로지르더니 잠들어 있는 해리엇 선생님을 흘낏 보고는 맥버니 상병 곁에 서서 한참 동안 그를 내려다보았다. 그러고는 나지막이 말했다.

"전혀 안 닮았어. 지금도 안 닮았고, 전에도 안 닮았어."

마사 선생님은 한참 동안 말없이 서 있다가 다시 입을 열었다.

"이렇게 되어서 유감이에요. 당신을 해칠 생각은 없었어요."

그녀는 한동안 그를 응시하다가 이마와 손목의 맥박을 짚어보고는 해리엇 선생님 옆 테이블 위에 놓여 있던 와인병을 들고 응접실에서 나갔다.

두 번째 방문객은 매티였다. 매티도 맥버니 상병을 바라보다가 그의 이마를 짚어보았다. 그녀는 응접실을 나서기 전에 돌아서서 나를 보았다. 그날 오후 응접실에 왔던 사람들 중 나를 알아본 사람은 매티뿐이었다.

"어서 나오세요, 어밀리아 아가씨. 우물에 가서 물을 좀 드시고 위충으로 올라가서 저녁 식사 준비를 하세요. 몰골이 마리 아가씨만큼이나 지저분하시네요. 시간 좀 걸리겠어요."

"사람의 사지는 도마뱀 꼬리처럼 다시 나지 않지, 매티?"

"그런 얘기는 들어본 적이 없네요.".

"나도 못 들어봤어. 불가능한 일이겠지만, 혹시 아프리카나 매티가 태어난 다른 나라에서는 들어본 적이 있나 하고."

"우리 아버지는 여기 버지니아에서 태어났어요. 나도 여기서 나고 자랐고요."

"매티 아버지의 아버지는?"

"본 적이 없어요. 어쩌면 다른 나라에서 태어났을지도 모르지만 그게 어느 나라인지는 들어본 적이 없어요."

"하지만 매티네 가족 중에 혹시 아주 이상한 나라에서 온 사람 없어? 마법의 약 같은 걸로 여기서는 할 수 없는 온갖 신기한 치료를 하는 그런 나라? 고향 집에 있는 사람들이 얘기하는 건 분명히 들었어."

"아마 아가씨의 아버지가 데리고 있던 사람들은 그런 얘기를 했나 보네요! 하지만 내가 그런 얘기를 하는 건 들은 적이 없으실 테고, 앞으로도 못 들으실 거예요! 그건 악마들이 하는 얘기고, 우리 기독교인은 그런 한심한 얘기에 넘어가지 않아요!"

"매티, 악마라면 자니의 다리를 돌려줄 수 있을까?"

"그럴 수도 있겠지요. 악마가 마음을 먹으면 못할 일이 없을 테니까요. 천국에 가는 것만 빼고요."

"자니를 위해 그런 일을 주선하려면 어떻게 해야 해?"

"아가씨 미쳤어요?"

"그냥 궁금해서 그래."

"궁금해하지 마세요. 그런 생각은 하면 안 되는 거예요. 더구나 어밀리아 아가씨처럼 어린 아가씨는 더더욱요. 악마가 마음만 먹으면 다리를 도로 붙여놓을 수도 있겠지만, 아무 대가 없이 해주진 않을 거예요. 악마는 일을 그런 식으로 처리하지 않으니까요. 만약 어떤 일을 해주었다면 그 대가를 요구하겠지요. 이번 경우에는 특히 힘들 거예요. 왜냐하면 사람 다리를 도로 붙이는 건 애들 장난이 아니거든요. 더구나 땅에 파묻고 난 뒤라면 더더욱 그렇겠지요. 이런 경우, 악마는 최상급 영혼을 대가로 지불하라고 할 거예요. 그러니까 내 말은 어밀리아 아가씨의 영혼을 양키의 다리를 복구하는 대가로 내주어야 한다는 뜻이에요. 보잘것없는 양키 병사의 다리 대신 어린 남부 아가씨의 희고 순수한 영혼을 내어주는 게 합당한 거래라고 생각하세요?"

"하지만 자니는 보잘것없지 않아, 매티."

"그럼…… 아주 조금 보잘것없다고 해두죠. 아니, 이 사람이 아주 중요한 인물이라고 해도요. 양키 장군이거나 프랑스 장군, 아니면 뉴올리언스의 시장쯤 된다고 해도 말이에요. 그래도 그건 합당한 거래가 아니에요. 인간의 영혼은 아주 소중한 거니까요. 특히 아가씨의 영혼처럼 오염되지 않은 영혼이라면 더더욱 그렇지요."

"하지만 왜 악마는 자니의 다리 대신 나의 영혼을 원하지? 왜 자니가 자기 자신의 영혼으로 거래하면 안 되는 거야?"

"악마는 바보가 아니니까요. 그래서 그런 거예요. 악마는 자기가 죽었을 때 영혼 없이는 천국에 가지 못한다는 걸 알거든요. 그리고 두 번째 이유는 온 천지를 돌아다니면서 별의별 짓을 다하고 다녔을 이 양키의 영혼과 아가씨의 영혼은 비교할 수가 없기 때문이지요. 아가씨의 영혼이 이자의 영혼보다 백 배는 더 귀해요. 바보가 아닌 악마는 그걸 저만큼이나 잘 알 거예요. 악마는 이자의 영혼 따위에는 관심도 없다고요. 이제 이런 얼토당토않은 얘긴 그만하고 저녁 먹을 준비나 하시라니까."

"별로 내키지 않아, 매티."

"아가씨가 내키고 안 내키고는 중요하지 않아요. 힘든 일을 겪을수록 짓눌리지 않고 강하게 견디어내는 법을 배워야 해요. 세상에 태어난 사람은 누구나 다 나름의 불행이 있어요. 오늘 큰 짐을 져야 한다면, 군소리 없이 그 짐을 견뎌내야 하나님이 내일은 좀 더 가벼운 짐을 주실 거예요. 저는 늘 그런 식으로 생각해요."

"날 괴롭히는 건 나의 불행이 아니야. 자니의 불행이지. 난 자니가 기꺼이 그 불행을 감수할 것 같지 않아서 걱정이 돼."

"에이, 하루나 이틀이면 회복될걸요. 다리 하나 잃었다고 세상이 끝나는 건 아니니까요. 이 전쟁이 끝나면 다리 하나를 잃은 사람이 엄청나게 많아질 거고, 개중에는 다리를 둘 다 잃은 사람도 있을 거예요. 하지만 그 사람들도 다른 사람들과 똑같이 장수하고, 똑같이 부자가 되고, 똑같이 이웃들한테 심술을 부릴걸요. 그나저나 여기 계속 있고 싶으면 조용히 좀 하세요. 가엾은 해리엇 선생님도 여기서 숨 좀 돌리시게."

매티가 응접실에서 나가자마자 해리엇 선생님이 깨어날 기척이 보였다. 해리엇 선생님은 잠시 기지개를 켜더니 한숨을 쉬고 졸린 듯 테이블을 바라봤다. 반쯤 의식이 없는 상태에서도 와인병이 사라졌다는 것을 알아차렸다. 선생님은 갑자기 번쩍 일어나 몸을 숙이고, 테이블 위아래를 찬찬히 살펴보고 나서 다시 한숨을 쉬었다. 이번에는 더 큰 한숨이었고, 몸을 뒤로 기대고 다시 한 번 눈을 감았다. 와인은 없지만 와인 꿈은 꿀 수 있다는 듯이. 그러다가 맥버니 상병의 일을 기억해냈는지 초조한 듯 몸을 부르르 떨고는 의자에 똑바로 앉았다. 그녀는 눈을 비비더니 그를 제대로 보려는 듯 몸을 숙였다.

"맥버니 씨? 깨어 있어요?"

그녀가 조심스럽게 물었다. 해리엇 선생님은 시력이 좋지 않아서 맥버니 상병이 의식이 있는지 없는지 분간을 못했다. 당연히 어둠 속에 앉아 있는 나도 보지 못했고, 나중에는 내가 여기 있다고 말할걸 그랬다는 생각마저 들었다. 그러나 선생님을 당혹스럽게 하지 않고 내 존재를 알리기에는 이미 너무 늦었다.

해리엇 선생님이 맥버니 상병에게 털어놓은 이야기는 너무도 사적인 것이었다. 만약 그 이야기를 들을 수 있는 거리에 의식이 있는 사람이 있다는 걸 알았다면 결코 하지 않았을 터였다. 선생님은 맥버니 상병이 소파에 잠들어 있는 틈을 이용해서 오랫동안 혼자 간직해왔던 이야기를 하는 것 같았다. 해리엇 선생님은 그 이야기를 들어줄 사람이 필요했지만, 한편으로는 그 사람이 자신의 이야기를 듣지 않기를 바랐던 것 같다. 지금 내 말이 무슨 뜻인지 모두 이해했으리라 믿는다. 내 생각에 혼잣말을 하는 것은 부끄러운 일은 아닌 것 같다. 나도 숲속에서는 곧잘 혼잣말을 한다. 내 말을 이해하지 못한다는 걸 알면서도 새와 동물에게 말을 건

다. 그러나 분명히 그들은 내 말을 듣는다. 때로는 아주 열심히.

　나는 해리엇 선생님이 이런 기회를 오랫동안 기다려왔고, 마침내 그 기회를 잡은 거라고 생각했다. 그녀는 사라진 와인 이야기를 하면서 자신이 눈을 뜨면 와인이 없으리란 걸 알고 있었다고 말했다.

　"마사가 기회를 노리고 있었을 거예요. 아마 문 앞을 열두 번은 더 지나갔을걸요. 몰래 들어와 와인을 가져가려고, 내가 눈을 감기만 기다렸겠지요. 당신의 통증이 심해져서 와인이 필요할 때 없으면 안 되는데……. 하지만 그런 일이 일어난다면 그건 마사 탓이에요. 난 당신을 위해 와인을 가져온 거였는데. 물론 마사는 내 말을 믿지 않겠지만요. 당신은 우리 자매 중에 내가 약자라고 생각하겠지만, 실은 그렇지 않아요. 나는 마사보다 훨씬 더 강하고, 훨씬 더 자립심이 있어요. 난 항상 그래왔어요. 알다시피 나에겐 궁극의 힘이 있고, 그 힘이 이 집에서 내 입지를 보장해주죠. 지금까지는 내 힘을 쓰기를 꺼렸지만 이젠 필요할 땐 언제든 그 힘을 쓸 생각이에요. 나만 알고 있는 비밀이 있거든요, 맥버니 씨. 그것 때문에 마사는 날 두려워해요. 학생들 앞에서 날 조롱하고, 식탁에서 날 무시하고, 오한과 허리 통증 때문에 와인이 필요할 때 와인 창고 열쇠를 숨겨두는 것 같은 수천 가지의 수모를 주지만, 그 모든 일에도 한계가 있답니다, 맥버니 씨. 그 한계를 넘어서는 순간, 난 더는 마사를 참아주지 않을 거예요. 마사는 복도에서 내가 잠들 때까지 기다렸다가 도둑처럼 몰래 숨어들어 거의 비어 있는 와인 병을 빼앗아갈 수는 있지만, 내가 거부하는 명령을 내 면전에 대고 하지는 못해요. 나한테 가라거나 있으라거나 앉으라거나 서라고 할 수 없다고요. 내 의지에 반하는 건 그 어떤 일도 시킬 수 없어요. 나에겐 이 힘이 있어요, 맥버니 씨. 나에겐 마사를 파멸시킬 힘이 있다고요."

해리엇 선생님이 숨도 쉬지 않고 말하고 다시 이야기를 이어 갔다.

"당신한테 무슨 짓을 했는지 깨닫는 순간, 마사는 엄청난 충격에 휩싸였을 거예요, 맥버니 씨. 나의 오빠에게 무슨 짓을 했는지 깨닫고 완전히 무너졌던 것처럼. 물론 마사는 로버트를 잃은 슬픔을 금세 극복했어요. 그러니까 불필요한 절단을 감행했다는 깨달음의 충격도 하루나 이틀 내에 회복될 거예요."

해리엇 선생님은 나지막이 얘기하고 있었지만, 평상시보다 훨씬 더 다급하고 증오에 찬 목소리였다. 그날 그녀의 태도는 에드위나와 에밀리, 때로는 마리와의 불화에 쉽게 굴복하는 온순하고 머뭇거리던 예전의 모습이 아니었다.

"당신이 좀 더 일찍 왔더라면 좋았을 텐데……."

그러고 나서 한숨 쉬었다가 그녀가 다시 입을 뗐다.

"그랬다면 판즈워스에서 훨씬 더 즐거운 생활을 만끽할 수 있었을 거예요. 예전에 아버지가 살아 계셨을 때, 이곳은 멋진 저택이었고…… 멋진 가정이었어요. 그땐 모든 게 달랐어요. 거의 매일 사람들로 북적였지요. 온갖 파티가 열렸어요. 바비큐 파티, 무도회, 축제…… 물론 리치먼드에서 열리는 것들과 그 규모를 비교할 순 없겠지만 정말 유쾌한 파티였어요. 이 근방에서 열리는 파티 중엔 판즈워스의 파티가 최고였다고 자부할 수 있어요. 각계각층의 사람들이 몰려왔어요. 프레더릭스버그와 컬페퍼와 워런턴에서 온 손님들도 있고, 리치먼드의 코트하우스에서도 여러 번 왔어요. 오래전에 우리 가족을 알았던 사람들도 왔어요. 제임스에서 알고 지낸 사람들요. 그러다가 로버트가 대학에 다니면서 명절에 친구들을 데리고 왔어요. 그해 크리스마스에는 오거스타와 빌록시에서 온 친구들이 있었고, 양키들의 수도에서 온 사람도 있었고, 뉴욕에서 온 창백하고 수줍은 남자도 있었어요. 그 사람은 나한테 무척 친절했어요. 다른 사람들한텐 안 그러면서 오직 나한테만. 물론 하워드 윈슬로도 있었어요…… 그 사람은 항상 왔어요. 그땐 일주일 내내 밤낮으로 파티가 열렸어요. 당시 마사와 나는 프레더릭스버그에 있는 미스 먼로 학교에 다니고 있었는데, 크리스마스 때 그 학교 친구 셋이 우리 집에 왔어요. 마리 브래들리하고 엘리자베스 콜비, 보스턴에서 온 한 명은 아무리 생각해도 이름이 기억나지 않지만 미스 먼로 학교에서 가장 피부가 안 좋았던 아이였던 것만은 기억해요. 물론 엘리자베스와 마리도 외모로는 별로 내세울 게 없는 아이들이어요. 그게 바로 마사가 그들을 초대한 이유였고요. 마사는 로버트가 과도한 유혹에 노출되는 것을 원치 않았거든요.

그래요, 마사와 나는 그해 집을 떠나 학교에 있었어요. 학교로 떠나기 전에 우리는 중년의 가난한 이민자들에게 개인교습을 받았어요. 주로 도이칠란트인들과 오스트리아인들한테서요. 그 사람들은 이런 촌구석에서 가정교사나 하는 걸 탐탁치 않아했고, 마사의 우월감은 그들을 불편하게 했어요. 때마침 가정교사도 그만두고 로버트는 대학으로 떠날 예정이라 마사가 아버지를 졸라 미스먼로 학교에 입학한 거예요. 내 기억으로 마사는 여자들도 받아준다는 프랑스 대학으로 로버트와 자기를 같이 보내달라고 했지만, 아버지는 여자들이 어떤 식으로든 교육받는 것을 달가워하지 않았어요. 더구나 이미 유난스러웠던 마사가 더 유난스러워질 거란 사실도 알고 있었고요. 상당히 정확한 안목을 지닌 분이었죠.

아, 그렇다고 마사가 똑똑하지 않다는 얘긴 아니에요. 그 방면으로는 로버트와 나보다 항상 나았어요. 만약 마사가 남자로 태어났다면 교육이나 정치 쪽으로, 아니면 의학계에서 훌륭한 경력을 쌓았을 거예요. 맥버니 씨, 당신도 경험했잖아요. 의술을 발휘하고 싶어 안달하는 마사를. 늘 아버지를 설득해서 자기가 원하는 것을 얻어냈던 것처럼 마사는 아버지를 설득해서 파리 유학을 갈 수도 있었어요. 다만 로버트가 유럽으로 가고 싶어하지 않아 마사의 관심도 시들어버린 거죠. 로버트는 마사의 영향력에서 벗어나기 위해 무진 애를 썼고, 그 결과 버지니아 대학으로 진학했어요.

그런데 말이에요, 마사는 참 이상한 여자예요. 나에겐 가장 가까운 혈육이지만, 때로는 전혀 친밀감이 느껴지지 않아요. 마사는 선천적으로 사랑할 수 없는 건 물론이고, 사랑을 받는 데 필요한 정서적인 매력 같은 것도 없는 것 같아요. 마사는 학생들에게 존경받지만 사랑받진 못해요. 마사는 자기 주위의 모든 사물과 사람들을 지배하고 소유해야 직성이 풀리는 사람 같아요. 그런 사람이니 그 누구도 좋아하거나 사랑할 수 없겠죠.

솔직히 로버트도 마사를 좋아하지 않았어요. 막판에는 마사를 증오했지요. 자기를 대하는 마사의 방식을요. 마사는 그와 남매가 아닌 것처럼, 친척도 아닌 것처럼 대했어요. 줄곧 그런 식으로 대했어요. 마사는 이 집에 있는 사람 중 누구도 그 내막을 모를 거라고 생각했지만, 날 속일 순 없었어요. 마사는 로버트를 괴롭혔고, 로버트가 집을 떠날 때마다 그가 가는 곳이 어디든 쫓아갔어요. 로버트는 마구간이든 들판이든 숲이든 열 발도 못 가서 마사에게 따라잡혔어요. 그리고 맥버니 씨, 마사는 한밤중에도 그의 방에 들어가곤 했어요. 로버트는 늘 방문을 잠가뒀는데, 마사의 인내심을 이길 순 없었지요. 마사는 복도에서 미소를 머금고 조용히 노크를 하며 그를 불렀어요. '잠깐 할 얘기가 있어, 로비'라고 말했어요. 그렇게 조금 기다리다 보면 로버트가 문을 열고 우두커니 서 있었어요. 마사의 촛불 불빛 아래에 창백한 얼굴로 몸을 떨면서. 그는 마사를 이길 수 없었지요. 그래요, 결국엔 항상 마사가 이겼어요. 그러다가 로버트가 안으로 물러서면 그녀가 뒤따라 들어가……미소를 지으면서…… 맞아요, 미소를 지으면서 들어갔어요. 그러고는 문이 닫혔어요. 몇 시간 동안…… 때로는 새벽까지…… 그리고 그 안에서 나쁜 일들이 일어났어요. 맥버니 씨, 만약 그 얘길 듣고 싶다면, 그 안에서 무슨 일이 일어났는지 언젠가 내가 다 말해줄게요.

다음 날이면 마사는 마치 아무 일도 없었던 것처럼 행동했어요. 마사의 태도에 변화가 있었다면 좋은 쪽으로의 변화일 거예요. 전날만 해도 따분해하던 마사는 이곳 판즈워스의 일상 속에서 한결 행복해 보였고, 만족스러워 보였어요. 반면 로버트는 다음 날 방에 틀어박혀 통 나오질 않았어요. 심지어 식사 시간에도요. 그렇게 어둠이 내릴 때까지 기다렸다가 마구간에 가서 말에 안장을 얹고는 코트하우스까지 달려나갔어요. 어쩌면 프레더릭스버그까지. 그러고는 술집에서 술을 마시고, 그 주 내내 술집이나 혹은 그보다 더 나쁜 곳에서 지냈어요.

위층에서 무슨 일이 벌어지는지 아버지는 당연히 알지 못했어요. 그는 방탕한 아들의 눈동자에서 그 일의 결과는 보았을지언정 그 결과를 유발한 죄책감에 대해서는 알지 못했어요. 아버지는 말년에 거의 혼자 지냈어요. 어울릴 사람이 없을 때면, 대부분의 시간을 베란다나 서재에서 보냈지요. 자식들에게서 자신과 닮은 구석을 찾을 수가 없었거든요. 통풍으로 통증에 시달릴 때는 서재에서 잔 것도 여러 번이고, 덕분에 마사에겐 모든 게 수월해졌어요.

하지만 마사는 대가를 치러야 했어요, 맥버니 씨. 로버트가 멀리 떠나 다시는 돌아오지 않았거든요. 그때 마사는 절망에 빠졌어요. 로버트는 몇 달에 걸쳐 마사에게서 벗어나려 했지만, 아버지에게 아들이 필요하다는 이유로 마사가 어떻게든 붙잡아두었어요. 그러다가 아버지가 돌아가셨고, 더는 핑계가 없어진 거예요. 로버트는 영영 집을 떠났고, 그 뒤로 다시는 그를 볼 수 없었어요. 물론 마사는 로버트를 찾으려고 무진 애를 썼어요. 그를 찾으려고 멀리까지 달려가고, 수백 통의 편지를 써서 그가 나타났다는 소문이 들리거나 그가 있을 법한 곳으로 사람을 보냈어요. 편지를 부칠 주소가 없을 때조차도 마사는 계속 편지를 썼어요. 마사는 자신의 생각을 어떻게든 표출해야 했으니까요. 그렇게 희망을 버리지 않았어요. 내일, 어쩌면 다음 주라도…… 로버트에게서 소식을 듣진 않을까……. 혹은 그를 본 사람이 그의 소재를 알려주진 않을까……. 내가 그 편지들을 보관해두었어요. 위층 내 방에 있어요, 맥버니 씨. 언젠가…… 관심이 생기면…… 내가 보여줄게요. 그게 놀라운 사실을 폭로하는 편지라는 것만은 말할 수 있어요. 그 편지를 읽고 나면 마사에 대한 생각이 달라질 거예요. 로버트를 향한 자신의 태도, 그에 대한 자신의 감정, 미안하다고 말하는 편지도 있어요. 가끔 그게 잘못된 행동이었다는 생각이 든다고. 또 어떤 편지에는 만약 다시 돌아온다면 자신을 두려워하지 않아도 된다고 썼어요. 항상 거리를 두겠다고, 그가 원하지 않으면 말도 걸지 않겠다고 했어요. 하지만 그런 말을 누가 믿겠어요? 만약 로버트가 내일 당장 돌아온다고 해도 마사가 있는 한 두 사람의 관계는 똑같을 거예요. 물론 마사는 그가 죽었다고 말하지만. 아, 그 말도 믿으면 안 돼요. 마사는 어느 날 밤, 로버트라면서 숲에서 누군가를 묻었지만 그건 로버트가 아니었어요, 맥버니 씨. 그러니까 절대 그 말을 믿으면 안 돼요. 수많은 헝겊 쪼가리들 중에서 마사가 주운 헝겊 쪼가리일 뿐이에요. 당신이 로버트가 아닌 것처럼 그것도 로버트가 아니었지요.

마사는 자기가 로버트에게 무슨 짓을 했는지 알고 있고, 그것 때문에 고통을 겪고 있어요. 당신도 마사에게 고통을 안길 수 있어요, 맥버니 씨. 마사가 당신한테 한 짓이 있으니까요. 당신을 바라볼 때마다 당신의 고통은 곧 마사의 고통이 될 거예요. 당신이 고통 속에 뜬눈으로 밤을 지새울 때, 마사도 잠을 이룰 수 없을 거예요. 설령 당신이 죽는다 해도 마사는 당신을 잊을 수 없을 거예요. 당신한테 자기가 저지른 일을 기억할 거예요. 그리고 마사가 오늘을 기억하는지 나도 지켜볼 거예요.”

해리엇 선생님이 잠시 말을 멈추었다가 한숨을 쉬며 다시 한 번 테이블과 바닥을 살펴보았다. 어쩌면 거기 와인병을 잘못 두었을지도 모른다는 듯이. 그러나 와인병은 분명히 사라졌고, 그 순간 해리엇 선생님은 짤막한 말을 내뱉었다. 나는 ‘마사’라는 말이 포함되었다는 것과 해리엇 선생님이 입에 담았다고는 상상할 수 없을 만큼 상스러운 욕설이 나왔다는 것 말고는 정확히 알 수가 없었다. 해리엇 선생님은 자리에서 일어나 맥버니 상병을 다시 보지 않고 잠시 비틀거리더니 가구를 짚으며 천천히 나갔다. 머지않아 여전히 불안정한 걸음으로 계단을 올라가는 소리가 들렸다.

해리엇 선생님이 한 이야기 때문에 혼란스러웠지만, 너무도 선생님답지 않은 언행이 와인을 많이 마신 탓이라고 생각했다. 나는 해리엇 선생님처럼 친절하고, 다정하고, 조용조용 말하는 사람을 특별한 상황에서 했던 말과 행동으로 평가하는 것은 옳지 않다고 생각한다. 그런 원칙을 맥버니 상병의 행동에도 적용했어야 했는데 실제로 나는 그러지 못했다. 맥버니 상병의 행동은 나에게 큰 영향을 미칠 수 있었던 반면, 판즈워스 집안의 일들은 그렇지 않았던 탓도 있다. 결론적으로 나는 그날 해리엇 선생님이 한 행동이 나의 행동보다 더 나쁠 게 없다고 생각한다. 나도 숲속에서 남몰래 증오에 찬 말들을 쏟아내는데 그날 오후의 응접실이 선생님의 생각처럼 혼자만의 공간이 아니었던 게 꼭 선생님의 잘못은 아니다.

그 뒤로 한참을 맥버니 상병과 단둘이 있었다. 저녁 식사에 쓸 허브와 채소를 들여오면서 마사 선생님과 매티가 부엌에서 얘기하는 소리가 들렸다. 에밀리와 마리가 계단을 내려오면서 내디디는 걸음마다 서로를 모욕하며 고함을 지르는 소리도 들었다. 에밀리는 마리가 자기 비누를 훔쳐갔다고 마리를 비난하는 것 같았다. 미용 비누가 아니라면 마리가 탐낸 물건치고 조금 이상했다. 곧이어 마사 선생님이 복도로 나와 그들에게 조용히 하라고, 맥버니 상병을 깨우지 말라고 다그쳤다. 좀 더 확실히 기억나는 건 두 사람에게 저녁 식사를 준비하는 매티를 도우라고 지시한 것이다.

그때 나는 이 학교에서 비누가 없어지는 사건은 주로 앨리스 심스의 소행이라고 생각했다. 앨리스는 자신의 뽀얀 피부에 대한 자부심이 대단했는데, 다른 신체 부위에는 청결함을 유지하려는 노력을 하지 않았지만 얼굴을 닦는 일에는 긴 시간을 할애했다. 참고로 나는 공기처럼 먼지도 자연의 일부라고 생각했다. 물론 청결해야 하는 상황이 있는 것은 알지만 우리 학교처럼 현대적인 학교에서 씻기를 강요하다니, 정말 엄청나게 성가신 일이다. 나의 룸메이트의 의견을 덧붙이자면, 이 전쟁이 가져다준 얼마 안 되는 축복 중 하나는 바로 비누의 부족이라고 했다. 그것은 아무리 끔찍한 상황이라도 반드시 좋은 면이 있기 마련이라는 증거이기도 했다.

바로 그때 문제의 주인공인 앨리스 심스가 응접실로 들어왔다. 그녀는 응접실에 들어서자마자 우뚝 서서 조심스럽게 주위를 살폈다. 혹시 다른 방문객이 있는지 살펴보는 것 같았다. 그러나 앞서 다녀간 해리엇 선생님처럼 그녀 역시 나를 보지 못했고, 그래서 소파로 다가왔다.

그녀는 자신이 가지고 있는 몇 안 되는 드레스 중 가장 좋은 드레스를 입고 있었다. 원래는 그녀의 어머니가 입던 드레스였는데, 유행이 바뀌고 어머니의 형편이 나아지면서 그녀에게 물려줬나 보다. 그날 그녀가 입은 드레스는 검은색 실크 리본이 달린 분홍 태피터 드레스였다. 발육이 좋은 건 사실이지만 체구가 작은 그녀에게 그 옷은 너무도 컸다. 물론 드레스는 얼마든지 줄일 수 있었지만 앨리스는 바느질 솜씨가 썩 좋지 않았고, 옷을 줄이다가 망가뜨리는 위험을 감수하느니 옷에 몸을 맞추는 쪽을 택했다.

"자니." 그녀가 스커트 자락을 들며 말했다. "좀 나아졌어요? 혹시 잠든 거라면 나 때문에 깨지 말아요, 자니. 지금은 되도록 푹 쉬어야 하니까요. 잘 먹고 푹 쉬면 곧 일어나서 움직일 수 있을 거예요. 더 이상 당신을 미워하지 않는다고 말하러 왔어요. 하지만 당신이 정말 잠든 거라면 다음에 와서 말할게요. 그런 일을 당한 건 유감이에요. 에드위나가 당신을 계단으로 밀친 것 말이에요. 당신이 에드위나를 걱정하면서 상황을 설명하려고 달려갔을 땐 무척 화가 났어요. 마치 에드위나가 나보다 더 중요하다는 듯이……. 하지만 나중엔 당신이 걱정되기 시작했어요. 혹시 정말 심각하게 다친 건 아닐까 하고요. 자니, 난 간밤에 한숨도 못 잤어요. 그리고 오늘 아침엔…… 당신이 죽을까 봐 두려웠어요. 알다시피 난 당신 생각을 많이 하거든요. 당신은 내가 만난 누구보다 재미있는 사람이고, 난 당신이 참 좋아요……. 가끔은 내가 당신을 사랑하는 게 아닌가, 하는 생각도 들어요. 하지만 이제 그런 것들은 접어서 베개 밑에 넣어둘게요. 그게 당신이 원하는 거라면요. 자니, 날 안고 키스했을 때 정말 너무도 짜릿했어요, 나의 사랑스러운 자니. 당신은 짓궂으면서도 다정하죠. 당신이 온 그날부터 난 매일 당신을 기다렸어요. 만약 이대로 당신이 죽어버린다면 내가 얼마나 비참할지 생각해봤나요? 이제 막 서로 잘 알아가기 시작했는데 말이에요."

그런 식의 얘기가 한참 더 이어졌지만, 내용은 크게 다르지 않았다. 물론 나는 앨리스의 얘기에 크게 신경 쓰지 않았다. 맥버니 상병과 앨리스 사이에 일어난 일들은 그녀의 상상일 확률이 높았다. 두 사람은 단둘이 있을 기회가 거의 없던 데다 앨리스는 '서로 잘 알아가기 시작'했다고 말했다. 하지만 나는 전날 밤을 제외하면 두 사람이 긴 시간 단둘이 있었던 적은 없었다고 장담할 수 있다. 앨리스 같은 애가 그를 이용할까 봐 걱정이 되어 나는 맥버니 상병을 꽤 주의 깊게 관찰해왔다. 그리고 실제로 우려했던 일이 일어나고 말았다.

나는 앨리스의 방에서 정확히 무슨 일이 벌어졌는지는 알 수 없고, 알고 싶지도 않았다. 무슨 일이 벌어졌건 그건 전적으로 앨리스의 책임이었다. 그러나 앨리스는 지나간 일에 대해서는 자세히 말하지 않았고, 앞으로 자신과 맥버니 상병이 어떻게 서로를 잘 알아갈지에 대해 얘기했다.

"한쪽 다리를 잃었다는 사실이 사랑에 지장을 주어선 안 된다고 생각해요. 다리가 하나뿐인 남자도, 다리가 하나도 없는 남자도 모두 즐길 수 있어야 해요. 원한다면 다른 남자들처럼 자식도 여럿 낳을 수 있어야 한다고요. 그리고 사지가 절단된 상황이라고 해도 젊은 여자들에게 기쁨을 줄 수 있을 거라고 생각해요. 나는 이 모든 문제를 아주 깊이 고민해봤어요, 자니. 당신이 한쪽 다리를 잃었다지만 우리 관계에 대해서요. 일단 내가 익숙해지기만 하면 아무 문제가 없을 거라고 생각해요. 처음엔 마음이 조금 불편할 수도 있겠지만. 약간의 메스꺼움 정도는 머지않아 극복할 수 있을 거라 생각해요. 솔직히 말할게요, 자니." 그녀가 잠시 뜸을 들이다가 다시 말을 이었다. "그날 오후 식당에서 나를 불안하게 했던 건 다리를 잃는 것이 남자로서 당신에게 어떤 변화를 초래할까 하는 것이었어요. 그게 내가 기절했던 이유예요. 내가 기절하는 걸 혹시 봤다면 말이에요. 하지만 당신은 날 봤을 리 없겠죠. 당신도 의식이 없었으니까요. 그때 왜 내가 식당에 있었는지 설명해야 할 것 같네요. 나는 미처 생각하지 못했는데, 마리가 말하길 당신과 즐거운 시간을 보내고 나서 불과 스물네 시간 만에 당신의 절단 수술에 흥미를 보인 내가 극단적으로 냉정해 보인대요. 솔직히 야비한 에드위나가 들이닥쳤을 때 우린 아직 시작도 하기 전이었잖아요. 그래서 앞서 말한 것처럼 당신의 다리가 잘려 남성성을 잃을지도 모른다는 두려움 외에 우리 두 사람에 대한 마사 선생님의 의혹을 불식시키고 싶었어요. 마사 선생님뿐 아니라 해리엇 선생님도 우리가 정사情事를 치렀는지 궁금해했고, 내가 수술대 옆에서 있는 것만이 그들을 안심시킬 수 있는 방법이라고 생각했어요. 자니, 만약 이곳 책임자들이 끊임없이 우리를 관찰한다면, 앞으로 로맨스를 즐기기 힘들거예요. 안 그래요, 자니?

그래서 난 피가 낭자한 수술 과정을 지켜보기로 결심했어요. 비록 일주일 내내 속이 뒤집힐 것처럼 메슥거리겠지만요. 나는 당신을 잘 모르는 것처럼 연기했어요. 그래도 마사 선생님과 해리엇 선생님을 속일 수 없다면 무엇으로도 속일 수 없을 거라고…….
솔직히 그 수술이 그렇게 끔찍할 줄은 몰랐어요. 다시는 경험하고 싶지 않아요, 자니. 한 번으로 충분하니까요. 하지만 선생님들을 속이려는 작전은 성공했다고 생각해요. 만약 모르는 사람이 지금 당장 이 학교에 와서 얼리샤 심스가 자니 맥버니에게 강한 애착을 느끼는지 조사한다면, 우리 선생님들은 단연코 아니라고 대답할 거예요. 하지만 우린 그것이 진실과 먼 대답이란 걸 알고 있죠, 안 그런가요, 자니? 적어도 난 알고 있고, 부디 당신도 알고 있길 바라요. 당신이 회복되기만 하면 우린 아주 멋진 시간을 보낼 수 있을 거예요. 물론 지금은 당신이 무척 허약한 상태라 기운을 회복하는 데 시간이 걸리겠지만요. 우리 시간을 충분히 가져요, 자니. 절단된 부분이 잘 아물도록. 그리고 다시 로맨스를 즐길 수 있을 만큼 체력이 회복되거든 내게 손짓해줘요. 내가 올게요. 그동안 나는 선생님들 앞에서 연기를 계속해야 할지도 모르겠어요. 나중에 우리가 하려는 일을 수월하게 할 수 있도록. 앞으로 며칠 동안 당신을 외면하는 척하고, 다른 사람들 앞에서 제가 조금 냉정한 말을 하더라도 실망하지 마세요. 내가 당신을 어떻게 생각하는지 우리 둘은 알고 있고, 중요한 건 오직 그것뿐이니까요."

인정 많은 앨리스가 몸을 숙여 그의 이마에 살짝 키스했다.

"이제 난 저녁 식사를 하러 가야 해요, 자니. 내 말을 한 마디도 못 들었겠죠? 하지만 괜찮아요. 내일이나 모레 기회를 봐서 다시 얘기할게요." 그러고는 그녀가 잠시 키득거렸다. "그나저나 기억이 나야 할 텐데……."

앨리스는 자니에게 다시 키스하고 뒤로 물러나 수줍은 듯 손을 흔들며 작별인사를 했는데, 그 모습은 그녀가 한 말보다 더 한심해 보였다. 얼마나 깊은 무의식 상태인지 알 수 없었지만, 그녀가 한 말 몇 마디는 그의 머릿속으로 흘러 들어갔을 가능성도 있었다. 그러나 그는 앨리스가 곁에 있는 내내 눈을 감고 있었고, 그녀가 손 흔드는 모습을 보았을 가능성은 없었다.

여자애들은 정말 이상하다. 앨리스 심스가 가장 이상한 애가 아니라면, 그 자리는 에드위나 모로가 차지할 것이다. 앨리스가 응접실을 빠져나가기가 무섭게 에드위나 모로가 들어왔다. 그녀는 계단 꼭대기에서 지켜보고 있었거나 아니면 서재에서 앨리스가 나갈 때까지 기다리고 있었을 것이다. 에드위나가 응접실로 들어와 맥버니 상병의 곁으로 다가왔다. 빨리 해치우지 않으면 아예 못하게 될지도 모른다는 듯이.

그녀는 잠시 그 자리에 서서 숨을 헐떡이고 입술을 깨물며 그를 보았다. 결코 다정하다고 말할 수 없는 표정이었다. 그러나 어떤 상황에서도 에드위나의 기분을 파악하기란 어려운 일이다. 에드위나는 평소에도 사람들에게 다정하지 않기 때문이다. 에드위나는 아무 말 없이 한참을 서 있었고, 나는 말을 아예 안 하려나 보다 생각했다. 내 생각에는 그렇게 서 있는 동안 맥버니 상병에 대한 그녀의 생각이 바뀐 것 같았다. 맥버니 상병과 앨리스가 다정하게 대화를 나누었을 거라 짐작하고 응접실에 들어왔는데, 막상 와보니 그의 상태가 심각하다는 것을 깨달았을 터였다. 그러다 보니 분노가 누그러졌고, 그가 딱하다는 생각마저 들었을 것이다.

마침내 그녀가 낮게 속삭였다.

"이런 일을 당하게 된 건 유감이에요. 이렇게 되길 원한 건 아니었는데……. 하지만 내가 한 짓을 후회하진 않아요. 만약 다시 그 상황에 처한다면 그때도 그렇게 할 거예요. 물론 그런 일은 없겠지만요. 어젯밤 이전과 같은 감정을 당신에게 다시 느낄 순 없을 거예요. 하지만 지금은 그런 게 중요한 게 아니죠……. 당신에게나 나에게나. 지금 중요한 건 회복하겠다는 의지이고, 내가 보기에 당신한텐 그런 의지가 있어요, 자니. 당신에겐 마음 먹은 일을 반드시 해내고 말겠다는 투지가 있어요. 다른 사람이라면 그저 놓아버리고 죽었을 상황에서도 끝까지 희망을 놓지 않는 엄청난 힘이죠. 당신은 첫 번째 부상에서 살아남았고, 거의 회복되었죠. 다시 그럴 수 있을 거라 믿어요……. 당신이 원한다면 말이에요. 난 당신이 그렇게 되길 원할 거라 믿어요. 여자들한테 밀릴 순 없다는 걸 보여주기 위해서라도. 난 당신이 나아지기를 바라요, 자니."

에드위나가 깊이 숨을 들이쉬었다가 다시 말을 이었다.

"난 당신이 회복되어 여기서 영원히 떠나주길 바라요……. 이타적인 마음으로 그렇게 되길 바라는 게 아니라는 건 인정해요. 당신이 내 눈에 띄지 않는 곳으로 사라지고, 내 마음속에서 지워질 수 있게 되길 바라요. 그래야 나도 당신한테서 벗어날 수 있을 테니까요. 당신도 알겠지만, 이제 당신에게 사랑의 감정은 느낄 수 없을 것 같아요, 자니……. 하지만 당신이 이곳에 있는 한 계속 신경이 쓰일 거고, 앞으로도 그럴 것 같아요.

그래서 난 당신이 이곳을 떠나는 걸 기꺼이 도울 생각이에요.

당신이 우리 두 사람을 위해 세웠던 계획을 그대로 실천해도 좋아요. 리치먼드에서 시작하고 싶다면 아버지에게 편지를 써서 당신이 원하는 곳 어디든 보내주라고 할게요……. 아니면 당신이 어딘가에서 자리를 잡을 수 있게 도와줄 수도 있어요. 만약 그걸 당신이 원한다면요. 특별히 부탁하는 거라고, 그렇게만 해준다면 다신 아버지를 찾지 않겠다고 약속할 거예요. 앞으로 아무것도 원하지 않겠다고, 특별한 친구를 위해 부탁하는 거라고, 나와 아주 가까웠던 친구……."

에드위나가 잠시 하던 말을 멈추고 고개를 돌리더니 손으로 입을 막았다. 에드위나는 잠시 마음을 가다듬고 나서야 다시 그를 볼 수 있었다.

"내가 하고 싶은 얘기는 이것뿐이에요, 자니." 그녀가 약간 떨리는 목소리로 말했다.

"당신이 들을 수 있을지도 모른다고 생각했어요. 못 들었다면…… 그래도 괜찮아요. 당장 아버지에게 편지를 써서 도와달라고 할게요."

에드위나가 몸을 돌려 문으로 향했다. 그녀가 마지막 말을 하려는 순간, 나는 맥버니 상병의 입술이 조금 움직이는 것을 보았다. 그의 입술은 마치 미소 짓는 것처럼 끝이 약간 말려 있었다. 그리고 그가 눈을 감고 나지막이, 그러나 또렷한 발음으로 말했다.

"에드위나……."

에드위나가 머뭇거리며 그에게 돌아와 "좀 어때요, 자니?" 하고 물었다.

"아주 좋아요. 이 상황을 감안하면……."

"내가 깨운 거예요?"

"맞아요, 고마워요. 내가 자고 있을 때 당신이 오는 건 싫어요."

"내 얘기, 들었어요?"

"아뇨. 뭐라고 했어요?"

"다음에 다시 얘기할게요."

"그날 있었던 일은 사과할게요, 에드위나……. 마지막으로 당신을 보았을 때, 그게 언제였죠?"

"어젯밤이었어요."

"그게 겨우 어젯밤이었다고요? 몇 년은 된 것 같아요. 어쨌든 상처를 주어서 미안해요, 에드위나. 그건 절대 내 의도가 아니었어요. 온 세상의 앨리스가 다 온다고 해도 당신에게 상처를 줄 생각은 전혀 없었어요……."

"자니, 당신이 잠들어 있는 동안 나도 미안하다고 말했어요. 다리가 이렇게 되어서요. 조금 더 말할게요. 어젯밤에 뒤를 밟아서 미안해요, 그리고 당신을 때린 것도……. 하지만 내 말 믿어요, 자니. 당신을 계단으로 구르게 할 생각은 아니었어요."

"알아요, 내 사랑. 그걸 의심하진 않았어요. 그건 사고였어요, 그뿐이에요."

"자니……. 하지만 당신이 떨어졌을 땐…… 기뻤어요……."

"그래도 괜찮아요, 난 그런 일을 당해도 싸요, 에드위나."

"오늘 다리를…… 그렇게 해야 할 정도로 심하게 다쳐도 싼 건 아니었어요. 그렇게 된 건 하나도 기쁘지 않아요. 내가 다 미안해요. 내가 한 짓은 결코 용서받을 수 없어요. 앨리스를 만나러 가야 할 이유가 있었겠죠. 작별인사를 하러 간 거였나요?"

"아마 그랬을 거예요."

"계단을 올라가느라 너무도 피곤해서…… 잠시 앨리스의 침대에서 쉬고 있었던 거예요."

"맞아요…… 그랬어요."

"아, 자니, 다르게 생각해서 정말 미안해요. 많이 아파요, 자니?"

"많이 아파요."

"조금 지나면 나아질 거예요."

"어느 정도는 나아지겠죠."

"그 방엔 왜 갔던 거죠, 자니?"

"당신이 말했잖아요. 작별인사를 하고 싶었어요."

"아래층에서 할 수도 있었잖아요."

"아마 잊어버렸나 봐요."

"좋아요, 자니. 그 얘긴 이쯤에서 끝내요."

"내가 어떤 식으로 작별인사를 했는지 궁금하지 않아요? 내가 어떻게 했는지 듣고 싶지 않아요?"

"제발요, 자니……."

"키스를 하고…… 움켜쥐고…… 그런 짓들을 했어요."

"제발…… 제발요……."

"어차피 다 봤잖아요. 내가 그저 휴식을 취하는 것 이상이었다는 걸 알았잖아요."

"세상에, 자니. 제발…… 이렇게 애원할게요."

"나한테 애원하지 말아요. 그렇게 애원하면 나한테서 아무것도 얻지 못해요."

"돼지 같은…… 더러운 돼지 같은 자식……. 차라리 당신이 죽었으면 좋겠어!"

그러자 맥버니 상병이 껄껄 소리 내어 웃었다.

"설마 진심은 아니겠지요, 내 사랑."

"당연히 진심이에요." 에드위나가 주먹을 쥐면서 말했다. 얼마나 주먹을 세게 움켜쥐었는지 손톱이 손바닥으로 파고들 정도였다.

"내가 장난친 거예요, 에드위나." 맥버니 상병이 엷은 미소를 지으며 말했다. "약을 올리고 시험해본 거예요. 처음에 했던 말이 맞아요. 당신이 아무것도 보지 못한 건 아무것도 볼 게 없었기 때문이에요. 만약 앨리스한테 그 얘길 한다면 앨리스도 웃을걸요? 내 말이 틀렸나요? 아마 그 통통한 배를 움켜잡고, 나보고 말도 안 되는 소리를 한다면서 죽어라 웃어댔을 거라고요. 하지만 당신은 웃지 않았어요, 에드위나. 난 당신이 웃지 않으리란 걸 알고 있었어요. 당신은 숙녀니까요……. 자, 내가 왜 바지를 벗고 있었는지 알고 싶지 않아요, 에드위나?"

"지옥에나 가……. 지옥에나 가라고!" 에드위나가 신음하며 말했다.

"바지에 주름이 잡히는 게 싫어서 벗었어요. 앨리스의 침대에서 쉬고 있을 때……."

에드위나가 돌아서려는 순간 그가 그녀의 손목을 잡았고, 그녀가 벗어나려고 하자 더 세게 잡아당겼다.

"당신 방에는 가고 싶지 않았어요. 당신 방에 가게 해달라고 부탁도 할 수가 없었다고요……. 당신은 착한 여자고, 난 당신을 사랑하니까……."

"거짓말이야…… 다 거짓말이야……." 에드위나가 흐느끼면서 말했다.

"날 믿게 만들어줄게요. 내가 진실을 말하고 있다는 걸 보여줄게요. 내일 혹은 모레…… 내가 일어나자마자 당신한테 보여줄게요. 당신이 나에게 얼마나 큰 의미인지, 그리고 내가 당신한테 어

떻게 갚을 계획인지……. 당신이 나한테 그런 짓을 했는데
도……."

그가 그녀의 손을 놓고 눈을 감았다.

"자니." 그녀가 다급하게 속삭였다. "자니, 당신을 믿으려고 노
력할게요. 지금부터 좀 더 당신을 믿도록 노력할게요."

하지만 그는 다시 잠이 들었다. 에드위나는 그의 손에 자신의
손을 포개고, 조금 더 기다렸다. 그러다가 조심스럽게 그의 손을
놓고는 담요를 좀 더 끌어 덮어주었다. 응접실이 조금 서늘해졌기
때문이다. 마지막으로 손끝으로 그의 머리카락을 쓸어 넘겨주고,
이마의 땀을 닦아주고, 손수건으로 윗입술을 닦아주었다. 그러고
는 축축한 손수건으로 자기 눈가를 찍어내고는 응접실을 나섰다.

이 집에서는 예측할 수 없는 수많은 일이 벌어지고 있었다.

자니 맥버니, 당신은 이곳에 온 지 불과 몇 주 만에 엄청난 소란
을 피우고 실망을 주었네요.

그날 오후 내가 들은 그 많은 얘기에도 나는 그가 나쁘게 보이
지 않았다. 방금 일어난 일들을 곰곰이 생각해보았을 때, 에드위나
의 말이 앨리스나 해리엇 선생님의 말보다 더 거슬리지도 않았다.
그보다 더 중요한 것은 맥버니 상병이 에드위나에게 한 말에도 내
가 전혀 동요하지 않았다는 사실이다.

그의 말이 조금 천박했던 건 사실이다. 그렇다고 그의 말에 화
가 나지는 않았다. 전에도 그런 말을 들은 적이 있었다. 우리 집 감
독관이나 일꾼들이 하는 말들을 엿들은 적이 있었고, 그들의 말은
맥버니 상병의 말보다 훨씬 더 거칠었다.

나는 그와 에드위나의 관계가 진지한 것인지 아닌지 알 수 없었
고, 알고 싶지도 않았다. 그 나머지 말과 그가 내게 했던 말은 대부

분 진실이었고, 중요한 것은 그것뿐이라고 생각했다. 다른 사람들은 그들이 알아서 판단할 것이다.

어둠 속에서 이런 생각을 하고 있는데 매티가 문 쪽으로 다가왔다.

"아직도 거기 계세요?"

"아직 여기 있어."

"다들 식탁에 모여 있어요. 여기로 음식을 가져다달라고 하실 거예요? 마사 아가씨랑 해리엇 아가씨가 너무 오냐오냐 하신다니까. 이런 황당한 일을 벌여놓고는 뒤치다꺼리를 나한테 다 떠넘기니 원."

"오늘 저녁은 어느 식탁에서 먹을 거야, 매티?"

"부엌 식탁에서요! 식탁 때문에 그런 거예요?"

"에드위나도 거기 있어? 앨리스도?"

"아가씨 빼고는 다 있어요. 해리엇 아가씨는 아파서 못 왔지만요. 다른 아가씨들은 아가씨만큼 어리석지 않아요. 제때 제자리에서 식사를 해야 한다는 것 정도는 알고 있다고요. 양키 다리가 절단이 나건 말건."

"알았어." 내가 자리에서 일어섰다. "나도 식당으로 가서 다른 학생들하고 같이 먹을게. 별로 배가 고프진 않지만, 당분간 자네에게 큰 위험은 없을 것 같으니까. 일단은 마음이 놓여."

"어째 좀 나아진 것 같아요?" 매티가 다가와 그를 살펴보았다.

"몸 상태가 더 나아진 건지는 잘 모르겠어. 하지만 아까보다는 생기 있어 보여. 살아갈 이유를 찾은 것 같아."

"그게 뭔데요?"

"목표가 생겼달까? 여기 있는 사람들한테 자길 함부로 대한 게 잘못이란 걸 보여줄 생각인가 봐."

"그러려면 힘을 더 키워야겠네요. 하긴 여기에 손을 좀 봐야 할 사람들이 있긴 하지요."

매티는 곧 응접실을 떠났고, 나는 그녀의 뒤를 따라 나가서 다른 아이들과 함께 저녁 식탁에 앉았다.

얼리샤 심스

수술이 마치고 난 뒤의 자니 맥버니 상병 이야기를 시작하기 전에 그 모든 일이 너무도 끔찍했다고 단호하게 말하고 싶다. 사람의 다리를 잘라낸다는 것은, 더구나 당사자의 허락도 받지 않고 잘라낸다는 것은, 정말 잔인한 일이다. 그 사람이 죽음의 문턱에 있거나 징상적으로 말하고 생각할 수 없는 상태가 아니라면 말이다. 그런 수술을 받은 사람이 수술을 받고 나서 야비하고 잔혹해졌다고 비난할 수는 없다. 사실 맥버니 상병이 바로 그렇게 변했고, 나는 그를 마냥 나쁘게 생각할 수 없었다. 다만 그가 야비함을 표출한 대상이 약간 잘못되었다는 생각이 들 때는 있었다. 그가 간혹 그런 대접을 받을 이유가 없는 사람을 억울하게 몰아세웠기 때문이다. 나도 그중 한 명이었다.

그로부터 며칠이 지난 뒤 나는 그와 단둘이 대화를 나눌 기회가 생겼다. 그때만 해도 이곳에 있는 사람들 모두 눈만 뜨면 '자니가 아직 살아 있나?' '아직 살아 있다면 절뚝거리는 자신의 처지를 받아들였을까?' 하고 궁금해하던 때라 그런 기회를 잡았다는 것은 결코 과소평가할 일이 아니었다. 그런 궁금증을 가슴에 품은 학생들이 매일 아침 아래층으로 몰려가 응접실 앞을 서성거렸지만 학생들이 내려오기 전에 그곳에 진을 치고 있던 마사 선생님과 해리엇 선생님에게 매번 저지당했다. 그러나 그날 아침, 나는 다른 아이들과 함께 몰려 내려가지 않았다. 나는 이곳에 있는 교활한 애들—말하자면 마리와 어밀리아 같은 애들—의 전술을 택했다. 나는 그 애들이 왜 그런 생각을 하지 못했는지 이상할 정도였다. 마사 선생님이 아침 식사를 하러 가자며 아이들을 식당으로 쫓을 때, 나는 위층에서 기다렸다가 살금살금 계단을 내려와 응접실로 들어갔다.

놀랍게도 그는 베개들을 받치고 앉아 있었다. 이런 상황에서는 '놀랍게도'라는 말조차도 상황을 충분히 전달할 만한 표현은 아닌 것 같다. 불과 사흘 전에 다리를 잘라내고, 죽음의 문턱까지 갔던 남자가 차분하게 앉아서 응접실로 들어오는 여자애를 뚫어지게 바라볼 거라고는 아무도 예상하지 못했을 것이다.

솔직히 수술하던 날, 그를 잠깐 보고 나서 다시 살아 있는 그를 만날 거라고는 생각하지 못했다. 그러나 그는 너무도 멀쩡하게 매티가 가져온 비튼 비스킷과 도토리 커피를 마시며 앉아 있었다. 여전히 몹시 창백하고 피곤해 보였고, 엄청난 고통에 시달리고 있다는 걸 알 수 있었지만 그는 자신의 상태를 절대 인정하지 않을 것 같았다. 그는 이곳 여자들에게 억눌리지 않겠다고 작정한 것 같았다. 다른 이유는 제쳐두고라도 원한을 갚기 위해 회복하기로 결심한 것 같았다.

"괜찮아요. 아주 괜찮아요." 그가 내 질문에 기계적으로 대답했다. "다들 나하고 똑같은 일을 겪어봤으면 좋겠어요. 체질개선에 아주 그만이네요."

"벌써 많이 좋아진 것 같아요. 조만간 일어나서 움직일 수 있겠어요."

"그럴 거예요. 약속할게요. 어쩌면 당신이 생각하는 것보다 빨리 일어날 수도 있어요. 내가 여기서 할 일이 아주 많거든요."

"무슨 일인데요?"

"여러 가지가 있어요." 그가 음흉한 미소를 지으면서 커피잔을 내려놓더니 나를 아주 세게 꼬집었다. 악랄하다고까지 말할 수 있을 정도로, 내 등의 가장 여린 부분을 꼬집었다. 얼마나 세게 꼬집었는지 눈물이 날 정도였지만 악마가 된 맥버니 상병은 그저 이를 드러내며 웃고 있었다.

"이건 아무것도 아니에요. 앞으로 내 말을 듣지 않았을 때 일어날 일에 비하면. 지금부터는 꼭 내가 시키는 대로 해야 해요. 아니면 태어난 걸 후회하게 될 테니."

"대체 왜 그래요, 자니?" 나는 너무 놀라서 그에게 다시 물었다. "내가 당신을 화나게 했나요?"

"내가 손가락으로 딱 소리를 냈을 때 재깍 달려온 적이 없었다는 게 문제죠. 최근에 너무 당돌하고 퉁명스럽게 굴어서 내 명령을 거부하겠다는 꿍꿍이인가 했어요. 난 그런 건 절대 용납하지 않아요. 어쨌든 당신이 해주어야 할 일이 몇 가지 있는데, 아주 신속하게 해치워야 해요."

"당신을 위해서라면 뭐든 할게요, 자니. 그건 믿어도 좋아요."

"믿을 수 있으면 좋겠네요. 내가 보기에 당신은 아주 적극적인 아가씨이고, 내게 실수를 지적당했으니 이제 조금 더 실력을 발휘해보는 게 좋을 것 같거든요. 성공하면 보상을 받을 거고, 실패하면…… 말했다시피 벌을 받게 될 거예요. 성공하면 이렇게……."

그가 꼬집은 자리를 다정하게 다독였다. "실패하면 이렇게." 그리고 다시 한 번, 처음보다 더 세게 꼬집었다. 그가 날 끌어당겨 내입을 틀어막지 않았다면 나는 아파서 비명을 질렀을 것이다.

"자, 우는 건 안 돼요, 우리 씩씩한 아가씨. 따끔한 맛을 한 번 더보여준 것뿐이에요. 착하게 굴면 앞으론 이런 일이 없을 거예요. 자, 이제 첫 번째 임무를 수행할 준비가 됐나요?"

나는 알았다는 의미로 고개를 끄덕였다. 그가 우악스러운 손으로 내 목을 졸랐기 때문이다. 생각해보면 그때 바로 응접실 밖으로 뛰쳐나가 맥버니 상병과 다시는 말을 섞지 말았어야 했다. 하지만 너무 두려운 나머지 난 그럴 수가 없었다. 그가 당장 일어나서 날 붙잡을 수 없었지만, 건강을 회복하고 난 뒤의 일도 생각해야 했다. 내가 보기에 그는 반드시 회복할 것 같았다.

또 다른 의미로는 내가 예전에 그를 좋아했기 때문이다. 언젠가는 다시 그를 좋아하게 될 수도 있다고 생각했다. 내가 몇 가지 이유로 그에게 무척 끌렸다는 사실은 부정할 수 없고, 그의 따뜻하고 품위 있는 태도도 그중 하나였다. 그래서 맥버니 상병의 낯선 비열함은 순간이고, 곧 예전의 사랑스러운 사람이 될 거라고 기대했다.

"좋아요, 내가 당신한테 부여하는 첫 번째 임무는 아주 중요한일이에요. 그러니 주의 깊게 처리해야 해요. 그럴 수 있겠어요?"

"네, 알았어요." 다시 아프고 싶지 않아서 얼른 대답했다.

"아주 좋아요. 당신이 할 일은 마사 선생님의 열쇠꾸러미를 가져오는 거예요."

"저한테 안 주실걸요." 나는 그가 농담을 하는 줄 알았다.

"달라고 하란 말이 아니에요."

"그럼 훔치란 거예요?"

"아, 그건 아주 나쁜 말이잖아요. 그런 나쁜 말을 쓰다니, 적절하지 않아요. 무언가를 훔친다는 건 그걸 간직하고 싶어하는 거잖아요. 아니면 팔아버리거나. 나는 열쇠꾸러미를 간직하지 않을 거예요. 잠시 빌렸다가 그다음엔 우리 사랑스러운 마사 선생님한테 돌려줄 거예요."

짐작하겠지만, 나는 무척 충격을 받았다. 그가 말하는 열쇠꾸러미는 마사 선생님이 늘 허리띠에 차고 다녔다. 그가 나중에 되돌려놓건 말건, 마사 선생님의 허락 없이 그 꾸러미를 빼낸다는 건 보통 심각한 일이 아니었다. 엄청난 위반행위이고, 자칫 잘못하면 퇴학당할 수도 있었다. 그리고 무엇보다도 그걸 빼낸다는 건 현실적으로 불가능했다.

"마사 선생님은 그 열쇠꾸러미를 항상 몸에 지니고 다녀요."

"항상은 아니에요. 안 갖고 있을 때도 있어요. 저녁 식사 때는 안 차고 있는 것 같던데."

그 말엔 동의할 수밖에 없었다. 마사 선생님은 이 집에 넘쳐나는 책장과 벽장, 찬장 들을 관리하기 위해 열쇠꾸러미를 항상 몸에 지니고 있었지만 저녁 식사 자리에서는, 특히 검은색 벨벳 드레스로 갈아입을 때는 열쇠꾸러미를 들고 오지 않았다.

"그러니까 저녁 식사를 하는 동안 마사 선생님 방에 몰래 들어가서 나한테 열쇠꾸러미를 가져다줘요. 그래줄 수 있죠?" 그가 다시 나를 꼬집는 시늉을 했다.

"그럴 수 있을 것 같아요. 하지만 결국엔 들킬 거예요. 열쇠꾸러미가 사라졌는데 마사 선생님이 계단을 내려오고 난 뒤에 내가 잠깐이라도 자리를 비웠다는 걸 알면 날 의심할 테니까요. 이 학교 규칙을 잘 모르시나본데요, 모든 학생들은 마사 선생님이 식당에 들어오기 전에 자리에 앉아 있어야 하고, 마사 선생님이 일어날 때까지 자리를 지켜야 해요."

"가끔은 열쇠 없이도 돌아다니는 것 같던데?"

"그럴 때도 있어요. 하지만 자주 있는 일은 아니에요. 그나저나 그 열쇠로 무얼 하려고요?"

"딱히 할 일은 없어요. 마사 선생님한테 장난을 좀 치고 싶은 것뿐이에요."

"별로 재미있어하지 않을 거예요. 열쇠꾸러미가 사라졌다는 걸 알면 한바탕 난리가 날 거예요."

"당연히 그러겠죠." 그가 미소 지었다. "그게 바로 장난이에요. 당신이 가져간 건 모를 테니 걱정 말아요. 마사 선생님은 자기 동생이 범인이라고 생각할 게 틀림없어요. 당신에게 열두 번의 키스를 걸 만큼 자신있어요. 해리엇 선생님이 와인을 가져가려고 열쇠를 훔쳤다고 생각할 거예요."

"해리엇 선생님은 열쇠 없이 아무 때고 와인을 가지러 갈 수 있어요. 그리고 마사 선생님이 그렇게 오해한다고 해도 난 해리엇 선생님을 곤경에 빠뜨리고 싶지 않아요. 선생님이 나한테 얼마나 친절했는데……."

"아, 별일은 없을 거예요. 설마하니 자기 동생을 집에서 내쫓겠어요? 사실 이런 장난은 해리엇 선생님한테도 도움이 될걸요. 이런 일로 억울한 누명을 쓰게 되면 반격을 할 테고, 늙은 박쥐한테 호통을 칠 수도 있잖아요."

딱히 그런 일이 일어날 것 같진 않았지만, 어쩌면 그럴 수도 있을 것 같았다.

"하지만 장난이 끝난 후 열쇠꾸러미를 어떻게 마사 선생님한테 돌려놓죠?"

"아무 데나 던져놓고 찾으라고 할 거예요. 저 의자 뒤에 떨어뜨려놓거나 아니면 창가에 던져놓거나. 여기 들어와서 자기가 우연히 떨어뜨렸고, 그동안 내내 그 자리에 있었다고 생각하도록. 자, 우리 아가씨, 이게 얼마나 간단한 일인지 아직 모르겠어요?"

나는 여전히 그 일이 내키지 않았다. 그래서 그에게 기어이 장난을 치고 싶다면 마리 데브르처럼 장난을 좋아하는 애한테 시키는 게 좋을 것 같다고 말했다.

"어린애는 원치 않아요. 자기가 하는 일이 무언지 정확히 알고 있는 민첩하고 영리한 사람이 필요해요. 마리 데브르가 열쇠를 훔칠 수는 있겠지만, 한 술 더 떠서 우물 속에 열쇠를 던져놓기라도 하면 어떡하죠? 그리고 마리보다 당신이 내 말을 더 잘 알아들을 것 같아요."

"날 아프게 할까 봐 두렵진 않아요." 나는 실제 내가 느끼는 것보다 조금 더 용감하게 말했다. "항상 거리를 두면 되니까."

"아니, 그럴 수 없을걸요, 아가씨. 조만간 난 한쪽 다리만으로 당신을 잡을 수 있을 거예요. 설령 당신이 내 손을 피할 수 있다고 해도 내 목소리에서 벗어날 순 없을걸요. 굵고 낮은 목소리로, 그 까만 머리 미친년이 날 계단으로 밀던 그날 밤 당신의 방에서 했던 온갖 음흉하고 추잡한 짓거리를 큰 소리로 떠벌릴 테니까."

나는 지금 그가 했던 말을 그대로 옮기고 있을 뿐이고, 나라면 결코 그런 단어를 사용하지 않았을 것이다. 그날 밤 정말이지, 나는 아무 잘못도 하지 않았다. 다만 그 순간에는 내가 나쁜 짓을 했다고 떠벌리는 그를 막을 도리가 없다는 것을 깨달았다. 더구나 어머니는 마사 선생님에게 학비를 보내지 않았고, 여건이 되는 대로 학비를 보내겠다는 편지조차 하지 않아서 이곳에서의 나의 입지는 위태로웠다. 이곳에 있는 아이들은 나의 외모를 질투했고—특히 나의 머리카락을—그로 인해 자주 분란이 일어나고 있음을 생각해볼 때, 마사 선생님은 전쟁과 상관없이 날 쫓아낼 게 분명했다.

그때 나는 그 외에도 또 한 가지 생각을 하고 있었는데, 완벽하게 정직해지기 위해 그 얘기도 밝혀두려고 한다. 너무 잔인하고 악랄한 말로 묘사하긴 했지만, 맥버니 상병이 에드위나 모로의 정체를 알았다는 사실에 조금 위안이 되었다.

나는 맥버니 상병을 위해 마사 선생님의 열쇠꾸러미를 빼내기로 약속했다. 그를 믿지 못할 이유가 없다고 생각했고, 그저 장난이나 한번 쳐보겠다는 말을 믿어보자고 나 자신을 타일렀다. 최종적으로 결심을 굳히게 된 이유는 마사 선생님을 포함한 이 집의 그 누구보다도 맥버니 상병이 더 두려웠기 때문이었다.

내가 동의하자 그의 태도가 달라졌고, 예전의 맥버니 상병으로 돌아갔다. 그는 내게 상냥하고 나긋나긋하게 말했고, 내가 그에게 키스해도 된다고 했을 때는 너무도 다정하게 키스해주었다. 내가 돌아설 때, 그는 다시 식사를 시작했고 근심 따위 하나 없이 다른 사람들처럼 자신이 건강하고 온전하다는 듯 노래를 흥얼거렸다. 물론 연기를 하는 건지도 모른다고 생각했다. 그의 낯빛은 무척 창백했고, 음식을 즐긴다기보다는 입에 우겨넣고 있었던 데다 건강할 때처럼 노래를 잘 부르지도 못했다. 조금 더 확실한 증거로는 내가 지나가면서 그의 오른쪽 다리, 혹은 아직 남아 있는 오른쪽 다리를 스치는 순간 그가 아랫입술을 깨무는 것을 보았다.

그로부터 며칠 동안 나는 그가 시킨 일을 할 수가 없었다. 마사 선생님은 내가 볼 때마다 열쇠꾸러미를 허리에 차고 있었다. 꾸러미를 빼놓을 때면 곧바로 해리엇 선생님이나 매티에게 맡겼고, 일을 마치자마자 곧바로 돌려받았다. 내가 맥버니 상병에게 말했던 것처럼 마사 선생님은 열쇠꾸러미를 오랫동안 떼어놓지 않았다.

모두 놀랄 정도로 맥버니 상병의 상태는 급격히 좋아졌다. 수술을 받은 지 닷새 만에 그는 성한 다리를 내려놓고 앉으려 애썼다. 마리는 맥버니 상병이 왼쪽 다리로 서서 균형을 잡으려 애쓰는 모습을 보았다면서 그 소식을 마사 선생님에게 전하려 달려갔다. 그리고 마사 선생님이 곧장 응접실로 달려가 당분간은 반쯤 누운 자세로 지내야 한다고 그에게 주의를 주었다.

물론 마사 선생님은 그의 회복을 기뻐했고, 내가 보기에는 자신의 성취를 조금 뿌듯해하는 것 같았다. 앞서 말했듯이 나는 맥버니 상병이 회복될 거라고 기대하지 않았고, 그녀 역시 마찬가지였을 거라고 생각한다. 맥버니 상병의 빠른 회복은 그녀에게 큰 감동을 주었다. 무엇보다 그녀가 외과의로 첫 발을 내딛게 한 수술이 성공적이었고, 그녀는 그 영광을 쉽게 내려놓지 못할 터였다. 그녀는 자신의 권력을 총동원하여 그를 지킬 게 분명했다.

어쨌든 지금 내가 말할 수 있는 건, 그가 다리 하나를 잃음으로써 이 집에 있는 그 누구보다도 안락한 생활을 했다는 것이다. 매끼니마다 그에게 고기와 수프와 온갖 신선한 채소가 제공되었다. 그는 소금에 절인 돼지고기와 베이컨과 말린 쇠고기 스튜를 먹었고, 덕분에 마사 선생님의 저장실에 말린 고기가 남아 있었다는 사실을 알지 못했던 학생들이 눈썹을 추켜올렸다. 결국 우리 모두를 대신해서 마리가 항의했다.

"만약 다리 하나를 희생해서 이런 식사를 할 수만 있다면 조만간 다리를 자르겠다고 나서는 사람이 생기겠어."

수술이 끝나고 일주일쯤 지났을 때, 매티가 그를 위해 특별한 만찬을 준비했다. 어밀리아를 제외하면 우리도 어느 정도는 즐길 수 있었다. 어느 날 매티가 벌목도로 부근의 담배 밭을 거닐고 있었는데—아마도 허브나 민들레를 찾고 있었을 것이다—숲속에서 무언가가 퍼덕거리더니 숲과 도로를 구분하는 도랑으로 들어가더란다. 도랑으로 내려간 매티는 너무나도 반갑게도 어린 야생 칠면조를 발견했다. 날개가 부러진 칠면조라 녀석을 잡아 우리 톰 아저씨* 부근에 있던 바위를 이용하여 처리하는 것은 식은 죽 먹기였을 것이다. 숲에서 돌아온 매티를 보고 에밀리는 마치 전쟁에서 승리한 아프리카 여전사 같다고 말했다. 매티는 칠면조를 목에 두르고 신이 났다.

그날 저녁 칠면조의 가장 좋은 부위는 맥버니 상병 차지였다. 다른 사람들은 그저 조금씩 맛이나 보는 걸로 만족해야 했다. 나는 목과 모래주머니를 먹은 걸로 기억하는데, 다른 아이들도 거의 그 정도였다. 정말 이상한 건 맥버니 상병이 가장 좋은 부위를 먹는 것에 대해 아무도 불평하지 않았다는 거다. 그때만 해도 다들 진심으로 그가 건강해지기를 바랐다. 그러나 얼마 안 있어 우리 중 몇 명의 마음이 달라지기 시작했다.

짐작했겠지만 칠면조를 먹지 않은 사람이 한 명 있었다. 어밀리아 대브니는 칠면조의 털을 뽑아서 씻는 것에 강력하게 항의했고, 칠면조를 꼬챙이에 끼우는 순간 위층으로 올라가 자기 방에 틀어박혀서는 저녁 식사 때에도 내려오지 않았다. 그렇게 난리를 쳤으

---

* '톰'은 칠면조를 포함한 동물의 수컷들을 일컫는 말로도 쓰인다.

니 어차피 방에 갇히는 벌을 받았을 것이다. 그 이상한 아이는 숲 속에서 걸어다니고, 날아다니고, 기어다니는 모든 것들이 자기 소유라는 이상한 생각에 사로잡혀 있는 게 분명했다. 야생 칠면조는 숲의 경계 밖으로 나온 게 확실한데도.

해리엇 선생님이 친절하게 어밀리아를 달랬지만 칠면조를 어미 둥지로 돌려보내주거나 그렇지 않으면 부러진 날개를 치료하겠다고 막무가내로 떼를 썼다.

당시 맥버니 상병이 이곳에서 부족함 없는 보살핌을 받았던 것만은 분명했다. 에드위나를 포함한 이 학교의 모든 학생들이 그에게 예의를 갖추어 대했고, 마사 선생님도 우리가 원할 때면 언제든 그를 방문할 수 있도록 서서히 허락했다.

그는 다른 사람들이 있을 때는 내게 신사적으로 대했지만 나와 단둘이 있을 때면 갑자기 돌변하여 나를 꼬집거나 아플 정도로 손을 세게 움켜쥐었다. 한번은 내가 아무 생각 없이 그가 요구한 대로 키스하려고 몸을 숙이는데 내 머리카락을 세게 잡아당겨서 하마터면 비명을 지를 뻔했다.

"열쇠꾸러미, 달링!" 그가 성난 목소리로 낮게 말했다. "약속한 열쇠꾸러미 가져와요. 안 그러면 머리카락을 죄다 뽑아버릴 테니까."

그 협박은 그가 앞서 했던 협박만큼 마음을 불편하게 만들지 않았다. 머리카락 한 뭉텅이가 뽑히는 고통쯤은—비록 머리카락이 내가 가진 가장 아름다운 자산이라는 데 모두가 동의하는 것 같지만—얼마든지 감수할 수 있었다. 그러나 그가 우리의 관계에 대해 거짓 소문을 퍼뜨린다는 얘기는 무척 신경이 쓰였다. 그래서 그날 오후 마사 선생님이 부엌 텃밭에서 열쇠꾸러미를 차지 않고 벌레를 잡고 있는 것을 보았을 때 무척 기뻤다. 마사 선생님은 매티가 불러서 아래층으로 내려왔고, 두 사람은 매티가 새로 발견한 바구미를 잡느라 정신이 없었다.

오늘 수업은 이미 끝났고, 저녁 식사까지는 한 시간 가량 남아 있었다. 해리엇 선생님은 마사 선생님의 방과 붙어 있는 방에서 쉬고 있었고, 다른 학생들은 아래층이나 텃밭에서 다른 일에 열중하고 있었다. 위층으로 올라가 마사 선생님이 혹시 방에 열쇠꾸러미를 두고 가지 않았는지 확인해볼 절호의 기회인 것 같았다.

위층 복도는 텅 비어 있었고, 두 선생님의 방문은 잠겨 있었다. 나는 잠시 멈추어 서서 코 고는 소리가 들리는지 해리엇 선생님의 방문에 귀를 대어보았다. 머리까지 이불을 뒤집어쓴 게 분명했다. 평소 해리엇 선생님의 코 고는 소리는 저택 정문에서도 들릴 정도였다.

가엾은 해리엇 선생님은 내가 아는 사람들 중에서 가장 얕은 잠을 자는 사람이었다. 모든 숨을 마지막 숨처럼, 일생일대의 엄청난 공포가 다가온다는 듯이 내뱉었다. 나는 밤에도 편히 쉴 수 없는 선생님이 참 안됐다고 생각했다. 나는 항상 유쾌한 꿈을 꾸고 자는데 말이다. 아무래도 나는 유쾌한 의식세계를 가진 사람들의 후예인 것 같았다. 어머니는 여자가 침대에 근심을 끌어들여서는 안된다고 했고, 어머니 자신도 항상 나무토막처럼 자야 한다는 그 원칙을 충실히 지켰다. 적어도 내가 마지막으로 어머니와 같이 잤을 때는 그랬다.

나는 해리엇 선생님이 문제가 되지 않을 거라고 판단하고 마사 선생님 방으로 갔다. 방문을 살짝 돌려보았더니 잠겨 있지 않았다. 방 안에 열쇠꾸러미가 있는 게 분명했다.

문을 열 때 끼익 하는 소리가 났고, 나는 해리엇 선생님이 코 고는 소리가 다시 들릴 때까지 잠시 기다렸다. 그다음엔 까치발로 방안에 들어가 수색을 시작했다. 그때까지만 해도 나는 그 일에 조바심을 내지 않았다. 그것은 어디까지나 맥버니 상병을 만족시키기 위해 내가 해내야 하는 일일 뿐이었고, 일을 끝내면 완전히 잊어버릴 작정이었다. 더구나 나는 다시는 이런 일에 연루되지 않겠다고 마음 먹고 있었다. 일이 다 끝나면 맥버니 상병과 거리를 두는 것도 진지하게 고려하고 있었다.

하지만 적진 한복판에 들어와 있자니 이게 얼마나 위험한 일인지 실감되었다. 지금이라도 마사 선생님이 들어와 들키는 날엔 당장 짐을 싸야 할 것이다. 아침이 밝기도 전에 이 집을 떠나야 할 테니까. 마사 선생님이 내 말을 믿지 않으리라는 것 정도는 나도 알고 있었다. 이 모든 게 장난이라 말한다고 해도 듣는 시늉조차 하지 않을 것이다. 아니, 그건 씨알도 안 먹힐 소리였다. 나는 허락도 없이 그녀의 방에 침입했고, 그것으로 얼리샤 심스가 더러운 도둑이라는 증거는 충분할 것이다.

아마도 일 분 혹은 그 이상을 그 자리에 몸을 떨며 서 있다가 마침내 정신을 차리고 최대한 빨리 일을 끝내는 게 최선이라고 생각했다. 문제는 마사 선생님이 열쇠를 두는 장소를 어떻게 찾느냐 하는 거였다. 침대 맡 테이블이나 화장대처럼 빤한 장소에는 보이지 않았고, 침실 옆에 붙어 있는 재봉틀이나 서랍장에도 없다는 것은 굳이 뒤져보지 않아도 알 수 있었다.

나는 곰곰 생각해보았다. 그 성가신 열쇠들이 가구 위에 놓여 있지 않다면 가구 안이나 밑에 있을 확률이 높았다. 아래층에 있는 누군가에게 맡기지 않았다고 가정할 때의 얘기였다. 앞으로 몇 분 내로 열쇠를 찾지 못하면 열쇠가 이 방에 없다는 결론을 내릴 것이고, 나는 이 일을 포기하고 맥버니 상병에게 가서 그가 하고 싶은 대로 하라고 말할 것이다. 그를 돕기 위해 나 나름대로 애를 썼고, 그가 조금이라도 양심이 있는 사람이라면 내가 실패했다고 나에게 앙심을 품지는 않을 것이다.

그래서 나는 서랍과 침대 맡 테이블을 뒤지기 시작했다. 아래층으로 급하게 내려갔는지 마사 선생님은 서랍을 전부 다 잠가두지 않았다. 내게는 다행스러운 일이었지만 나의 주의를 분산시켰기 때문에 한편으로는 불행한 일이기도 했다.

예를 들면 아주 예쁜 보석함이 침대 맡 테이블 맨 위 서랍 안에 잠긴 채로 놓여 있었고, 그 옆에는 여러 가지 법적인 서류들이 있었다. 버지니아에 있는 다른 판즈워스 저택을 포함하여 이 집의 재산과 관련된 서류인 것 같았다. 대부분은 땅을 팔고 받은 영수증이었다. 어머니는 그런 영수증이야말로 가문이 쇠퇴하고 있다는 확실한 증거라고 늘 말씀하셨다.

화장대의 오른쪽 가운데 서랍에는 마사 선생님의 아버지가 쓰던 권총의 탄약이 있었다. 권총은 그곳에 없었다. 다른 편지들도 다 마찬가지인 것 같지만, 맨 위에 있는 편지는 판즈워스의 아들인 로버트에게서 온 것 같았다. 버지니아 대학의 주소와 함께 서명이 되어 있었다. 오래된 편지들이었고, 당시에 나는 그 편지를 읽어볼 생각 따위는 하지 않았다. 다른 이유는 제쳐두고라도 한번 풀었던 리본을 그렇게 완벽한 나비 모양으로 묶을 자신이 없었다.

하지만 가장 놀라운 물건은 테이블의 왼쪽 맨 아래 서랍에 있었다. 앞으로 백 년 동안 머리를 굴려보아도 그 서랍 안 레이스 숄과 손수건 밑에 무엇이 숨겨져 있었는지 나는 결코 알아맞힐 수 없었을 것이다. 솔직히 나는 마사 선생님의 비밀을 누설할 정도로 신의가 없거나 숙녀답지 못한 사람은 아니다. 그 문제에 관해 나는 우리 학교 안에서 꼭 두 명에게만 말했다. 한 명은 맥버니 상병이다. 나는 그에게 지나가는 말로 그 얘기를 흘렸을 뿐이고, 그 사실은 지금 전혀 문제가 되지 않는다. 그리고 또 한 명은 우리 학교 학생으로, 이제 곧 밝혀지겠지만, 내가 미처 생각해볼 겨를도 없이 알려지고 말았다.

이런 질문으로 그 비밀을 폭로해보면 어떨까. 마사 선생님의 외모에서 가장 아름다운 부분이 무얼까? 우리 학교 교장선생님이 세상에서 가장 아름다운 여자가 아니라는 사실에는 누구나 동의할 것이다. 키가 크고, 비율이 좋고, 몸가짐도 우아하지만 얼굴은 수수한 편이다. 다소 여성스럽지 않은 느낌이 있는 것도 부정할 수 없다. 내 말이 무슨 뜻인지 알 줄 믿는다. 그녀는 지나치게 농부 같은 느낌을 주었고, 나의 기준으로는 들판이나 마구간의 정취가 풍겼다. 그래서 내가 발견한 물건은 더욱 충격적일 수밖에 없었다. 나의 가장 황당한 꿈속에서조차 그 물건을 마사 선생님과 연관지을 수 없었을 것이다. 마사 선생님이 가진 것들 중에 어디 내놔도 빠지지 않을 거라 생각했던 한 가지가 바로 그것이었기 때문이다. 세련된 워싱턴이나 리치먼드 사교계에 내놓아도 그 한 가지만큼은 손색이 없을 거라고 생각했다. 그것은 바로 그녀의 머리카락이었다. 오늘 그녀의 모습을 본 사람이라면 누구든 마사 판즈워스는 칠흑처럼 검고 아름다운 머리를 가졌다고 생각할 것이다. 그런데 그 머리카락은 그녀의 것이 아니었다!

서랍 속에서 내가 찾은 물건은 바로 그것이었다. 바로 그 순간 텃밭에 있는 선생님이 쓰고 있는 것과 똑같은 또 하나의 가발!

나는 너무도 놀란 나머지 서랍장 옆에 무릎을 꿇은 채로 내가 처한 상황의 심각성을 완전히 잊고 한참을 그렇게 앉아 있었던 모양이다. 허겁지겁 정신을 차리고 있는데 뒤에서 의기양양한 목소리가 들려왔다.

　　"이걸 어째! 범행현장에서 딱 걸렸네!"

　　여러분이 상상하는 바와 같이 나는 놀라서 천장을 뚫고 나갈 뻔했다. 두려움에 떨며 천천히 돌아서보니 에드위나 모로가 팔짱을 끼고 문간에 서서 나를 향해 미소 짓고 있었다. 계단에서 나는 소리를 들으려고 문을 완전히 닫아두진 않았지만, 이 집 안에 고양이처럼 움직이는 사람이 있다는 것과 에드위나가 그중 한 명이라는 것을 잊고 있었다.

　　"아, 에드위나." 나는 예의를 갖추려 애쓰며 말했다. "서재에 있는 줄 알았는데."

　　"운도 지지리 없지. 하필 내 방에 있었지 뭐야. 나로서는 운이 좋았어. 안 그랬으면 네가 내 방으로 들어왔을 테니까."

　　"그런 게 아니야." 금방이라도 눈물을 쏟을 것 같은 표정으로 내가 항의했다. "훔치려고 들어온 게 아니야."

　　"그럼 이 방에서 마사 선생님의 물건들을 뒤지고 있는 이유가 도대체 뭔지, 어디 한번 말해보시지?"

　　"뒤지고 있는 게 아니야." 나는 하마터면 소리를 지를 뻔했다. "자니가 마사 선생님한테서 빌리고 싶은 물건이 있다고 해서, 그게 있는지 찾아보던 중이었어."

　　"마사 선생님이 널 이 방에 보냈다는 말을 내가 믿을 것 같아?"

　　"물론 그건 아니지! 사실 이건 그냥 장난이야. 자니가 마사 선생님한테 장난을 치려는 것뿐이라고."

"그러셔. 자니가 아주 기분이 좋은가보네. 그 엄청난 수술을 받았는데도 말이야. 다시 기분이 좋아졌다니 다행이야."

그 말에 용기를 얻어 내가 쏘아붙였다.

"특별히 너한텐 더 다행일 거야. 결국 그 수술은 너 때문에 하게 된 거니까."

"그 얘긴 안 하면 안 될까?" 그녀가 웃음기를 거둔 차가운 표정으로 나를 쏘아보았고, 나는 태어나서 처음으로 그녀가 무섭다는 생각을 했다.

"그래서 네가 찾는 그 비밀의 물건이 뭔데? 마사 선생님 보석함에 들어 있는 물건 찾는 거야?" 잠시 후 그녀가 물었다.

"열쇠꾸러미." 에드위나가 두렵지 않았다면 절대 말하지 않았을 것이다.

"그럴 줄 알았어. 자니는 이 집 와인 창고와 모든 캐비닛과 찬장을 가지고 제멋대로 농간을 부리겠지."

"열쇠로 무얼 할 건지는 물어보지 않았어. 하지만 그 몸으로 어떻게 이 집 안의 찬장들을 다 열고 다닐지는 모르겠네."

"내가 보기엔 곧 움직일 수 있게 될 거야. 에밀리와 어밀리아가 그의 양쪽 목발이 되어주고 있잖아. 그런데 그 서랍에 뭐 그렇게 근사한 게 들어 있는데?"

"아무것도 아니야." 나는 조심스럽게 서랍을 닫으려 애쓰며 말했다. 나는 정말이지, 그녀에게 가발 얘기는 하고 싶지 않았다. 에드위나는 그런 정보를 믿고 알려줄 만한 애가 아니었다.

"비켜봐. 나도 좀 보게."

"아무것도 아니라니까!" 내가 다시 한 번 말했다. "그냥 낡은 머리장식일 뿐이야."

만약 가발에 대한 소문이 학교에 퍼질 거라면, 그 소문을 발설하는 사람은 에드위나 모로가 아닌 나여야 했다. 그런 기회를 아무 조건 없이 놓쳐버리기에 이 학교는 나한테 너무 관심이 없었다. 그러나 에드위나는 나를 밀치고 기어이 서랍을 열어보고 말았다. 그녀는 안에 들어 있던 가발을 흘긋 보더니 실망했다는 듯 뒤로 물러섰다.

"외출용인가 보네. 다른 가발보다 좀 더 윤기가 나는 걸 보니."

"그럼 넌 이미 알고 있었다는 거야, 에드위나?"

"당연하지. 마사 선생님의 머리가 자기 게 아니라는 건 장님이라도 알았겠다."

"그런데 아무한테도 말을 안 했어?"

"내가 누구한테 말을 하겠니? 너한테?"

"아니, 난 아니겠지." 에드위나는 이 학교에서 스스럼없이 비밀을 털어놓을 만한 친구가 없었다. 그건 나도 마찬가지였다.

"마사 선생님은 완전히 대머리일까?"

"난 몰라. 관심도 없어." 그녀다운 밉살맞은 대답이었다. "혹시 마사 선생님의 보석함은 못 봤어?" 못 봤다고 말하려는 순간 그녀가 말을 이었다.

"보석함이 어디 있는지 알려주면, 열쇠꾸러미가 어디 있는지 알려줄 수도 있어."

"어디 있는데?"

"저기, 이 멍청아." 그녀가 마사 선생님의 옷장을 가리켰고, 반쯤 열린 옷장 문 사이로 옷장 고리에 걸려 있는 열쇠꾸러미가 선명하게 보였다. 에드위나가 옷장으로 다가가서 열쇠꾸러미를 내쪽으로 던졌다.

"보석함은 어디 있어?"

"두 번째 서랍에." 왠지 그래야만 할 것 같아서 알려주었다. "하지만 잠겨 있어."

"열어봤구나. 그렇지?" 에드위나가 서랍을 열고 보석함을 꺼냈다. "보석함 열쇠도 그 꾸러미에 들어 있겠지."

그녀가 내게서 열쇠꾸러미를 받아 들더니 바닥에 앉아 보석함을 무릎 위에 올려놓고 하나씩 자물쇠를 넣어보았다. 열 번째 도전에 보석함의 스프링 뚜껑이 열렸다. 에드위나는 안에 들어 있던 첫 번째 칸을 내용물과 함께 꺼냈다. 보석함 안에는 보석 몇 개—수수한 원석이 박힌 반지 몇 개와 별로 비싸 보이지 않는 산호색 목걸이와 핀과 브로치—와 상당한 양의 금화가 들어 있었다.

"여기 있네." 에드위나가 흐뭇해하며 말했다. "이건 내 돈이야."

"무슨 뜻이야? 네 돈이라니?"

"내가 낸 돈이야. 전부 다. 내가 여기 있는 동안 계속. 너희가 낸 돈은 상자 바닥에 있을지도 몰라."

그녀가 남자의 금시계와 커프스단추 한 쌍과 상대적으로 초라한 두께의 양키 지폐가 들어 있는 두 번째 칸을 가리키며 말했다.

"돈이 별로 없네. 이것보단 많을 줄 알았는데……. 하긴 다른 데 숨겨두었는지도 모르지. 집 안 어딘가에 리치먼드 지폐가 숨겨져 있을지도 몰라."

"그럴 수도 있겠지. 하지만 마사 선생님은 리치먼드 지폐를 숨길 필요가 없다는 것 정도는 알 만큼 똑똑해. 어쨌든 내가 관심이 있는 건 이런 금화뿐이야. 그래서 몇 개 가져갈까 해."

"그건 훔치는 거잖아. 그건 진짜 훔치는 거야!"

"난 그렇게 생각 안 해. 난 여기에 필요 이상으로 많은 돈을 지불했어. 어차피 전부 다 가져갈 생각은 없어. 조금만 가져갈 거야."

에드위나가 오십 개 남짓한 금화 중에서 가장 반짝이는 금화로만 열 개를 챙겼다.

"나라면 기왕 가져갈 거 전부 가져가겠다."

"난 전부를 원하진 않아. 오래 갖고 있을 생각도 없어. 결국엔 마사 선생님이 도로 가져갈 거니까. 난 단지 조금 더 간직하고 있고 싶을 뿐이야. 일종의 안전장치로. 내가 금화를 갖고 있는 한 여기서 쫓아내진 않을 테니까, 안 그래?"

나로서는 그 대답을 알 길이 없었다. 나는 마사 선생님이 누구를 쫓아낸다면 돈이 이유가 되진 않을 것 같다고 말했다. 마사 선생님이 돈에 민감한 건 사실이지만, 돈밖에 모르는 여자로 보는 것에는 동의할 수 없었다.

에드위나와 대화를 나누는 동안, 나는 금과 에나멜로 만든 조그만 목걸이 로켓을 만지작거렸다. 로켓 뚜껑을 열어보니 조그만 초상화가 나왔는데 판즈워스 세 남매의 초상화에 있는 것과 똑같은 로버트의 초상화 축소판이었다.

사실 그런 물건은 내게 하나도 중요하지 않았다. 다만 내가 로켓을 살펴보는 동안 에드위나가 트레이를 제자리에 돌려놓고, 보석함의 뚜껑을 닫은 다음 다시 서랍장에 돌려놓았다는 게 문제였다. 에드위나는 내가 로켓을 들고 있다는 사실을 잊은 게 분명했다. 어쩌면 알고 있었지만 다시 보석함을 열어달라고 부탁하는지 지켜보고 싶었는지도 모른다.

나는 그것 때문에 호들갑을 떨 필요는 없을 것 같아서 로켓을 가슴 사이에 넣었다. 맥버니 상병에게 보여주고 나서 나중에 제자리로 돌려놓을 생각이었다. 마사 선생님이 없어진 것을 바로 알아차릴 만한 물건은 아니라고 생각했다.

"열쇠 여기 있어." 에드위나가 내게 열쇠꾸러미를 건네며 말했다. "열쇠에 대해서는 아무 말 안 할 테니까 너도 금화에 대해서 말하지 않겠다고 약속해."

"알았어. 결국 우리 둘 다 뭘 훔친 건 아니잖아. 안 그래?"

"난 분명히 아니야."

"난 마사 선생님의 가발에 대해서도 입을 다물 생각이야."

"그건 네 맘대로 해." 그러고는 우리가 복도로 나왔을 때 그녀가 다시 덧붙였다. "마사 선생님 가발, 내 머리하고 똑같지 않니?"

"응, 비슷해."

"빛깔이나 질감이 똑같아. 내 머리도 곧게 뻗었잖아. 너도 눈치챘어?"

나도 그녀의 말에 동의했다. 에드위나를 만족시키기 위해서라면 무슨 말이든 할 수 있었다. 그리고 놀랍게도 에드위나의 미소도 얻어냈다. 이번에는 다정한 미소였다.

"그 열쇠, 지금 당장 자니한테 줄 거야?"

"지금이든 나중에든."

"솔직히 말해봐, 얼리샤. 너 그 사람 많이 좋아하니?"

"전처럼 좋아하진 않아." 에드위나가 처음으로 내 이름을 제대로 불러주었다. 나는 그 점이 고마워서 솔직하게 말했다.

"넌 지금 그 사람을 어떻게 생각해?"

"난 아무 느낌도 없어." 그렇게 말하는 그녀 얼굴에서 미소가 사라졌다.

"난 맥버니 생각보다는 네 생각을 더 많이 해. 훨씬 더 많이. 너와 난 공통점이 많아, 얼리샤. 그 점을 기억해두는 게 좋을 거야."

그녀가 내 목 뒤쪽에 손을 살짝 대더니 곱슬한 머리카락을 손가락 사이에 넣고, 무슨 물건을 만지는 양 몇 번을 움켜쥐었다 폈다. 에드위나는 내 머리카락에 집착하는 게 분명했다. 솔직히 내 머리카락을 좋아하는 건 전혀 이상한 일이 아니다. 내 머리카락은 금발인 데다 매끄러우니까. 하지만 에드위나는 아무 말도 하지 않았고, 나도 더는 말하지 않았다. 그녀는 다시 미소를 짓고는 금화를 쨀랑거리며 방을 나섰다.

나는 에드위나 모로의 친구가 되고 싶은 생각은 없었다. 이 학교에 있을 만큼 있었고, 에드위나 같은 아이와 얽히느니 친구 없이 지내는 편이 낫다는 것 정도는 알고 있었다. 그러나 에드위나는 우정이 절실한 모양이었다. 그때까지도 그런 생각을 해본 적이 없었다. 그녀가 자신의 선택에 의해 우리와 거리를 두었다고 생각했고, 우리가 불러주기를 원치 않는다고 생각했다. 어쨌든 나는 여기서 더 이상 친구가 필요하지 않았다. 반면 좀 더 오래 지속되는 관계로 말하자면, 내가 원하면 언제든 사랑을 줄 수 있는 남자들은 꼭 필요했다. 그러니까 내 말은 이 한심한 전쟁이 끝나고 내가 여기서 벗어날 수 있게 된다면 말이다.

나는 맥버니 상병에게 줄 선물을 들고 아래층으로 내려갔다. 내가 응접실에 들어갔을 때, 그는 자고 있었다. 나는 그의 성한 발바닥을 간질여 그를 깨웠다.

"엄마." 그가 졸린 듯한 목소리로 말했다.

"그만해요, 엄마. 금방 일어날 테니까 그만……"

"당신 어머니가 아니에요, 저예요 열쇠꾸러미 여기 있어요." 내가 그의 가슴에 열쇠꾸러미를 던졌다. "앞으론 이런 일은 하고 싶지 않아요."

그가 파란 눈을 뜨고 꽤 오랫동안 나를 바라보았다.

"사랑스러운 아가씨로군요. 이 예쁘고 사랑스러운 아가씨한테 보상해주기 위해서라도 아내로 삼아야 할까 봐요."

"됐어요."

"뭐가 어때서요? 다리가 하나 없어서 그래요?"

"돈이 없잖아요. 난 돈이 많은 남자와 결혼할 거예요."

"우리 아가씨가 이미 마음을 정하셨다 이거죠?" 그가 웃었다. 여전히 기분이 좋아 보였다. "얼마 전에 마음을 바꾼 모양이죠. 하지만 그런 당신을 비난할 수가 없네요. 이제 당신도 세상이 호락호락하지 않고, 뒤처지면 악마에게 잡힌다는 걸 깨닫기 시작했다는 거니까요. 어쨌든 난 부자가 될 거예요. 그러니까 나에게 좀 더 상냥하게 대하는 게 좋을걸요."

"난 항상 상냥했잖아요, 자니. 당신이 날 상냥하게 대하는 한."

"그래야죠. 그럼 이제부터 서로한테 상냥하게 대하는 거예요. 어때요?"

"좋아요, 자니."

나는 소파에서 맥버니 상병과 시간을 보냈다. 맥버니 상병의 기분이 하루 사이에—혹은 한 시간 사이에—얼마나 급격히 달라질 수 있는지 설명하자면, 그날 오후 그는 그 어느 때보다도 나에게 상냥했다. 생각해보면 그 뒤로도 다시는 그렇게 친절했던 적이 없었다.

로맨스 쪽으로는 별로 성과가 없었다. 그럴 만한 신체적 여건이 되지 않았다. 우리는 주로 유치한 농담에 키득거리고, 지난날을 얘기하고, 미래를 구상했다. 그는 다리를 하나 잃은 것에 대해 별로 걱정하지 않는다면서 그동안 외다리 남자가 즐길 수 있는 모든 이

점들을 생각해보았다고 했다. 예를 들면 양말이나 신발 밑창을 절약할 수 있고, 티눈이나 무지외반증 걱정도 줄었으며 발톱 깎는 시간도 줄었다고 했다. 우리는 큰 소리로 웃었고, 나는 에드위나의 금화와 우리가 발견한 다른 물건들과 마사 선생님의 가발 얘기까지 했다. 그때만 해도 나는 그에게 아무것도 숨길 필요가 없다고 생각했다.

나는 그에게 가슴 속에 숨겨두었던 조그만 로켓을 보여주었다. 그는 별로 관심이 없어 보였다. 로켓을 흘긋 보고는 본래 있던 비밀장소로 도로 집어넣으려 했지만, 그렇게 환한 응접실에서 허락할 수는 없었다. 마침내 그가 로켓과 열쇠꾸러미를 소파 쿠션 뒤에 넣었고, 우리는 계속 이야기를 나누었다. 얘기를 나누다가 저녁 식사 시간이 될 때까지 키스도 몇 번인가 더 했다. 그러다가 어느 순간 어밀리아 대브니가 응접실로 들어오더니 아주 못된 말을 했다.

"위층에서 저녁 식사 준비하고 있을 줄 알았는데, 앨리스!" 그녀가 씁쓸하게 말했다. "아까 같이 올라갔던 학생들하고 말이야. 씻지도 않고 저녁 식사에 나타나건 말건 내 알 바가 아니지만, 맥버니 상병님은 매티가 곧 이곳으로 저녁 식사를 가져온다는 걸 알고 싶어할 것 같아서. 매티가 이 좁은 소파에 한 명이 아닌 두 명이 누워 있는 걸 보면 좀 놀랄 것 같네."

"잠깐 쉬고 있었던 것뿐이야. 너보다 더 자주 더러운 손으로 식탁에 나타나는 사람이 과연 있을지 모르겠다. 네 일이나 신경 쓰지그래!" 내가 그녀에게 소리쳤다.

"안 그래도 난 항상 그러고 있어, 앨리스." 날 화나게 한 것만으로도 신이 난 그녀가 말했다. "맥버니 상병한테 한 가지 더 알려드릴 게 있어요. 에밀리와 제가 목발을 만들었거든요. 리치먼드나 뉴욕에서 파는 것처럼 멋지진 않겠지만, 손으로 만든 것 중에선 최고일 거예요."

"물론 아주 훌륭할 거라 믿어, 인형 아가씨. 앨리스는 정말 여기서 잠깐 쉬고 있었던 것뿐이야. 나하고 앉아서 얘기를 하고 있었는데, 졸렸는지 갑자기 쓰러지더라고. 그나저나 내 목발은 어디 있지, 어밀리아?"

"오늘 밤에 가져올게요. 에밀리가 '목발 증정식'을 준비 중이거든요. 저녁 식사 끝나는 대로 거행될 거예요. 근데요, 자니. 난 두 사람의 생물학적인 문제에 관해서 전혀 관심이 없지만요, 당신의 친구가 숙녀답지 못한 자세에서 그만 일어나 품위를 지켜주었으면 좋겠네요."

"너 따위가 뭔데 그런 말을 해!" 응접실에서 나가는 어밀리아의 등에 대고 소리쳤다.

"주머니 속에 벌레를 넣고 다니는 어밀리아 대브니가 감히 숙녀다운 행동에 대해 논하다니!"

그때 나는 정말 화가 났다. 그 돼먹지 못한 어린 계집애가 지적하지 않아도 내가 알아서 소파에서 일어났을 것이다. 그리고 맥버니 상병의 태도도 마음에 들지 않았다.

"세상에!" 그가 웃음을 터뜨리며 소리쳤다. "이 아가씨들 때문에 정말 미치겠네!"

"뭐가 우습다고 그래요?" 내가 벌떡 일어서며 말했다.

"조심해, 젠장, 다리를 건드렸잖아요!"

"오, 자니, 미안해요." 별로 미안하지 않았지만 사과했다. "나 때문에 또 다친 거예요?"

"모르겠어요. 더럽게 아프다는 것만은 알겠네요."

"한번 보세요."

"못 보겠어요."

"아직 안 봤어요?"

"최고급 나무 의족을 대기 전엔 보지 않을 거예요."

"그러려면 시간이 걸리겠네요."

"얼마 안 걸릴 거예요. 일단 목발만 짚을 수 있게 되면 어밀리아가 좋은 나무가 있는 곳을 알려주겠대요. 그러면 그때 내가 의족을 직접 깎아볼까 해요."

"마사 선생님이 붕대를 갈아주러 올 때는 일부러 안 보나요?"

"계속 눈을 감고 있어요. 내가 볼일 보는 걸 도와주러 매티가 올 때에도 그렇게 해요. 보나 마나 그게 다음 질문이겠죠. 이 맹랑한 아가씨야! 그 늙다리 여자 말에 따르면 붕대는 필요 없을 거래요. 거의 다 나았대요. 그리고 이젠 매티의 도움도 필요 없어요. 목발이 생기면 스스로 처리할 수 있을 테니까."

"좀 기분이 나아졌나 봐요."

"어쩌면. 그저 한쪽 발과 그 위로 조금 더 잃은 것뿐이라고 생각하고 있어요. 그 정도야 좋은 나무로 대체하면 되고, 한 달 내에 목발을 짚고 뛰어다닐 수도 있을 거예요. 그럴 거 같지 않아요, 앨리스?"

"물론 그럴 것 같아요." 말은 그렇게 했지만, 속으로는 그렇게 생각하지 않았다. 그의 다리는 무릎 가까이에서 잘렸다. 무엇보다 에밀리 스티븐슨이 며칠 전 우리에게 말하기를 맥버니 상병의 뼈가 비스듬히 잘렸기 때문에 목발을 짚고도 다시 제대로 걸을 수 있을지 의문이라고 했다. 자기 아버지하고 이런 얘기를 한 적이 있다면서.

자니는 그 사실을 나중에 알게 될 것이다. 괜히 내가 나서서 그의 기분을 망칠 이유는 없었다. 나는 그에게 여동생 같은 키스를 해주고 자리를 떴다. 나는 계단을 올라가면서 우리가 좋은 시간을 보냈다고 생각했고, 그가 안됐다고 생각했다. 잠시 나에게 못되게 굴었고, 머지않아 극단적으로 못되게 굴 거라는 사실을 그때 알았더라면 좋았을 텐데. 그러나 그날 오후에는 그의 잔혹한 면을 기꺼이 받아들일 준비가 되어 있었다. 사실 그날 오후, 나는 그에게 사랑을 고백했다.

𝒮 에밀리 스티븐슨

어밀리아는 내기 숲으로 가서 맥버니 상병의 목발을 만들 나무를 베어오길 원했다. 아니면 이미 쓰러져 있는 나무를 잘라오거나. 어밀리아는 숲속에 살아 있는 것이라면 그 어떤 것도 다치게 하지 않으려 했다. 그러나 나에겐 그런 일을 할 만한 시간이나 기술이 없었다. 결국 나는 집에 있는 목판과 막대를 이용하자고 나의 조수를 설득했다.

마사 선생님이 그 일을 내게 맡겼고 맥버니 상병이 빠른 속도로 회복하는 것을 보고 서두르라고 재촉했다. 어밀리아는 목발을 만드는 게 자기 생각이었다고 말할 것이다. 그 말이 사실일 수도 있지만 실제로 그 일을 맡은 사람은 나였다. 마사 선생님은 그 일을 해낼 책임감 있는 사람을 선택했을 것이다.

그래서 닥치는 대로 나무를 주워서 높이 쌓아놓은 다음 나무를 분류하고 찬찬히 살펴보았다. 나는 어떻게든 다른 아이들의 도움을 받아보려고 애를 썼다. 하지만 맥버니 상병을 좋아하는 어밀리아를 제외하고는 아무도 돕겠다고 나서지 않았다. 다른 아이들, 특히 마리 데브르는 내가 일하는 동안 옆에 지키고 서서 얄미운 잔소리를 했다.

"이 목발이 세계에서 가장 멋진 목발은 아닐지 몰라도 세계에서 가장 웃긴 목발인 건 확실하다. 이것 말고 책상 다리하고 침대 기둥으로 만든 목발을 찾으려면 아주 먼 여행을 떠나야 할걸."

"어서 꺼져, 이 못된 계집애야!" 내가 그녀에게 소리쳤다. "이 목발은 보기 좋으라고 만드는 게 아니라 쓰기 좋으라고 만드는 거야!"

나는 화가 나서 망치질을 하다가 엄지손가락을 찧었고, 날 괴롭히는 애한테 나무토막을 던지려다가 튀어나온 못에 스커트가 찢겼다.

"어밀리아!" 마리가 멀리서 소리쳤다. "이참에 에밀리의 목발도 하나 만드는 게 좋을 것 같아! 이 일이 다 끝나기 전에 너도 목발이 필요하게 될 것 같거든!"

"그냥 무시해." 어밀리아가 충고했다. 물론 나도 알고 있었다. 마리는 누군가의 짜증을 돋울 수 있는 일을 발견하는 순간 쉬지 않고 일주일 내내 그 일을 계속할 수 있는 아이였다.

앞서 말했듯이 내가 만든 목발이 예술작품이라고 말할 수는 없지만 목적에 충실하기를 바랐다. 목발은 낡은 식탁 다리들을 지지대로 사용했고, 그 위에는 침대 기둥이나 슬레이트를 못으로 박았다. 그리고 판즈워스 농장을 지을 때 쓰고 남은 장부촉*까지 사용했다. 조금 이상해 보일 수는 있겠지만 내가 보기엔 튼튼했다. 맥버니 상병에게 말한 것처럼 요즘 같은 상황에서 군인들이 까다롭게 굴어선 안 되었다.

그도 썩 내켜 하진 않았지만 목발 사용에 동의했다. 목발의 크기를 재러 갔을 때 나는 실을 이용해서 그의 겨드랑이에서 온전한 발까지의 길이를 쟀다. 맥버니 상병은 전혀 협조적이지 않았다. 내가 그의 하체를 덮은 담요를 걷어내자 눈을 꼭 감고 소파 등받이 쪽으로 돌아누웠고, 그가 성한 다리를 깔고 눕는 바람에 길이를 재기가 무척 힘들었다.

그는 잘린 다리 보기를 두려워했다. 붕대로 겹겹이 감쌌는데도. 그는 여전히 로버트 판즈워스의 잠옷을 입고 있었다. 그가 의식이 없을 때 매티가 그 옷을 입혀주었나 보다. 따라서 그의 담요를 들춘 것은 전혀 부적절한 행동이 아니었다.

"이런 식으로 나오면 우리 아버지의 부대에 못 들어가요. 남부의 병사가 되려면 징징거리지 않고 불운을 받아들이는 법을 배워야 해요."

"내가 지금도 거기에 들어갈 수가 있을까요?" 등받이를 바라보며 그가 내게 물었다.

물론 그럴 가능성은 없다고 생각했지만 그를 실망시키고 싶지 않았다. 또한 육체적 장애를 극복한다고 해도 그에게 남부의 사명에 도움이 되고자 하는 용기가 있을지 의문이 들었다.

"내가 당신에게 말할 수 있는 건 조세프 존슨 장군은 세븐파인즈에서 두 번이나 부상을 당하고도 다시 살아나서 싸웠다는 거예요. 주발 얼리 장군은 이 년 전 윌리엄스버그 전투에서 심각한 부

---

* 접합용으로 나무나 금속을 못같이 만든 것.

상을 입었지만 회복한 뒤에 다시 전쟁터에 나갔고요."

나는 아버지 부대에서 일어난 사건을 몇 가지 더 언급했다. 수많은 병사가 복무기간 동안 심각한 부상을 입었다. 오른팔을 잃은 용감한 병사도 있었는데 그는 회복되자마자 곧바로 다시 전쟁터로 돌아갔다.

"전쟁의 명분에 팔 하나를 기증했으면 그만 돌려보내야 하는 것 아닌가?" 맥버니 상병이 낮게 중얼거렸다.

"지금은 그럴 때가 아니에요. 지금이야말로 경험 있는 사람들의 도움이 필요해요. 더구나 제가 말한 그 사람은 장교였어요. 앨라배마 주 모빌에 주둔한 스튜어드 미도우즈 중위였는데, 샤프스버그 전투에서 오른쪽 어깨까지 날아갔어요. 하지만 장교들은 움직일 수만 있으면 어떻게든 참전해야 해요."

"당신 아버지의 부대 이야기를 들으면 들을수록 거기에 가기 전에 한 번 더 생각해봐야 할 것 같네요."

"그런 생각을 하는 사람은 어차피 환영받지 못해요."

"이런, 이런."

그가 몸을 돌리며 미소를 지었다. 그런 면에서 맥버니 상병은 마리와 비슷했다. 누군가를 화나게 했다고 생각하는 순간 생기가 도는 것 같았다.

"농담이에요, 에밀리. 하지만 말해봐요. 당신 아버지의 군대에 부상병을 위한 자리도 있을 것 같아요?"

"요즘은 상황이 무척 힘들어요. 아버지의 부대는 게티스버그 이전과 비교해서 인원이 반밖에 되지 않아요."

나는 그 말을 하고 나서 곧바로 후회했다. 맥버니 같은 사람들에게 내어줄 정보가 아니었다. 그러면서도 한편으론 그런다고 뭐가 달라지지? 하고 생각했다. 우리 병사들은 언제나 수적 열세를 정신력으로 극복해왔다. 그리고 맥버니 상병은 당분간 우리 곁을 떠나지 않을 것이다.—그때만 해도 그렇게 보였다—그리고 만약 그가 떠난다고 한들 자기네 부대로 돌아가지 않을 것 같았다. 그리고 그때쯤엔 전세가 우리 쪽으로 기울 가능성도 높았다.

그래서 어리석게도 나는 그에게 더 많은 정보를 주었다. 한편으로는 그렇게라도 그의 주의를 고통에서 돌리고 싶었다. 또 한편으로는 우리가 처한 상황의 문제점들을 현실적으로 인식하고, 열악한 상황에도 정면돌파하여 승리할 수 있다는 것을 알려주고 싶었다.

지난 크리스마스에 집에 갔을 때 아버지가 상황을 전부 설명해주었다. 오빠들은 전쟁터에 나가 있었고 어머니는 전쟁 얘기를 꺼내는 것조차 싫어했다. 아버지는 나 말고는 자신의 고충을 털어놓을 사람을 찾지 못했고, 나는 아버지의 이야기를 열심히 들어주었다. 덕분에 지난 크리스마스에 나는 우리가 처한 군사적 상황에 대해 많은 것을 알게 되었다.

아버지는 우리 병사들이 흩어지지 않고 기동성을 갖는 게 얼마나 중요한지에 대해 얘기했다. 양키들이 수적으로는 우세하지만 우리의 위치를 파악하지 못하면 절대 격퇴할 수 없을 거라고 했다. 아버지는 우리가 조금만 더 시간을 끌면 양키들이 지칠 거라고 말했다. 게다가 이미 북부에서도 전쟁 반대 여론이 들끓고 있었고, 수많은 북부인이 미치광이 링컨이 밀어붙인 전쟁에 치를 떨고 있었다. 양키 병사들은 갈수록 전쟁에 넌더리를 내고 있었고, 잘 먹고 잘 무장했음에도 하루에 수백 명씩 이탈하고 있었다. 따라서 우리가 해야 할 일은 그저 버티고, 힘을 비축하여 적절한 때를 기다리는 것이다. 그리고 때가 왔을 때, 메릴랜드에서 펜실베이니아까지 진격할 것이고 이번에는 결코 우릴 막지 못할 것이다.

"아버지께서 그런 일이 언제쯤 일어날 것 같다고 하시던가요?" 내 설명을 듣고 맥버니 상병이 물었다.

"이제 곧, 곧 일어날 거래요. 실은 아버지에게 그 작전을 감행할 묘안이 있는데 조만간 리 장군한테 보고할 거라고 했어요. 어쩌면 벌써 보고했는지도 모르지만."

"포토맥에서 허드슨까지 터널이라도 파겠단 건가요?"

하는 수 없이 나는 내가 알고 있는 아버지의 작전을 전부 말했다. 지금 생각해보면 참으로 경솔한 행동이었다. 만약 맥버니 상병이 그렇게 경멸적이고 냉소적인 태도를 취하지 않았더라면, 아무리 그가 무해하다고 판단했던들 그렇게 다 털어놓진 않았을 것이다.

나는 그 작전의 성공 여부는 그랜트 장군이 리치먼드 최전방을 점령하는 데에 있다고 말했다. 그렇게 되면 아버지가 이끄는 소규모 기동타격대가 후방에서 파고들어 적군의 방위거점을 피해 포토맥을 가로지르게 될 것이다. 또 메릴랜드에서 양키의 수도로 진격하여 그들이 군대를 집결하기 전에 그들을 격파한다는 것이다. 아버지는 기습 공격에 양키들의 사기가 크게 꺾일 것이고, 결국 온 국민이 들고 일어나 그들이 시작한 이 전쟁은 종결될 거라고 말했다.

얘기를 할수록 신이 났고, 무엇보다도 아버지의 계획을 자랑하고 싶은 마음에 들은 얘기를 전부 다 털어놓았다. 아버지가 제안했던 행군로, 래퍼해녁과 포토맥을 안전하게 건널 수 있는 지점들, 그 과정에서 아버지의 부대원들에게 정보와 음식과 거처까지도 제공해줄 수 있는 믿을 만한 사람들의 신분과 위치까지도. 물론 아버지는 나에게도 그들의 정확한 주소를 알려주진 않았다. 래퍼해넉 포드 근처에 사는, 멜번힐 전투에서 두 아들을 양키에게 잃었다는 사람이라든가 알렉산드리아에 사는데 자기 형이 첩보 혐의로 교수형에 처해졌다는 사람 등. 그들의 정확한 이름과 신상명세까지 말한 건 아니었지만 집요한 적군 병사라면 색출해낼 수 있는 내용들이었다.

그러나 맥버니 상병은 그 모든 얘기를 시큰둥하게 들었다.

"그런 얘긴 전에도 나왔잖아요." 내가 얘기를 마치자 그가 말했다. "반란군 고위 장교 중에 워싱턴을 불태워서 명성을 날리는 꿈 한번 안 꾸어본 사람은 없을걸요."

"아버지는 개인의 영광을 위해 싸우는 게 아니에요." 내가 발끈하며 말했다.

"아, 물론 그렇겠죠. 당신 아버지를 두고 한 말이 아니라 대부분의 반란군 장교들이 그렇단 거예요. 당신의 아버지라면 포토맥에서 허드슨 사이의 오두막을 전부 불태워버릴 수도 있겠죠. 가능하다면 뉴욕 항구에 보트 한 척만 남겨놓으시라고 해요. 내가 집으로 돌아갈 수 있게."

"아버지의 계획과 다른 장교들의 계획에 다른 점이 있다면, 아버지의 계획은 아주 치밀하단 거예요. 물론 다른 장교들한테도 계획이란 게 있다면 말이죠. 아버지에겐 내가 말한 연락처들이 있어요. 아버지를 돕겠다고 나선 북군 전선 후방의 사람들이죠."

"그 사람들 정보는 어떻게 얻었어요?"

"나도 몰라요. 아버지가 체포한 포로들한테 들은 거겠죠. 당신 같이 북부에 불만이 무척 많은 사람들."

"그런 사람들을 항상 믿을 순 없어요. 잘 알겠지만." 맥버니 상병이 내게서 고개를 돌렸다. 이곳에 있는 동안 그가 했던 말들 중 가장 정직한 말이었을 거다. 어쩌면 유일하게 정직한 말이었을 거라고 최근에 생각했다.

나는 그쯤에서 그를 두고 나왔고, 내가 그에게 제공한 정보에 대해서는 더 생각하지 않았다. 잠재적으로 위험할 수 있다는 걱정도 하지 않았다. 단지 내가 잰 치수를 들고 정원으로 돌아가서 목발 만드는 일을 계속했다. 그가 목발을 쓸 준비가 되었을 때, 혹은 마사 선생님이 그가 목발을 짚는 위험을 감수하는 것을 허락할 때 완성되어 있기를 바라면서.

가까스로 기한에 맞출 수는 있었다. 톱과 못에 긁힌 상처가 늘어가고 손가락에 셀 수 없이 많은 멍이 들었다. 멍의 대부분은 내가 못을 잡고 있고 어밀리아에게 망치를 주었을 때 생긴 것들이었다. 안타깝게도 증명할 수는 없지만 그중 몇 번은, 어쩌면 전부일 수도 있지만, 우연이 아니었다. 그런 일을 무심코 저지르기에 어밀리아는 너무 치밀한 아이였다.

어쨌건 목발이 완성되었고 나는 마사 선생님에게 검사를 받으러 갔다. 마사 선생님이 목발을 보며 약간 미심쩍어했지만 나는 그녀를 안심시키기 위해 애썼다.

"보기보다 훨씬 더 튼튼할 거예요, 마사 선생님. 보세요."

내가 목발을 짚고 껑충껑충 뛰어보았다. 내 키에 비해 목발이 길어서 자세가 약간 어정쩡했던 건 사실이다.

"이 정도면 괜찮을 것 같구나." 마침내 마사 선생님이 말했다. "맥버니 씨가 좋다면 말이야. 본인이 보수할 수도 있을 거야."

내가 준비한 멋진 선물에 맥버니 상병이 기뻐할 거라고 생각햇

다. 그래서 그에게 목발을 선물하기 위한 간소한 증정식을 준비했다.

이 일을 조롱할 셈으로 몇 사람이 그 행사를 '위대한 목발 증정식'이라고 이름 붙인 것을 알고 있지만, 실제로 의식이라고 부를 만한 요소는 거의 없었다. 그날 내가 준비한 일들을 간단히 설명하자면, 저녁 식사 후 학생들을 한 자리에 불러 모은 다음—이름 첫 글자가 나와 똑같이 'E'인 애는 무척 내키지 않아했음을 밝혀둔다—선생님들과 매티와 함께 응접실로 가서 맥버니 상병의 소파 앞에 줄지어 섰다. 모두라기보다 나를 제외한 사람들이라고 해야 할 것 같다. 나는 다른 사람들을 먼저 들여보냈다. 매티를 먼저, 그다음엔 학생들을 나이순으로 보냈고, 마지막으로 선생님들을 서열대로 들여보냈다. 나는 그들이 모두 줄지어 설 때까지 기다렸다가 목발을 들고, 그들과 맥버니 상병의 사이로 들어섰다. 학생들의 행렬에서 유치하고 상황에 맞지 않게 키득거리는 웃음소리가 들렸다. 나는 곁눈질로 매티와 함께 가장자리에 서 있던 마리 데브르가 오른쪽 다리를 뒤로 약간 빼고 있는 것을 보았다. 내가 지나갈 때 발을 뒤로 뻗어 넘어뜨리려는 게 분명했다. 그 한심한 작전 때문에 나는 그 앞을 지나기 전에 잠시 멈추어 돌아가야 했다. 그러고 나서 나는 이 집에서 받을 수 있는 모든 관심이 나에게 집중될 때까지 가만 기다렸다가 준비한 말을 시작했다.

그 말을 다시 하진 않겠다. 어차피 지금은 반도 기억이 나지 않는 데다 주로 애국심과 자기희생, 역사상 위대한 군인 영웅들에 관한 얘기, 특히 전투에서 부상당한 군인들 얘기였다. 그러나 뒤쪽에서 들려오는 키득거리고 깔깔거리는 웃음소리 때문에 다 망쳐버렸다.

"목발을 증정해." 마리가 속삭였다. "오른쪽 목발! 왼쪽 목발!" 그러고는 그런 식으로 짜증스러운 말들을 계속했다. 마사 선생님과 해리엇 선생님이 마리를 조용히 시키려고 애썼지만 그들의 '쉿!' 소리 역시 마리의 심술궂은 말들만큼이나 방해가 되었다.

"아무래도 연설은 이쯤에서 끝내는 게 좋겠다, 에밀리."

이제 막 시작했는데, 질서를 유지하기 힘들어지자 마사 선생님이 말했다.

"맥버니 씨한테 목발을 드려. 괜찮다면 지금 한번 사용해볼 수 있도록."

"아, 괜찮고말고요." 맥버니 상병이 말했다. 그는 담요로 무릎을 덮은 채 진지한 태도로 보고 또 듣고 있었다. 매티는 그에게 로버트 판즈워스가 입던 다른 셔츠와 바지를 주었다. 깔끔하게 다림질까지 한 다음 오른쪽 다리 부분은 핀으로 고정해서 걸을 때 덜렁거리지 않도록 했다.

"이런 친절을 베풀어주신 모든 숙녀분들께 감사합니다. 나중에 사용해보겠습니다." 목발을 무릎이 덮인 담요 위에 올려놓으며 말했다.

"괜찮으시다면, 지금 사용해보세요. 저희가 도와드릴 테니." 마사 선생님이 말했다.

"도움은 필요치 않습니다."

"하지만 사용하시는 걸 확인해야 저희 마음이 훨씬 편할 것 같아요, 맥버니 씨. 목발이 몸에 맞는지도 봐야 알 수 있고요." 해리엇 선생님이 말했다.

그의 완강함에 적잖이 실망한 내가 말했다.

"더구나 자네가 우리 앞을 지나가는 것도 제 계획에 포함되어 있거든요. 제가 다른 사람들하고 같이 줄을 서 있으면 자니가 우리 앞을 지나가고, 우리 모두 다 같이 자니의 뒤를 따라 식당으로 가는 거예요. 매티가 특별 만찬을 준비했거든요."

"맞아요. 제발 부탁이에요, 자니. 에밀리가 짠 대로 줄지어 서세요. 안 그러면 에밀리가 우릴 밤새도록 여기 차려 자세로 세워둘 거고, 그러면 우리 사랑스러운 매티가 준비한 블랙베리 잼을 곁들인 맛있는 옥수수빵도 못 먹잖아요." 마리가 키득거리며 말했다.

"아무리 사랑스러운 매티 어쩌고 하셔도요. 하나밖엔 못 드리겠네요." 매티가 쏘아붙였다.

"빵을 여기로 가져오면 되잖아요." 맥버니 상병이 고집을 부렸다.

"못 가져옵니다." 마사 선생님이 단호하게 말했다. "응접실에 빵 부스러기와 잼을 흘리는 건 용납 못해요. 자, 이제 일어나서 목발을 잡아보시죠. 혹시…… 두려우신가요?"

"아닙니다, 선생님." 그렇게 말하는 그의 낯빛이 무척 창백했다. "두렵지 않아요. 절대 그런 생각은 하지 마세요." 그리고 그가 한쪽 다리로 일어나더니 담요를 허리 사이에 집어넣었다.

"앞으로 치마를 입을 생각인 건 아니죠, 자니?" 앨리스가 웃었다. "하나도 안 어울리는데."

"바지에 구멍이 나서 가리려고 그러나 봐." 마리가 말했다.

그가 목발을 짚으려고 손을 뻗을 때 담요가 바닥으로 떨어졌다. 그는 핀으로 고정한 바지 아랫단을 한 번도 보지 않고 정면만 보았다. 이마에 땀방울이 맺히고 입술이 떨렸다. 어밀리아와 내가 그의 팔 밑에 목발을 넣어주었다.

"자, 그럼." 내가 한발 물러서며 말했다. "이제 걸어보시죠, 상병님."

"행군 앞으로, 자니! 가톨릭 신자의 힘을 보여주세요!" 마리가
소리쳤다.

그것은 완전히 재앙이었다. 그의 두려움과 불확실성 때문이었
는지, 바닥을 너무 심하게 광을 내서인지, 아니면 누군가 목발에
손을 댔는지—그랬을 거라고 단정하는 것은 아니고 그저 하나의
가능성으로 언급하는 것이다. 내가 보기엔 그가 제대로 사용하기
만 했다면 목발은 충분히 견고했다—이유가 무엇이었건 간에 조
심스러운 두 발 혹은 세 발도 채 못 가서 목발이 하늘로 날아갔다.
그와 동시에 맥버니 상병은 끔찍한 쾅 소리와 함께 응접실 바닥에
나뒹굴고 말았다.

"다쳤어요, 자니?" 어밀리아가 소리치며 그에게 달려갔다. 마사
선생님을 포함하여 우리 모두가 그에게 달려갔던 것 같다. 마사
선생님은 그의 상태를 얼른 살펴보고, 그가 빌려 입은 바지 밑단
이 뜯어진 것 말고는 다친 데가 없음을 확인했다. 그의 오른쪽 다
리의 잘린 부분은 다치지도 않았고 붕대가 풀리지도 않았다.

그러나 그는 주저앉아서 우리의 표정을 살폈다. 처음엔 처량맞
은 표정이었고, 그다음엔 믿을 수 없다는 듯한 표정이었다. 그러다
가 마치 마지막 친구를 잃은 듯 흐느껴 울기 시작했다.

"날 웃음거리로 만들었어. 날 비웃으러 온 거야!" 그가 울부짖
었다.

"아뇨, 그렇지 않아요." 해리엇 선생님이 그를 다독이며 말했다.
"아무도 당신을 비웃지 않아요."

"저 한심한 목발을 일부러 부러지게 만들었잖아!"

"절대 그렇지 않아요." 내가 조금 화를 내며 나섰다. "그건 사실

이 아니에요. 부당해요, 자니. 무엇보다 목발은 하나만 부러졌고, 당신이 그 위로 넘어지면서 부러진 거잖아요."

"내가 그 위로 넘어지지 않았어." 그가 울먹이며 소리쳤다. "내가 기대는 순간 부러졌다고! 젠장!"

"말조심하세요, 맥버니 씨." 마사 선생님이 그에게 말했다.

"내가 무슨 말을 하건 무슨 상관이야! 다들 지옥에나 가!" 그가 소리쳤다.

그가 소파 쪽으로 기어가더니 혼자 힘으로 소파에 올라가려고 했다. 소파가 꽤 높았던 데다 그의 자세가 어정쩡해서 소파에 올라가는 것은 무척 힘이 들었다. 그러자 그는 더 화를 내며 몸을 올리려 애썼고, 그 바람에 그의 바지 찢어진 부분이 무언가에 걸려 더 넓게 찢어지면서 종아리까지 드러났다. 그 과정에서 마사 선생님이 세심하게 묶어둔 붕대가 풀리면서, 멍이 들고 일부만 아문 절단 부분이 완전히 드러나고 말았다.

"세상에, 세상에." 그가 신음했다. 자신의 상처를 처음 본 게 분명했다.

"제발, 진정하세요." 해리엇 선생님이 흐느껴 울며 말했다. "다 괜찮을 거예요." 그녀가 그에게 다가갔고, 어밀리아와 에드위나와 매티도 다가갔다. 모두 그를 도우려 했지만 그가 용납하지 않았다. 나는 그의 행동거지에 화가 나서 그 자리에 서 있었다.

"저리 가! 나한테 떨어져, 전부 다! 이 쭈그렁 할망구들 같으니라고! 대체 나한테 무슨 짓을 한 거야! 하나님 맙소사! 내 꼴을 좀 봐!" 그가 소리쳤다.

그가 목발을 들더니 우리 쪽으로 내던졌다. 반으로 쪼개진 것과 성한 것 모두. 얼마나 세게 던졌는지 아무도 크게 다치지 않은 게 이상할 정도였다. 다행히 그는 제대로 조준하고 던지진 않았고, 아무도 맞지 않았다.

"다들 꺼져. 다 필요 없어…… 전부 다! 다들 나가!" 그가 다시 소리쳤다.

"전부요, 자니?" 어밀리아가 충격받은 표정으로 물었다.

"그렇게 말했잖아! 다 필요 없다고!"

"얘들아, 당장 방으로 돌아가." 마사 선생님이 놀라울 정도로 침착하게 말했다.

그래서 우리는 조금도 지체하지 않고 방으로 돌아갔다. 어밀리아와 마리는 마사 선생님이 맥버니 상병의 충격적인 행동에 부과할 벌이 무언지 보고 싶어서 조금 미적거렸지만, 해리엇 선생님이 그들을 재촉했다. 그의 폭발에 말문이 막혔지만, 나는 그토록 비겁한 사람이 더 일찍 폭발하지 않았다는 게 놀라울 따름이었다.

소파에 앉아 있던 지난 며칠 동안 그는 우리가 자기를 속이고 있고, 그의 다리는 없어지지 않았다고 생각했을 수도 있었다. 그는 최대한 오랫동안 자신을 속이려 했던 것 같다. 바닥에 쓰러져 무릎 아래 허공을 바라보던 그 순간까지.

해리엇 선생님은 나에게 아이들을 데리고 나가는 일을 맡겼고, 나는 줄 맨 끝에 서서 후위부대 역할을 했다. 광기가 서린 맥버니 상병이 무슨 짓이든 저지를 수 있을 것 같았다. 나는 맨 뒤에 있었던 덕분에 흐느껴 우는 우리의 손님에게 마사 선생님이 차갑고 고압적인 목소리로 하는 말을 들을 수 있었다. "여긴 내 집이고, 난 이 집을 책임지고 있는 사람입니다. 당신이 날 내쫓을 수 있다고는 단 한순간도 생각하지 마세요. 학생들을 내보낸 건 당신이 저속한 말로 화를 냈기 때문이고, 같은 이유로 나도 이만 자리를 뜨겠습니다."

"어서 가, 어서 가란 말이야, 이 늙어빠진 대머리 염소 같으니라고!" 맥버니 상병이 소리치는 것을 들었지만 대머리bald-headed가 아니라 '머저리bone-headed' 혹은 '쓸개머리gall-headed'를 잘못 들은 것일 수도 있었다. 왜냐하면 '대머리'라는 말은 이 학교에서 누구보다도 머리숱이 많은 마사 선생님에게 적합하지 않았기 때문이다.

어쨌든 잠시 정적이 흘렀고, 마사 선생님은 조금 전과 다르지 않은 목소리로 말을 이었다.

"맥버니 씨, 지금 상태로 이 집에서 걸어서 나가달라고 부탁할 수는 없겠지요. 하지만 당신을 데리고 가달라고는 말할 수 있을 것 같군요. 내일 아침 북군 병사들을 찾아 우리 집에 탈영병이 있다고 알리겠어요."

그 말에 한바탕 웃음이 터졌다. 내게는 광기의 웃음으로 들렸다. 그 웃음의 한복판에서 총검처럼 꼿꼿하고 송장처럼 창백한 마사 선생님은 양손으로 스커트 자락을 꽉 움켜쥐고 군함의 뱃머리처럼 뛰쳐나왔다.

"에밀리, 다른 용무가 없으면 내 지시를 따르도록 해." 서둘러 내 곁을 지나치며 그녀가 일갈했다.

"가는 중이에요, 마사 선생님." 계단을 올라가는 그녀의 뒤에 대고 내가 소리쳤다. "마리가 오는지 보고 있었어요."

그 말은 사실이었다. 마리 데브르는 대열에서 벗어나 식당으로 가서 블랙베리 잼을 넣은 옥수수빵을 맛보고 있었다. 마침내 마리가 모양이 엉망인 빵을 손에 들고 먹으면서 다른 손에도 두세 개를 더 들고 돌아왔다.

"빨리 좀 올래? 너 때문에 여기서 기다리다가 괜히 마사 선생님을 화나게 했잖아."

마리는 내게 윙크를 한 뒤 입안 가득 빵을 넣고, 부스러기와 잼을 흘리며 쫓아왔다. 나는 마리의 어깃장에 너무도 화가 나서 마리의 스커트 자락을 잡고 뒤로 잡아당겨서 빵 한 개 반을 빼앗아야겠다는 생각이 들었다. 그녀가 나를 때리고, 발로 차고, 숙녀답지 못한 방식으로 내 얼굴에 먹던 빵을 뱉지만 않았다면 다 빼앗을 수도 있었을 것이다. 나는 마리가 온갖 악랄한 협박—오직 마리만이 할 수 있는 협박이다—을 퍼부으며 계단을 올라가도록 내버려두었고 그동안 옥수수빵을 먹어치웠다.

나는 맥버니 상병을 한 번 더 들여다보려고 응접실로 돌아갔다. 그는 소파에 등을 기대고 응접실 바닥에 앉아 있었다. 더는 웃지 않았고, 흐느껴 울고 있었다. 그의 심장이 두 동강이 난 것처럼 보였다. 나는 그가 날 보기 전에 위층 방으로 향했다.

"안 되겠네." 당시 내가 혼잣말을 했던 기억이 난다. "자니 맥버니 같은 사람은 우리 아버지 부대에 들어갈 수 없어. 자니 맥버니도 잘하는 일이 있겠지만, 남부의 이상을 위해 싸우는 군인은 못 될 것 같아."

그 정도면 판즈워스 학교에서 하루 저녁의 소란으로 충분하다고 생각한 나는 바로 잠자리에 들 생각으로 방에 돌아갔다.

그러나 익숙한 잠의 품으로 빠져들기도 전에 방해를 받았다. 담요를 덮은 지 십 분도 채 안 되어 마사 선생님의 방에서 끔찍한 소동이 벌어졌다. 마사 선생님이 고함을 치고, 해리엇 선생님이 비명을 질러서 그 순간 나는 양키 군대가 몰려와 학교를 포위한 줄 알았다.

무슨 일인지 알아보려고 복도에 나가보니 이미 다른 아이들도 나처럼 나와 있었다. 마리도 다른 아이들하고 같이 나와 있었다. 그 순간 나는 마리가 식당에서 블루베리 잼이 든 옥수수빵을 또 한 차례 먹다가 걸린 건지도 모른다는 가능성을 지웠다. 맥버니 상병이 또 소동을 일으켰다는 생각도 들지 않았다. 불과 얼마 전에 무기력해 보이는 그를 마지막으로 보고 나왔기 때문이었다.

바로 그 대목에서 내가 틀렸다. 결국 그날 밤 두 번째 소동의 배후도 맥버니 상병인 것으로 나중에 판명되었기 때문이다. 그러나 그의 음모가 곧바로 드러나진 않았다. 처음엔 해리엇 선생님이 범인인 것 같았다. 마사 선생님은 해리엇 선생님이 자기 방에 들어와 몇 가지 물건을 훔쳐갔다고 대놓고 몰아세웠다. 돈이 없어졌고, 마사 선생님의 열쇠꾸러미를 비롯한 물건들이 사라졌다고 했다.

"왜 매번 가엾은 해리엇 선생님이 잘못을 뒤집어써야 하는지 모르겠어. 밖에서 강도가 들어와서 물건을 가져간 걸 수도 있잖아." 문간에 서 있던 어밀리아가 본인과 전혀 상관없는 일에 나서며 말했다.

"어쩌면 없어진 게 아닐 수도 있어. 마사 선생님이 물건을 엉뚱한 데 두었는지도 몰라." 다락방에서 내려온 앨리스 심스가 말했다.

"그럴 리가 없어. 마사 선생님은 절대 물건을 엉뚱한 곳에 두지 않아. 마사 선생님이야말로 물건을 제자리에 두는 사람의 전형이니까." 특유의 심술궂은 미소를 지으며 에드위나가 말했다.

"그렇다면 가능성은 두 가지뿐이네. 만약 해리엇 선생님이 와인을 꺼내려고 열쇠를 가져간 게 아니라면 결국 우리 중 한 명이 범인이란 얘긴데……. 아니면 우리의 맥버니 상병이거나. 보아하니 마사 선생님도 그렇게 생각하고 있는 것 같아." 마리가 말했다.

"그건 너무 심한 말이다." 앨리스가 날카롭게 말했다.

"우리 중 한 명이라는 거?" 에드위나가 물었다.

"아니, 걷지도 못하는 자니를 두고 그렇게 말하는 게 그보다 천 배는 더 나빠!" 어밀리아가 소리쳤다.

그렇게 해서 룸메이트 사이의 사소하고 개인적인 소동이 시작되었고 그들을 포함한 다른 아이들이 복도에서 엄청난 소란을 피웠다. 결국 마사 선생님과 해리엇 선생님은 방에서 벌어지던 말다툼을 중단하고 새로운 소동의 진원지를 조사하러 나왔다.

마사 선생님은 소동의 원인을 파악하던 중에 어린 학생들이 자신들의 사적인 말다툼을 엿듣고 있었다는 사실에 무척 분개했다. 그러나 맥버니 상병이 언급되는 순간, 선생님은 그가 이 절도사건에 연루되었을 가능성을 잠시 생각해보는 것 같았다. 그 가능성은 생각해보지 못한 게 분명했다. 그 방이 비어 있을 때, 그가 한쪽 다리에 몸을 의지한 채 위층으로 올라오는 게 전혀 불가능한 일이 아니라는 생각을 그제야 한 것 같았다.

그다음으로 일어난 일은 마사 선생님과 우리 모두에게 맥버니 상병이 범인이라는 확신을 주었다. 한때는 그런대로 훌륭했던 여학교에서, 심지어 지금도 형편없다고는 말할 수 없는 여학교에서 하루 저녁에 두 번의 소동이면 충분하다고 생각할 것이다. 그러나 그날 저녁에 또 한 차례의 소동이 있었다는 사실을 알게 된다면, 그 세 번째 소동이 앞서 일어난 두 차례 소동보다 훨씬 더 크고 충격적이었다는 사실을 알게 된다면, 아마 무척 놀랄 것이다.

그 소동은 아래층에서 울려 퍼지는 요란한 소음으로 시작되었다. 그 소리에 위층에 있던 학생들과 선생님들 모두 그 자리에 얼어붙었고, 논쟁은 즉각 중단되었다. 쿵쾅거리는 소리에 이어 요란하게 부서지는 소리가—나무가 부서지고 유리가 깨지는 소리도 포함된 것 같았다—들려왔고, 그 뒤로도 계속 부서지는 소리가 들렸다.

"세상에! 집 안 가구들을 죄다 부수고 있는 건가?" 해리엇 선생님이 중얼거렸다.

"도자기와 크리스털까지 부수고 있어." 창백한 얼굴로 마사 선생님이 말했다.

"어쩌면 다시 쓰러진 건지도 몰라요. 어쩌면 유리창으로 쓰러졌는지도 몰라요. 그래서 다쳤는지도." 자신의 영웅을 끝까지 두둔하며 어밀리아가 말했다.

그 말에 누군가 '잘됐네'라고 말했던가? 그 말을 실제로 들은 기억은 없지만 사람들의 표정으로 보아 한두 명은 그렇게 생각하는 게 분명했다. 그중 한 명은 에드위나 모로였고, 또 한 명은 앨리스 심스였을 것이다. 그 순간 맥버니 상병의 상태에 눈 하나 깜짝하지 않는 사람이 있다면 아마도 마사 선생님이었을 것이다.

"그가 지금 무슨 짓을 하는지 알 것 같아." 계단 위에서 귀를 기울이며 어밀리아가 말했다. "방금 와인 창고를 열었어. 그 문은 이 집의 다른 문하고 달리 이상한 삐걱거리는 소리가 나거든."

"매티가 아래층에 있어요. 왜 막지 않는 거죠?" 내가 말했다.

"그러는 네가 내려가서 막아보지그래? 매티는 자기한테 뭐가 이로운지 알아. 미쳐 날뛰는 백인 남자에게 달려드는 바보짓 따위는 하지 않을 거야. 자네가 미쳐 날뛰는 순간 아마 부엌에서 빠져나가 자기 숙소로 내뺐을걸." 마리가 빈정거렸다.

"이로써 내 열쇠가 어디 있는지는 분명해졌어. 돈은 몰라도. 하지만 어떻게 아무도 모르게 여기까지 올라왔는지 모르겠어."

"어쩌면 선생님이 아래층에 열쇠를 두고 오셨는데 그 사람이 숨긴 걸 수도 있어요." 앨리스가 말했다.

"아니, 그런 적 없어. 열쇠꾸러미는 옷장 고리에 걸어두었어. 설령 내가 열쇠꾸러미를 아래층에 놓아두었다고 해도 돈이 사라진 건 설명이 안 돼."

"돈이 전부 없어졌나요, 선생님?" 에드위나가 물었다.

"아니. 하지만 꽤 큰 액수야."

"잘못 센 거겠죠. 다시 세어보세요, 찬찬히. 다 있을 거예요."

"유감스럽게도 무슨 일이 일어났는지는 내가 잘 알아, 에드위나. 내 방에 누가 들어왔고 열쇠와 돈, 그리고 귀금속 하나가 없어졌어." 마사 선생님이 짜증을 내며 말했다.

"하지만 남자가 훔칠 만한 물건은 아닌 것 같은데요. 만약 자기가 선생님 물건을 훔치고 싶었다면 왜 돈과 귀금속을 전부 가져가지 않았을까요?" 여전히 그를 두둔하며 어밀리아가 말했다.

"조용히 좀 해." 마사 선생님이 아래층으로 귀를 기울이며 신경질적으로 말했다. "너희 조언과 충고라면 이미 충분히 들은 것 같구나. 이제 방으로 돌아가. 전부 다. 그리고 나오지 마."

"저 사람을 어떻게든 해야 하는 것 아닌가요? 다 같이 내려가서 그를 제압하고 어디 묶어놓든지 해야 할 것 같은데요." 나는 이런 상황이 벌어지는 것이 기가 막혔다.

"과연 그럴까?" 마사 선생님이 대답했다. "여학교 교장직을 맡다 보면 때로는 불가피하게 학생들을 신체적, 정신적 위험에 노출시켜야 하는 상황이 발생하기도 하지만, 이 학교에서는 절대 그런 일이 일어나지 않아. 나는 지금 명령을 내릴 거고, 그 명령을 어기는 사람은 나의 노여움을 사게 될 거야. 지금부터 우리 학교의 그 어떤 학생도, 그가 이 집에 머무는 동안 그와 어떤 대화나 접촉도 해선 안 돼. 그리 오래 걸리진 않을 거라고 약속할 수 있어."

"얘들아, 여기 있으면 우린 안전해. 마사 선생님 방에 아버지가 쓰시던 장전된 총이 있거든." 해리엇 선생님이 몸을 떨며 말했다. 그러자 그녀의 언니가 쏘아붙였다.

"너의 마사 선생님은 아버지의 장전된 총을 갖고 있지 않아! 그 총은 서재 캐비닛에 있고, 캐비닛 열쇠는 다른 열쇠들과 함께 열쇠꾸러미에 있거든."

"하지만 자니는 그 사실을 모르잖아요. 그러니까 아래층으로 내려가서 캐비닛을 부숴 열고 총을 꺼내서 그를 잡아요." 마리가 말했다.

"그럴 필요 없어요." 어밀리아가 나섰다. "저 혼자 아래층으로 내려가서 열쇠를 갖고 있으면 달라고 할게요. 정말 열쇠를 갖고 있는지 모르겠지만, 갖고 있다면 분명히 저한테 줄 거예요."

"내가 시킨 대로 어서 방으로 들어가!" 있는 대로 화가 난 마사 선생님이 소리를 질렀다. 주로 어린 학생들을 상대로 한 말이었을 것이다.

"들어가, 어서." 내가 그들에게 손을 들고 복도를 비우라는 시늉을 하면서 재촉했다. "이제 구경거리는 없어. 윗사람 말 듣고, 어서 들어가."

나는 가까스로 어밀리아와 마리를 방으로 밀어넣었다. 마리는 또 내게 발길질을 하려 했지만 다행히 별다른 소득은 없었다. 오히려 에드위나와 앨리스가 더 큰 문제였다. 에드위나는 내 명령을 듣고도 꼼짝 않고 서서 나를 쏘아보았고, 앨리스는 내가 밀치는 순간 양 주먹을 불끈 쥐고 극단적인 폭력을 행사하며 저항할 태세를 갖추었다. 일이 더 복잡해지는 것을 막기 위해 마사 선생님이 나서서 날 편애하는 듯한 인상을 주지 않으려고 나를 포함한 우리 모두를 떠밀었다. 그렇게 해서 앨리스는 자기 다락방으로 돌아갔고 에드위나와 나도 방으로 돌아왔다.

몰래 방에서 빠져나가는 소리를 들을 수 있도록 방문을 조금 열어놓았다. 그러다가 문득 내가 잠들어 있는 동안 맥버니 상병이 위층을 공격할 경우를 대비하여 조치를 취해야 한다는 생각이 들었다. 그가 두렵지는 않았지만 맥버니와 몸싸움을 하다가 다치거나 거동이 불편해지면 리더로서의 나의 가치가 떨어질 거라는 생각이 들었다. 나는 가구들을 방문 앞으로 옮겨서 그런 일이 일어날 가능성을 줄이기로 했다. 그리고 성경책을 펼쳐 문틈에 고정시키고 서랍장과 의자 두 개를 문 앞으로 밀어놓은 다음에야 잠자리에 들었다.

그날 밤 내가 알기로 더 이상의 소동은 없었다. 십오 분 정도 침대에 누워 있는데 마사 선생님이 방에서 나와 계단을 내려가는 소리가 들렸다. 나는 일어나서 "마사 선생님, 제가 도울 일이 있나요?"라고 물었지만 선생님은 내 말을 듣지 못했다. 잠시 후 해리엇 선생님이 방에서 나와 내 방 쪽에 대고 "고맙구나, 에밀리. 하지만 마사 선생님과 내가 처리할 수 있어" 하고 말하고는 언니의 뒤를 따라 계단을 내려갔다.

나는 다시 이불 속으로 들어갔다. 매일 밤, 잠들기 전에 나는 나에게 주어진 책임을 완수했는지를 생각해본다. 오늘도 나는 최선을 다했다. 비록 받아들여지진 않았지만 나는 도움의 손길을 내밀었고, 그래서 만족스러운 상태로 잠이 들었다.

해리엇 판즈워스

그날 밤, 맥버니 상병의 폭발이 그리 놀랍지 않았다. 젊은 사람이 그런 수모를 당했으니 어떤 기분일지, 나는 이해할 수 있었다. 만약 내 다리가 그렇게 순식간에, 그리고 무모하게 잘려나갔다면 나라도 그랬을 것이다. 수술 이후 마사는 나에게 자신의 행동이 정당한 것이었음을 끊임없이 설득했다. 그렇다고 해도 만약 내가 맥버니의 입장Mcburney's shoes이었다면 나 역시 무척 반감이 들었을 것 같다. 그의 경우에는 신발 한 켤레shoe라고 해야 하나? 별로 우스운 농담은 아니지만.

어쨌든 그는 그날 밤 늦게 또 한 번 소란을 피웠고, 학생들을 겁에 질리게 했고, 마사가 상황을 파악하기 위해 아래층으로 내려가게 만들었다. 마사가 내려가고 나서 얼마 지나지 않아 나는 맥버니 상병이 지나치게 불안정한 상태라 그를 진정시키려면 도움이 필요할 거란 생각이 들었다. 물론 물리적인 제압을 생각했던 건 아니었다. 이 집에서 나는 그런 것과 가장 거리가 먼 사람이다. 내가 생각했던 것은 위로의 말을 건네는 것이었고, 나는 그런 말들이 그를 진정시키는 데 필요한 유일한 처방이라고 생각했다.

그러나 안타깝게도 그는 그런 단계를 넘어선 상태였다. 아버지가 와인을 저장해둔 창고 한구석에서 그와 마사를 발견했을 때, 맥버니 씨는 와인 장에 등을 기대고 바닥에 주저앉아 병째로 와인을 마시고 있었다. 병목이 깨어진 빈 와인병 몇 개가 바닥에 뒹굴었다. 그는 마사가 들고 있는 촛불의 불빛 속에서 마사를 쏘아보면서 자기가 마데이라 와인을 얼마나 빨리 들이켤 수 있는지 시험해보고 있었다.

앞서 말했는지 모르겠지만 나는 때때로 소량의 와인을 즐기는 편이다. 따라서 맥버니 상병이 와인을 즐기는 것에 반대하진 않는다. 내가 불쾌했던 건 그가 와인을 마시는 태도와 그가 마신 와인의 양이었다. 그런 속도라면 아침이 되기도 전에 그나마 남아 있는 와인이 바닥나 없어질 게 분명했다.

나는 계단 위 어둠 속에서 멈추었고 마사도 맥버니도 내가 있는 것을 알지 못했다. 마사가 가까이 오지 못하도록 부러지지 않은 목발 하나를 한 손에 무기처럼 들고 있었지만, 나는 그가 한 번에 한 칸씩 엉덩이로 계단을 내려왔을 거라고 추측했다. 그는 몹시 취한 상태였고, 그 눈빛 속에는 두려움이 어려 있었다. 그것은 맥버니 상병에 대해 기억해야 할 점이었다. 비록 자신이 한동안 이곳에서 우위를 점한 것처럼 보였을지언정—그리고 실제로 그랬던 것도 사실이지만—마사에 대한 두려움을 완전히 떨쳐버린 적은 없었다.

그가 와인을 비우더니 빈병을 맞은편 벽에 던졌다. 병은 마사의 뺨에서 그리 멀지 않은 지점을 스치고 날아가 그녀의 뒤쪽 벽을 맞고 부서졌다. 마사는 움찔하는 행동을 보여서 그를 만족시킬 생각이 없었다. 결국 눈을 내리깐 사람은 그였다. 그는 손등으로 입을 닦고 또 하나의 소중한 와인병을 잡으려 손을 뻗었다.

"코르크를 따는 노력이라도 해보지그래요." 마사가 침착한 목소리로 그에게 말했다.

"그럴 시간 없어." 그가 말하고는 와인 장의 문에 병을 세게 쳐서 병목을 부순 다음 와인의 반을 바닥에 쏟아버렸다.

"그러다가 유리에 크게 다쳐요." 마사가 말했다.

"그럼 좋은 거 아닌가? 내가 목을 베이길 원하고 있잖아. 안 그래? 이 할망구야, 그럼 문제가 다 해결되는 거 아닌가? 고분고분한 노인네처럼 이제 그만 잠자리에 들고 기도나 하시지. 아침에 이곳으로 돌아오면 내가 피를 쏟고 죽어 있을지도 모르잖아…… 그럼 내가 만들어놓은 난장판하고 같이 날 쓸어내버리면 그만일 테니까. 내가 보기에 당신이 걱정하는 건 와인보다 이 난장판일 텐데. 안 그래요, 우리 사랑스러운 마사 선생님? 물론 동생이라면 또 얘기가 다를 수도 있겠지만."

그의 말이 무슨 뜻인지 나는 알 수가 없었다. 물론 그의 말에 어떤 의미가 담겨 있었다고 가정할 때의 얘기이지만. 만약 그게 나의 정리정돈 능력에 관한 비난이었다면, 그것은 부당했다. 정리에 있어서는 나도 결코 마사에게 뒤지지 않는다.

"다시 묻죠. 열쇠를 어떻게 가져갔죠?" 그다음으로 마사가 맥버니에게 한 말이었다.

"다시 대답하지." 그가 이죽거렸다. "작은 새가 주었어…… 작고 하얀 새가 부리에 열쇠꾸러미를 물고 응접실 창문으로 날아 들어오던데? 응접실을 몇 번 돌더니 내 무릎 위에 열쇠를 떨어뜨리고는 날아가버렸어."

"오늘 오후 내 방에 들어왔었나요?"

"어쩌면. 오늘 밤 와인 창고에도 내려왔잖아. 안 그래?"

"내 방에서 열쇠를 가져간 사실을 인정한다면, 내 돈을 가져간 사실도 인정하겠군요."

"돈? 돈도 없어졌나?"

"당신의 실패에 한심한 연기까지 보태진 말아요. 내 보석함에서 200달러 상당의 연방 금화가 사라졌고, 귀한 보석 하나도 없어졌다는 걸 알고 있을 텐데."

"이것 말인가?" 그가 싱긋 웃으며 셔츠에서 무언가를 꺼내 그녀에게 내밀었다.

"맞아요, 그거." 그다지 침착하지 않은 목소리로 마사가 대답했다.

나는 한두 칸 더 내려와 불빛에 반짝이는 그 물건을 보았다. 어머니가 생전에 지니고 있던 조그만 황금 로켓이었다.

"조금 전에 열어봤지. 안에 들어 있던 사진을 봤어. 당신 애인인가?"

"내 동생이에요. 그 로켓을 돌려줘요."

"그렇게 빨리는 안 돼, 선생." 그가 자신에게 다가오는 마사를 향해 목발을 들었다. "이걸 내가 훔쳤다면 왜 돌려주겠어?"

"당신한테는 아무 가치도 없으니까요. 제안을 하나 하죠. 돈은 가져도 좋아요. 와인도 원하는 만큼 마셔요. 그 로켓만 돌려준다면…… 그리고 내일 아침에 이곳을 떠나준다면."

"그러니까 이제 그만 보따리를 싸란 얘긴가?"

"가져온 물건은 전부 가져가세요. 우리가 준 것도 전부 다…… 가지고 떠나도 좋아요."

"내가 가져온 것 전부 다?"

"물론이에요."

"내 오른쪽 다리는? 내 오른쪽 다리도 가져갈 수 있나? 아니면 그건 두고 가야 하나?"

"부질없는 얘기예요."

"당신한테나 부질없지." 그가 와인이 반쯤 남아 있는 병을 던졌고, 이번에는 와인병이 벽에 부딪치면서 마사에게 와인이 튀었다.

"당신한테도 마찬가지예요." 마사가 최대한 침착하게 말했다.

"다 끝난 얘기예요."

"일은 끝났지만 그 결과는 끝나지 않았어. 그 일은 당신과 나의 여생을 함께하게 될 테니까."

"그 일이 어째서 나의 여생에 함께한다는 거죠?"

"두고 보면 알아. 차차 알게 될 거야. 다시 첫 번째 조건으로 돌아가서. 아니, 난 당신한테 로켓을 돌려주지 않을 거야. 적어도 지금은. 이걸 좀 더 갖고 있으면서 당신의 실체를 나 자신에게 일깨워줄 생각이거든."

"그게 무슨 뜻이죠?"

"당신은 비정상적인 여자야." 맥버니 상병이 와인을 또 한 병 집어 같은 방식으로 열면서 말했다. "남동생에게 비정상적인 감정을 갖고 있잖아."

그가 조금 더 말하려다 말고 입을 닫아버렸다. 술에 취해 내뱉은 말에 그 자신도 놀란 것 같았다. 마사는 분명히 충격을 받았다. 내가 아는 한 가장 기절에 가까운 상태였다. 물론 그 시점에서 나도 그다지 침착할 순 없었다.

"이 짐승 같은……." 마침내 낮은 목소리로 마사가 말했다. 그녀가 들고 있던 촛불이 떨렸다.

"미안해요." 맥버니 상병이 웃으려고 애쓰면서 말했다. "당신을 화나게 할 생각은 없었어. 그저 로켓 속의 사진 때문에."

"그 로켓은 내 어머니 거였어요."

"하지만 당신 서랍 속에 있었잖아. 그 편지들하고 같이……."

"편지에서 읽은 내용을 말해봐요."

"그게…… 두 사람에 관한 얘기지."

그가 와인을 길게 한 모금 마셨고, 유리에 입술을 베었다. 그는 소매로 입가에 묻은 와인과 피를 닦았다. 그는 완전히 취해 있었고, 자기가 무슨 말을 지껄이고 있는지조차 알지 못했다. 나는 마사도 그 사실을 깨닫기를 바랐다. 그리고 하마터면 마사에게 그렇게 말할 뻔했지만 맥버니 상병의 끔찍한 비난을 내가 엿들었다는 것을 알면 당황할 거라는 생각이 들었다.

"그 편지에서 어떤 내용을 읽었는지 알아야겠어요. 그 편지는 그의 대학생활에 관한 순수한 기록이었어요. 그 편지 속에서 그와 다른 내용을 읽었다면, 그게 무언지 알아야겠어요."

"신경 쓰지 마쇼." 그가 활짝 웃으며 말했다. "다 취소할게. 농담이고, 그냥 약을 좀 올린 것뿐이야. 자, 이 로켓은 돌려드리지."

그가 그녀에게 로켓을 던졌다. 마사는 그것을 잡으려는 노력을 하지 않았고, 로켓은 그녀의 발치에 툭 떨어졌다.

"돈도 내가 가져왔으면 돌려주겠는데, 대신 다른 걸 드리지. 이거 어때?"

그가 어둠 속에서 주위를 더듬더니 아버지의 커다란 군용 권총을 들었다. "이것도 가져가." 그가 말하며 총을 내밀었다. 총신을 잡았는지 손잡이를 잡았는지 기억이 나지 않는다. 어쩌면 나는 눈을 감았는지도 모르겠다. 총을 본 순간 나는 겁에 질려버렸다.

"갖고 있어. 필요할지도 모르니까."

마사가 그렇게 말했던 걸로 기억하지만, 그때 나는 마사의 말을 주의 깊게 듣지 않았다. 하지만 그녀가 그다음에 취한 행동과 그 뒤에 한 말은 똑똑히 기억하고 있다. 마사는 신발 뒤꿈치로 로켓을 밟아 으깨었다.

"이것도 가져." 그녀가 오른손으로 초를 들고 왼손으로 스커트 자락을 잡은 다음 주저 없이 계단을 올라 내가 숨어 있던 곳으로 향했다.

지금은 그때 창고에 들어갔을 때 곧바로 내가 왔다는 것을 알렸어야 했다는 생각이 든다. 하지만 그땐 그렇게 하지 못했고, 뒤늦게 나서서 그녀를 무안하게 할 엄두도 나지 않았다. 그 점에 관해서라면 맥버니 상병을 무안하게 하는 것 역시 마찬가지였다. 그에 대한 나의 감정은 여전히 불확실한 상태였고, 나는 그의 행동을 상처 입은 외로운 남자가 분출한 납득할 만한 분노로 간주했다.

어쨌든 나는 마사가 계단 쪽으로 다가왔을 때 서둘러 창고에서 빠져나왔다. 그날 밤 마사는 맥버니 상병에게 더 이상 아무 말도 하지 않았다. 단지 그가 마사에게 한 마지막 말은, 적어도 내가 들은 마지막 말은 이러했다.

"제발…… 그렇게 화내지 마세요. 저한테 최고의 대우를 해주셨는데, 대부분의 시간엔 그랬는데……. 기분을 상하게 하려던 건 아니었어요……."

그녀가 대답하지 않자 그의 어조는 다시 거칠어졌고, 그가 많이 취한 것을 감안하더라도 도저히 용서받을 수 없는 말들을 쏟아냈다.

"맘대로 해, 이 늙어빠진 할망구야, 꺼지라고! 가다 넘어져서 가발이나 벗겨지지 않게 조심해!"

이곳에 있는 학생들에게는 이 사실을 숨겨왔지만, 여기에 대해서는 설명이 필요할 것 같다. 마사는 오래전에 열병을 크게 앓아 머리카락 전부를 잃었고, 그 뒤로 쭉 가발을 써왔다. 그것은 사실이다.

그 일은 마사의 인생에서 가장 큰 비극이었다. 그 일이 일어났을 때 마사는 스무 살 정도였던 것 같고, 그 일은 마사가 사교계를 떠나는 데 적지 않은 영향을 미쳤을 것이다. 그 관점에서 본다면 마사가 독신으로 산 가장 큰 이유라고도 말할 수 있을 것이고, 나아가서 내가 독신으로 산 이유라고도 말할 수 있을 것이다. 그러나 그 모든 것을 제대로 설명하려면 긴 시간이 필요하고 그것은 현재 우리가 당면한 사안과는 상관이 없다.

마사가 열병에서 회복되고 난 뒤 아버지는 마사에게 두건과 베일을 씌워 리치먼드의 어느 외진 곳으로 데려갔다. 솜씨 좋기로 유명한 프랑스 가발 제작자의 집이었다. 몇 주 뒤 집으로 돌아왔을 때 마사는 지금 쓰고 있는 가발을 쓰고 있었다.

한 번도 그런 얘기를 한 적이 없지만, 마사는 가발을 한두 개 더 여분으로 가져온 것 같았다. 그때 로버트와 나는 전염이 될까 봐 로아노크의 사촌 집에 가 있었다. 그리고 그해 크리스마스에 집으로 돌아왔을 때, 아버지는 우리를 불러놓고 마사의 가발 얘기는 절대 꺼내지 말라고 경고했다.

요즘 나는 때때로 마사의 머리가 진짜 머리가 아니라는 사실을 잊곤 한다. 기가 막히게 잘 만들어진 가발이었고, 윤기를 내려고 매일 빗어주고 끊임없이 관리해주어야 하는 나의 천연 머리카락보다 편리한 것은 말할 나위도 없다. 물론 가발이라고 해도 어느 정도는—세탁 혹은 수선과 같은 손질—신경을 써야 할 것이다. 마사는 자기 방에 혼자 있을 때 그 일을 하는 것 같다.

맥버니 상병이 내 언니의 불운한 사연을 어떻게 알아냈는지는 모르겠지만, 나는 그가 아침이 되어 술기운이 가셨을 때 그 얘기를 꺼내지 않을 정도로는 신사이길 바랐다. 나는 기회가 닿는 대로 그 일에 관해서는 입을 다물라고 그에게 말해주어야겠다고 생각했다. 나는 그가 언니를 유심히 본 적이 있었고, 그러다가 그녀의 비밀을 알아차린 거라고 추측했다.

모두가 알다시피 나 역시 마사와 갈등이 있었고, 때로는 마사에게 화가 난다. 하지만 이 문제에 관해서만큼은 절대적으로 마사의 편이고, 마사에게 몹시 화가 나 있는 상황에서조차 그 비밀을 마사를 공격하는 데 사용할 정도로 잔인한 사람이 되지는 않을 생각이었다.

아버지는 로버트와 나에게 이렇게 말했다.

"여자에게 외모는 유일한 무기란다. 그러니까 우리는 그 무기의 날이 들지 않는다는 사실을 절대 발설해선 안 돼."

물론 마사는 다른 칼들을 갖고 있었지만 아버지의 지적에도 충분히 일리가 있었다.

나도 맥버니 상병이 이곳에 오래 머물러선 안 된다는 쪽으로 마음이 기울기 시작했다. 그러나 그날 밤 내가 풀어보려 애썼던 것은 그의 다리가 나아서 목발을 짚고 제대로 움직일 수 있을 때까지 며칠 더 이곳에 머물게 해달라고 마사를 설득할 방법을 찾는 거였다. 나는 마사가 자신이 선포한 것처럼 즉시 군부대에 그의 소재를 알리지 않기를 바랐다. 흥분이 가라앉으면 자비로운 마사로 다시 돌아올 거라고 생각했고, 그러면 맥버니 상병에게 며칠간의 자비를 베풀어달라고 설득해볼 생각이었다.

아침이 되자 마사도 처음엔 그렇게 결심한 것처럼 보였다. 학생들과 내가 아래층에 내려가보니 마사는 식당에 앉아 매티가 만든 훌륭한 도토리 커피를 마시고 있었고, 전날 밤 잠을 설친 것 같은 모습 외에는 어떤 내색도 하지 않았다. 그날 아침 아무도 늦잠을 자지 않았다는 사실을 밝혀둔다. 맥버니 상병이 난동을 부린 뒤로는 하루도 그런 일이 없었다는 점도 덧붙이고 싶다. 그건 맥버니 상병의 공이라고 말할 수 있다.

식당에 들어가기 전에 응접실을 살짝 들여다보았지만 맥버니 상병은 보이지 않았다. 응접실에는 뒤집히고 부서진 가구들이 나뒹굴었고, 그중 일부는 맥버니 상병이 와인을 전부 마시고 비틀거리다가 우연히 쓰러뜨렸을 거라고 생각했다. 그러나 찬찬히 보니 의자 몇 개와 작은 테이블이 본래의 자리에서 던져진 것 같았다. 패인 자국과 긁힌 자국이 가구에 남아 있었다. 모두 맥버니 상병의 소행이었다.

나는 응접실을 들여다보긴 했지만 들어가진 않았다. 누구도 그와 접촉해선 안 된다는 마사의 지시를 따랐고 학생들이 들어가는 것도 허락하지 않았다. 그가 보이지 않는다고 내가 말하자 어린 마리와 어밀리아는 응접실에 들어가고 싶어했다.

"어쩌면 구석에 있는 장 뒤에 숨어 있을지도 모르잖아요. 아니면 하프시코드와 벽 사이에 웅크리고 있거나." 마리가 말했다.

"그러기엔 공간이 충분치 않아. 커튼 뒤에 있을지도 몰라. 하지만 나한테서 숨으려고 하진 않을 거야." 어밀리아가 반박했다.

"그 사람이 어디에 있건 너희하고 상관이 없어. 대화하는 게 금지되어 있으니까." 나는 그들을 식당으로 재촉했고, 우리 셋이 식당으로 들어서자 도토리 커피를 마시던 마사가 말했다.

"모두 텃밭으로 나가서 일을 하도록 해. 우리의 일과가 방해받을 이유는 없으니까."

"맥버니 씨는 어디 있어?" 내가 물었다.

"나도 몰라." 마사가 표정을 바꾸지 않고 대답했다.

"응접실엔 없어."

"그럼 다른 곳에 있겠지. 안 그래?"

"아직 와인 창고에 있나 보네."

"'아직'이라니?"

"어젯밤 거기 있지 않았어?"

"그랬나?"

"그가 거기서 소란 피우는 소리를 들었잖아. 그 사람이 와인 창고로 내려간 것 같다고 언니가 말했고."

나는 입장이 난처했다. 두 사람이 창고에 있는 걸 보았다고 인정하고 싶지 않았다.

"어제 내려갔을 때 그 사람 창고에 있었어?"

"내가 내려갔던 걸 어떻게 알아?"

"소리를 들었어. 내가 잘못 들었나?"

"더 얘기하고 싶지 않아." 그녀가 시선을 돌리며 말했다.

나는 잠자코 있었다. 학생들은 마사가 시킨 대로 텃밭으로 나갔고, 나는 정적 속에서 마사와 함께 식탁에 마주 앉아 있었다. 잠시 후 매티가 내게도 도토리 커피를 가져다주었고, 나는 더 분란을 일으키고 싶지 않아서 조용히 커피만 마셨다.

매티는 그날 아침 무척 기분이 가라앉아 있었다. 물론 매티에겐 그럴 만한 이유가 있었다. 그녀는 맥버니 상병이 난동을 피울 낌새를 감지하자마자 집에서 뛰쳐나갔고, 부엌에 있는 자신의 침상이 아닌 낡은 오두막에서 잤다. 매티는 지금도 예전에 살던 오두막에 침상을 두고 마사와 불화가 생길 때마다 그곳에 틀어박혔다. 매티는 전날 밤의 소동에 대해서 일체 모른다고 시치미를 뗄 작정인 것 같았다.

"매티, 맥버니 씨 어디 있는지 알아?"

매티는 아무 말도 하지 않았고, 전보다 더 겁에 질린 표정이었다.

"맥버니 씨 어디 있어, 매티?" 내가 좀 더 단호하게 물었다.

매티는 여전히 대답이 없었고, 어깨 너머로 부엌 문간 쪽을 보았다. 매티의 시선을 따라가보니 맥버니 상병이 에밀리가 만든 목발에 몸을 기댄 채 수줍은 듯 미소를 짓고 서 있었다. 그는 깔끔하게 면도를 했고, 길고 거친 머리카락에 물을 묻혀 정돈했다.

"안녕하십니까, 여러분. 멋진 아침이네요. 기분이 어떠신지요?"

"아주 좋아요. 그쪽은요?"

"아주 좋아요, 고맙습니다. 이 울타리 기둥으로 제가 얼마나 잘 돌아다닐 수 있는지 아세요?" 그가 목발을 짚고 조금 더 안으로 들어서며 말했다.

"정말 잘하시네요." 내가 그에게 말했다. 그를 완전히 용서할 준비는 안 되었지만, 그에게 예의를 갖추지 못할 이유는 없었다.

"오늘 아침에 일찍 일어났어요." 최대한 소년 같은 표정으로 그가 말했다. "그래서 헛간에 나가서 부러진 목발을 수리하고, 나머지 목발도 조금 손을 보았어요. 보수할 부분이 많진 않더라고요. 에밀리가 아주 잘 만들었어요. 이런 걸 만들어주다니, 에밀리와 여러분께 감사드립니다."

그 말을 하면서 그가 곁눈질로 마사를 흘금거렸지만 마사는 그를 무시하고 커피만 마셨다.

"저, 어젯밤 일은…… 죄송합니다. 사과만으로 제가 저지른 일을 만회하기 충분치 않다는 걸 알고 있고, 또 기대하지도 않습니다만, 그저 제 삶의 가장 암울한 시간이었다고 이해해주시기 바랄 뿐입니다. 다행히 이젠 지나간 것 같네요. 지금부터는 아무 불평 없이 저에게 주어진 행복과 불행을 받아들이려고요. 이번 일을 그렇게 이해해주신다면 저로서는 더할 나위 없이 감사하겠습니다."

마사는 여전히 대답을 하지 않았다. 심지어 그가 와 있다는 것을 알아차린 내색조차 하지 않았다.

나는 나의 감정을 따르기로 결심했다. 그래서 단호하게 "당신의 설명과 사과를 기꺼이 받아들일게요"라고 말했다.

"신의 축복이 있길 바랍니다, 정말 감사합니다, 선생님." 그와 내가 동시에 마사를 보았지만 마사는 여전히 맞은편 벽만 바라보고 있었다.

"이틀 정도만 말미를 주신다면 이 목발에 익숙해질 거예요. 그러면 더 이상 폐를 끼치지 않고 떠나겠습니다."

"합당한 요구인 것 같네요. 솔직히 당신이 이곳에 있는 동안 항상 그랬던 건 아니었잖아요. 그 점엔 동의하지 않아, 마사?"

마사는 그의 말은 물론이고 나의 말에도 대꾸를 하지 않았다.

"그렇게 생각해주시다니 정말 너그러우십니다. 그렇게 생각하지 않는 사람이 여럿일 텐데 말입니다." 그가 자신의 적을 흘긋 보았다. "여러분께 큰 폐를 끼쳤습니다. 선생님과 여기 있는 모든 학생들에게요. 모두에게 사과해야겠어요. 오늘 아침엔 일부러 학생들과 거리를 두었습니다. 두 분께 먼저 사과를 드려야 할 것 같아서요……. 이제 두 분이 허락하신다면, 밖으로 나가서 학생들을 만나볼까 합니다만."

"허락할 수 없습니다." 여전히 벽을 바라보며 마사가 말했다. "학생들에게 당신과 접촉하지 말라고 했어요."

그가 그 자리에 서서 그녀를 바라보다가 대답했다.

"알겠습니다, 선생님. 그래야 한다면 어쩔 수 없죠. 저 대신 사과의 말을 전해주세요."

"어떤 내용이건 당신 말은 전하지 않겠습니다."

"알겠습니다, 선생님." 그가 멋쩍은 듯 웃으며 말했다. "편하신 대로 하세요."

"게다가 내 동생도 나의 명령을 어겼군요. 동생도 저의 명령의 대상에 포함되어 있었거든요. 지금부터는 동생도 당신과 대화를 나누지 않을 겁니다."

"편하신 대로 하십시오." 굳은 표정으로 그가 대답했다. "동생 분이 제게 말을 걸어도 듣지 않도록 노력하겠습니다."

"그리고 오늘 정오까지 떠나주세요. 지금이 8시네요. 목발 연습을 할 시간이 아직 네 시간이나 남았어요."

"만약 제가 정오까지 떠나지 않겠다면요?"

"그렇다면 내가 밖으로 나가서 가장 먼저 눈에 띈 사람을 데리고 와야겠지요. 양키가 됐건, 남군이 됐건. 어느 쪽이건 당신의 죄를 물어 총을 쏘라고 설득할 수 있을 것 같군요."

"그야 의심의 여지가 없겠네요. 나에 대해 당신이 하는 말은 무조건 믿겠죠. 점잖은 숙녀이시니까요. 목발 연습에 네 시간씩이나 허비해선 안 될 것 같네요. 그래야 당신의 조랑말 마차를 앞지를 수 있을 테니까요. 집중적으로 연습할 기력이라도 보충하게 아침식사를 주시겠습니까?"

"매티가 부엌에서 먹을 걸 줄 거예요".

"여기서 먹고 싶습니다. 두 숙녀분과 함께 여기서 먹고 싶어요." 그는 미소를 짓고 있었지만 전혀 기분 좋은 미소가 아니었다.

"부엌에서 먹든지, 아니면 아무것도 먹지 말든지 하세요."

"오, 마사 선생님." 그가 서글픈 목소리로 말했다. 이번에는 얼굴도 그와 똑같이 서글픈 표정이었다.

"너무 매정하시네요. 이곳에 머무는 마지막 날, 가엾은 젊은이에 대한 대접치고는."

"더 할 말 없습니다, 맥버니 씨." 커피잔을 들고 벽을 바라보며 마사가 말했다.

바로 그때 경직된 미소를 머금은 채로 그가 오른쪽 목발을 공중에 던지더니 목발 아래 부분을 잡았다. 그는 목발을 높이 들었다가 온 힘을 다해 마사가 들고 있던 리모주* 찻잔을 내리쳐서 마사의 드레스와 식탁보에 커피를 흩뿌렸다.

"어떠세요, 선생님." 그가 나지막이 말했다. "아직도 제게 할 말이 없으신가요? 아니면 더 혼나보셔야 혀가 좀 부드러워질까요? 다시 생각해보니 그냥 부엌에 가서 저 검둥이하고 먹는 편이 낫겠어요. 해리엇 선생님, 물론 당신은 해당되지 않습니다. 우린 아직 친구이니까요."

그가 목발을 짚고 돌아서서 부엌문으로 향했다. 문 앞에 이르러 그가 멈추더니 다시 우리 쪽으로 돌아섰다.

"한 가지 더 말씀드리자면, 오늘 정오에 떠나지 않겠습니다. 떠날 준비가 되기 전엔 떠나지 않겠어요. 그게 언제가 될지는 저도 잘 모르겠네요. 시간이 좀 걸릴 것도 같습니다만."

그는 또 한 번 거짓 미소를 지어 보이고는 고개를 까닥하고 부엌으로 들어갔다.

매티는 그의 폭발에 겁에 질린 채 한쪽 구석에 서 있다가 냅킨을 들고 떨리는 손으로 식탁을 닦기 시작했다.

"마사 아가씨, 저자를 어떻게 할까요?" 매티가 떨리는 목소리로 물었다.

---

* 프랑스의 대표적인 도자기 생산지.

"아침 식사를 줘. 도토리 커피를 한 잔 더 가져오고." 마사가 들고 있던 깨진 컵 손잡이를 매티에게 주었다.

"저렇게 세간을 다 깨부수도록 내버려두었다간 조만간 헛간에서 냄비 하나를 놓고 다 같이 떠먹게 되겠네요." 부엌을 나서며 매티가 웅얼거렸다.

나는 마사의 침착함이 놀라웠다. 나는 폭력 앞에서—더구나 돌발적으로 일어나는 폭력이라면 더더욱—늘 주눅이 들었다. 그런데 식탁 위로 천장이 내려앉는 상황에서도 마사는 결코 흐트러진 모습을 보이지 않았다. 마사는 동요하는 모습을 보이려 하지 않았다. 나는 마사만큼 자신의 감정을 절제할 줄 아는 사람을 여지껏 본 적이 없다. 그날 아침, 모르는 사람이 봤다면 마사가 아무 감정도 느끼지 못하는 사람인 줄 알겠지만, 그것은 사실이 아니다. 마사는 몹시 화가 나 있었다. 그러나 식탁 위에 올린 손을 아주 조금 떨었고, 입술을 살짝 힘주어 다무는 것 말고는 일체 감정을 드러내지 않았다.

"제정신이 아니야." 마침내 말을 할 수 있을 정도로 마음이 진정되었을 때 내가 말했다. "저런 발작은 정상이 아니야."

"미쳤다고 생각해? 난 그렇게 생각하지 않아. 저 사람은 우리 모두가 그런 것처럼 자신의 행동에 대한 책임이 있어. 그런 핑계로 자기 죄를 벗을 순 없어."

"아까 말한 것처럼 정말 당장 나가서 군인들을 찾아볼 생각이야?"

"아직은 안 돼. 너와 학생들만 남겨두고 나가기가 두려워. 어쩌면 아버지의 총을 갖고 있을지도 몰라. 집 안에 있는 칼들도 전부."

아버지의 총에 관해서라면 나도 전날 밤에 보았기 때문에 잘 알고 있었지만 마사에게 말하진 않았다.

"우릴 괴롭힐 것 같진 않아. 우리가 건드리지만 않으면."

"방금 한 행동은 어떻게 설명할 건데? 내 손가락을 겨냥하고 목발을 휘두른 걸 괴롭히는 행동으로 간주하지 않겠단 거야? 우리가 그자를 건드리지 않고 내버려두어서 그 사람이 우릴 가만히 둔다고 해도 그런 식으로 얼마나 오래 버틸 수 있을 것 같아? 저런 사람이 이 학교에 있는데 우리가 안전하고 성공적으로 학교를 운영할 수 있을 것 같아?"

"아니, 그럴 수 없을 것 같아. 그래서 어떻게 할 건데?"

"나도 모르겠어. 생각을 좀 해봐야지……. 아주 깊이 생각해봐야 해."

"며칠 더 기다리면 몇 주 전에 그랬던 것처럼 다른 병사들이 찾아올지도 몰라."

"그럴 가능성은 거의 없어. 포터 씨 말로는 이 근방엔 이제 병사들이 남아 있지 않대. 일주일이 넘도록 기병대를 못 봤대."

"혹시 포터 씨한테 맥버니 상병 얘길 한 건 아니지?"

"안 했어. 안 한 게 후회돼. 그가 여기 있는 걸 밖에서 한 명이라도 알고 있었다면, 지금쯤 조사를 나왔을 거야. 더구나 며칠 동안 우리한테서 아무 소식도 못 듣는다면."

"세상에! 상황이 그렇게 끔찍하지 않을지도 몰라, 마사. 우린 아직 여기 갇혀 있는 게 아니잖아. 안 그래? 맥버니 상병은 떠나지 않겠다고만 했지 우리가 나가는 걸 막겠다고는 안 했어."

"하지만 내가 밖에 나가서 도움을 청하겠다고 말하자마자 반발했잖아. 안 그래? 내가 그 협박을 실행에 옮기는 걸 그는 용납하지 않을 거야."

"하지만 마사, 해보기 전엔 모르는 거잖아. 언니가 외출복을 입고 나서 봐. 난 당나귀를 마차에 묶을게. 그러고는 우리 둘이 잔디밭을 가로지르는 거야. 그럼 그가 우리를 막는지 알 수 있겠지."

"아니. 오늘은 안 할 거야."

"그럼 언니가 없는 동안 내가 여기 남아서 그 사람을 달래볼게. 자상하고 이성적으로 대할게. 난 두렵지 않아. 언니가 나가는 건 하나도 신경 안 쓸걸."

나는 그때 정말로 그가 두렵지 않았다. 그가 저지른 끔찍한 행동은 유감이었지만 마사를 집 밖으로 내보낸 다음 곧바로 떠나라고 그를 설득해볼 생각이었다. 그가 있었던 숲으로 그를 돌려보내서 마사가 부른 군인들을 피하게 할 생각이었다. 추격전이 끝나면 맥버니 상병은 북부 전선을 넘어갈 수 있을 것이다. 그러나 그것은 해결책이 될 수 없었다.

"안 돼." 마사가 단언했다. "널 아이들하고 여기 남겨두는 모험은 할 수 없어. 적어도 지금은 안 돼."

"그 사람이 우릴 해칠 거라고 생각하지 않아, 마사."

"해치지 않을 수도 있겠지. 하지만 위험부담이 너무 커. 난 널 잘 알아, 해리엇. 넌 중요한 순간에 그와 맞서 싸우지 못해. 그가 폭력적으로 나오면 넌 아마 두통을 핑계로 방에 틀어박히겠지. 그렇게 되면 무슨 일이 일어날지 아무도 몰라."

"제발, 마사…… 이번엔 날 믿어줘."

"안 된다고 했잖아." 마사는 거의 소리를 지르다시피 하더니 잠시 후 덧붙였다. "네가 지금 당장 나가서 도움을 청해보는 건 어떨까? 네가 그러겠다면 허락할게. 마차를 타고 당나귀를 채찍질해서, 맥버니 상병이 너한테 총을 쏘기 전에 나가는 거야. 아버지의 권총은 그다지 정밀한 무기가 아니라서 거리하고는 상관없을 거야. 어때, 도움을 청하러 나가보겠어, 해리엇? 내가 허락할게."

마사는 내가 가지 않으리라는 것을 알고 있었다. 마사는 내가, 적어도 그 당시에는, 아군에든 적군에든 그를 넘긴다는 생각 자체에 반대한다는 것을 알고 있었다. 그러나 마사는 나의 거절을 그런 식으로 해석하지 않았다. 그것을 나의 나약한 성격을 보여주는 또 하나의 증거라고만 생각했다.

"난 정말 아무 문제도 없을 것 같아, 마사. 우리가 평정을 유지하고 그를 잘 설득하면."

"넌 바보야. 어떻게 시간이 갈수록 점점 더 대책 없는 바보가 되어가니?" 나의 언니가 일깨워주었다.

"어쩌면 그 말이 맞는지도 몰라, 마사. 때로는 현명한 것보다 바보 같은 게 훨씬 더 쉬우니까. 언니가 원한다면, 난 이 문제에 대한 나의 모든 책임을 기꺼이 포기하겠어."

"넌 포기할 만한 책임을 맡아본 적도 없어."

"어련하겠어, 마사. 일단 기다리고 아무것도 안 하기로 한 것이야말로 엄청난 용기의 징표겠지. 그렇게 가만히 앉아서 생각만 하면 상황이 나아질 테니까."

"조용히 해. 조용히 하라고!" 그녀가 소리를 지르면서 찻잔을 쥐고 있던 손으로 바닥을 힘껏 내리쳤고, 그 바람에 매티가 가져온 두 번째 리모주 잔이 깨졌다.

"그럴게. 언제나처럼 언니가 시키는 대로 할게." 내가 인내심을 발휘하며 대답했다.

나는 진심으로, 우리가 상황을 악화시킬 일만 만들지 않으면 상황이 나아질 거라고 생각했다. 맥버니 상병과 마사가 감정을 잘 다스리기만 하면, 다시 평화 비슷한 상태로 돌아갈 수 있을 거라 생각했다. 그때만 해도 맥버니 상병이 사악한 남자라고 생각하지 않았다. 정말 그렇게 생각하지 않았다. 성격이 고약하고 충동적이지만, 만약 우리가 그런 성격적 결함으로 벌을 받아야 한다면, 마사야말로 이미 오래전에 불에 타 죽었을 것이다.

그 순간 나는 마사가 혼자 떠안고 있는 짐에 그녀가 조금 측은하다는 생각이 들었다.

"마사, 내가 언니가 아닌 그 사람 편을 들고 있다고 생각하지 말았으면 좋겠어. 그가 마지막으로 한 말 때문에 그와 내가 급속하게 친구로 가까워졌다고 생각하진 마."

"그가 널 어떻게 생각하는지는 중요하지 않아." 마사가 말했다. "네가 그 사람을 어떻게 생각하는지가 중요하지."

"그 사람이 조금 전에 한 행동을 놓고 보면 당연히 좋게 생각할 순 없겠지."

"그 사람은 그것보다 훨씬 더 나쁜 짓을 할 수 있는 사람이야." 마사가 한결 누그러든 목소리로 말했다. "곧 알게 될 거야, 해리엇. 곧 알게 될 거야."

그리고 마사의 말이 옳았다. 그것은 누군가의 표현대로 '공포 정치'의 시작이었다. 누가 그렇게 이름 붙였는지는 기억나지 않는다. 아마도 에밀리나 에드위나, 어쩌면 마사 자신이었을지도 모른다. 그러나 그 시간 동안 그 누구도 나만큼 공포에 사로잡히진 않았다고 확신한다. 이상한 것은 마사가 말한 것처럼 그 시기에 우리 집에 낯선 사람이 찾아왔다면 맥버니 상병의 행동에서 이상한 점을 발견하지 못했으리란 것이다. 어쩌면 우리 모두의 행동에서도 그랬을 것이다. 특히 그가 전쟁을 선포한 이후 처음 며칠 동안, 적어도 겉으로 드러난 모습만 놓고 보면 그랬다.

그 전쟁에서 그가 처음 취한 행동은 마사의 명령을 어기고 최대한 자주 학생들과 접촉하기로 결심한 것이었다. 그는 학생들을 찾아 다녔고, 기회가 될 때마다 그들과 대화를 나누었다. 학생들 중에는—비록 강경하진 않았지만—실제로 그를 피하려고 한 학생들도 있었지만, 머지않아 제한된 공간 안에서 그를 피한다는 것이 거의 불가능하다는 게 판명되었다.

처음에 우리는 평상시처럼 수업을 진행했고, 그가 수업을 방해하진 않았다. 그는 대부분의 시간을 목발을 수리하고 보완하며 보냈지만 늦은 아침 혹은 수업 틈틈이, 부엌 텃밭에서 아이들과 웃으며 농담을 주고받는 소리가 들렸다. 처음엔 앨리스였고, 그다음엔 마리와 어밀리아였다. 오후에 마사가 아이들을 불러 야단을 쳤지만 마사 자신조차도 말을 해봐야 소용없는 일이라는 것을 알고 있는 것 같았다. 자연스럽게 우러나는 감정과 어린 소녀들의 다정함과 호기심을 규율로 막을 수는 없었다. 맥버니 상병이 그들에게 농담을 하면 아이들은 웃었고, 약을 올리면 토라졌다. 마사의 법으로도 그것을 막을 순 없었다.

맥버니 상병의 두 번째 작전은 그날 이후 우리와 함께 식사하기로 결정한 것이었고, 우리는 그를 막을 도리가 없었다. 그는 그날 저녁 모두가 자리에 앉을 때까지 기다렸다가 목발을 짚고 식당으로 들어왔다. 아침에 그랬던 것처럼 깨끗하게 씻고 빗질을 한 뒤, 의자를 뒤로 당겨 앉고 우리 모두를 바라보며 미소를 지은 뒤에 고개를 끄덕였다. 이렇게 모여서 식사를 할 거라면, 나도 끼워줘야 한다고, 너희는 날 따돌릴 방법이 없다고 말하는 것 같았다.

마사는 다른 사람들만큼이나 신속하게 그 사실을 간파했지만, 그의 앞에서는 그 사실을 인정할 의향이 없었다. 마사는 학생들 앞에서 그에게 자신의 명령을 거역할 기회를 제공하지 않았다. 맥버니 상병이 매티에게 자기 식사도 준비해달라고 공손히 말했을 때, 매티가 마사에게 결정을 내려달라고 돌아섰다. 마사는 접시로 시선을 내리고 매티를 보지 않았다.

"식사를 드려, 매티." 내가 대신 말했다. 어쩔 수 없는 상황이라면 최대한 품위 있게 상황을 받아들이는 편이 낫다고 생각했다. 그러면서도 마사가 격한 분노를 표출할까 봐 무서웠다. 그러나 마사는 그러지 않았다. 그녀는 음식에만 집중했고 그 뒤로 이어진 그 어떤 대화에도 동참하지 않았다.

맥버니 상병은 그날 저녁 별로 할 말이 없었다. 앞서 말했듯이 사람들과 함께 있을 때 그는 우리에게 깍듯이 예의를 갖추었다. 조금 지나치다 싶을 정도로 조롱하듯이. 어쨌든 그날 저녁 그는 자신의 유리한 입지를 우리에게 강하게 압박하지 않았고 학생들은 다행히도 날씨가 화창하다든가(그날은 간간이 비가 왔다), 혹은 음식이 맛있다든가(그날 저녁 내 기억으로 매티는 빵을 태웠다) 하는 그의 얘기에 적극적으로 반응하지 않았다.

문제는 그때부터 그가 개인적으로 우리를 대할 때 신사적으로 행동하려 애쓰지 않았다는 것이다. 그의 행동에 나타난 변화에 대해 나는 개인적으로 확실한 증거가 있었고, 이제 곧 그 얘기를 하려고 한다. 여기 있는 다른 사람들도, 학생이건 교사건, 똑같은 증언을 할 수 있을 것이다. 와인 창고에서 일어났던 사건, 그가 술에 취해 마사에게 폭언을 했던 일을 두고 하는 말이 아니다. 그런 행동은 그의 상태의 평계가 될 수 있었겠지만, 이제 곧 여러분도 알게 될 것이다. 그는 맨정신일 때에도 수많은 악랄한 말과 행동을 보여주었다.

그는 한 번인가 두 번, 공개적으로 우리가 학교 밖으로 벗어나는 것을 용납하지 않겠다고 말했다. 우리와 대립하던 첫날에는 그런 얘기를 하지 않았다는 것을 인정하지만, 그는 분명히 그렇게 말했다. 한 번은 앨리스와 에밀리가 있었고, 또 한 번은 에밀리와 마리가 있었다.

그 문제와 관련하여 실제로 누구에게 협박을 했는지는 기억이 나지 않는다. 만약 그런 협박을 당했다면 이 주 전 간단한 조사를 할 때 내가 기록해둔 자료에서 찾을 수 있을 것이다. 어쨌든 폭력을 행사하겠다는 구두 협박은 그때는 아니었다고 해도 어느 시점에선가 있었을 거라고 확신한다.

또한 두 차례에 걸쳐 내가 있는 자리에서 그는 아버지의 권총을 들고, 무언의 협박을 행사했다. 한 번은 저녁 식사 시간이었고 또 한 번은 내가 가르치는 프랑스어 수업시간이었다.

첫 번째 경우에는 허리에 총을 차고 들어와서는 자신이 장미 정자의 벤치에 앉아 총을 닦고 있었는데, 거기 놓아두었다가는 저녁 이슬을 맞고 녹이 슬 것 같아 할 수 없이 들고 왔다며 거짓 사과를 했다. 마리 데브르가 "아니면 당신의 적들 중 한 명이 그 총을 찾을 수도 있었겠죠" 하고 교활하게 덧붙였고, 그는 싱긋 웃기만 할 뿐 대꾸를 하지 않았다.

두 번째 경우는 그로부터 하루쯤 지나서였다. 그는 오른손으로 목발과 함께 권총을 들고 서재 앞을 지나가다가 멈추어 서서 안에 대고 소리를 질렀다.

"위, 위, 나의 어여쁜 마드모아젤…… 열심히들 공부하세요, 파흘레 부, 하지만 억압당하는 가엾은 아일랜드인을 잊지 마세요!"

그러고 나서 그는 권총을 닦는 일을 끝냈다는 식의 말을 했지만 내가 서재 문을 닫았기 때문에 끝까지 듣진 못했다.

혹자는 두 경우 모두 그가 그저 장난삼아 총을 들고 있었을 뿐 우릴 해칠 생각은 없었다고 말할 수도 있을 것이다. 정말 그랬을 수도 있다. 나는 확고한 맥버니 상병의 옹호자들 중 한 명이었고, 그가 우리를 약올린 거라고 믿을 준비가 되어 있었다. 어쩌면 두 번 다 총알이 장전되지 않은 상태였을 수도 있고, 어쩌면 두 번 다 술에 취했을 수도 있다. 그 두 가지 모두 사실이었을 수도 있었다. 그러나 그 변명으로도 그때 그 자리에 있었던 사람들의 두려움을 경감시킬 수는 없다. 그런 것들이 우리의 일상 속에서 일어나는 혼란과 분열, 혹은 더 심각한 일이 벌어질 수 있다는 불안감으로 유발된 혼란과 분열의 변명이 될 수는 없었다.

맥버니 상병은 매일 엄청난 양의 술을 마셨고, 처음에 그에게 연민을 느꼈던 나도 인내심을 잃어가기 시작했다. 처음에는 와인이 곧 바닥날 것을 걱정했다. 그래서 화가 나긴 했지만 그렇게라도 맥버니 상병의 고통이 완화되기를 바랐다. 만약 그의 독선적인 태도가 술 때문이라면 마지막 와인병과 함께 사라질 테니까. 그러나 내가 생각했던 것보다 지하 창고에 와인이 더 많았거나 아니면 맥버니 상병이 술에 약했던 모양이다.

지금부터 나는 맥버니에 대한 나의 모든 연민을 잃게 만든 개인적 사건에 대해 얘기하려고 한다.

첫 번째 사건은 그가 처음 마사에게 대든 날로부터 사흘인가 나흘 뒤에 일어났다. 그 시간 동안 마사는 자신의 권위를 행사하기 위한 그 어떤 시도도 하지 않았다. 그러면서도 도움을 청하기 위해 자기가 밖에 나가 있는 동안 그와 나를 단둘이 남겨두는 게 두렵다고 말했다. 반면 나는 여전히 우리가 처한 상황의 위험을 과소평가했고, 나 혼자서도 충분히 그를 다룰 수 있다고 생각했다. 그러나 머지않아 나의 용기는 시험대에 올랐고, 우리의 손님에 대한 나의 감정도 급격하게 달라졌다.

그 사건이 일어난 날 오후, 나는 2층 내 침실에 혼자 있었다. 마사는 서재에서 영국사 수업을 하고 있었다. 응접실에 있었는지도 모르겠다. 역사 수업은 본래 응접실에서 이루어졌고, 당시 맥버니 상병이 어디든 마음대로 돌아다니는 상황이라 우리는 본래 하던 장소에서 수업을 진행했다. 어쨌든 나는 가벼운 두통 때문에 방으로 돌아가 있었는데 천천히 계단을 올라오는 규칙적인 목발 소리가 들렸다. 나는 일어나 앉았고 곧바로 누가 오고 있는지, 그리고 어디로 오고 있는지 알아차렸다. 위층에는 나 혼자 있었기 때문이었다. 침대에 앉아 그가 내 방으로 걸어오는 동안 나의 심장은 얼어붙었다.

그가 처음 노크를 했을 나는 대답을 할 수가 없었다. 그가 다시 노크를 하며 나지막이 말했다.

"해리엇 선생님, 안에 계신가요? 잠깐 얘기 좀 할 수 있을까요?"

그의 말투는 언제나처럼 다정했다. 적어도 나에게는 항상 그랬다. 나는 요구라기보다는 부탁이라고 생각했고, 부르기만 하면 다른 사람들이 언제든 달려올 수 있는 상황이었다. 나는 방에 들어올 때 문을 잠그지 않았고, 그것이 나로 하여금 그의 행동을 막을 수 없게 만든 또 하나의 요인이었다.

"뭘 원하시죠?" 내가 최대한 침착하게 물었다.

"그냥 좀 사적인 문제예요, 해리엇 선생님." 그가 문에 기대서서 낮게 속삭였다. "제 얘기 좀 들어주시겠어요? 날 도울 사람은 당신 뿐이에요." 그가 말을 멈추고 기다렸다. "당신은 이 집에서 나의 유일한 친구예요, 해리엇 선생님."

내가 그의 유일한 친구라는 말에는 동의할 수 없었다. 그리고 내가 그의 친구라는 것도. 하지만 그 말은 폭력을 휘두를 작정인 사람이 할 말은 아닌 것 같았고, 나는 문을 조금 열었다.

"여긴 내 방이에요."

"네, 선생님, 알고 있습니다. 하지만 응접실도 있죠?"

"옆에 딸려 있어요. 옆문으로 들어오세요."

내가 방을 가로질러 응접실로 가서 문을 열고 복도를 걸어오는 그를 기다렸다. 그가 목발을 짚고 문 앞에 다다르자 나는 옆으로 비켜서 그를 안으로 들여주었다.

"고맙습니다, 해리엇 선생님. 당신은 믿어도 될 거라 생각했어요." 그가 웃으며 말했다.

"글쎄요. 그건 저도 잘 모르겠네요. 당신이 무얼 원하느냐에 따라 다르겠죠."

"당신의 좋은 감정이랄까요. 그게 다예요. 물론 제가 청하지 않으면 그런 감정을 베풀어주시지 않는다는 건 아니고요."

그가 말을 멈추었다. 내가 앉기를 기다리는 것 같았지만 나는 그의 뜻대로 하는 게 내키지 않았다. 그와의 만남은 되도록 짧게 끝내고 싶었다.

"난 이 세상 전체에 좋은 감정을 품고 있어요. 나에겐 증오가 없어요. 몹시 싫어하는 마음도요. 그건 어떤 생명체에 대해서도 마찬가지예요. 심지어 나의 적으로 여겨지는 사람들에게도 그래요. 누구한테나 그렇게 말할 용기는 없지만요."

"아, 당신에겐 용기가 있어요. 분명히 선하고 강한 마음도 있고요. 그 작고 여린 몸속에."

"죄송하지만 제 몸과 마음에 관해서는 당신과 논의하고 싶지 않습니다."

"그런 논의를 할 생각은 아니었어요." 그가 미소 지었다. "그저 말이 그렇다는 거죠. 제가 하고 싶은 말은 당신에겐 마음 먹은 일을 실행할 강한 의지가 있다는 거예요. 당신의 여린 외모에 속는 사람들도 있겠지만, 난 그렇지 않아요. 난 있는 그대로의 당신을 알아요, 해리엇 선생님. 그래서 당신을 존경하고요. 날 도와주세요, 해리엇 선생님."

"어떻게 도와드릴까요?"

"여기 머물 수 있도록 도와주세요. 그게 다예요. 전 당분간 여기에 머물고 싶습니다."

"아무도 도와주지 않아도 그렇게 하고 계신 것 같은데요."

"하지만 이런 식으론 오래 머물 수가 없어요. 여왕 폐하의 허락 없이는 여기 오래 머물 수 없어요. 기분 상해하진 마세요. 하지만 당신에게 그 사실을 인정하는 건 전혀 꺼려지지 않네요. 전 환영받지 못하는 곳에서 머무는 그런 사람은 아닙니다. 그러니까 제가 부탁드리고 싶은 건, 언니 되시는 분께 저에 대한 좋은 얘기를 해달란 겁니다. 저에 대한 생각이 바뀔 수 있게요. 사실 제가 그렇게 나쁜 놈은 아니거든요, 해리엇 선생님."

"물론 그럴 거라고 생각해요. 마사도 그 사실을 알고 있을 거예요. 하지만 그럼에도 마사는 당신에게 화가 났고, 당신을 쉽게 용서할 것 같지 않아요."

"당신이 부탁한다면 용서할지도 모르죠. 당신이 계속 얘기한다면, 제가 진심으로 미안해하고 있고, 아무도 해칠 생각이 없다고 설득할 수 있을 거예요. 그럼 이곳 상황이 예전으로 돌아갈 수도 있겠지요. 전 여기서 아주 쓸모 있는 사람이 될 수 있어요. 여기서 일을 해서 제가 먹는 음식값 이상을 치를 수 있어요. 저에겐 두 개의 튼튼한 팔과 튼튼한 허리가 있고, 이제 목발로 걷는 법도 배웠어요. 전 마음 먹은 건 뭐든 빨리 배웁니다, 해리엇 선생님. 뭐든 저한테 한 번만 알려주시면, 혹은 한 번만 보여주시면 그다음엔 잊으셔도 돼요. 나무를 벤다든가 울타리를 손질한다든가 옥수수를 심는다든가 아니면 울타리를 칠한다든가. 그런 일은 뭐든 할 수 있어요, 뭐든지 다. 헐거워진 합판에 못을 박는다든가 시계를 수리해야 한다든가 우물을 파야 한다던가, 제가 다 할 수 있어요. 물론 영원히 여기 머물겠다는 건 아닙니다. 한 일 년 정도? 그때쯤 다시 한 번 상황을 살펴보고 얼마나 좋아졌는지 둘러보세요. 제가 기대를 충족시켰는지, 제 방식으로 신세를 갚았는지. 일단 전쟁이 끝날 때까지만 여기 있다가 그다음엔 다시 상황을 보는 거예요. 제 생각이 어떻습니까, 해리엇 선생님? 절 도와주시겠습니까? 제가 머물 수 있도록 얘기해주시겠습니까?"

"마사가 이미 그렇게 하고 있는 것 같은데요."

"제 말은 언니분이 저에게 이곳에 있어도 좋다고 말을 해주시는 겁니다. 다시 절 다정하게 대하고, 얘기를 하고, 학생들이 저에게 말을 걸 수 있도록 해주시는 거예요. 그렇게 할 수 있게 해달라고 부탁해주시겠어요?"

"안타깝게도 마사가 그 부탁은 절대 들어주지 않을 거예요. 내가 아니라 누가 해도 마찬가지예요."

"당신이 원한다면…… 당신이 내가 머물길 원한다고 하면 어떨까요."

"그게 무슨 말인지 잘 모르겠군요. 적어도 더 이상은 아니에요."
내가 침착하게 말했다.

"오 해리엇 선생님." 그가 충격을 받은 표정으로 말했다. "설마
진심은 아니겠지요. 전 당신만 믿고 있었어요. 당신은 항상 내 곁
을 지켜줄 거라고 생각했어요."

"왜 그런 생각을 하셨나요?"

"우린 공통점이 많으니까요. 언젠가 당신도 그렇게 말했잖아
요."

"제가요? 제가 언제 그런 말을 했던가요?"

"그게, 어쩌면 제가 한 말인지도 모르겠네요. 하지만 분명히 당
신도 동의했어요. 우리가 같은 것을 좋아하기 때문에 닮았다고. 기
억 안 나세요? 좋은 시와 훌륭한 와인과 그 모든 멋진 것들."

"제가 와인을 좋아한다고 누가 그러던가요, 맥버니 씨?"

"당신이…… 당신이 말하지 않았나요?"

"좋아한다고 했다면 제가 잠깐 제정신이 아니었겠죠. 와인을 좋
아한다고 말했다니…… 그건 숙녀가 할 말이 아니니까요."

"진정하세요, 해리엇 선생님. 전혀 그런 뜻이 아니었어요. 당신
이 좋은 와인을 음미할 줄 알고, 좋은 것과 나쁜 것을 구분하는 안
목을 가졌다는 뜻이에요."

"그러니까 와인을 많이 마셔서 전문가가 되었다는 뜻인가요?"

"아뇨, 그게 아니고……."

"강하게 부정하진 않으시네요, 맥버니 씨. 그럼 다른 공통점에
대해서도 얘기해보죠. 시에 조예가 깊으신가요, 맥버니 씨?"

"아, 그럼요. 전에 말씀드렸잖아요…… 셰익스피어와 그의 작품

들."

"그랬죠. 저도 기억해요. 소네트 116번을 암송하고 어렸을 때 그 시를 여러 번 읽었다고 하셨죠. 어느 날 저녁에는 맥베스 이야 기를 들려주셨고요. 그것도 아주 흥미진진하게."

"고맙습니다, 해리엇 선생님. 제가 좋아하는 작품들 중 하나예 요."

"또 뭐가 있나요, 맥버니 씨?"

"뭐가 있냐고요?"

"작품들이라고 하셨잖아요. 그것 말고 셰익스피어의 어떤 작품 을 좋아하시죠?"

"다 좋아합니다. 하나만 고르기는 어려워요, 아시다시피."

"맥베스 말고 하나만 더 말해보세요."

"어디 보자…… 너무 많아서……."

"〈볼포네〉…… 아니면 〈파우스트 박사〉?"

"네, 아주 좋은 작품들이죠."

"처음 건 벤 존슨의 작품이고 두 번째 건 토마스 만의 작품이에 요. 셰익스피어의 희곡을 댈 수 없다면 소네트를 하나 더 암송해 주세요."

"제가 기억하고 있는 작품은 그게 유일합니다."

"그럼 그걸 다시 암송해보세요."

"어디 보자…… 그게…… 어떻게 시작하죠?"

"앞서 내가 썼던 글은 거짓…… 당신을 이보다 더 사랑할 순 없 다는 말조차도……."

"맞아요."

"그러나 그때 나는 몰랐네. 나의 사랑이 더 선명하게 불타오르리란 것을……."

"계속하세요, 선생님. 잘하고 계십니다."

"고맙습니다. 물론 이 소네트는 115번이에요, 116번이 아니고. 아무래도 당신은 사기꾼인 것 같군요, 맥버니 씨. 우리 응접실에 있던 셰익스피어 작품 중 한 권을 어쩌다 우연히 읽었던 거예요. 학생 중 한 명이 한동안 그 책이 서재에 없었다고 했어요. 당신은 맥베스를 읽고 그중 소네트 하나를 외워서 하루나 이틀 정도 기억하고 있다가 지금은 잊어버린 거예요."

"제가 왜 그런 짓을 하겠어요, 해리엇 선생님?"

"당신이 말해보시죠, 맥버니 씨. 그걸 아는 사람은 오직 당신뿐일 테니까. 아마도 우리에게, 특히 나에게 매력적으로 보이고 싶어서 그랬겠죠."

"왜 특히 당신에게 그랬다고 생각하시죠?" 그는 전혀 부끄러워하는 기색 없이 미소를 지으며 서 있었다. 정작 창피해진 건 나 자신이었다.

"내 마음을 얻고 싶었겠죠. 다른 사람들 마음을 얻고 싶어했던 것처럼."

"이런, 솔직히 그래요, 해리엇 선생님. 이 모든 게 특별히 당신을 위한 거였어요. 당신 말이 옳아요. 이 집 응접실에 들어서기 전에 셰익스피어가 누군지 아느냐고 당신이 물었다면 아마 어떤 겁 많은 인디언이라고 대답했을 거예요. 그가 영국인이었다는 사실만으로도 아일랜드 사람들에겐 그의 책을 읽지 않을 이유가 충분하죠. 더구나 우리에게도 더 훌륭한 시인들이 많으니까요. 하지만 어쨌건 난 당신이 날 학식 있는 사람으로 생각해주길 바랐어요. 그래서 책을 찾았고, 그 희곡과 시 몇 편을 읽었고, 그중 한 편을 골라 외웠어요. 당신이 날 좋아하기를 바랐기 때문이에요."

"날 속이지 않았다면 당신을 좋아했을 가능성이 더 높아졌을 텐데."

"이제야 알겠네요." 그가 진지하게 말했다. "그리고 맹세하건대, 앞으론 절대 그런 짓은 하지 않겠습니다. 이 집에 있는 모든 셰익스피어의 희곡과 시를 읽겠습니다. 한두 달만 시간을 주시면 아주 멋진 남자가 되어 있는 절 보게 되실 거예요. 가끔 한두 시간 정도 짬을 내어 절 도와주시면 어떨까요. 가장 열심히 공부해야 할 책이 무언지 제가 알 수 있도록. 뭐든 암기할 수는 있지만, 그 의미를 이해하진 못하거든요. 그 부분을 도와주시면 좋겠어요. 저한테 설명을 해주세요. 당신의 애제자가 되겠습니다, 해리엇 선생님. 제가 정말 자랑스러우실 거예요."

"제가 당신을 좋아하고 당신을 자랑스러워하는 게 당신한테 왜 그렇게 중요하죠?"

"전 당신을 무척 좋아하니까요. 사실 당신과 사랑에 빠졌다고 말해야 할 것 같습니다."

눈 한 번 깜빡이지 않고 날 보며 그가 말했다. 조금도 머뭇거리는 기색이 없었고, 마치 날씨라든가 텃밭의 상태를 논하는 듯 덤덤하게 말했다. 나의 반응은 그의 말투만큼 차분하지 않았다. 두말할 것도 없이.

"그만 아래층으로 내려가시죠, 맥버니 씨." 내가 가까스로 내뱉었다.

"저 때문에 기분이 상하셨나요?"

"듣기 거북하네요."

"아, 아주 나쁜 건 아니네요." 그가 엄청난 자신감을 보이며 말했다. "그 얘기를 듣고 놀라시는 건 당연하죠. 제가 여기 온 지는 꽤 되었지만 전엔 이런 얘기를 한 적이 없고, 그러니 조금 불편한 게 당연하죠. 모욕감을 느끼지 않으셨다면 다행입니다."

"모욕감을 느끼진 않았어요. 하지만 그만 가주세요."

"저와 같은 감정은 아니시겠죠. 하지만 설령 그렇다고 해도 인정하진 않으실 거라 생각합니다. 이렇게 갑작스럽게는."

"맥버니 씨, 난 당신하고 거의 한 세대 가까이 나이 차이가 나요." 내가 조금 더 흥분해서 말했다.

"전혀 그렇게 안 보여요. 그리고 그런 건 별로 중요하지 않아요. 당신은 여기 있는 그 어떤 학생보다 마음이 젊고, 그들을 전부 합친 것보다 더 매력적이니까요."

"맥버니 씨, 이런 대화는 지속할 수 없어요." 내가 분노에 가까운 감정을 느끼며 말했다.

"제가 이쪽 사람이 아니라 인정하고 싶지 않으시겠죠. 안 그런가요? 적과 내통하는 것처럼 보일 테니까요. 당신의 솔직한 감정을 드러내는 게 조금 불안하시겠죠."

"맥버니 씨, 제발." 내가 소리치다시피 말했다.

"전쟁이 끝날 때까지 내가 여기 머물러야 하는 이유가 하나 더 생긴 셈이네요. 그때가 되면 모든 걸 드러낼 수 있겠죠. 사회적 지탄을 걱정하지 않고." 그가 미소를 지었다.

"왜 계속 우기는 거죠, 맥버니 씨? 전 한 번도 그런 말을……."

"한 번도 그런 말을 한 적이 없지요. 당신이 나한테 그렇게 말했다고 한 적 없어요. 비밀을 지키면 되잖아요. 그게 당신이 원하는 거라면."

"제발, 맥버니 씨, 이렇게 부탁할게요……."

"좀 앉으세요, 선생님. 거기 앉으세요, 네?"

그가 목발을 짚고 내 쪽으로 다가왔고, 나는 뒤쪽의 작은 소파로 물러났다.

"그만 내려가세요……. 우리 둘 다 내려가야 해요."

그렇게 말하면서도 나는 그가 말한 대로 자리에 앉았다. 내 기억으로 그때 나는 무척 두려웠지만 마치 최면에 걸린 사람처럼 행동하고 있었다. 가장 현명한 행동은 소리를 질러 도움을 청하는 것이었겠지만 난 그럴 수가 없었다. 첫째로 나는 그가 두려웠고, 둘째로 그는 단지 한심하고 유치한 방식으로 날 칭찬한 것뿐이었다. 그런 일로 수선을 떠는 것은 그보다 더 한심해 보일 거고, 안 그래도 마사의 눈 밖에 난 그에게 미운털이 더 박힐 것 같아서였다.

"자, 한결 낫네요. 그만 떠세요, 해리엇 선생님. 아무도 당신을 해치지 않아요. 다시 말하지만 내가 당신한테 원하는 건 나에 대한 당신의 좋은 감정이에요. 일단 그 정도에서 시작한다면 앞으론 분명히 더 좋아질 거예요."

그가 목발을 옆에 포개어놓고 내 옆에 앉았다.

"맥버니 씨, 당신은 아주 어려요. 아직 어린 소년일 뿐이죠. 하지만 난 중년의 여자예요. 그런데 앞으로 무슨 일이 일어난다는 거죠?"

"단지 그것 때문인가요? 내 나이?"

"아뇨, 그게 다는 아니에요." 나는 최대한 침착하게 대답했다. "우리 나이가 같다고 해도 문제는 여전히 남아 있어요. 가장 큰 문제는 당신이 나에 대해 느끼는 감정을 나는 느끼지 못한다는 거예요."

"느낄 거예요." 엄청난 자신감을 보이며 그가 말했다. "시간만

주세요. 당신이 나에게 보여주었던 친절을 전부 갚아드릴게요. 해리엇 선생님, 그날 아침 당신이 내게 와서 내 이마를 짚어주고, 다정한 목소리로 내게 말을 걸어줘서 얼마나 고마웠는지 몰라요. 그날을 기억하시나요, 해리엇 선생님? 그리고 내게 했던 말들도? 그때 당신이 내게 말했죠. 내 기억으로는 그때였던 것 같아요. 우리에게 공통점이 있다고 생각한 게. 어쩌면 당신이 그런 말을 해주길 너무도 바랐는지도 몰라요. 내가 극도로 허약한 상태라 꿈을 꾼 것일 수도 있겠지만요. 당신이 도자기 동상과 에스파냐 레이스를 갖고 있단 얘기를 했던 기억이 나요. 그게 그 첫날 아침이었나요? 아니면 다른 날이었나요? 아니면 다 저의 상상일 뿐이었나요? 그런 걸 갖고 있나요, 해리엇 선생님? 갖고 있다면 보여줄 수 있나요?"

"네, 갖고 있어요. 하지만 다음에 보여드리죠."

"좋아요. 나 혼자 꿈꾼 게 아니란 걸 알았으니 됐어요. 그럼 다른 일로 시간을 보내보면 어떨까요? 당신과 나 단둘이. 네?"

그가 내 손을 잡고 꽉 움켜쥐었다. 거칠게 잡진 않았지만 설령 그가 내 손을 으깨어놓았다고 해도 나는 전혀 고통을 느끼지 못했을 것이다. 그 정도로 나는 두려움에 몸이 얼어붙어 있었다.

"첫날 아침, 또 무슨 일이 있었는지 기억하세요? 내가 어린 시절 아팠을 때, 주인집 딸이 당신처럼 날 돌봐주어서 내가 키스했다고 얘기한 거 기억하시나요? 내가 어떻게 했는지 보여드렸죠? 기억나세요?"

그 일은 한 번도 내 뇌리를 떠난 적이 없었지만 나는 그렇다고 말하지 않았다. 그가 두 팔을 내게 두르고 한 번 더 그 키스를 보여주었을 때에도 나는 꼼짝도 할 수가 없었다. 그 키스는 무척 부드러웠고, 노련했으며 내가 몸을 빼기도 전에 끝나버렸다.

"맥버니 씨, 다시는 이런 짓 하지 마세요." 마침내 내가 말을 할 수 있게 되었다.

"그때도 그렇게 말했죠." 그가 미소를 지었다. "하나도 안 아프잖아요……. 아프지 않았죠? 오, 해리엇 선생님, 당신은 정말 아름다운 여자예요. 당신이 스물다섯이건 쉰이건 상관없지만, 연습은 좀 해야 할 것 같네요. 말해봐요, 해리엇 선생님, 당신에게 키스해준 사람, 당신이 좋아하는 방식으로 키스해준 사람이 있었나요?"

"한 사람 있었어요." 내가 시인했다. 그를 떨쳐내고 싶은 생각에 그가 무슨 말을 했건 나는 맞장구를 쳤을 것이다.

"그 사람이 누구죠? 지금은 어디에 있나요?"

"나도 몰라요."

"죽었나요? 전사했나요?"

"사라졌어요. 지금 어디 있는지 모르겠어요. 자, 이제 그만…… 나가주세요, 맥버니 씨."

"잠깐만요. 당신한테 설명할 게 있어요. 내가 왜 이곳으로 왔다고 생각하시죠, 해리엇 선생님?"

"숲에서 길을 잃었잖아요. 어밀리아 대브니가 당신을 발견했고요." 내가 덤덤하게 말했다.

"어밀리아와 다른 사람들은 모두 그렇게 생각하고 있죠. 사실난 그때 길을 잃은 게 아니었어요. 어디로 가야 할지 정확히 알고 있었어요. 전투에서 부상을 당한 건 사실이고, 잠깐 휴식을 취하고 있었던 것도 맞아요. 그때 어밀리아가 다가왔지만 어밀리아가 도와주지 않았더라도 난 다시 일어서서…… 가던 길을 갔을 거예요. 내가 어디로 향하고 있었을까요, 해리엇 선생님?"

"모르겠어요."

"여기요, 바로 여기였어요. 난 이곳으로 오는 중이었어요. 바로 이 집으로." 그가 의기양양하게 말했다. "왠지 아세요? 내가 왜 이 곳으로 오고 있었는지 아세요?"

"아뇨." 내가 자포자기한 심정으로 말했다.

"당신을 만나려고요. 바로 당신을 만나기 위해 판즈워스로 오는 길이었어요."

"왜요? 당신은 날 알지도 못했잖아요."

"당신 이야기를 들었거든요, 달링. 당신이 어떻게 생겼고, 얼마나 다정한 사람인지 알고 있었어요. 그래서 당신을 만나기 전부터 당신에게 빠져 있었어요."

"내 얘기를 누구한테 들었죠? 누가 내 얘기를 하던가요?"

"바로 그게 가장 놀라운 대목입니다. 당신을 아주 잘 아는 사람이었어요. 지금 내 감정이 그런 것처럼 당신에게 아주 친밀감을 느꼈던 사람요. 바로 당신 약혼자였던 사람."

"저의 약혼자라고요?"

"맞습니다. 당신이 결혼하려고 했던 사람. 어디 보자, 이름이 뭐였더라? 해리 윌슨? 아니, 하워드 윌슨. 아, 그게 아닌데. 하워드 윈슬로라고 했던가……. 아, 분명 그 이름이었어요."

"하워드 윈슬로를 어디서 만났죠?"

"전장에서요." 그가 침착하게 나를 보며 말했다. "래피댄이라는 강을 건넌 다음 날 아침, 저 숲 건너편에서였어요. 전투가 막 시작되었고, 저는 병사들과 함께 수풀을 지나 전진하고 있었어요. 안개가 얼마나 자욱한지 옆 사람 코도 안 보였고, 제 다리조차 무릎 아래로는 보이지 않았어요. 다른 병사와 팔 길이 이상 떨어지게 되면 혼자 숨이 턱턱 막히고 눈물이 줄줄 나는 그런 세상 속에서 길을 잃게 되었지요. 물론 그 세상 밖으로 나가면 문명세계가 펼쳐진다는 게 위안이 될 수는 있었지요. 산탄과 연막탄과 미니에식* 총알들이 휙휙 날아다니고, 쿵쿵거리는 소리, 고함, 비명이 사방에서 울려 퍼지는 그런 문명세계 말이에요. 그런 식으로 오 분쯤 전진했는데, 제게는 그 시간이 오 년 같았어요. 그때부터는 우리 부대에서 나 혼자만 두 발로 서 있는 게 아닌가 하는 의심마저 들더군요. 모두가 오십 미터 뒤에 쓰러져 있을지도 모른다는 생각이 들었어요. 아니면 죽었거나. 그래서 난 생각했죠. 가엾은 아일랜드 청년이 혼자 걷고 있네, 어쩌면 스무 발도 못 가서 아침 식사를 하는 리 장군과 만날지도 몰라. 그러면 인사를 건네야지. '안녕하세요, 장군님.' '만나서 반갑네, 고향 친구. 화창한 여름 아침인데, 전쟁은 어떻게 되어가고 있나?' '별로 상황이 좋진 않습니다. 그래서 드리는 말씀인데, 장군님이 허락하신다면 저도 장군님 옆에 앉아 얇게 저민 베이컨 한 접시를 얻어먹을까 합니다만.'

그렇게 혼자 중얼거리면서 계속 걸었어요. 쇳조각들이 귓가를 스칠 때마다 끔찍한 공포에 이를 딱딱 부딪치지 않기 위해서라도 걸어야 했어요. 그러다가 갑자기 걸음을 비틀거렸는데, 전 제가 총을 맞은 줄 알았어요. 알고 보니 바닥에 있는 무언가에 발이 걸린 거였어요. 연기 속으로 고꾸라지면서 머리를 바닥이나 나무에 부딪쳤던 것 같아요. 잠시 멍한 상태로 있었는데, 그 틈에 다른 병사들이 저를 두고 가버렸어요.

그러다가 뒤쪽에서 섬뜩한 신음이 들려서 기어가서 보았더니

---

* 19세기에 사용된 원뿔 모양의 확장식 총알.

내 발이 무엇에 걸려 넘어졌는지 알겠더라고요. 반란군 병사, 아니 장교였어요. 그는 등을 바닥에 대고 누워 물을 달라고 신음했어요. 저는 수통을 꺼내 입에 대어주면서 그의 상태를 살펴보았어요. 가슴에 박힌 파편으로 보아 마지막이 그리 멀지 않았다는 것을 알 수 있었지요.

수통에는 물이 얼마 없었지만 저는 그에게 물을 주었어요. '고맙네, 친구.' 그가 아주 힘없는 목소리로 제게 말했어요. '내가 이 친절에 보답할 수 있으면 좋으련만.'

그래서 '그러실 필요 없어요. 머리 위로 온갖 쇳조각이 날아다닐 때 여기서 잠시 피신하는 것도 나쁠 건 없으니까요' 하고 대답했어요.

그가 곧 눈을 감았고, 그렇게 끝인 줄 알았는데 그는 죽지 않았어요. 잠시 후 다시 말을 했지만 목소리가 너무 가냘퍼서 귀를 가까이 대야만 들을 수 있었어요. '곤경에 처해 어디에서도 도움을 얻을 수 없을 때, 어디로 가야 할지 알려주겠네. 이 숲을 따라 가던 길로 쭉 가면 냇물이 나와. 냇물을 건너서 왼쪽으로 가면 머지않아 흰 저택이 있는 농장에 다다를 거야. 거기 있는 아름다운 아가씨가 당신을 도와줄걸세. 그녀의 이름은 해리엇 판즈워스이고, 그녀를 만나거든 날 위해 한 가지 부탁을 들어주게. 그녀에게 키스를 하고 하워드 윈슬로 대위가 전쟁터에서 돌아오지 못해서 정말 미안해하더라고 전해주게.'"

맥버니 상병이 자신의 서글픈 이야기를 멈추고, 내 손을 꼭 잡더니 애처로운 표정으로 나를 보았다. 그 순간 나는 두려움 따위는 전부 잊어버리고 그의 얼굴에 대고 깔깔 웃어주고 싶었다.

"그 사람이 대위였다고요?"

"맞아요. 제가 보기엔 그랬어요. 군복이 피와 흙으로 얼룩져 있었지만 분명히 대위 계급장인 것 같았어요."

"세상에, 난 하워드 윈슬로가 죽기 전에 적어도 장군이나 대령 정도는 되어 있을 줄 알았는데……. 그러니까 그 사람이 죽었다는 거죠?"

"네……. 저와 함께 있을 때 죽었어요. 그게 그가 살아서 마지막으로 한 말이었어요."

"그러니까 가엾은 하워드 윈슬로가 당신 품에서 죽었다는 거군요."

"그렇습니다."

"어떻게 생겼는지 한번 말해보시겠어요, 맥버니 씨? 당신 말을 못 믿겠다는 건 아니지만, 다른 사람이 하워드 윈슬로 행세를 한 것일 수도 있잖아요? 누군가 불순한 의도를 품고 가엾은 그의 신분을 이용한 걸 수도 있잖아요? 그러니 그 가엾은 친구가 어떻게 생겼는지 얘기해주시겠어요?"

"어디 보자, 그날 연기가 얼마나 자욱했는지 몰라요. 더군다나 그가 흙투성이에 피범벅이었던 것을 감안하셔야 합니다. 그런 상황에서 만났으니 그 모습을 설명하기란 쉽지 않은 일이에요. 어쨌든 키는 큰 편이었어요." 맥버니 상병이 조금 불안해하며 말했다.

"미안해요." 나는 미소를 감추려 애쓰며 말했다. "내가 아는 하워드 윈슬로는 키가 작은 편이었어요. 나보다 얼마 안 컸어요."

"그렇군요. 그렇다면 수척한 상태로 바닥에 누워 있어서 잘못 봤나 보네요."

"수척했다고요? 내가 알던 그는 어깨가 넓고 땅딸막했는데요."

"하지만 몇 달 동안 전투식량을 먹다 보면 누구라도 체중이 감소한다는 사실을 잊지 마세요." 맥버니 상병이 능글맞게 말했다. "생각해보니 어깨가 넓었던 것 같아요. 수척하고 퀭했던 건 그의 얼굴이었어요."

"머리색은 어떻던가요?"

"아…… 약간 갈색이었던 것 같아요."

"눈동자는요?"

"파란색…… 아니면 회색……. 그 비슷한 색."

"흉터는 없고요?"

"아…… 흉터는 안 보이던데요."

"머리카락은 반듯하게 뻗었나요? 아니면 곱슬하던가요?"

"아…… 곱슬했……던 것 같아요……. 제 머리카락처럼."

"맥버니 씨, 당신은 희대의 거짓말쟁이예요. 이 집을 방문하던 하워드 윈슬로는 갈색 눈에 인디언처럼 검고 곧은 머리카락을 가졌어요."

"하지만 잊지 마세요." 맥버니 상병이 얼른 덧붙였다. "그 사람은 모자를 쓰고 있었고, 전 그의 머리카락 일부만 봤을 뿐이에요……. 그러고 보니…… 눈동자가 갈색이었던 것 같기도 해요. 주위에 연기가 자욱해서……."

"더구나 하워드 윈슬로는 이마에 커다란 상처가 있어요. 말을 타다 생긴 상처예요. 당신이 정말 그를 봤다면, 가장 먼저 그 흉터를 보았을 거예요."

"제발요, 해리엇 선생님. 절 거짓말쟁이라고 부르지 마세요. 어쩌면 당신이 아까 했던 말이 맞는지도 몰라요. 내가 만난 사람은 하워드 윈슬로가 아니라 그 사람 행세를 하는 사람이었을지도 몰라요. 어쩌면 하워드 윈슬로는 그와 같은 부대에서 싸우다가 이미 죽었는데, 부득이한 이유로 그의 이름을 사용하기로 했는지도 모르죠. 그 사람이 누구건 그 사람은 당신을 알았고, 하워드 윈슬로는 당신과 결혼하기로 되어 있었고, 그게 그 사람이 날 이곳으로 보낸 이유예요."

"그 이론에는 한 가지 문제가 있네요. 당신의 얘기 전체가 그런 것처럼 사실이 아닌 대목이 있어요. 이곳에 찾아오던 하워드 윈슬로는 나의 약혼자도 아니었고, 나의 연인도 아니었고, 심지어 친구도 아니었어요. 그는 근본 없는 게으름뱅이이고 건달이었어요. 로버트 주변에서 얼쩡거리면서 해만 끼치던 사람이었지요. 내가 알기로 윈슬로는 가진 것도 재능도 없었어요. 그의 흉터가 증명하듯이 말을 잘 타지도 못했어요. 만약 군에 입대했다면 그게 그의 첫 번째 임무였을 텐데 말이에요. 그 사람은 잘생기지도 않았고, 머리가 좋지도 않았고, 매력적이지도 않았고…… 그러니까 하워드 윈슬로는 결혼은 고사하고 그 누구에게도 추천할 만한 사람이 아니었어요."

"하지만 제가 듣기로는……." 맥버니의 눈이 휘둥그레졌다.

"맞아요. 당신은 어디선가 들었을 거예요. 하지만 하워드 윈슬로 본인에게서 듣지는 않았을 거예요. 내가 그를 좋게 평가하지 않았던 것처럼 그 사람도 날 좋게 보지 않았으니까요. 무슨 얘기든 어디선가 그 사람 얘길 듣긴 했을 거예요, 맥버니 씨. 그게 당신의 얘기에서 내가 유일하게 믿는 대목이에요. 마사에게 들었을지도 모르겠네요. 마사라면 나에 대해 얘기할 수 있었을 테니까요. 그게 아니라면, 결혼이 여자의 유일한 행복이라고 믿는 매티가 로버트를 제외하면 이곳에서 유일하게 빈둥거리며 시간을 보내는 남자가 하워드 윈슬로였기 때문에 내가 그와 결혼하고 싶었을 거라고 짐작했을 수도 있어요. 아니면 이곳에 있는 학생들이 전에 이곳을 찾아오던 손님 중 한 명이었던 하워드 윈슬로의 이름을 주워듣고 악의로 혹은 무지로, 혹은 그 두 가지 모두로 그와 나를 엮었을 수도 있고요."

내가 장광설을 마쳤다. 문자 그대로 장광설이었다는 것을 나도 인정한다. 그리고 그 자리에 앉아 그를 쏘아보았다.

"이럴 때의 당신이 너무 좋아요." 그가 다시 미소 지으며 말했다. "뺨에 혈색이 돌고, 머리가 흘러내리기 시작하고 눈처럼 흰 가슴이 마치 겁에 질린 비둘기처럼 파닥거릴 때."

그가 또다시 날 붙잡더니 내 입술에 자신의 입술을 들이밀었다. 이번에는 강압적으로. 나는 몸을 떼면서 비명을 질렀다.

"제발, 제발." 여전히 그가 바보처럼 웃으며 말했다. "당신을 사랑해요, 사랑한다고요, 해리엇 선생님."

그는 왼손으로 내 목덜미를 잡고, 오른손으로 내 입을 막았다. 숨을 쉴 수가 없었고 곧 방이 어두워지기 시작했다. '제발요, 맥버니 씨, 날 해치지 말아요'라고 생각했던 기억은 나지만, 그게 내가 기절하기 전에 마지막으로 외친 말들 중 하나였는지는 알 수가 없다.

내가 정신을 차렸을 때 그의 모습은 보이지 않았고, 모두 내 방에 들어와 있었다. 나는 바닥에 누워 있었고, 매티가 내 속옷을 풀어주고, 마사는 손목을 문지르고 있었다. 앨리스는 내 코밑에 양파를 대고 있었고, 에밀리는 젖은 수건을 내 머리 위에 얹어놓았다. 학생들이 제각기 다른 이유로 흥분하여 내 주위를 서성거리며 나를 지켜보았다. 내가 빨리 깨어난 것을 아쉬워하는 아이들도 있었던 것 같다.

내가 받은 충격에 비하면 빨리 깨어난 거라고, 나중에 매티가 알려주었다. 물론 그런 일들에 대한 매티의 기준은 과거 타이드워터 자치구의 기준에 따른 것이었다. 여자가 기절한 상태에서 십오 분 내로 깨어나지 않으면 매티가 '급성혼수'라고 부르는 증상이 온 것인데, 급성혼수상태가 되면 짧은 간격을 두고 감각이 살아나다가—가급적이면 짧은 비명과 함께—다시 혼수상태에 빠진다고 했다.

내가 겪은 일을 감안해볼 때 다소 경솔한 것일 수도 있지만 정신을 차리고 나서 그다지 괴로운 상태는 아니라고 해명해야만 했다. 불미스러운 일로 내가 직접적인 상해를 입지 않은 이상, 나는 그 문제를 전부 잊어버릴 작정이었다. 그러나 마사는 이 문제를 가볍게 넘기지 않을 기세였다.

"그자가 널 죽이려고 했어."

"아니, 아니야. 그건 오해야."

"맞아요, 해리엇 선생님. 저도 봤어요. 자니가 양손으로 선생님 목을 졸라 죽이려 했어요. 그러다가 우리가 오자마자 달아났어요." 흥분한 에밀리가 말했다.

"딱히 달아난 건 아니었어." 언제나 그를 먼저 두둔하고 나서는 어밀리아가 말했다. "우리가 들어갔을 때 자리를 피한 것뿐이야. 내가 처음 봤을 땐 해리엇 선생님 목을 조르고 있지 않았어. 바닥에 누워 있는 선생님한테 몸을 숙이고, 머리를 받치고, 괜찮은지 물었어."

"에드위나가 가장 먼저 왔던 것 같은데." 마리 데브르가 끼어들었다. "적어도 내가 왔을 때 에드위나가 문 앞에 서서 전부 지켜보고 있었어. 해리엇 선생님이 소리를 지르기 시작한 뒤에는 내가 가장 먼저 계단을 뛰어 올라왔거든. 앨리스가 나보다 먼저 가려고 제 드레스 뒷자락을 잡아뜯긴 했지만. 어쨌든 내가 도착했을 때, 에드위나는 이미 이곳에 와 있었어. 방에서 곧장 온 것 같던데. 그렇지, 에드위나?"

"너한테 심문당할 이유가 없어." 에드위나가 쌀쌀맞게 말하고 돌아섰다.

"마리의 질문에 대답할 필요는 없을 수도 있겠지." 마사가 에드위나를 째려보며 말했다. "하지만 이 학교 학생으로서의 의무가 있어. 맥버니가 해리엇을 해치려 달려드는 걸 보았다면 분명히 그렇다고 말해야 할 거야."

"해치려 하지 않았어요. 다친 데는 없잖아요. 안 그래요?" 에드위나가 퉁명스럽게 말했다.

"하지만 해칠 생각이었지." 마사가 우겼다.

"그 사람이 어떤 생각이었는지, 제가 어떻게 알겠어요?"

"교묘하게 넘어갈 생각 마라, 에드위나. 네가 본 걸 말해." 마사가 날카롭게 쏘아붙였다.

"그가 해리엇 선생님을 조용히 시키려고 하는 걸 봤어요."

"목을 졸라서?"

"손으로 입을 막았어요. 그걸 목을 졸랐다고 말씀하시는 건지 모르겠지만요. 제가 보기엔 해리엇 선생님이 비명을 지르는 것을 막으려고 하는 것 같았어요. 별로 성공적이지 않았다는 점도 덧붙이고 싶네요. 해리엇 선생님의 비명은 스폿실베이니아에서도 들렸을 테니까요."

"미안하다." 내가 힘없는 목소리로 말했다. 여전히 방이 빙글빙글 돌았고, 숨이 찼다. "나 때문에 걱정했다면, 미안하다……. 에드위나."

"창피한 줄 알아, 에드위나." 몇몇 아이들이 소리를 질렀다.

"만약 우리학교의 2인자가 적의 공격을 받았는데 반항조차 할
수 없다면 그야말로 창피한 일이죠." 에밀리가 말했다.

"말도 안 돼! 너는 물론이고 해리엇 선생님도 절대 공격을 당하
지 않았어." 어밀리아가 소리쳤다.

"하지만 난 당했는걸. 바로 그게 중요한 거야. 우린 지금 모두
공격을 당했고 이제 그걸 인식해야 할 때야." 에밀리가 대답했다.

"얘들아, 애들아. 이제 그만 이 일을 잊었으면 좋겠다. 그래, 어
밀리아 말이 맞을 거야. 맥버니 씨는 날 해칠 생각이 없었을 거
야."

"없었을 수도 있겠지. 하지만 그렇게 단정할 순 없어. 이 일이
여기 있는 모든 사람들에게 교훈이 되었으면 좋겠구나. 누구든 단
한순간도 맥버니 씨와 단둘이 있어선 안 돼. 전에 내린 지시를 다
시 한 번 반복해야겠다. 이 집에 있는 그 누구도 맥버니 씨와 대화
를 나누어선 안 돼. 만약 해리엇이 나의 지시를 기억하고 따랐다
면 오늘 오후와 같은 위험은 피할 수 있었을 거야."

"정말 그가 위험하다고 생각하세요, 마사 선생님?" 어밀리아가
주제넘게 소리쳤다.

"조용히 해! 방으로 쫓아버리기 전에."

그때쯤 나는 바닥에서 일어설 수 있었고, 매티가 나를 의자에
앉혀주었다.

"한 집에 살면서 어떻게 그 사람하고 대화를 안 할 수가 있지?
그걸 좀 설명해줄 수 있어?" 마침내 말을 할 수 있게 되었을 때 내
가 말했다.

"한 집에서 못 살아. 에밀리가 말한 것처럼 중요한 건 바로 그거야. 우리는 맥버니 씨에 관한 조치를 신속히 취해야 해. 난 다음번엔 또 무슨 일이 일어날지 걱정이 돼."

"당장 도움을 청할 생각이야?"

"나도 모르겠어. 이젠 널 두고 나가기가 더 두려워졌어. 하지만 빨리 결단을 내려야 한다는 건 알고 있어."

"진심으로 그가 떠나주기를 원한다는 걸 그가 알게 되면 더 우기지 않고 떠날 거예요. 원하신다면, 제가 가서 여기 있는 사람들 중에 환영하지 않는 사람들이 있다고 말할게요." 어밀리아가 말했다.

"그런 짓은 하지 마라, 어밀리아. 넌 이미 그와 접촉하지 말라는 경고를 받았고, 계속 규칙을 어길 생각이라면 너도 맥버니 씨와 함께 이 학교를 떠나라는 통보를 받을 수도 있어."

"맥버니가 자기 제안을 받아들일 거라고 생각한다면 어밀리아 대브니야말로 바보 멍청이야. 우리 중 누구 말도 듣지 않는 것처럼 어밀리아 말도 듣지 않을 테니까. 맥버니 상병은 우리의 적이고, 이제 우리 모두 그 사실을 깨달아야 해. 주제넘은 얘긴지 모르겠지만, 그를 무시할 방법을 찾을 게 아니라 우리가 스스로 어떻게 방어할지 생각해야 할 때라고 생각해요, 마사 선생님."

"아주 주제넘구나, 에밀리." 마사가 쏘아붙였다.

"우리 방문마다 열쇠와 자물쇠를 달면 좀 더 안전하게 느껴질 것 같아요." 앨리스가 말했다. 앨리스는 가끔 자신이 공짜로 이 학교에서 지내고 있다는 사실을 잊곤 한다.

"맞아요. 처음부터 앨리스의 방문에 자물쇠가 달려 있었더라면, 그래서 자니 맥버니 상병을 막을 수 있었다면, 지금 일어나는 모든 문제들을 피할 수 있었을 거예요. 제 기억으로는 사고가 있던 날 밤만 해도 자니는 자의로 이곳을 떠날 작정이었어요. 결국 그날의 사고는 앨리스가 자기 방문을 잠그지 않았기 때문에 일어난 일이었어요." 마리 데브르가 밉살스럽게 말했다. 그러자 앨리스는 마리의 곱슬한 머리카락을 힘껏 잡아당겼다. 그 뒤로 이 집의 모든 사람들이 내가 기절했었다는 사실은 까맣게 잊고 성난 앨리스와 발길질을 하며 소리 지르는 마리를 떼어놓느라 정신이 없었다. 결국 마사가 두 아이의 따귀를 연거푸 때리는 것으로 문제를 해결했다. 그 과정에서 에밀리가 자발적으로 도왔고, 당연히 일은 더 커져서 어밀리아가 에밀리의 손찌검으로부터 마리를 돕겠다고 나섰다.

매티가 마사를 도왔고 나도—여전히 어지러웠는데도—일어나 힘닿는 데까지 그들을 도와서 가까스로 상황이 정리되었다. 우리 세 사람이 뒤엉켜 싸우는 네 아이들을 떼어놓으며 네 명 모두 방으로 돌아가야 했다.

"돼먹지 못한 것들!" 마사가 소리쳤다. "너희 모두 저녁 식사는 없어! 어쩌면 내일 아침 식사도!"

"하지만 마사 선생님, 전 도우려고 했을 뿐인데요." 에밀리가 항의했다.

"조용히 해! 넌 요즘 너무 제멋대로야. 아무도 너에게 도움을 청하지 않았어. 앨리스와 마리는 나 혼자서도 충분히 떼어놓을 수 있었어. 이제 방으로 돌아가, 너희 전부 다. 나와도 좋다는 명령이 떨어질 때까지 방에서 나오지 마."

모두가 더 말대꾸를 하지 않고 내 방을 나섰다. 에밀리가 그렇게 화가 나서 얼굴이 벌겋게 달아오른 것을 처음 보았다. 이 소동에 전혀 끼어들지 않았던 에드위나 모로는 흐뭇하다는 듯 엷은 미소를 띠고 문 옆에 서 있었다.

"너도 방으로 돌아가." 마사의 살기등등한 지시에 에드위나는 고소하다는 듯이 씩 웃고는 특유의 고개인사를 하고 돌아섰다.

"잠깐만, 에드위나. 진실을 말해주겠니? 맥버니가 정말 날 해칠 생각이 없었다고 생각해?"

"직접 물어보시죠? 직접 물어보시면 대답해줄 것 같은데요. 그 사람한테 항상 무척 친절하셨잖아요."

그 말이 나의 짜증을 돋웠고, 나로 하여금 나중에 후회할 말을 하게 만들었다.

"직접 물어봐야겠다. 그럼 그 사람이 말해주겠지. 그 사람은 항상 여러 가지 얘기를 들려줘. 에드위나, 네 얘기도 많이 하더구나."

그 말에 그녀의 얼굴이 하얗게 질렸다. 평소에도 까무잡잡한 그녀의 얼굴색은 잿빛이 되었다고 표현하는 게 옳을지도 모르겠다.

"그 사람이 무슨 말을 했는데요?"

"여러 가지. 네 성장배경에 대해 조금 긴 이야기를 나누었어. 나한테 한 비난은 너한테도 해당될 것 같은데? 맥버니한테 무척 친절했다는 거."

"어서 네 방으로 들어가, 에드위나. 두 사람에게 경고하지. 두 사람과 맥버니의 우정은 여기서 끝이야."

에드위나가 새파랗게 질린 얼굴로 자리를 떴고, 마사가 곧 내 쪽으로 돌아섰다.

"맥버니가 너한테 에드위나 얘기를 했다는 게 무슨 뜻이야?"

"한 번 얘기한 적 있어." 내가 사실대로 대답했다. "에드위나를 무척 좋아한대. 텃밭에서 일하고 있을 때였는데, 에드위나 이야기를 잠깐 나눈 적이 있어. 에드위나가 여기 있는 아이들 중 가장 진실한 아이라고 하더라."

"그것 말고 또 무슨 얘기를 했지?"

"그게 거의 다였어."

"그런 얘기라면 에드위나의 성장배경에 대한 긴 이야기라고 말할 수 없잖아."

"내가 긴 이야기라고 했어? 내 말은 그런 뜻이 아니었어. 절대 에드위나를 화나게 할 생각은 없었어. 어쩌다 보니 그렇게 된 것 같지만."

그것은 사실이었다. 난 그 아이에게 슬픔을 안겨주고 싶지 않았다. 앞서도 여러 번 말했지만, 그 아이가 무척 다루기 힘든 아이인 것은 사실이지만, 나는 늘 그 아이가 안됐다는 생각을 했다. 그리고 언제나 그 아이가 잘되기만을 바랐다.

그때쯤 머리가 몹시 지끈거렸고, 나는 마사와 매티에게 쉬고 싶다고 양해를 구했다. 그들이 침실에서 나가자 길고 고통스러운 몸부림 끝에 잠이 들었고, 매티가 저녁 식사를 하라고 날 부를 때까지 잤다.

나는 섬뜩한 꿈을 꾸었던 걸로 기억한다. 그 꿈이 상당히 불쾌했다는 것은 기억하지만, 나의 과거가 왜곡된 형태로 보였다는 것 말고는 잘 이해가 가지 않는다. 꿈속에서 나는 아버지와 결혼을 했고, 맥버니 상병은 나의 아들이었는데 그의 모습이 로버트와 무척 닮았다. 가끔은 그가 로버트의 얼굴이 되었지만 여전히 남루한 파란색 군복을 입고 있었고, 다리는 하나였다.

그는 어린아이였다. 아주 작은, 거의 아기에 가까운 아이였다. 그는 서재 바닥에 앉아 크고 파란 눈으로 나를 쳐다보았고, 내가 그를 다시 요람에 눕히려고 하자 나를 쳐다보며 음흉한 미소를 지었다. 그가 미소짓는 방식이 나를 몹시 화나게 했고, 나는 그를 만지기가 두려웠다. 자식이라면 엄마를 그런 식으로 보아선 안 된다고 내가 그에게 말했다. 나는 그에게 눈을 감으라고, 아니면 고개를 돌려달라고 달래고 애원했지만 그는 그러지 않았다. 계속 나를 바라보며 미소를 지었다. 도저히 더 참을 수 없는 지경에 이르러 내가 화로에서 부지깽이를 집어 들고 그를 위협했다. 실제로 그를 칠 생각은 없었다. 그런데도 그는 여전히 미소를 지었고 나는 그를 때렸다. 아주 오랫동안 때렸다. 그가 없어질 때까지……. 그리고 그를 때리는 내내 내가 울었다는 사실도 덧붙여야 할 것 같다.

𝒮 에드위나 모로

맥버니 상병이 해리엇 선생님을 공격했다는 주장이 제기되던 날 밤, 그것 말고는 불미스러운 일이 더는 없었다. 적어도 내가 아는 한 낮 시간에는 그런 일이 일어나지 않았다. 그는 해리엇 선생님의 방에서 나와 응접실로 들어갔고, 그곳에 쭉 머물렀다.

우리가 모두 식탁에 앉아 있을 때 매티가 그에게 식사를 가져다주었다는 것을 안다. 지난 며칠 동안, 누구도 그를 초대하지 않았지만 그는 우리와 함께 식사를 했다. 그래서 그날 저녁 몇몇 아이들이 그가 오지 않은 것을 언급했기 때문에 특별히 그 일을 기억하고 있다.

식사 중간에 마사 선생님이 매티에게 그에게 먹을 것을 가져다주라고 지시했다. 아마도 그가 식당에 들어오는 것을 막기 위해서였을 것이다. 두통을 앓으면서도 가까스로 나와 우리와 함께 식사하던 해리엇 선생님은 그날 저녁 그에게 특별한 호의를 베풀어줄 것을 제안했다.

"그가 한 짓에 대한 보상으로?" 마사 선생님이 미친 사람 보듯 그녀를 쳐다보며 말했다.

"아니, 물론 그런 건 아니고, 우리가 그에 대해 나쁜 감정을 품고 있지 않다는 걸 보여주려고. 우리가 진정한 기독교인의 자세를 갖추고 있다는 걸 알려줘야지."

"이런 상황에서 기독교인의 자세라는 건 어떤 기독교냐에 따라 다를 것 같아요." 에밀리가 말했다. "예를 들면 가톨릭에서는 에스파냐 종교재판 심문* 때 이단자들을 혹독하게 고문했잖아요."

"뉴잉글랜드인가 어딘가에 있다는 북부의 프로테스탄트 기독교인들은 늙은 여자들을 장작 위에 세워놓고 불에 태웠어요. 악마 숭배에 대한 견해가 다르다는 이유로." 언제나 자신의 종교에 대한 공격을 반박하는 데 재빠른 마리가 나섰다.

"출신을 막론하고, 기독교인이건 아니건 북부 사람들한테 뭘 기대할 수 있겠어." 앨리스가 전에는 한 번도 보인 적 없는 애국심을 드러내며 말했다. 내가 보기에 앨리스는 퇴학이 급격하게 임박해오자 권력을 가진 사람들의 환심을 사기 위해 때늦은 노력을 하고 있는 것 같았다. 마사 선생님은 맥버니 상병 사건과 관련하여 내게도 대가를 치르게 할 것 같지만 아직은 방법을 찾지 못한 것 같았다.

해리엇 선생님은 언제가 될지는 모르겠지만 자기 몫으로 나올

---

* 1478년부터 에스파냐 아라곤 왕국의 페르난도 2세가 교황으로부터 승인을 받아 주도한 종교재판.

절인 고기를 그날 저녁 맥버니 상병에게 주겠다고 말했다. 마사 선생님은 해리엇 선생님을 노려보다가 매티에게 그렇게 하라고 지시했다.

"나중에 먹을 걸 지금 미리 받을 수 있으면 저도 지금 받을래요." 마리가 용기 있게 나섰다.

"그럼 다른 학생들이 고기를 먹을 때 넌 배가 고플 거고, 다른 학생들이 먹는 걸 지켜보면서 배가 더 아파질걸." 해리엇 선생님이 말했다.

"그럼 우리 둘이 같이 참으면 되잖아요, 해리엇 선생님." 마리가 차갑게 말했다. "그리고 마사 선생님이 다음번에 고기를 내줄 때쯤 전쟁이 끝나 있을지도 모르잖아요. 어쩌면 우리 모두 죽어 있을지도 모르고요. 그렇게 되면 선생님과 제가 승자가 되는 거죠."

"제발 조용히 좀 해." 마사 선생님이 진절머리를 내며 말했다. "학생들에겐 차례가 오지 않는 한 귀한 음식을 미리 내줄 수 없어. 해리엇이 그런 사람한테 자기 몫의 고기를 줄 만큼 어리석은 건 어쩔 수 없고. 해리엇은 성인이야. 성인이어야 마땅한 나이이고, 난 이제 해리엇 대신 책임을 떠안는 일에 지쳤어."

그 말에 해리엇 선생님이 식탁에서 일어나 방으로 돌아갔다. 아마도 처음부터 그것이 마사 선생님의 목표였을 지도 모른다. 가끔 우리 교장선생님은 불쾌한 상황을 만드는 것 자체를 즐기는 것처럼 보인다. 나 역시 자주 그녀의 분노의 희생양이 되기 때문에 이런 증언을 할 자격이 있다고 생각한다.

해리엇 선생님이 일어난 뒤로는 별 탈 없이 식사가 이어졌고, 식사가 끝나자 모두 방으로 돌아갔다. 평상시에는 응접실이나 서재에서 한두 시간을 보내곤 했지만 맥버니가 응접실을 자신의 본부로 점령하고 있었다. 이따금 절뚝거리며 서재로 들어가 자기 딴에는 학자 같은 주름을 만들며 선반의 책 제목들을 입으로 읽어보곤 했다. 우리는 두 방 모두 사용이 금지되었고 교사들의 밀착 감시가 없을 때에는 아래층 전체가 금지구역이 되었다.

나는 이 모든 상황이 좋으면서도 화가 났다. 그래서 몇 시간이고 내 방에 틀어박혀 지내곤 했다. 성경 역사를 공부하다가 다시 프랑스어 동사를 펼쳐보았지만 허사였다. 도저히 집중할 수가 없었다.

나는 이 상황의 부당함이 괴로웠다. 왜 맥버니 상병을 위해 이 학교의 학생들이 부당한 대우를 받아야 하는지 이해할 수가 없었다. 나처럼 훌륭한 학생이, 수많은 책들이 있는 서재에서 공부해야 마땅한 학생이 왜 그런 사람 때문에 방에 갇혀 지내야 한단 말인가!

한동안 우울한 상태로 있다 보니 도저히 더는 참을 수가 없었고, 나는 침대에서 일어나 밖으로 나갔다. 이 상황이 너무도 짜증이 나서 옷도 벗지 않았고, 신발만 벗고 있다가 복도로 나올 때는 굳이 신지 않았다.

우리는 신발을 아끼기 위해 학교에서는 되도록 신지 않는다. 요즘 같은 때에는 다시 구하기도, 수선을 하기도 힘들다. 물론 맥버니 상병이 이곳에 온 지 얼마 안 되었을 때에는 마사 선생님은 그가 있을 때는 신발을 신으라고 했다. 그를 너무 의식한 나머지 우리는 맨발로, 때로는 더러운 발을 보이는 것까지 걱정했다. 처음에 맨발로 다니라는 지시를 받자 학생들은 투덜거렸다. 발이 아프다고 했고, 늘 못이나 나뭇조각, 가시 같은 것들이 박힌다고 불평했다. 그러나 나한테는 전혀 문제가 되지 않았다. 나는 발이 더러워지는 것 말고는 별다른 문제없이 맨발로 돌아다닐 수 있었다. 불행히도 더러워진 발 같은 건 여기 있는 사람들 대부분이 외면하는 문제였다. 야만인 소녀 어밀리아 대브니도 신발을 신지 않는 걸 더 편안해하는 것 같았다. 매티는 가죽 슬리퍼 한 켤레만 갖고 있었다. 매티가 집 안에서 그 슬리퍼를 신고 돌아다닐 때면 쩍쩍 소리가 났는데, 다행히 날씨가 습할 때만 그랬다.

문제의 순간으로 돌아가서, 나는 촛불과 책들을 챙겨들고 아래층 서재로 신속하고도 조용하게 움직였다. 한 번 더 옆길로 새자면, 이 요즘처럼 궁핍한 시대에 촛불을 들고 있었던 것은 전적으로 나의 통찰력과 검소함 덕분이었다. 그동안 밤늦도록 아이들이 까불고 노느라 초를 소비할 때 나는 내 초를 아껴두고 있었다. 심지어는 창가로 들어오는 달빛에 의지하여 공부를 한 적도 있었다.

나는 오직 공부를 해야겠다는 생각으로 서재로 향했다. 방문들은 죄다 닫혀 있었고, 10시가 넘은 시각이라 모두 잠들어 있을 거라고 생각했다. 응접실 문도 닫혀 있었고, 그 문 옆을 지날 때 내 머릿속에 떠오른 생각이 있다면 맥버니 상병도 잠들었을 거라는 정도였다. 맹세코 내가 신경을 쓰거나 했던 건 아니었다.

나는 촛불을 선반 위에 올려놓고 성경 연구에 관한 책들을 찾아보았다. 그 방면의 책은 서재에 꽤 많이—보다 현대적이고 중요한 주제의 책들과 비교했을 때 조금 지나치다 싶을 정도로 많이—비치되어 있었다. 그때 말다툼을 하는 것 같은 커다란 목소리가 응접실 쪽에서 들려오기 시작했다. 그중 한 사람은 맥버니 상병이었다. 그래서 처음엔 무시했다. 나는 맥버니 상병에게, 그리고 그에게 신경을 쓸 정도로 어리석은 사람들에게 더는 관심이 없었기 때문이다.

그런데 문득 어린 학생들이, 어쩌면 어밀리아와 마리가 응접실에 그와 함께 있을지도 모른다는 생각이 들었다. 한 가지 더 설명하자면 나는 그가 어린애들—상대가 누구인지는 몰라도—을 해칠까 봐 두려웠던 게 아니었다. 훗날 여기 있는 사람들이 주장하는 대로 맥버니 상병이 우리의 도덕성을 부패시켰다는 개념을 받아들인다면, 맥버니 상병이 그 애들을 육체적으로 농락할까 봐 두려웠던 것도 아니었다. 나는 그 미지의 인물이 맥버니 상병에게 내 험담을 할까 봐 두려웠다. 그가 날 어떻게 생각할지 신경을 쓴 건 아니었지만 맥버니 상병 같은 사람이 나에 관한 거짓말을 퍼뜨리고 다니는 것을 용납할 수 없었다. 또 그 반대일 수도 있었다. 맥버니가 나에 관한 거짓말을 하고 있을 수도 있었다.

그래서 촛불을 들고 복도를 가로질러 응접실로 향했다. 분명히 말하는데 열쇠구멍을 들여다보는 것은 내가 썩 좋아하는 일은 아니었지만 그 순간만큼은 다른 방법이 없는 것 같았다. 나는 대화의 내용을 파악할 수 있을 정도만 엿듣기로 했다. 나와 상관없는 일이라면 곧바로 서재로 가서 공부를 할 생각이었다.

분명 나와 관계없는 내용이었다. 적어도 내가 들은 부분은 그랬다. 사실 그 자리에 서 있던 몇 분 동안 나는 그들의 대화를 거의 알아듣지 못했다. 웅얼거리는 소리와 키득거리는 소리가 들렸지만 계속 듣다 보니 흐느껴 우는 소리 같기도 했다.

어떻게 해야 좋을지 알 수가 없었다.

응접실로 들어가야 하나 말아야 하나.

웅얼거리는 소리는 맥버니 상병의 목소리가 맞지만, 흐느껴 우는 소리는—잠시 후 밝히겠지만 내가 틀렸다—어밀리아와 마리의 목소리 같지가 않았다. 맥버니 상병의 거처를 찾아올 가장 확실한 사람이 떠올랐지만, 그 가능성은 곧바로 지워졌다. 그녀가 노란 머리를 흩날리며 내 옆에 나타났기 때문이었다.

"방으로 돌아가, 앨리스. 어서 꺼져." 내가 그녀에게 날카롭게 말했다.

"저 안에 누가 있어?"

"나도 몰라. 상관 안 해."

"나도 상관 안 해. 단지 이번엔 또 누구 스커트를 들추려고 하는지 궁금한 것뿐이야."

"그 사람이 너한테 그랬어?"

"그 얘긴 하고 싶지 않아. 우리 모두 악마에게 놀아난 것 같아."

"저 안에 있는 게 에밀리일 수도 있을까?"

"아닐걸. 물론 맥버니는 누구든 상관하지 않을 것 같지만 끌고 가지 않은 다음에야 에밀리를 데리고 갔을 리가 없어. 그랬다면 우리가 들었을 거고. 그가 다리를 절지 않는다고 해도 그런 황소 같은 애를 제압하기 힘들었을걸. 에밀리가 그를 한 방에 때려눕혔을 거야."

"그럼 마사 선생님이나 해리엇 선생님이겠네. 왜냐하면 어린애들은 아닐 테니까."

"마사 선생님은 아니야. 마사 선생님 방을 지날 때 기침소리를 들었거든."

"그럼 해리엇 선생님이네."

"그런 것 같아. 둘이 즐거운 시간을 보내고 있나 보지. 둘 다 대단한 술꾼들이니까."

"별로 즐거운 시간을 보내는 것 같진 않아. 그리고 너, 목소리 낮춰. 안에서 듣겠어."

"안에서 듣는다고 해도 바로 나오진 못할걸. 자기들을 야단치러 온 마사 선생님일까 봐 겁이 날 테니까. 어쨌든 저 안에 있는 사람이 가엾은 해리엇 선생님이라면 난 상관없어. 난 너일까 봐 걱정했거든."

"칭찬 고마워. 하지만 너한테 같은 말을 못해주겠다. 난 너일까 봐 걱정하지 않았어." 내가 그녀에게 차갑게 말했다.

그런 가시 돋친 대화를 좀 더 주고받았는지는 기억이 나지 않는다. 이제 와 고백하자면, 응접실에 있는 사람이 해리엇 선생님이라는 것을 알고 나는 조금 안도했다. 해리엇 선생님은 수많은 결함에도 이 학교에서 나에 대한 그 어떤 거짓 소문도 퍼뜨리지 않을 유일한 사람이기 때문이었다.

그리고 안에서 들려오는 소리가 술에 취한 다툼일 거라고만 생각했던 데에는 나름의 이유가 있었다. 그날 오후 해리엇 선생님이 기절했을 때 내 머릿속에 떠올랐던 것과 같은 이유였다. 나는 해리엇 선생님이 기절한 것이 맥버니가 선생님의 목을 졸라서가 아니라 그저 손을 댔기 때문이라고 생각했다. 부디 내 말을 믿어주기를. 그가 가까이 다가갈 때마다 해리엇 선생님이 얼마나 소스라치게 놀랐는지 나는 잘 알고 있었다. 한번은 복도에서—그가 다리를 절단당하기 이전, 우리 모두가 그와 사이가 가장 좋았을 때 얘기이지만—계단을 내려오던 해리엇 선생님과 텃밭에서 들어오던 그가 마주쳤다. 예의를 갖춘 동작으로 그가 선생님을 멈추어 세웠다. 그는 특유의 한심한 말투로 "아름다운 아가씨!"라고 말하고는 고개를 숙여 선생님의 손에 키스하려고 했다. 해리엇 선생님은 불에 덴 듯 손을 거두고 얼굴을 붉히더니 그가 자기를 놀라게 했나 어쨌다나 하는 변명을 했다.

식탁에서도 똑같은 행동을 한 적이 있었다. 그녀가 식사 시간에 늦었고, 그가 일어서서 의자를 빼주고 의자에 앉는 것을 도우려다가 그녀의 손을 잡았는데 해리엇 선생님이 겁에 질린 표정으로 물러섰다. 그러고는 얼른 정신을 차리고 '맥버니 씨, 손이 무척 차네요'라고 말했다. 그날 저녁은 평상시보다 더 따듯했고 선생님은 늘 입던 긴소매 드레스를 입고 있었다.

수술 후에도 그녀가 그를 정성껏 보살폈다는 것은 나도 잘 알고, 그 점에 대해서는 높이 평가한다. 그 수술이 그녀에게 무척 끔찍한 경험이었을 테니까. 그러나 그때는 그의 상태가 썩 좋지 않았고, 대다수가 아침이 되기 전에 그가 죽을 거라고 생각했다는 점을 기억해야 할 것이다. 물론, 죽은 듯이 누워 있던 그는 선생님에게 위협이 되지 않았고, 의식이 없어서 선생님이 그의 이마를 짚었다는 것도 알지 못했을 것이다. 만약 그가 그대로 죽었다면 그렇게 했다는 것을 영원히 몰랐을 것이다.

응접실에서 벌어진 일이 이 학교에서 일어난 일련의 사건들의 흐름을 완전히 바꾸어놓지는 않았다. 되레 상황을 절정으로 치닫게 만들었다.

그날 밤, 우리에게는 두 가지 사건이 일어났다. 첫 번째는 우리가 응접실 문을 열어보기로 한 것이다. 그 제안을 한 사람이 앨리스인지 나였는지 기억이 나지 않는다. 단지 우리는 계단을 올라가다 말고 다시 내려가서 얼른 안을 들여다보고 오기로 했다. 내가 "아무 일도 없다는 걸 확인하기 위해서"라고 말했던 것 같다. "안에 있는 사람이 다른 아이가 아니라 해리엇 선생님이라는 것을 확인하기 위해서"라고 앨리스가 말했던 것도 같다.

안에 있던 사람은 해리엇 선생님이었다. 술에 취해 있었고, 옷을 다 벗고 있었다. 맥버니 상병 역시 다 벗고 있었다. 아니, 거의 다 벗고 있었다. 두 사람은 소파 위에 뒤엉켜 있었다.

그러나 이상한 것은 흐느껴 울면서 욕을 내뱉거나 울먹이는 사람이 맥버니 상병이었다는 점이다. 해리엇 선생님은 와인에 취해 인사불성이었다. 바닥에 나뒹구는 와인병들로 보아 두 사람이 엄청난 양의 와인을 마신 게 분명했다. 만취한 두 사람은 그들의 일에 몰두하여 우리를 보지 못했고, 우리는 문을 닫고 돌아섰다.

나는 앨리스에게 아무 말도 하지 않았고, 앨리스도 나에게 아무 말 하지 않았다. 하지만 그녀의 얼굴이 몹시 창백했고, 입술을 깨물고 있었다는 것을 기억한다. 위층 복도에 다다랐을 때 나는 곧장 방으로 향했지만 앨리스는 3층으로 올라가기 전에 마사 선생님의 방 앞에 멈추더니 방문을 두드렸다. 그게 바로 내가 앞서 언급한 두 번째 사건이었다.

나는 침대 가장자리에 앉아 마사 선생님이 앨리스에게 무슨 일이냐고 짜증스럽게 묻는 소리를 엿들었다기보다는 그저 들었다.

"아래층에 내려가서 응접실을 한번 보세요. 아주 재미있는 일이 벌어지고 있어요."

내가 들은 말은 그게 전부였고, 그때 나는 드레스 앞자락에 핏방울이 떨어지고 있음을 알았다. 나도 모르게 앨리스를 따라하면서 입술을 깨물었나 보다. 나는 손수건을 찾으려 일어났다가 그 김에 문을 닫았다. 그래서 앨리스가 마사 선생님에게 뭔가 더 얘기를 했는지, 마사 선생님이 아래층으로 내려갔는지는 알 수가 없다.

𝒫 마리 데브르

맥버니 상병이 내게 들려준 이야기는 너무 끔찍하고, 조금 황당하기까지 했다. 나의 아버지가 이곳에서 멀지 않은 숲속에 쓰러져서 피를 흘리며 죽어가고 있었는데, 그에게 이렇게 말했다는 것이다.

"죽어가는 사람을 위해 좋은 일 하나 하시겠어요, 양키 병사 양반? 판즈워스 학교로 가서 내 딸이 어떻게 지내고 있는지 좀 봐주시오. 거긴 시커먼 기독교인들이 많아서요."

맥버니 상병 말에 따르면 아버지는 또 이렇게 말했다고도 했다.

"내가 생각하는 것처럼 당신이 신실한 가톨릭 신자라면, 거기 들러서 도울 일이 없는지 물어봐주시오. 그 아이가 신앙을 지키며 어린 숙녀답게 잘 처신하고 있는지. 그걸 알지 못하면 무덤에서 편히 잠들 수가 없다오."

물론 처음부터 그게 사실이 아니라는 것을 알았어야 했다. 나의 아버지가 그런 아일랜드 사투리로 말했을 리도 없고, 아버지 자신이 신앙생활을 썩 잘하는 편도 아니었다. 어쨌든 그때 나는 사소한 문제가 있어 반쯤은 맥버니 상병을 믿었다. 굳이 내 문제를 밝혀야 한다면, 나는 아주 오랫동안 꽤 자주 금요일마다 고기를 훔쳐 먹었는데, 그가 그 사실을 알고 있다고 했다.

물론 그건 사실이었다. '꽤 자주'라는 게 어느 정도인지는 생각하기 나름이고, 맥버니 상병은 그 사실을 알았다기보다는 대충 넘겨짚었을 가능성이 크다. 나는 금요일마다 고기를 먹는 게 아주 잘못된 일이라고 생각했고, 그동안 나의 양심과 격전을 치르고 있었다. 불행히도 나의 식욕과 양심의 싸움에서 매번 양심이 이기는 건 아니었다.

내가 보기에 마사 선생님은 가톨릭 신자에 대한 반감을 갖고 있었다. 앞으로도 결코 그 사실을 인정하지는 않겠지만. 그녀는 일주일 내내 혹은 그 이상을 고기 한 점 내놓지 않다가 금요일이 되면 식탁에 고기를 올리라고 해서 나를 힘들게 만들었다. 사실 맥버니 상병에게도 그런 얘기를 한 적이 있었는데, 그도 나와 같은 생각이었다. 그러나 그는 여기 있는 동안 금요일에 육식을 금하는 규율을 신경 쓰지 않았다. 그는 교황이 아일랜드 출신의 북군에게 특별허가를 내렸다고 말했다.

나는 당연히 그 말을 믿지 않았다. 교황이 이 전쟁에서 누군가를 편들어야 한다면 북군보다는 우리 군 편을 들 거라고는 생각했다. 우리 남부에는 판즈워스 자매들 같은 기독교 신자나 매티 같은 침례교 신자 같은 두 부류의 이단자만 있는데 북부에는 토속신앙인들과 유대교는 말할 것도 없고, 그 외에도 가톨릭에서 파생된 수백 가지 계파들이 있었다.

나와 맥버니 상병의 불화는 마사 선생님이 '맥버니 상병과 한 침대에 누워 있는 해리엇 선생님을 목격한' 다음 날부터 시작되었다. 앨리스와 에밀리의 표현을 빌리자면 그렇다. 사실 응접실에는 침대가 없고 낡은 소파만 있었는데 가만히 생각해보면 그 소파는 이 얘기에서 아주 중요한 역할을 한다.

불행히도 나는 그날 밤 일어난 일을 전혀 보지 못했다. 몇 차례 소리를 듣긴 했지만 아무것도 보지 못했다. 내가 아래층으로 내려가려고 했을 때는 마사 선생님이 이미 행동을 취한 상태였기 때문이다. 마사 선생님은 응접실에서 뛰쳐나오면서 "오늘 밤 이 계단을 내려오는 사람은 바로 퇴학이야!"라고 소리쳤다.

"만약 불이 나면 어떻게 해요?"

마사 선생님은 내 말을 못 들은 것 같았고, 곧바로 응접실 문이 쾅 닫혔다.

우리의 스파이 에밀리 스티븐슨이 내가 계단을 한 칸 내려가기도 전에 내 팔을 붙잡아—더구나 비틀면서—나를 뒤로 잡아끌지만 않았어도 난 위험을 무릅쓰고 아래층으로 내려가 열쇠구멍을 들여다보았을 것이다.

그런데 사건은 거기서 끝나지 않았다. 나는 열려 있던 마사 선생님의 방문을 통해 앨리스 심스를 보았다. 그녀는 마사 선생님의 침대에 앉아 마음이 열아홉 조각으로 부서졌다는 듯이 울고 있었다. 그 상황이 에밀리와 나로 하여금 우리의 불화를 잊게 만들었고, 우리는 앨리스를 심문하기 시작했다.

그래서 앨리스가 흐느껴 우는 틈틈이 아래층에서 무슨 일이 일어났는지 알게 되었다. 지금도 나는 앨리스가 해리엇 선생님과 같은 동기를 품고 있었던 게 아니고서야 왜 자다가 말고 아래층으로 내려갔는지 모르겠다. 안타깝게도 우리의 선생님이 그녀보다 먼저 그곳에 도착했을 뿐이다. 아무튼 우는 소리가 들려 걱정이 되었고, 소리가 나는 아래층으로 내려가보았더니 에드위나가 응접실 문에 귀를 대고 엿듣고 있었다는 앨리스의 설명이 나로서는 선뜻 믿기지 않았다.

개인적으로 내가 그 말에 코웃음을 치는 이유는 이 학교에서 가장 얕은 잠을 자는 사람은 바로 나이기 때문이다. 그런 내가 마사 선생님이 아래층으로 내려가 소리를 지르기 전까지는 아무 소리도 듣지 못했다. 무엇보다 앨리스의 변명이 더욱 의심스러웠던 건 그녀의 방은 3층이고, 1층에서 수군거리는 소리가 3층까지 들리려면 어지간히 귀가 예민한 사람이어야 했다.

아래층으로 내려간 이유가 못미덥긴 해도 앨리스가 자신이 목격한 상황에 몹시 상심했던 것만은 의심의 여지가 없었다. 앨리스는 맥버니 상병에게 아주 깊이 빠져 있었던 게 분명했고, 이제 그녀의 존재 자체가 산산이 부서졌다. 얼마나 서럽게 울어대는지 애기를 제대로 들을 수조차 없었다.

그러는 사이 아래층에서 새로운 소란이 일어났고, 우리는 앨리스의 심문을 끝내야 했다. 앨리스와 내가 밖으로 나오니 마사 선생님이 문자 그대로 술 취한 자신의 여동생을 질질 끌고 계단을 올라오고, 맥버니 상병은 후줄근한 인디언처럼 한 다리로 응접실 문 앞에 서서 소리를 지르고 있었다.

"젠장, 내가 유혹한 게 아니었다고! 내가 부른 게 아니었어! 날 내버려두라고 수천 번 얘기했는데, 도무지 가질 않았다고, 젠장!"

그러고는 조금 더 상스러운 욕들을 내뱉었다.

마사 선생님은 들은 척도 하지 않고 해리엇 선생님의 허리를 감싸 안았다. 이따금 다른 손으로 해리엇 선생님의 머리카락을 뒤로 잡아당기곤 했다. 얼핏 보기에는 해리엇 선생님의 머리가 시야를 가려서 머리를 들어 앞을 보려는 것 같았지만, 조금 노련한 관찰자라면 그것이 일종의 자상한 책망과도 같은 것임을 알 수 있었다. 그때는 해리엇 선생님이 잠옷과 가운을 걸치고 있는 상태였다는 것을 미리 밝혀둔다. 마사 선생님이 응접실 문을 신경질적으로 닫은 다음 해리엇 선생님에게 옷을 입힌 게 분명했다. 해리엇 선생님은 자신의 행동을 전혀 수치스러워하지 않았고, 우리가 상상할 수 있는 가장 바보스럽고 비뚤어진 미소를 머금고 있었다.

그 상황에 대한 나의 인상은 다소 성급하게 형성된 감이 없지 않았다. 마사 선생님이 앨리스와 나를 보고 당장 방으로 돌아가지 않으면 무시무시한 벌을 받게 될 거라고 소리를 질러댔기 때문이다. 물론 의욕이 앞서는 에밀리는 그 명령이 자기한테는 해당되지 않는 척했고, 마사 선생님을 도우려고 나섰다가 호되게 야단을 맞았다. 그 모습에 나는 고소하다는 생각이 들었다. 에밀리의 코가 납작해지는 것을 본 것만으로도 너무나 기분이 좋아진 나는 더 불평하지 않고 방으로 돌아가 문을 닫았다.

나의 룸메이트는 당연히 깨어 있었지만—그녀는 나보다 이런 식의 이례적인 소란에 더 민감하다—굳이 일어나 알아보려 하지 않았다.

"네 친구가 또 곤경에 처했어. 이번엔 문제가 좀 심각한 거 같아." 내가 잠자리에 들며 말했다.

"인간의 생물학적 문제에 관해서라면 관심 없다고 했잖아." 어밀리아가 나지막이 말했다. "그보다는 내 문제가 더 걱정이야. 내 거북이 또 아파."

"이번엔 심각한 거 같아?" 내가 기대에 들떠 물었다. 솔직히 나는 어느 날 아침 눈을 떠보면 그 미친 거북이 내 발가락 절반을 갉아먹고 있을 것만 같았다.

"저녁을 안 먹었어. 기분이 좋으면 그럴 리가 없거든."

"만약 내 저녁 식사가 죽은 나뭇잎 부스러기와 바싹 마른 벌레와 딱정벌레라면 나도 그닥 식욕이 돋진 않을 것 같아."

당시 어밀리아는 툭하면 쓰레기통을 뒤지고 다녔다. 그 멍청한 거북에게 먹일 죽은 곤충을 잡으려고 집 안이나 헛간이나 들판을 돌아다녔다. 자신은 생명을 죽이는 것에 반대한다며 살아 있는 곤충은 절대 잡지 않는다고 거듭 강조했다. 하지만 나는 죽은 곤충을 구할 수 없을 땐 살아 있는 곤충을 한두 마리 밟고는 사고였다고 말하지 않을까 의심했다.

"만약 여기서 자니가 곤경에 처해 나쁜 일이 일어날 것 같으면 내가 그를 데리고 갈 거야."

"우리가 그 사람을 어디로 데려갈 수 있는데?" 내가 '우리'를 강조하며 물었다. 그는 그녀의 책임인 만큼 나의 책임이기도 하다고 생각했기 때문이었다. 그를 발견한 사람은 어밀리아일지 몰라도 나는 그와 같은 종교를 갖고 있었다.

"숲속 비밀의 집으로 데리고 가면 돼." 어밀리아가 말했다. "너하고 나 말고는 아무도 모르잖아."

"그것도 나쁘진 않다." 참신한 발상에 놀라며 내가 대답했다. "밤늦게 부엌에서 음식을 가져다주면 되겠네."

"우리 침대에서 담요도 가져다주고. 그런 게 필요하다면."

"담요는 자니보다 나한테 더 필요해." 내가 짜증을 내며 말했다. "어쨌든 마사 선생님이 그를 어떻게 할지 알기 전엔 그런 걱정을 할 필요가 없어."

"이번에도 내쫓아버리려고 할 확률이 높아." 어밀리아가 졸린 듯이 말했다.

난 그렇게 생각하지 않았다. "떠날 기회를 주었는데 떠나지 않았잖아. 그가 조용히 떠나겠다고 한다 해도 마사 선생님은 분이 안 풀릴걸. 아주 혹독한 벌을 줄 거야."

물론 어떤 벌을 줄지 나는 짐작할 수 없었다. 그리고 그때만 해도 어떤 처벌이 가해지건 나는 동조하지 않을 생각이었다. 그때까지만 해도 나는 맥버니 상병에게 불만이 없었기 때문이었다.

다음 날 아침 나는 일찍 일어나 어밀리아와 맥버니 상병과 함께 그 문제를 의논하고, 그와 해리엇 선생님과의 사이에 무슨 일이 있었는지 알아보려고 아래층으로 내려갔다.

해가 뜬 직후였고, 집 안의 누구도 일어나지 않았다. 나는 평상시에 나의 룸메이트만큼 일찍 일어나진 않았지만 그날 아침에는 그녀와 거의 동시에 눈을 떴다. 침대에서 일어나 옷을 입은 다음 2분 만에 그녀를 따라 복도로 나섰다. 그 모든 일이 아무 대화도 없이 진행되었다. 우린 해야 할 일을 정확히 알고 있었고, 의논할 필요가 없었다.

그러나 까치발로 계단을 내려가면서 나는 그녀에게 꼭 한마디를 했다. 단지 내 눈을 속이는 게 얼마나 힘든 일인지 그녀에게 일깨워주기 위해서였다.

"내가 제때 눈을 뜨길 천만다행이지. 안 그래? 왜냐하면 넌 날 깨우지 않을 생각이었을 테니까."

"맞아. 깨우지 않을 생각이었어." 그녀가 순순히 시인했다. "그에게 경고해주러 두 사람이 갈 필요는 없어. 네 도움 없이도 그를 데리고 떠날 수 있어."

"이기적으로 굴지 마."

"이기적인 게 아니야. 네가 괜히 분란을 일으켜서 일을 다 망칠까 봐 그래. 나랑 단둘이 있는 게 훨씬 안전해."

"말도 안 되는 소리야." 내가 말했다.

"그래? 넌 벌써 시끄럽게 굴고 있잖아. 당장 입 다물지 않으면 온 집 안 사람들이 다 일어나겠다."

"자기도 나만큼 떠들면서."

"제발 방으로 돌아가. 그래야 내가 그를 조용하고 신속하게 숲으로 데리고 갈 수 있어. 나중에 네가 찾아와서 보면 되잖아."

"그건 절대 안 돼. 네가 가면, 나도 가."

그런 식으로 몇 마디 더 티격태격하다가 우리는 응접실로 들어섰다. 놀랍게도 그는 완전히 깬 상태로 옷까지 다 갖추어 입고, 멀쩡한 정신으로 앉아 있었다. 목발을 무릎 위에 올려놓고 소파에 앉아 있는 그는 숲이 아니라 교회에 가는 사람처럼 말끔하게 면도를 하고 머리도 빗었다. 말쑥한 차림새를 제외하고도 그의 모습에 꼭 한 가지 다른 점이 있었다. 그의 긴장한 태도였다. 그는 눈에 띄게 긴장한 모습이었다.

그의 기운을 북돋워줄 생각으로 내가 말했다.

"어젯밤 여기서 열렸다는 유명한 파티의 흔적은 하나도 안 보이네요. 우선, 앨리스 심스가 발에 걸려 넘어질 뻔했다는, 바닥에 뒹구는 수백 개의 와인병이 없네요."

"세 병뿐이었어." 낮은 목소리로 그가 말했다. "다 해리엇 선생님이 가져온 거였고. 그걸 보고 싶다면, 내가 부엌으로 가져다놨다."

"됐어요. 그 말 믿을게요. 앨리스가 과장이 심하다는 거 알아요. 그럼 해리엇 선생님은 어떻게 된 거예요?"

"난 오라고 한 적 없어. 위층으로 돌려보내려고 노력했어. 하느님께 맹세코 노력했다고. 와인을 가져와서는 자기 혼자 거의 다 마시더군. 그러더니 옷을 벗기 시작했어. 제발 그러지 말라고 애원을 했는데도 말을 듣지 않았어. 꼭 미친 사람처럼 웃으면서 계속 옷을 벗더니 내 셔츠와 바지까지 찢고……. 솔직히 나라고 가끔 어둠 속에서 음흉한 상상을 안 하는 건 아니지만, 늙은 여자와 뒹굴 정도로 한심하진 않아……."

"전 그 말 믿어요, 자니. 어밀리아도 믿을 거예요. 하지만 다른 사람이 어떻게 생각할지는 모르겠어요. 설령 자니가 그 사실을 증명할 수 있다고 해도 마사 선생님은 그 사실을 믿어주지 않을걸요. 왜냐하면 가문의 명예랄까, 뭐 그런 거 있잖아요."

"해리엇 선생님이 사실을 말하지 않을까?" 어밀리아가 물었다.

"그러지 않을걸. 설령 해리엇 선생님이 그 일을 기억한다 해도…… 워낙 술에 취해 있어서 그럴 것 같지도 않지만, 해리엇 선생님이 인정하는 걸 마사 선생님이 용납하지 않을 거야."

"생각해봤는데, 여길 떠나야 할 것 같아. 더는 이 미치광이들의 집에 있고 싶지 않아."

"그렇게 끔찍하진 않았잖아요." 그래도 조금은 학교 편을 들어야 할 것 같아서 내가 말했다.

"그건 네가 몰라서 그래. 하긴 넌 어제 그 여자가 한 짓을 보거나 그 여자 말을 들은 게 아니니까. 그 여자는 날 다른 사람으로 생각하고…… 어쩌면 그렇게 생각하는 척한 걸 수도 있겠지……."

"정말 떠나고 싶으시다면, 저희가 도와드릴게요. 숲속의 아주 멋진 곳으로 데려갈 수 있어요."

"거기 가서 내가 뭘 하지?"

"숨어 지내는 거죠. 숨어 있기엔 그만한 곳이 없어요."

"얼마나 오래?"

"몇 주 정도? 아니면 몇 달. 우기가 시작되고 위험이 지나갈 때까지." 이번에는 내가 답했다.

"어떤 위험?"

"마사 선생님의 분노로 인한 위험요. 마사 선생님의 분노가 수그러들 때까지 거기 숨어 있어야 할 거예요. 꽤 시간이 걸릴걸요."

"내 생각에 자니는 지금부터 죽 거기 있어야 할 거 같아." 어밀리아가 말했다. "다시는 여기로 돌아와선 안 돼. 그곳이 마음에 들 거예요, 자니. 아주 오래된 공터인데, 밤이든 낮이든 잠을 잘 수도 있고, 재미있는 구경거리들이 많이 있어요. 알맞힐 식물들도 있고, 나무들도 있고, 새들도 있고, 자연의 경이로움을 보게 될 거예요. 음식을 비축하는 다람쥐와 얼룩다람쥐, 서로 유혹하는 다양한 곤충들, 새끼를 돌보는 여우들……."

"그리고 먹을 것도 정말 많아요. 견과와 각종 베리와 야생 꿀……. 영원히 머물 수도 있어요, 자니."

"바보 같은 소리 하지 마! 내가 무슨 동물이라도 된다는 거야?" 그가 소리쳤다.

"네, 바로 그거예요." 어밀리아가 차갑게 일깨워주었다. "대부분의 동물들처럼 순하지 않을 때도 있지만요. 하지만 내가 자니를 찾았고, 자니를 돌보는 건 내 책임이에요. 자, 숲으로 가실 거예요? 안 가실 거예요?"

"아니, 아니야. 적어도 지금은 안 돼."

"그럼 가고 싶을 때 알려주세요. 하지만 제가 자니라면 시간을 길게 끌진 않겠어요." 그 말과 함께 어밀리아가 응접실에서 나갔다.

"기분이 상했나 봐요." 내가 그에게 말했다.

"그러거나 말거나. 쟤도 여기 있는 다른 애들처럼 제정신이 아닌가 보다. 내가 축축한 땅바닥에 벌레들과 온갖 기어 다니고 찔러대는 것들과 함께 누워 있고 싶을 거라고 생각하다니."

물론 나도 그런 삶이 썩 내키는 것은 아니었지만 나의 룸메이트를 위해 나서야 할 것 같은 기분이 들었다.

"어밀리아는 좋은 친구잖아요. 그 사실을 기억하셔야죠."

"네가 나의 가장 좋은 친구야. 그거 알고 있니? 넌 나와 같은 방식으로 세상을 봐. 넌 이곳에서 일어나는 온갖 한심한 짓거리에 휩싸이지 않아. 더구나 우린 종교도 같잖아. 안 그래? 그렇다면 날 도와줄 사람은 바로 너야."

"제가 무얼, 어떻게 돕기를 바라시는데요?"

"내가 여기서 벗어날 수 있게 도와줘. 그보다 나하고 같이 가자. 외다리에 돈도 없고, 그나마 갖고 있는 양키 군복을 입고는 멀리 갈 수가 없어. 만약 너희 쪽 병사한테 붙잡히는 날엔 앤더슨빌이나 그보다 더 끔찍한 곳으로 가게 될 거야. 만약 우리 쪽 병사가 이 근처에서 서성거리는 날 보게 된다면 탈영병으로 간주하고 어둠이 내리기전에 쏘아버리겠지. 나와 함께 가주겠니, 마리?"

"결정을 내리기 전에 어젯밤 해리엇 선생님이 내려왔을 때, 무슨 일이 있었는지 좀 더 얘기해주세요."

"그 얘긴 못해. 이 악동 같으니라고!"

"그럼, 마사 선생님이 내려왔을 땐 무슨 일이 있었어요?"

"자기 동생을 끌고 갔어. 그게 전부야! 이 악랄한 것! 난 이미 충분히 얘기했어! 나하고 같이 가자, 마리. 넌 이 근처 길을 잘 알잖아. 적어도 일부라도. 널 내 딸이라고 말할게. 아니면 어린 동생이라고 하던가. 그러면 동정심을 불러일으킬 수 있을 거야."

"앨리스나 에드위나를 데리고 가서 부인이라고 하시죠, 왜."

"둘 다 안 간다고 할걸. 어젯밤 일 때문에."

"그럼 제가 세 번째 선택인가요?"

"아니, 그렇지 않아, 달링. 네가 나의 첫 번째 선택이고, 어밀리아가 두 번째야. 하지만 어밀리아는 날 그 망할 놈의 숲 외의 다른 곳으론 데려가지 않겠지. 난 여기서 멀리 벗어나고 싶어, 마리. 젠장, 집에 가고 싶다고!"

"물론 그 마음은 이해해요. 이곳에 있는 우리 모두 이 따분한 곳을 벗어나고 싶어하니까요. 실은 저도 아버지가 데리러 오는 대로 여길 뜰 생각이에요. 그래서 지금 당장 자네하고 떠날 수가 없어요."

"하지만 오래 걸리지 않을 거야. 강을 건너고 양측 군대한테서만 벗어나면…… 기껏해야 하루나 이틀 정도고, 길어야 일주일이야. 그렇게 되면 나 혼자서도 갈 수 있고, 널 기차를 태워 이곳으로 다시 보내줄게."

"요즘 이 근방까지 운행하는 기차는 없는 걸로 아는데요."

"그럼 마차로 돌아오거나 다른 방편을 찾아봐야지. 어쨌든 널 빨리 이곳으로 보낼 방법을 찾아볼게."

"돈이 없는데, 그 돈을 어떻게 마련하시려고요?"

"어디선가 돈을 구해야지. 예쁜 여자애하고 같이 다니는 외다리 남자라면 돈 구하기가 어렵진 않을걸."

"우리가 구걸을 해야 한다고요?"

"아니, 그게 아니고……. 우리가 돈이 아주 절실한 사람처럼 보이는 한 캐묻지 않고 돈을 줄 사람들은 얼마든지 있을걸."

"그래도 제 귀엔 구걸처럼 들려요. 하루나 이틀 정도 장난삼아 해볼 순 있겠지만 아버지가 이곳에 와서 제가 그런 일을 했다는 걸 알면 뭐라 하실지……."

"실은 말이야, 달링. 너한테 할 얘기가 있어. 미리 말해야 했는데 어떻게 말해야 할지 엄두가 나지 않더라. 이제 와서 이 얘기를 하는 이유는 널 이곳의 두 노파들한테 남겨두고 싶지가 않아서야."

그러더니 그가 전투가 끝난 뒤 나의 아버지를 만났고, 아버지가 날 찾아보라며 자기를 이곳에 보냈다는 황당한 얘기를 꺼냈다. 앞서 말했듯이 지금 생각하면 말도 안 되는 얘기지만, 그때 나는 무척 충격을 받았다.

내가 그 얘기를 믿었던 이유는 맥버니 상병이 그 얘기를 한 방식 때문이었다. 그 남자는 진짜 그럴듯하게 얘기할 줄 아는 사람이었다. 그는 너무도 다정한 목소리로 내 손을 꽉 잡아주었고, 얼굴을 일그러뜨리며 슬픔에 잠겼다. 내가 울음을 터뜨리자 나의 벗이 되려고 실제로 눈물을 짜냈다.

찬찬히 생각해보면, 그는 내가 그 소식을 듣고 그렇게까지 감정이 격해질 거라고는 생각하지 못했던 것 같다. 사람들은 겉모습만 보고 내가 누구도 사랑하지 않을 거라고 짐작한다. 그래서 내가 아버지를 얼마나 좋아하는지 그도 몰랐을 것이다. 맥버니 상병은 내가 그의 얘기를 듣고 잠시 슬퍼했다가 곧바로 마음을 추스르고 자신을 따라나설 거라고 생각했던 것 같다. 그것도 그 거짓말에 포함되어 있었기 때문이다. 그러니까 그것이 바로 '죽어가는' 내 아버지가 원했던 일이었으니까.

어쨌든 나는 너무 화가 나서 크게 소리를 질렀고, 맥버니 상병은 아까보다 더 초조해했다. 그리고 더 끔찍한 거짓말을 했다……. 아마도 내가 진정할 때까지 날 응접실에 붙잡아두려고 그랬던 것 같다.

내가 큰 소리로 흐느끼면서 문 쪽으로 다가가자 맥버니 상병이 벌떡 일어나더니 최대한 빨리 문 쪽으로 다가와 나를 막아섰다. 아버지 얘기를 다른 사람한테 옮기지 못하게 하려는 것 같았다. 마사 선생님과 해리엇 선생님이 그 얘기가 거짓말이라는 걸 알려주는 순간, 나는 그의 앙숙이 될 게 자명했다.

그래서 그는 나에게 더 끔찍한 거짓말을 했다. 아버지가 죽임을 당한 건 내 책임이라고, 내가 금요일마다 고기를 먹어서 하느님이 분노하셨다고 몰아붙였다. 그렇게 상황은 악화되었다. 나는 마사 선생님에게 집으로 보내달라고 해서 어머니를 만나러 가겠다고 했다. 그러자 그는 어머니가 내가 저지른 짓을 알면 날 거두지 않을 거라며 나에게 남은 선택지는 입을 다물고 그와 떠나는 것뿐이라고 했다.

그는 그제야 나를 놓아주었지만 복도까지 따라 나왔다.

"다 잘될 거야, 사랑스런 아가씨."

내가 계단을 올라갈 때 그가 조용히 외치던 것을 기억한다.

"아무것도 걱정하지 마, 달링. 내가 다 알아서 할 테니까."

내 생각에 그는 그 끔찍한 거짓말을 한 것과 거의 동시에 후회한 것 같다. 내가 어떤 식으로 반응할지 알았다면 그는 결코 그런 짓을 하지 않았을 것이다. 그 일이 향후 나의 행동에 어떤 영향을 미쳤을지 알았다면 결코 그런 짓을 하지 않았을 것이다. 완전히 정신이 나가지 않은 다음에야 그런 식으로 내 심기를 건드리거나 겁먹게 할 리가 없었다.

그때 나는 어머니가 몹시 그리웠고, 맥버니 상병이 그랬던 것처럼 너무도 집에 돌아가고 싶었다. 그런 생각을 하는 것은 조금 놀라운 일일 수도 있었다. 어머니는 한 번도 아버지만큼 날 감싸주지 않았고, 항상 날 다루기 힘들어했기 때문이다.

그러나 한 부모를 잃었다고 생각하는 순간 마음이 다른 한 부모에게로 기울고, 그 부모가 날 좀 더 이해해주고 감싸줄 거라고 생각하는 건 너무도 당연한 일이다. 물론 맥버니 상병으로부터 나에 관한 형편없는 얘기를 듣게 된다면, 어머니는 조금도 날 이해해주지 않을 것이다. 나의 어머니는 엄청난 신앙심을 갖고 있는 사람이라 인생의 반을 기도하며 보냈고, 말 안 듣는 딸이 저지른 사악한 행위가 남편의 죽음의 원인이었다는 사실을 기꺼이 받아들일 것이다.

그래서 집으로 돌아가려면 내가 그런 죄를 저지른 사람이라는 얘기를 어머니가 알아서는 안 되었다. 내가 그와 함께 떠나 그의 길잡이가 되고, 거지가 되고, 어쩌면 그의 하녀가 되지 않는 한 맥버니 상병이 어머니에게 말하지 않으리라는 보장이 없었다. 그리고 내가 그와 함께 떠나 그가 시키는 일을 전부 다 한다고 해도 언젠가 그가 어머니에게 말하지 않으리라는 보장도 없었다. 그는 너무나 충동적인 사람이어서 어느 날 나에게 화가 나서 작정하고 내 어머니에게 편지를 써서 영원히 나를 파멸시킬 수 있었다.

같은 이유로 나는 마사 선생님과 해리엇 선생님에게도 맥버니 상병이 내게 한 얘기를 하지 않을 생각이었다. 그들 중 한 명이 사소한 학교 문제로 나에게 몹시 화가 나서 어머니에게 그 얘기를 모두 털어놓을 수도 있기 때문이다. 물론 지금은 그 사실을 누가 알게 되더라도 나는 개의치 않는다. 지금은 전부 다 거짓말이란 걸 알기 때문이다.

그 일은 맥버니 상병에게 아주 운 나쁜 일이었다. 내가 선생님들에게 말을 해서가 아니었다. 만약 내가 마사 선생님이나 해리엇 선생님에게 그 사실을 말했다면, 그들이 곧바로 응접실로 들이닥쳐서 그에게 진실을 추궁했을 수도 있었다. 그리고 그렇게 되었다면, 그에 대한 나의 태도는 달라졌을 것이다. 나에게 거짓말을 한 그에게 화가 나는 것에는 의심의 여지가 없었고, 그가 어머니에게 그 얘기를 할까 봐 두려워하지도 않았을 것이다.

어쨌든 나는 방으로 돌아가 한참 동안 침대에 누워 있었다. 에밀리아는 어딘가로 가버렸고, 나는 나만의 고뇌와 함께 홀로 남겨졌다.

삼십여 분쯤 지났을 때 다른 아이들이 방에서 나와 아래층으로 내려가는 소리가 들렸다. 내가 없다는 것을 누군가 알아차렸는지는 모르겠지만 아무도 찾아온 것 같진 않았다. 나는 그 뒤로 몇 시간이나 잤기 때문이었다.

잠에서 깨어나 보니 정오가 되었고, 슬슬 배가 고팠다. 더불어 아무도 나를 아침 식사나 수업에 참석하라고 부르지 않았다는 사실에 화가 났다. 놓친 수업이 아쉬워서라기보다는 아무도 내가 살았는지 죽었는지조차 확인하러 오지 않았기 때문이다.

침대에 누워 분을 삭이며 어떻게 하면 맥버니 상병이 나의 어머니에게 그 소식을 알리는 것을 막을 수 있을까 궁리하고 있었다. 그때 에밀리 스티븐슨이 노크도 하지 않고 방문을 열더니 아무렇지도 않게 들어왔다. 이 학교 학생들은 그런 예의를 갖추기에 다들 너무도 잘났다.

"왜 울고 있어?"

"우는 거 아니야." 내가 소리쳤다. 사실은 울고 있었지만, 그 사실을 인정하느니 차라리 죽는 편이 나았다.

"넌 지금 분명히 울고 있고, 네 꼴을 보니 꽤 오랫동안 울고 있었던 것 같은데. 눈이 퉁퉁 부어 있고, 코는 빨갛고, 눈물에 땟국이 줄줄 흐르잖아."

그 말에 나는 몹시 화가 났다.

"내가 어떻게 보이건 상관할 바 아니잖아! 그리고 여기까지 와서 수업에 참석하라고 말할 필요는 없어. 어차피 난 안 갈 거니까.

몸 상태가 좋지 않아!"

나는 그 말과 함께 가벼운 욕을 했다. 아버지도 자주 쓰던 욕이라 그렇게 심한 욕은 아니었지만 여기 옮길 만한 말은 아니다.

"비누로 네 입 좀 닦아야겠다. 다른 곳은 몰라도 네 혀는 좀 닦아야겠어."

"그런 일은 없을 거야. 요즘 비누가 귀해서 마사 선생님도 그런 협박은 안 해."

"그럼 내가 다른 걸 먹이라고 할게. 몸이 아프다면 피마자유 두어 술을 먹이라고 해야겠네. 내일이면 한결 나아질 거야."

"그거 먹이려고 하기만 해봐. 지난겨울에 해리엇 선생님이 나한테 피마자유 먹이려고 했다가 손가락이 어떻게 됐는지 잊지 마. 기억할지 모르겠는데, 손가락을 물렸어. 앨리스 심스는 내 다리를 잡고 있으려다가 무릎 뼈를 걷어차였고."

그 말에 에밀리가 흠칫하면서 그 자리에 서서 날 보았다.

"하여간 성질머리하고는. 이런 중대한 일에 네가 왜 끼어야 하는지 도무지 모르겠지만, 마사 선생님이 너도 꼭 와야 한대. 서재에 모이는데, 너도 오래."

"수업은 참석 안 하겠다고 했잖아."

"수업이 아니야. 맥버니에 관한 회의야."

"자니와는 얽히고 싶지 않아. 지금이든 앞으로든."

"그게 이 회의의 목적이야. 우리 중 누구도 그와 얽히고 싶지 않아서 그 사람을 어떻게 할지 결정한대. 그를 무시하는 것만으로는 충분치 않은 것 같아서."

"너한텐 아무 짓도 안 했잖아." 맥버니 상병을 두둔하기 위해서라기보다는 에밀리에게 시비를 걸려고 말했다.

"아무 짓도 안 했다고? 양키한테 정보를 넘겨서 우리가 패전하게 만들겠다고 약속한 게 전부야. 그렇게 약속한 지 두 시간도 안 됐어."

"그 정보를 어디서 얻었는데?"

"나한테서. 내가 바보처럼 그 사람한테 우리 작전이라든가 전략에 관한 비밀 얘기를 털어놨어. 그를 친구라고 생각했고, 그 자신의 문제에서 주의를 분산시키려고 그랬어. 그런데 그 사람은 은혜를 이렇게 갚고 있어. 이곳을 떠나자마자 양키건 남군이건 자신의 존재가 알려지는 순간, 우릴 배신할 거래. 특히 나와 나의 아버지를."

에밀리가 배신한 아버지―바보처럼 자기 딸에게 군사정보를 알려줄 정도로 어리석은 아버지―이야기를 듣는 순간, 나도 나의 아버지를 생각했고, 또 한 차례 울음보가 터졌다.

"자, 자, 울음 그쳐. 착하지." 우리가 전쟁에서 질까 봐 걱정하는 것으로 여긴 게 분명한 에밀리가 말했다. "다 괜찮을 거야. 맥버니가 우릴 해치도록 가만히 내버려두지 않을 거야."

기대어 울 누군가의 어깨를 기다리고 있었던 나는 에밀리의 어깨에 기대어 울었다. 그것만 보아도 내가 얼마나 절박했는지 알 수 있을 것이다. 그런 기분으로 나는 에밀리의 도움을 받아 침대에서 일어나 계단을 내려갔고 서재로 향했다. 그곳에서 모두 그 유명한 회의가 시작되기를 기다리고 있었다.

단 한 명만 빼고 모두 그 자리에 있었다. 나중에 알게 된 사실이지만 어밀리아는 맥버니 상병을 위해 숲속 은신처를 청소하고 있었다. 맥버니 상병도 처음엔 그 자리에 없었지만 나중에 왔다. 나는 어밀리아가 없는 게 차라리 기뻤다. 내가 어떤지 보러 오지 않은 이유를 알았기 때문이다. 이 학교의 그 누구도 나한테 관심이 없더라도 어밀리아만은, 만약 집에 있었더라면 나의 안부를 염려했을 거라고 생각했으니까.

해리엇 판즈워스

기록 1 다음의 대화와 증언은 7월 3일 오후에 일어난 사건을 그대로 기술한 것으로 그날의 거친 기록을 깔끔하게 정리한 것이다.

기록 2 7월 3일에 개최한 회의의 목적에 부합되는 적절한 명명법에 대해 마사 헤일 판즈워스와 나의 추가적인 토론이 있었다. '진상 조사 기록'이라는 표현이 상황을 가장 정확하게 묘사한다는 것은 나의 주장이다. 마사가 제안한 '재판'이라는 말은 우리가 갖고 있지 않은 법적 권리를 암시하기 때문이다. 시기적 여건과 고립된 상황의 특수성을 감안할 때 우리에게 한시적으로나마 법적 권리가 있었다는 것이 마사의 주장이다. 마사는 우리가 특정 결론에 도달했으며 판결이 내려졌으므로 재판이 이뤄진 것이나 다름없다고 말한다. 그러나 이 기록을 작성하는 임무는 내가 맡고 있으므로 나의 양심이 허락하는 대로 명명할 자격이 있다고 생각한다. 이 사건에서 그것은 작은 문제일 뿐이다. 마사와 나 모두 정의는 한 단어의 의미에 의존하지 않는다는 것을 알고 있다.

진상 조사 회의에 앞서

7월 3일 정오에서 약 삼십 분 정도 지난 시각, 마사 판즈워스가 회의를 소집할 예정이라고 발표했다. 위의 시간은 대략 추측한 시간이다. 서재의 시계는 지난 일 년 동안 두 차례나 멈추어서 태양의 위치를 보고 시간을 맞추어야 했고, 그때는 우리에게 정확한 시간을 알려줄 방문객이 없었다.

서재에 모인 사람들은 다음과 같다. 마사 판즈워스, 해리엇 판즈워스, 에밀리 스티븐슨, 에드위나 모로, 얼리샤 심스, 마리 데브르, 마틸다 판즈워스. 그중 한 명이 늦게 도착했는데, 바로 마리 데브르였다. 그로 인해 회의 시작이 지연되었다. 한 명은 참석하지 않았다. 어밀리아 대브니였다. 어밀리아 대브니는 당시 집 안에 없었고, 그녀의 소재는 파악되지 않았다.

우리는 서재 테이블에 둘러앉았다. 마사가 맨 끝에 놓인 아버지의 낡은 의자에 앉았고, 그녀의 왼쪽에는 내가 앉았다. 매티는 맨 끝에 앉았고, 학생들은 우리와 매티 사이에 앉았다. 내 앞에는 이 용지들—아버지의 낡은 담배 회계장부에서 뜯은 것이다—과 그날 아침 매티가 만든 블랙베리 잉크 한 컵이 놓여 있고, 역시 매티가 준비해놓은 새로 깎은 깃이 있었다. 몇 주 전 맥버니 상병을 위해 매티가 요리했던 야생 칠면조의 마지막 남은 잔해이다.

에밀리와 앨리스가 장난을 치긴 했지만 내가 생각했던 만큼은 아니었다.

수업 연기 발표에도 비교적 차분한 이유는 두 어린 학생들, 어밀리아와 마리가 없어서였다. 그 둘은 거의 모든 행사에서 소란을 피웠고, 특히 뜻밖의 행사일 경우에는 더더욱 그랬다. 그런데 회의에 참석한 마리는 무척 조용하고, 주눅이 들어 보였다. 양손을 맞잡고 다른 아이들에게 일체의 관심도 보이지 않았다. 마리는 안색이 창백했다. 저녁이 되어도 나아지지 않으면 피마자유와 매티의 약초를 먹여야겠다고 생각했다. 혹시 병에 걸린 것일 수도 있다.

또 하나의 의자, 아주 편안한 의자는 커다란 윙 체어인데 아버지의 의자 맞은편, 서재 벽난로 앞에 테이블과 조금 거리를 두고 놓여 있었다. 그 의자는 본인이 회의에 참석하겠다고 할 경우, 맥버니 상병을 위해 마련한 자리였다. 마사의 제안으로 마리의 의자에는 쿠션을 몇 개 놓아서 테이블에 앉은 다른 사람들과 눈높이를 맞추도록 했다.

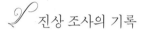

진상 조사의 기록

마사 판즈워스 (티스푼으로 찻잔을 두드려 회의 시작을 알린다.) 지금부터 회의를 시작하겠습니다. 해리엇 선생님, 출석을 불러주세요.

해리엇 판즈워스 (출석을 부른다.)

마사 판즈워스 (개회 연설을 한다.) 간략하게 개회사를 하겠습니다. 여러분 모두 지금부터 우리가 하고자 하는 일의 심각성을 이해해주시기 바랍니다. 오늘 우리는 판즈워스 학교 내에 작은 법정을 구성합니다. 우리에게 반드시 필요한 일을 처리해줄 수 있는 법정이 없어 우리 스스로 법정을 구성할 필요가 있다고 판단하였습니다. 우리는 특정 사안에 관한 진실을 파악하기 위해 최선을 다할 것이며 우리에게 가장 이로운 방식으로 적절한 조치를 취할 것입니다. 모두 아시다시피 이곳에 있는 한 사람이 아주 심각한 범죄를 저질렸습니다. 그는 그밖에도 여러 범죄 혐의를 받고 있습니다. 우리는 이 문제에 관한 그의 혐의 사실을 확인하고, 무엇보다 이러한 범죄들이 재발되거나 그보다 더 나쁜 범죄로 자행될 가능성이 어느 정도인지 혹은 가능성의 유무를 고려해야만 합니다.

마리 데브르 자니를 처벌할 건가요?

마사 판즈워스 이 법정은 저 혼자만의 법정이 아니고, 여러분 모두의 법정입니다. 또한 우리는 누군가를 처벌하기 위해 이 자리에 모인 것이 아닙니다. 우리는 우리를 보호할 방법을 모색하기 위해 모였습니다. 교회에서 하나님과 함께하는 예배나 야간 기도 시간과 같은 열정과 진지함으로 이 회의에 임해야 한다는 점을 명심해주십시오. 진실을 찾는 것은 곧 하나님을 찾는 것이니까요.

마틸다 판즈워스 아멘.

마사 판즈워스 이 회의에 집중해주시기 바랍니다. 키득거리거나 부산을 떨지 마시고, 모두 의자에 똑바로 앉으세요. 질문에 답할 때나 의장에게 하고 싶은 말이 있을 내 외에는 일체 말을 하지 않습니다.

마리 데브르 의장요?

마사 판즈워스 이 의장석에 앉아 있는 사람을 말하는 거예요. 앞으로 이 회의에서 저를 '의장님'이라고 부르는 게 좋겠습니다.

에드위나 모로 이게 법정이라면 '판사님'이라고 불러야 되는 거 아닌가요?

마사 판즈워스 지금 말장난을 할 상황이 아니란 걸 알아두세요. 만약 여기 판사가 있다면, 우리 모두가 판사입니다.

얼리샤 심스 자니도 참석할 건가요?

마사 판즈워스 그가 원한다면 초대할 수 있습니다. 그의 참석 여부는 우리에게 중요하지 않아요. 우린 그의 증언에 의존하지 않습니다.

해리엇 판즈워스 왜 의존하지 않는다는 거죠?

마사 판즈워스 그야 당연히 그를 믿을 수 없기 때문입니다.

마리 데브르 가톨릭 기도서에 맹세하라고 하면 되잖아요.

마사 판즈워스 그 어떤 맹세를 한다고 해도 그는 이미 저지른 죄에 위증죄를 보태고도 남을 사람입니다. 그러나 만약 그가 이 회의에 참석하기를 원한다면 회의에 합당한 발언을 자유롭게 할 수 있고, 우리는 그의 말을 경청할 것입니다. 그것은 정당한 조사과정에서 그에게 주어진 특권입니다. 그가 참석할 경우, 여러분은 그에게 미소 짓거나 그가 하는 농담에 웃어선 안 됩니다. 그런 식으로 이 회의를 방해하려 할 것이기 때문입니다. 우리는 과거, 그의 속임수에 넘어갔습니다. 더는 넘어가지 않도록 합시다.

에드위나 모로 그를 변호할 사람이 있나요? 법정에는 그게 관례인 것 같은데요.

마사 판즈워스 에드위나가, 혹은 다른 누구라도 그를 대변하고 싶다면 얼마든지 그렇게 하세요.

에밀리 스티븐슨 군법회의에서는 법무관이 변호사 역할을 해요.

마사 판즈워스 이건 군법회의가 아닙니다. 우리 모두가 판사고, 원한다면 피고측 변호사도 될 수 있습니다. 당연히 원고측 변호사도 될 수 있습니다. 다른 사안 없나요? 맥버니 씨를 불러오기 전에 절차에 대한 다른 질문 없습니까?

해리엇 판즈워스 (잠시 침묵) 없는 것 같습니다.

마사 판즈워스 좋습니다. 우리는 이 회의를 우리 수업과 같은 방식으로 진행할 것입니다. 호명되는 사람은 신속하고 간결하게, 그리고 진실하게 답변하세요. 다른 때에 답변하고 싶거나 잠시 회의실에서 나가고 싶은 사람은 손을 들어주세요. 질문과 답변은 적절하게 해주시기 바랍니다. 피고에게 직접 말하지 마시고, 만약 그가 여러분에게 질문을 하거든, 저에게 대답해주십시오. 좋습니다. 피고는 어디 있나요?

마틸다 판즈워스 응접실에 있어요. 적어도 제가 아침 식사를 가져다줄 때는 그곳에 있었고, 그 뒤로 돌아다니는 낌새는 없던데요.

얼리샤 심스 아침 식사를 하고 나서 적어도 한 번은 응접실에서 나갔어요. 창고에서 와인 세 병을 팔에 끼고 나오는 걸 봤거든요.

마사 판즈워스 그 와인이 다 없어지면 그야말로 우리 모두에게 축복이겠군요.

해리엇 판즈워스 어쩌면 이미 다 없어졌을지도 몰라요. 세 병을 가져갔다면 그게 마지막 남은 와인일걸요.

마사 판즈워스 그것 참 다행이군요. 매티, 응접실로 가서 맥버니 씨에게 우리 회의에 초청한다고 알려주세요.

해리엇 판즈워스 잠깐만요. 여기서 논의될 문제는 상당히 사적인 문제일 수 있는데, 맥버니 씨가 참석하는 게 옳다고 생각하세요?

마사 판즈워스 이 사안은 그에 관한 사안입니다. 우리가 얘기할 것들은 모두 그에 관한 것들입니다.

해리엇 판즈워스 그렇다고 해도 그 사람 바로 앞에서 얘기하는 게 어떤 학생들에겐 조금 창피할 수도 있지 않을까요.

마사 판즈워스 창피하건 말건 상관없습니다. 그건 그들이 감당해야 할 몫이니까요. 혹시 여러분 중에 그가 참석할 경우 말하기가 꺼려지는 사람이 있는지 알고 싶군요. 그런 사람 있습니까?

해리엇 판즈워스 (잠시 침묵) 반대하는 사람이 없는 것 같군요.

마사 판즈워스 해리엇 선생님은 어떠신가요?

해리엇 판즈워스 전 반대하지 않습니다.

마사 판즈워스 좋아요, 그럼. 가서 그를 데려오세요, 매티.

그 시간 동안 일어난 일들은 여전히 공식적으로 회의가 진행 중인 상황에서 일어난 일들이기에 부수적으로 발생한 일들도 기록에 포함시키고자 한다.

마사 판즈워스 지금 뭘 하고 있는 건가요?

마리 데브르 절 괴롭히는 파리를 잡고 있어요.

마사 판즈워스 가만히 앉아 있으면 괴롭히지 않아요. 앨리스, 지금 무슨 그림을 그리고 있죠?

얼리샤 심스 (펜을 내려놓으며) 아무것도요.

마리 데브르 심장을 찌르는 칼을 그렸어요.

마사 판즈워스 마리에게 한 질문이 아니에요. 앨리스, 연습공책과 잉크가 남아돌면, 곱셈표나 프랑스어 동사를 연습하는 데 쓰도록 하세요.

에밀리 스티븐슨 어쩌면 자발적으로 오지 않을지도 몰라요. 그 사람을 묶어서 끌고 와야 할지도 몰라요.

마사 판즈워스 그런 일은 없을 겁니다. 만약 그가 자신이 받고 있는 혐의에 관해 듣고 싶지 않다면 그 또한 그의 권리입니다.

마리 데브르 아마 올 거예요. 마침 오늘이 자니의 생일이래요. 어쩌면 우리가 파티를 준비했다고 생각할지도 몰라요.

바로 그때 맥버니 상병이 목발을 짚고 매티를 따라 들어왔다. 그는 매티가 수선하고 다려준 것이 분명한 군복을 입고 있었다. 깔끔하게 면도를 하고 머리를 빗었으며 거의 맨정신이었다.

맥버니 상병 안녕들 하세요, 여러분. 오늘은 식당이 아니라 여기서 점심 식사를 하시나 생각했습니다.

마사 판즈워스 맥버니 씨, 우리는 당신의 혐의를 조사하기 위해 이 자리에 모였습니다. 앉아서 들으시겠습니까?

맥버니 상병 물론입니다, 마사 선생님. 제 얘기를 하실 거라면 무슨 얘기인지 들어봐야겠지요. 아름다운 숙녀분들이 마음을 열고 자신에 대해 얘기하는 걸 들을 기회는 많지 않을 테니까요. 물론 나쁜 얘기를 하신다면 정정해야겠지요.

마사 판즈워스 우린 오직 진실만을 말할 겁니다, 맥버니 씨, 가능하시다면 당신도 그렇게 해주시기 바랍니다. 아시겠습니까?

맥버니 상병 잘 알겠습니다, 선생님.

마사 판즈워스 의자에 앉으시겠습니까?

맥버니 상병 (의자에 앉으며) 원하신다면요.

마사 판즈워스 좋습니다. 진행하도록 하죠. 존 맥버니 씨, 오늘 우리가 이 자리에 모인 것은…….

맥버니 상병 저와 매티의 신성한 결혼식을 위해서죠!

마사 판즈워스 (찻잔을 두드리며) 조용히 하세요! 질서를 지키지 않을 거면 나가주세요! 자, 다시 한 번, 존 맥버니 씨, 우리는 당신에 대한 비교적 가벼운 위반사항은 물론이고 보다 심각한 범죄 행위의 진상을 파악하기 위해 이 자리에 모였습니다. (기도서 빈 페이지에 적어놓은 혐의 목록을 보며) 그중 가벼운 범죄는 대화 중 정직하지 못했던 것과 어린 소녀들 앞에서 욕설, 비속어를 사용한 것, 여성과 어린아이 앞에서 과도한 음주로 술 취한 모습을 보인 것 등입니다.

맥버니 상병 그 점에 대해서는 여러분께 진심으로 사과드립니다.

마사 판즈워스 중범죄로는 학교 자산에 대한 기물 파손, 돈과 귀중품 절도, 이 학교 학생에 대한 심각한 인신공격, 또 다른 학생에 대한 위협, 그 외에도 지금 이 자리에서 구체적으로 언급하지 않을 성적인 범죄가 있습니다.

맥버니 상병 왜 구체적으로 언급을 안 합니까, 선생님? 우린 다 친구인데요?

마사 판즈워스 때가 되면 언급할 겁니다.

맥버니 상병 다 거짓말이에요, 전부 다. 전 아무것도 훔치지 않았고, 농담을 한 것 외에는 누구도 협박하지 않았습니다. 어쩌다 보니 의자 한두 개를 부수긴 했어요. 일자리를 구하는 대로 갚겠습니다.

마사 판즈워스 이 혐의에 대해 다른 할 말이 있습니까?

맥버니 상병 아뇨, 선생님. 나머지는 선생님께서 말씀해주세요.

마사 판즈워스 가벼운 혐의들에 대해서는 유죄를 인정하십니까?

맥버니 상병 네, 네.

마사 판즈워스 그렇다면 당신의 동의하에 가벼운 혐의에 관한 토론으로 시간을 낭비하지 않고 보다 심각한 중범죄 혐의로 넘어가겠습니다.

맥버니 상병 다 거짓말이에요, 전부 다. 난 아무것도 훔치지 않았습니다.

마사 판즈워스 좋습니다, 우리는 이제 두 번째 혐의의 첫 번째 위반 항목부터 시작하겠습니다. 학교 기물 파손 행위.

맥버니 상병 그것도 유죄를 인정합니다.

마사 판즈워스 파손한 물건들을 열거하시겠습니까?

맥버니 상병 아뇨, 그럴 필요 없습니다. 그건 선생님 말씀을 믿겠습니다. 접시와 와인잔 한두 개가 추가된다고 해도 상관없습니다. 제가 여기서 보낸 즐거운 시간에 대한 대가로 조금 더 보상하는 것도 나쁘지 않으니까요.

마사 판즈워스 좋습니다. 그럼 다음 항목으로 넘어가죠……. 현금과 금품 절도. 이것은 개인적으로 제가 염려하고 있는 부분입니다, 맥버니 씨. 당신은 제 방에서 금화 200달러와 열쇠꾸러미와 금줄에 달린 고가의 황금 장식을 훔친 혐의를 받고 있습니다.

맥버니 상병 제정신이 아니시네요.

마사 판즈워스 현금과 금품에 대해 일체 아는 바가 없습니까?

맥버니 상병 제가 로켓을 가지고 있었던 건 아시잖아요. 며칠 전 와인 창고에서 돌려드렸지요. 그걸 발로 밟아서 부수신 것으로 보아 그다지 귀중한 물건은 아니었던 것 같습니다만.

마사 판즈워스 열쇠꾸러미를 갖고 있었던 것도 부인하십니까?

맥버니 상병 아뇨, 열쇠꾸러미를 가지고 있었고, 저 자신을 보호하기 위해서 지니고 있었습니다. 불구인 데다 빨리 움직일 수도 없는데 어디에든 갇히고 싶지 않았습니다. 혹시 불이 나거나 지진이 나거나 그런 일이 있을 경우에 말입니다.

마사 판즈워스 혹시 누가 당신을 가두겠다고 협박하던가요?

맥버니 상병 그럴 수가 없었겠지요, 안 그렇습니까? 제가 열쇠를 갖고 있는데요. 저는 열쇠를 안전하게 보관하고 있고, 떠날 때 돌려드릴 생각입니다.

마사 판즈워스 그때까지 이 집의 모든 방과 찬장을 약탈하겠지요.

맥버니 상병 그건 부당합니다, 선생님. 허락 없이 방에 들어간 적은 없습니다. 제게 허용된 아래층 방과 와인 창고를 제외하면요.

마사 판즈워스 열쇠와 현금과 금품을 훔치기 위해 제 방에 들어오셨지요.

맥버니 상병 그렇지 않습니다! 전 돈을 훔치지 않았고, 열쇠와 로켓은 다른 사람한테서 받았습니다.

마사 판즈워스 누구한테요?

맥버니 상병 여기 있는 사람 중 한 명요.

마사 판즈워스 당신은 지금 거짓말을 하고 있어요, 맥버니 씨.

맥버니 상병 거짓말이 아니라고요, 젠장! 난 그 방에 들어가지 않았어요! 열쇠를 가지고 있었던 건 인정하지만 와인 창고하고 낡은 권총을 넣어둔 캐비닛을 열 때 빼고는 사용한 적이 없습니다. 그게 그렇게 중요한 거라면 지금 당장 돌려드릴 테니 어디 절 한번 가둬보시죠. 그런 식으로 절 골탕 먹이려 했다간 얼마나 빨리 문을 부술 수 있는지 보여드리겠습니다.

마사 판즈워스 그럼 돈은요. 그것도 돌려주실 건가요?

맥버니 상병 망할 놈의 돈은 내가 안 가져갔다고요!

마사 판즈워스 그럼 누가 가져갔죠?

맥버니 상병 나도 몰라요!

마사 판즈워스 좋습니다, 맥버니 씨. 이 사안은 교착상태에 빠진 것 같으니 다음 사안으로 넘어가겠습니다. 오늘 아침 앨리스 심스를 심문했습니다, 맥버니 씨. 앨리스 심스는 당신과 부적절한 관계를 가졌다는 것을 시인했……

맥버니 상병 시인했다고요?

마사 판즈워스 동의하지 않으면 상해를 입히겠다고 협박했다던데요.

맥버니 상병 그건 거짓말이고, 당신도 알잖아요, 앨리스! 왜 그런 말을 했죠? 대답해봐요. 왜 그랬어요!

얼리샤 심스 제 이름은 얼리샤예요. 그리고 난 당신하고 대화를 할 수가 없……

맥버니 상병 거짓말이에요, 마사 선생님. 한 가지 알려드리죠. 당신의 방에서 열쇠와 로켓과 그리고 아마도 돈까지 훔친 사람은 바로 앨리스입니다.

얼리샤 심스 전 훔치지 않았어요, 마사 선생님, 맹세코 훔치지 않았어요!

마사 판즈워스 조용히 하세요, 앨리스. 맥버니 씨, 당신은 열다섯 살짜리 소녀와 육체관계를 가진 혐의가 있습니다.

맥버니 상병 앨리스는 열일곱 살인가 열여덟 살이에요, 젠장! 보세요! 자기가 열여덟 살이라고 저한테 말했다고요!

마사 판즈워스 혐의를 부인하는 겁니까?

맥버니 상병 앨리스가 이 학교에 남아 있으려고 거짓말을 했다는 거 모르시겠어요?

마사 판즈워스 늦은 밤 저 학생의 방에 갔다는 사실을 부인하실 건가요?

맥버니 상병 아뇨, 하지만……

마사 판즈워스 앨리스의 방에 강제로 침입했다는 사실을 부인하실 겁니까? 당신에게 협조하도록 강요한 사실도 부인하십니까?

맥버니 상병 결코 강요한 적 없다니까요! 젠장!

앨리스 심스 강요한 거 맞아요, 마사 선생님! 전부 선생님이 말씀하신 그대로예요. 나쁜 짓을 하도록 강요했어요……. 그리고 열쇠와 로켓을…… 그리고 돈까지 훔쳤어요!

맥버니 상병 거짓말이에요! 다 거짓말입니다! 열쇠의 진실을 알려드리죠. 제가 열쇠를 가져오라고 시켰어요. 하지만 다른 건 가져오라고 하지 않았습니다. 다른 걸 가져오라고 시키지 않았다고요!

마사 판즈워스 맥버니 씨, 열다섯 살짜리 소녀와 성관계를 가진 사실을 부인하십니까?

맥버니 상병 열다섯 살이 아니라니까, 젠장!

마사 판즈워스 혐의를 부인하십니까?

맥버니 상병 아뇨, 아뇨. 부인하지 않습니다!

마사 판즈워스 좋습니다, 다음 혐의로 넘어가죠. 당신은 에드위나 모로와도 부적절한 관계를 맺은 혐의를 받고 있습니다.

맥버니 상병 누가 그러던가요? 에드위나가 그렇게 말하던가요?

에드위나 모로 (연습장에 그림을 그리며) 그런 말을 한 기억이 없어요.

마사 판즈워스 에드위나, 맥버니 씨와의 관계에서 그런 일이 있었다는 사실을 부인합니까?

에드위나 모로 (여전히 그림을 그리며) 그런 일이 있었다는 걸 부인하는 게 아니에요. 그런 일이 일어났다고 말했다는 걸 부인하는 거죠.

맥버니 상병 (일어서서 목발에 몸을 의지하며) 우리 사이엔 아무 일도 없었잖아요. 무슨 일이 있었다고 말하면 가만두지 않겠어. 내가 확실하게 손을 봐주겠어!

마사 판즈워스 그의 말에 신경 쓰지 마세요, 에드위나. 그의 협박에 신경 쓰지 마세요. 맥버니 씨, 앨리스에게 그랬던 것처럼 에드위나에게도 강요했다는 진술이 있었습니다.

맥버니 상병 그렇게 말하던가요? 에드위나가 그렇게 말하던가요?

마사 판즈워스 앨리스가 말했습니다. 에드위나가 그렇게 말했다고, 앨리스가 말했습니다.

맥버니 상병 젠장, 에드위나에 대해 제가 한마디하죠.

에드위나 모로 난 말하지 않았어요, 말하지 않았다고요! 자니, 난 누구에게도, 무슨 말도 하지 않았어요!

해리엇 판즈워스 마사 선생님, 제가 보기엔 전문증거*에 의존하고 있는 것 같은데요.

마사 판즈워스 조용히 하세요. 전문증거에 의존하는 게 아닙니다. 자, 에드위나, 이자의 협박을 두려워하지 마세요. 이자는 에드위나를 비롯한 그 누구의 명예도 더럽힐 수 없습니다. 그가 저지른 죄는 우리 모두에게서 잊힐 겁니다. 그리고 다시는 그런 일이 일어나지 않을 거라고 약속하겠습니다.

에드위나 모로 전 앨리스에게 아무 얘기도 하지 않았다고 맹세할 수 있어요…….

얼리샤 심스 말했잖아, 에드위나. 그 사람이 날 공격했던 것처럼 널 공격했다고. 안 그래?

맥버니 상병 그러지 않았어요! 난 에드위나를 건드리지 않았어요. 내가 한 모든 일은 에드위나도 동의한 일이에요!

마사 판즈워스 그렇게 자신을 변호할 셈인가요, 맥버니 씨? 우리는 이미 앨리스가 두려움 때문에 당신의 요구에 동의했다는 이야기를 들었습니다. 그리고 이 어린 숙녀분도 당신을 두려워하는 게 분명하고요.

맥버니 상병 숙녀? 정말 숙녀일까요?

마사 판즈워스 그 사람 말 듣지 마세요, 에드위나. 더 이상은 에드위나를 해칠 수 없으니까요. 이제 다음 혐의로 넘어가죠. 맥버니 씨, 나의 여동생과의 사이에서 일어난 일…….

---

* 피해자의 법정진술이 아닌 진술조서나 다른 사람의 증언.

해리엇 판즈워스 제발, 마사!

맥버니 상병 당신 동생도 내가 공격했다고 말할 셈인가요?

마사 판즈워스 그렇게 말할 자격이 있다고 생각합니다. 내 눈으로 직접 보았으니까요, 맥버니 씨.

맥버니 상병 그것도 동의 없이 이루어졌다고? 내가 위층으로 올라가 침대에서 이 늙은 여자의 머리채를 붙잡고 끌고 내려와서 그 앙상한 엉덩이에서 드레스를 벗겨냈다고?

해리엇 판즈워스 제발, 제발……. 지금 기록을 하고 있잖아요. 너무 빨라요. 기록을 해야 해요.

마사 판즈워스 다음 항목으로 넘어가도 될 것 같군요……. 어제 오후 해리엇 선생님의 침실에서 일어난 폭행, 그것도 부인합니까, 맥버니 씨?

맥버니 상병 아뇨, 아무것도 부인하지 않습니다. 꺼져, 이 XXX야! (기록할 수 없음!)

마사 판즈워스 해리엇 선생님, 그날 공격에 대해 할 말 있습니까?

해리엇 판즈워스 저자가 날 죽이려 했어요!

맥버니 상병 너도 꺼져, 이 XXX야! (기록할 수 없음!)

마사 판즈워스 맥버니 씨, 어린 학생들이 있는 자리에서 더 참을 수가 없군요. 한 가지가 더 있습니다, 맥버니 씨. 오늘 아침 이 어린 꼬마, 마리 데브르에게 무슨 짓을 했나요?

맥버니 상병 아무 짓도 하지 않았어, 이 할망구야!

마사 판즈워스 맥버니 씨, 마리 데브르가 오늘 아침 6시쯤 응접실에서 나와 위층으로 올라오는 것을 보았습니다. 당신이 계단까지 쫓아와 그 아이한테 소리를 지르는 것도 보았고요. 마리는 잠옷을 입고 있었고, 창백한 얼굴로 흐느껴 울더군요. 그 아이한테 무슨 짓을 했죠?

맥버니 상병 추잡한 할망구 같으니라고!

마사 판즈워스 마리는 하루 종일 방에만 있더군요. 이 학교에 들어온 이후 마리 데브르가 그런 행동을 보인 것은 처음입니다. 끼니를 거른 것도 처음이고요. 무슨 짓을 했나요, 맥버니 씨?

맥버니 상병 그 아이한테 물어봐, 이 대머리 할망구야!

마사 판즈워스 그가 무슨 짓을 했나요, 마리?

마리 데브르 (흐느껴 울며) 아무 짓도, 아무 짓도 안 했어요.

마사 판즈워스 두려워하지 마세요. 이 방 안의 누구도 다시는 그를 두려워할 필요가 없습니다.

맥버니 상병 (밖으로 향하며) 그런가요, 마사 선생님. 그렇게 생각하십니까? 다리가 하나밖에 없어도 난 여기 있는 사람 전부하고 붙을 수 있어요. 저한테 총이 있다는 것도 잊지 마세요. 한 가지 더 말씀드리죠. 전 오늘 떠날 생각이었어요. 저는 떠나기 전에 여러분이 호의를 베풀어주길 원했을 뿐입니다. 그런데 떠날 준비가 될 때까지 좀 더 있어야겠어요. 나한테 죄를 덮어씌우시겠다? 어디 한번 두고 보시지. 여길 진짜 지옥으로 만들어주겠어! (그 말과 함께 맥버니가 방에서 나갔다.)

마사 판즈워스 이제 저자를 어쩐다?

마틸다 판즈워스 쫓아버려요. 보따리를 싸서 쫓아내자고요. 빗자루를 들고 이렇게 말하는 거예요. '어이 양키, 어서 꺼져! 당장 꺼지라고!'

마사 판즈워스 이미 그렇게 했잖아, 매티. 소용이 없었어.

마틸다 판즈워스 직접 하진 않았잖아요, 안 그런가요? 정확하게 말하진 않았잖아요. 가라는 말을 너무 좋게 한 건 아닌지 모르겠네요.

아마 좀 더 세게 말해야 할 것 같아요. '이봐, 양키. 시키는 대로 해. 지금 당장!'

마사 판즈워스 그만해, 매티. 다른 사람들처럼 매티도 의견을 제시할 수는 있지만 소용없단 말을 듣고도 우기는 건 안 돼.

마틸다 판즈워스 쫓아버릴 수 없으시면, 문 밖으로 나가서 소리치세요. '아무짝에 쓸모없는 양키가 하나 있는데 좋게 얘기해도 통 들어먹질 않네요! 누가 와서 이 양키놈 좀 끌어내주세요!' 하고 외치는 거예요.

마사 판즈워스 매티…….

해리엇 판즈워스 내가 설명해줄게, 매티. 이 구역엔 이제 우리 병사들이 없어. 지금 이 근처 도로에 있는 병사들은 죄다 북군이야. 우리가 도움을 청했다간 맥버니 상병보다 더 심각한 골칫거리를 떠안게 될 거야. 맥버니가 자기가 여기서 부당한 대우를 받았다고 말하기라도 하면 더더욱.

에밀리 스티븐슨 (단호하게) 그 사람은 부당한 대우를 받지 않았어요! 물론 그 사람이 그렇게 생각한다는 건 알아요. 자기 다리를 잃었으니 다른 잘못된 이유로 그렇게 생각하겠죠. 그 사람은 전쟁에서 다리를 잃은 우리 병사들은 안중에도 없어요. 그 사람들은 맥버니가 여기서 받은 대접의 반도 못한 대접을 받았을 거예요.

해리엇 판즈워스 그가 우리에 대한 나쁜 얘기를 하지 않고 가주기만 한다면 돈을 주어서라도 보내겠어. 그가 여기서 당했다고 생각하는 부당한 대접의 값을 치르는 셈치고.

에밀리 스티븐슨 선생님은 너무 마음이 약해요. 그 사람은 우리 돈을 훔치고 우릴 배신했어요. 마사 선생님은 제가 가장 큰 죄로 생각한 혐의에 대해서는 언급도 하지 않았어요. 만약 저에게 발언할 기회가 주어졌다면, 저는 그에게 첩보죄와 적군에게 정보를 제공한 죄를 추가했을 거예요.

마사 판즈워스 본론으로 돌아가서, 이제 그를 어떻게 하는 게 좋을까?

얼리샤 심스 숲으로 데려가서 거기에 두고 오면 어떨까요?

에드위나 모로 숲으로 가려다가 큰길로 나가지 않는다는 보장이 어디 있어?

얼리샤 심스 잠이 들거나 의식이 없을 때 우리가 만든 들것에 싣고 데려가면 되잖아요.

해리엇 판즈워스 안타깝게도 의식을 잃게 만들 방법이 없어. 만약 아편이나 마취제 같은 게 있었다면 마사 선생님이 사용했을 거야.

마리 데브르 수술을 하기 전에 술을 엄청 먹이고 재웠잖아요. 다시 그렇게 하면 안 될까요?

해리엇 판즈워스 와인은 거의 다 마신 것 같던데. 맥버니 씨가 창고에 있던 것 대부분을 꺼내왔어.

에드위나 모로 다들 잊고 있는 것 같은데, 알코올이나 다른 방법을 이용해서 의식을 잃게 만든다고 해도 그 상태로 영원히 머물지는 않을 거예요.

얼리샤 심스 맞아요. 그래서 숲에서 다시 걸어 나오면 그땐 전보다 더 나쁜 상황에 처할 거예요.

에밀리 스티븐슨 단단히 묶어두면 되잖아. 돌아오지 못하게.

에드위나 모로 숲에 버려두고 굶어 죽든가 목말라 죽게 만들잔 거야? 에밀리, 그건 별로 유쾌하지 않은 죽음의 방식인 것 같다.

얼리샤 심스 그가 죽는다고 해도 여기 있는 우리의 가까운 친척들을 포함해서 지난 삼 년 동안 죽은 우리 쪽 병사들보다 더 끔찍할 것도 없어.

에밀리 스티븐슨 그건 사실이야, 앨리스. 네가 그런 말을 하는 걸 들으니 정말 기뻐.

마리 데브르 난 과연 앨리스의 어떤 가까운 친척이 죽었다는 건지 알고 싶어.

얼리샤 심스 수십 명의 이름을 댈 수 있지만, 먼저 이 못된 꼬마가 자기 목숨을 희생한 사람의 이름 단 한 명이라도 대주었으면 좋겠네.

마리 데브르 내가 못 댈까 봐서? 앨리스? 내기 한번 해볼까? 이를테면 우리가 앞으로 먹게 된다면 말이지만, 고기 한 조각이라도 걸고?

마사 판즈워스 (티스푼으로 찻잔을 두드리며) 얘들아, 지금은 그런 사적인 말다툼을 할 때가 아니야. 그런 말다툼은 어떤 상황에서도 적절치 않아.

얼리샤 심스 애당초 마리의 룸메이트가 숲에서 그를 데려오지 않았다면 이런 회의 따위 할 필요도 없었을 거예요. 이미 오래전에 죽었을 테니까.

마리 데브르 아주 훌륭해! 과연 겁쟁이다운 방식이야, 앨리스. 자신을 변호한답시고 자리에 없는 사람을 공격하는 것 말이야.

해리엇 판즈워스 얘들아, 이제 그만 좀 해! 앨리스, 우린 어밀리아가 친절을 베푼 행위를 비난해선 안 돼. 마사 선생님이 위태로운 상태였던 그를 돌보아주지 않았다면 그는 지금쯤 죽었겠지. 그건 우리가 좀 생각해봐야 할 문제 아닐까?

마사 판즈워스 어떤 생각해봐야 할 문제를 말하는 거지?

해리엇 판즈워스 그 두 번의 사건을 통해 하나님이 그를 천국의 문으로 인도하셨고, 우리가 그를 다시 데리고 오도록 허락하셨어. 그건 계시였는지도 몰라.

마사 판즈워스 그래서 지금 무슨 얘기를 하고 싶은 거지?

해리엇 판즈워스 아무것도, 그냥 내 생각을 소리 내어 말하는 것뿐이야.

마리 데브르 혹시 그럴 생각이 있으시면, 자니를 숲으로 가게 만들 수는 있어요. 하지만 그를 거기 묶어둘 방법은 다른 사람이 찾아야 해요.

해리엇 판즈워스 거기로 어떻게 데려가겠다는 거지?

마리 데브르 실은 어밀리아에겐 숲속에 비밀 장소가 있어요. 정확히 어디라고는 말할 수 없지만, 숲속 아주 깊은 곳에 있어요. 어밀리아가 자니에게 그곳에 가자고 제안했는데 그가 거절했어요. 하지만 그곳으로 갈 합당한 이유가 있다면 갈 것 같아요.

마사 판즈워스 지금은 합당한 이유가 있다는 건가?

마리 데브르 네, 마사 선생님. 우릴 두려워한다면 갈 것 같아요.

해리엇 판즈워스 그는 우릴 두려워하지 않잖아. 오히려 그 반대이지.

마리 데브르 그건 바꿀 수 있잖아요. 그 사람한테 나쁜 짓을 할 계획을 꾸미는 척해서 겁을 주면 되잖아요.

에밀리 스티븐슨 무슨 좋은 수라도 있어?

마리 데브르 우리 중 한 명이 그에게 사람들이 그를 죽이기로 했다고 말하는 거예요.

해리엇 판즈워스 그런 말하면 못써!

마사 판즈워스 해리엇, 지금 우리는 그 누구의 말도, 그 어떤 계획도 무시해선 안 되는 상황이야. 우리 어른들은 맥버니를 상대할 수가 없어. 어쩌면 어린 학생들이 방법을 찾을지도 몰라. 계속해봐, 마리.

마리 데브르 제가 생각한 건 그게 전부였어요. 우리가 투표를 했고, 그를 처형하기로 결정했다고.

에밀리 스티븐슨 난 찬성이야! 멋진 생각이다!

에드위나 모로 어떤 방식으로 처형을 집행할 건데? 혹시 그가 물어볼 경우에 대비해서.

얼리샤 심스 총살형.

에드위나 모로 말도 안 돼. 어떻게 총살을 한다는 거야?

얼리샤 심스 교수형. 그를 교수형에 처할 거라고 하는 거야. 에드위나가 공책에 그린 그림처럼.

에드위나 모로 (그림에 줄을 그어 지우며) 이건 낙서일 뿐이고 맥버니와는 아무 상관이 없어.

마리 데브르 하지만 한편으론 나쁘지 않은 생각이야. 자니한테 말하면 꽤 두려워할걸.

해리엇 판즈워스 그 말을 믿을까?

에밀리 스티븐슨 왜 안 믿겠어요? 전쟁 중에는 흔히 있는 일인데. 첩자나 반역자는 대부분 그렇게 처벌된다는 걸 알걸요.

에드위나 모로 이 처형을 어디서 집행하죠?

해리엇 판즈워스 뒤뜰의 나무 어떨까? 헛간 옆 사과나무 정도면 충분할 거야.

마사 판즈워스 벌써 일을 꾸미기 시작하는 건가?

해리엇 판즈워스 그냥 겁만 주는 거라면…… 그를 쫓아버리기 위한 거라면…….

얼리샤 심스 누가 이 소식을 그에게 전하는 게 좋을까요?

마리 데브르 내가 할 수 있을 것 같아. 다른 사람보다는 내 말을 더 믿을 것 같아. 종교도 같으니까.

해리엇 판즈워스 마리는 그와 별다른 문제가 없기도 해. 우리 중 다른 사람들과는 문제가 있었지만.

얼리샤 심스 매티가 하는 게 나을지도 몰라요. 매티도 그와 별 문제가 없었던 데다 마리보다 과장할 확률이 적으니까.

에드위나 모로 만약 교수형을 과장할 수 있는 사람이 있다면, 그건 바로 마리야.

마리 데브르 과장하면 왜 안 되는데? 그런 얘기는 현란할수록 더 좋은 거잖아. 더구나 매티는 얘기를 뒤죽박죽으로 해버릴 거야. 안 그래 매티?

마틸다 판즈워스 그럴 거 같아요, 마리 아가씨. 아무래도 제가 좀 그럴 것 같긴 해요.

에드위나 모로 어밀리아는 어때? 자니는 그 애를 확실히 믿는 것 같던데.

마리 데브르 어밀리아는 안 한다고 할 거야. 그건 확실해.

마사 판즈워스 아무래도 이 일은 마리가 적임자인 것 같아. 마리, 이 소식을 어떻게 전할 생각이지?

마리 데브르 제가 곧 그를 찾아서 지금 당장 저와 함께 이 집을 떠나야 한다고 말할게요. 어밀리아에게는 우리를 비밀장소로 안내해야 한다고 할게요. 형이 선고되었고, 다들 그 형을 집행하기 위해 준비 중이라고.

얼리샤 심스 그를 묶을 밧줄을 찾고 있다고 덧붙이는 게 좋겠어.

에드위나 모로 무슨 밧줄?

에밀리 스티븐슨 들것에 썼던 마구용 밧줄이 있잖아. 하지만 그것 말고 다른 밧줄은?

얼리샤 심스 침대 시트. 그걸 찢어서 꼬면 돼.

해리엇 판즈워스 그런 걸 만들 정도로 시트가 충분하진 않은 것 같아. 다들 알다시피 그나마 남아 있는 건 전부 붕대로 썼잖아.

에드위나 모로 실제로 시트가 필요한 건 아니잖아요? 우리가 올가미를 만든다고 말만 하는 거잖아요.

해리엇 판즈워스 물론, 물론 그래……. 말만 하는 거야.

마리 데브르 제 생각엔 우리가 실제로 그 작업에 착수하면 더 설득력이 있을 거예요. 우리가 시트를 찢는 걸 자니가 직접 보게 할 수도 있겠죠. 그럼 정말 겁이 날걸요. 그럼 제가 거짓말을 안 해도 되잖아요.

얼리샤 심스 그건 중요해요. 마리가 거짓말하게 해선 절대 안 되니까요.

마리 데브르 (안색과 생기를 되찾은 듯) 앨리스처럼 정직한 사람들만 가득 차 있는 이런 집에선 더더욱 그렇죠.

마사 판즈워스 그만들 해! 자, 이제 마리는 맥버니에게 가봐.

마리 데브르 가서 사형선고를 받았다고 말하라고요?

마사 판즈워스 그래. (마리 데브르가 방에서 나갔다.)

해리엇 판즈워스 그가 믿을 것 같아, 마사?

마사 판즈워스 그러길 바라야지.

해리엇 판즈워스 그동안 우린 뭘 하고 있지?

마사 판즈워스 생각해봐야지. 여기 앉아서 생각해봐야지.

에드위나 모로 이 회의가 끝나기 전에 해리엇 선생님에게 여쭤보고 싶은 게 있어요. 어젯밤 실제로 무슨 일이 일어났는지 알고 싶어요. 아래층에는 왜 내려가셨어요?

마사 판즈워스 대답할 필요 없어, 해리엇. 우린 맥버니를 심판하러 이 자리에 모인 거야. 해리엇이 아니고.

해리엇 판즈워스 하지만 대답하는 게 좋을 거 같아. 내가 아는 건 너희도 알 권리가 있으니까. 그런데 내가 아는 게 많지가 않네.

에드위나 모로 알고 있는 걸 말씀해주세요, 해리엇 선생님.

해리엇 판즈워스 마치 꿈을 꾸는 것 같았어. 실제로 그 일의 시작은 꿈이었어.

에밀리 스티븐슨 꿈을 꾸면서 돌아다녔단 건가요, 해리엇 선생님?

해리엇 판즈워스 응······. 아마도 그랬던 것 같아. 나랑 아주 가까웠던 사람의 꿈을 꾸고 있었는데······ 어느 순간 그 사람이 맥버니 씨라는 생각이 들었어. 그가 계속 날 부르고, 부르고, 또 불렀어. 내가 깨어났는데, 지금 생각해보면 정말 깨어났는지는 모르겠지만······. 내가 깨어난 것처럼 느꼈을 때 나는 응접실 소파에 그와 나란히 앉아서 와인을 마시고 있었고, 그해 여름······ 나는 그해 여름이 돌아왔다고 생각했어······. 하지만 그 사람은 날 보고 있지 않았어······. 계속 고개를 돌렸어. 아, 그가 날 바라보면서 내가 아름답다고 말해주길 간절히 원했어······.

이것이 그 회의의 진행과정에 대해 내가 보고할 수 있는 것 전부다. 그때쯤 나는 너무 긴장하고, 화가 났으며 두통이 시작되었다. 내가 조금 큰 소리로 울었던 것 같고, 마사는 몹시 불편해했다. 마사와 매티가 나를 위층 방으로 데려다주었고, 그들은 다시 서재로 돌아갔다. 얼마 후 마사가 회의를 끝냈다.

어밀리아 대브니

그 회의에 대해 나는 전혀 알지 못했고, 알았다고 해도 참석하지 않았을 것이다. 대신 그날 오전과 오후의 일부를 숲에서 보냈다. 앞서 언급했듯이 숲에는 내가 자주 가는 아늑하고 조용한 장소가 있다. 그날 아침 일찍 나의 룸메이트가 맥버니 상병이 그곳에 갈 가능성을 제기했다.

나는 오래된 나뭇가지를 전부 치웠다. 그를 화나게 할 법한, 나무 몸통 속에 진흙으로 보금자리를 틀기 시작한 말벌 같은 것들도 치웠다. 나는 둥지를 조심스럽게 꺼내 조금 떨어진 곳에 자리를 잡아주었다. 거미 한두 마리와 딱정벌레와 가터 뱀에게도 새 보금자리를 찾아주었다. 낙엽을 한 무더기 모아 맥버니 상병이 잠을 잘 수 있도록 나뭇가지 침대 위에 쌓아놓았다.

서두르지 않았다. 그래서 정오가 지나서야 작업이 끝났다. 집으로 돌아오는 길에 버섯을 몇 개 땄다. 맥버니 상병이 좋아한다는 걸 알았기 때문이다. 집에 도착하니 서재에서 사람들의 목소리가 들렸고, 모두 테이블에 둘러앉아 앞다투어 떠들고 있었는데 나는 신경 쓰지 않기로 했다. 그러다가 복도를 지나가면서 응접실을 보았다. 맥버니 상병이 소파에 앉아 병째로 와인을 마시며 바보처럼, 그러면서도 조금 긴장한 듯한 표정으로 웃고 있었다.

"원하면 언제든 갈 수 있는 멋진 장소를 준비해두었어요."

"여기보다 더 좋은 곳이 어디 있겠니?" 그가 술병을 흔들며 말했다. "훌륭한 와인에 아름다운 여인들, 언제고 노래를 부를 수도 있지. 이건 어때?" 그가 나지막이 노래를 불렀다. "페티코트 속에서 나와요, 내 사랑 메리 앤, 어느덧 밤이 내리고 풀밭은 따스해요. 뭐가 두려운가요⋯⋯."

그러더니 그가 노래를 갑자기 멈추었다.

"네 앞에서 이런 노래를 부르면 안 되겠구나. 그치? 넌 여기서 가장 착한 애고, 이런 노래를 들어선 안 돼."

"서재에서 다들 무슨 얘기 하는 거예요?"

"나한테 복수할 방법을 찾는 중이야."

"어떻게 할 것 같아요?"

"뭘 할 수 있겠니? 성인 여자 둘, 학생 다섯과 검둥이 하나가. 학생 넷이겠구나, 넌 빼야 하니까."

"마리도 빼세요. 마리도 아저씨 편이에요."

"잘 모르겠다. 마리는 잘 모르겠어. 여기서 내가 믿을 수 있는 사람은 너뿐이야."

"그렇게 말씀해주시다니 친절하시네요. 절 믿어주신다니 기뻐요. 저도 자니를 믿어요."

"왜지? 왜 우린 서로를 믿는 걸까? 나로 말하자면, 처음에 네가 날 도와주었기 때문이고, 넌 다른 사람들처럼 나한테 특별한 걸 원하지 않는 것 같아서야."

"저로 말하자면, 자니가 속마음은 착한 분이라는 걸 알기 때문이에요. 아마 자니는 그 누구도…… 그 어떤 동물도…… 일부러 해친 적은 없을 거예요."

"좋아, 그럼." 그가 다시 와인병을 들었다. "우린 평생 친구지?" 그러고는 엄청나게 길게 한 모금을 마시고는 노래를 불렀다.

"자, 우리 건배하자, 사랑스러운 어밀리아. 내가 도둑이라면 반드시 널 훔치고 말 거야. 그런데 와인을 마시기에 넌 아직 어려. 그러니 네 몫까지 내가 마셔줄게."

"지금 숲으로 가실래요?"

"아니. 그랬다간 내가 두려워서 달아난 줄 알 거야. 설령 내가 지금 두렵다고 해도 저 사람들한테 그런 만족감을 줄 순 없어."

"그럼 저하고 같이 위층으로 올라가요. 여기 혼자 둘 순 없어요."

"저 위에선 날 지켜줄 수 있다는 거냐?"

"잘 지켜볼 수 있겠죠. 그리고 저 사람들을 피할 수도 있고요. 저 사람들 근처에 있지 않으면 자니가 문제를 일으켰다고 말할 수도 없을 거예요."

"그럼 너하고 같이 올라가마. 네가 날 지켜주어야 해서가 아니야. 하지만 친구가 있다는 게 좋구나. 말할 상대라고는 사방의 벽밖에 없으니 이러다 바보가 되겠어."

그가 목발에 의지해 몸을 일으키더니 나에게 와인병을 건네고는 응접실을 나와 계단을 올라갔다. 그때 그는 꽤 잘 걸었다. 그가 목발을 짚고도 빠르고 조용히 움직일 수 있다는 것을 알았다. 나는 그에게 조용히 하라고 부탁하지 않았다. 마사 선생님이나 다른 사람들이 그가 위층에 올라오는 것을 알건 말건 그때는 딱히 개의치 않았다. 하지만 그 자신은 그들이 모르는 편이 낫다고 판단한 것 같았다.

마리와 함께 쓰는 방에 다다르자 그가 안으로 들어와 마리의 침대에 앉았다. 마리가 하루 종일 침대에서 뒹굴었는지 정리가 되어 있지 않았다. 나는 가까이에 있는 테이블에 와인병을 놓았고, 분류해야 하는 버섯들도 거기 놓았다.

"해야 할 일이 있어요. 원하시면 제가 일하는 동안 한숨 주무세요."

"피곤하지 않아. 할 일이 뭔데?"

"아픈 거북을 돌봐야 해요." 내가 침대 밑에 손을 넣어 거북이 살고 있는 보석함을 꺼냈다. 나는 거북에게 숲에서 가져온 말린 곤충을 먹이로 주었다.

"그런 걸 손으로 집어?" 맥버니 상병이 얼굴을 찌푸렸다.

"그럼 뭘로 집어요?"

"그렇게 발끈할 건 없잖아. 어린 여자애가 할 만한 행동이 아닌 것 같아서 그런 것뿐이야. 내가 보기엔 그 거북이 아픈 것 같지 않구나."

"빠르게 회복되고 있어요. 전보다 훨씬 좋아졌어요."

"거북을 무척 좋아하는구나?" 자니가 와인을 마시며 물었다.

"제가 가장 아끼는 동물이에요. 모든 동물을 사랑하지만 이 거북을 가장 사랑해요."

"그렇구나. 꼭 완전히 회복되기를 빈다."

"고마워요, 자니. 그게 자니의 진심이란 걸 알아요. 한 가지 더 알려드릴게요. 만약 제가 이곳을 떠나느라 이 거북을 누군가에게 맡겨야 한다면, 그 사람은 바로 자니일 거예요. 저처럼 잘 돌봐주시리란 걸 알아요."

"물론 그럴 거야. 녀석은 아주 멋진 거북이니까." 자니가 와인을 한 모금 더 마신 뒤 버섯을 야금거리며 먹었다.

"조심하세요. 독버섯이 두 개 섞여 있거든요."

"뭐가 독버섯인지는 알아." 그가 자신 있게 말했다. "아일랜드에는 이런 버섯들이 널려 있거든. 내가 가장 좋아하는 음식 중 하나란다. 저녁 식사 때 쓰라고 매티한테 잔뜩 가져다주지 그랬니."

"이 집 사람들은 버섯을 별로 좋아하지 않아요. 야생식물 먹는 걸 싫어하는 아이들이 많아요. 다른 버섯도 드셨네요. 조심하세요, 자니."

"어떤 버섯인지 안다고 했잖아. 내가 보기에 여긴 독버섯이 없어. 그리고 독버섯을 네가 왜 가져왔겠어?"

"수집품으로 쓸 수 있으니까요. 독버섯들도 다른 버섯들하고 같이 자라기 때문에 혼자만 남겨두기가 싫었어요."

그가 웃었다. "세상에, 넌 아주 이상한 아이로구나. 하지만 난 널 사랑해. 내가 진심으로 가장 좋아하는 사람은 바로 너야, 어밀리아. 아무래도 잠깐 눈을 좀 붙이는 게 좋겠다. 못된 애들이 들어오거든 날 깨워다오."

"네, 깨워드릴게요."

그가 침대에 누워 잘려나간 다리를 말없이 바라보다가 내게 물었다.

"저들이 나한테 무슨 짓을 할 것 같니, 어밀리아?"

"저도 모르겠어요. 하지만 혹시 나쁜 짓을 하려는 거라면 제가 가만두지 않겠어요."

"고맙다, 어밀리아." 그는 그렇게 말하고 곧바로 잠이 들었다.

지금도 나는 그때 그가 정말 두려웠는지 아니면 내가 정말로 자기를 돕고 있다고 생각하게 만들려고 두려운 척했던 건지 잘 모르겠다.

얼마 후 마리가 돌아왔을 때 나는 그 얘기를 했다. 나는 여전히 거북을 돌보느라 마리에게 관심이 없었다.

"그 유명한 존 맥버니 씨께서 잠이 드셨네." 마리가 내 옆 바닥에 앉으며 말했다.

"관찰력이 갈수록 좋아지는구나."

"심통 부리지 마. 난 심부름을 하러 온 거야. 자니한테 알려줄 게 있어."

"뭔데?"

"마사 선생님하고 다른 애들이 그를 목매달 준비를 하고 있어."

"그래?"

"솔직히 말하면 그게 가능한지 잘 모르겠지만, 그러고 싶은 것만은 확실해. 난 자니한테 사람들이 교수형을 준비하고 있고, 오늘 밤 그 일을 치를 계획이란 걸 알려야 해. 그래서 그가 숲으로 달아나서 다시는 돌아오지 않도록."

"그러면 만족할까? 그가 달아나서 다시는 돌아오지 않는 게 그들이 원하는 것 전부야?"

"그게 그들이 원하는 거라고 말은 해. 하지만 대다수는 그가 여기 있는 것보다 여길 떠나서 우리한테 더 큰 해를 끼치는 걸 두려워하는 것 같아. 여러 가지 얘기를 하고 다닐까 봐. 실은 나도 그게 좀 두렵긴 해."

"너한테 해를 끼칠 만한 얘기가 뭐가 있어?"

"누구에게나 비밀이 있잖아. 나중에 내 비밀을 말해줄게. 그건 그렇고, 네 생각은 어때? 자니한테 겁줄 필요가 있다고 생각해?"

"아니, 그럴 필요는 없다고 생각해. 하지만 그러라고 널 보낸 거라면, 한번 해보는 게 좋을 것 같아. 만약 그 작전이 통하면 마사 선생님은 물론이고, 우리의 목적에도 맞을 테니까."

그래서 마리는 그를 깨웠고, 사람들이 오늘 밤 침대 시트인가 뭔가로 만든 밧줄로 사과나무에 그를 목매달 거라는 황당한 이야기를 전했다. 처음에 맥버니 상병은 웃어넘겼다. 아니, 웃는 척했지만 그 계획에 관한 마리의 상세한 설명을 듣고 눈에 띄게 불안해하더니 급기야 목소리가 떨리기 시작했다.

마리는 그가 잠들 때까지 그들이 기다렸다가 응접실로 숨어들어 마구로 그를 단단히 묶은 다음 달빛 아래로 끌고 나갈 거라고 말했다. 그러고는 올가미를 목에 걸고 밧줄을 사과나무 가지에 던진 다음 다른 쪽 끝을 당나귀에 묶고 당나귀가 달릴 때까지 채찍

질할 거라고.

물론 성공할 수도 있겠지만 그렇게 될 것 같지는 않았다. 그러나 그런 계획을 실행한다는 것을 믿건 안 믿건, 그런 논의를 할 정도로 그를 증오한다는 사실이 두려웠을 것이다.

마리의 이야기를 들은 맥버니 상병은 격한 흥분에 휩싸였다. 욕을 내뱉고, 떨리는 손과 조금 더 떨리는 입술로 와인을 마셨는데 그 과정에서 침대보에 와인을 다 흘렸다.

그에게 말한 건 실수였다. 적어도 우리가 표면적으로 의도했던 결과는 얻지 못했다. 문제는 맥버니 상병이 겁이 난 건지 화가 난 건지 그 자신도 알지 못했고, 그 두 가지 감정의 상호작용으로 자제력을 완전히 상실했다는 거였다.

"지옥에나 가라고 해……. 다 지옥에나 가라고……." 그가 혼잣말처럼 중얼거렸다. "하나같이 추잡한 영혼들이로군. 결국 날 완전히 끝장내겠다는 거지? 나한테 온갖 곤욕을 치르게 해놓고는 결국!"

"괜찮을 거예요, 자니. 마리와 제가 은신처로 데리고 갈게요. 거긴 안전해요."

"내가 먼저 그들을 혼내주겠어. 전부. 이 집의 모든 유리와 가구를 부숴놓겠어. 그다음엔 여기 있는 여자들을 한 명씩 혼내줄 거야. 좋건 싫건, 다들 자니 맥버니의 매운 맛을 보게 되겠지. 이 집을 홀랑 불태워서 머리 위로 무너지게 만들고 말겠어."

"자니, 지금 너무 포악해지고 있어요. 계속 이런 식으로 나오면 저도 자니가 역겨워질 거 같아요. 이 집을 불태워 없애버리겠다고 말하는 건, 여기 살고 있는 저와 제 룸메이트를 무시하는 거잖아요."

그는 마리의 말에 대꾸하지 않았다. 다만 몸을 격하게 떨었고, 나는 그를 도울 방법을 찾으려 애썼다.

"자요." 내가 마침내 그에게 말했다. "제 거북을 좀 안고 있을래요, 자니? 보석함을 닦아야 하거든요." 나는 거북을 자니의 손에 쥐여주었다.

나는 그 작고 귀여운 거북이 자니를 위로하고, 마음을 가라앉힐 수 있게 도와줄 거라고 생각했다. 그런데 그런 일은 일어나지 않았다. 대신 그는 "이 꼴도 보기 싫은 녀석은 당장 치워버려!" 하고 소리치며 내 거북을 벽에다 던졌다.

마틸다 판즈워스

왜 독버섯을 요리해서 식탁에 올렸느냐고 묻는다면, 나는 단지 독버섯을 받았을 뿐이고 요리를 하라고 해서 한 것뿐이라고 대답할 것이다. 나는 그 버섯들을 유심히 보지 않았고, 언제나처럼 은나이프로 시험해보지 않았다. 그저 마사 아가씨가 시킨 대로 버섯을 냄비에 넣고 끓였다.

마사 아가씨가 준 버섯 중 일부가 독버섯이라는 것을 알고 있었느냐고 묻는다면, 나는 그렇지 않다고, 아가씨도 몰랐을 거라고 대답할 것이다. 아가씨는 독버섯이 있다는 것을 알지 못했다. 하지만 그 버섯을 먹은 사람을 제외한 이곳에 있는 다른 모든 사람들처럼 독버섯이 들어 있기를 바랐다. 또 그날 내가 무슨 생각을 했느냐고 묻는다면, 내 마음 한구석에는 독버섯이 들어 있기를 바랐고, 독으로 검게 변하는지 알아보기 위해 냄비에 은나이프를 넣어보지 않았다는 것을 인정할 것이다. 만약 그 버섯들이 독버섯이라는 것을 알았다면 어떻게든 조치를 취했겠지만 몰랐으니 괜찮을 거라고, 아무 일 없을 거라고, 양키 놈이 아무 탈 없이 이곳을 떠날 수 있을 거라 생각했다고 말할 수 있다.

이전에 내가 달리 행동했던 때도 있었다. 내가 앞으로 나서서 '보세요, 여러분. 그 사람하고 뭐, 그렇게 심각한 문제가 있는 건 아니잖아요. 여기서 그자가 하는 짓이 두렵고, 그가 여길 떠나 저지를 짓들이 두렵다고요? 그럼 친절하게 대해주세요. 그러면 그러지 않을 테니까. 그자와 논쟁을 벌이고 싸우려 들고, 자극하지 마세요. 그자가 여러분을 자극하고 미치게 만들더라도 아무 반응을 보이지 마세요. 감정을 좀 다스리시라고요'라고 말하고 싶었던 적도 있었다.

그리고 또 이렇게 말하고도 싶었다. '정 안 되겠거든, 친절하게 대해주세요. 그래도 안 되겠거든, 어디다 가두세요. 그자가 열쇠를 갖고 있는 건 알지만, 빼앗으면 되잖아요. 잘 구슬려서 달라고 하든가, 잠들었을 때 몰래 다가가서 빼내든가요. 열쇠가 필요 없을지도 몰라요. 와인 창고에 가두고 자물쇠를 채우면 되잖아요. 그 자물쇠는 열지 못할 거고, 그 문을 부수지도 못할걸요. 비쩍 마른 양키한텐 어림없죠. 그의 목발을 치우고, 거기 가두고 싶은 만큼 가두면 되잖아요. 잘해주면서 가두는 거지요. 그렇게 다루면 되지, 이건 도무지 말이 안 되잖아요. 우리가 모두 그 비쩍 마른 외다리 애송이를 두려워한다는 게.'

그렇게 말할 수도 있었겠지만, 말하지 않았다. 그런 말을 하는 게 두려워서가 아니었다. 그들이 날 내쫓고 강 하류에서 팔아버린다 해도 나는 상관없었다. 마사 아가씨와 해리엇 아가씨에 대한 두려움 때문에 나서지 못한 건 아니었다. 날 막을 수 있었던 건 오직 하나뿐이었고, 결국 그것이 날 막았다. 바로 내 마음속에 관용이 부족했다.

그 이유를 말하겠다. 내가 그 남자에게 앙심을 품었던 이유를.

나는 그가 내게 했던 말 때문에 그에게 복수했다. 그 말 때문에 나는 그에게서 돌아섰다. 마사 아가씨가 열었던 그 회의에서 그를 두둔하지 않았으며 독버섯이 들어 있는지 확인해보지 않았던 이유도 그 말 때문이다.

일이 어떻게 된 거냐 하면, 그가 이곳에 머문 마지막 날이 되기 며칠 전 그가 오후 느지막이 부엌으로 들어왔다. 나는 저녁에 쓸 콩을 까고, 마사 아가씨는 텃밭에서 밭을 갈고 있었다. 해리엇 아가씨는 낮잠을 자고, 학생들이 공부를 하고 있거나 적어도 공부를 하기로 되어 있는 시간이었다. 그때 그가 목발을 짚고 몸을 들이 밀더니 내게 물었다.

"매티, 질문이 하나 있는데, 괜찮겠어요?"

"괜찮고말고요. 얼마든지 하세요, 양키 군인 양반. 뭐든 물어보세요. 하지만 그 질문에 꼭 대답을 한다는 보장은 없어요. 그 대답이 뭔지 안다고 해도 말이지요."

"좋아요." 그가 웃으며 말했다. "나로서는 모험을 해야 하는 거로군요. 꼭 대답을 해야 할 필요는 없어요. 매티의 표정만 보아도 대답을 알 수 있을 테니까."

"그래요?"

"그래요, 매티"

"좋아요. 어디 질문해보세요."

"진실을 말해줄 건가요? 그러니까, 만약 대답을 한다면?"

"난 약속 같은 건 안 해요."

그가 잠시 생각에 잠겼다. "좋아요, 매티." 마침내 그가 말했다. "그 정도로 해두죠. 당신이 독실한 기독교 신자라는 걸 알고, 절대 거짓말을 하지 않으리란 것도 알아요."

"안 하길 바랄 뿐이지요."

"안 할 거란 거 알아요, 매티. 그럼 질문할게요. 준비됐나요?"

"하세요."

"당신이 에드위나 모로의 엄마인가요?"

"뭐라고요? 지금 뭐라고 하셨어요?"

"에드위나가 당신 딸이냐고 물었어요."

"당장 나가세요, 양키 양반! 당장 내 부엌에서 나가요!"

"매티, 화내지 말아요. 궁금해서 물어본 것뿐이니까."

"내 딸 아니에요. 이제 됐어요!"

"이렇게 펄펄 뛰니까 거짓말인지 아닌지 모르겠잖아요."

"어서 나라가고, 이 양키 양반아! 마사 아가씨를 부르기 전에!"

"매티, 내가 무슨 생각을 했는지 좀 들어봐요. 에드위나가 나한테 뭐라고 했냐면, 자기가 가장 원하는 건 다른 사람이 되는 거래요. 그래서 어쩌면 에드위나가 매티의 딸이고, 그래서 마사 선생님이 당신을 좋아한 나머지 에드위나를 이곳에 둔 게 아닐까, 하는 생각이 들더라고요. 아니면 아니라고 말해요, 매티."

"아니라고 했잖아요!"

"기다려봐요. 내가 생각한 게 또 한 가지 있어요. 판즈워스 자매들하고 에드위나하고 어떤 관계가 있을 것 같아요, 안 그래요? 에드위나의 아버지가 그들하고 가깝다든가……. 아주 가까운 거죠, 이를테면 로버트라든가? 아니면 그들의 아버지라든가?"

"이걸 그냥, 이 식칼로 확 찔러버릴까 보다!"

"잠깐만요, 매티." 그가 물러서며 말했다. "내가 에드위나한테 관심이 많아서…… 어쩌다 보니 그런 생각을 하게 된 것뿐이에요."

"그럼 가서 에드위나 아가씨에게 아버지, 어머니가 누군지 직접 물어보지그래요!"

"그랬다간 오해하겠죠, 매티. 불쾌해하겠죠."

"내가 불쾌할 거란 생각은 안 들었나 보네요. 어디 대답해보시지요, 양키 양반!"

"이봐요, 매티. 검둥이한테 고귀한 신사가 말을 걸어주는데 그게 펄펄 뛸 일은 아니잖아요. 이 동네에선 다들 그렇게 생각하지 않나요?"

"잘 들어요, 양키 양반. 난 전혀 그렇게 보지 않아요! 나에겐 남자가 있었고, 그 남자는 죽었고, 나한테 남자는 그 사람뿐이에요. 에드위나 아가씨로 말하자면, 그 아가씨 어머니가 누군지 아버지가 누군지는 모르지만 분명히 이 근방 사람이 아니에요."

"하지만 둘 중 한 명이 흑인이라고 생각하잖아요, 안 그래요?"

"어서 나가라고 했어요! 마지막으로 말하겠어요. 당장 나가!"

"매티, 이제야 얼굴을 읽을 수가 있겠네요. 내가 알고 싶은 걸 다 말해주고 있어요. 좋아요, 매티, 난 나갈게요. 도끼는 이제 그만 내려놓고, 까던 콩이나 계속 까세요."

그가 웃으며 목발을 짚고 나갔다. 그게 내가 그에게 건넨 마지막 말이고, 그가 나에게 건넨 마지막 말이었다. 그의 생일날 저녁 식탁에서 내게 건넨 몇 마디 말을 제외하면. 이제 와서 얘기지만, 나는 그가 한 말에 무척 화가 났다. 그가 어쩌다 그런 생각을 하게 됐는지는 모르겠다. 처음엔 그저 농담이겠거니 생각했는데, 나중에 학생 중 한 명이 그런 얘기를 흘렸을지도 모르겠다는 생각이 들었다. 그러다가 이내 그럴 리 없다는 결론을 내렸다. 그야 우리 학생들 중에 그런 짓을 할 만큼 못된 아가씨는 없으니까.

그 일을 다른 사람에게 얘기하기 전에 화를 가라앉히고 나쁜 생각들이 빠져나갈 때까지 기다렸어야 했다는 생각이 든다. 하루나 이틀 정도만 지났다면 아무 말도 안 했을 텐데. 그러나 그날 나는 있는 대로 화가 났고, 도저히 참을 수가 없었다. 그리하여 텃밭에서 들어오는 마사 아가씨에게 그 얘기를 했고, 나중에는 에드위나 아가씨에게도 했다.

에드위나 아가씨에게는 마사 아가씨에게 한 만큼 많은 얘길 하지 않았지만 마사 아가씨에게는 양키가 한 말을 전부 전했다. 아가씨는 아무 대꾸도 하지 않았다. 심란할 때면 그러는 것처럼 가만히 내 얘기를 들으면서 입술을 깨물었다. 그러고는 텃밭에서 뽑아 온 채소들을 식탁 위에 던져놓고 말 한마디 없이 나갔다.

에드위나 아가씨에게는 이 얘기만 했다.

"그 양키가 아가씨에 대해 묻고 다니던데요. 아가씨 어머니와 아버지가 누군지 저더러 아느냐면서요."

"그걸 왜 알고 싶어하는데?" 에드위나 아가씨가 물었다.

"이유는 말하지 않았어요. 제가 아가씨라면요, 그자한테서 아주 멀찌감치 떨어져 있겠어요."

"내가 그 사람하고 가까이 있고 싶을 것 같아?" 에드위나 아가씨는 거의 소리를 지르다시피 하고는 홱 돌아서서 가버렸다.

물론 고맙다고 말해주길 기대하진 않았다. 에드위나 아가씨는 이곳에 있는 대부분의 다른 학생들처럼 날 좋아하지 않았다. 그녀는 마치 전쟁 이전에 우리 학교에 있었던 북부 학생처럼 굴었다. 그런 성향의 어린 백인 학생들은 흑인들과 썩 잘 지내지 못한다. 어렸을 때부터 흑인들과 함께 자라지 않았기 때문이다. 내 말이 무슨 뜻인지 알 줄 믿는다.

어쨌든 나는 양키와 더 할 얘기가 없었고 다른 사람들과도 그에 관해 할 얘기가 없었다. 그러다가 그의 생일날 마사 아가씨가 서재에서 회의를 소집했다. 마사 아가씨는 그 회의에 특별히 나도 참석하라고 했다.

"매티, 이 문제에 관해서는 매티도 다른 사람들하고 똑같이 중요해."

하지만 내가 그리 중요했던 것 같지는 않았다. 아무도 내가 하는 말에 관심을 갖지 않았다. 나는 그들에게 양키를 쫓아내야 한다고 말했지만, 그들은 그런 방법이 먹히지 않을 거라고 생각했다. 그러다가 마사 아가씨가 그가 여기서 저지른 나쁜 짓들에 대해 얘기하기 시작했다.

그것은 모두 사실이었고, 그 점에 대해서는 왈가왈부할 여지가 없었다. 가엾은 해리엇 아가씨만 보아도 창백한 모습으로 몸을 떨고 있지 않은가. 그 하얀 뺨에 눈물을 흘리며 회의 내용을 기록하다 말고 결국엔 양팔에 머리를 묻고 흐느껴 우는 것만 보아도 알 수 있었다.

"그건 수치스러워할 일이 아니야. 절대 아니야." 마사 아가씨가 해리엇 아가씨를 다독였다. "그건 네 잘못이 아니었어."

"그렇게 생각하지 않잖아, 마사."

"난 그렇게 생각해. 네 책임이 아니야. 아주 오랫동안 네 행동들은 네 책임이 아니었어."

"마사, 학생들 앞에서 그런 식으로 말하지 마."

"마리와 어밀리아는 지금 이 자리에 없고, 여기 모인 학생들은 그 정도는 이해할 나이야. 기록하려 애쓰지 마. 중요한 건 다 기록했으니까. 더는 필요치 않아."

"마사, 어젯밤 일에 대해 얘기하고 싶어."

"그 정도면 충분해. 더 얘기할 필요 없어. 우린 다시 그 얘기를 꺼내지 않을 거야. 맥버니도 그럴 거고."

그 말에 해리엇 아가씨가 몸을 떨며 흐느꼈고, 잠시 그녀를 바라보던 마사 아가씨는 계속 그렇게 울 거면 위층으로 올라가자고 했다. 그사이 마리 아가씨가 서재로 돌아왔다. 마리 아가씨는 손수건에 버섯을 싸 들고 와서 서재 테이블에 쏟아놓았다.

"이게 뭐지?" 마사 아가씨가 물었다.

"자니의 생일 식사에 쓸 거예요. 오늘이 자니 생일이라고 말했던 거 기억하시죠?"

"이 버섯은 어디서 났지?" 마사 아가씨가 버섯을 뒤적여보며 물었다.

"어밀리아가 가져왔어요. 숲에서 땄대요."

"그건 위험한 종자야." 해리엇 아가씨가 눈물을 닦으며 말했다. "그 종자는 위험한 것하고 모양이 아주 비슷해."

"어밀리아가 잘 알 거예요. 숲에서 나는 것에 관해선 어밀리아가 모르는 게 없거든요. 하지만 그 얘긴 하지 않았어요. 지금은 다른 문제 때문에 열받아 있거든요."

"뭐 때문에 화가 났지?" 마사 아가씨가 물었다.

"자니 맥버니요. 아, 그리고 제 룸메이트가 이제야 우리 쪽으로 넘어온 것 같아요. 조금 전 상황으로 봐서는 여기 있는 누구보다도 그를 미워하는 것 같아요."

"그러면서 왜 우리가 그를 위해 생일 파티를 열어주기를 바라?"
앨리스 아가씨가 물었다. "그 사람 주려고 버섯을 따왔대?"

"가서 물어봐. 내 생각에는 버섯을 딸 때만 해도 아직 자니를 좋
아했을 것 같거든."

"그런데 이제는 좋아하지 않는다는 거야?" 에밀리 아가씨가 물
었다.

"응."

"그런에도 그를 위해 파티를 열고 버섯 요리를 해주길 원한다
고?" 해리엇 아가씨가 물었다.

"네, 맞아요." 마리 아가씨가 대답했다.

"어밀리아는 자니가 버섯을 얼마나 좋아하는지 잘 알아. 그러니
까 버리는 걸 원치 않았겠지." 에드위나 아가씨가 말했다.

"어쩌면……."

"그럴 수도 있겠지." 앨리스 아가씨가 말했다.

"난 찬성이야." 에밀리 아가씨가 단호하게 말했다.

"재미있을지도 모르겠다." 에드위나 아가씨도 웃으며 말했다.

"파티를 연 게 얼마만인지……. 진짜 오래됐어." 해리엇 아가씨
가 감상에 젖어 말했다.

"하지만 그가 과연 파티에 올까요?" 앨리스 아가씨가 걱정스레
말했다.

"응, 올 거야. 내가 물어볼게. 분명히 올 거야. 케이크도 만들면
안 돼요?" 마리 아가씨가 신이 나서 물었다.

"그래, 그래야 할 것 같아. 매티, 만들 수 있겠어? 이렇게 갑작스
럽게 될까?" 마사 아가씨가 내 의견을 물었다.

"만들 수 있어요. 밀가루만 주시면요." 내가 자신있게 말했다.

"비튼 비스킷은요? 그것도 먹을 수 있어요?" 앨리스 아가씨가 물었다. 그러자 해리엇 아가씨가 말했다.

"안 될 거 없지. 생일 파티인데 빠질 수 없잖아."

"고기는요? 고기도 먹을 수 있어요?" 에밀리 아가씨도 메뉴를 덧붙였다.

"좋아. 창고에 있는 햄을 먹자꾸나." 마사 아가씨가 흔쾌히 대답했다.

창고에는 지난봄 포터 씨네 가게에서 가져온 햄이 있었다. 당시 포터 씨네 가게에 들렀던 마사 아가씨는 포터 씨가 햄 서너 개를 숨기는 걸 보고 말았다. 그리고 그는 입막음용으로 마사 아가씨에게 햄을 내주었다. 마사 아가씨의 햄 발표에 어린 학생들이 흥분하여 "햄, 햄, 맛있는 햄!" 하고 외치기 시작했다.

"자니는 분명히 파티에 올 거야. 우리 중 몇 명에게 아무리 화가 났더라도 분명히 올 거야."

"좋아, 그럼. 저녁 7시경에 식사를 할 거야. 지금부터 식사 준비를 하고 이 버섯도 요리해."

"좋은 버섯인지 확인해볼까요?" 내가 마사 아가씨께 물었다. 하나님께 맹세코, 나는 그때 물었다.

"그럴 필요 없을 것 같아, 매티. 괜찮아 보여."

"나도." 에밀리 아가씨가 말했다.

"나도." 앨리스 아가씨도 말했다.

에드위나 아가씨가 손가락 마디를 깨물며 잠시 버섯들을 살펴보았다. 그러고는 "응, 아무 문제 없을 것 같아"라고 동의했다.

"난 버섯을 구분할 줄 몰라." 마리 아가씨가 말했다. "그러니까 그냥 다른 사람들 말 믿을래."

해리엇 아가씨는 한참 동안 버섯을 바라보다가 고개를 끄덕였다. 그녀는 아무 말도 하지 않았고, 그저 고개를 끄덕이고는 마사 아가씨의 지시에 반항하듯 흐느껴 울었다. 마사 아가씨와 나는 그녀를 데리고 위층으로 올라갔고, 마사 아가씨는 저녁 식사 때까지 내려오지 말고 방에 있으라고 했다.

나는 다시 아래층으로 내려가 버섯을 들고 부엌으로 가서 생일 파티 준비를 시작했다. 신선한 채소와 콩을 조리했고, 고구마 파이를 만들었고, 훈제 햄을 가져와 사과 조각과 설탕 크러스트를 얹어 구웠다. 마지막 남은 설탕은 햄과 케이크에 썼다. 마사 아가씨가 신경 쓰지 않는다면, 나도 신경 쓰지 않겠다고 생각하면서.

케이크는 내가 몇 년 전에 만들던 케이크와는 달랐지만 남아 있는 재료로 만들 수 있는 가장 훌륭한 케이크였다. 설탕도 쓰고, 남아 있는 우유를 저어서 버터를 만들었다. 그러고 나서 마지막 남은 밀가루와 섞었더니 맛이 꽤 괜찮은 반죽이 되었다. 약한 불에 조심스럽게 빵을 굽고, 완성된 빵에 설탕 프로스팅을 끼얹었더니 그럴듯한 케이크가 완성되었다.

마사 아가씨가 지시한 대로 7시에 저녁 식사가 준비되었다. 마사 아가씨와 해리엇 아가씨와 학생들이 식당에 들어설 때 테이블은 완전히 세팅되어 있었고, 두 개의 식당 램프에 불을 밝혔다. 모두가 얼마나 근사하고 아름다웠는지, 나는 잠시 지금 무슨 일이 벌어지는 상황인지 잊었다. 모두 가장 좋은 파티 드레스를 입었고, 손과 얼굴을 닦아 깨끗했으며 머리는 빗어서 단정하게 손질했다. 순간 나는 내가 있는 곳이 어디인지도 잊고 말았다.

마리 아가씨는 짧은 흰색 실크 드레스에 주름 장식이 달린 바지를 입고 곱슬한 머리카락에 파란 리본을 달았다. 앨리스 아가씨는 에드위나 아가씨가 빌려준 게 분명한 빨간 벨벳 드레스를 입었다. 앨리스 아가씨에겐 좀 길었지만 윗부분은 그런대로 잘 맞았다. 가슴에 손수건을 핀으로 꽂아 천박해 보이지 않도록 했다. 해리엇 아가씨는 밝은 녹황색 물결무늬 실크 드레스를 입었다. 내 기억으로 해리엇 아가씨가 그 옷을 마지막으로 입은 건 주인님이 세상을 뜨기 전 크리스마스 때였다. 그때는 로버트 도련님도 집에 계셨다.

마사 아가씨는 근사한 검은색 태피터 드레스를 입었고, 목에는 내가 창고에서 부서지고 구부러진 상태로 발견한 로켓을 걸고 있었다. 로버트 도련님의 사진을 덮고 있던 유리는 깨졌으며 그의 머리카락 일부도 날아갔지만, 마사 아가씨가 금으로 된 뒤판을 공들여 편 게 분명하다. 그래서인지 그리 흉해 보이진 않았다. 물론 머리카락 일부는 찾을 수가 없었지만. 며칠 전에도 아가씨가 지하실에서 바닥을 훑고 다니며 찾는 소리를 들었다.

에드위나 아가씨도 예쁘게 차려입었다. 파란 벨벳 무도회 드레스에 아버지에게 받았다는 진주 목걸이를 걸었다. 얼마나 사랑스럽고 예뻤는지, 그 아가씨가 에드위나 아가씨라는 걸 못 알아볼 뻔했다. 그길로 리치먼드의 스파츠우드 호텔에서 열리는 성대한 파티에 참석해도 될 정도였다. 그날은 에드위나 아가씨가 숄을 걸치고 있어서 아무도 어깨를 드러냈다고 불평하지 않았다.

갈색 모슬린 드레스를 입은 에밀리 아가씨도 무척이나 사랑스러웠고, 마리 아가씨의 것인 듯한 조그만 핑크 실크 드레스를 입은 어밀리아 아가씨도 사랑스러웠다. 어밀리아 아가씨가 가져온 괜찮은 옷들은 나뭇가지에 찢겼거나 다른 학생에게 주고 없었다. 그나마 남아 있던 옷들은 양키의 붕대로 쓰려고 일부러 찢었는데,

보다 못한 해리엇 아가씨가 그녀를 말려야 했다.

내가 분명히 말하는데, 모두 이렇게 근사한 모습을 보는 건 참으로 오랜만이었고, 아가씨들이 그날따라 근사해 보인 건 서로 파티 준비를 도와주었기 때문이다. 그들은 모두 모여 어떻게 하면 가장 예쁠지 의논했고, 서로서로 가장 예쁜 모습으로 꾸며주었다.

모두가 식탁에 둘러앉았는데 양키만 보이지 않았다.

"오고 있나?" 마사 선생님이 물었다.

"네. 단장을 하느라 좀 늦어지나 봐요. 응접실에 가보니 제복 단추에 광을 내고 있던데요." 마리 아가씨가 대답했다.

그는 그동안 마사 선생님이 내어준 로버트 도런님의 낡은 옷을 입고 있었다. 그의 군복은 찢기고 더러웠기 때문이다. 하지만 하룬가 이틀 전에 내가 군복을 빨아서 기워줬다. 마침내 그가 군복을 입고 그가 식당에 들어섰다.

처음에는 그가 그다지 편안한 상태가 아니라는 것을 알 수 있었다. 면도를 하고 빗질을 하고 단정하게 차려입었지만 문간에 서서 뭔가 미심쩍어하는 것 같은 모습이었다.

"들어와서 앉아요, 맥버니 씨." 마사 아가씨가 말했다.

"어떻게 된 거죠?"

"당신을 위한 작은 파티를 열기로 했어요." 해리엇 아가씨가 말했다. "어서 들어오세요, 맥버니 씨."

"절 위해 파티를 열어주실 분들은 아니라고 생각했는데요."

"하지만 오늘은 당신의 생일이잖아요, 자니." 마리 아가씨가 말했다.

"오늘 저녁에는 싸우지 않기로 했어요, 자니." 앨리스 아가씨도 웃으며 그를 안내했다.

"일종의 휴전 협정이랄까. 그렇게 생각하시면 돼요." 에밀리 아가씨가 말했다.

"좋아요, 그럼." 그제야 미소를 지으며 말했다. "고맙습니다, 여러분."

그가 마사 아가씨가 그를 위해 남겨둔 맨 끝자리에 앉았을 때 내가 햄을 들고 들어갔다. 햄을 본 순간 학생들이 엄청난 환호성을 질렀다. 어린 학생들이 이런 햄을 본 건 무척 오랜만이었다. 마사 아가씨는 미소를 머금고 앉아 학생들이 원하는 만큼 소리를 지르도록 내버려두었다. 물론 그들의 환호성은 오래가지 않았다. 먹느라 바빴기 때문이다. 양키 역시 자리에 앉아서 다른 사람들처럼 열심히 먹었다.

"버섯 요리는 어디 있지?" 마사 아가씨가 나에게 물었다.

나는 버섯을 다른 음식들과 함께 내지 않았다. 왜 그랬는지는 모르겠지만 일단 기다렸다. 내심 그들이 마음을 바꿀지도 모른다고 생각했다. 어쩌면 마사 아가씨가 버섯을 가져오라고 직접 명령해주기를 바랐는지도 모르겠다. 결국 아가씨가 명령을 했고, 나는 버섯 요리를 냈다.

"어밀리아가 오늘 이 버섯을 땄답니다. 버섯 원하는 사람? 맥버니 씨?"

"네, 선생님. 전 버섯을 좋아합니다. 우리 아가씨들은요?"

"난 됐어요. 고맙습니다." 마리 아가씨가 단호하게 말했다.

"저도 안 먹어요." 앨리스 아가씨가 거절했다.

"전 원래 안 먹어요." 에밀리 아가씨도 사양했다.

"버섯은 영 제 입맛에 안 맞아요." 해리엇 아가씨도 우물쭈물 말했다.

"당신은요, 에드위나?" 양키가 물었다.

에드위나 아가씨가 고개를 저었고, 마사 아가씨도 에드위나 아가씨처럼 거절의 의사를 내비쳤다. 양키가 버섯을 전부 자기 접시에 가져가려는 순간, 어밀리아 아가씨가 나섰다.

"나한텐 안 물어봤잖아요."

"넌 버섯을 안 좋아하는 줄 알았는데, 어밀리아. 날것으론 가끔 먹지만 요리한 건 안 먹는다고 했잖아."

"마음을 바꿀 수도 있잖아요. 안 돼요?" 어밀리아 아가씨가 말했다.

"그렇게 심통 부리면 식탁에서 쫓겨난다." 마사 아가씨가 엄하게 꾸짖었다.

"그렇게 황당한 요구라고 생각하지 않아요." 에드위나가 말했다. "저도 마음이 바뀌었어요. 한번 먹어볼까 해요."

이런 대화가 오가는 동안 양키는 버섯을 먹었고, 곧 웃으며 말했다.

"저한테 화가 나서 그래요. 두 사람 다 이 버섯을 원하지 않아요. 단지 저한테 분풀이를 하려는 거죠. 어밀리아는 제가 우연히 그녀의 거북을 다치게 해서 그러는 거고, 에드위나에겐 다른 이유가 있지요. 어밀리아에겐 다른 거북을 구해줄 거고, 에드위나에게도 보상을 해줘야겠죠. 자, 그럼 두 사람. 어서 이 버섯을 가져가세요. 내가 다 먹어버리기 전에."

"다시 생각해보니, 전 됐어요. 안 먹을래요." 어밀리아 아가씨가 말했다.

"저도요." 에드위나 아가씨가 고개를 가로저으며 말했다.

"좋으실 대로." 그러고는 자신이 말한 대로 했다. 그는 버섯을 다 먹어버렸다.

양키를 제외하고는 모두 먹는 속도가 느려졌다. 버섯을 다 먹어 치운 그는 다시 햄과 채소, 고구마 파이에 손을 내밀었다. 그 모습에 학생들은 다시 식욕을 회복하여 식사를 이어갔다. 식탁의 음식이 거의 다 없어졌을 무렵, 마사 아가씨가 케이크를 가지고 오라고 했다.

그래서 내가 케이크를 들고 갔다. 나는 부엌 램프에 꽂혀 있던 수지 양초에 불을 붙인 다음, 케이크 한복판에 꽂아 쟁반에 받쳐 들고 들어갔다. 다들 환호하고, 감탄하고, 수선을 피우고 나서 다시 먹었다. 모두 버섯에 대해서는 까맣게 잊어버린 것 같았다.

양키가 촛불을 껐고 케이크를 자른 다음 일어서서 짧은 연설을 했다.

"저는 오늘 스물한 살이 되었습니다. 그런데 어른이 됐을 뿐 아니라 새로운 남자가 된 기분이네요. 바로 여러분의 용서 덕분입니다. 오늘이 제 생애에서 가장 멋진 생일 파티였다는 걸 알아주셨으면 좋겠네요. 그러고 보니 유일한 파티였어요."

그러더니 조금 훌쩍이다가 눈물을 닦고는 자리에 앉았다. 나는 다른 몇 사람이 눈물을 훔치는 것을 보았다. 사실 모두가 그랬다. 심지어 나까지도.

"자, 맥버니 씨, 케이크를 나누어주시겠어요?" 마사 아가씨가 물었다.

그녀의 말에 그가 케이크를 나누었고, 모두 자기들이 먹어본 최고의 케이크라고 나를 치켜세웠다. 양키도 그렇게 말했다. 케이크를 먹어본 지가 너무 오래되어 어떤 케이크를 만들어주었어도 모두 행복했을 것이다. 나도 조금 맛을 보았는데, 맛이 괜찮긴 했다.

그다음엔 내가 도토리 커피를 냈고, 그들은 커피를 마시면서 예전의 학교에 대해 얘기하기 시작했다. 누가 먼저 시작했는지는 모르겠다. 양키였던 것 같기도 하다. 모두가 마치 이 집에 아무 문제도 없다는 듯 웃고 떠들었다.

그들은 양키가 처음 이곳에 왔을 때를 회상했다. 그가 얼마나 아팠는지, 그를 어떻게 돌보았는지. 그러다가 그가 회복되기 시작했던 시절 이야기를 꺼냈다. 그가 들려준 이야기와 그들이 서로에게 했던 농담에 대해 얘기했다. 마지막으로 그들이 두 번째로 아팠던 이야기를 나누었다. 그의 다리를 절단한 뒤 그들이 얼마나 열심히 그를 간호했고, 그가 건강을 되찾도록 노력했는지 하는 이야기를 주고받았다.

"저도 알아요, 안다고요. 여러분 모두 얼마나 정성껏 돌보아주셨는지 알고 있어요. 제가 얼마나 감사하는지 알아주면 좋겠어요. 이제야 정신을 차리고 제대로 된 생각을 하게 되네요."

물론 학생 중 두 명은 대화에 참여하지 않았고, 그들 중 한 명은 저녁을 먹지 않았다. 에드위나 아가씨는 그저 그 자리에 앉아 다른 세상에 있는 듯 이것저것 조금씩 깨적거렸다. 또 한 명은 어밀리아 아가씨였다. 그녀는 양키와 거의 말을 섞지 않았고 묵묵히 자기 몫의 식사는 했다. 어밀리아 아가씨는 그를 한 번도 바라보지 않았다. 접시에만 집중하고 아주 천천히 먹었다. 그때 마사 아가씨가 이제 그만 학생들은 휴식을 취할 준비를 하라고 했다.

"오늘 밤엔 저녁 기도를 안 하나요?" 마리 아가씨가 물었다. "식사 전 기도를 잊었으니 끝나고 나서 해야 할 것 같은데요."

"누가 기도해볼까?" 마사 아가씨가 물었다.

"자니가 하는 게 어떨까요? 오늘 생일이잖아요." 앨리스 아가씨

가 대답했다

"좋아요. 얼마든지 하죠." 그가 양손을 모으고 고개를 숙이고 나서 기도했다.

"하나님, 오늘 저희에게 내려주신 맛있는 음식에 감사드립니다. 낯선 이에게 이 음식을 내어준 친절한 숙녀분들을 축복해주소서. 저에게 과분한 친절과 용서를 베풀어준 그들을 축복해주소서. 아멘."

"아멘." 모두가 고개를 숙이고 말했다.

"기도를 하나 더 해주시겠어요, 자니?" 마리 아가씨가 물었다. "가톨릭 교회를 위해서 참회의 기도를 한번 해주시겠어요?"

그는 그녀가 원하는 기도를 해주었다. 마리 아가씨가 두어 번 고쳐주고 나서야 제대로 할 수 있었고, 비로소 그녀도 만족했다. 나는 마사 아가씨가 한심한 짓 집어치우라고 말할 거라 생각했지만 그러지 않았다. 마사 아가씨는 마리 아가씨가 양키가 기도를 끝낼 때까지 돕도록 내버려두었다.

"우리 노래 부르면 어떨까요? 응접실로 나가서 노래 불러요. 자니가 온 직후에 그랬던 것처럼." 기도가 끝나자 마리 아가씨가 제안했다.

"오늘 밤은 안 하는 게 좋겠다." 마사 아가씨가 말했다.

"자니의 생일을 축하하기 위해서도 안 돼요?" 마리 아가씨가 떼를 썼다.

"맥버니 씨의 뜻에 맡기자." 해리엇 아가씨가 말했다. "그가 원한다면 마사 선생님도 동의할 거야. 맥버니 씨의 생일이니까."

"제가 한 말씀 드리자면, 좋은 음식을 너무 많이 먹은 데다 기가 막힌 케이크까지 먹어서…… 매티에게 특별한 감사를 표하고 싶습니다만, 너무 떠들고 너무 웃었더니 노래는 한 곡도 못 부르겠어요. 여러분도 마찬가지일 것 같은데요. 마사 선생님이 허락하신다면 노래는 다른 날로 미루고 싶습니다."

"좋아요. 맥버니 씨가 내일 밤도 같은 생각이라면 노래는 내일 부르도록 하죠. 모두가 맥버니 씨와 멋진 파티를 즐긴 것 같군요."

"맞아요. 우리가 늘 이렇게 지내지 못했던 게 안타깝네요." 해리엇 아가씨가 아쉬워했다.

"앞으론 그럴 겁니다. 약속드릴게요. 여기 오래 머물 생각은 없지만, 머무는 동안은 그동안 저지른 불미스러운 일들을 보상해드리겠습니다. 지금 이 자리에서 한 분 한 분께 사과드릴 수는 없겠지만, 제 말을 믿어주세요. 여기서 제가 저지른 일들에 대해 진심으로 죄송하게 생각합니다."

그러고는 모두 식당에서 나가 각자 방으로 돌아갔다. 양키만 빼고. 그는 목발을 짚고 걸어서 응접실로 갔고 문을 닫았다.

나는 식탁의 접시들을 치우다가 양키의 접시 옆에서 무언가를 발견했다. 마사 아가씨의 열쇠꾸러미였다. 그가 거기 놓아두고 간 모양이었다. 어쨌든 나는 열쇠꾸러미를 들고 위층으로 올라가서 마사 아가씨에게 열쇠꾸러미를 돌려주었다.

내가 방으로 들어갔을 때, 마사 아가씨는 거울 앞에 앉아 자신의 모습을 들여다보고 있었다.

"양키가 이걸 두고 갔네요."

마사 아가씨는 열쇠꾸러미를 들고 들여다보더니 침대 옆에 던졌다.

"이젠 아무 의미도 없어. 열쇠는 가장 작은 부분이었어."

"아가씨도 저도 그 총의 스프링이 고장나서 작동하지 않는다는 걸 알잖아요."

"그건 중요하지 않아." 그녀가 나를 보지 않고 말했다. "그만 쉬어, 매티."

내가 돌아서서 문을 닫고 계단을 막 내려가는데 그녀가 큰 소리로 말했다.

"고마워, 매티. 저녁 맛있었어."

마사 아가씨가 내게 고맙다고 말한 건 그때가 처음이었다.

부엌 정리는 생각보다 오래 걸렸다. 마사 아가씨가 예상했던 것보다 더 오래. 그로부터 한 시간 정도 지났을 때 마사 아가씨가 내려와 잠시 복도에 서 있는 기척이 났다. 마사 아가씨는 응접실 문을 잠그더니 텃밭으로 나갔다가 다시 돌아왔다.

무얼 했는지 짐작은 갔지만 다음 날 아침까지는 확실히 알 수가 없었다. 아가씨는 정원으로 나가서 응접실 문을 밖에서 전부 잠갔다. 돌아가신 주인님은 바깥쪽 문의 특수 자물쇠를 전부 다 수리해두셨다. 마사 아가씨와 해리엇 아가씨의 어머니가 돌아가시기 전, 정신이 쇠약해졌을 때 달아나지 못하도록 만들어놓은 것이었다. 이 집에서 정원 쪽으로 난 문들은 모두 안에서 잠그게 되어 있었지만 응접실의 문만은 안에서도 잠글 수 있었고, 밖에서도 잠글 수 있었다. 양키가 부수지 않는 한.

나는 아침에 그를 발견했다. 내가 처음 발견한 건 아니었다. 내가 나가보니 어밀리아 아가씨가 그의 곁에 있었다. 그는 정자 근처의 풀밭에 마치 잠든 것처럼 누워 있고, 어밀리아 아가씨가 그의 곁에 앉아 있었다.

"거기 앉아 계시면 감기 걸려요." 내가 어밀리아 아가씨에게 말했다.

"난 괜찮아. 숲으로 데려가는 거 도와줄래, 매티?"

"아가씨하고 저하고 둘이요?"

"마리가 도와줄 거야. 하지만 다른 사람들이 그를 만지는 건 싫어."

"셋이 들기엔 너무 무거운데요."

"천천히 쉬엄쉬엄 가면 갈 수 있을 거야. 아마 거기로 돌아가고 싶었던 것 같아, 매티. 어젯밤 여기로 나왔을 땐 거기에 가는 길이었던 것 같아."

"그랬을지도 모르지요. 숲으로 데려가도 나쁠 건 없겠지만 너무 먼 데다 어린 두 아가씨와 들기엔 제가 너무 늙었네요. 다른 사람들의 도움을 받는 편이 나을 것 같아요."

"그 말이 맞을지도 몰라." 마침내 어밀리아 아가씨도 인정했다. "이젠 그를 해칠 수도 없을 테니까."

"우리 모두가 그를 해친 거예요. 우리 중 누구도 그 사실에서 자유로울 수 없어요."

그녀는 내 말을 믿지 않았고, 다른 사람들에게 그렇게 말했다 해도 그들 역시 믿지 않았을 거라 나는 시간을 허비하지 않았다. 사실 그날 아침에는 누구도 말을 많이 하지 않았다. 모두가 아래층으로 내려와 정원으로 나가서 잔디밭에 있는 그의 주변에 서서 그를 내려다보았다. 흐느껴 울거나 하진 않았고, 그저 심각한 표정으로 서서 그를 보았다.

마침내 해리엇 아가씨가 말했다. "별로 고통을 겪었던 것 같진 않아."

"맞아, 고통을 겪지 않았어." 마사 아가씨가 말했다.

"심장 문제일 수도 있겠죠?" 앨리스 아가씨가 물었다. "원래도 튼튼하진 않았잖아요."

"맞아. 항상 허약한 편이었어. 어젯밤 너무 흥분하는 바람에 무리가 갔나 봐." 에밀리 아가씨가 말했다.

"허약해진 몸 상태도 분명히 한몫했을 거야." 에드위나 아가씨가 한마디 거들었다. "그게 결정적인 이유는 아닐 수도 있었겠지만."

"그의 종교를 감안하면 미사를 드리고, 성가대 합창 같은 걸 하면 좋을 것 같아." 마리 아가씨가 말했다.

"군대식 장례식이라면 기꺼이 참석하겠어. 왜냐하면 그는 군인이었으니까. 비록 적군이긴 해도." 에밀리 아가씨가 말했다.

"여기선 있을 수 없는 일이야." 마사 아가씨가 단호하게 말했다. "맥버니 씨에 대한 예의를 갖추는 의미에서, 간단한 기도로 만족해야 할 거야."

"잠깐이라도 집으로 데리고 들어갈까요?" 앨리스 아가씨가 물었다.

"굳이 그럴 필요는 없을 것 같아." 마사 아가씨가 대답했다.

"숲속에 자니를 데려가고 싶은 장소가 있어요. 제가 숲속에서 찾았으니까 다시 숲으로 데려가고 싶어요." 어밀리아 아가씨가 애원하듯 말했다.

"저한테 물으신다면, 뭘 하시건 해가 높이 솟기 전에 하시라고 말하겠어요."

"좋아, 매티. 소파에서 담요를 가져와." 마사 아가씨가 말했다.

"잠깐만요. 제 담요를 쓰세요."

에드위나 아가씨가 담요를 가지러 달려갔다. 그러자 나머지 학생들도 자기 담요를 주고 싶다며 모두 집으로 달려갔고, 해리엇 아가씨와 나는 바늘과 튼튼한 실을 가지러 갔다.

다시 정원으로 돌아왔을 때 집 안의 모든 담요와 시트가 잔디밭에 펼쳐진 것 같았다. 마사 아가씨는 아무런 불평도 하지 않았다. 나는 한바탕 난리가 날 거라고 생각했지만 그러지 않았다.

우리는 담요로 싸기 전에 그를 단장했다. 에드위나가 손수건을 가져와 뺨과 이마의 흙을 닦아냈다. 해리엇 아가씨는 머리를 빗겨주었고, 앨리스 아가씨는 재킷 단추를 채워주었다. 모든 학생들이 그의 몸에 붙은 잔디와 잡초를 털어냈다.

"주머니에 종이가 들어 있어요." 마리 아가씨가 말했다.

"그대로 둬." 해리엇 아가씨가 말했다.

그러나 앨리스 아가씨는 기어이 종이를 꺼냈다. 두 장의 편지와 낡은 잡지 한 귀퉁이였다. "편지는 미국, 포토맥강 부대 소속, 뉴욕 보병 연대, C중대 이등병 존 P. 맥버니 앞으로 되어 있어요." 앨리스 아가씨가 말했다. "큰 소리로 읽어볼까요?"

"아니." 에드위나 아가씨가 저지했다.

"가족의 주소가 있을지도 모르잖아." 해리엇 아가씨가 말했다.

"꼭 읽어야겠다면, 읽어보렴." 마사 아가씨가 한숨을 쉬며 말했다.

그래서 앨리스 아가씨가 편지를 읽기 시작했다.

"사랑하는 아들 존…… 잘 지내고 있기를 바란다. 여긴 항상 똑같구나. 감자 농사가 올해는 아주 형편이 없네. 네가 뭐라도 보내주지 않으면 어떻게 버틸지 막막하다. 넌 미국 군대에서 높은 자리에 있는 거냐? 월급은 많이 주고? 그곳이 안전하기를, 너무 힘들지 않기를 바란다. 엄만 네가 뉴욕에서 안정적인 일자리를 찾을 수 있을 거라고 생각했는데 말이다. 넌 항상 너무 수줍음이 많았어, 존. 좀 더 큰 소리로 말해야 한다. 그게 앞으로 나아갈 유일한 방법이야. 네 누나 브리짓은 올겨울에 기침이 더 심해졌단다. 봄이 되면 조금 나아지려나. 크리스마스 때 미사에 참석했니? 최근에 고해성사는 했고? 이만 줄일게, 존. 네가 착한 아이란 걸 알고, 성공한 부자가 되어 엄마에게 돌아오리란 걸 알아. 너의 엄마 메리 앤 맥버니."

"보내는 사람 주소가 있어?" 해리엇 아가씨가 물었다.

"아뇨, 그게 다예요. 두 번째 편지에는 주소가 없고, 여기 있는 잉크하고 똑같은 잉크로 쓴 것 같아요. 읽을까요?"

"읽어봐." 마리 아가씨가 재촉했다. 앨리스 아가씨는 마사 선생님을 흘긋 보았다. 그리고 나무라지 않자 편지를 읽었다.

"사랑하는 엄마…… 저는 며칠 전에 이곳에 오게 되었는데 아주 훌륭한 대접을 받고 있어요. 여기엔 착한 여학생들과 착한 두 숙녀분이 계세요. 다리를 다쳤는데, 지금은 좋아지고 있어요. 이곳에 있는 분들은 정말 좋은 분들이에요. 꼭 집에 돌아온 것 같아요. 여기 있는 가장 어린 아가씨가 이걸 동봉하라네요. 자기도 우리처럼 진정한 신앙을 갖고 있고, 저를 잘 지켜줄 거고, 그 신앙을 갖고 있지 않은 다른 사람들이 저를 해치려 하더라도 절 지켜줄 거래요. 하하. 어떤 종교를 믿건 모두들 좋은 사람들이에요."

"그게 전부니?" 마사 아가씨가 물었다.

"네, 그게 전부예요." 앨리스 아가씨가 말했다. 낡은 〈하퍼스 위클리〉는 별로 중요해 보이지 않는데. 왜 이걸 갖고 있는 거지?"

"왜인지 알 것 같아." 마리 아가씨가 잡지 조각을 받으며 말했다. "이걸 봐. 우리가 쓰는 베리 잉크로 어디다 동그라미를 쳤는지 보여? '진품 프랑스 인형, 파리 직수입. 어린 소녀가 원하는 바로 그것.' 그 밑에 뭐라고 적혀 있는지 알아? '7월 18일, 마리의 생일.'"

"네가 쓴 거야? 아니면 자니가 쓴 거야?" 앨리스 아가씨가 물었다.

"그게 뭐가 중요해? 그가 보관하고 있던 거잖아. 안 그래? 뉴욕으로 돌아가면 인형을 사주겠다고 약속했어."

"그런 인형이 필요할 나인 아닌 것 같구나." 마사 아가씨가 말했다. "그 편지를 있던 자리에 도로 넣어놔."

"다른 주머니도 뒤져볼까?" 해리엇 아가씨가 물었다.

"아니. 그대로 둬."

앨리스 아가씨는 편지를 다시 주머니에 넣고 재킷을 반듯하게 매만졌다. 그다음엔 우리가 그를 담요로 쌌다.

어떤 담요를 쓸지 잠깐 논란이 있었지만, 마사 아가씨가 개중 덜 낡은 것 두 개를 골랐다. 그다음엔 내가 바늘과 카펫실을 준비했고, 해리엇 아가씨도 자기 것을 준비해서 우리는 그를 안에 넣고 함께 꿰맸다.

마지막 땀을 뜨기 전에 해리엇 아가씨가 에스파냐 레이스 숄을 벗어 그의 얼굴을 덮었다. 그다음에 내가 위쪽과 아래쪽을 접어서 단단히 꿰맸다. 마지막으로 마사 아가씨가 그의 다리를 자를 때 썼던 낡은 들것에 그를 굴려서 올렸다.

"어밀리아가 제안한 대로 하지. 맥버니 씨를 숲으로 데려가는 거야."

그리하여 해리엇 아가씨와 에밀리 아가씨가 상반신 쪽을 잡았고, 마사 아가씨와 내가 하반신 쪽을 잡아 어밀리아 아가씨가 안내하는 곳으로 갔다. 나머지 세 명은 연장을 들고 우리를 따라 걸었고, 그렇게 우리는 숲으로 향했다.

가는 길은 결코 쉽지 않았다. 어밀리아 아가씨는 우리를 데리고 버지니아 주 전체에서 가장 깊은 진흙구덩이를 지나고 가장 빼곡한 덤불들과 덩굴들을 지나고, 가장 높은 바위와 통나무 들을 넘어갔다. 가장 가파른 언덕들을 올라갔다가 가장 미끄러운 둑길로도 내려갔다. 앨리스 아가씨와 에밀리 아가씨는 이따금 교대했지만 마사 아가씨와 나는 뒤쪽 손잡이를 끝까지 잡고 갔다.

가장 끔찍한 대목은 마지막으로 가시덤불과 나뭇가지가 단단한 벽을 이루고 있는 곳을 기다시피 해서 들것을 바닥에 끌고 관통해야 했을 때였다. 마침내 조그만 평지가 나왔고, 우리는 숨을 고른 뒤 땅을 파기 시작했다.

땅이 부드러운 데다 모두 힘을 합쳐 팠기 때문에 그리 오래 걸리진 않았다. 마사 아가씨와 어밀리아 아가씨가 흡족할 정도로 깊이 땅을 판 다음 양키를 구덩이에 넣었다. 그다음에는 들것에 달린 막대를 빼고 들것째로 넣었다. 마사 아가씨가 이제 들것이 필요 없다고 말했기 때문이다. 마지막으로 흙을 덮기 전에 마사 아가씨가 기도를 했다.

기도의 내용은 잘 듣지 못했다. 잠시 자리를 떠나 실컷 울고 있었기 때문이다. 운 사람이 나 혼자였는지는 모르겠지만, 정말이지 도저히 참을 수가 없었다. 그 모든 일이 일어날 필요가 없었던 일이어서는 아니었다. 그를 묻으면서 낯선 곳에서 죽어갔던 남편 벤이 떠올랐다.

나는 그때 그 일에 대해 누구도 비난하지 않았고, 비난할 생각도 없다. 나 자신 말고는. 그것이 무엇이었건 간에 내가 했던 역할에 대한 비난은 감수하겠지만, 문제는 그게 무슨 의미가 있냐는 것이다. 그때는 내게 그럴 만한 이유가 있었지만, 그가 다시 돌아와 똑같은 상황이 벌어진다면 또 다른 이유를 찾지 말란 법이 있겠는가.

마사 아가씨의 기도 속에서 내가 들은 말은 '용서'였다. 마사 아가씨는 이런 일이 일어나게 되어서 유감이라는 의미인지, 아니면 기도할 때 늘상 하는 말처럼 우리 죄인들에게 자비를 베풀어달라고 하나님께 간청하는 것인지 알 수 없었다. 그다음엔 마리 아가씨가 죽은 가톨릭 신자를 위한 기도를 했고, 그다음엔 해리엇 아가씨와 다른 학생들이 흙을 한 줌씩 던졌다. 나는 눈물을 닦고 다른 사람들과 함께 삽질을 했다.

한 가지 더, 흙을 덮기 전에 어밀리아 아가씨가 몸을 숙이더니 낡은 보석함을 담요 위에 올려놓았다.

"뭘 집어넣는 거지? 그 안에 뭐가 있니?" 마사 아가씨가 물었다.

"거북이에요." 마리 아가씨가 말했다. "거북하고 자니는 어밀리아한테 가장 소중한 친구라서 같이 묻어주고 싶대요."

"좋아. 어서 시작해, 매티."

곧 그의 몸이 흙으로 덮였다. 어밀리아 아가씨는 어디에 가면 소나무 가지를 구할 수 있는지 알려주었고, 우리는 소나무 가지를 흙 위에 올려놓았다. 그 위에 해리엇 아가씨와 에드위나 아가씨가 뽑아온 야생 꽃들도 올려놓았다.

그러고 나서 우리는 집으로 향했다. 아마 10시쯤 되었을 것이다. 따스한 하루가 시작되고 있었다. 집으로 돌아오는 길에 마리 아가씨가 오늘 수업이 있느냐고 물었다. 마사 아가씨는 당연히 수업이 있다고 말했다.

"판즈워스의 어린 학생들은 배워야 해. 해리엇 선생님과 난 너

희를 가르치기 위해 여기 있는 거고. 그게 우리의 의무이고 우리
는 그 의무를 수행해야만 해."

옮긴이의 말

◆

우리는 왜 소설을 읽는가.

이 질문이 여전히 심심치 않게 화두로 떠오르는 것을 보면 소설을 읽는 것은 아직도 많은 이들에게 어떤 명분 내지는 변명이 필요한 일인가 보다. 번역가이기에 앞서 소설을 사랑하는 한 사람의 독자로서, 나는 무언가를 기필코 배워 보겠다는 작심으로 소설을 읽는 접근방식 자체에 거부감이 든다.

다른 건 접어두고라도, 우리 삶의 정작 소중한 배움이 언제 작심했을 때 일어나던가.

나에게 소설은 여행처럼, 하나의 체험이다. 그리고 모든 체험은 그 자체로 아름답다.

소설을 읽을 때처럼 우리가 타인의 내면에 깊이 스며들 수 있는 일은 그리 많지 않다. 감독이나 배우의 해석이 녹아 있는 영화와는 달리, 소설은 독자가 원작자를 독대하면서, 오직 자신의 상상력과 이해력만으로 이야기를 체험한다.

《매혹당한 사람들》은 모든 면에서 나의 예상을 벗어났고 또 초월했다. 그래서 이 여행도 아름다웠다. 미국 남북전쟁 당시 고립된 여학교를 배경으로 하고 있지만 제한된 시간과 공간 속에서 남녀의 심리와 긴장관계를 극도로 부각시키고 정밀하게 들여다보기 위한 설정일 뿐 인간이 사는 세상이라면 어디에서나 유효한 주제를 다루고 있다. 사람이 곧 지옥이라는.

《매혹당한 사람들》에는 우리가 소설을 읽으면서 체험할 수 있는 모든 감정들이 엄청난 밀도로 담겨있다. 그 감정들이 어떤 종류이건, 이토록 강렬하고도 격한 감정적 체험을 할 수 있다는 건 소설 애독자들만이 누릴 수 있는 특권이다. 이 세상에 이토록 우리를 처절하게 농락해도 좋은 게 한 가지 있다면, 그건 아마도 소설이 아닐까.

번역을 마치고 나서 나는 이 작가야말로 천재적인 열쇠공이라는 생각이 들었다. 작가는 한 순간도 제자리에 머물지 않는 오묘한 인간의 마음을 놀라운 통찰로 포착하여, 그 결을 읽어내고, 제각기 다른 열쇠를 꽂는다. 그의 간파는 대상의 성별을 불문하고 너무도 정확하고 날카로워서 남성 작가가 쓰는 여성의 심리가 얼마나 농밀할 수 있을지에 대한 우려를 완전히 불식시킨다. 괴테는 "체험하지 않은 것은 한 줄도 쓰지 않았고 단 한 줄의 문장도 체험한 것 그대로 쓰지는 않았다"고 했지만 토머스 컬리넌은 "체험하지 않은 것을 마치 체험한 것 그대로인 것처럼" 쓰고 있다. 등장인물들이 서로를 매혹하고 서로에게 매혹당할 때, 나는 작가에게 완전히 매혹당했다.

이 소설은 우여곡절 끝에 나에게 왔다.

그러나 이 소설을 번역하면서 그 과정의 고충은 모두 잊히고 상쇄되었으며, 후하게 보상받았다.

참으로 소설다운 행로였다.

2017년 한여름

이진

매혹당한 사람들

1판 1쇄 발행 2017년 9월 6일 **1판 3쇄 발행** 2018년 1월 27일
지은이 토머스 컬리넌 **옮긴이** 이진
펴낸이 고세규
편집 이승희 **디자인** 이은혜

발행처 김영사
주소 경기도 파주시 문발로 197(문발동) 우편번호 10881
등록 1979년 5월 17일 (제406-2003-036호)
구입 문의 전화 031)955-3200 **팩스** 031)955-3111
편집부 전화 02)3668-3292 **팩스** 02)745-4827 **전자우편** literature@gimmyoung.com
비채 카페 cafe.naver.com/vichebooks **인스타그램** @drviche **카카오톡** @비채책
트위터 @vichebook **페이스북** facebook.com/vichebook
ISBN 978-89-349-7903-6 03840 책값은 뒤표지에 있습니다.

비채는 김영사의 문학 브랜드입니다.